二 見 文 庫

闇を照らす恋人

J. R. ウォード／安原和見＝訳

Lover Revealed

by

J.R.Ward

This edition published by arrangement with NAL Signet,
a member of Penguin Group (USA) Inc.
through Tuttle-Mori agency, Inc., Tokyo

この本を、あなたに。
あなたにはほんとにがつんとやられたわ。
でもそのうち、いつもおまえを見てるぜ、っていうのに……
完全にメロメロになってしまったの。

謝辞

〈黒き剣兄弟団《ブラック・ダガー・ブラザーフッド》〉の読者のみなさんに最大限の感謝を。〈セリーズ〉のみなさんにご挨拶を——いまどんなソファに寝ころがってるの？

カレン・ソーレム、カラ・セイザー、クレア・ザイアン、カラ・ウェルシュに、ほんとうにありがとう。

キャプテン・バニーことピンク・ビースト、それにパイスアンジー・ザ・ピットブル・モッドにも、どうもありがとう——なんてね。

ここはまじめに、ドリーンとアンジー、どうもありがとう。

あなたたちのおかげでほんとうに助かりました。

四人組のMFNとハグズ、どうもありがとう。

MとFとNとハグズ。

あなたたちがいなかったら、わたしはどうしていいかわからないわ。

DLBへ。どんなときもママがあなたを愛してるのを忘れないでね。

ＮＴＭへ。あそこでわたしが一番好きなのは……あなたよ。あなたに会えて、とても運がよかったわ。

毎度のことながら、わが執行委員会の面々（スー・グラフトン、ドクター・ジェシカ・アンダスン、ベツィ・ヴォーン）に、そして比類なきスザンヌ・ブロックマンに最大の尊敬をこめて、心からお礼を申し上げます。

そしてわたしのボートに、家族に、そして作家友だちに、愛を込めて感謝を。

用語と固有名詞

仇討ち《アヴェンジ》（動）――*ahvenge*　報復のために相手を殺すこと。一般に親族の男性によっておこなわれる。

〈黒き剣兄弟団〉《ブラック・ダガー・ブラザーフッド》（固）――*Black Dagger Brotherhood*　鍛《きた》え抜かれたヴァンパイア戦士の集団。〈レスニング・ソサエティ〉から種族を守るために戦っている。種族内での選択的交配の結果、〈兄弟団〉のメンバーはみな心身ともに並はずれて強健で、負傷してもたちまち治癒する。おおむね血のつながりはなく、入団はメンバーからの指名による。その性格からしてとうぜん血の気が多く、他《た》に頼るのを嫌い、秘密主義的なところがある。そのため一般ヴァンパイアとは距離を置いており、身を養うとき以外は他階級の同族とはほとんど接触しない。ヴァンパイア界では伝説的な存在で、崇敬の対象となっている。銃弾や刃物で心臓を直撃するなど、よほどの重傷を負わせないかぎり殺すことはできない。

血隷（名）――*blood slave*　男性または女性のヴァンパイアで、他のヴァンパイアに従属して血を提供する者。血隷を抱える慣習はおおむねすたれているが、いまも禁止はされていない。

〈巫女《みこ》〉（固）――*the Chosen*〈書の聖母〉に仕えるべく生み育てられた女性のヴァンパイア。貴族階級とされてはいるが、超俗的な意味での〝貴族〟であって世俗的な意味合いは薄い。男性と交渉を持つことはほとんどないが、同族を増やすために〈書の聖母〉の命令で兄弟たちと交わることはある。予言の能力を持つ。過去には連れあいのいない〈兄弟団〉のメンバーに血を提供していたが、この慣習は〈兄弟団〉によって廃止された。

競り合い《コンテスト》（名）――*cohntehst*　ひとりの女性の連れあいの座をめぐって、ふたりの男性が争うこと。

〈奈落《ドゥーンド》〉（固）――*Dhunhd*　地獄のこと。

ドゲン（名）――*doggen*　ヴァンパイア界の下僕階級。古くから続く伝統に従って上の者に仕え、着るものから立ち居ふるまいまで堅苦しい規範に従っている。日中も出歩くことができるが、比較的老化が早い。寿命はおよそ五百年。

〈冥界《フェード》〉（固）――*the Fade*　超俗界。死者が愛する者と再会し、永遠に生きる場所。

〈宗家《ファースト・ファミリー》〉（固）――*First Family*　ヴァンパイアの王と女王、およびその子供たちのこと。

ガーディアン（名）――*ghardian*　保護者のこと。ガーディアンにはさまざまなレベルがあり、もっとも強大な権限を持っているのは、〝セクルージョン〟下の女性を保護するガーディアンである。これをウォードと言う。

グライメラ（名）――*glymera*　貴族社会の核心をなす集団。おおよそ摂政時代《リージェンシー》（一八一二～二〇年）の英国の〝トーン〟（財力があり、血筋がよく、流行に敏感で洗練されているという、三拍子そろった貴族の一群のこと）に相当する。

ヘルレン（名）――*hellren*　男性のヴァンパイアのうち、決まった連れあいを持つ者のこと。男性は複数の女性を連れあいとすることがある。

大立者《リーダー》（名）――*leahdyre*　権力と影響力を持つ者。

リーラン（形、名）――*leelan*　親愛の情をこめた呼びかけ。おおよそ〝最愛の者〟の意。

〈**殲滅協会《レスニング・ソサエティ》**〉（固）――*Lessening Society*　〈オメガ〉の集めた殺戮《さつりく》者の団体。ヴァンパイア種族を根絶することが目的。

殲滅者《レッサー》（名）――*lesser*　魂を抜かれた人間。〈レスニング・ソサエティ〉の会員として、ヴァンパイアの撲滅をねらっている。レッサーは基本的に不老不死で、殺すには胸を刃物で貫かなくてはならない。飲食はせず、性的には不能。時とともに毛髪、皮膚、虹彩《こうさい》から色素が抜け、髪はブロンド、皮膚は白色、目の色も薄くなっていく。ベビーパウダーのような体臭がある。入会のさいに〈オメガ〉によって心臓を取り出され、それを収めた陶製の壺《つぼ》をそれぞれ所持している。

ご主人さま《リージュ》（名）――*lheage*　敬称。性的に自分を支配する男性に対して用いる。

マーメン（名）――*mahmen*　母親のこと。普通名詞としても、また愛情をこめた呼びかけとしても用いる。

幻惑《ミス》（名）――*mhis*　ある物理的環境を覆い隠すこと。幻想の場を生み出すこと。

ナーラ（女）またはナーラム（男）（名）――*nalla, nallum*　〝愛しいひと〟の意。

欲求期（名）――*needing period*　女性ヴァンパイアが受胎可能となる時期。一般には二日間で、この期間は性的欲求が旺盛になる。遷移《せんい》後およそ五年で起こり、その後は十年に一度の割合で訪れる。欲求期の女性が近くにいると、男性ヴァンパイアは多かれ少なかれ反応する。ライバルの男性間でもめごとが起こりやすく、その女性に決まった連れあいがいない場合はとくに危険な時期である。

未通女《ニューリング》（名）――*newling*　処女のこと。

〈オメガ〉（固）――*the Omega*　悪しき超越的存在。〈書の聖母〉への恨みを晴らすため、ヴァンパイアの絶滅をめざしている。超俗界に生き、強大な能力を持っているものの、生命を創造する力はない。

畏るべき《フィアサム》（形）――*phearsom*　男性性器の能力を示す言葉。文字どおりに訳せば〝女性に入るに値する〟というほどの意。

第一階級《プリンセプス》（名）――*princeps*　ヴァンパイアの貴族階級中最高の階級。その上に立つのは〈ファースト・ファミリー〉あるいは〈書の聖母〉に仕える〈巫女〉だけである。生まれつきの身分であり、他の階級に生まれた者がのちにプリンセプスに列せられることはない。

パイロカント（名）――*pyrocant*　ある者の重大な弱点のこと。依存症などの内的な弱点のこともあれば、愛人などの外的な弱点のこともある。

ライズ（名）——*rythe*　名誉回復のための儀式。名誉を傷つけた側が、傷つけられた側に対して申し出る。申し出が受け入れられた場合、名誉を傷つけられた者が武器をひとつ選んで攻撃をしかけることになるが、そのさいにはよけたりせずに甘んじて攻撃を受けなくてはならない。

〈書の聖母〉（固）——*the Scribe Virgin*　超越的存在で、王の相談役を務め、ヴァンパイアの記録保管庫を守り、また恩典を授《さず》ける力を持つ。超俗界に存在し、さまざまな能力を持っている。一度だけ創造行為をなす能力を与えられており、その能力を用いて生み出したのがヴァンパイア種族である。

隔離《セクルージョン》（名）——*sehclusion*　女性に対して認められている制度。家族の申し立てにより、王が認可する。これが認められると、その女性はウォードひとりの監督下に置かれる。ウォードになるのはふつう家族で最年長の男性で、その女性の生きかたすべてを決定する法的な権利を持ち、社会との関わりをあらゆる面にわたって制限することができる。

シェラン（名）——*shellan*　女性ヴァンパイアのうち、決まった連れあいを持つ者のこと。女性は一般に、複数の男性を連れあいにすることはない。これは、連れあいを持った男性は縄張り意識がひじょうに強くなるからである。

精神共感者《シンパス》（名）――*symphath*　ヴァンパイア世界の亜種。他者の感情を操作したいと望み、またその能力を持つ（エネルギーをやりとりするため）のが最大の特徴。差別されてきた歴史を持ち、見つかれば殺されていた時期もある。いまでは絶滅に瀕している。

〈廟《びょう》〉（固）――*the Tomb*〈ブラック・ダガー兄弟団〉の地下聖堂。儀式の場として用いられるほか、レッサーの壺の保管場所でもある。ここでおこなわれる儀式には、入団式、葬儀、および〈兄弟〉に対する懲罰《ちょうばつ》の儀式がある。この聖堂に足を踏み入れてよいのは、〈兄弟団〉のメンバー、〈書の聖母〉、入団候補者のみである。

トライナー（名）――*trahyner*　互いに尊敬と愛情を抱いている男性どうしで使われる言葉。おおよそ〝親友〟の意。

遷移（名）――*transition*　ヴァンパイアが子供からおとなになる重大な節目。これ以後は、生きるために異性の血を飲まねばならず、また日光に耐えられなくなる。一般に二十代なかばで起きるが、遷移を乗り越えられないヴァンパイアは少なくない（とくに男性）。遷移前のヴァンパイアは身体的に虚弱で、また未成熟であるため性的刺激には反応しない。非実体化の能力もまだない。

ヴァンパイア（名）――*vampire*　ホモ・サピエンスとはべつの生物種。生きるために異性の生き血を飲まなくてはならない。人類の血液でも生きられないことはないが、長くはもたない。二十代なかばに遷移を経験したあとは、日中に外を出歩くことはできなくなり、定期的に生き血で身を養わなくてはならない。血を吸ったり与えたりしても、人間をヴァンパイアに〝変身〟させることはできない。ただし、まれに人間とのあいだに子供が生まれることはある。意志によって非実体化することができるが、それには心を鎮《しず》めて精神を集中しなくてはならない。また、そのさいに重いものを持ち運ぶことはできない。短期的な記憶に限られるものの、人間の記憶を消すことができる。他者の心を読める者もいる。寿命は一千年ほどだが、それを超える例もある。

往還者《ウォーカー》（名）――*wahlker*　一度死んで、〈フェード〉から戻ってきた者のこと。苦しみを乗り越えてきた者としてあつく尊崇《そんすう》される。

ウォード（名）――*whard*　隔離《セクルージョン》されている女性を監督する者のこと。

闇を照らす恋人

登　場　人　物　紹　介

ブライアン（ブッチ）・オニール	元刑事
マリッサ	貴族のヴァンパイア女性
ヴィシャス（V）	黒き剣兄弟団
ハヴァーズ	ヴァンパイア一族の医師。マリッサのきょうだい
ラス	ヴァンパイア一族の王。
レイジ（ハリウッド）	黒き剣兄弟団
ザディスト（Z）	黒き剣兄弟団。フュアリーと双児
フュアリー	黒き剣兄弟団。ザディストと双児
リヴェンジ（レヴァレンド）	クラブ〈ゼロサム〉のオーナー
ゼックス	クラブ〈ゼロサム〉の警備責任者
ジョン・マシュー	言葉が不自由なヴァンパイア戦士の訓練生
ブレイロック	ヴァンパイア戦士の訓練生
ベス	ラスのシェラン
ベラ	ザディストのシェラン。リヴェンジの妹
メアリ	レイジのシェラン
フリッツ・パールマター	〈兄弟館〉の執事
ジェイニー	ブッチの姉
ジョイス	ブッチの妹
ミスターX（ジョゼフ・ゼイヴィア）	レスニング・ソサエティの指揮官
ヴァン・ディーン	格闘家

1

「ねえ、夢があるのって言ったらどうする？」

ブッチ・オニールはグラスをおろし、話しかけてきたブロンドに目をやった。〈ゼロサム〉のVIPエリアを背景幕にしても目立つ女だ。白いエナメルのレザードレスを着て、バービー人形とバーバレラ（一九六七年のエロティックSF映画の主人公）を足して二で割ったようだ。このクラブ所属の売春婦かどうか、なんとも言いがたい。レヴァレンドが最高の女としか契約しないのはたしかだが、この女なら男性誌『FHM』や『マクシム』のモデルでもおかしくない。

女は両手を大理石のテーブルについて、身を乗り出してきた。完璧な乳房は、よほど美容整形に金を積んだと見える。輝くような笑みを見れば、膝当てが大活躍するのはまちがいなさそうだ。商売女にせよ素人にせよ、ビタミンDを大量に摂取していて、あれが好きな女なのはたしかだ。

「ねえ、どう？」頭の芯の痺《しび》れそうなテクノミュージックを伴奏に、女は言った。「あたしの夢をかなえてくれない？」

ブッチは冷たい笑みを向けた。まちがいなく、今夜この女はどこかの男に天国を味わわせるだろう。たぶんバス一台ぶんぐらいの男たちに。しかしブッチは、その二階建てバスに乗り込む気はなかった。

「悪いな、七色の夢はよそで探してくれ」

女は顔色ひとつ変えず、その態度を見ればプロなのは決まりだった。上辺だけの笑みを浮かべ、となりのテーブルに流れていき、さっきと同じように身を乗り出して誘いはじめる。

ブッチは頭をのけぞらせ、グラスの底に二センチほど残っていたラガヴーリン（スコッチの一種）を飲み干した。次の動作はウェイトレスに合図することだ。ウェイトレスは近づいてこず、ただうなずいて、すぐにお代わりをとりにカウンターへ急いだ。

もう午前三時近い。あと三十分もすれば、三人組の残りもそろうだろう。ヴィシャスとレイジは狩りに出ている。獲物は〝レッサー〟と呼ばれる魂を持たないろくでなしどもで、同族を殺しまわっている敵なのだ。しかし、ヴァンパイアふたりは肩を落としてご帰還にちがいない。〈レスニング・ソサエティ〉との秘かな戦争は、この一月二月はずっとさたやみだった。殺し屋どもがほとんど姿を見せないのだ。一般のヴァンパイアにとってはありがたい話だが、〈黒き剣兄弟団《ブラック・ダガー・ブラザーフッド》〉には気がかりの種だ。

「やあ、刑事《デカ》」低い男の声が、頭のすぐ後ろから聞こえてきた。

ブッチはにやりとした。この声を聞くとかならず夜霧を思い出す。こちらを殺そうと忍び寄る者を包み隠す霧。彼が暗い世界を好きで幸いだった。

「やあどうした、レヴァレンド」ブッチはふり向きもせずに言った。

「あんたは断わるだろうと思ってたよ」

「人の心が読めるのか」

ブッチは肩越しにふり向いた。レヴァレンドは影のなかに立っている。紫水晶《アメジスト》の目が光り、モヒカンの髪はぎりぎりまで短く切り揃えてあった。いかした黒いスーツはヴァレンチノだ。ブッチも似たようなのを一着持っている。

もっともレヴァレンドの場合、あのウーステッド・ウールは自分の金で買ったものだ。レヴァレンドことリヴェンジは、Zの〝シェラン〟になったベラの兄であり、この〈ゼロサム〉のオーナーであり、ここであがる利益すべての上前《うわまえ》をはねている。まったく、このクラブで売られている堕落悪徳を考えれば、森ひとつぶんの緑のドル札が毎晩ふところに流れ込んできているはずだ。

「ときどきはな」

「いやいや、ただあれはあんた向きの女じゃないからさ」レヴァレンドはボックス席にすべり込んで、完璧に結んだベルサーチのネクタイをなでつけた。「それに、あんたが首を縦にふらなかった理由はわかってる」

「ほう」

「ブロンドが好みじゃないんだろう」

たしかに、いまはもう好みではない。「たんにそそられなかっただけだと思うな」

「なにが欲しいかわかっているよ」

スコッチのお代わりが来て、ブッチはそのグラスをすばやく上下に動かした。「今度はたしかか？」

「これがわたしの仕事だ。任せてくれ」

「気を悪くせんでくれよ、でもおれはそういう気分じゃないんだ」

「まあいいから」レヴァレンドが身を寄せてくると、うっとりするような香りがした。もっとも、つけているコロンのせいかもしれない。ダヴィドフの〈クールウォーター〉は古めかしいがやはりいい。「ともかく、わたしに任せてくれ」

ブッチは、相手の分厚い肩をぽんと叩いた。「バーテンにしか興味ないんだよ、おれは。かゆいところに手の届く、よきサマリア人たちさ」

「正反対でないとだめだってこともある」

「それじゃ、おれたちゃまるきりついてないな」と、ブッチは半裸の人々のほうにあごをしゃくってみせた。〈エクスタシー〉やコカインに酔って身をくねらせている。「この店にいるのは似たようなのばっかりだ」

おかしな話だ——コールドウェル警察署に勤めた年月、この〈ゼロサム〉は彼にとって謎だった。ここが麻薬とセックスの温床なのはだれでも知っていた。ところが、警察のだれひとり、捜索令状をとれるだけの材料をつかんだ者はいなかった。いつ足を踏み入れても何十という法律違反を目にするのに、そのほとんどが同時に起こるので把握しきれないのだ。

しかし、〈兄弟団〉とつるむようになって、ブッチにもその理由がわかった。レヴァレンドはさまざまな手練《てれん》手管《てくだ》を操って、事件や状況についての人の認識をねじ曲げているのだ。ヴァンパイアには、人間の記憶をきれいに消し去る能力があるし、監視カメラを操作したり、いつでも非実体化して行方をくらますこともできる。この男もこの店も、とらえどころだらけなのにとらえどころがなく見えるのだ。

「なあ、教えてくれよ」ブッチは言った。「夜にはこんなお仕事をしてながら、どうやってそれをお上品な家族の目から隠していられるんだ」

レヴァレンドがにやりと笑うと、牙の先端がちらとのぞいた。「こっちこそ教えてもらいたいね。人間がどうして〈兄弟団〉とこんなに親密になったのか」

ブッチはうやうやしくグラスを傾けた。「運命のいたずらで、おかしな方向に連れていかれることもあるのさ」

「まったくだな。まったくそのとおりだ」ブッチの携帯電話が鳴り出し、レヴァレンドは立ちあがった。「あんたの気に入るものをよこそう」

「スコッチならべつだが、おれは受け取らんぞ」

「前言撤回と言わせてみせるさ」

「どうだか」ブッチは〈モトローラ・レーザー〉を取り出して開いた。「V、どうした。いまどこだ」

ヴィシャスは競走馬のように荒い息をしていた。背後で聞こえるくぐもった風の咆哮《ほうこう》がひずんでいる。まるで交響曲〝尻に帆かけて〟だ。「ちくしょう、デカ、いまやばいことになってる」

とっさにアドレナリンが噴き出して、ブッチはスイッチの入ったクリスマスツリーのように生気を取り戻した。「いまどこだ」

「郊外でとんでもないことが起こってる。あの殺し屋ども、一般のヴァンパイアの住宅を襲うようになってるんだ」

ブッチははじかれたように立ちあがった。「どこだ、いますぐそっちへ――」

「ばか言うな、そこにいろ。おれたちが顔を出さなかったら死んだと思われるだろうから、それで電話しただけだ。またあとでな」

電話は切れた。

ブッチはまたどさりと座席に腰を落とした。となりのテーブルで、一団の客がどっとにぎやかに笑いくずれた。仲間うちのジョークに笑いが噴き出すさまは、いっせいに空に飛び立つ鳥の群れのようだ。

ブッチはグラスの底をのぞいた。半年前、彼はなにも持っていなかった。好きな女も、親しい家族も、わが家《や》と呼べるような家もなかった。しかも殺人課の刑事という仕事に、内側から食い荒らされていた。そんなときに被疑者への暴行という名目で警察を馘首《くび》になった。ちょうどそのとき、おかしなめぐりあわせで〈兄弟団〉と知りあった。生涯にただひとりの女に出会って完全にとりこになった。ついでにワードローブも一新した。

少なくとも最後のひとつは「よかったこと」に分類されているし、これまでずっとそうだった。

そんな目まぐるしい変化に現実が見えなくなっていたが、最近になってまた気がついた。ちがいは多々あっても、彼の立ち位置はこれまでとまるで同じだ。生きていないという点では、かつての人生で腐っていたときと変わらない。あいかわらず外側から眺めるだけの傍観者だ。

またラガヴーリンをなめながら、マリッサを思い、腰まで届くブロンドの髪を思った。透けるような肌を、淡いブルーの目を、あの牙を。

たしかに、ブロンドはこりごりだ。髪の色の薄いタイプには、むらむら来ることすらもうなかった。

ああちくしょう、髪の色なんかほんとはどうでもいいんだ。このクラブに、いやこの地球上どこを探しても、マリッサの足もとにも及ぶ女がいるわけでなし。彼女はクリスタルのように透明で、光を七色に屈折させて、周囲の世界を美しく、あざやかによみがえらせ、その身に備わる優美さに染めていく。

くそ。おれはなんて阿呆なんだ。

ただ、ちくしょう、マリッサはほんとうに愛らしかった。短いあいだだったが、こちらに好意を持っているように見えた。あのころは、ひょっとしてうまく行くのではないかと期待していた。だがその後、マリッサはいきなり顔を見せなくなってしまった。これはもちろん、彼女がばかでなかった証拠だ。ブッチには、あんな女に差し出せるものなどほとんどない。そしてそれは、彼がただの人間だからではない。〈兄弟団〉の世界の縁で、ブッチは立ち泳ぎをして無為に過ごしているだけだ。人間だから兄弟たちと並んで戦うこともできず、知りすぎているから人間の世界に戻ることもできない。このわびしい宙ぶらりんの状態から抜け出すには、足ゆびにタグをつけられて死体保管所送りになるしかない。

この条件でeハーモニー（アメリカ最大の出会い系サイト）に登録すりゃ、さぞかし相手がわんさと見つかるだろうさ。

また底抜けに陽気な波が盛りあがって、となりの集団が機関銃のようにけたたましい笑い声をあげた。ブッチはちらと目をやった。集団の中央にいるのは、しゃれたスーツを着た小柄な男だ。十五歳ぐらいに見えるが、一カ月ほど前からこのＶＩＰエリアの常連で、紙吹雪かなにかのように現金をばらまいている。

身体的な不足を補うために、財布の中身を使っているのだ。これまた緑が黄金色に変わる一例というわけか。

ブッチはスコッチをあけ、ウェイトレスに指で合図すると、グラスの底を見つめた。ツーフィンガーを四杯あけて、少しも酔った気がしない。どれだけ耐性がついてきたかわかる。どこから見てもりっぱなアルコール依存症の一軍選手だ。子供のお遊びみたいな訓練はもう必要ない。

そうと気づいてもまるで気にならなかった。それでわかったが、どうやら立ち泳ぎもやめていたようだ。すでに沈みはじめている。

まったく、今夜は楽しい夜じゃないか。

「あんたに連れが必要だってレヴァレンドに言われたんだけど」

ブッチは女に目を向けようともせずに言った。「いや、けっこうだ」

「せめて顔ぐらい見たら？」

「あんたのボスに、おれが感謝してたって――」ブッチは顔をあげ、とたんに口をぴたりと閉じた。

女がだれだかすぐにわかった。だいたい、〈ゼロサム〉の警備責任者はそう簡単に忘れられるような女ではない。身長はゆうに百八十センチを超え、漆黒《しっこく》の髪は男のように短く切っている。暗い灰色の目はショットガンの銃身の色だ。上半身はタンクトップだったが、運動選手のような肉体がはみ出している。血管の浮き出た筋肉の塊、脂肪などどこにもついていない。全身から発する雰囲気は、人の骨ぐらい簡単にへし折れるし、またそれが楽しみだと言っている。無意識に女の両手に目をやった。長い指。強そうな。人に痛い目を見せられる手だ。

ああ、ちくしょう……痛い目にあわされたい。たまには内側でなく外側を痛めつけられたい。

女はかすかに微笑んだ。彼の考えが読めたかのように。ちらと牙がのぞく。そうか……ではこの女は人間ではなく、ヴァンパイアだったのだ。

レヴァレンドの言うとおりだった。あんちくしょうめ。この女ならいけるかもしれない。マリッサとはまったく正反対だ。それにこれは、ブッチが成人してからずっと経験してきた顔のないセックスだ。おまけに、求めて得られずにいる種類の苦痛を与えてもらえそうだ。〈ラルフ・ローレン〉の〈ブラックラベル〉のスーツの内ポケットに手を突っ込もうとすると、女は首をふった。「あたしは売りもんじゃないよ。友だちのためにやるんだから」

「おれはあんたのことを知らん」

「友だちって、あんたのことじゃないよ」

女の肩越しに向こうを見やると、リヴェンジがＶＩＰエリアの端からこっちを眺めていた。いかにも満足げににやりと笑ってみせ、プライベート・オフィスに姿を消した。

「あの人はすごくいい友だちなのよ」女が低くつぶやいた。

「なるほど。あんた名前は？」

「どうでもいいでしょ」女は片手を差し出した。「おいでよ、ブッチことブライアン。ラストネームはオニール。いっしょに奥へ行こう。なんでラガヴーリンをがんがんあおらなきゃいられないのか知らないけど、しばらくはその理由を忘れなよ。心配しなくても、その自己破壊衝動はあんたの帰りをちゃんと待っててくれるからさ」

まったく、こんなに自分のことを知られているとは思いもしなかった。「まず名前を教えてくれよ」

「今夜のところは同情《シンパシー》ってことでどう？」

女の切り揃えた髪を見、ブーツを見た。レザーパンツをはいている。驚くようなことではないが。「シンパシー、ひょっとしてあんた道具をふたつ持ってたりしないか」

女は笑った。低く耳に快い笑い声。「いいや、それに女装男でもないよ。男でなきゃ強くなれないわけじゃないんだから」

女の鋳鉄《ちゅうてつ》色の目をじっと見つめた。それから個室トイレのほうに目をやった。くそ……あまりにおなじみの状況だ。行きずりの相手とすばやく一発、ふたつの肉体の無意味なぶつかりあい。思い出せるかぎり、そんな最低なやりかたが現金払い後腐れなしの彼のセックスライフだった。ただ、こんなどす黒い絶望を感じたことはかつてなかったような気がする。

それはそれとして。まさか肝臓がだめになってくたばるまで、禁欲を通すつもりではあるまい。ただたんに、彼にはもったいなさすぎる女がふり向いてくれないというだけで。

自分のズボンを見おろした。肉体は求めている。少なくとも方程式のこの部分は計算が合っているわけだ。

ブッチはボックス席からすべり出た。胸のうちは冬の舗道のように冷えきっている。「行こう」


バイオリンの顫《ふる》えるような美しい調べで、室内楽団はなめらかにワルツの演奏を始めていた。マリッサは大広間の華やかな集団を眺めた。どこを見ても、男女が集まって手を取りあい、身体を寄せあい、目と目を見つめあっている。少しずつちがうきずなのにおいが何十と混じりあい、濃厚なスパイスのように室内を満たしている。

そのにおいをなるべく嗅ぐまいと、マリッサは口から息をしていた。

しかし、逃げてもむだだ。ものごとはそういうものなのだ。貴族はその礼儀作法や品のよさを誇りにしているが、結局は〝グライメラ〟とて、種族の生物学的な現実からは逃れられない。男性がきずなを結べば、その所有欲がにおいを発する。連れあいを受け入れた女性は、その濃厚な香りを誇らしげに肌にまとう。

少なくともマリッサは、誇らしいだろうと思っている。

ハヴァーズの屋敷の大広間に集まった百二十五名のヴァンパイアのうち、連れあいのいない女性はマリッサひとりだった。連れあいのいない男性はおおぜいいるが、彼女にダンスを申し込む者がいるわけがない。〝プリンセプス〟たちにしてみれば、彼女に近づくぐらいなら、踊らずに座っているか、母親や姉妹と踊るほうがまだましなのだ。

そう、彼女が男性から求められることはけっしてない。ひと組の男女がすぐ目の前でターンしたとき、マリッサは礼儀正しく目を伏せた。こちらと目を合わせまいとして、ふたりがもつれあって転んだりしたらたまったものではない。

身の縮む思いをしながら、ふと不思議に思った。なぜ今夜にかぎって、敬遠される傍観者という自分の立場を特別に重荷と感じるのだろう。なにしろ、〝グライメラ〟のメンバーは四百年も前から彼女と目を合わせようとしないのだから、もういい加減慣れっこになっている。最初は、盲目の王の望まれざる〝シェラン〟だった。そしていまはもと望まれざる〝シェラン〟だ。王は彼女には目もくれず、混血の女性を愛して女王にすえたのだから。

さすがのマリッサも、部外者でいるのにとうとう疲れてきたのかもしれない。

手が震えている。唇をきゅっと結んで、重いドレスのすそをつまみ、大広間の出入口の大アーチ道に向かった。廊下に出るとほっとして、祈るような気持ちで女性用ラウンジのドアを押しあけた。フリージアと香水の香りに迎えられ、その見えない腕に抱かれて、そこにあったのは……ただ静寂のみだった。

ああ、助かったわ。

なかに入って見まわすと、緊張がほんの少しほぐれた。ハヴァーズの屋敷のこのトイレは、デビュタントのための贅沢《ぜいたく》なロッカールームだとつねづね思っていた。あざやかなロシア帝政時代のモチーフで装飾され、真紅の休憩・化粧エリアには、そろいのデザインの鏡が十枚かかっている。化粧直し用の区画には、女性が身だしなみを整えるのに必要なものがすべてそろっていた。ラウンジの奥には個室が並び、そのひとつひとつが、ファベルジェ（帝政ロシアの名高い金細工師。とくにイースターの卵は各国の王室で珍重された）の卵のモチーフでそれぞれに装飾されている。ハヴァーズの充実したコレクションから選んだものだ。

　あくまでも女性的、あくまでも愛らしい。

　そんなただなかに立っていると叫び出したくなる。

　唇を噛んでそれをこらえた。鏡に向かって身をかがめ、髪が崩れていないか確かめる。おろせば腰のくびれにまで届くブロンドの重みが、時計細工師の精密さで頭頂部にまとめられている。そのシニョンはいまもきちんとまとまっていた。数時間経っているのに、どこにも乱れは見えない。〝ドゲン〟が髪に編み込んだ真珠のひもは、彼女が舞踏会におりてきたときのまま、少しもずれていなかった。

　もっとも、壁際に立っているだけなのだから、マリー・アントワネットのように飾りたてていても崩れようがない。

　しかし、ネックレスがまたずれていた。何層もの真珠のカラーをきちんとそろえて、最下層に下がるタヒチ産の二十三ミリの真珠が、胸の谷間――と言ってもごく浅いものだが――の真上に来るように直した。

　紫を帯びたグレイのドレスは、一九四〇年代にマンハッタンで買った〈バルマン〉の年代物だ。靴はおろしたての〈スチュアート・ワイツマン〉だが、床まで届くドレスに隠れて人の目に触れることはない。ネックレスとイヤリングとブレスレットは、いつものとおりティファニー。一八〇〇年代後半に父が偉大なルイス・カムフォート・ティファニー（ティファニーの創業社長の息子で、アメリカを代表するアールヌーボーの芸術家。父の死後はティファニー社の経営にも関わった）を見出して以来、一族は同社の忠実な顧客となり、それはいまも変わっていない。

まさに貴族の品質証明というところだ。すべてについて安定と品質が正義であり、変化や欠陥は厳しい非難の目を向けられる。

しゃんと背筋を伸ばし、後ろに下がって全身を鏡に映した。こちらを見返してくる姿の皮肉なこと。鏡像は非の打ちどころもない女性美の極致だった。この世のものならぬ美貌は、生まれ落ちたものというより彫刻のようだ。ほっそりと背が高く、全身が繊細な曲線でできていて、顔は神々《こうごう》しいほどの美しさだ。唇も目も頬も鼻も完璧に整って調和している。それを包む肌は雪花石膏《アラバスター》、目は銀色を帯びた青。血管を流れる血は、一族のなかでももっとも純粋に近い血だ。

それなのにこのざまだ。見捨てられた女。余りもの。だれにも求められない、できそこないの、売れ残りのヴァージン。ラスのような純潔の戦士ですら、ただの一度も、〝未通女《ニューリング》〟の状態から解放するためだけにすら、彼女を抱くことができなかったのだ。その彼に拒絶されたいま、彼女が今後連れあいを持つことはない。永遠と思えるほどの長い歳月、ラスとともに生きてきたというのに。抱かれないかぎり、ちゃんとした〝シェラン〟とは認められないのだ。

ラスとの別れは、驚きであって驚きでなかった。だれにとっても。ラスはマリッサのほうが彼のもとを去ったと公言しているが、〝グライメラ〟はそうでないことを知っている。彼女は何百年間も手も触れられず、きずなのにおいをまとっていたこともなく、ただの一日も彼とふたりで過ごしたことがない。だいたい、自分からラスのもとを去る女がいるはずがない。ラスは盲目の王、この地球上で唯一の純血のヴァンパイアであり、偉大な戦士にして

〈黒き剣兄弟団〉のメンバーなのだ。彼より高貴な者はいない。

それで貴族たちの結論はこうだ――マリッサにはどこか欠陥があるにちがいない。まずまちがいなく衣服に隠れたところに、おそらくは性的な欠陥が。そうでなかったら、純血の戦士が彼女にそそられないはずがない。

大きく息を吸った。もう一度。もう一度。

新鮮な切り花の芳香が鼻孔に侵入してくる。その甘さがふくれあがり、空気を追い出し、空気になりかわって……しまいに肺におりていくのは芳香だけになる。その侵入と戦おうとするかのようにのどがふさがる。息苦しくて、マリッサはネックレスを引っぱった。きつい……首にきつく張りついている。それに重い……首を絞められているよう……息をしようと口をあけたが、なんの変わりもなかった。肺が花のきついにおいで詰まり、覆われて……窒息しそう。水のなかでもないのに溺れてしまいそう……

ふらつく足でドアに向かったが、あの踊っている男女の前に出ていくことはできない。彼女を村八分にすることで自分自身のアイデンティティを保っているひとたち。こんな姿は見せられない……どれほど傷ついているか知られてしまう。どんなにつらい思いをしているか。そうしたらますます疎《うと》んじられる。

女性用ラウンジを見まわしたが、なにも目に入らず、視線は鏡にはね返される。狂おしく、なんとかしようと……でもどうすればいいのだろう。どこへ行けば……寝室、上階の……早く行かないと……ああ、苦しい……息ができない。ここで死ぬのだ。いまここで、握ったこぶしのようにのどがきつくふさがっているせいで。

ハヴァーズ……わたしのきょうだい……ハヴァーズのところへ行かなくては。ハヴァーズは医者だから……助けに来てくれる……でも、せっかくの誕生日パーティが台無しになる……わたしのせいで。わたしのせいでなにもかも台無し……みんなわたしのせい……なにもかも。こんな屈辱を受けるのもみんな自分が悪いのだ……両親が何百年も前に亡くなっていてよかった。おかげで……こんな姿を見せずにすんで……

吐こう。吐けばきっと楽になる。

手が震えている。足がふらつく。倒れ込むように個室に入り、鍵をかけた。だれかが入ってきてもあえぎ声を聞かれないように、おぼつかない手で手洗いの水栓をまわして水を出した。それからやっと両膝をついて、陶製の便器にかがみ込む。

吐こうとしたが、から嘔吐が起こるばかりで、口からは空気しか出てこない。汗が噴き出す。ひたいにも、脇の下にも、乳房のあいだにも。頭がぐらぐらする。口からあえぎが漏れる。必死で息をしようとしながら、もうすぐ死ぬのだと思い、だれも助けてくれないのかと思い、パーティが台無しになると思い、自分は厄介者だと思った。そんな思いが蜂の群れのようにたかってきて……頭のなかで蜂がうなり、蜂に刺されて……それが死をもたらす……毒のある思いが、蜂のように死を……

マリッサは泣き出した。死ぬと思ったからではなく、死なないのがわかっていたから。ほんとうに、数カ月前からパニック発作がひどい。実体のないストーカーのように不安につきまとわれ、その執拗さはきりを知らない。しかも何度経験しても、そのたびに新たな恐ろしい啓示として襲ってくる。

片手で頭を支えながら、マリッサはかすれた声で泣きつづけた。涙が伝い落ち、首に巻いた真珠とダイヤモンドにたまる。寂しい。美しく豪華絢爛《けんらん》な悪夢にとらわれてひとりぼっちだ。そこでは鬼がタキシードやスモーキングジャケットを着ていて、サテンとシルクの翼をした猛禽《もうきん》が彼女の目を突つきに舞いおりてくる。

深く息を吸って、呼吸を整えた。ゆっくり……ゆっくり息をして。もう大丈夫。前にもあったことだから。

しばらくしてから、便器のなかを見おろした。黄金一色で、彼女の涙が水の表面に波紋を立てている。水に陽光がきらめいているようだ。ふいに膝に当たるタイルの固さを意識した。コルセットがあばらに食い込んでいる。肌は冷たくじっとりしている。

顔をあげて見まわした。まあ、驚いた。くずおれるように入ったのに、無意識にお気に入りの個室を選んでいた。〝谷間の百合〟の卵をもとに装飾した個室。便器にもたれるように座り込んで見まわせば、四辺を囲むバラ色の壁には、明るい緑の蔦《つた》と小さな白い花々が手描きされている。床と手洗い台と流しはピンクの大理石で、白とクリーム色の縞《しま》が入っている。壁から突き出す燭台は黄金色。

なんてすてき。パニック発作を起こすにはぴったりの背景だ。でもそれを言うなら、最近のパニックはどんな色とでも合うような気がする。真新しい、黒いパニック。

マリッサは床を押して立ちあがり、水栓をひねって水を止め、隅の絹張りの小さな椅子にぐったりと座り込んだ。ドレスがまわりに落ち着いていくさまは、ひと騒動終わってやれやれと伸びをしている動物のようだ。

鏡に映る姿を眺めた。顔はまだらになっているし、鼻も赤い。化粧は崩れ、髪はぐしゃぐしゃ。

ほら、これこそが彼女の内面の姿なのだ。とすれば、〝グライメラ〟に疎まれるのも不思議はない。いつのまにか、これが真の姿だと知られてしまったのだろう。

ああ……たぶん、だからブッチにも――

だめ、それはやめて。いまは彼のことだけは考えたくない。いまはできるだけしゃんとして、急いで寝室に引きあげることだ。たしかに隠れるのは体裁がよくないが、いまさら体裁なんか気にしてもしかたがない。

髪を整えようと手をあげたそのとき、ラウンジの外側のドアが開く音がした。室内楽が大きくなり、ドアが閉じるとまた遠くなる。

上等じゃないの。出ていけなくなってしまった。でも、入ってきたのはひとりだけかもしれない。それなら、少なくとも盗み聞きはせずにすむ。

「ショールを汚しちゃうなんて信じられないわ、サニマ」

残念でした。臆病者のうえに盗み聞きまでする破目になったわけね。

「ぜんぜん目立たないわよ」サニマが答える。「でも、ひとに気づかれないうちに自分で気がついてよかったじゃない。こっちいらっしゃいよ、水で洗ってみましょう」

マリッサは首をふって、頭をはっきりさせようとした。外のふたりのことは気にしちゃだめ。**いまは髪を直さなくちゃ。それに、このマスカラをどうにかしないと。まるでパンダみたいじゃないの。**

タオルをとって静かに濡らした。外のふたりは向かいの個室に入っていったようだ。ドアをあけ放しているらしく、声がはっきり聞こえる。

「でも、だれかに見られてたらどうしよう」

「大丈夫よ……ショールをとって——あらあら」短い笑い声。「なあに、この首」

若いほうの女が、声を殺しながらもうれしそうに言った。「マーラスのせいよ。先月連れあいになってから、あのひとったら……」

今度はふたりいっしょに笑い出した。

「彼、昼間はしょっちゅうあなたのとこへ来るの？」サニマの秘密めかした口調がうれしそうだ。

「ええ、もちろんよ。寝室と寝室をつなげたいって彼が言ったとき、どうしてだかわからなかったけど、いまはわかるわ。彼って……欲求が強いの。つまりその……身を養いたいっていうだけじゃなくて」

マリッサは、目の下を拭く手を止めた。たった一度だけ、彼女を欲する男性の飢えを感じたことがある。一度のキス、たった一度きりの……その思い出は大切にしまってある。ヴァージンのまま墓場に入る彼女にとって、唇と唇を重ねたあの短い瞬間が唯一の性的な経験ということになるのだろう。

ブッチ・オニール。ブッチのキスはとても——**やめなさいったら。**

顔の反対側の化粧を直しにかかる。

「連れあいになったばかりのころって、楽しくてしかたがないわよね。でも、その首のあとをひとに見られちゃだめよ。肌に傷が残ってるわ」

「だからここに駆け込んできたのよ。このワインのしみを見られて、ショールをおとりなさいよって言われたら……」と言う声にこもる恐怖は、ワインどころか刃物で不始末でも起こしたのかと思うほどだ。

もっとも、〝グライメラ〟のことを考えれば、目をひきたくないという気持ちはわかりすぎるほどわかる。

タオルを置いて、次は髪を直そうとした……そして、ブッチのことを考えまいとするのをあきらめた。

ああ、彼の歯形を〝グライメラ〟に見られないように隠すことができたら、どんなにわくわくするだろう。身に着けたお上品なドレスの下に、甘美な秘密を隠していられたら。彼の荒々しいセックスをこの身で知ることができたら。きずなを結んだ彼のにおいを肌にまとうことができたら。そして連れあいをもった女性がするように、それと正反対の香水を選んで、そのにおいを強調することができたら。

でも、そんなことはなにひとつ起きっこないのだ。第一、話に聞くところでは、人間はきずなを結ばないそうだ。それにかりに結ぶとしても、最後に会ったとき、ブッチ・オニールはそっけなく歩き去っていった。もう彼女に興味がないのだ。たぶん彼女の欠陥の話を耳にしたのだろう。彼は〈兄弟団〉と親しいのだから、いまではなにからなにまで知っているはずだ。

「だれかいるの?」サニマが鋭い声で言った。

マリッサは声に出さずに毒づいた。気づかないうちに、大きなため息をついていたようだ。髪と顔を直すのはあきらめて、個室のドアをあけた。出ていくと、ふたりの女性は顔を伏せた。いまはそれがありがたい。列車事故にでもあったような髪をしているから。

「心配しないで。だれにも言わないわ」マリッサはつぶやくように言った。セックスのことを人前で——というより、実際には人前であろうとなかろうと話題にしてはいけないのだ。

ふたりは礼儀正しく膝を曲げてお辞儀をしたが、マリッサが出ていくまで返事はしなかった。

ラウンジを出るとすぐに、さらに多くの視線が逸《そ》れていくのがわかった。全員の目がよそを向いている……とりわけ、向こうの隅で葉巻をくゆらしている、連れあいのない男性たちの目が。

大広間に背を向ける直前、人込みのなかからこちらを見ているハヴァーズと目が合った。うなずいて悲しげな笑みを浮かべる。マリッサがもうこれ以上ここにいられないとわかっているかのように。

やさしいハヴァーズ。どんなときも支えてくれて、彼女がこんなことになっても、それを恥じているそぶりも見せない。同じ両親から生まれた兄弟として愛しているだけでなく、なによりその変わらぬやさしさが貴いと思う。

光輝をまとう〝グライメラ〟たちを最後にちらと見やって、マリッサは自室に引きあげた。ざっとシャワーを浴び、床まで届く簡素なドレスに着がえ、ヒールの低い靴をはくと、屋敷の裏階段をおりていった。

だれからも触れられず、求められないのは我慢できる。〈書の聖母〉に与えられた運命《さだめ》ならしかたがない。もっとひどい生きかたもある。持っているものを考えれば、足りないものを嘆くのはつまらない、手前勝手なことだ。

ただ、目的のない生には我慢できない。〈プリンセプス会議〉に席があってよかった。この席は彼女の血統によって保証されているのだ。しかし、この世界にたしかな足跡を残す道はほかにもある。

暗証番号を打ち込んで鋼鉄のドアのロックをはずしながら、屋敷の反対側で踊っている男女をうらやましく思った。たぶん、これからもずっとうらやみつづけるだろう。ただ、それは彼女の運命ではない。

彼女の行く道はほかにあるのだ。

2

ブッチが〈ゼロサム〉を出たのは三時四十五分だった。裏に駐めた〈エスカレード〉は無視して、反対方向に歩き出した。息苦しい。ちくしょう……息が詰まりそうだ。

三月なかばは、少なくともニューヨーク州北部ではまだ冬だ。しかも今夜は食肉貯蔵庫のように冷える。トレード通りをひとり歩きながら、息を吐けば白い雲がわき、それが肩のうえに漂っていく。この寒さと孤独がありがたかった。汗まみれの人でいっぱいのクラブを出てからも、まだ身体の火照りと息苦しさが消えない。

〈フェラガモ〉の靴が舗道に固い音を立てる。汚れた雪の山と山のあいだにのぞく、細いコンクリートの帯を踏めば、かかとが融雪剤と砂を噛む。BGM代わりに、トレード通りのべつの酒場からくぐもったビートが漏れてくる。営業時間はもうすぐ終わりのはずだが。

〈マグライダーズ〉に近づくと、えりを立てて足を速めた。このブルース・バーを避けているのは、警察署の連中がよくたむろしているからだ。コールドウェル警察署のもと同僚には会いたくない。ふいっと行方をくらましたと思われているし、今後もそれはそのままにしておきたかった。

そのとなりの〈スクリーマーズ〉からは、ハードコアのラップががんがん鳴り響いていた。

迷惑なことに、建物全体がベース・エクステンダーと化している。そのクラブの前を通り過ぎたところで立ち止まった。店の側面に沿ってのびる路地に目をやる。

すべてがここで始まったのだ。ヴァンパイア界への彼の奇妙な旅は、去年の七月にここで始まった。この場所で車両爆破事件があり、BMWが粉々に吹っ飛ばされ、男がひとり灰になった。物的証拠はなにひとつ残っていなかった。ただ、東洋武術で使う手裏剣が落ちていただけだ。あざやかなプロの手並みだったし、一種のメッセージのようだったが、その直後から売春婦の死体が路地で見つかるようになった。全員のどを掻っ切られており、血中のヘロイン濃度は雲衝くほどに高かった。そしてそこでも、東洋武術の手裏剣が見つかった。

彼もパートナーのホセ・デ・ラ・クルスも、車の爆破はヒモ関連の縄張り争いだろうと思い、売春婦が殺されたのは報復だと思ったが、彼はほどなく真相を知ることになった。自動車爆弾で殺されたのは、〈黒き剣兄弟団〉の一員ダライアスだった。犯人は一族の敵である〝レッサー〟。そしてその後の一連の売春婦殺しは、〈殲滅協会《レスニング・ソサエティ》〉による戦略の一環で、一般のヴァンパイアを尋問のためとらえるのが目的だったのだ。

まったく、あのころはヴァンパイアが実在するとすら思っていなかったし、九万ドルのBMWに乗っているとはさらに思っていなかった。しかも、高度な技術を駆使する敵に狙われているとは。

ブッチはその路地を歩いていき、問題のBMW650iが天まで吹っ飛ばされた場所へやって来た。爆弾の熱のせいで、いまも黒い煤の輪が壁面に残っている。手を伸ばし、その冷たいレンガに指先を触れた。

なにもかもここで始まったのだ。

吹きつけてきた強風がコートをあおり、上等のカシミアを浮きあがらせて、その下の高級スーツを打った。手をおろし、自分の衣服に目をやる。コートは〈ミッソーニ〉で、値段は五千ドルほど。その下のスーツは〈ラルフ・ローレン〉の〈ブラックラベル〉、三千ドルほど。靴はやや格下でたった七百ドル。カフスは〈カルティエ〉で五桁に近い。時計は〈パテック・フィリップ〉、二万五千ドル。

ついでに、両脇の下に吊っている四二口径銃〈グロック〉は一挺二千ドルだ。

つまり、いま身に着けているものだけで……あきれたな、四万四千ドル相当の高級百貨店〈サックス・フィフス・アベニュー〉とおまけの陸海軍だ。しかも、彼のワードローブからすればこれは氷山の一角ですらない。館に戻れば、クロゼットふたつぶんのべらぼうな値段の衣服が待っている……が、どれも自分の金で買ったものではない。すべて〈兄弟団〉の金だ。

ちくしょう……他者《ひと》の金でめかし込んでいる。住む家はあるし、食うものにも困らず、プラズマ画面のテレビも見ているが、どれひとつ自分のものはない。自分では金を払わずにスコッチを飲み、自分のでない高級車を乗りまわす。その見返りになにをしている？　ぜんぜん大したことはしてない。ことが起きるたびに、兄弟たちにベンチに引っ込められて――

足音がした。路地の奥のほうから、激しく地面を蹴る音がぐんぐん近づいてくる。ひとりぶんではない。

ブッチはするりと影の奥に引っ込み、コートとスーツのジャケットのボタンをはずした。

必要とあれば、これですぐに銃が抜ける。他人の問題に首を突っ込む気はなかったが、罪もない人間がやられているのなら、彼はそれを黙って見ていられる性質《たち》ではない。

内なる警察官はまだ死んでいなかったらしい。

この路地には出口はひとつしかない。つまり、こちらに向かっている陸上選手たちはかならずここを通るわけだ。十字砲火を浴びてはたまらないから、大型ごみ収容器《ダンプスター》にぴったり身を寄せ、状況を見極めることにした。

若い男が飛ぶように目の前を走り過ぎていった。顔は恐怖に歪《ゆが》み、全身からパニックの気配を発散させている。そのあとから……こいつは驚いた。追いかけるふたりの悪党は淡色の髪だ。どちらも小屋と見まごう巨漢で、ベビーパウダーのにおいをさせている。

〝レッサー〟だ。一般ヴァンパイアを追っている。

ブッチはグロックの一挺を握り、短縮ダイヤルでVの携帯を呼び、追跡を開始した。走りながら、通話がボイスメールに落とされるのを聞き、そのまま携帯をポケットに突っ込んだ。

追いついてみると、三人は路地のどん詰まりにいた。といってもかなりばらけて立っている。ヴァンパイアを追い詰めたいま、殺し屋どもは急ぐふうもなく、近づいては引き下がり、にやにやしながらなぶっている。ヴァンパイアはぶるぶる震え、目を大きく見開いている。白目が闇に光っていた。

ブッチはそちらに向けて銃を構えた。「よう、パツキンのお兄さんら、その手になにを持ってるか見せてくれよ」

〝レッサー〟は動きを止め、こちらに目を向けた。まったく、まるでヘッドライトに射すくトラップにおとしめられたみたいだ。こっちは鹿で、迫ってくるのは〈ピータービルト〉のばかでかいトラックというわけだ。この不死の外道《げどう》どもは純粋な力の塊で、しかも冷血の論理に支えられている。おぞましい組み合わせだが、それがふたりもいるのだからたまらない。

「関係ねえやつは引っ込んでろ」左側のが言った。

「ああ、ルームメイトにいつもそう言われてる。けどな、おれは人に命令されるのが好きじゃないんだ」

これは認めなければなるまい――この〝レッサー〟たちは抜け目がない。ひとりはこちらに集中し、もうひとりはヴァンパイアに近づいていく。ヴァンパイアのほうはおびえるあまり非実体化もできないようだ。

これじゃ、あっというまに人質事件の状況になっちまうぞ。

「帰れよ」右側の野郎が言った。「そのほうが身のためだ」

「たぶんな。だが、そっちの兄ちゃんのためにはならないんじゃないのか」とブッチはヴァンパイアのほうにあごをしゃくった。

角氷を叩きつけられるような風が路地に吹き込み、迷子の新聞紙やからっぽの買物袋をはためかせる。ブッチは鼻がむずむずして首をふった。むかつくにおいだ。

「なあ、このベビーパウダーのにおいだけどさ。おまえら〝レッサー〟は気にならないのか」

殺し屋どもの淡色の目が彼の全身をなめた。その言葉を知っていたというだけで驚いているのだろう。と、ふたりはたちまち行動に移った。手近にいたほうの〝レッサー〟がヴァンパイアをつかまえて胸もとに引き寄せ、恐れていたとおり人質事件の状況が現実のものになった。同時に、もういっぽうがブッチに襲いかかってきた。まばたきのまもないすばやさだった。

しかし、ブッチはうろたえなかった。落ち着いて〈グロック〉の銃口の角度を調整し、突進してくる外道の胸をまともに撃った。銃弾に胸を貫かれた瞬間、泣き妖精《バンシー》さながらの甲高い悲鳴をほとばしらせ、〝レッサー〟は砂嚢《さのう》のようにぐったりと倒れて動かなくなった。

ふつう〝レッサー〟は撃たれてもこんな反応は見せない。たいていは平然としているものだが、ブッチは弾倉に特殊な弾薬を塡《こ》めている。〈兄弟団〉のおかげだ。

「くそ、これは……」残った殺し屋があえぐように言った。

「どうだ、驚いたか。ちょっと変わった弾丸《たま》を持ってるのさ」

〝レッサー〟はすぐに気を取りなおし、片腕をヴァンパイアの腰にまわして持ちあげた。生きた盾というわけだ。

ブッチは銃を構えた。**ちくしょう、これじゃ撃てない。お手上げだ。**「そいつを放せ」

ヴァンパイアの脇の下から銃口が突き出してきた。

浅い戸口めがけて飛び込んだとき、一発めがアスファルトに跳ねた。戸口に収まるが早いか、二発めに腿をえぐられた。

くそったれめ、路上死体の世界へようこそか。真っ赤に灼《や》けた屋根ふき用の大釘を腿にねじ込まれているようだ。いま身体を押し込めているくぼみは電柱程度の掩蔽《えんぺい》にしかならないし、〝レッサー〟は狙いやすい位置に移動しようとしている。

ブッチは〈クアーズ〉の空き瓶を拾い、路地の向こうに放《ほう》った。その音を追って、〝レッサー〟の頭がヴァンパイアの肩越しにとっさにまわったとき、ブッチは正確に狙いをつけて、四発銃弾を打ち込み、ふたりを中心に半円を描いた。予想どおりヴァンパイアがパニックを起こしてあばれ出し、楽に抱えていられる荷物ではなくなってきた。ついに抱えた手がゆるんでヴァンパイアが地面にずり落ちたとき、ブッチは〝レッサー〟の肩に一発撃ち込んだ。衝撃で身体が反転し、顔から地面に突っ伏すように倒れ込む。

あざやかな一発だったが、不死の化物はまだ動いている。一分半もすればまた立ちあがっているだろう。特殊な銃弾はけっこうだが、そのショックは長くは続かないし、胸にまともに当たらなくては動きを止められない。

おまけに、まったくなんてことだ。また問題が持ちあがった。

自由の身になったヴァンパイアが、大きく息を吸ったかと思うと、声をかぎりに絶叫しはじめたのだ。

痛みに悪態をつきながら、ブッチは足を引きずり引きずり近づいていった。まったくこの野郎、こんな大声を出してたら警察署がまるごと駆けつけてくるぞ。それもわざわざマンハッタンから。

ブッチはヴァンパイアの顔をまともにのぞき込み、突き刺すような目でねめつけた。「わめくのはやめろ。いいか、よく聞け。わめくのは、やめろ。いますぐ」ヴァンパイアは泡を吹いていたが、ふと黙り込んだ。喉頭のエンジンがガス欠でも起こしたかのようだった。

「よし。いいか、やってもらいたいことがふたつある。まず、非実体化できるように気を落ち着けるんだ。おい、ちゃんと聞こえてるか？　ゆっくり深く息をしろ――よし、そうだ。それからもうひとつ、目をつぶれ。いますぐ。そら、目をつぶれよ」

「どうして知って――」

「しゃべくってるひまはない。目をつぶって手で隠せ。そのままゆっくり息をしろ。この路地から生きて出られたら、あとはみんなうまく行くから」

ヴァンパイアが震える両手を目に当てると、ブッチはふたりめの殺し屋のそばへ寄っていった。舗道にうつぶせに倒れている。肩からは黒い血がしみ出し、口からはうめき声が漏れる。

ブッチは〝レッサー〟の髪をわしづかみにし、頭を路面から持ちあげて、頭蓋の付け根に〈グロック〉の銃口をねじ込んだ。引金を引く。顔の上半分が吹っ飛ぶと四肢が痙攣《けいれん》した。

それもやがてやんだ。

しかし、まだ仕事は終わっていない。どちらの殺し屋も、ほんとうに殺すには胸を突き刺さなくてはならない。だがブッチはいま、尖ったぴかぴかするものを身に帯びていなかった。

携帯電話を取り出し、また短縮ダイヤルを押した。〝レッサー〟の身体を足で仰向けに転がす。Vの携帯電話の呼び出し音を聞きながら、敵のポケットを探った。札入れのほかに、携帯端末〈ブラックベリー〉が――

「やばい」ブッチは息を呑んだ。端末は起動されていた。明らかに応援を呼ぶために。つながったままの回線を通じて、荒い息づかいと衣服のばたつく音が聞こえる。明々白々なしるし――増援部隊が現場に急行中ということだ。

ブッチはヴァンパイアに目を向けた。電話はあいかわらず呼び出し音を鳴らしつづけている。「調子はどうだ。大丈夫そうだな。すっかり落ち着いて、しゃんとして見えるぞ」

V、電話に出てくれ。V——

ヴァンパイアは両手をおろし、〝レッサー〟にふと目をやった。ひたいが吹っ飛んで、右側のレンガ壁じゅうに中身が飛び散っている。「うわ……ひどい——」

ブッチは立ちあがり、ヴァンパイアの視界をふさいだ。「忘れろ」

ヴァンパイアの手が伸び、下のほうを指さした。「でも、そこ——撃たれてる」

「ああ、だがおれのことは心配すんな。気を落ち着けて、うちへ帰ることだ」**くそったれ、早く失せろよ。**

呼び出しに応えたのはVのボイスメールだった。とそのとき、舗道を蹴るブーツの音が路地の向こうから遠く響いてきた。ブッチは携帯をポケットのあたりに突っ込むと、〈グロック〉の弾倉を抜いた。新しい弾倉を押し込みながら、やさしい指導者の顔をかなぐり捨てて、

「非実体化しろ。いますぐ消えるんだ」

「でも——でも——」

「でもじゃねえ！　ごちゃごちゃ言ってないでさっさと消えろ。さもないと棺桶に入って家に帰ることになるぞ」

「あんたはなんでこんなことしてるんだ。ただの人間なのに——」

「そのせりふはもう聞き飽きた。早く行け！」

ヴァンパイアは目を閉じ、〈古語〉でひとことつぶやくと姿を消した。

殺し屋どもの足が道路を叩く、地獄のビートがいよいよ近づいてきた。ブッチは隠れ場所を探してあたりを見まわし、それで気づいた。左足の靴が自分の血でぐっしょり濡れている。これでは、さっきの浅い戸口以外に選択肢はない。また悪態をつきながらそこに身体を張りつかせ、やってくる敵の様子をうかがった。

「ああ、くそっ……」まったく、上等じゃないか……敵は六人だった。


次になにが起こるかヴィシャスにはわかっていたし、そこに自分の出番がないのもわかっていた。まばゆい白光が炸裂してあたりを真昼に変えたとき、彼はそちらに背を向けて、ごついブーツを地面にめり込ませて歩き出した。耳を聾《ろう》するけものの咆哮が闇を貫いたが、ふり向く気にもなれない。手順はわかっている。レイジが変身し、けものが解き放たれ、いままでかれらと戦っていた〝レッサー〟は食事に早変わりだ。まったくいつもどおり……ただ、今夜は少しロケーションがちがう。コールドウェル高校のフットボール場なのだ。

行け、ブルドッグズ！　フレーフレー！

Vはどすどすとスタンドに近づき、踏みつけるようにして階段席をのぼっていき、コールドウェル高校応援席の最上段に陣取った。見おろすと、五十ヤードラインのあたりでけものが〝レッサー〟を一匹ひっつかまえたところだった。空中に放りあげ、歯と歯のあいだに不死の化物を受け止める。

ヴィシャスは周囲に目をやった。月が出ていないのはよかったが、この高校の周囲には二十五軒ぐらいは住宅があるだろう。厄介な。中二階《スプリットレベル》のある家だのランチハウス（屋根の傾斜のゆるい平屋建の住宅。郊外に多い）だの中流コロニアル様式だののなかで、人間たちが目を覚ましているにちがいない。なにせ、核爆発かと思うような強烈な光がひらめいたのだ。

Ｖは悪態をつき、鉛を内張りしたドライビンググローブを右手からはずした。腕を伸ばすと、呪われた手のひらが内から発する輝きに照らされて、指先から手首の両側まで走る刺青《いれずみ》が浮きあがって見えた。フィールドを見つめながら、Ｖは心臓の鼓動に意識を集中した。血管の拍動を感じ、そのリズムに没入する。どくん、どくん、どくん……

手のひらが緩衝波を発する。まるでアスファルトから立ちのぼる熱波のようだ。二軒の住宅の玄関ポーチに明かりがつき、ドアが開いて、わが家という城から主人が首を突き出すのとほとんど同時に、〝幻惑《ミス》〟の隠蔽《マスキング》効果が働きはじめる。フットボール場での戦闘とその物音は、なにもかもふだんどおりで問題ないというまぼろしに覆い隠されていた。

スタンド席から、ヴィシャスは得意の夜目を駆使して様子をうかがった。人間の男たちはきょろきょろあたりを見まわし、手をふりあっている。ひとりが苦笑して肩をすくめた。なんと言っているかは想像がつく。

やあボブ、あんたも見たかい。

ああゲイリー、すごい光だったな。驚いたよ。

警察を呼んだほうがいいかな。

とくに変わった様子はないけどなあ。

そうだな、なんだったんだろうな。そうだ、今度の土曜日はあいてる？　ショッピングモールでもぶらつこうと思ってるんだが、いっしょにどう。マリリンやお子さんたちもいっしよに。そのあとピザでも食べようじゃないか。

そりゃいいな。マリリンに言っとくよ。じゃ、おやすみ。

おやすみ。

ドアが閉じてからも、ヴィシャスはそのままマスキングを続行した。あの男たちはまずまちがいなく、冷蔵庫をあさってつまみ食いをしているだろうから。

長くはかからなかったし、食い残しもほとんどなかった。すべて片づくと、うろこのあるドラゴンは周囲を見わたし、Vに目を留めた。うなり声がスタンド席を這いのぼってきたが、しまいにけものはふんと鼻を鳴らした。

「食事はすんだか、でっかいの」Vは声をかけた。「参考までに言っとくが、あっちのゴールポストは爪楊枝《つまようじ》代わりにちょうどいいと思うぞ」

またふんと鼻を鳴らし、けものはうずくまった。と、その姿が消えて、黒い血にまみれた地面に裸のレイジが現われた。完全に変身が終わったところで、Vは転がるようにスタンドをおり、フットボール場のレイジに駆け寄った。

「兄弟?」レイジは雪のなかで震えながらうなった。

「ああ、ハリウッド、おれだよ。すぐメアリのとこへ連れて帰るからな」

「以前ほど苦しくない」

「そりゃよかった」

Vは革のジャケットを手早く脱いで、レイジの胸にかけてやりながら、ジャケットのポケットから携帯電話を取り出した。ブッチの携帯から二回着信があった。すぐに迎えが必要だから、その着信からデカに電話しようとした。しかし返事がない。それではと〈穴《ピット》ぐら〉に電話すると、ボイスメールになっている。

ちくしょう……フュアリーは、また義肢の調整でハヴァーズの病院へ行っている。ラスは目が不自由だから運転ができない。トールメントはもう何カ月も行方知れずだ。残るは……ザディストか。

百年間もあの男とつきあってきただけに、電話をかけながら悪態をつかずにはいられなかった。Zは困ったときの救命ボートにふさわしい男ではない。まるでちがう。むしろ海のなかのサメに近い。しかしほかにだれがいる？　それに、連れあいを得てから少なくとも多少はましになった。

「なんだ」そっけない返事。

「ハリウッドがまた内なるゴジラを吐露しやがったんだ。車が要《い》る」

「どこだ」

「ウェストン通りの、コールドウェル高校のフットボール場」

「十分で行く。救急キットは？」

「いや、ふたりともけがはしてない」

「わかった。すぐ行く」

電話は切れ、Vは携帯を見つめた。あのおっかない悪党を信用できるというのは驚きだった。こんな日が来るとは、そんなまぼろしは一度も見たことがない……もっとも、いまではなにも見えないのだが。

Vはよいほうの手をレイジの肩に置き、空を見あげた。無限の不可知の宇宙が、彼の、かれら全員の頭上にのしかかっている。生まれて初めて、その広大さを恐ろしいと思った。だが考えてみれば、彼はいま生まれて初めて、安全ネットなしで空を飛んでいるのだ。

まぼろしが消えた。未来の断片的な映像——あのいまいましく、押しつけがましい予告編。あの日付のない映像には、憶えているかぎりずっといらいらさせられてきた。それがあっさり消えた。ついでに、他人の思考が頭に飛び込んでくることもなくなった。

頭のなかに他人が入ってくるのをずっとうるさいと思っていた。それがなくなったあとの静寂が、これほど耳障りとはなんという皮肉。

「V？　どうかしたか？」

レイジを見おろした。ブロンドの完璧な美貌には目がくらみそうだ。顔じゅう〝レッサー〟の血にまみれているというのに。「すぐに車が来る。メアリのとこへ連れて帰るからな」

レイジはなにごとかぶつぶつ言いはじめ、Vは黙って言わせていた。なんと痛ましい。呪いを背負うのは楽ではない。

十分後、ザディストはフュアリーのBMWをフットボール場のすぐわきに寄せ、融けかけた汚い雪の山をそのまま突破し、ダートトラックどころかぬかるみ《マッド》トラックを突っ走って入ってきた。〈M5〉が雪を蹴散らして来るのを見ながら、レザー張りのバックシートが台無しになるとVは思ったが、考えてみれば気にすることはない。奇跡の執事フリッツが、どんなしみも信じられないほどきれいに消してくれる。

ザディストが車をおりて、ボンネットをまわって近づいてきた。好きこのんで半飢餓状態を一世紀も続けてきたが、いまの彼は百九十八センチの骨格に、ゆうに百三十キロを超す肉をつけている。顔の傷痕はいまもなまなましいし、帯状の奴隷の刺青も以前のままだが、〝シェラン〟のベラのおかげで、目はもう憎悪の黒い穴ではない。少なくともたいていは。

なにも言わずにふたりはレイジを車に運び、その巨体をバックシートに押し込んだ。

「飛んで帰るのか」Zはハンドルを握りながら言った。

「ああ、だがその前にここをきれいにしとかんと」一面に飛び散る〝レッサー〟の血を、手の力で焼き消すということだ。

「待ってようか」

「いや、レイジを連れて帰ってくれ。メアリが首を長くして待ってるから」

ザディストはすばやく首をまわして周囲をうかがった。「終わるまで待つ」

「Z、心配すんなって。ひとりきりでぐずぐずしてやしない」

歪んだ唇が持ちあがって、歯がむき出しになる。「おれがあっちに着く前におまえが戻ってなかったら、すぐに迎えに来るからな」

BMWは走り出し、後ろのタイヤが泥と雪をはねあげた。

驚いた、Zがほんとに頼りになるとは。

十分後、Vは館の敷地に実体化し、ちょうどそこへザディストがレイジを連れて戻ってきた。Zがハリウッドを館のなかへ連れていくのを横目に、ヴィシャスは中庭に駐まった車を見まわした。〈エスカレード〉はどこだ。ブッチはもう戻っていていいころなのに。

Vは携帯を取り出し、短縮ダイヤルを押した。ボイスメールになっている。「ようデカ、いま帰ったとこだ。おまえ、どこにいるんだ」

ふたりはしょっちゅう電話しあっているのだから、ブッチはすぐにチェックするだろう。いや、ひょっとしたらいまよろしくやってるのかもしれん。とすれば、記録に残るかぎりでは初めてだ。あいつもマリッサへの恋狂いはいったん忘れて、多少はあっちの息抜きをしていいころだ。

息抜きと言えば……Vは空の明るさを確かめた。夜闇はあと一時間半ぐらいはもつだろうし、彼はひどくぴりぴりしている。今夜はなにかおかしい。空気にいやなものを感じる。しかし、まぼろしが消えたいま、それがなんなのかわからない。その空白に頭がおかしくなりそうだ。

また携帯の電源を入れ、番号を押した。呼び出し音がやんだとき、相手の挨拶も待たずに彼は言った。「これから行く。用意して待ってろ。買ってやったやつを身に着けとけ。髪はまとめて首をむき出しにしておけよ」

聞きたい三語が聞こえてくるのを待った。その三語はすぐに返ってきた。女の声で「はい、ご主人《マイ・リージュ》さま」と。

Vは電話を切り、非実体化した。

3

　このところ〈ゼロサム〉は大いに儲かっている。リヴェンジは帳簿を見ながらそう思った。キャッシュフローは健全そのものだし、スポーツ賭博の利益も増えているし、客足も伸びている。やれやれ、このクラブを所有して何年になるのだったか。五年か、六年か。ようやく、大きく息をつけるぐらいの利益が出るようになってきたわけだ。

　セックスや麻薬や酒や賭博で儲けるというのは、もちろんあまり褒められた儲けかたではない。しかし彼は〝母《マーメン》〟を、そしてつい最近までは妹のベラも養わなくてはならなかったのだ。それに、恐喝という経費までかかっている。

　秘密を守るのは高くつく。

　リヴェンジは顔をあげた。オフィスのドアが開いて、〈ゼロサム〉の警備責任者が入ってきた。彼女の身体にオニールの残り香を嗅ぎ取って、彼は薄くにやりとした。自分が正しかったとわかるのは愉快なものだ。「すまなかったな、ブッチの相手まで頼んで」

　常と変わらず、ゼックスの灰色の目はまっすぐこちらを見返してくる。「いやな相手だったら引き受けなかったよ」

「もちろんわたしも、そうとわかっていなかったら頼まなかったさ。さて、どうした？」

彼女はデスクの向かいに腰をおろした。その強靭な肉体は、リヴェンジが肘をついている大理石の天板に劣らず硬い。「中二階《メザニン》の男性用トイレで、合意によらないセックスがあったの。こっちで処理しといたけど、女が金を要求してる」

「男のほうは、おまえに処理されたあと歩いて帰ったのか」

「まあね、でも新しいピアスをつけてたよ。言ってる意味はわかると思うけど。それに、未成年をふたり店内で見つけたからつまみ出した。あとは、列の客から賄賂《わいろ》をとってる用心棒がいたんで馘首《くび》にしといた」

「そうか、それから？」

「また過量摂取《OD》が一件」

「くそ。うちの商品でじゃないだろうな」

「いや、よそから持ち込まれた粗悪品《ジャンク》だよ」と、レザーパンツの尻ポケットからセロファンの小袋を取り出し、デスクに放った。「救急救命士が来る前に、うまいことくすねといた。何人か特別に雇って、手を打とうと思ってるけど」

「そうしてくれ。そのフリーの売人が見つかったら、わたしの前にしょっぴいてきてくれ。自分で処理したい」

「わかった」

「ほかにもなにかあるか？」

　その後の沈黙のなか、ゼックスは身を乗り出し、両手を握りあわせた。全身引き締まった筋肉の塊で、柔らかい曲線などどこにもない。例外は、固く突き出した小さな乳房だけだ。

両性具有的なそそられる身体つきだが、聞くかぎりでは完全な女性らしい。

あのデカ、運のいいやつだ。ゼックスはしょっちゅうセックスをするほうではないし、その価値があると思った男としか寝ない。

そしてまた、時間をむだにするほうでもない。ふだんは。「ゼックス、どうした」

「訊きたいことがあるんだ」

リヴェンジは椅子の背もたれに身体を預けた。「それは、わたしにとって不愉快な話かな」

「まあね。あんた、連れあいを探してるの？」

紫の目がらんらんと光を帯び、彼はあごを思いきり引いた。まゆの下からゼックスを見すえて、「だれがそんなことを言ってるんだ。名前を聞かせてもらいたいね」

「これは推測、うわさじゃない。GPSの記録を見ると、あんたの〈ベントレー〉はここんとこしょっちゅうハヴァーズの病院に行ってる。たまたま知ってるんだけど、マリッサはいまフリーだし、美人だ。厄介なことになってるけど、あんたは〝グライメラ〟がなにを言おうが気にしない。マリッサと連れあいになる気なの」

「まさか」それは本心ではなかった。

「ならよかった」射抜くような目と目が合って、ゼックスに嘘がばれたのがわかった。「だって、正気の沙汰じゃないもの。あんたの正体を知られたらどうするのよ。あたしが言ってるのは、あんたがこの店でやってることじゃないよ。マリッサは〈プリンセプス会議〉のメンバーなんだからね、まったくもう。あんたが〝シンパス〟だって知られたら、あんたもあたしも大変なことになる」

リヴェンジは立ちあがり、杖を手にとった。「〈兄弟団〉はもう、わたしのことは知っているよ」

「どうして」ゼックスが息を呑んだ。

兄弟のひとりフュアリーと唇と牙をぶつけあったときのことを考え、これは黙っていようと思った。「さあ、どうしてかな。それに、いまでは妹が兄弟の連れあいになっているんだから、わたしはいわば家族の一員だ。〈プリンセプス会議〉に知られたとしても、戦士たちがそこはもみ消してくれるさ」

こういう正常者《ノーマル》相手の手段が、例の恐喝屋にさっぱり通じないのはじつに残念だ。いま身をもって学んでいる最中だが、〝シンパス〟を敵にまわすと恐ろしいことになる。彼の同族が憎まれるのも不思議はない。

「ほんとに大丈夫なの？」ゼックスが言った。

「わたしがコロニー送りになったら、ベラがどれだけショックを受けると思う。あの子の〝ヘルレン〟がそんなことを許すわけがない。ましていまは妊娠中なんだ。Zは化物みたいなやつだし、ベラを守るとなったら徹底している。だから、そうだな、大丈夫だと思うよ」

「妹さんは勘づいてるの、あんたのこと」

「いや」ザディストは知っているが、ベラには言うまい。そんな苦しい立場に追い込んだりするわけがない。法の定めによれば、〝シンパス〟がいると知ったら報告しなくてはならない。それを怠れば罰せられるのだ。

リヴェンジはデスクをまわって、ゼックスに近づいていった。いまはほかにだれの目もないから、杖にすがって歩いている。定期的に打っているドーパミンで〝シンパス〟の衝動の最悪の部分を抑え込み、それでなんとか正常者《ノーマル》を装っていられる。ゼックスがどうやっているのかは知らない。知りたいのかどうかもよくわからない。しかし問題は、ドーパミンの作用で触覚が失われているため、杖にすがらないとすぐに転んでしまうことだ。なんにしても、足の感覚がまるでないときには、奥行きの感覚があっても大して役には立たないということだ。

「心配するな」彼は言った。「わたしたちの正体はだれにも知られていない。この先もそれは変わらないさ」

灰色の目がまっすぐ見あげてきた。「リヴ、彼女の身を養ってるの」それは質問ではなかった。非難だ。「マリッサの身を養ってるんでしょう」

「おまえには関係ない」

ゼックスははじかれたように立ちあがった。「ふざけるんじゃないよ。約束がちがう。二十五年前、あたしがちょっと困ってたとき、約束したじゃない。連れあいは持たない、ノーマルとは身を養わないって。自分がなにやってるかわかってるの」

「わかっているとも。この話はもう終わりだ」腕時計に目をやった。「おや、もうこんな時間か。そろそろ閉店だし、おまえも疲れただろう。戸締りはムーア人にやらせればいい」

彼女はしばしにらみつけてきた。「仕事が終わるまで帰る気は――」

「帰れと言っているんだ。親切で言ってるわけじゃない。また明日の夜な」

「悪くとらないでほしいんだけど、あんたは最低のくずだよ、リヴェンジ」

彼女は大股にドアへと向かった。殺し屋にふさわしい身のこなし。それを見送りながら、リヴェンジは思い出した。この警備責任者という仕事は、彼女の能力からすればお遊びのようなものなのだ。

「ゼックス」彼は言った。「連れあいの話、あれはまちがいだったかもしれないな」

彼女は肩越しに、気はたしかかという渋面をこちらに向けた。「一日に二度注射を打ってるくせに、いつまで隠しておけると思うの。神経調整物質に頼ってて、医者をやってるマリッサの兄弟のとこへ、しょっちゅう処分してもらいに行ってるくせに。だいたい、彼女みたいな貴族がなんて言うと思うの……こういうのを？」と、片手でオフィスじゅうを指してみせた。「あれはまちがいなんかじゃないよ。あんたはただ、その理由をいま忘れかけてるだけ」

彼女は出ていき、ドアが静かに閉まった。リヴェンジは感覚のない自分の身体を見おろした。マリッサの姿を思い描く。浄《きよ》らかで美しく、彼のまわりの女たちとはまるでちがう。ゼックスとは正反対だ。ゼックス……彼が身を養う相手。

マリッサが欲しい。彼はいま恋に落ちかけている。そして身内の男の部分が自分の権利を主張したがっている。もっとも、薬のせいで不能になっているが——とはいえ、たとえ黒い部分を解き放ったとしても、自分の愛するものを傷つけたりするはずはないだろう。そうではないか。

マリッサのことを思った。美しいオートクチュールのドレスを身にまとう姿。とても端整で、しとやかで、そして……穢《けが》れを知らない姿。〝グライメラ〟はまちがっている。彼女には欠陥などない。完璧だ。

彼は笑顔になった。肉体が火照っている。この熱を冷ますことができるのは本格的なオルガスムスだけだ。今月もそろそろそのときが近づいてきている。近ぢか連絡があるだろう。そうだ、マリッサにはまた彼が必要になる……もうまもなく。彼の血は薄まっているから、ありがたいことに彼女はひんぱんに身を養わなくてはならないし、最後に養ってからもうすぐ三週間になる。

数日中に連絡が来るだろう。また彼女に尽くすときが待ち遠しかった。


Vは数分の余裕をもって〈兄弟団〉の館に戻った。実体化したのは、門番小屋の正面入口のすぐ外だ。好みのセックスで多少はいらいらが解消できるかと思ったのだが、いまだにびりびりに神経が尖っている。

〈ピット〉の入口の間を抜け、歩きながら武器をはずしていった。あいかわらず緊張は解けないし、早くシャワーを浴びて女のにおいを洗い流したい。空腹のはずだが、欲しいのはウォトカの〈グレイグース〉ばかりだ。

「おーい、ブッチ!」彼は声を張りあげた。

返事がない。

Vは廊下を歩いていき、デカの寝室の前で、「もう寝たのか」

ドアを開いた。キングサイズのベッドはからっぽだ。ということは、本館のほうに行っているのだろうか。

小走りに玄関まで行き、入口の間のドアから外を見た。中庭に駐めてある車をざっと眺めたとき、心臓がスネアドラムのように激しく打ちはじめた。〈エスカレード〉がない。ブッチはまだ戻っていないのだ。

東の空が明るくなりはじめていた。日の光が目に突き刺さる。あわててなかに引っ込み、コンピュータバンクの前に腰をおろした。〈エスカレード〉の座標を表示させてみると、〈ゼロサム〉の裏に駐まっている。

それなら安心だ。少なくともブッチは木に縛りつけられたりは――

Vはぎくりとした。そろそろとレザーパンツの尻ポケットに手を入れる。恐ろしい予感が、発疹のように熱くちくちくと襲ってくる。〈レーザー〉を開き、ボイスメールにアクセスした。最初のメッセージはブッチの番号だったが、すぐに切れていた。

二件めのメッセージの再生が始まったとき、〈ピット〉の鋼鉄のシャッターがおりはじめた。陽が昇ったのだ。

Vはまゆをひそめた。ボイスメールからは雑音しか聞こえてこない。とそのとき、急に大きな音がして携帯をあわてて耳から離した。

ブッチの声がした。固く大きな声。「非実体化しろ。いますぐ消えるんだ」

おびえた男の声で、「でも――でも――」

「でもじゃねえ！ ごちゃごちゃ言ってないでさっさと消えろ……」なにかがはためくようなくぐもった音。

「あんたはなんでこんなことしてるんだ。ただの人間なのに――」

「そのせりふはもう聞き飽きた。早く行け!」

金属のこすれる音。弾倉を装塡しなおしているのだ。

ブッチの声。「ああ、くそっ……」

やがて一度に大音響が噴き出してきた。銃声、うなり声、重いものが落ちるような音。

Vはデスクから飛びあがり、はずみで椅子を引っくり返した。だが気づいてみれば身動きがとれない。日の光に閉じ込められてしまった。

4

意識が戻ったとき、ブッチが真っ先に思ったのは——だれか蛇口を締めてくれ。ぽたん、ぽたん、ぽたんと耳障りでしかたがない。

薄くまぶたを開いてみて気がついた。ゆるんだ水道をやっているのは自分の血だ。ああ**……そうか**。さんざんぶん殴られて出血しているのだ。

長い長い、めったやたらに最悪な一日だった。何時間尋問されていたのか。十二時間ぐらいだろうか。一千時間にも感じたが。

深く息を吸おうとしたが、肋骨が何本か折れていた。これ以上痛むぐらいなら酸欠を起こしたほうがましだ。くそったれめ、〝レッサー〟どもの几帳面な性格のせいで、全身くまなくめたくそに痛む。しかし少なくとも、銃創は止血されていた。たんに尋問を長く続けるためだが。

この悪夢に唯一救いがあるとすれば、それは〈兄弟団〉についてはなにひとつ漏らさなかったことだ。ただのひとつも。爪や脚のあいだを攻撃されたときさえ。まもなく死ぬだろうが、天国に行ったときには、少なくとも聖ペテロの目をまっすぐ見返すことはできる（キリストが逮捕された直後、「この人はキリストといっしょにいた」と指さされたペテロは、ひと晩のうちに三度「そんな人のことは知らない」と嘘をついたとされる）。自分は裏切り者ではないと胸を張っていられる。

それともおれはもう死んでいるのか。ここは地獄なのか。こういう目にあっているのはそのせいだったのか。この世で犯したあれやこれやを考えると、悪魔の客室に送られる破目になってもしかたがないとは思う。だがそれなら、尋問官になぜ角《つの》がないのか。悪魔には角があるはずじゃないか。

もうよせ、ばかなことを考えて遊んでる場合じゃない。

彼はさらに目を開いた。なにが現実で、なにが狂気じみたナンセンスなのか、そろそろ見分ける努力をしなくてはならない。意識が戻るのはたぶんこれが最後だろうという気がする。とすれば、せいぜい利用しなくては。

目がかすむ。両手……両脚……やっぱり鎖で縛られている。いまも固いもの、台のうえに横たえられている。部屋は……暗い。土のにおいがするのは、たぶん地下室だからだろう。裸電球に照らされて見えるのは……ああ、拷問道具だ。身震いして、ずらりと並ぶ尖ったもののから目をそらした。

なんの音だ。かすかなどよめき。それが大きくなる。大きくなってくる。

音がふいにやみ、と同時に上階のドアが開いて、男のくぐもった声がした。「主よ《マスター》」応じるかすかな声。よく聞きとれない。なにか話している。ひとりぶんの足音、歩きまわっている。床板のすきまからほこりが落ちてくる。しまいにべつのドアのあく音がして、すぐとなりで階段のきしむ音がしはじめた。

冷汗が噴き出し、ブッチはまぶたを閉じた。まつげのわずかなすきまから、なにがやって来るのかうかがう。

最初に入ってきたのは、彼を絞りあげた〝レッサー〟だった。去年の夏、〈コールドウェル武道アカデミー〉で会ったやつ——記憶がたしかなら、名前はジョゼフ・ゼイヴィア。もうひとりは頭から足もとまで純白のローブに身を包み、顔も手も完全に覆い隠していた。修道士か司祭かなにかのようだ。

とはいえ、その下に隠れているのは神に仕える者ではない。その人物の発する空気に触れたとき、ブッチは嫌悪感で息が詰まった。ローブの下に隠れているのは純粋な悪だ。人に連続殺人や強姦を犯させ、わが子を嬉々として殴らせるたぐいの。憎悪と悪心が形をとって歩いている。

ブッチの恐怖レベルはたちまち跳ねあがった。さんざん殴られるのは我慢できる。痛いのはつらいが、それには確実に終わりのときがある。ブッチの心臓が鼓動を止めればそれで終《しま》いだ。しかし、あのローブの下に隠れている何物かは、聖書に出てくるたぐいの苦しみの奥《おう》義《ぎ》に通じている。どうしてわかるのかと言えば、全身におぞけが走り、本能が一度に目を覚まして叫び出したからだ。逃げろと、わが身を守れと、そして……祈れと。

言葉が次々に浮かび、それが胸を通り過ぎていく。**主はわが牧者なり　われ乏《とも》しきことあらじ……**

ローブのフードがこちらを向いた。骨がないかのようななめらかな回転。まるでフクロウの首のようだ。

ブッチはぎゅっと目をつぶり、詩篇第二十三節の続きを急いで暗誦しはじめた。速く、速く……祈りの言葉で頭を埋めつくさなくてはならない。もっと速く。**主はわれをみどりの野に休ませ　いこいの水際《みぎわ》にともないたまう……主はわが魂を生かし　御名のゆえをもてわれをただしき路《みち》にみちびきたまう……**

「この男がそれか」その声は地下室じゅうに反響した。それにつまずいて、暗誦のリズムが乱れる。朗々としてエコーをともなう声は、不気味にひずんでSF映画から抜け出してきたようだ。

「銃には〈兄弟団〉の弾薬が塡めてありました」

詩篇に戻れ。もっと速く暗誦するんだ。**たといわれ死の影の谷を歩むとも災いを恐れじ**

――

「目は覚めているのだろう、わかっているぞ」エコーのかかった声がまっすぐ耳に突き刺さってくる。「わたしを見よ、おまえをとらえた者の主人を知るがいい」

ブッチは目を開き、首をまわして、無理やりつばを呑んだ。こちらの顔を見おろす顔は、凝縮された闇だった。生命をもった影。

〈オメガ〉だ。

悪の化身は低く笑った。「ではわたしが何物か知っているのだな」身を起こし、「この男はなにか吐いたか、〝筆頭殲滅者《フォアレッサー》〟」

「まだ終わっておりませんので」

「そうか、では答えはノーだな。おまえはよい仕事をしている。この男がこれほど死に近づいているくらいだからな。うむ、感じるぞ。死が近づいている。もうまもなくだ」〈オメガ〉

はまた身をかがめ、ブッチの身体のすぐうえで空気のにおいを嗅いだ。「まちがいない、一時間もつかどうかだな」

「この男がいつ死ぬかはわたしが決めることです」

「いや、そうは行くまい」〈オメガ〉は台のまわりを歩き出し、ブッチはその動きを目で追った。恐怖がいよいよ濃密になり、〈オメガ〉の動きの求心力で強まっていく。ぐるぐる、ぐるぐる……ブッチは歯の根が合わないほど激しく震え出した。

その震えがふと止まった。〈オメガ〉が台の反対側でぴたりと止まるのと同時だった。影の凝《こご》った両手をあげ、白いローブのフードをつかみ、引き下げた。頭上で裸電球がちらつく。形をとった闇に光が吸い込まれていくかのように。

「この男は解放せよ」〈オメガ〉は言った。その声は、空気に阻《はば》まれたかと思えば後押しされて、波のようにうねっていた。「森のなかに放置せよ。ほかの者たちにも、手出しはするなと言っておけ」

なんだと？

「なんですって」〝フォアレッサー〟は言った。

「仲間への忠誠心に足をすくわれるのは〈兄弟団〉の弱みのひとつではないか。そう、忠節に足をすくわれるのだ。自分たちに属するものはどうしても取り戻そうとする。下等なけものと変わらぬ」〈オメガ〉は手を差し出した。「刃物を頼む。この人間を利用してくれよう」

「まもなく死ぬのではなかったのですか」

「生命を少しばかり分けてやるのさ、言ってみればな。ついでに贈り物もしてやろう。さあ、刃物を」

　刃渡り二十センチほどのハンティングナイフが手から手へ渡るのを、ブッチは飛び出しそうな目で見守った。

〈オメガ〉は片手を台に置き、ナイフの刃を指先に当てて押し下げた。ニンジンを切ったような音がした。

〈オメガ〉はブッチのうえに身をかがめてきた。「さて、どこに隠そうかな……」

　ナイフが近づいてきて、腹部のうえで止まったとき、ブッチは悲鳴をあげた。悲鳴をあげつづけるブッチをよそに、〈オメガ〉はその腹に浅い傷を入れ、自身の小さな一部をつまみあげた。黒い指先を。

　ブッチはいましめにあらがってあばれた。恐怖に目が飛び出しそうになり、視神経が圧迫されて一瞬目がくらんだ。

〈オメガ〉は自身の指先をブッチの腹に埋め込み、低くかがんで新しい傷口に息を吹きかけた。皮膚がふさがり、筋肉がつながっていく。ブッチはすぐに、自分のなかが腐っていくのを感じた。身内で悪が這いまわっている。うごめいている。頭をあげた。傷口の周囲の皮膚は早くも灰色に変わってきている。

　目に涙が浮いた。頰を伝い落ちれば傷にしみる。

「いましめを解け」

〝フォアレッサー〟が鎖をほどきにかかったが、拘束を解かれてもブッチは動けなかった。身体が麻痺《まひ》している。

「わたしが運ぼう」〈オメガ〉が言った。「この男は生き延びて、〈兄弟団〉のもとに戻ることになろう」

「兄弟たちに主《マスター》の気配を勘づかれますよ」

「たぶんな。だが、それでも見捨てはすまい」

「この男がしゃべるでしょう」

「その心配はない。わたしのことは忘れている」〈オメガ〉は顔をブッチに寄せてきた。「おまえはなにひとつ憶えていない」

目と目が合ったとき、ブッチは響きあうものを感じた。つながりを、同一性を。自分が汚染されたのを悟って彼は泣いたが、それ以上に〈兄弟団〉を思って泣いた。兄弟たちは彼を迎え入れるだろう。なんとしてでも助けようとするだろう。

彼はいつかは兄弟たちを裏切ることになる。それは、この身内に悪が巣食っているのと同じぐらい確実なことだ。

ただひょっとしたら、ヴィシャスにもだれにも見つけられずにすむかもしれない。見つけられなくても不思議はない。それに裸で放り出されれば、まちがいなくあっというまに凍死するだろう。

〈オメガ〉は手を伸ばし、ブッチの頰を濡らす涙をぬぐった。半透明の黒い指のうえで、涙のしずくが虹色に輝く。ブッチは自分の身から出たそれを取り戻したかった。願いもむなしく、悪の化身は手を口もとに運び、ブッチの苦しみと恐怖を味わった。指をなめ……吸う。

絶望のあまり頭のなかが滅茶苦茶になっていたが、とっくに棄てたつもりでいた信仰が、また詩篇第二十三節のべつのくだりを吐き出してきた。**わが世にあらんかぎりはかならず恵みと憐れみとわれに添いきたらん　われはとこしえに主の宮に住まん**

だが、それはいまとなっては不可能ではないか。彼のなかには、この身の内には悪が巣食っているのだ。

〈オメガ〉は微笑んだ。なぜ微笑んだとわかったのか、ブッチには自分でもわからなかった。

「おまえが衰弱していて、あまり時間がないのが残念だな。しかし、いつかまたの機会もあるだろう。わがものとして選ばれたものは、いつかかならずわがもとへ戻ってくるのだ。いまは眠れ」

そのとたん、スイッチを切られた電灯のようにブッチは眠り込んでいた。

「ヴィシャス、この野郎、質問に答えろ」

Vは王から目をそらした。ちょうどそのとき、書斎の隅のグランドファーザー時計が鳴り出した。四回鳴って止まる。午後四時か。〈兄弟団〉はラスの指令本部に一日じゅう詰めていて、むだに優美なルイ十四世ふうの客間をうろうろし、繊細な室内に怒りを充満させていた。

「ヴィシャス」ラスがうなった。「返事をしろ。どうしてデカを見つけられると思うんだ。それに、どうしていままでそれを黙っていた？」

問題になるとわかっていたからだ。それでなくてもくそったれな問題が山ほど積みあがっているというのに。

なんと答えようかと考えながら、Vは兄弟たちに目をやった。暖炉の前、淡青色の絹張りのソファにはフュアリーが腰をおろし、その巨体でソファを小さく見せていた。多色の髪は、もうあごの線を越えるあたりまで伸びている。Zはその双児の後ろに立ち、マントルピースに寄りかかっている。激怒している証拠に、目がまた黒くなっていた。レイジはドアのそばだ。せっかくの美貌が険悪な表情に固まっている。両肩をぴくぴくさせているのは、内なるけものも同様に怒り狂っているのだろう。

そして最後にラスに目をやった。きゃしゃなデスクの向こうで、盲目の王は全身から威圧感を発していた。酷薄な顔に厳しい表情を浮かべ、見えない目は黒いフレームのラップアラウンドに隠れている。太い前腕には、純粋の血統を示す刺青が内側に入っている。その腕はいま、黄金の型押しの入ったデスクパッドに置かれていた。

この場にトールの顔がないのを、だれもがぽっかり穴があいたように感じていた。

「V、質問に答えろ。さもないとぶん殴ってでも吐かせてやるぞ」

「ただ、どうすれば見つかるかわかってるんだ」

「なにを隠してる?」

Vはカウンターに歩いていき、〈グレイグース〉をツーフィンガーほど注ぐと、ぐいとあおった。何度かあおって、ついに言葉を口から解放した。

「養ったんだ」

室内の全員が、合唱のようにいっせいに息を呑んだ。ラスは驚きのあまり立ちあがり、Vは〈グース〉をもう一杯注いだ。

「いまなんと言った？」最後のほうは怒鳴り声になっていた。

「おれの血を飲ませた」

「ヴィシャス……」ラスはデスクをまわって大股に歩いてきた。ごついブーツが岩のように床を打つ。顔と顔が触れあうほど近づいて、「あいつは男で、人間だぞ。いったいなにを考えていやがったんだ」

ウォトカがまだ足りない。どうしても〈グース〉がもっと必要だ。

Vはグラスを飲み干し、四杯めを注いだ。「体内におれの血が入ってれば、どこにいても見つけられる。だから飲ませたんだ。見えたから……おれがそうすることになってるのが見えたから、だからそうした。必要なら何度でもやる」

ラスはくるりとこちらに背を向け、両手をこぶしに握って室内をうろうろ歩き出した。リーダーが鬱憤《うっぷん》を晴らそうと歩きまわっているのを、〈兄弟団〉の面々ははらはらしながら見守っていた。

「やるべきことをやっただけだ」Vはきっぱりと言って、またグラスをあおった。

ラスは床から天井まで届く窓のそばで立ち止まった。昼間のことでシャッターがおりており、光は入ってこない。「血管から飲ませたのか」

「いや」

兄弟たちが咳払いをした。正直に言えとせっつくように。

Vは悪態をつき、さらに酒を注いだ。「かんべんしてくれ、そんなんじゃない。グラスに入れて飲ませたんだ。あいつは知らずに飲んだんだよ」

「まったく」ラスがぼそりと言った。「へたしたらその場で死んでいたかも――」

「三カ月も前のことだ。あいつは乗り切ったし、なんの害も――」

ラスの声が轟《とどろ》きわたり、空襲のように襲いかかってきた。「きさまは法を侵したんだぞ！　人間を養うとは！　信じられん！　いったいおれにどうしろと言うんだ」

「よかったら、〈書の聖母〉の御前へ送って裁きを受けさせてくれ。喜んで行く。だが、はっきりさせておきたいことがある。第一に、おれはブッチを見つけて連れて帰る。生きていようが死んでいようが」

ラスはサングラスを持ちあげて目をこすった。王を演じるのに疲れてくると、最近ではこうするのが癖になっているのだ。「尋問されてればしゃべってるかもしれん。まずいことにならんともかぎらんのだぞ」

Vはグラスの底をのぞき込み、ゆっくり首をふった。「あいつは死んでも裏切りやしない。保証する」グラスを干し、ウォトカがのどをすべり落ちていくのを感じた。「おれのルームメイトはそういうやつだ」

5

電話をしたとき、リヴェンジは少しも驚いたようではなかった、とマリッサは思った。でも考えてみれば、彼にはいつも気味が悪いくらい心を読まれてしまうのだ。

黒いマントの前を掻きあわせて、ハヴァーズの屋敷の裏口から外へ出た。陽が落ちてまだまもない。身震いしたが、寒いからではなかった。日中に見た恐ろしい夢のせいだ。その夢のなかで彼女は空を飛んでいた。広い大地のうえを飛び、凍った湖を飛び越え、向こう岸を半円形に囲む松林のうえを飛び越えた。そこでスピードが落ちて、下を眺めた。雪の積もった地面に、身体を丸めて血を流している者が……ブッチだ。

〈兄弟団〉に電話したいという衝動は、いまも執拗に消え残っている。あの悪夢の映像と同じぐらい執拗に。ただ、どれだけまぬけな思いをするかと思うと……戦士たちがあきれ果てて電話をかけなおしてきて、ブッチはぴんぴんしていると伝えてきたら。ブッチにつきまとっていると思われるにちがいない。ただ、ああ……雪に覆われた地面に彼の血が吸い込まれていくさまが、無力な胎児のように身体を丸めている彼の姿が、頭にこびりついてどうしても消えない。

でも、あれは夢だ。ただの……ただの夢なのだ。

目を閉じて、精いっぱい心を鎮めた。どうにか平静と言ってよいほどになったところで、マリッサは非実体化した。出たところはダウンタウンの、高さ三十階ほどのペントハウスのテラスだ。彼女が形をとるとすぐに、六つあるガラスのスライドドアのひとつをリヴェンジがあけてくれた。

とたんにまゆをひそめて、「なにかあったのかな」

無理に笑顔を作って近づいていった。「少しそわそわしてるだけ、いつものとおりよ」

彫刻入りの黄金の杖をこちらに向け、「いや、今日のはそれとはちがう」

驚いた……これほど彼女の気持ちに敏感なひとは初めてだ。「すぐによくなるわ」

彼に肘をとられて室内に招き入れられると、熱帯のような暖かさに包まれた。ここはいつもこれほど暖かくしてあるうえに、リヴェンジは床まで届くセーブルのコートを着ていて、ソファに腰を落ち着けるまで脱ごうとしない。暑くないのだろうかと思うが、彼は暑熱《しょねつ》に焦がれているようだった。

彼はスライドドアを閉じた。「マリッサ、なにがあったのか話してくれないか」

「なんでもないの、ほんとうに」

するりとマントを脱ぐと、クリーム色と黒の椅子の背にかけた。このペントハウスは三面が板ガラスで、無計画に伸び広がるコールドウエルの両半分が見渡せる。ダウンタウンのちらつく明かり、ハドソン川の暗い曲線、そのうえに輝く星々。しかしそんなきらびやかな夜景とはちがって、室内の装飾は簡素そのものだ。すべて漆黒とクリーム色で上品にまとめてある。リヴェンジによく似ている――黒いモヒカンの髪、黄金色の肌、完璧な服装のリヴェンジに。

こんな状況でなかったら、このペントハウスに恋をしていたかもしれない。

こんな状況でなかったら、彼に恋をしていたかもしれない。

リヴェンジは紫の目を細め、杖に体重を預けて近づいてきた。彼は大柄な男性で、兄弟のひとりと言っても通りそうな体格だ。それが目の前にぬっとそびえ立ち、すべてを見抜かれている。整った顔に浮かぶ表情も厳しい。「嘘をつくのは感心しないな」

マリッサは小さく微笑んだ。彼のような男性は保護欲が旺盛だから、連れあいどうしではなくても、彼女がなにを悩んでいるのか突き止めようとするのも不思議はない。「今朝とても不安な夢を見て、それがずっと気になっているの。それだけよ」

値踏みするように見つめられて、感情をふるいにかけられているという奇妙な感覚に襲われた。感情と感情がどうからみあっているのか、内側から調べられているような。

「手を出して」彼は言った。

マリッサはためらうことなく手を差し出した。彼はいつも〝グライメラ〟の礼儀作法を守っているが、今夜はまだ作法どおりの挨拶をしていない。ところが手のひらが触れあったとき、リヴェンジは彼女の手の甲に口づけしようとしなかった。親指を手首に当ててきて、そこを軽く押した。次にもう少し強く。ふいに、水門でも開いたかのように、恐怖感と不安感が腕から抜けて、彼のほうへ流れはじめた。手が触れているところから吸い取られていくかのようだ。

「リヴェンジ?」彼女は弱々しくささやいた。

手を離されたとたんに感情が戻ってきた。漏れの止まった源泉のように。

「今夜はわたしと過ごすのは無理ではないかな」

彼女は赤くなり、彼に触れられていた肌をさすった。「そんなことないわ。だって……そろそろだし」

さっそく始めようとマリッサは歩き出し、いつもそのために使っている黒い革張りのソファのそばに立った。ややあって、リヴェンジも近づいてきてセーブルのコートを脱ぎ、そのうえに横たわれるようにソファに広げた。黒いスーツのジャケットのボタンをはずしてそれも脱ぐ。上等のシルクのシャツがまぶしいほど白く見える。それを指先でなかばまで開くと、分厚く広い無毛の胸があらわになった。胸筋に刺青が入っている。赤い色素で五芒星《ごぼうせい》がふたつ、割れた腹筋にもべつの意匠が見えた。

腰をおろし、ソファの肘掛けにゆったり背中を預けると、たくましい筋肉が弛緩《しかん》する。見あげてくる輝く紫水晶《アメジスト》の目に吸い込まれそうだ。伸ばした腕の先、人さし指をくいくいと曲げるその手にも。「おいで、〝かわいいひと《タリイ》〟。あなたの欲しいものはここだよ」

マリッサはドレスのすそをつまんで、彼の脚のあいだに身を落ち着けた。リヴェンジはいつも首から飲むようにと言ってきかないが、これまでの三度の経験では、彼が性的に興奮していたことは一度もなかった。ほっとすると同時に、苦い思い出も呼び覚まされる。ラスもまた、彼女に触れて勃起したことは一度もなかったのだ。

リヴェンジのなめらかな肌を、その肌に包まれたたくましい肉体を見おろすうちに、この数日感じていた軽い飢餓感が猛然と襲ってきた。両手を彼の胸筋に置き、背を丸めてのしかかる。彼は目を閉じ、あごを横に傾けて、彼女の腕を下から上へさする。かすかなうめきが唇から漏れる。彼女が牙を立てる直前、彼はいつもそんな声を漏らすのだ。こういう状況でなかったら、期待しているからだと思っただろうが、そうでないのを彼女は知っている。彼の身体が固くなることはないし、女性に使われるのをリヴェンジがそれほど好きとは思えなかった。

口をあけると牙が伸びてきた。上あごから下へ向かって長くなっていく。リヴェンジに身を預けて――

雪のなかのブッチの姿が頭にひらめき、彼女ははっと凍りついた。首をふり、リヴェンジの首に、そして自分の飢えに意識を集中させようとした。

身を養うのよ。差し出されたものを受け取るのよ。

やりなおそうとしたが、彼の首に口をつける前に身体が止まってしまう。いらだちに目をぎゅっとつぶると、リヴェンジが手を彼女のあごの下に差し入れ、顔をあげさせた。

「〝ダーリイ〟、いったいどんな男なんだ」親指で彼女の下唇をなぞりながら、「あなたに愛されていながら、養おうともしないとは。教えてくれなければ、それはわたしに対する侮辱だよ」

「そんな、リヴェンジ……あなたの知らないひとなの」

「ばかな男だ」

「いいえ、ばかはわたし」

予想外の衝動に駆られて、リヴェンジは彼女を引き寄せて唇を重ねた。マリッサは驚きのあまり息を呑み、そこへ官能の波のように舌が押し入ってきた。巧みなキス、なめらかにすべり込むように入ってくる。マリッサは情欲の昂《たかぶ》りこそ感じなかったが、彼がどんな恋人になるかはわかった。強引で、荒々しくて……そして巧みな。

マリッサが彼の胸を押して身を起こしたとき、彼は止めようとしなかった。

リヴェンジはまた、ゆったりと肘掛けに背中を預けた。アメジストの目が輝いて、美しい紫の光があふれ出し、マリッサのなかに流れ込んでくる。彼の股間が固くなるのは感じなかったが、その大きな筋骨たくましい肉体に走る震えを見れば、心と血を性欲にたぎらせているのはわかる。彼女を貫きたいと欲している。

「ずいぶん驚いているようだね」茶化すように言った。

ほとんどの男性からすげなく扱われているのだから、それも当然だと思う。「あんまり突然のことだったから……それにわたし、あなたにはその、できないのかと――」

「女性と交わることぐらいできるよ」まぶたを閉じたその瞬間、彼は恐ろしげに見えた。

「状況によってはね」

どこからともなく、マリッサの脳裏にショッキングな情景が飛び込んできた。セーブルを敷いたベッドに彼女は裸身を横たえている。リヴェンジは同じく全裸で、完全に屹立《きつりつ》していて、脚のあいだに腰を割り込ませてくる。彼女の腿の内側に歯形が見えた。彼がそこの血管から身を養ったのだろうか。

はっと息を呑んで目を覆うと、その情景は消え、彼がつぶやくように言った。「〝ターリイ〟、申し訳ない。どうも妄想が大きくなりすぎてしまったようだ。でも心配しなくてもいい、わたしの頭のなかにちゃんとしまっておくから」

「ああなんてこと、リヴェンジ、思いもしなかったわ。それにこんな状況でなかったら……」

「わかっているよ」彼はマリッサの顔を見つめ、首をふった。「ぜひともあなたの相手に会ってみたいものだ」

「それができないの。だって〝わたしの〟じゃないんですもの」

「それじゃさっき言ったとおり、その男はばか者だな」リヴェンジは彼女の髪に触れた。

「あなたは飢えているが、後日にまわすしかなさそうだね、〝ダーリイ〟。あなたの気持ちがそれでは、今夜は無理だろうから」

マリッサは身を起こし、立ちあがった。窓の外に目を向け、きらめく街を見やる。ブッチはいまごろどこにいるのだろう。なにをしているのだろう。ふり返ってリヴェンジに目を向け、どうしてこのひとに魅かれないのかと不思議に思った。彼には戦士の美しさが備わっている。強く、濃い血の持主で、力があって……とくにいまは、その大きな身体をセーブルをかけたソファに伸ばし、両脚を大きく広げている。あからさまに誘っている。

「リヴ、あなたとしたければよかったのにと思うわ」

彼は乾いた笑い声をあげた。「おかしいな、あなたの言いたいことはよくわかるよ」

Ｖは館の入口の間を出て、中庭に立った。ぬっとそびえる館の陰のなか、精神を夜のなかへ広げていく。シグナルを探すレーダーのように。

「ひとりで行くんじゃないぞ」レイジが耳もとでうなった。「拘束されてる場所が見つかったら、おれたちを呼べよ」

Vが返事をせずにいると、首根っこをつかまれて縫いぐるみのように揺さぶられた。こっちは怒り狂っていて、しかも身長が二メートル近くあるというのに。

レイジが嚙みつきそうに顔を寄せてきた。てめえなめてんじゃねえぞと顔じゅうに書いてある。「ヴィシャス、聞こえたのか」

「ああ、うるせえな」レイジを押しのけたはいいが、ここにいるのはかれらだけではないと思い知らされただけだった。〈兄弟団〉のほかの面々も、頭に血をのぼらせて完全武装で待っている。射ち出されるのを待ちかまえる大砲の球のようだ。ただ……全員が怒り狂い、猛りたっているなかにも、気づかわしげにこちらを見守っている。そんな気づかいにかっとなって、Vはかれらに背を向けた。

精神を集中させ、夜の闇をふるい分けていく。ブッチのなかに在る、ヴィシャス自身のかすかなこだまを聴きとろうとする。闇を貫き、野を山を、凍った湖や急流を越えて……遠くへ……遠くへ……遠くへ——

見つけた。

生きている。だが半死半生だ。場所は……北東だ。二十キロか、二十五キロぐらいだろうか。

Vが〈グロック〉を抜くと、鉄の手にがっちりと腕をつかまれた。レイジがまた怒りをたぎらせていた。「ひとりで〝レッサー〟どもを片づけようとするんじゃないぞ」

「わかってる」

「誓え」レイジが噛みつくように言った。どうやら完全にお見通しらしい。ブッチをつかまえているやつらを見つけたら、その場で襲いかかって、連絡は後片づけのためだけにするつもりだった。

ただ、これは個人的な問題なのだ。たんにヴァンパイアと〈レスニング・ソサエティ〉との戦争がどうこういう問題ではない。あの不死の外道どもがさらっていったのは、彼の――なんというか、ブッチが彼にとって具体的になんなのか、ヴィシャスにはよくわからなかった。しかし、もう長らく感じたことのない深いつながりを感じている。

「ヴィシャス――」

「連絡するさ、連絡すべき時が来たらな」Vは非実体化して兄弟の手を離れた。

ばらばらの分子の塊となって移動しながら、コールドウェルの農村地帯へ霧のように流れていき、まだ凍っている小さな湖を越え、向こう岸の木立に入っていった。三角法で選んだ再出現場所は、ブッチの発する信号から百メートルほど離れている。すぐに戦闘にかかれるように、うずくまった体勢で出現した。

用心しておいてよかった。というのも、くそ、いたるところに〝レッサー〟の気配が――

Vはまゆをひそめ、息を止めた。ゆっくりと半円形を描きつつ向きを変え、直感ではなく目と耳とであたりを探った。近くに〝レッサー〟はいない。それどころかなにもなかった。あばら家も狩猟小屋も――

だしぬけに震えが走った。いや、やはりこの森にはなにかがいる。なにか桁《けた》ちがいに大きなもの、悪心の凝ったしるし、全身がぞわぞわするほどの悪が。

〈オメガ〉だ。

おぞましい気配の凝縮するほうにくるりと頭を向けると、冷たい風が顔に突き刺さってきた。母なる自然が、こちらへ来るなと叱っているかのようだ。

くそったれめ。ルームメイトをここから助け出さなくちゃならないんだ。

Vはブッチを感じる場所に向かって走った。ごついブーツが凍った雪を砕いていく。頭上では、雲ひとつない空のふちに満月が明るく輝いていたが、悪の気配があまりに強烈で、目隠しをしていてもたどれるほどだった。そしてくそ、ブッチはその闇のすぐそばにいる。

五十メートルほど走ったところで、コヨーテの群れに気づいた。地面のなにかを丸く取り囲み、激しくうなっている。腹をすかせているのではなく、群れを脅かす敵を威嚇《いかく》しているようだった。

なにに向かってうなっているのかわからないが、よほど気になるものらしく、Vが近づいていってもまるで気がつかない。追い払うために、Vは銃を頭上に向けて二発ほど撃った。コヨーテが散り散りに逃げていき――

Vはたたらを踏んで立ち止まった。地面に横たわるものを目にしたとたん、つばが呑み込めなくなった。だがかえってよかった――口のなかはからからに干あがっている。

ブッチが雪にまみれて倒れていた。脇腹を下にして、素っ裸で、さんざん殴られて、全身血まみれで、顔は腫れあがってあざだらけだ。腿には包帯が巻かれていたが、その下の傷口がどうなっているにしても、すでに血がしみ出している。しかし、恐ろしかったのはそのどれでもない。デカは完全に悪に包み込まれている……すっぽりと……くそ、ブッチこそがその闇だ。Vが感じていたおぞましい足跡だ。

なんてことだ。

ヴィシャスは周囲をざっとうかがい、両膝をついて、手袋をはめた手でそっとブッチに触れた。腕にびりっと痛みが走り、すぐに逃げろと本能が叫び出した。彼がいま手を置いているのは、なにを犠牲にしてでも避けるべきもの、〝悪〟そのものだから。

「ブッチ、おれだ。ブッチ？」

うめき声をあげて、デカが身じろぎした。顔を太陽に向けたかのように、傷だらけの顔にぱっと希望めいたものが広がった。だがすぐに、その表情は消えた。

なんと痛ましい、ブッチの目は氷でふさがっていた。泣いていたその涙が、流れ落ちる前に寒さで凍ってしまっている。

「デカ、もう大丈夫だ。おれが……」**おれが、なにをしてやれる？** ブッチはここで死にかけているが、それまでにいったいなにをされたのか。なぜ全身を闇に侵されているのか。

ブッチは口をあけた。しゃがれた声が漏れてきた。なにか言おうとしたのかもしれないが、言葉になっていなかった。

「デカ、なにも言わなくていい。おれが面倒見て――」

ブッチは首をふり、逃げようとしはじめた。見ていられないほど弱々しく、腕を伸ばし、地面をつかみ、傷だらけの身体を引きずって雪のなかを逃げようとする――Vから。

「ブッチ、おれだ――」

「だめだ……」デカは狂おしく、地面に爪を立てて身体を引きずっていこうとした。「感染した……なんでか……感染して……そばに……来るな。どうしてだか……」

Vはぴしゃりと打ちすえるような声で言った。鋭く、大きな声で。「ブッチ！　おとなしくしろ！」

デカは逃げようとするのをやめた。命令に従ってやめたのか、それとも体力が尽きたのかはわからない。

「いったいなにをされたんだ？」Vはジャケットからマイラー製軽量ブランケットを引っぱり出し、ルームメイトにかけてやった。

「感染した」ブッチはぎくしゃくと仰向けになり、銀色のブランケットを押しのけ、無惨に傷ついた手を腹に置いた。「かん……せんした」

「これはいったい……」

ブッチの腹部に丸く黒変している部分があった。こぶし大の、縁《ふち》のくっきりしたあざのように見える。その中心部にある傷痕は、どうやら……手術あとらしい。

「くそ」なにか埋め込まれたのか。

「殺してくれ」ブッチの声は身も凍るかすれ声だ。「いますぐ殺せ。感染してる。なにかが……なかで。育ってる……」

Vは上体を起こし、髪をかきむしった。感情はとりあえず無理にも棚あげして、理性的にものを考えようとした。人並みはずれた過剰な灰白質《かいはくしつ》が助太刀に来てくれることを祈る。しばらくして到達した結論は過激だが、筋は通っていた。そこに集中するうちに気持ちも鎮まってきた。黒い短剣の鞘《さや》を払ったとき、その手は少しも震えていなかった。ルームメイトのほうにまた身をかがめる。

あってはならないものは取り出さねばならない。それが悪のもとだとすれば、除去するのはここ、だれにも害の及ばない場所でなくてはならない。館やハヴァーズの病院でやるのはまずい。それに、死神はもうすぐそこに迫っているのだから、汚染除去は早ければ早いほどいい。

「ブッチ、いいか、大きく息を吸ってそのまま止めてくれ。これからおまえの——」

「用心なさい、戦士よ」

Vはうずくまったままくるりとふり向いた。彼の真後ろ、地面のうえに浮かんでいるのは〈書の聖母〉だった。いつものとおり純粋なエネルギーの塊だ。黒いローブは風になびくこともなく、顔は隠れている。その声は夜気のように澄みきっていた。

ヴィシャスは口を開きかけたが、〈聖母〉がそれをさえぎった。「おまえが分を越えてものを訊く前に、先に答えてあげよう。直接手を貸してやることはできません。これは、わたくしが手出しをしてはならないたぐいの問題ですから。けれども、これだけは教えておきます。おまえが忌み嫌う呪いの秘密は、いずれ解き明かされるでしょう。その男のなかにあるものを処理すれば、おまえはかつてなかったほど死に近づくことになります。けれども、それを取り除くことができる者は、おまえをおいてほかにいないのですよ」彼の考えを読んだかのように、〈聖母〉はかすかに微笑んだ。「そうです、おまえがそもそもこの男を夢に見たのは、ひとつにはこの瞬間のためだったのです。けれども、いずれもうひとつの理由にも気がつく

「ことになるでしょう」

「ブッチは助かりますか」

「仕事にかかりなさい」〈聖母〉はそっけなく言った。

「その男を早く救いたければ、わたくしに不敬を働くよりも手を動かすことね」

Vはブッチにかがみ込み、手早く処置にかかった。腹部に短剣を当てて引くと、ブッチのかすかに割れた口からうめきが漏れ、傷口がぽっかりと開いた。

「なんだこれは」なかでは、黒いものが肉の繭《まゆ》にくるまれていた。

〈書の聖母〉の声が近くで聞こえた。肩のすぐそばまで来ているかのように。「手袋をはずしなさい。急いで。なんと広がるのが速いこと」

Vは短剣をチェストホルスターに差し込み、手袋をはずした。手を伸ばしかけて、ふと止めた。「ちょっと待った。この手で人にさわっちゃいけないはずなんですが」

「その汚染が逆に人間を守っているから大丈夫です。さあ、早くなさい。手を触れるときには、その手の白い光が全身に広がるさまを思い描くのですよ。光にすっぽり包まれていると」

ヴィシャスは手を差し伸ばしながら、純粋な白熱の光に囲まれている自分の姿を想像した。黒いかけらに触れた瞬間、全身がびくりと跳ねあがった。なんなのかはともかく、それはしゅうしゅうと音を立てたかと思うと、ぽんとはじけて崩れ去った。だがちくしょう、これはなんだ、この気分の悪さは。

「息をなさい」〈書の聖母〉が言った。「息をしてやり過ごすのです」

ヴィシャスはふらふらして、地面に手をついて身体を支えた。頭ががっくりと垂れ、のどに胃がせりあがってきそうだった。「ちょっと気分が――」

まちがいなく吐きそうだ。何度もくりかえし吐き気が襲ってきたが、ふと両腕にかかる重みが軽くなった。嘔吐しているあいだ、〈書の聖母〉がずっと支えてくれていたのだ。吐き気が収まると、ぐったりと〈聖母〉に寄りかかった。しばらくのあいだ、髪をなでられているような気さえした。

やがてどこからともなく、よいほうの手のなかに彼の携帯電話が出現した。と、耳もとではっきりと〈聖母〉の声がした。「もうお行きなさい、この人間を連れて。忘れてはいけませんよ、悪の座は肉体ではなく魂のなかにあるのです。それから、敵の壺をここへ持って戻っておいでなさい。この場所へ持ってきて、おまえの手をそれに使うのです。これはただちに実行しなくてはなりませんよ」

Vはうなずいた。頼みもしないのに〈書の聖母〉が忠告してくれたものを、あだやおろそかにはできない。

「それと戦士よ、おまえの光の盾をこの人間のそばから離しませぬように。さらにまた、その手を使って癒してやることも忘れてはならぬ。肉体にも心にもじゅうぶんに光を注がなければ、まだ危険が去ったわけではないのですからね」

〈聖母〉のエネルギーが薄れるのと同時に、腹にまた突き刺さるような吐き気が襲ってきた。それをこらえながら、Vは不思議に思っていた。あれにちょっと触れただけであとあとまでこんなに苦しいのに、ブッチはどうして死なずにすんだのだろう。

手のなかで携帯電話が鳴り出し、Vははっとわれに返った。どうやらしばらく雪のなかに引っくり返って意識を失っていたらしい。「もしもし」やっとの思いで電話に出た。

「きさまどこにいるんだ。なにがあった」レイジの怒鳴り声を聞いて、Vは心底ほっとした。

「ブッチは見つけた。見つかった」――Vは、無惨に血まみれのルームメイトに目をやった――「ちくしょう、迎えに来てくれ。あぁくそ、レイジ――」Vは片手を目に当てて、がくがく震え出した。「レイジ――ブッチがなにをされたか……」

兄弟の声音がすぐにやわらいだ。Vが気絶していたと察したかのように。「よし、わかったから落ち着け。それで、いまどこにいるんだ」

「森……どこの森だか……」くそ、脳みそが完全にショートしてやがる。「GPSで見つけられないか」

電話の向こうで、おそらくはフュアリーの叫ぶ声がした。「見つかった!」

「よし、V、場所はわかった。これからそっちへ――」

「だめだ。ここは汚染されてる」レイジが質問を始めようとするのをさえぎって、「車だ。車が要る。ブッチをここから運び出さなきゃならん。ここにはだれも来ちゃだめだ」

長い間《ま》があった。「わかった。そこからまっすぐ北へ向かえ。七、八百メートルほど行くと二十二号線に出る。そこで待ってる」

「電話を――」Vは咳払いをし、目をぬぐった。「電話を、ハヴァーズに。負傷者を連れていくと伝えといてくれ。それから隔離が必要だと」

「なんだって……ブッチはいったいなにをされたんだ」

「急げ、レイジ――いや、待て！　〝レッサー〟の壺が要る」

「どうして」

「説明してるひまはない。ただ、忘れずに持ってきてくれ」

Ｖは携帯をポケットに突っ込み、輝く手にまた手袋をはめると、ブッチのそばへ戻った。マイラーのブランケットがちゃんとかかっているのを確認し、両腕にデカを抱えて、ぐったりしているのを地面からそっと持ちあげた。ブッチが痛みに息を呑んだ。

「動かすとつらいだろうが、連れて帰らんわけにいかんからな」Ｖは言った。

だがそこで、Ｖはまゆをひそめて地面に目をやった。ブッチはもうあまり出血していないが、ただ厄介なのは、この雪にばっちり足跡が残ってしまうことだ。〝レッサー〟がひょっこり戻ってきたりしたら、簡単に追いつかれてしまう。

ふと見れば、にわかに嵐の雲が集まって激しく雪が降りはじめた。

まったく、〈書の聖母〉はぬかりがない。

ほどなく、吹雪と言ってよいほどの激しい雪になった。自分が、そして腕のなかの友人が白い光に包まれているさまを思い描きながら、Ｖはその雪のなかを歩き出した。


「来てくれたんだ！」

マリッサは笑顔でドアを閉じ、窓のない明るい内装の病室に入っていった。病院のベッドに寝ているのは、小柄できゃしゃな七歳の女の子だ。そばについている母親は、その娘より大して大きいようにも見えないうえに、いまにも壊れそうなことは娘以上だった。

「だって、また来るわねって昨夜《ゆうべ》約束したじゃない」

少女がうれしそうに笑うと、一本欠けた前歯のあとに黒い穴があいている。「そうだけど、ほんとに来てくれたんだね。それにとってもきれい」

「あなたもかわいいわよ」マリッサはベッドに腰をおろし、少女の手をとった。「今日はどうしてた?」

「〝マーメン〟といっしょに、『ドーラ・ザ・エクスプローラー』（アメリカの子供向けアニメ番組）を観てたんだよ」

母親は小さく微笑んだが、地味な顔や目の印象はほとんど変わらなかった。少女が三日前に運び込まれてからずっと、どこかが麻痺して自動操縦かなにかで動いているように見える。例外は、だれかが入ってくるたびにぎょっとして飛びあがるときだけだ。

「〝マーメン〟がね、ここにはあんまり長いこといられないって言うの。そうなの?」

母親が口を開きかけたが、マリッサはすかさず答えた。「そんなこと心配しなくていいのよ。まず脚のけがを治さなくちゃね」

この親子は裕福ではない。たぶん治療費は払えないだろうが、ハヴァーズは患者を追い帰すようなことはしない。また、すぐに追い出すようなこともしないだろう。

「〝マーメン〟がね、あたしの脚のけがはすごくひどいんだって。ほんと?」

「すぐによくなるわよ」マリッサは毛布のほうに目を向けた。少女は脚を複雑骨折しているが、その手術はまもなくおこなわれることになっている。きれいに治ればよいのだが。

「〝マーメン〟がね、緑のお部屋に一時間ぐらい入ってなきゃいけないって言うの。そんなに長くかかるの?」

「手当がすんだらすぐに出してもらえるわよ」

ハヴァーズは、少女の脛骨《けいこつ》をチタン製のロッドで置き換えるつもりにしている。脚をなくすよりいいとは言え、楽な治療ではない。成長するにつれて何度も手術が必要になるし、その疲れきった目からして、これが手始めにすぎないのをこの母親は知っているのだろう。

「でもあたし、こわくないよ」すりきれたトラの縫いぐるみをのどもとに抱き寄せて、「マスティモンがいっしょだもん。看護婦さんがいっしょに連れてっていいって」

「マスティモンが守ってくれるわ。強いのよね、トラさんだもの」

「ひとを食べちゃだめって言って聞かせたよ」

「えらいわね」淡紅色のドレスのスカートのポケットに手を入れて、マリッサは革の箱を取り出した。「いいものを持ってきたのよ」

「プレゼント?」

「そうよ」マリッサは箱の向きを変え、少女のほうに向けてふたをあけた。なかにはティーカップのソーサーほどの大きさの黄金の円板が入っている。ぴかぴかに磨かれて、鏡のようになめらかで、太陽のように輝いている。

「すっごくきれい」少女が息を呑む。

「これはね、わたしのお願い皿なの」と、取り出して裏返してみせた。「ほら、わたしのイニシャルが裏に入ってるでしょう」

少女は目を細くした。「ほんとだ。あっ、これ見て! こっちの字はあたしの名前に入っってるのよ。あなたにあげようと思って」

隅のほうで、母親がはっと小さく息を呑んだ。この黄金の皿がどれほど高価なものかわかっているのだ。

「いいの？」少女は言った。

「手を出して」マリッサは黄金の円板を少女の両手にのせた。

「わあ、おもーい」

「お願い皿の使いかた知ってる？」少女が首をふるのを見て、マリッサは羊皮紙の小さな紙片と万年筆を取り出した。「願いごとを言って。そしたらわたしがこれに書いてあげるわ。そうするとね、眠ってるあいだに〈書の聖母〉が来て読んでくださるのよ」

「願いごとがかなわなかったら、それは悪い子だからなの？」

「そんなことないわ。それはね、〈聖母〉さまがもっといいお考えを持ってらっしゃるってことなのよ。それで、なんて書いたらいい？　なんでもいいのよ。目が覚めたらアイスクリームが食べたいとか。それとももっと『ドーラ』が観たい？」

幼い少女はまゆをひそめて考え込んでいる。「〝マーメン〟がもう泣きませんようにって。ずっと泣いてないふりしてるけど、あたしが……その、階段から落ちてから、ずっと悲しがってるの」

マリッサはごくりとつばを吞んだ。この子が脚を折ったのはそんな理由ではないとよく知っていたから。「いい願いごとね。それじゃ、そう書いておくわね」

〈古語〉の複雑な文字を使って、マリッサは赤いインクでこう書いた。**御心にかないますならば、〝マーメン〟が幸せになれますように。**

「ほら。これでどう？」

「すてき！」

「それじゃ、たたんで置いておきましょうね。あなたがしゅじゅ――その、緑のお部屋に入ってるあいだに、きっと〈書の聖母〉さまが返事をくださるわ」

少女はトラをぎゅっと抱きしめた。「だったらうれしいな」

看護師が入ってくるのを見て、マリッサは立ちあがった。身体がかっと火照るような強烈な衝動を覚える。この子を守ってあげたい。自宅で降りかかったことから、そしてこれから手術室で降りかかろうとしていることから。

そんな衝動を抑えて、マリッサは母親のほうに顔を向けた。「きっとうまく行きますよ」近づいていって薄い肩に手を置くと、母親はびくりとして、マリッサの手を力いっぱい握りしめた。

「ここにはあのひとは入ってこられませんよね」低い声で言う。「あのひとに見つかったら殺されてしまう」

マリッサは声をひそめて言った。「カメラの前で身分を証明して許可されないと、ここのエレベーターには乗れませんから。ここにいればあなたもお嬢さんも安全です。どうぞ心配しないで」

女性がうなずくのを見て病室を出る。これから少女には鎮静剤が与えられるのだ。

病室の外で、マリッサは廊下の壁に背中を預けた。ふつふつと新たな怒りが湧いてくる。あの母娘が男性の暴力の捌《は》け口になっていることを思うと、銃を撃てるようになりたくてたまらない。

ほんとうに、あの母娘を外界に放り出すなんてとても想像できない。病院の外に出れば、あの女性の〝ヘルレン〟にまちがいなく見つかってしまう。ほとんどの男性は連れあいを崇めたてまつるものだが、妻子を虐待する者も少数ながらかならずいるし、家庭内暴力の現実は醜く、また根深い。

左のほうでドアの閉まる音がして、マリッサは顔をあげた。ハヴァーズが廊下をこちらへ歩いてくる。カルテに顔をうずめんばかりに読みふけっていた。みょうなことに、靴に黄色いビニールのカバーがかかっていた。あれは防護服を着たときにしかつけないのに。

「ハヴァーズ、また実験室にこもっていたの？」彼女は尋ねた。

ハヴァーズはカルテからはっと目をあげ、角縁の眼鏡を押しあげた。しゃれた赤いボウタイがおかしな角度に歪んでいる。「いまなんて？」

マリッサは笑みを浮かべ、彼の足もとをあごで示して、「実験室にいたの？」

「えっ……ああ、うん。そうなんだ」身をかがめてローファーにかけたカバーをとり、その黄色いビニールを握りつぶした。「マリッサ、ちょっと家に戻ってもらえないかな。今度の月曜日、〈プリンセプス会議〉の〝リーダー〟と、ほかにメンバーを七名ディナーに招待してるんだ。いい加減なものは出せないから、ほんとはぼくが自分でカロリンと相談したいところなんだが、これから手術だし」

「いいわよ」と答えたものの、マリッサはふとまゆをひそめた。ハヴァーズが彫像のように突っ立っている。「なにかあったの？」

「いや、なんにもないよ。そろそろ……そろそろ戻ってくれないかな。その……その、急いで頼むよ」

もう少し探りを入れてみたかったが、少女の手術を控えたハヴァーズをあまり引き止めたくなかった。そこで頬にキスをし、ボウタイをまっすぐ直してやると、マリッサは歩き出した。しかし、待合室に通じる両開きドアの前まで来て、ふと気になってふり返った。

ハヴァーズは、靴にかぶせていたカバーを生物学的危険物《バイオハザード》入れに押し込んでいた。その顔は険しくこわばっている。大きく息をして背筋をしゃんと伸ばすと、手術用続き部屋《スイート》の準備室のドアを押しあけた。

ああ、そうだったのか。ハヴァーズは幼い少女の手術のことで動揺しているのだ。考えてみれば当然ではないか。

マリッサはまたドアに向きなおり……とそのとき、ブーツの足音がした。

ぎょっとして凍りついた。こんな雷鳴のような音を立てて近づいてくる男たちはほかにいない。

くるりとふり向くと、ヴィシャスが大股に廊下を歩いてくる。ダークヘアの頭を低く垂れていた。背後に続くフュアリーとレイジも同じく無言で、ただならぬ気配を漂わせている。三人とも全身に武器を帯び、疲労を重くまとっていた。おまけにヴィシャスは、革の上下にもジャケットにも乾いた血をこびりつかせている。でも、この三人がハヴァーズの実験室になんの用があったのだろう。あの奥には実験室しかないはずなのに。

兄弟たちは、ほとんど押し飛ばしそうになってから、やっと彼女に気がついた。そろって立ち止まり、とたんに目をよそへ泳がせる。彼女がラスの寵《ちょう》を失ったからなのはまちがいない。

ほんとうに、間近で見ると三人はひどく様子がおかしかった。みょうな表現だが、どこも悪くはないが具合が悪い、そんなふうに見えた。

「どうかなさったの？」彼女は尋ねた。

「いや、べつにどうも」ヴィシャスがこわばった声で言う。「失礼」

あの夢……ブッチが雪のなかに倒れていて……「どなたかけがをなさったの？　あの……ブッチは……」

ヴィシャスは肩をすくめただけで返事をせず、彼女のわきを抜けて、ドアを殴りつけるようにしてあけると待合室に出ていった。あとのふたりは堅苦しい笑みを向けてきたが、やはり黙って出ていった。

少し離れてあとをついていきながら、マリッサは三人を目で追っていた。ナース・ステーションのそばを通り過ぎ、地上に通じるエレベーターに向かう。ドアが開くのを待っているとき、レイジが手を伸ばしてヴィシャスの肩に触れると、ヴィシャスはびくりとしたように見えた。

それを見たとたん、マリッサの頭のなかで警報が鳴りはじめた。エレベーターのドアが閉まるのと同時に、彼女は三人が出てきた病棟に向かった。ほかとは不釣り合いに広い、煌々《こうこう》と照明のともる実験室の前を急ぎ足で通り過ぎ、古い六室の病室をのぞいていった。入室者の姿はない。

兄弟たちはここになんの用があったのだろう。ハヴァーズと話をしに来ただけだろうか。ふと思いついたことがあって、急いで受付に出ていった。コンピュータにログインし、入院患者を調べる。兄弟たちやブッチの名はまるで出てこなかったが、それにはなんの意味もない。戦士たちは表のシステムに名前が出てくることはないし、もしブッチが入院しているとしてもそれは同じだろう。彼女が調べているのは、三十五床あるベッドのうち、いくつがふさがっているかということだ。

数がわかると、急いで各室を見てまわった。数字はまちがいなく合っている。なにもかもふだんどおりだ。ブッチは入院していない——もっとも、居館の部屋に収容されているのかもしれない。患者がＶＩＰだと、ときどきそうすることもある。

マリッサはドレスのすそを持ちあげ、奥の階段に向かって急いだ。


ブッチは身体を丸めていた。寒いからではない。両膝を引きあげていれば、腹の痛みが少しはやわらぐという理論を実践しているのだ。

大いにけっこう。ただ腹の熱いずきずきは、そのプランにまるで感心してくれない。

腫《は》れあがったまぶたを引きはがすように開き、何度もまばたきをし、深く息をしてから、結論に達した——どうやら死んではいない。ここは病院だ。なにかの液体が腕に送り込まれてやがるのは、まちがいなく彼を生かしておくためだろう。

そろそろと仰向けになってみて、もうひとつ気づいたことがあった。彼の身体はサンドバッグ代わりに使われていたらしい。うう……それに、なにかいやらしいものが腹に入っている。傷《いた》んだローストビーフでも食べただろうか。

いったいなにがあったんだ？

脳裏によみがえってくるのは、ぼんやりした一場面一場面の光景だけだ。ヴィシャスに森のなかで見つけられた。ここに放っておいて死なせてくれと、本能がわめき立てていたというのに。それからナイフでなにかされて……Ｖがあの手を、あの光る手を使って取り除いてくれた、あのおぞましい――

ブッチはとっさに脇腹を下にして横向きになった。思い出しただけで吐き気が襲ってきた。この腹に悪の塊が入っていたのだ。純粋な混じりけのない悪意が。あのどす黒い恐怖が全身に広がりつつあったのだ。

震える手で、入院患者用の短いガウンをぐいと持ちあげた。「ああ……ちくしょう……」

腹の皮膚にしみが残っていた。火が消し止められたあとの焦げあとのようだ。頼りにならない脳みそを死にもの狂いでかきまわし、どうしてこんな傷ができたのか、これはいったいなんの傷なのか思い出そうとしたが、頭に浮かぶのはばかでかいクェスチョンマークだけだ。

そこで、かつての刑事らしく現場検証にとりかかった。この場合、現場とは彼の身体のことだ。片手を持ちあげてみると、爪は見るも無惨なありさまだった。爪やすりか細い釘をハンマーで爪の下に打ち込まれでもしたようだった。深く息を吸うと、肋骨が折れているのがわかった。目が腫れあがっているところからして、顔は何発ものこぶしとどんちゃん騒ぎをやらかしたにちがいない。

拷問されたのだ。それもつい最近。

また頭のなかをかきまわして記憶を選り分け、最後にどこへ行ったのか思い出そうとした。〈ゼロサム〉だ。〈ゼロサム〉で……ああちくしょう、あの女としたのだ。トイレで。荒っぽい欲望のままのセックスを。それから外へ出て、そして……〝レッサー〟だ。〝レッサー〟と戦ったのだ。それで撃たれて……

記憶という列車の走る線路が、そこでぷつんと途切れていた。列車は理性のふちから飛び出して、〝へっ、なんだって?〟の深淵に転落していく。

おれは泣きわめいて〈兄弟団〉のことをしゃべったのだろうか。裏切ったのか。いちばん近しい、親しい者たちを売ってしまったのか。

それに、この腹にいったいなにをされたのだろう。ここでなにかが膿んで、そこから血管に汚いものが入り込んで全身をめぐっているような気がする。

ぐったり横たわって、しばらく口から息をした。だが、平安などどこにもなかった。

脳が休むのをいやがっているのか、それとも記憶力をひけらかしたがっているのか、遠い昔の情景がでたらめに浮かびあがってくる。誕生日。父親ににらまれ、母親はそわそわして煙突のように煙を吐き出している。クリスマス。兄弟姉妹にはプレゼントがあるのに、彼にはない。

熱い七月の夜。扇風機も涼をもたらしてくれない。暑さに追われるように父は冷えた安ビールをあおる。そしてそのせいで、ブッチにだけモーニングコール代わりにこぶしが飛んでくる。

何年も思い出したことのなかった記憶が押しかけてくる。どれも歓迎できない客ばかりだ。兄弟姉妹が、明るい緑の芝生のうえで、楽しそうに歓声をあげて遊んでいる。陰から眺めていないで、あの仲間に入りたくてたまらなかったのを思い出す。だが、彼はいつでも規格に合わないはみ出し者だった。

そしてそれから――ああ、かんべんしてくれ……それは思い出したくない。

だが遅かった。十二歳の自分の姿が見える。痩せてぼさぼさ頭で、縁石のそばに立っている。場所はサウスボストン、オニール一家の住むテラスハウスの前だ。よく晴れた気持ちのいい秋の午後だった。目の前で、姉のジェイニーが赤い〈シボレー・シヴェット〉に乗り込む。車の側面には虹色の縞が描かれていた。車が走り出すとき、後部座席の窓から姉がこちらに手をふっていた。その姿がありありと目に浮かぶ。

悪夢の扉が開いてしまったからには、ホラー・ショーを止めることはできない。その夜、家の戸口に警察がやって来たのを思い出す。警察が話し終えると、母は膝が崩れて立っていられなかった。生きたジェイニーを最後に見たということで、警察に質問されたのを思い出す。少年たちに見憶えはなかったと言う、幼い自分の声が聞こえる。姉に行くなと言いたかったと言う声が。

なにより思い出すのは、苦痛に光っていた母の目だ。苦悶のあまり涙も出ていなかった。

それから記憶はいきなり二十年以上もあとに飛ぶ。くそう……両親のどちらかと最後に話をし、最後に会ったのはいつのことだったか。あるいは兄弟姉妹とは？　五年ぐらい前だろうか。彼が引っ越して祝日にも戻ってこなくなってから、家族はどれだけほっとしたことだろう。

なにせ、クリスマスのテーブルを囲むとき、ほかの家族はみなオニール家という布地の一部なのに、彼はそこについた汚点だった。しまいに帰省するのをすっぱりやめてしまい、連絡先の電話番号だけを伝えるようになったが、家族から電話が来ることはなかった。

というわけだから、いま彼が死んでも家族が知ることはないだろう。ヴィシャスならまちがいなくオニール一族のことはなんでも知っているはずだ。社会保障番号から銀行口座通知書まで。しかし、ブッチが家族のことを話題にしたことはない。〈兄弟団〉は電話をするだろうか。家族はなんと言うだろうか。

ブッチは自分の身体を見おろし、これは覚悟しておいたほうがいいと思った。この病室を歩いて出ていけない公算はかなり高い。殺人課にいたころ、森のなかで死体をよく捜査したものだが、いまの彼はそういう死体にそっくりだった。考えてみれば当然だ、彼も森で発見されたのだから。ぼろぼろにされて、棄てられて、あとは死を待つばかりだった。

まるでジェイニーみたいだ。

みたいどころか、まるきりジェイニーとおんなじだ。

目を閉じると、肉体の苦痛に乗ってどこかへ漂っていってしまいそうだった。苦悶の排水に押し流されながら、初めて会った夜のマリッサの姿がまぶたに浮かんできた。あまりに鮮明に思い出されて、彼女の海のにおいさえよみがえってくるようだった。細かいところまではっきり見える。透けるような黄色のドレス……肩から髪の流れ落ちるさま……ふたりで過ごしたあの淡黄色の居間。

ブッチにとって、マリッサは忘れられない女だった。一度も彼のものにならず、これからもなることはないが、それでも彼の心の奥底に入り込んできた女。

ちくしょう、もうへとへとだ。

目をあけ、自分がなにをしているのか意識するより早く行動を起こしていた。前腕の内側に手を伸ばし、点滴の針の刺さっているあたりから透明のテープを剝がす。血管から針を抜くのは思っていたよりずっと楽だったが、なにしろ全身どこもかしこもひどく痛むのだから、こんなちっぽけな金物をいじくるぐらい、バケツのなかの一滴みたいなものだ。

もっと体力があったら、自分を始末するためにもう少し効果のあるものを探しに行くだろう。しかし、いまは——いまは時間が彼の武器だ。手もとにあって使えるのはそれだけだから。これほどひどい気分なのだし、たぶん長くはかかるまい。全身の臓器から、生命力が吐き出されるのが聞こえるような気さえする。

目を閉じて、すべてを手放した。ベッドの向こうの機械が警報を鳴らしているのがかすかに聞こえている。生まれつき負けずぎらいなのに、こんなにあっさり白旗をあげられたのが不思議な気がした。しかし、いまは怒濤《どとう》のような重い疲労に押しひしがれているのだ。これは疲労困憊《こんぱい》の眠りではなく、死の眠りだと本能的に気がついていた。こんなにすぐにそれが訪れてきたのがうれしかった。

すべてからふわふわと自由になると、まばゆい光に満ちた長い廊下の端にいる自分の姿が目に浮かんだ。廊下の突き当たりにはドアがあり、その前にマリッサが立っていた。彼に向かってにっこり微笑んでドアを開くと、その向こうには光のあふれる白い寝室があった。

魂が抜けていくのを感じながら、深く息を吸って歩きはじめた。さんざんろくでもないことをしてきたとはいえ、天国へ召されるのだと思いたかった。とすれば、これは理屈に合っている。

マリッサがいなければ、そこは天国ではないから。

6

ヴィシャスは病院の駐車場に立ち、レイジとフュアリーが黒のメルセデスで出発するのを見送った。ふたりは〈スクリーマーズ〉の裏路地にブッチの携帯電話を回収しに行くのだ。それから〈ゼロサム〉にまわり、〈エスカレード〉を拾って館に戻ることになっている。

言うまでもないが、今夜のVはもう仕事に戻る気はなかった。処理した悪の名残りがまだ完全に消えておらず、そのせいで体力が弱っている。だがそれ以上に、ブッチが拷問されて死にかけたのを見て、いわば内側から激しく揺さぶられていた。自分の一部がおかしくなっているという気がする。内部の非常ハッチが開きっぱなしになっていて、核心にある部分が漏れ出しているかのようだ。

じつを言えば、しばらく前からそういう感じはあった。まぼろしの訪れがぱたりとやんだころから。しかし、今夜のホラー映画でそれがいっそう悪化していた。

プライバシーが必要だ。ひとりにならなくては。ただ、〈穴ぐら《ピット》〉に戻るのは考えるだけで耐えられない。あの静けさ、いつも座っているソファにブッチがいない、足りないものがあると思い知らされる、その重圧にはとうてい耐えられない。

そこで秘密の場所に向かった。空にそびえるコモドールの三十階にふたたび飛び、所有するペントハウスのテラスに実体化した。風がうなっている。衣服のうえからでも刺すように冷たい。それがありがたかった。胸にぽっかりあいた穴のことを少しは忘れられる。

テラスの端に向かった。両手を手すりに突っ張り、摩天楼のふちから身を乗り出して、下の通りを眺めた。車が走っている。ロビーに入っていく人がいる。タクシーの窓から手を入れて運転手に料金を支払う人がいる。ふだんどおりだ。あまりにふだんどおりの……

それなのに、彼はこの空のうえで死につつある。

ブッチは助からないだろう。腹のなかにあったのは〈オメガ〉の一部だ。そうでなかったら、彼がなにをされたのか説明がつかない。悪は取り除いたものの、すでに汚染は致命的なほど広がっていて、もう取り返しがつかない。

Vは顔をこすった。これからどうしてやっていけばいいのか――くそ生意気な、口の悪い、スコッチびたりのあんちくしょうがいなくなったら。あの荒っぽいやつがいると、なぜかこの世の尖ったところが丸くなる。たぶんサンドペーパーみたいなやつだからだろう。ざらざらでしつこくて神経を逆撫でするやつだから、あいつの通ったあとは角《かど》がとれてなめらかになるのだ。

このテラスから下の舗道まで百メートル。その断崖絶壁に背を向けて、Vはドアに向かった。金の鍵をポケットから取り出して鍵穴に差し込む。このペントハウスは彼の秘密の空間、個人的な……探求の場所だ。前夜関係した女のにおいが、闇のなかにかすかに残っている。

意志の力で黒いろうそくに火をともした。壁も天井も床も黒一色だ。色彩の欠落したその穴に光は吸い込まれ、食い尽くされていく。唯一まともな家具と呼べるのはキングサイズのベッドで、これも黒いサテンのシーツに覆われている。しかし、このマットレスのうえで過ごす時間はあまり長くない。

おもに使っているのは拷問台だ。固い天板と拘束具つきの拷問台。そのそばにもさまざまな道具が下がっている。革のストラップ、杖、ボールギャグ、首輪やスパイクや鞭——そしてなくてはならない仮面。顔のある女は抱けない。顔を隠さなくては身体を縛る気になれない。相手の女のことはなにも知らないでいたい。倒錯した性欲を満たす道具以上の存在であってほしくないのだ。

自分の性が倒錯しているのは自分でわかっていた。しかし、いろいろ試してみたあげくに、ようやくどうすれば効果があるのか突き止めた。そして幸い、彼のしたいことをされたい女たちがいる。個別に、あるいはふたりひと組で女たちを支配し、それによって欲望を満たすことに彼が焦がれるとき、それに焦がれる女たちがいるのだ。

ただ……その道具を見ていると、倒錯した自分の性癖が、今夜は汚らしいものに感じられる。たぶん、ふだんここに来るときはその道具を使う気満々だからだろう。冴《さ》えた頭でこの場所を見まわしたことがなかったのだ。

携帯が鳴り出してぎょっとした。番号を見たとたん、全身から力が抜けていく。ハヴァーズからだ。「死んだのか」

ハヴァーズの声は、医師らしい心遣いに満ちていた。その声を聞けばわかる——ブッチは、蜘蛛《くも》の糸でやっとこの世につなぎ止められているのだ。「心停止を起こしたのです。点滴の針をご自分で引き抜いてしまって、生命徴候《バイタル》が急激に悪化しました。蘇生しましたが、あとどれぐらいもつかわかりません」

「拘束はできないのか」

「いたしました。ですが、最悪を覚悟なさったほうがよいと思います。なんと言ってもただの人間で——」

「ちがう」

「いや……これは失礼いたしました。ただ申し上げたかったのは、わたしたちのようには——」

「くそ、もういい。これからそっちへ戻る。そばについていたい」

「それはお勧めできません。だれか入ってくるとそれだけで興奮しますので、かえってよくありません。いまのところはどうにか安定していますし、苦痛も最低限に抑えられていると思います」

「ひとりきりで死なせたくない」

間があった。「死ぬときはみなひとりです。だれかがそばについていたとしても、〈冥界《フェード》〉に渡るときはやはり……ひとりきりなのです。できるだけ安静にして、身体の回復力に賭けるしかありません。できるかぎりの手は尽くします」

Vは片手で目を覆った。自分の声とは思えないか細い声で、彼は言った。「あいつを……あいつを失いたくない。おれは、その……どうしていいかわからないんだ。もしあいつが——」Vは小さく咳払いをした。「くそ」

「自分の家族と思ってお世話をいたします。一日様子を見て、容体が安定するまでお待ちください」

「では明日の日没まで待つ。悪化したらすぐ連絡してくれ」

Vは電話を切った。気がつけば、火のついたろうそくの芯をぼんやり見つめていた。黒い蠟《ろう》の胴体のうえに小さな光の頭がとらわれて、室内の空気の流れにゆらめいている。その炎を見るうちに思い出していた。あの明るい黄色は……あれは、ブロンドの髪の色によく似ている。

携帯電話を開いた。ハヴァーズは面会はよくないと言ったが、それはまちがっている。だれが面会に来るかによるのだ。

番号を押しながら、こうするしかないのが口惜しかった。それに、いまやろうとしているのはたぶん正しいことではない。おまけに途方もない面倒を引き起こすだろう。しかし、親友が死神と墓石のツーステップを踊っているときに、そんなことにかまっていられるか。


「マリッサさま」

マリッサはハヴァーズのデスクから顔をあげた。目の前には〝プリンセプス〟を招待する晩餐会の座席表が広げてあったが、どうしても集中できなかった。病院も屋敷も残らず調べたが、なにも見つからなかった。それなのに、なにかがおかしいと五感のすべてが騒いでいる。

強いて笑みを浮かべ、入口に立つ〝ドゲン〟に顔を向けた。「なあに、カロリン」

召使はお辞儀をした。「お電話でございます。一番に」

「ありがとう」〝ドゲン〟が軽く首を傾けて去っていくと、マリッサは受話器を取りあげた。

「はい？」

「あいつがいる部屋は、あんたのきょうだいの実験室のそばだ」

「ヴィシャス？」マリッサははじかれたように立ちあがった。「なんの話――？」

「用具室と書いたドアがあるから、そこから入れ。すると右手にパネルがあるからあけるんだ。ただ、入ってあいつに会う前に、かならず防護服を――」

ブッチだ……ああ、ブッチが。「なにが――」

「聞いてるか？　防護服をずっと着ておくんだぞ」

「なにがあった――」

「交通事故だ。早く行け。死にかけてるんだ」

マリッサは電話を取り落とし、ハヴァーズの書斎から走り出て、あやうく廊下でカロリンを突き飛ばしそうになった。

「マリッサさま！　どうなさいました？」

マリッサは食堂を駆け抜け、食器室のドアを押しあけ、そこから転がるように厨房に入った。奥の階段に向かおうとかどを曲がったとき、ハイヒールの片方が脱げた。もう片方も蹴り脱いで、ストッキングの足でそのまま走った。階段をおりきったところで、病院の裏口の前で暗証番号を打ち込み、救急室の待合室に飛び込んだ。

看護師に名前を呼ばれたが、無視して実験室に通じる廊下に走った。ハヴァーズの実験室のわきを走り抜けると、たしかに「用具室」と書かれたドアがあった。それを勢いよくあける。

息を切らしながら見まわした。おかしい。モップやからのバケツや上っ張りがあるだけだ。でもヴィシャスは――

待って。床にうっすらとあとが残っている。隠しドアが開閉されたことを示す、かすかな磨耗《まもう》のあと。邪魔な上っ張りを押しのけると、平らなパネルがあった。爪を立てるようにしてこじあけ、まゆをひそめた。そこは薄暗いモニター室のような部屋で、コンピュータや生命徴候の表示装置などハイテク機器が並んでいた。身をかがめ、青く光るスクリーンのひとつに顔を近づけると、病室のベッドが見えた。そのうえに男性が大の字に拘束されていた。チューブやワイヤがつながっている。ブッチだ。

黄色い防護服やマスクが横にかかっているのもかまわず、ドアをあけてなかに入った。かすかな音を立てて、密閉されていた部屋から空気が抜けていく。

「ああ、なんてこと……」片手を自分ののどに当てた。

ブッチはまちがいなく死にかけていた。それが感じられる。でもそれだけではなく――なにか恐ろしいもの、銃を持った敵に対面したように確実に、生存本能を呼びさますなにかを感じる。逃げろ、ここを出ろ、さもないと生命が危ないと肉体が叫び立てている。

しかし、彼女は心の命じるままにベッドサイドに近づいていった。「ああ……」

短いガウンから突き出す両腕両脚を見るかぎり、全身くまなくあざだらけにされているようだった。それにこの顔……さんざんに殴られている。

ブッチがのどの奥でうめくような声をあげた。とっさにその手を握ろうとして――ああだめ、ここもだめだわ。武骨な指は先端が腫れあがり、紫色になっていて、爪も剝がされている。

触れたくても触れられるところがない。「ブッチ……」

その声が聞こえたのか、彼の身体がびくりと引きつり、目が開いた。少なくとも片方の目は。

彼女に目の焦点が合うと、かすかな笑みが唇のあたりに漂った。「戻ってきてくれたんだ。さっき……ドアのとこで見たよ」彼の声はか弱く、ふだんの低い声の金属的なこだまのようだ。「せっかく見つけたのに……また見えなくなって……でも、また戻ってきてくれた」

マリッサはベッドのふちにそろそろと腰をおろし、どの看護師と混同しているのだろうと思った。「ブッチ――」

「あの……黄色いドレスはどうしたの」言葉が聞こえにくい。口がよく動かないようだ。あごの骨が折れているのだろうか。「すごく似合ってた……あの黄色いドレス……」

やっぱり看護師とまちがっているんだわ。ドアのそばにかかっていた防護服が黄色――あっ、いけない。防護服を着なくてはいけなかったのに。どうしよう、彼の免疫系が弱っているのなら、わたしのせいで感染症にかかってしまうかもしれない。

「ブッチ、わたしちょっと外に出て――」

「だめだ――行かないで……ここにいて……」拘束された両手をねじりはじめ、革ひもがきしむ。「行かないでくれ……頼むから……そばにいてくれ……」

「大丈夫よ、すぐに戻ってくるから」

「だめだ……愛してるよ……黄色いドレスの……そばにいて……」

どうしていいかわからず、マリッサは身をかがめ、手のひらをそっと彼の顔に当てて、

「ずっとそばにいるわ」

あざだらけの頰をその手にすり寄せ、ひび割れた唇で彼女の肌をかすめてささやいた。

「約束してくれ」

「約束——」

空気の漏れる音がして、マリッサは肩越しにふり向いた。

魚雷で撃ち込まれたような勢いでハヴァーズが飛び込んできた。黄色いマスクを着けていても、その目に浮かぶ恐怖の色は隠しようもない。

「マリッサ！」防護服を着た身体が揺れている。くぐもった声で彼は半狂乱に叫んだ。「なんてことだ、いったいここでなにを——どうして防護服を着てないいいいいいいんだ！」

ブッチがベッドのうえでもがき出し、マリッサはその前腕をそっとさすった。「大丈夫……わたしはここよ」彼が少し落ち着くのを待って、マリッサは言った。「いますぐ着るから——」

「なにもわかってない——なんてことだ！」ハヴァーズは全身を震わせながら、「もう遅い。汚染されてる恐れがある」

「汚染？」彼女はブッチを見おろした。

「ここへ入ったとき感じたはずだ！」ハヴァーズのそのあとの言葉は、もうマリッサの耳には入らなかった。

ハヴァーズはあいかわらずなにか叫んでいるが、そんなことはどうでもよかった。鋼鉄と鋼鉄が嚙みあうようにがっちりと、優先順位が動かしがたく定まっていく。ブッチが彼女をだれかととりちがえているのはまちがいないが、それは問題ではない。だれと勘ちがいしているにせよ、そのおかげで彼が助かるなら、がんばる気力が起きるなら、大事なのはそこだ。

「マリッサ、聞いてるのか？　汚染が――」

彼女は肩越しにふり向いた。「汚染されてるとしたら、わたしは彼とここにいるしかないわけね」

7

ジョン・マシューは標的に正対し、ナイフを持つ手に力を込めた。ジムの向こう側、青いマットの海を越えたところに、観覧席の下縁から吊るされて、サンドバッグが三つ並んでいる。じっとにらむうちに、中央のサンドバッグが〝レッサー〟に見えてくる。夢にたびたび現われる、白い髪と淡色の目と血の気のない皮膚。分厚いビニールを素足で蹴って走り出した。

小柄な身体には速さも強さもないが、闘志は満ちあふれている。たぶん来年か再来年のいつかには、その憎悪の大きさにほかの部分も追いついてくるはずだ。

ちくしょう、もう、待ち、きれ、ない。遷移の訪れが待ち遠しい。

ナイフを頭上にふりあげると、口を開いて雄叫びをあげようとした。声帯がないから声は出てこない。しかし想像のなかでは、のども裂けよと叫んでいた。

だれがなんと言おうと、彼は両親を〝レッサー〟に殺されたのだ。トールとウェルシーに引き取られ、ほんとうは何者なのか教えてもらい、愛情を注いでもらった。あれは彼の知る唯一の愛情だった。忌まわしい殺戮者にウェルシーを殺され、トールが姿を消したとき、ジョンにはなにひとつ残っていなかった。残っているのは復讐だけだ――トールとウェルシーのため、そして去る一月に消された、もうひとつの罪もない生命のために。

ジョンはナイフを肩のうえにふりあげたまま、全速でサンドバッグに突進した。最後の瞬間に身体を丸めてマットにころがり、床からナイフを突きあげてバッグを下から突いた。これが実戦であれば、ナイフは〝レッサー〟の下腹部に刺さったはずだ。深々と。

ジョンは柄《つか》をこじった。

そこでぱっと立ちあがり、くるりと体《たい》を返す。不死の化物が腹にあいた穴を押さえ、がっくりと両膝をつくさまを思い描いた。今度は上からナイフを突き立て、うなじに刃をうずめるところを想像し——

「ジョン……」

荒い息をつきながらふり返った。

近づいてくる女性を見て、身体が震えた——それはたんに、不意を衝《つ》かれて驚いたせいばかりではない。ベス・ランドル、混血の女王。また彼の姉でもある。少なくとも血液検査の結果ではそうだ。みょうなことに、彼女がそばにいるとかならず彼の頭は短い休暇をとってしまい、脳がまるで動かなくなるのだが、少なくとも気絶することはなくなった——初めて会ったときはほんとうに引っくり返ったものだが。

ベスはマットを踏んで近づいてくる。すらりとした肢体をジーンズと白いタートルネックに包み、髪はジョンと同じ濃い色だ。近づくと、ラスから移ったきずなのにおいがした。彼女の〝ヘルレン〟に特有の、苦みのある芳香。この香りづけはセックスのときに起きるのだろうとジョンは想像していた。香りがいちばん強いのは、ふたりが初餐《ファースト・ミール》をとりに寝室からおりてくるときだからだ。

「ジョン、今夜の終餐《ラスト・ミール》はいっしょに館でとらない？」

ここで練習しなくちゃならないからと米式手話言語《ASL》で答えた。この館ではみんながＡＳＬを憶えている。彼の弱点、声が出せないことに配慮されるのがいらだたしい。特別扱いされるのがくやしい。みんなにできることができないのがくやしかった。

「みんな会いたがってるのよ。それに、ここにばかりいすぎだわ」

稽古は大事だから。

彼の手にしたナイフに目をやって、「大事なことはほかにもあるでしょう」

ジョンにじっと見つめられて、彼女の濃青色の目がジムのあちこちをさまよう。説得する材料を探そうとするかのように。

「お願いよ、ジョン。みんな……わたし、あなたのことが心配なのよ」

三カ月前にこんなせりふを聞いたら、さぞかしうれしかっただろう。言ったのが彼女でなくても、だれであっても。だが、いまはちがう。心配などされたくない。いまはただ邪魔をしないでほしかった。

彼が首をふると、ベスは大きく息を吸った。「わかったわ。オフィスにお食事をまた運んでおくわ、いいわね？　お願いだから……ちゃんと食べてね」

彼はこくんと一度うなずいた。ベスが手を差し伸べてきたが、触れられるのがいやであとじさった。もうなにも言わず、ベスは向きを変えて青いマットを踏んで帰っていった。

ドアが閉じると、ジョンはまたジムの反対側に小走りに戻り、うずくまって走り出す体勢を整えた。ふたたびサンドバッグ目がけて飛び出していきながら、ナイフを高くふりあげる。

ふくれあがった憎悪が、四肢にエネルギーを送り込んでくる。

ミスターXは家のなかで休息をとっていたが、正午になって動き出し、その家のガレージに入っていった。目立たないことが取り柄のミニバンに乗り込む。コールドウェルの人間たちに紛れ込むための車だ。

仕事にはなんの興味も湧かなかったが、主人が指揮官を呼んでいて、自分が〝フォアレッサー〟だとなれば働かないわけにはいかない。働くか、さもなければ馘首《くび》だ。馘首はすでに一度経験済みだが、楽しい経験ではなかった。〈オメガ〉に解雇通知を叩きつけられるのが愉快なことときたら、有刺鉄線のサラダを食わされるほうがまだましなぐらいだ。

いまいましい地上に戻り、ふたたびこの役割を与えられるとは、ミスターXにはいまだに信じられなかった。しかし、主人は〝フォアレッサー〟が回転ドアのようにくるくる変わるのにいやけがさし、ひとりに続けさせたくなったらしい。ミスターXはこの五、六十年では最高の〝フォアレッサー〟だったから、再度の呼び出しがかかったのだ。

地獄からの再発行というわけか。

というわけで今日、彼は仕事に出かける。キーをイグニションに差し込むと、〈タウン&カントリー〉の眠っていたエンジンが咳き込む。意欲などまったくない。彼はもう最初のころのようなリーダーではなくなっていた。だいたい、どう転んでもうまく行きようのないこんな状況で、やる気を出せというほうが無理だ。〈オメガ〉はいずれまた機嫌を損ね、それをナンバーワンの部下にぶつけてくるだろう。それが不可避の現実だ。

明るい正午の陽光のなか、ミスターXは新しく明るい分譲区画を出た。一九九〇年代後半に建てられた、モノポリーゲームの模型のような家々の前を走り過ぎていく。ここの住宅はどれも設計が同じで、造作の遺伝子を共有しているせいで、かわいいメルヘン調の安手のバリエーションにしかなれない運命だ。玄関ポーチはちまちました繰形《くりかた》だらけ。窓はプラスティックの鎧戸《よろいど》だらけ。そしてどこを見ても季節の装飾だらけで、いまの時期の主題はイースターだ。

〝レッサー〟にとっては完璧な隠れ場所だった。くたびれたサッカーママと、板挟みに悩む中間管理職のパパとが織りなすイバラの茂みというわけだ。

ミスターXはリリー通りを進み、二十二号線出口の停止標識の前で車をいったん停めた。GPS目標追跡器《トラッカー》を使って、〈オメガ〉に行けと言われた森のなかの場所のおおまかな位置を確認した。目的地までの所要時間は十二分。これなら大丈夫だ。あの〝トロイの木馬〟ならぬ〝トロイの人間〟を使った策略がうまく行ったかどうか、主人は早く知りたくてじりじりしている。〈兄弟団〉が仲間を連れ戻したかどうか興味津々なのだ。

ミスターXはあの男のことを考えた。まちがいなく以前会ったことがある。しかし、いつどこで会ったのか気にならないわけではないが、しかし今日はそんなことは問題ではない。そしてまた、あの強情な男を現に痛めつけていたときも、やはりそんなことは問題ではなかった。

それにしてもしぶといやつだった。どんな目にあわされても、〈兄弟団〉のことはただのひとことも漏らさなかった。じつに見あげたものだ。ああいう男を仲間にできれば、さぞかし使えるメンバーになっただろうに。

いや、ひょっとしたらもうそうなっているのかもしれない。あの人間は、すでにこちらの一員になっているのかも。

それからまもなく、ミスターXは〈タウン&カントリー〉を二十二号線の路肩に駐め、徒歩で森のなかに入っていった。やや季節外れの三月の嵐で昨夜雪が降り、それが松の枝に盛りあがって、松の木々がフットボールの試合に備えて身支度をしているようだ。なかなかきれいじゃないか。自然をやたらありがたがる阿呆どもなら喜ぶだろう。

森を抜けて進むにつれて、トラッカーは必要でなくなってきた。主人の本質の部分が感じられる。〈オメガ〉が行く手で待っているかのようだ。どうやらあの人間は、〈兄弟団〉に拾われることなく――

おやおや、これは驚いた。

林間の空き地に出てみると、地面に丸く焦げたあとが残っていた。発した熱のせいで雪が融け、しばらくぬかるみに変わっていた地面が、いまはまた凍って爆発の輪郭を示している。あたり一面に〈オメガ〉の存在の名残りが消え残っていた。夏の生ごみの悪臭が、収集されたあとにも長く消え残っているように。

鼻から息を吸ってみた。まちがいない。人間のにおいが混じっている。

なんと、あの男は殺されたのか。〈兄弟団〉に抹消されたのか。これは興味深い。ただ……それならなぜ、〈オメガ〉はあの人間が死んだことに気がつかなかったのか。体内に仕込んだ量が少なすぎて、死んでからも主人のもとへ戻ってこられなかったのだろうか。

この報告を聞いたら〈オメガ〉は喜ぶまい。失敗には我慢ならないたちで、失敗するとアレルギーを起こしたようにむずむずするらしい。そしてそのむずむずは、〝フォアレッサー〟にとっては災難の前触れだった。

焦げた地面に膝をつく。あの人間がねたましかった。運のいいやつだ。〝レッサー〟が死んだとき、あちら側で待っているのは終わることのない液状の地獄だ。キリスト教徒の想像する地獄を一千倍も悪くしたような恐怖の池だ。殺された〝レッサー〟は〈オメガ〉の血管のなかに還り、死んだ〝レッサー〟たちの悪の流れに乗っていつまでも循環をくりかえす。〈ソサエティ〉に入会したときに主人に注ぎ込まれた、まさにあの血液になるのだ。再構成された殺戮者たちにとっては、灼けつく冷たさ、狂おしい渇き、身を引きつぶされる圧迫が終わるときは来ない。なぜなら意識は消えないからだ。永遠に。

ミスターXは身震いした。生涯無神論者で、死ねば土に帰ってそれっきりだと思っていた。それなのに、短気を起こした主人にまた「馘首《くび》」にされたら、〝レッサー〟としての自分になにが待っているか、彼はもう正確に知ってしまった。

だが希望はある。小さな抜け穴を見つけたのだ。ピースの嵌《は》めかたをまちがえていないとすればだが。

思わぬ幸運で、脱出する道が見つかったような気がする。これで〈オメガ〉の世界から逃げられるかもしれない。

8

長い長い三日間、ブッチは夢の世界をさまよっていたが、ようやく目を覚ました。昏睡《こんすい》の底から浮かびあがるのは、無の深みからブイがぽんと水面に顔を出し、現実の視覚と聴覚という湖のうえでぷかぷか揺れているのに似ていた。それでもしだいに状況が呑み込めてくると、いま目の前にあるのは白い壁で、かすかに聞こえる背景音は電子機器の音だとわかった。病院だ。なるほど。両手両足の拘束はもう解かれている。

冗談半分に、仰向けに転がって頭と両肩をベッドから起こしてみた。そのまま上体を起こしていたのは、部屋がぐるぐるまわるのが面白かったからだ。より取り見取りの痛みと不快感の詰め合わせから、これで多少は気がまぎれる。

それにしても、おかしな、だがすばらしい夢を見ていたものだ。マリッサがそばについて看病してくれる夢だった。腕や髪や顔をなでながら、わたしを置いていかないでとささやきかけてくれた。彼がこの身体にしがみついたのはあの声のためだった。映画『ポルターガイスト』を観たことがあれば、どんなばかでもあの世の光と知っている、あの白い光に寄っていきたいのをこらえたのだ。彼女のために、彼はどうにか踏みとどまった。規則的で力強く心臓が打っているところからして、どうやらもう死ぬことはないようだった。

ただ、もちろんあの夢はみんなペテンだ。マリッサはここにはいないし、いま彼は自分の皮膚という袋のなかに閉じ込められている。次にどこかの悪党にぶちのめされるときまで。

ちくしょうめ。なんて悪運が強いんだ、あれでまだ息をしてるとは。

点滴用の支柱を見あげた。カテーテルバッグをにらむ。その向こうに目をやると、バスルームらしいものが見えた。シャワーが浴びたい。シャワーを浴びるためならキンタマを片方なくしてもいい。

脚を動かそうとして、ふと気がついた。いまやろうとしているのは、かなりやばいことなのではないだろうか。しかし、カテーテルバッグを点滴液のわきに引っかけながら、少なくとも部屋がぐるぐるまわるのはだいたい止まったじゃないか、と自分に言い聞かせた。

ふたつ大きく息を吸ってから、点滴用の支柱を杖代わりにつかんだ。

両足を冷たい床に置いた。脚に体重をのせた。

待ってましたとばかりに膝が崩れた。

またベッドに倒れ込んだ。どうやらバスルームまでたどり着けそうにない。熱いシャワーは無理だったか。頭をまわし、むき出しの欲望のこもる目をバスルームのほうへ――

後頭部をがつんとやられたように、ブッチははっと息を呑んだ。

マリッサが病室の隅の床で眠っていた。横向きに身体を丸めている。頭を枕にのせ、薄青のシフォンの美しいドレスに両脚を包まれている。そしてあの髪、この世のものとも思えないあの淡いブロンドの滝、中世の恋愛小説に出てきそうなうねる波がまわりに広がっていた。

信じられない。マリッサがここにいたとは。彼を救ってくれたのがほんとうに彼女だったとは。

急に全身に力が湧いて、彼は立ちあがった。よろめきながらリノリウムの床を横切った。膝をつきたかったが、たぶんそれをすると立ちあがれなくなると思い、そこに立って彼女を見おろしていた。

なぜこんなところにいるんだ。わかっているかぎりでは、マリッサは彼と関わりあいになりたいとは思っていないはずだ。会ってくれようともしなかった。去年の九月、会いに行ったとき……彼はあんなに希望に満ちていたのに。

「マリッサ……」ひでえ声だ。咳払いをして、「マリッサ、起きてくれ」

まつげが震えて開き、彼女はがばと上体を起こした。彼女の目、あの淡青色の目、シーグラスの色の目が、彼の目をひたと見すえた。「危ない！」

彼の身体が大きく後ろにかしぎ、いまにも引っくり返りそうになったとき、彼女は瞬時に立ちあがってそれを支えていた。きゃしゃな身体つきなのに、彼の体重をやすやすと支えている。それでいやでも思い出す――彼女は人間の女ではないのだ。たぶん彼より力持ちなのだ。支えられてベッドに戻り、シーツをかけられていると、いたくプライドを傷つけられた。まるで子供のように頼りなく、必要に迫られてとはいえ、子供のように扱われている。

「どうしてこんなとこに？」と尋ねる声は、身を噛む屈辱感の歯に劣らず鋭かった。

彼女は目を合わせようとしない。やはりこの状況に気まずい思いをしているのだ。「ヴィシャスに聞いたの。あなたがけがしたって」

なるほど、つまりVが彼女の罪悪感をつついて、フローレンス・ナイチンゲールを演じるように仕向けたわけか。あんちくしょうめ、おれが彼女の前ではにやにやするしか能のないまぬけだってちゃんとわかってやがる。彼女の声を耳にすれば、それがてきめんに効果をあらわして一命をとりとめるだろうと見抜いてやがったんだ。しかし、彼女にしてみれば厄介きわまる立場に立たされたことになる。言ってみれば、救命ボートをつなぎ止める命綱の役割を、無理やり押しつけられたわけだから。

ブッチはうめいた。体勢を変えようとしたせいだが、傷ついたプライドのせいでもあった。

「気分はどう?」彼女が言った。

「よくなった」あくまでも比較の問題ではあるが。だがそれを言うなら、たとえバスに引きずられたとしても、〝レッサー〟にされたことと比較すれば、それでもはるかにましだろう。

「だから、もうついててくれなくて大丈夫だ」

彼女の手がおずおずとシーツを離れた。ゆっくりと息を吸うと、高価なドレスのボディスの下で胸が盛りあがる。両腕を身体に巻きつけると、全身が優雅なS字カーブを描いた。

ブッチは恥ずかしさに目をそらした。心のどこかでは、彼女の同情心につけ込んでここに引き止めたいと望んでいる。「マリッサ、もうついててくれなくていいから」

「そういうわけにはいかないの」

彼はまゆをひそめ、また彼女のほうに目を向けた。「どうして」

彼女は青ざめたが、そこで顔をあげて、「あなたはいま――」

空気の漏れる音がして、エイリアンが部屋に入ってきた。黄色いスーツと呼吸マスクをつけた人物。成形プラスティックの奥に見える顔は女性だったが、造作ははっきりしなかった。

ブッチはぎょっとしてマリッサに目を戻した。「きみはどうして、ああいう格好をしてないんだ」自分がどんな感染症にかかっているのか知らないが、医療スタッフが映画『シルクウッド』（一九八三年米映画。プルトニウム燃料工場での放射線被曝問題を扱った作品）ばりの格好をするぐらいだから、よほど危険な病気なのだろうと思うしかない。

マリッサが身をすくませるのを見て、ブッチは自分が完全な悪党になったような気がした。

「どうしてって……それはその……」

「恐れ入ります」看護師が穏やかに口をはさんだ。「よろしければ採血をさせていただきたいのですが」

前腕を差し出しながら、彼はあいかわらずマリッサを突き刺すような目で見つめていた。

「ここへ入るときは、ああいう格好をすることになってたんだろう。そうだろう？」

「ええ」

「ええじゃないだろ」彼は嚙みつくように言った。「だったらどうして――」

まげた肘の内側に注射針をまともに突き立てられて、ブッチは急に体力が尽きたように感じた。体力という風船に、注射針で穴があけられたかのようだった。

めまいにノックアウトされて、彼は頭を枕に落とした。それでも腹立ちは収まらない。

「ああいうのを着てなくちゃいけないのに」

マリッサは答えず、ただ室内を歩きまわっている。

その沈黙のなか、彼は自分の血管につながっている小さな小壜《バイアル》に目をやった。看護師がそれを次のと取り替えるとき、血がふだんより黒っぽいのにいやでも気がついた。それもかなり。

「なんだこれ……どうしてこんな色なんだろう」

「以前よりよくなったんですよ。ずいぶんよくなってます」看護師はプラスティックの奥で微笑んだ。

「それじゃ、もとはいったいどんな色だったんだ」ブッチはつぶやいた。いまでもどす黒い汚水みたいな色なのに。

採血が終わると、看護師は体温計を彼の舌の裏側に差し込み、ベッドの裏側の機械をチェックした。「お食事をお持ちしますね」

「彼女は食べてるんですか」彼はもぐもぐと言った。

「しゃべっちゃいけません」ピーと電子音がして、看護師はプラスティックの棒を彼の口から抜いた。「ずいぶんよくなってますよ。それで、なにかご希望はございませんか」

たぶんマリッサは、罪悪感のために自分の生命を危険にさらしているのだろう。「ああ、彼女にここから出てってもらいたい」

その言葉を耳にして、マリッサは歩きまわる足を止めた。壁に寄りかかり、自分の身体を見おろして驚いた。ドレスがいつもどおりぴったり合っている。ふだんの半分ぐらいに身体が縮んでいるような気がするのに。小さくなって、このまま消えてしまいそう。

看護師が出ていくと、ブッチの薄茶色の目が険しくなった。「いつまでここにいなくちゃならないんだ」

「ハヴァーズがいいって言うまでよ」

「気分は悪くない？」

彼女はうなずいた。

「おれはどうして治療を受けてるんだ」

「交通事故でけがしたから。大けがだったの」

「交通事故？」彼は面食らったような顔をしたが、話題を変えたいかのように点滴液のほうにあごをしゃくって、「あれはなんの薬？」

マリッサは胸の前で腕を組んで、彼に投与されている抗生物質、栄養剤、鎮痛剤、抗凝固剤の名を暗誦していった。「それに、ヴィシャスも来てくれてるわ」

彼女はヴィシャスのことを考えた。人の心を鎮めるあのダイヤモンドの目、こめかみの刺青……なぜか彼女をあからさまに嫌っている。一日に二度、夜の始まりと終わりに顔を出すのだが、彼だけは防護服を着けずに入ってくる。

「Vが来るって、見舞いに？」

「あなたのおなかに手をかざすの。そうすると楽になるみたいだから」ヴィシャスがシーツをはぎとり、ブッチの短いガウンをめくりあげるのを初めて見たとき、マリッサは声を失ったものだ。下腹部があらわになったショックのせいもあったが、ヴィシャスの侵しがたい威厳のせいでもあった。しかしその後は、べつの理由でまた声を失った。ブッチの腹部には恐ろしい傷があったのだ。それにヴィシャスも恐ろしかった。はずすのを見たことのなかった手袋をはずすと、表にも裏にも刺青の入った輝く手が現われた。

なにが始まるのか恐怖だったが、ヴィシャスはただ、ブッチの腹部の七、八センチ上にその手を浮かしているだけだった。昏睡状態だったのに、ブッチはほっとしたように震える息を吐いた。

その後、ヴィシャスはブッチのガウンとシーツをもとに戻すと、こちらに顔を向けた。目を閉じるように言われて、恐ろしかったが従った。するとたちまち、深い平安が訪れてきた。白く穏やかな光に全身を包まれているようだった。ヴィシャスは、帰る前にきまって彼女に対してこれをしていく。守ってくれているのはわかっているが、なぜかはわからない。彼はどう見てもマリッサを嫌っているのに。

ブッチにまた目を向けて、全身の傷のことを考えた。「交通事故じゃないんでしょう」

彼は目を閉じた。「もうくたくただ」

はねつけられたので、彼女はむき出しの床に腰をおろして両腕で膝を抱いた。ハヴァーズは寝台か安楽椅子でも持ってこさせようと言ったが、ブッチがまた急変したとき、医療機器をベッドサイドに運び込むのに邪魔になりはしないかとマリッサは心配だった。ハヴァーズもそれは否定しなかった。

これが何日続いたか、背中はこわばっているし、まぶたはサンドペーパーのようだ。しかし、ブッチを救おうと闘っているときは、疲れなど感じなかった。それどころか、時間の経つのも忘れていた。食事が運んでこられるたびに、看護師やハヴァーズが来るたびに、そしてヴィシャスが顔を出すたびに、いつも驚いていたくらいだ。

これまでのところ、彼女自身は元気だった。じつを言うと初日は気分が悪かったのだが、そこへヴィシャスがやって来た。そして、手を使ってなにかをしてくれるようになって、それからはもう気分が悪くなることはなかった。

マリッサはベッドのほうを見あげた。いまだによくわからないのだが、ヴィシャスはなぜ彼女をこの部屋に呼んだのだろう。彼の手のほうがずっと役に立っているのに。

機械が低い電子音を立て、天井の送風口から風が吹き出しはじめた。ぼんやりと、ブッチのじっと動かない身体を頭から脚のほうへ眺めていく。あのふとんの下にあるものを思い出して、思わず顔が赤くなった。

いまではもう、彼の身体のすみずみまで知っているのだ。

全身の筋肉を包む彼の肌はなめらかで、腰のくびれには黒い刺青が入っている。縦線を四本並べてひと組にし、そこに斜めの線を一本入れたしるし。彼女の数えかたが正しければ、線は全部で二十五本だった。何年も前に彫ったのか、あせてきているのもあった。なんの記念に入れているのだろう。

身体の正面側については、胸全体に黒っぽいうぶ毛がはえていたのには驚いた。人間の身体は、自分たちの種族とちがって無毛でないとは知らなかったのだ。ただ、それほど濃くはなかったし、はえている範囲はすぐに狭まって、へその下では細い筋になっていた。

そしてそれから……自分で恥ずかしかったが、彼の性器も見てしまった。脚の付け根の毛は黒々としてとても濃くて、そのまんなかから突き出しているものは彼女の手首ほども太さがあった。その下には重そうなしっかりした袋がさがっている。

男性の裸体を見たのは初めてだった。美術史に出てくる裸像とはまるでちがう。彼の肉体は美しかった。ずっと眺めていたいほど。

頭をのけぞらせて天井を見つめた。なんてはしたない、彼の身体を勝手に見てしまうなんて。おまけに、それを思い出しただけで身体がうずくなんて。

ああ、ここからいつになったら出られるのかしら。

ぼんやりとドレスの薄い生地を指でなぞり、首をかしげて薄青のシフォンが流れるさまを眺めた。ナルシソ・ロドリゲスのこの美しい作品はしっくり身体に合っているはずだが、身だしなみとしていつも着けているコルセットが、このところひどく窮屈に感じられるようになってきた。ただ、ブッチの前ではきれいにしていたい。たとえろくに見てくれなくても、そしてそれが病気だからではなくても。彼はもうマリッサに興味がないのだ。そばにいてほしいとも思っていないのだ。

それでもやはり、着替えが届けられれば彼女は身だしなみをきちんと整えるだろう。

ただ残念なのは、ここで着た服は焼却炉行きになることだ。なんてもったいない——こんなドレスをみんな焼き捨ててしまうなんて。

9

あの白髪野郎、また来てやがる。ヴァン・ディーンは、ごつい亀甲金網越しに客席を見やった。

これで三週ぶっ続けで、コールドウェルの地下格闘場にあの男は通ってきている。金網リングのまわりで歓声をあげる客のなかで、ネオンサインのように目立っている。もっとも、なぜ目立つのかヴァンにはよくわからない。

膝が脇腹に入り、しまったと気づいて対戦相手に意識を集中する。むき出しのこぶしを後ろに引き、腕をすばやく繰り出して顔に叩き込む。鼻から血がどっと噴き出す。赤く散った星くずがマットに落ち、それに続いて敵の身体も崩れ落ちた。

ヴァンは両足を踏ん張って立ち、敵を見おろした。汗のしずくが敵の腹にしたたり落ちる。レフェリーはおらず、さらに頭を殴りつけるヴァンを止める者はいない。肉の塊と化した敵の脇腹、腎臓のあたりを執拗に蹴りつづけて、死ぬまで透析が必要な身体にしてくれようとも、それを禁じるルールもない。いまは敷物のように伸びているこいつが、ぴくりとでも身体を引きつらせれば、ヴァンは自分を抑えられなくなるだろう。

素手で人を殺すことを、彼のなかの特殊な部分は望んでいた。恋い焦がれていた。ヴァンは昔から変わり種だった。対戦相手とちがうだけでなく、これまで会ったどんな人間ともちがっていた。彼の魂が宿った肉体は、たんなる格闘家の肉体ではなく、ローマ時代の戦士の肉体だった。敵を打ち倒したら、その腹を裂いてはらわたをえぐり出していた、そんな時代に生まれたかった。そして敵の家を見つけ出し、女房を強姦して子供たちを皆殺しにし、目ぼしいものをすべて略奪したあとは、跡形もなくすべて焼き捨ててやるのだ。

しかし、彼が生きているのはここ、そしていまだ。しかも最近ではべつの悩みも抱えている。その特別な部分を宿している肉体が、年齢のせいで衰えてきたのだ。リングの内でも外でも気づかれないようにはしているが、肩は痛むし、膝もおかしい。

片腕を横に開くと関節が鳴り、顔が歪みそうになるのをこらえた。五十人の観客はどよめき、高さ三メートルの金網を揺らしている。彼はファンに愛されている。名前で呼ばれ、もっと見たいと望まれている。

とはいえ、彼の特別な部分はかれらにほとんど関心がない。

安い後部席のまんなかに目を向けると、あの白髪の男と目が合った。ちくしょう、気味の悪い目をしてやがる。無表情で、生命の輝きがない。おまけにそいつは喝采もしていなかった。

気にすんな。

裸足の先で突ついてみると、敵はうめいたが、目はあけなかった。試合終了だ。

金網を取り巻く五十人ほどの男たちは有頂天になり、いいぞ、と声援を送ってくる。

ヴァンは金網のふちに飛びつき、九十キロの肉体を軽々と持ちあげて乗り越えた。着地すると、観客はさらに大きくどよめいたものの、さっとあとじさって道をあけた。先週、彼の通り道に立っていた観客がひとりいたが、吹っ飛ばされて歯を一本折る破目になったのだ。

この〝闘技場《アリーナ》〟――と呼べるかどうかはともかく――は、使われなくなった地下駐車場にある。そのコンクリートの荒野の持主がこの試合を仕切っているのだ。もとよりいかがわしい商売で、ヴァンも対戦相手も闘鶏の人間版でしかなかった。それでもけっこういい金になるし、これまでのところはサツの手入れもない。もっとも、これは以前から意見の分かれるところだった。流血沙汰とも言えず賭博場とも言えない、コールドウェル警察のバッジがしゃしゃり出てくることはないはずだ。というわけで、ここは秘密の会員制クラブみたいなもので、うるさいことを言うやつは放り出される。これは文字どおりの表現だ。なにしろオーナーは血の気の多いごろつきを六人抱えていて、面倒はすべて片づけさせているのだ。

仕切屋から賞金五百ドルとジャケットを受け取り、ヴァンは自分のトラックに歩いていった。〈ヘインズ〉のアンダーシャツが血で汚れていたが、そんなことはどうでもいい。どうでもよくないのは痛む関節だ。それと左肩の痛みだ。

ちくしょうめ。特別な部分の要求に応えるのが、そして敵をマットに沈めるのが、週を追うごとにどんどんきつくなってくる。だがそれを言うなら、その点では彼の力はむしろ上がってきているのだ。格闘技の世界では、三十九歳はそろそろ入れ歯の年齢なのだから。

「なぜ途中でやめた？」

トラックに近づきながら、ヴァンは運転席側の三角の窓ガラスをのぞき込んだ。思ったとおり、つけてきたのはあの白髪の男だった。「悪いな、ファンの質問には答えんことにしてる」

「わたしはファンじゃない」

窓ガラスの平らな表面で、ふたりの目はひたと合ったままだった。「それじゃなんで、おれの試合をしょっちゅう観に来るんだ」

「きみに提案したいことがあるからさ」

「マネージャーなら要らん」

「そういう話でもないんだな」

ヴァンは肩越しにふり向いた。見れば大男だ。身のこなしからして、向こうも格闘家らしい。盛りあがった肩、両腕はゆったり下げている。腕の先の手はフライパンのようだ。あれを握ってこぶしを作れば、ボウリングのボールと見まがう大きさだろう。

なんだ、そういうことか。「おれとリングにあがりたいんなら、あっちで手配しろよ」と、仕切屋のほうを指さした。

「それもちがうね」

ヴァンは身体ごとふり向いた。二十の扉ごっこはたくさんだ。「それじゃ、いったいなんの用だ」

「まず、きみがなぜ途中でやめたのか知りたい」

「ダウンしたからさ」

男の顔に不満の色がよぎった。「なるほど」

「あのな、いい加減鼻についてきたんだがな」

「いいだろう。わたしはある男を探していて、きみの特徴がそれにぴったりなんだ」

なるほど、そりゃずいぶん絞れるだろうさ。つぶれた鼻、ありきたりの顔、軍隊ふうの髪形とくりゃあな。笑わせるぜ。「おれみたいな男なんざいくらでもいる」

ただし、右手だけはべつだ。

「ひとつ訊きたいんだが」男は言った。「盲腸の手術はしたかね」

ヴァンは険悪に目を細め、トラックのキーをまたポケットに戻した。「あんたのとる道はふたつある。どっちでも好きなほうを選べ。ひとつはさっさとあっちへ退散する。そうすりゃ、おれはこのままトラックに乗って帰る。もうひとつはそのまくっちゃべっててさんざんな目にあう。さあ、どっちがいい」

白髪の男はずいと近づいてきた。なんだ、この変なにおいは。まるで……ベビーパウダーみたいな。

「若僧が、わたしを脅そうとは百年早い」その声は低く、その言葉を後押しする肉体は圧縮されたばねのようだ。

こいつはまた……驚いたぜ、本物の好敵手ってやつだ。

ヴァンはいっそう顔を突き出した。「なら、なんの用だかさっさと言ったらどうだ」

「盲腸は？」

「もうとった」

男は笑顔になった。すっと後ろに退《ひ》いて、「仕事をしないか」

「仕事ならある。これもやってるしな」

「建設作業員か。金のために見も知らぬ相手をぶん殴る仕事か」

「まっとうな仕事じゃねえか、どっちもな。それで、いつからおれの仕事のことを嗅ぎまわってんだ」

「だいぶ前からね」男は手を差し出してきた。「ジョゼフ・ゼイヴィアだ」

ヴァンはその手を握ろうとはしなかった。「あんたと知り合いになる気はねえよ、ジョー」

「ミスター・ゼイヴィアと呼んでもらおうか。提案を聞いても損にはならないと思うがね」

ヴァンは首を横にかしげた。「あのな、おれは売春婦みたいなもんなんだよ。阿呆から金をもらうのが好きなんだ。この手に百ドル札《ベンジー》を握らせてみろよ、ジョー、そうすりゃ提案とやらを聞いてやらんでもないぜ」

男は黙ってこちらを見ている。ヴァンは思いがけず、ふいに背筋が寒くなった。くそう、この野郎はどっかまともじゃない。

相手の声はいっそう低くなって、「まずわたしの名前をちゃんと呼んでもらいたいね」かまうもんか。百ドルのためなら、こんな気狂いにも笑顔ぐらい見せてやるさ。「ゼイヴィア」

「ミスター・ゼイヴィアだ」男は肉食動物のように笑った。陽気さはかけらもなく、歯ばかりむき出しにしている。「さあ、早く」

未知の衝動に突き動かされて、ヴァンは口を開いた。

声が口から出る直前、十六歳のときの記憶があざやかによみがえってきた。ハドソン川に飛び込もうとしたときのことだ。虚空に飛び出してから、水中に大きな岩があるのに気づいた。まちがいなくぶつかる。もうよけようがない。思ったとおり、頭から岩にぶつかった。まるでそういう運命だったかのように。首のまわりに見えない糸が巻きついて、その岩に引き寄せられていたかのように。しかし、苦痛はなかった。少なくとも直後には。がつんとぶつかったと思ったら、ふっと身体が浮いたように感じ、甘美な満ち足りた静けさが訪れた。まるで運命が成就《じょうじゅ》したかのようだった。この感覚は死の先触れだと本能的に悟っていた。

みょうなことに、あのときと同じく夢を見ているようなおかしな気分がした。あのときと同じく、死の訪れを感じていた。紙のように白い肌をした死の訪れ。避けようのない定めのときが、彼を狙ってやって来たかのような。

「ミスター・ゼイヴィア」ヴァンはささやくように言った。

目の前に百ドル札が出てきたとき、彼は四本指の手を伸ばして受け取った。

しかし、現金が出てこなくても話は聞いていただろう。そのことはよくわかっていた。

何時間か過ぎて、ブッチは寝返りを打った。真っ先にしたのはマリッサを捜すことだ。

彼女は部屋の隅に腰をおろしていた。そばに開いた本が置いてあったが、目はそのページには向いていない。白っぽいリノリウムのタイルを見つめて、非の打ちどころもない長い指で斑点の模様をたどっていた。

その様子は胸が痛むほど切なく、目が痛いほど美しかった。彼女に病気を伝染《うつ》したかもしれないと思うと、どんな形であれ危険にさらしたかと思うと、自分ののどを掻っ切りたくなる。

「なんでここに来たりしたんだ」彼はしゃがれ声で言った。彼女がたじろぐのを見て、言葉の選びかたがまずかったと考えた。「おれが言いたいのは――」

「あなたの言いたいことはわかっているわ」彼女の声は固かった。「おなかすいたでしょう?」

「ああ」上体を起こそうと悪戦苦闘しながら、「でも、先にシャワーを浴びたい」

マリッサは立ちあがった。立ちのぼる霧のように優美な動き。近づいてくるのを見て息が止まった。あの薄青のドレスは、彼女の目と同じ色だ。

「バスルームまで介助するわ」

「いや、大丈夫だ」

彼女は胸の前で腕を組んだ。「ひとりでバスルームへ行こうとしたら、倒れてけがをするわよ」

「じゃあ、看護師を呼んでくれ。きみにはさわられたくない」

彼女はこちらをしばらく見つめていた。それからまばたきをした。一度。二度。

「ちょっとお先にいいかしら」抑揚に乏しい口調で、「トイレを使いたいの。看護師を呼ぶなら、そのリモコンの赤いボタンを押せばいいわ」

マリッサはバスルームに入っていき、ドアを閉じた。水の流れる音が聞こえてきた。

小さなリモコンに手を伸ばしかけて、ブッチはその手をふと止めた。ドア越しに、洗面台の水音がずっと聞こえつづけている。途切れも乱れもせず、手や顔を洗ったり、コップに水をくんでいる気配がない。

ずっと聞こえつづけている。

うめき声をあげながら這うようにベッドを出て、点滴の支柱につかまって立ちあがった。引っくり返るまいと力いっぱい握りしめているせいで、その支柱ががたがた揺れていた。片足を片足の前に出し、それをくりかえすうちにやっとバスルームのドアにたどり着いた。木製のドアに耳を当てる。聞こえるのは水音だけだ。

いつのまにかそっとノックしていた。もう一度ノックした。さらにもう一度。ついにノブをまわした。彼女がトイレを使っていたら、ふたりとも死ぬほど決まりの悪い思いをするのは――

思ったとおり、マリッサはトイレに座っていた。しかし、便座のふたは閉じたままだった。彼女は泣いていた。身を震わせて泣きじゃくっていた。

「いったい……どうしたんだ、マリッサ」

彼女は金切り声をあげた。ブッチの顔を見るぐらいなら、死んだほうがましだとでもいうように。「出ていって！」

彼はよろよろとなかに入り、彼女の前に両膝をついた。「マリッサ……」

両手で顔を覆ったまま、彼女は叫ぶように言った。「ひとりになりたいの。出ていってくださらない？」

ブッチは手を伸ばして水を止めた。小さくごぼごぼ言いながら水が排水口に吸い込まれていく。水音が消えたあとの静寂を、彼女のくぐもった嗚咽《おえつ》が埋めていく。

「大丈夫だよ」彼は言った。「すぐに出ていけるから。もうすぐ――」

「うるさいわね!」両手をいったん下げてきっとにらんできた。「ベッドに戻って看護師を呼んだら? まだ呼んでないのなら」

彼は上体を起こした。めまいがしたがふんばった。「残念だ、きみがこの部屋におれと閉じ込められることになるなんて」

「そうでしょうとも」

彼はまゆをひそめた。「マリッサ――」

その続きを口にする前に、密閉されていた室内の空気の漏れる音がした。

「デカ、どこだ」Vの声だ。くぐもっていないのは、防護服を着ていないのか。

「ちょっと待ってくれ」ブッチは声をあげた。マリッサにはこれ以上見物人は必要ないだろう。

「どこにいるんだ、なにかあったのか」

ブッチは立ちあがろうとした。努力はしたのだ。しかし、点滴用の支柱をつかんで身体を引きあげようとしたら、身体が言うことを聞かなかった。ゴムに変わったようにふにゃふにゃだった。マリッサが支えてくれようとしたが、その手が届くより早くくずおれて、バスルームのタイルの床に伸びてしまった。頬のすぐ横に、防水材で囲んだ便器の基部があった。マリッサがあわてたように、早口でなにか話しているのがぼんやり聞こえる。やがて、Vのあごひげが視界に入ってきた。

ブッチはルームメイトを見あげ……するとちくしょう、視界がうるんできた。こいつの顔が見られてうれしくてたまらない。ヴィシャスの顔はいつもどおりだった。口のまわりにはいつもと同じく濃色のひげがはえているし、こめかみの刺青も変わっていないし、ダイヤモンドのような虹彩もいつもと同じ光を放っている。なつかしい、ほんとうになつかしい。ヴァンパイアのパッケージに包まれたわが家とわが家族だ。

もっとも、ブッチは涙はひとつぶもこぼさなかった。それでなくても、もうトイレの横にだらしなく伸びているのだ、くそいまいましい。このうえそんな弱みを見せたりしたら、それこそ恥の上塗り、恥の総仕上げだ。

盛んにまばたきしながら、ブッチは言った。「あのおかしな服をどうして着てないんだ。そら、あの黄色いスーツ」

Vはにっと笑ったが、やはり込みあげるものがあるのか、目が少しうるんだように光っていた。「心配すんな、おれはちゃんと保護されてるから。それはともかく、なんとか生き返ってきたみたいじゃないか、ええ？」

「ああ、ロックンロールも踊れるぜ」

「そうか」

「そうとも。将来は建設業に進もうかと考えてるとこなんだ。それで、このバスルームの作りを調べてたのさ。このタイルの貼りかたはみごとなもんだぜ。見てみろよ」

「それより、おまえをベッドに運んでいくってのはどうだ」

「まだ洗面台の配管を確認してないんだ」

胸に迫るものに押しのけられたように、Vのすかしたにやにや笑いが消えた。「それじゃ、せめて立つのぐらい手伝わせろ」

「大丈夫だ、自分で立てる」うめき声をあげて、ブッチは垂直方向に身体を動かそうとしたが、またタイルにぐったりと伸びてしまった。頭をあげるのは、いささか無理があったようだ。しかし、もう少しこうしていれば、いつかは——一週間か、たぶん十日後ぐらいには……

「デカ、いい加減にしろよ。あきらめておれの手を借りろ」

どっと疲れが押し寄せてきて、ブッチはもう強がりも言えなかった。完全にへたり込んでしまったとき、マリッサがこっちを見ているのに気がついた。まったく、これ以上に情けない格好があるだろうか。ちくしょう、唯一の慰めは尻に冷たい風が当たっていないことだけだ。

これはつまり、この短いガウンのすそがそれほど乱れてないということだから。やれやれ、不幸中の幸いだ。

Vの太い両腕が身体の下にもぐってきて、やすやすと持ちあげられた。抱えて運ばれながら、ブッチは頭を友人の肩に預けようとしなかった。だがじつを言えば、自力で頭を支えていたせいで冷汗が噴き出していたのだ。ベッドに横になったときには、全身に震えが走って部屋がぐるぐるまわっていた。

Vが上体を起こす前に、ブッチはその腕をつかんでささやいた。「話があるんだ。ふたりきりで」

「なんだ」Vも同じく小声で言った。

ブッチが目をやると、マリッサは部屋の隅で所在なげにしていた。

彼の視線に気づいて顔を赤くし、彼女はバスルームをちらと見て、大きな紙袋をふたつ持ちあげた。「わたし、シャワーを使いたいので。ちょっと失礼します」返事も待たず、バスルームに姿を消した。

ドアが閉じると、Vはベッドの端に腰をおろした。「話ってなんだ」

「彼女は大丈夫なのか」

「おれが手当をしてきたからな。ここで三日経つが、どうやら大丈夫のようだ。もうすぐ出られるだろう。いまじゃみんな納得してるが、交差感染みたいなことは起きてないようだから」

「彼女はなにに感染する危険があったんだ？　おれはなにに感染したんだ？」

「おまえ、〝レッサー〟につかまってたのはわかってるだろ」

ブッチは滅茶苦茶にされた手のいっぽうを持ちあげて、「そうだったのか。おれはまた、エリザベス・アーデンの店にいたのかと思ってたぜ」

「口の減らないやつだ。おまえはまる一日ばかり――」

だしぬけにブッチはVの腕をつかんだ。「おれはしゃべってないぞ。なにをされたとしても、〈兄弟団〉のことはひとこともしゃべってない。信じてくれ」

Vはブッチの手に手を重ねてぎゅっと握った。「わかってる。おまえがしゃべるはずはない」

「うん」

握った手を離したとき、Vはブッチの指先に目を向けた。そこにどんな仕打ちをされたか想像しているのだろうか。「なにを憶えてる?」

「そのときに感じたことだけだ。痛みとか……不安とか。恐怖とか。それにプライド……弱音を吐くもんか、なにをされてもへこたれるもんかっていう……」

Vはうなずき、ポケットから手巻き煙草を取り出した。火をつけようとして酸素吸入器に目を留め、悪態をついて、煙草をポケットに戻した。「あのな、ちょっと訊くが……頭は大丈夫か。つまり、ああいうことを経験すると――」

「大丈夫だ。もともと鈍感すぎてPTSDになんかなれないんだよ。なにがあったのかよく憶えてないし。マリッサが無事にここから出ていけるんなら、おれは大丈夫だ」顔をこすると、伸びてきたひげがちくちくする。顔からおろした手が腹部に触れて、あの黒い傷のことを思い出した。「おまえならわかるか、おれがなにをされたか」

Vが首をふるのを見て、ブッチは毒づいた。歩くグーグルのようなVにわからないとすれば、これはかなり厄介だ。

「だが、いま調べてるとこだ。きっとおれが答えを見つけてやる。約束する」ブッチの腹部のほうをあごで示して、「それで、いまどうなってる」

「どうかな。ずっと昏睡状態で忙しかったんで、腹筋の心配をするひまがなくてな」

「見ていいか」

ブッチは肩をすくめ、ふとんを押しのけた。Vがガウンをめくり、ふたりはそろって彼の腹に目をやった。傷口のまわりは全体に灰色がかってしわが寄っている。

「痛むか」Vが尋ねる。

「滅茶苦茶いてえ。それに……冷たい。腹にドライアイスが載ってるみたいだ」

「ちょっといいか」

「なんだ」

「治療のまねごとだよ。この三日、ずっとやってたんだぞ」

「そうか、じゃあ頼む」しかし、Vが利き手の手袋をはずしにかかるのを見て、ブッチはひるんだ。「その手でなにをする気だ」

「信用しろよ」

ブッチは大声で笑った。「おまえがこないだそう言ったときは、ヴァンパイアのカクテルを飲まされたじゃないか。忘れたのか」

「そのおかげで命拾いしたんだぞ。それでおまえを見つけたんだ」

そうか、ではこれが〝なぜ〟の答えだったのか。「わかったよ。じゃあ、ちょっとやってみてくれ」

とはいえ、Vが輝く手を近づけてくるとブッチは身を縮めた。

「心配するなって。痛くもなんともないから」

「だっておまえ、そのおっかない手で家を丸焼けにしてただろ」

「言いたいことはわかる。だがな、あんな『炎の少女チャーリー』（一九八四年米映画。自然発火能力を持つ少女が主人公）をここでやりゃしねえよ」

Vは、刺青のある輝く手を傷のうえにかざした。ブッチの口から、震える安堵の吐息が漏れる。浄《きよ》らかな湯が傷口に注ぎ込まれるようだった。それが全身に広がり、しみ通っていく。

全身を浄めていく。

ブッチは目を閉じた。「ああ……すごく……いい気持ちだ」

全身から力が抜け、痛みから解放されて浮かびあがり、夢の世界へすべり込んでいくようだ。肉体を解放し、自分自身を解放する。

治っていくのが感じとれる。肉体の回復力のピッチがぐんぐんあがっていく。数秒、数分と経つうちに、時間がたゆたって永遠に溶け込んでいくうちに、何日間もたっぷり休養と栄養をとり、心穏やかに過ごしたような気がしてきた。さんざんにぶちのめされた状態だったのが、一足飛びに健康という奇跡のたまものを授かったような。

マリッサはシャワーの下に立ち、頭をのけぞらせてお湯に身体を打たせていた。ショックで全身のたががゆるみ、神経も過敏になっているような気がする。ヴィシャスがブッチをベッドに運ぶのを見てからはとくにそうだった。ふたりは心から信頼しあっていて、合わせた目と目にきずなの強さがはっきり表われていた。

だいぶ経ってからシャワーを出て、タオルでざっと身体を拭き、ドライヤーで髪を乾かした。清潔な替えの下着に手を伸ばし、コルセットに目を留めて、こんなもの、着けてもしかたがないと思った。袋のなかにまた突っ込む。あの鉄の枷《かせ》で胸を締めつけられるのは、いまはとても我慢できない。

むき出しの乳房のうえからピーチカラーのドレスを身に着けた。違和感があったが、ずっと苦しい思いをして着てきたのだから、たまにはいいだろう。それに、だれに気づかれるっていうの?

淡青色のロドリゲスのドレスをたたみ、脱いだ下着といっしょに生物学的危険物《バイオハザード》の袋に入れた。それから意を決してドアをあけ、病室に出ていった。

ブッチは両手両足を投げ出すようにして横たわっていた。入院着は胸もとまで押しあげられ、上掛けは腰のあたりまで下げてある。黒ずんだ傷の七、八センチ上に、ヴィシャスが輝く手をかざしていた。

男ふたりのあいだに流れる沈黙。ここでは彼女は闖入《ちんにゅう》者だった。でも、どこにも行くところがない。

「眠ってる」Vがうなるように言った。

マリッサは咳払いをしたが、なにも言うことを思いつけなかった。長い沈黙のあと、彼女は恐る恐る言った。「あの……身内の人たちは、なにがあったか知ってるの」

「ああ、〈兄弟団〉はみんな知ってる」

「いえ、わたしが訊いたのは……人間のご家族のこと」

「関係ない」

「でも、やっぱり——」

Vはうるさそうに顔をあげた。ダイヤモンドの目は鋭く、少し意地の悪い光を放っている。なぜだか急に、彼が完全武装しているのを思い出した。黒い短剣を二本、分厚い胸に帯びているのだ。

だが考えてみれば、彼の厳しい表情はその武器に似つかわしかった。

「〝家族〟はブッチと縁を切りたがってる」Vは歯ぎしりするように言った。説明してやる義理はないが、教えないとうるさいから教えてやっていると言わぬばかりだ。「だから関係ないんだ。さあ、こっちに来てやってくれ。ブッチにはあんたが必要なんだよ」

あんなこわい顔でこっちへ来いと言われても、マリッサは当惑するばかりだった。それに、ブッチにとっていちばん役に立っているのはヴィシャスの手ではないか。

「ブッチにはわたしなんか必要じゃないわ。ここにいてほしいとさえ思ってないのに」彼女はつぶやいた。そしてあらためて不思議に思った。三晩前、Vはなぜ彼女を呼んだのだろう。

「ブッチはあんたの身を心配してるんだ。だから出ていかせたがってる」

マリッサは赤くなった。「そんなことないわ」

「おれがまちがうことはない」ヴィシャスが彼女の顔に目を向けてきた。濃青色に縁どられた白い瞳が、せつな鋭い閃光を放つ。その冷たい光に、マリッサはぞっとしてあとじさった。しかし、ヴィシャスは首をふって言った。「さあ、こっちへ来てブッチにさわってやれよ。あんたがついてるのを感じさせてやるんだ。あんたがここにいると安心するんだから」

マリッサはまゆをひそめた。ヴィシャスはどうかしていると思ったが、それでもベッドの向こう側に歩いていき、ブッチの髪をなではじめた。手が触れた瞬間、ブッチがこちらに顔を向ける。

「ほらな」ヴィシャスはまた傷のほうに目を戻した。「あんたに恋い焦がれてるんだよ」

(ほんとうにそうだったらどんなにいいか）彼女は思った。

「それは本気か？」

マリッサははっと身を固くした。「わたしの心を読まないで。失礼だわ」

「読んでない。あんたが声に出して言ったんだ」

ブッチの髪をなでる手つきが乱れた。「あら……ごめんなさい」

ふたりは口をつぐみ、どちらもブッチを見つめていた。ややあって、ヴィシャスが固い声で言った。「マリッサ、どうしてブッチを閉め出すようなことをしたんだ。去年の秋、こいつが会いに来たとき、なんで会ってやらなかった?」

マリッサはまゆをひそめた。「ブッチが会いに来たことなんてないわ」

「いや、ある」

「なんですって?」

「聞こえただろう」

視線と視線がぶつかったとき、マリッサはふと思った。ヴィシャスはとてもこわい男だが、嘘つきではない。「いつ? いつ会いに来たの?」

「ラスが撃たれたあと、ブッチは二週間ほど待って、それからあんたの家を訪ねていった。戻ってきたとき、あんたはおりてきてもくれなかったと言ってたぞ。ずいぶん冷たい仕打ちじゃないか、ええ? あんたに気があるのを知ってたくせに、召使の口から断わらせるとはね。やさしいことで」

「そんな……わたしはそんなこと……だって、会いになんか……彼が来たなんて、そんな話はぜんぜん——」

「たいがいにしろよ」

「そういう失礼な言いかたはやめて」ヴィシャスが視線を投げてきたが、マリッサは怒りのあまり、彼がどこのだれだろうがどうでもよくなっていた。「去年の夏の終わり、わたしは風邪で臥《ふ》せってたの。ラスにたくさん血をあげたし、そのあとも病院でずっと働いてたせいだと思うわ。ブッチからなんにも連絡がなくって、だからわたし、彼はもうわたしに興味がなくなったんだって思ったの。わたし、あんまり……男性に関わっていい思いをしたことがないから、自分からブッチに近づいていく勇気がなかなか出なかったし。三カ月前この病院で会ったとき、やっと勇気を出して話しかけてみたら、ブッチははっきりわたしとは会いたくないって言ったわ。だから、やってもいないことでわたしを非難するのはやめてくださらない？」

長い沈黙があったが、やがてマリッサは度肝を抜かれた。

ヴィシャスがかすかに微笑んでみせたのだ。「そういうことだったか」

狼狽《ろうばい》して、マリッサはうつむいてブッチに目を向け、また髪をなではじめた。「ほんとうよ、ブッチが来てくれたって知ってたら、ベッドから這ってでも出ていって自分でドアをあけたわ」

ヴィシャスは低い声でつぶやいた。「わかったよ、マリッサ。よく……わかった」

その後の沈黙のなか、マリッサは去年の夏のできごとを思い返していた。あの臥せっていた期間は、たんに風邪が治るのを待っていただけではなかった。ハヴァーズがラスの生命を狙ったということに、打ちのめされていたのだ。つねに穏やかで、怒りを表わすことのない治療者のハヴァーズが、王の居場所を〝レッサー〟に漏らすようなことをするとは。たしか

に〝仇討ち《アヴエンジ》〟のためではある。女王をめとるためにマリッサが棄てられた、それに憤《いきどお》って
のことだった。しかし、だからと言ってあんなことをしていいわけではない。
ああ〈フェード〉の〈聖母〉さま、ブッチはほんとうに会いに来てくれていたのだ。でも、
なぜそれをだれも教えてくれなかったのだろう。
「知らなかったわ……来てくれてたなんて」彼女はつぶやきながら、ブッチの髪をなでつけ
た。
ヴィシャスは手を引っ込め、上掛けを引きあげた。「目を閉じてくれ、マリッサ。今度は
あんたの番だ」
マリッサは顔をあげた。「ほんとうに知らなかったのよ」
「信じるよ。さあ、目を閉じるんだ」
彼女の治療が終わると、Vはドアに向かって歩き出した。歩みにつれて大きな肩がなめら
かに動く。
気密ドアの手前で、彼は首をまわしてふり向いた。「ブッチが治ったのは、おれだけの力
じゃないからな。マリッサ、あんたはブッチの光なんだ。それを忘れないことだ」そこでV
は険悪に目を細めて、「だが、もうひとつ言っときたいことがある。わざとブッチを傷つけ
るようなことをしたら、おれはあんたを敵と見なすからな」
ジョン・マシューは教室で授業を受けていた。コールドウェル・ハイスクールからそのま
ま抜け出してきたような教室だ。黒板に向かって七つの長テーブルが並び、うちひとつを除

くすべてのテーブルに訓練生がふたりずつ嵌まっている。

ジョンはいちばん後ろのテーブルにひとりで座っていた。これまたハイスクール時代と同じだ。

ただあのころとちがうのは、いまはきちんとノートをとって、前を熱心に見ていることだ。まるであの黒板で、『ダイ・ハード』シリーズ一挙放映をやっているかのように。

それに第一、ここでは幾何の授業などない。

今日はザディストが黒板の前に立ち、行ったり来たりしながらC4プラスティック爆弾の化学的組成を話している。トレードマークの黒のタートルネックに、ゆったりしたナイロンのトレーニングパンツという服装。顔に走る傷痕を見ると、うわさどおりのことをしてきたにちがいないと思う。女を殺し、〝レッサー〟を凌辱《りょうじょく》し、挑発もされないのに兄弟たちにすら飛びかかると。

だが意外にも、ザディストは見あげた教師ぶりだった。

「次は起爆装置だ」彼は言った。「おれは個人的には、リモート操作できるやつが好みだな」

ジョンがノートの新しいページをめくったとき、Zは黒板に立体的な機構図を描いていた。配線回路がついた箱のようなものだ。彼の描く図はいつも詳細で本物そっくりだから、手を伸ばせばさわれそうな気がするほどだ。

図が描きあがるまでの合間に、ジョンは腕時計に目をやった。あと十五分したら、軽く食事をしてジムへ移動だ。そのときが待ちきれなかった。

ここに通いはじめたころは、総合格闘技の訓練がいやでしかたがなかった。それがいまは面白くてたまらない。技術面ではあいかわらずクラス一へたくそだが、最近では憤怒がそれをじゅうぶん以上に埋め合わせてくれる。そんな彼の激しさに、クラス内の力関係も変わってきた。

三カ月前に授業が始まったとき、彼はクラスメイトにばかにされていた。兄弟たちにおべっかを使っていると憎まれた。生まれつきのあざを嘲笑された。兄弟たちが胸につける星型の傷痕に似ていたからだ。それがいまでは、彼の近くではみなが気を遣うようになっていた。といっても、ラッシュだけはべつだ。ラッシュはいまもからかい、仲間はずれにし、へこませようとする。

ジョンは気にしなかった。この教室にほかの訓練生といっしょに座っていても、〈兄弟団〉と事実上同じ敷地で寝起きしていても、また父の血筋によって〈兄弟団〉とつながっていると言われていても、トールとウェルシーを失ってからは、気持ちのうえでは彼は一匹狼だった。だれにも縛られない。

この教室には、彼にとって重要な者などひとりもいなかった。

視線をラッシュの後頭部に向ける。長いブロンドの髪をポニーテールにして、高級デザイナーのジャケットになめらかに流している。それが高級デザイナーの服なのをなぜ知っているかというと、ラッシュがいつも自分で言っているからだ。教室に入ってくれば、かならずみなに向かって着ているものの自慢を始めるのである。

今夜は新しい時計の自慢話もしていた。ジェイコブ・ザ・ジュエラーが装飾を手がけた時計だと。

ジョンは険悪に目を細めた。ジムでラッシュとスパーリングすることを思っただけで、全身の血がたぎるようだ。その熱を感じとったかのように、ダイヤモンドのイヤリングをきらめかせてラッシュがふり向いた。唇があがって冷笑が浮かんだと思うと、その唇をとがらせて投げキスをしてきた。

「ジョン」ハンマーのように厳しいザディストの声が飛ぶ。「教室ではちょっとはおれの話を聞け」

ジョンが赤くなって正面に顔を向けると、ザディストは長い人さし指で黒板を差しながら続けた。「こういうメカをいったん起動したら、爆発の引金を引く方法はいろいろある。いちばん一般的なのは電波だな。携帯やコンピュータから電波を送ってもいいし、無線信号を使ってもいい」

ザディストがまた図を描きはじめ、黒板を引っかくチョークの音が教室内に響いた。

「これも起爆装置の一種で」ザディストが一歩さがって言った。「自動車爆弾によく使われる。この箱を自動車の電気系統に接続して発火待機状態にしとけば、車をスタートさせたとたんにカチ、カチ、ドカーンだ」

ペンを持つジョンの手に急に力が入った。盛んにまばたきをする。気が遠くなりそうだ。

ブレイロックという赤毛の訓練生が質問した。「イグニション・スイッチを入れたらすぐ爆発するんですか」

「いや、二、三秒の遅れがある。それに自動車の配線がいじられてるから、エンジンがかからないことにも気がつくはずだ。イグニションキーをまわしても、カチカチいう音しか聞こえない」

ジョンの脳裏に、映像がぱっぱっと目まぐるしくひらめきはじめた。

雨……黒い雨が、車のフロントガラスを叩いている。

キーを握る手が、ステアリングコラムのほうに伸びていく。

始動してもエンジンがかからない。恐怖感。だれかを失う。やがてまぶしい光が——

ジョンは椅子から引っくり返って床に倒れたが、自分が発作を起こしたのには気づかなかった。頭のなかで悲鳴をあげつづけていてそれどころではなかった。肉体的にはなにも感じなかった。

だれかを失ってしまう！　だれか……だれかをあとに残して。だれかを残して死ぬのは……

10

夜明けが来た。屋敷のビリヤード室を囲む窓すべてに、スチールのシャッターがおりてくる。ヴィシャスは〈アービーズ〉のローストビーフ・サンドイッチにかぶりついた。まるで電話帳でも食っているようだ。もっとも、それはサンドイッチのせいではない。

ビリヤードの球が軽く当たる音に顔をあげると、女王のベスがちょうど台から身を起こそうとしていた。

「ナイスショット」レイジが言った。絹張りの壁にのんびり寄りかかっている。

「計画的に練習してるもの」台の反対側にまわり、次はどう撞《つ》こうかと考える。また上体を倒し、左手でキューを固定する。女王のしるし、サトゥルヌスのルビーがその中指に光っていた。

Vは紙ナプキンで口をぬぐった。「ハリウッド、また負かされそうだな」

「このぶんだとな」

ただ、そこまでの時間がなかった。ドアを押しのけるようにしてラスが入ってきたのだ。見るからに不機嫌そうな顔。長い黒髪が、レザーに包まれた尻に届くほど伸びている。後ろになびいていたその髪が、たくましい背中に垂れ落ちてくる。

ベスはキューをおろした。「ジョンはどう?」

「知るものか」ラスはベスの口にキスをし、首の両側の頸動脈のうえにも代わる代わるキスをした。「ハヴァーズの診察は受けたくない、病院のそばに寄るのもいやだと言うんだ。いまはトールのオフィスで眠ってる。すっかりへたばって」

「今度はなにがきっかけで発作が起きたの?」

「Zは爆発物の授業をしてたそうだ。ジョンはいきなり引っくり返って、床にばったり倒れてしまった。初めておまえに会ったときとおんなじだ」

ベスは両腕をラスの腰にまわし、〝ヘルレン〟の胸に身を沈めた。黒髪と黒髪が混じりあう。ラスのはまっすぐ、ベスのは波打っている。それにしてもラスの髪はずいぶん長くなった。うわさによると、ベスの好みに合わせて伸ばしているらしい。

Vはまた口をぬぐった。**おかしなもんだ、男ってのは。よくそこまでできるもんだ。**

ベスが首をふった。「ジョンにはこっちに来ていっしょに暮らしてほしいわ。あの椅子で眠って、オフィスにこもって……ずっとひとりきりで過ごしてるし、最近ではちゃんと食事もとってないのよ。それにメアリが言うには、トールやウェルシーの身に起こったことについては、まるっきり話をしようとしないんですって。すっかり殻にこもっちゃって」

「なにを話そうが話すまいがどうでもいいが、ともかく医者の診察だけは受けさせんと」ラスのラップアラウンドのサングラスがVのほうに向いた。「それで、あっちの病人のほうはどんな具合だ。まったく、これじゃ専属の医者が必要になるぞ」

Vは〈アービーズ〉の袋に手を入れて、サンドイッチ第二号を取り出した。「刑事《デカ》はよくなってきてる。あと一日二日で出てこられると思う」

「あいつの身になにがあったのか突き止めんとな。この件については、〈書の聖母〉はなにも教えてくださらんのだ。石みたいに口をつぐんでる」

「昨日から調査を始めたとこだ。まずは『年代記』から手をつけた」『年代記』とは、十八巻からなる〈古語〉で書かれたヴァンパイアの歴史書だ。まったく、壁投げ本とはこのことだった。読んで面白いことときたら、金物屋の在庫目録を読むほうがまだましなぐらいだ。

「それでなんにも出てこなかったら、またべつのほうから攻めてみる。口承伝説の概要を書き留めたやつとかな。この地上におれたちが現われて二万年間、似たようなことがいっぺんも起きてないってことはないだろう。今日は一日かけて調べるつもりだ」

なぜならいつものとおり、どうせ眠れないだろうから。最後に寝たのが一週間以上前で、それ以来ずっとこうだ。今日はちがうと考える理由はなにひとつない。

ちくしょうめ……八日間ずっと起きっぱなしというのは、脳の活動にとっていいことではない。夢を見る睡眠状態を定期的に確保していないと、あっというまに精神病が育って思考回路をねじ曲げてしまう。まだおかしくなっていないのが不思議なぐらいだ。

「V？」ラスが言った。

「すまん、なんだって？」

「大丈夫か」

ヴィシャスはローストビーフを嚙み切って、もぐもぐやった。「ああ、もちろん。もちろん大丈夫だ」

その日の暮れがた、こぎれいな街路のカエデの木の下に、ヴァン・ディーンはトラックを停めた。

どうもくさい。

狭い芝生の奥に建つ家は、表面的にはとくに問題なさそうに見える。このなんとかいう住宅街によくある、コロニアルとかなんとかふうの家。問題は、車寄せに駐まっている車の数だ。四台。

ゼイヴィアには、一対一で会うと言われていたのだが。

トラックのなかから家の様子をうかがった。ブラインドはすべておりていた。屋内についている照明はふたつだけ。玄関ポーチの灯は消えている。

しかし、これをふいにするのはいかにも惜しい。この仕事を受ければ、建設作業員のくされ仕事は蹴ることができ、そのぶん身体を休められるし、けがも減るはずだ。しかも、いまより倍も稼ぎが増えるのだ。いよいよ試合に出られなくなったときに備えて、少しは貯金もできるだろう。

トラックをおり、玄関ポーチに歩いていった。ブーツで踏んだドアマットは蔦の模様で、それがぞっとするほど不気味に思えた。

ベルを鳴らす前にドアが開いた。そこに立っていたのはゼイヴィアだ。あくまでも巨大、色が抜け落ちたような顔。「遅かったね」

「そっちこそ、ふたりだけで会うはずじゃなかったのか」

「同席者がいたら困ることでもあるのかな」

「どんな同席者かわかんねえじゃねえか」

ゼイヴィアは右側に寄って、「入って自分で確かめてみたらいい」

ヴァンはマットを踏んで突っ立ったまま、「言っとくが、ここに来るってことは兄弟に話してある。住所とかいろいろ」

「どっちかね、お兄さんか弟さんか」ゼイヴィアは笑みを浮かべ、ヴァンは険悪に目を細めた。「ああ、きみのご兄弟のことは知っている。きみの言葉を借りれば、住所とかいろいろね」

ヴァンは片手をパーカーのポケットに突っ込んだ。入れておいた九ミリ拳銃が、待ってましたとばかりに手のひらにすべり込んでくる。

金だ、金のことを忘れるな。

ややあって、彼は言った。「で、仕事の話をするのか。それともこの風の吹くなかでむだ話を続けんのか」

「それはこっちのせりふだよ。入るのかね、入らないのかね」

ゼイヴィアから片時も目を離さず、ヴァンは玄関のなかに入った。屋内は冷え冷えとしていた。暖房がきいていないのか、それとも人が住んでいないのか。家具が見当たらないところからして、どうやらあとの推測が当たっているようだ。

ゼイヴィアが尻ポケットに手を入れたとき、ヴァンははっと身構えた。出てきたものは、たしかに一種の武器にはちがいなかった。手の切れそうな百ドル札が十枚。

「契約は成立かな？」ゼイヴィアが尋ねた。

ヴァンは周囲に目をやった。札を受け取り、ふところに突っ込んだ。「ああ」

「けっこう。今夜からさっそくかかってもらう」ゼイヴィアはこちらに背を向け、家の奥に入っていく。

ヴァンはそのあとをついていったが、警戒は少しも緩めなかった。緩めるどころではなかった。なにしろ地下におりていったら、階段の下にゼイヴィアみたいなのが六人立っていたのだ。六人とも大男で、髪の色が薄く、老婦人のようなにおいをさせていた。

「あんたにもおおぜい兄弟がいるらしいな」ヴァンはさりげなく言った。

「兄弟ではない。その言葉はここでは使わないでくれ」ゼイヴィアは、六人の大男たちに目をやった。「これはきみの弟子だ」

自力で歩いているとはいえ、完全防護服姿の看護師に見守られながら、ブッチはベッドに戻った。ここへ来て初めてシャワーを浴び、ひげを剃ったのだ。尿道カテーテルも点滴の管もとれたし、なんとかじゅうぶんな食事を詰め込み、この半日で十一時間もぐっすり眠った。

やれやれ……なんとか人間に戻ってきたような気がする。この回復の早さは奇跡としか思えない。

「ずいぶんよくなりましたね」看護師が言った。

「次の目標はオリンピックだ」と言いながら、自分で上掛けを引きあげた。

看護師が出ていったあと、ブッチはマリッサに目を向けた。彼がどうしてもと言い張って持ち込んでもらった寝台に腰をおろし、うつむいて刺繡をしている。一時間ほど前に彼が目を覚ましたときから、彼女の態度は少しおかしかった。言いたいことがあって、そこまで出かかっているのに言い出せずにいるというような。

彼女の輝く頭頂部を見つめ、優美な両手に目を移し、さらに簡易ベッドに広がるピーチカラーのドレスを眺め……それからまた目をあげてドレスのボディスを見やった。正面にきゃしゃなボタンがずらりと並んでいる。百個ぐらいはありそうに見えた。

ブッチは脚をもぞもぞさせた。落ち着かない。気がつけば、あのパールのボタンをひとつひとつはずしたらどれぐらい時間がかかるかと考えていた。

身体がうずいて、血が股間に集まり、大きく固くなってきた。

まったくあきれたな。こりゃ、たしかにずいぶん元気になってるぜ。

ついでに言うと、おれはとんでもない下司《げす》野郎だ。

寝返りを打って彼女に背を向け、目をつぶった。

厄介なことに、閉じたまぶたの裏に浮かぶのは、彼女とキスしたときのことばかりだった。去年の夏、ダライアスの屋敷の二階のポーチでのことだ。ああくそ、写真のようにはっきり目に浮かぶ。彼は椅子に座っていた。その脚のあいだにマリッサは身体を伸ばし、彼の舌は彼女の口のなかにあった。興奮しすぎて椅子を壊してしまい、ふたりいっしょに床に転がって――

「ブッチ……」

目をあけたとたんぎょっとした。マリッサがすぐ目の前にいたのだ。目の高さに彼女の顔があった。うろたえて自分の下腹部にちらと目をやり、股間でうごめくものが上掛けで隠れているか確認した。

「どうした?」声ががらがらだったので、もう一度言いなおした。ちくしょうめ、彼の喉頭はふだんからざらざらで、声はいつもしゃがれ気味だ。しかし、それが確実に悪化する原因をひとつあげるなら、それは裸になるのを想像することだ。彼女がそばにいるとなればなおさらだった。

マリッサの目が、彼の顔を探るように見ている。すべてを見透かされているのではないか、心の奥底――彼女にいちばん執着している部分――まで見通されているのではないだろうか。

「マリッサ、おれさ、そろそろ寝たほうがいいと思うんだ。その、身体を休めるっていうか」

「ヴィシャスから聞いたの。会いに来てくれたんですってね。ラスが撃たれたあと」

ブッチはまたぎゅっと目をつぶった。とっさに、いますぐ這ってでもこのベッドを出たいと思った。ルームメイトを見つけてぶちのめしてやる。Vめ、あのくそったれ――

「わたし、知らなかったの」ブッチがまゆをひそめて目を向けると、マリッサは首をふった。「あなたが来てくれたって、昨夜ヴィシャスに聞いて初めて知ったの。訪ねてきてくれたとき、応対に出てきたのはだれだった? なにがあったの?」

ほんとうに知らなかったっていうのか? 「えーと、あの、〝ドゲン〟の女性がドアをあけてくれた。それで二階にあがっていって、またおりてきて、いまは会えないからあとで電話するときみが言ってるって言われたんだ。でも、電話が来なかったんで……つきまとったり、そういうことはしたくなかったから」

いや、まあその……多少はつきまとっていたのだが。ただ幸い、マリッサはそのことは知らないようだ。もちろん、あの口の軽いVの野郎が、そこまでしゃべっていなければだが。まったく、あのろくでなしめ。

「ブッチ、わたし具合が悪くて、体力が戻るまで時間がかかったの。でも、ずっと会いたかったのよ。だから、十二月にばったり会ったとき、訪ねてきてって言ったでしょう。でも断わられて、だから……もうわたしに興味がないんだって……」

おれに会いたかったたって？　マリッサはいまそう言ったのか？

「ブッチ、会いたかったわ」

たしかに言った。二度も。

いや、まったく……これで元気の出ない男がいるだろうか。

「やれやれ」ブッチは息を吸って、マリッサと目を合わせた。「きみんちのそばを、おれが何度車で行ったり来たりしてたと思う？」

「そんなことしてたの？」

「ほとんど毎晩さ。あのころのおれは、まったく目も当てられなかったよ」なにがあのころだ、いまもそうじゃないか。

「でも、この部屋から早く出てってほしいって言ってたじゃない。わたしがここにいるのを見て怒ってたわ」

「おれがむかっぱ――いやその、怒ったのは、きみが防護服を着てなかったからだよ。ここにいやいや縛りつけられてるんだって思い込んでたから」震える手を伸ばして、彼女の髪に触れた。くそ、なんて柔らかいんだ。「ヴィシャスは口がうまいやつだからな。きみの同情や憐れみにつけこんで、いたくもないところにいてもらうのがいやだったんだよ」

「わたし、ここにいたかったの。ここにいたいの。いまも」彼女はブッチの手をとり、ぎゅっと握りしめた。

いきなりクリスマスが来たみたいだ。うれしさに胸がいっぱいで声が出ない、そんな沈黙のなかで、ブッチはこの半年間のできごとをふり返っていた。そして、なぜかふたりして見誤っていたこの現実を取り返そうとした。彼はマリッサを求め、マリッサは彼を求めていた。これはほんとうのことなのか。

どうやらほんとうのようだ。幸せな気分だ。なんだか……

ブッチはあとさきも考えず、思いのたけを口からほとばしらせた。「マリッサ、きみのことになると、おれはめろめろなんだ。完全にめたく――いやその……ほんとうに情けないやつなんだよ。きみのことになると」

マリッサの淡青色の目が涙にうるんだ。「わたし……わたしもよ。あなたに夢中なの」

ブッチはわれ知らず大胆な行動に出ていた。いままで空気に隔てられて触れあっていなかったのが、次の瞬間にはマリッサの唇を唇で覆っていた。彼女がはっとあえいで、ブッチは身を引いた。

「ごめん――」

「ちがうの――わたし――わたし、ただびっくりして……」マリッサは、彼の唇に目をひたと当てていた。「あの、もう一度……」

「よしきた」頭をかしげて、マリッサの唇に軽く触れた。「もっと近くへおいで」腕を引いてベッドに倒れ込ませると、彼女の身体を自分のうえに覆いかぶさるように引っぱりあげた。暖かい空気ほどの重みしかなく、ブッチはそれを身に受けるのがうれしかった。とくに彼女のブロンドの髪に包まれるのが。両手で彼女の顔を支え、下から見あげる。

マリッサの唇が分かれて、彼のためだけに微笑を浮かべる。牙の先端が見えた。ちくしょう、どうしてもなかに入らずにはいられない。なんとかして貫きたい。頭をあげて、舌で誘った。舌で口のなかを愛撫されてマリッサはうめき、いつしかふたりはディープキスを交わしていた。ブッチの手が彼女の髪にからまり、彼女の後頭部を包み込む。ブッチが脚を広げ、マリッサの身体がそのあいだに収まって、彼の固く大きく熱くなった部分にぴったり密着した。

どこからともなく、ひとつの疑問が胸に突き刺さってきた。問い詰める権利などないその疑問にからめとられ、愛撫のリズムが乱れた。ブッチは身を引いた。

「ブッチ、どうしたの」

彼女の唇を親指でなぞりながら、もう男を経験しただろうかと考えていた。おれとキスをしてからの九カ月間に、恋人ができていても不思議はない。それも、ひょっとしたらひとりではすまないかも……

「ブッチ？」

「なんでもない」と言いながらも、強烈な独占欲に胸を咬《か》まれていた。

また彼女の口を口でふさぎ、まるでその所有権を主張するようにキスをする——その権利もないのに。片手をすばやく彼女の腰のくびれまでおろし、強く引き寄せて、猛り立ったものに押しつける。せっぱつまった欲求が噴き出してくる。この女はおれのものだとしるしをつけたい。ほかの男たちに手出しをされないように。正気の沙汰じゃない。

ふいにマリッサが身を起こした。ふんふんとにおいを嗅ぎながら、合点がいかないという顔をしている。「人間の男性もきずなを結ぶの？」

「え……そりゃ人間だって、理性なんか吹っ飛ぶよ」

「そうじゃなくて……きずなのこと」マリッサは彼の首に顔を押しつけ、深く息を吸い、肌に鼻をすりつけてきた。

ブッチは彼女の腰をつかみ、どこまで行けるだろうかと考えていた。完全に勃起しているのはたしかだが、セックスをする体力があるだろうか。それにずうずうしい男と思われたくもなかった。だがああ、ちくしょう、彼女がどうしても欲しい。

「ブッチ、とてもいいにおいがするのね」

「さっき使った石けんのにおいだろう」彼女の牙が首筋をなであげていく。彼はうめいた。

「ああ、くそ……もっと……もっと……」

11

ヴィシャスは病院へ入り、わき目もふらずに隔離室へ向かった。ナース・ステーションの看護師たちは、ずかずか踏み込んでいっても目的を尋ねようともしない。廊下を歩けば、医療スタッフはよけようとしてあわててつまずく始末だ。

さわらぬ神に祟りなし。なにしろ重武装しているし、いまはやたらと気が立っている。

今日はまったくの空振りだった。『年代記』には、ブッチがなにをされたのかヒントになるようなことはなにひとつ書かれていなかった。口承伝説のほうも同じく。さらに悪いことに、未来のものごと——人々の運命が再編成されようとしている部分——を予感しているにもかかわらず、なにか起きようとしていると本能が告げる、そのなにかを見ることができない。まるで、舞台の幕がおりたまま劇が上演されているようだ。ときおり、向こう側で身体が軽くぶつかってビロードの幕が揺れたり、くぐもった声が聞こえたり、幕の縁飾りの下から漏れる照明が動くのはわかる。しかし、具体的なことはまるでわからない。灰色の脳細胞は空砲を撃ちつづけるばかりだった。

ハヴァーズの実験室の前を足早に過ぎ、用具室へ入っていった。隠し扉のなかへ足を踏み入れると、前室にはだれもいなかった。数台のコンピュータとモニターだけが見張り役を務めている。

Vははっとして足を止めた。

暗がりに光る手近のモニターに、マリッサが映っていた。ベッドのうえ、ブッチに身体を重ねている。ブッチは彼女の背に腕をまわし、むき出しの膝を大きく割って彼女を迎え入れていた。寄せては返す波のように、ふたりは互いに身体をぶつけあっていた。顔は見えなかったが、唇を重ね、舌をからめあっているのはまちがいない。

Vはあごをこすった。武器とレザーの下で、全身が火照ってくるのをぼんやり意識する。くそ……まいった……ブッチの手のひらはいま、マリッサの背筋をゆっくりとなであげ、豊かなブロンドの髪のなかへもぐり込み、うなじを探しあてて愛撫している。

ブッチはすっかり興奮しているようだが、彼女への気遣いは忘れていない。とてもやさしかった。

Vは自分のセックスのことを思い出した。ブッチが連れ去られた晩のあれには、やさしさなどかけらもなかった。それは彼にも相手にも言えることだが。

ブッチは身体をずらし、マリッサを仰向けにしてのしかかっていった。その拍子に入院着の背中のひもがほどけ、たくましい背中と力強い下半身があらわになった。背骨と腰骨の境目あたりの刺青を歪めて、腰をマリッサのスカートのうえから押し込もうとし、しかるべき場所を探り当てようとする。たぶんもうかちんかちんになっているだろうが、あれを押しつけようとしているとき、マリッサのほうは長く細い指をそろそろと腰にまわして、彼のむき出しの尻に指先を食い込ませた。

爪を立てられてブッチは顔をあげた。うめき声を漏らしているのだろう。まったく、その生々しい声すら聞こえてくるようだ……いや……ほんとうに聞こえる。おまけにどこからともなく、みょうなあこがれのような気持ちが湧いてきて、それが全身をそよがせる。くそ。自分がこんな筋書きの登場人物になれるとでも思っているのか。

ブッチはふたたびマリッサののどもとに顔をうずめた。腰が寄せては返し、また寄せる。背骨が波打ち、がっしりした肩があがってはさがり、そこにリズムが生まれる。Vはせわしなくまばたきしていたが、やがてそれも忘れて見入っていた。

マリッサが背をのけぞらせる。あごがあがり、口が開いている。ちくしょう、まるで絵のようじゃないか。愛する男に組み敷かれて、長い髪が枕を覆うように広がり、ブッチの太い前腕にもからみついている。情熱に燃え、あざやかなピーチカラーのドレスに包まれて、まるで朝日だ。曙光《しょこう》に染まる空、ぬくもりの約束だ。ブッチはその輝きに包まれている。運のいいやつだ、あれに触れられるとは。

とそのとき、前室のドアが開いた。Vは身体ごとふり向き、自分の身体でモニターを隠した。

ハヴァーズがブッチのカルテを棚に置き、防護服に手を伸ばした。「これは、ご機嫌よう。また癒しに来てくださったんですね」

「ああ……」声が裏返っている。Vは咳払いをした。「だが、いまちょっと間が悪いようだ」

ハヴァーズは防護服を持った手を止めた。「眠ってるんですか」

とんでもない。「ああ、だからあんたもおれも外に出よう。いまはそっとしといたほうがいい」

医師は目を丸くした。角縁の眼鏡のうえにまゆがあがる。「なんとおっしゃいました？」

Ｖはカルテをとってハヴァーズの手に押しつけ、防護服をとりあげてもとどおりに掛けた。

「あとだ」

「し——しかし、診察をしませんと。そろそろ退院してもいいかと——」

「そりゃよかった。だが、ともかくいまは外へ出るんだ」

ハヴァーズは反論しようと口を開きかけたが、Ｖはもう面倒になった。医師の肩をぎゅっとつかみ、その目をのぞき込んで、意志の力で反論をねじ伏せた。

「そうですね……」ハヴァーズはつぶやいた。「ではまたあとで。あ——明日では？」

「そうだな、明日にしよう」

医師をなかば強引に廊下に引きずり出しながら、あのモニターの映像のことしか考えられなかった。まちがったことだ、のぞきではないか。

まちがっている……あんなことを望むのは。


マリッサは身体に火がついたようだった。

ブッチ……**ああ**、**ブッチ**……のしかかられると重い。それに大きい。彼の身体を迎え入れようとして、ドレスの下で彼女は脚をいっぱいに開いていた。それにこの動き……ブッチの腰のリズムに、理性がどこかへ行ってしまいそうだ。

長いキスのあとに唇を離したとき、彼は荒い息をついていた。ヘーゼルの目は欲情に、むき出しの男の飢えに光っている。ほんとうなら圧倒されっぱなしでもおかしくないはずだ、マリッサは自分がなにをしているのかすらよく知らないのだから。それなのに、逆に自分のほうが力があるような気がしていた。

しばらく沈黙が続いたあと、彼女は口を開いた。「ブッチ？」ただ、自分がなにを求めているのかよくわからない。

「ああ……ベイビー」軽く掃くように、ブッチの手が彼女の首から鎖骨へとなでていく。ドレスのえりぐりまで来て、その手が止まった。ドレスを脱がせていいか、マリッサの許可を待っているのだ。

マリッサは急に身体が冷えた。自分の胸はひとよりひどく劣ることはないと思うが、実際にくらべてみたことがあるわけではない。一族の男性が彼女を見るときのような、あんな軽蔑の色を浮かべられたらとても耐えられない。ブッチの顔にあんな表情を見たくない。とくに自分が裸身をさらしたときには。服をしっかり着こみ、なんとも思っていない男性が相手のときでも耐えがたいのに。

「いいよ」ブッチは手を離した。「無理強いはしたくない」

軽く口づけをして、体《たい》を返してマリッサから離れた。ごろりと仰向けになるときに、シーツを引っぱって自分の腰にかけた。前腕で目を覆い、今まで走っていたかのように胸を上下させている。

マリッサはドレスのボディスに目をやった。気づかないうちに、指関節が白くなるほどしっかり胸もとをつかんでいた。「ブッチ？」

彼は腕をおろし、枕のうえの頭をこちらに向けた。顔はまだあちこち腫れているし、いっぽうの目のまわりはまだ青あざになっている。鼻には骨折のあともあったが、これは最近のものではないようだ。それでも、美しい顔だと思った。

「なんだい、ベイビー？」

「いままで……おつきあいした人はおおぜいいた？」

ブッチは眉をひそめた。息を吸う。答えたくないようだ。「ああ。ああ、いたよ」

彼がほかの女性とキスをし、服を脱がせ、身体を重ねているところを思い描くと、マリッサは肺がコンクリートに変わったように息苦しかった。そのひとたちはみんな、うぶなヴァージンなどではなかったにちがいない。

ああ、なんだか吐き気がしてきた。

「そういう意味でも、やめといたほうがいいかもな」ブッチが言った。

「どうして？」

「そこまで行くつもりというわけじゃないけど、コンドームが要る」

マリッサもコンドームぐらいは知っている。「まあ、なぜ？　わたしはいま妊娠する時期じゃないのに」

長い間があって、マリッサは不安になってきた。ブッチが声を殺して毒づくのを聞くと、その不安がさらに募る。「いつも気をつけてたわけじゃないから」

「なにに？」

「セックスにだよ。いままで……いろんな相手としてきたんだ。病気持ちもいたかもしれない。おまけにコンドームも使わずにやってきたし」恥じるかのようにブッチは赤くなった。赤みは首を這いのぼり、見る見るうちに顔に広がっていく。「まあそういうわけで、コンドームが要るんだよ。どんな病気に感染してるかわからないからな」

「自分のことなのに、どうしてもっと用心しなかったの?」

「とにかく、そんなくそ面倒——いや、そうだな……」ブッチは手を伸ばし、マリッサの髪に触れた。それを唇に運び、キスしながら小さくつぶやいた。「いまになって、いっそ童貞だったらよかったのにと後悔してるよ」

「わたし、人間の病気には感染しないわ」

「おれが寝た相手は、人間だけじゃないんだ」

それを聞いて、すっかり胸が冷えた。なぜだかわからないが、彼と同じ種族の女性だけだと思っていたときは、こんな気持ちにはならなかった。でも、ほかのヴァンパイアと……

「だれ?」

「たぶん知らないと思うよ」ブッチは彼女の髪から手を離し、また前腕で目を覆った。「まったく、なかったことにできればな。なかったことにしたいことが山ほどあるよ」

そんな…まさか。「最近のことなのね」

「ああ」

「そのひとを……愛してるの?」

ブッチは眉根を寄せ、こちらに目を向けてきた。「まさか。ろくに知りもしない女——あくそ、このほうがもっとひどい話に聞こえるな」

「そのひとをベッドに連れていったの？　そのあと、そのひとの横で眠ったの？」　**わたしったら、こんなことを訊いてどうしようっていうのかしら。**こんな、傷口をステーキナイフでつつくようなこと。

「いや、クラブでしたんだ」顔にショックの色が表われたようで、ブッチはまた悪態をついた。「マリッサ、おれはろくな男じゃないんだ。きみが知ってるおれは、〈兄弟団〉とつるんで、いい服を着てめかし込んで……だけど、昔はこんなじゃなかったんだよ。いまだって、これがほんとの姿ってわけじゃないし」

「だったら、ほんとうのあなたはどんなひとなの？」

「きみが一生知り合うはずもなかった男だよ。かりにおれがヴァンパイアだったとしても、出会うことはなかっただろうな。ブルーカラーだから」マリッサのとまどった表情を見て、彼は言い添えた。「下層階級ってことだよ」

　当然のことのような口調だった。身長や体重のことでも話すかのような。

「あなたのこと、下層階級だなんて思わないわ」

「だから、それはきみがほんとうのおれの姿を知らないからだよ」

「こうしてあなたのとなりにいて、あなたのにおいを嗅いで、あなたの声を聞いていれば、大事なことはみんなわかるの」彼の頭のてっぺんから足の爪先まで見ていく。「あなたは、わたしが結ばれたいと思う男性だわ。それがほんとうのあなたなのよ」

　濃厚なスパイスのにおいが、彼の肌からぱっと立ちのぼった。もしもブッチがヴァンパイアなら、きずなのにおいだと思うところだ。そのにおいを鼻から吸い込むと、それに応えるように全身に力が湧いてくる。

震える指で、マリッサはボディスの小さなボタンをはずしはじめた。

その両手をブッチは片手でつかんで、「無理しなくてもいいんだよ、マリッサ。そりゃ、きみとしたいことはいろいろあるけど、べつに急いでないし」

「でも、わたしがしたいの。あなたと結ばれたいの」ブッチの手を押しのけ、またボタンをはずしにかかったが、震えがひどくてうまく行かない。「やってもらうしかないみたい」

彼の吸う息が、あえぐような音を立てた。「ほんとにいいんだね」

「ええ」彼はまだためらっている。マリッサは首をうなずかせて自分のボディスを指し示し、「お願い、脱がせて」

ゆっくりひとつずつ、彼はパールボタンをはずしていく。その傷ついた指は確実に、少しずつドレスを開いていく。コルセットは着けていないので、細いV字の形に素肌がのぞく。

最後のボタンになったとき、彼女の全身が細かく震えはじめた。

「マリッサ、やっぱり無理してるじゃないか」

「ちがうの、ただ……男のひとに見られるの、初めてだから」

ブッチははたと動きを止めた。「きみはまだ……」

「生娘《きむすめ》なの」大嫌いな言葉だ。

今度はブッチが震える番だった。立ちのぼっていた濃厚な香りがいっそう強くなる。「それが重大問題っていうわけじゃないんだ。これは言っときたいんだけど」

マリッサは小さく微笑んだ。「わかってるわ。ただ、あの……」彼がおろした手をまたあげたとき、ささやくように言った。「がっかりしないでね」

ブッチはまゆをひそめた。「がっかりなんかするわけないじゃないか。きみが相手なのに」目を合わせられずにいると、彼は身を乗り出してきた。「マリッサ、だれがなんと言おうと、きみはとてもきれいだよ」

自分の臆病さにいらだち、彼女はボディスを開いて胸をあらわにした。目をつぶった。息ができない。

「マリッサ、ほんとうにきれいだ」

マリッサは覚悟を決めてまぶたをあけた。それなのに、彼が見ていたのは開いた胸もとではなかった。

「でも、まだ見てないじゃないの」

「見なくてもわかる」

目がしらに熱いものが込みあげてきた。「お願い……見てよ」

ブッチは視線を下げた。歯のあいだから鋭く息を吸い、その音が静かな室内に響いた。ああ、やっぱり。やっぱりわたしにはどこかおかしいところが——

「すごい、完璧だ」舌がすばやくひらめいて、下唇をなめていく。「さわってもいいかな」

どうしていいかわからなくて、マリッサはびくっとあごを引いてうなずいた。ブッチの手がボディスの下にすべり込んできて、肋骨をなであげ、吐息のように軽く乳房の側面を愛撫した。その感触にはっと緊張し、いったん落ち着いたのもつかの間、今度は親指が乳首をかすめた。

ひとりでに背中がのけぞる。

「ほんとに……ほんとに完璧だ」かすれた声で彼は言った。「まぶしいくらいだよ」

ブッチは頭を下げた。唇が胸骨の肌に触れ、そこからキスで乳房をうえへたどっていく。乳首がひとりでに起きあがり、固くなって……彼の口を待っている。ああ……ああ……彼の口が……

彼はマリッサの目をじっと見つめながら、ふくらみの先端を口に含んだ。鼓動一拍ぶんほど吸ったあと、唇を離して、濡れた乳首に息を吹きかけた。脚のあいだがかっと熱くなる。

「いい？」彼が尋ねる。「これは？」

「わからないわ……こういうものなのかしら」

「わからない？」ブッチはまた唇で軽く乳首に触れた。「こんなにきれいなのに、自分でさわったこともないって？　ほんとに？　一度も？」

なにも考えられない。「わたしたちの階級の娘は……教えられてるから……そういうことはしちゃいけないって。連れあいと結ばれるまでは。それに、結ばれてからも、自分では……」いやだ、わたしったらなにを言ってるの？

「ああ……そうだな、いまはおれがいるんだからね」ブッチは舌を突き出し、乳首をなめた。「うん、おれがいるんだもんな。それじゃ、ちょっと手を貸して」言われたとおりにすると、彼はその手のひらにキスをした。「教えてあげるよ、このきれいなものにさわるとどんな感じがするか」

そう言うと、人さし指を口に運んで吸い、ぽんと抜いて、彼女の突き出した乳首に持っていった。彼女自身の手を通じて、ブッチは乳首のまわりに円を描き、乳房に触れる。

頭をのけぞらせながらも、マリッサはずっと彼の目を見つめていた。「なんだか……」

「柔らかいのにころころしてるだろ？」彼は唇を近づけていき、乳首と指先をいっしょに口に含んだ。なめらかで温かな舌の感触。「気持ちいい？」

「ええ……ああ、ええ」

ブッチの手が反対側の乳房に伸び、乳首を転がし、その下のふくらみをもみしだいた。うえにのしかかっている彼はとても大きかった。入院着が盛りあがった肩からすべり落ち、太い腕は緊張している。マリッサをつぶさないように、自分の体重を支えているのだ。マリッサの反対側に移り、もういっぽうの乳首を愛撫しようとしたとき、濃色の髪が彼女の白い肌をかすめた。柔らかくてしなやかだった。

快感と募る切迫感にわれを忘れ、ドレスのすそが乱れてきているのに気がつかなかった……が、ふと気づくと太腿までめくれあがっていた。

はっと身を固くすると、彼は唇を乳房に寄せたまま言った。「もう少し先まで行っていいかな。きみがいやだって言ったらすぐやめるから」

「え……ええ」

むき出しの膝に手のひらを置かれてびくっとしたが、彼がまた胸にキスを始めるとこわいのも忘れた。ゆっくりとさりげなく円を描きながら、彼は膝に置いた手を上へ這わせていき、やがて脚のあいだにすべり込んで――

と突然、自分のなかからあふれ出るものがあった。パニックを起こし、両膝をぴったり合わせてブッチを押しのけた。

「どうした、ベイビー？」

顔を真っ赤にして、彼女はつぶやいた。「なんだか……変なの……」

「どこが？　このへん？」と内腿をなでる。

マリッサがうなずくと、ブッチの顔にじわりととろけそうな笑みが浮かんだ。「そうか」

重ねた唇をそのままに、「説明してみてよ」マリッサがいよいよ頬を赤らめると、愛撫を続けながら、「どういうふうに変？」

「あの……」とても口に出せなかった。

ブッチは彼女の耳もとに唇を移して、「濡れてきた？」マリッサがうなずくと、のどの奥で低くうめいた。「それは変じゃない……濡れてほしいところが濡れるのは」

「そうなの？　どうして――」

するりと手を差し入れ、下着のうえから脚のあいだに触れると、とたんにふたりともびくっとした。

「ああ……」彼はうめき、彼女の肩に顔を寄せた。「すっかり感じてるんだね。ほんとに感じてくれてるんだ」

ブッチの固くなったものはどくどくと脈打っていた。マリッサの花芯を覆う温かく濡れたサテンに手を当てながら、これをわきへずらせば、あふれる蜜に飛び込んでしまうのはわかっている。だがいまはショックを与えたくない。この瞬間に酔っていてもらいたい。

全体を覆うように指を沿わせ、手のひらの付け根を割れ目の最上部に当て、いちばん感じやすい部分にすりつけた。マリッサが息を呑み、腰を突き出して、彼のゆっくりしたリズムに合わせてくる。とうぜんブッチは頭にかっと血がのぼった。暴走してはいけないと、腰の向きを変えて、いきり立ったペニスに腹を乗せ、マットレスとのあいだに閉じ込めた。

「ブッチ、なにか……欲しいの……なんだか……」

「ベイビー、いままで——」ばか野郎、自慰なんかしたことあるわけないじゃないか。乳首にさわらせただけで驚いているのに。

「なに?」

「いや、いいんだ」花芯から手を離し、下着越しに指先を軽く走らせて愛撫した。「大丈夫だよ。おれに任せてくれ、マリッサ」

彼女の口にキスをし、唇を吸って、感じさせる。片手をサテンの端からなかにすべり込ませて、花芯にじかに触れて——

「うっ……くそ」声を殺して毒づいた。マリッサは陶然としているから、耳には入っていないだろうと思った。

ところが、彼女は身を引こうとした。「わたし、どこか変?」

「ちがう、ちがう」彼女の脚に太腿をのせて引き止めた。次には、自分がイってしまったかと心配になった……ロケットが発射されたような感覚がいま走ったのだ。「ベイビー、どこも変じゃないよ。ただ……その、つるつるだからさ」ブッチは手を動かし、指をひだのなかへすべり込ませた。ちくしょう、なんてなめらかなんだ。蜜があふれ、燃えそうに熱い。

そのぬめぬめしたひだに気をとられていたが、頭にかかったもやを通して、彼女のとまどいにふと気がついた。「毛がないんだね」

「よくないこと?」

ブッチは笑った。「とてもきれいだ。どきどきするよ」

どきどきするだと? いまにも爆発しそうなくせに。スカートのなかにもぐり込み、舌を使い、蜜を吸って、口でいかせたくてたまらなかったが、いくらなんでもそれはやりすぎだろう。

まったく、おれはまるで野蛮人じゃないか。だが、ここに手を触れたことがあるのは自分だけなのだと思うと、興奮のあまり頭がおかしくなりそうだった。

「感じる?」尋ねながら、指の動きを少し速めた。

「ああ……ブッチ」彼女が背を弓なりにそらした。頭を大きくのけぞらせ、首が上向きにそりかえる。

そののどくびに視線が釘付けになり、奇妙な衝動が全身を貫いた。歯を立てたい。いまにもそうしようとするかのように、口がひとりでに開いた。

彼は毒づき、そんなおかしな衝動を払いのけた。

「ブッチ……うずくの」

「わかってるよ、ベイビー。楽にしてあげるよ」口で乳房を愛撫しながら、本格的に手を動かしはじめた。リズムをつかみ、彼女がこわがらないように指をなかに入れずに愛撫する。

しかし、くらくらしているのはブッチのほうだった。愛撫、手ざわり、そしてにおいのすべてが雪だるまのようにふくれあがり、気がつけば腰が勝手にピストン運動を始めていた。自分の手のリズムに合わせて、マットレスに腰を押しつけている。これ以上支えておけなくなって、彼女の乳房のあいだに頭を落とした。自分で自分のペニスを刺激するのはもうやめなくてはいけない。彼女に気を配ってやらなくては。

顔をあげた。マリッサは目を大きく見開き、少しおびえている。達するまぎわまで来て、動揺しているのだ。

「大丈夫だよ、ベイビー。心配いらない」脚のあいだを愛撫する手は止めずに言った。

「わたし、どうなるの？」

ブッチは彼女の耳もとに口を寄せた。「いきかけてるんだよ。ただひたっていればいい。おれがついている。ちゃんと支えててやるから、しがみついてればいい」

彼女の両手の先が腕に食い込んでくる。爪で引っかかれて血がにじむと、ブッチは微笑んだ。完璧だ。

マリッサの腰がぐいと持ちあがる。「ブッチ……」

「その調子、いってみせてくれ」

「だめ……だめ……」マリッサは首を前後にふった。欲する身体と、納得できずにとまどう心のあいだで身動きがとれなくなっている。すぐになんとかしてやらないと、このままでは失速する。

なぜそうするのか考えもせず、知りもせずに、ブッチは顔を彼女ののどもとにうずめ、正しく頸静脈のうえの肌に歯を立てた。それが引金になった。マリッサは彼の名を呼び、痙攣が始まった。腰が跳ねあがり、背中をのけぞらせた。心の底からの歓びを噛みしめながら、ブッチは彼女がオルガスムスの波動に乗れるよう手を貸してやり、そのあいだずっと言葉をかけつづけていた——が、なにを言っていたのかは自分でもよくわからなかった。

マリッサが落ち着いたところで、ブッチは彼女の首から顔をあげた。唇のあいだから牙の先端がのぞいている。それを見たとたん、あらがいがたい衝動に襲われた。彼女の口に舌を差し入れ、その尖った先端をなめ、舌にこすれる感触を味わった。これを皮膚に突き立ててほしい……血を吸い、腹を満たして、生きる糧《かて》にしてほしい。

行き場のない衝動を押さえつけたが、退却のあとには胸にぽっかり穴があいたようだった。満たされない欲求にぴりぴりしているのだが、その欲求は性的なものばかりではなかった。なにかを……彼女のなにかを求めているのだが、それがなんだかわからない。

マリッサが目をあけた。「知らなかったわ……こういうものだなんて」

「気に入った?」

彼女の微笑みを見ると、陶酔のあまり自分の名前も忘れてしまいそうだ。「ええ、とっても」

ブッチは彼女にそっとキスをし、めくれあがったドレスのすそをなおした。ボディスのボタンを留めてやり、贈り物のような美しい肉体を包みなおす。曲げた腕のあいだに抱き寄せると、あつらえたように心地よく収まる。マリッサはすでにうとうとしはじめていた。眠りに落ちていくのを見守っていると、無上の幸福を感じた。これこそあるべき姿だという気がする。彼女が眠っているあいだ起きていて、その安全を守るのだ。

ただなぜだか、武器がないのが物足りなかった。

「目をあけていられないわ」彼女は言った。

「あけてなくていいよ」

ブッチは彼女の髪をなでた。あれだけ興奮したのに射精しなかったのだから、あと十分もすれば史上最悪級の前立腺の鬱血に襲われるのはわかっている。それでもいまはこの世のすべてが美しかった。

ブッチ・オニール、とうとう運命の相手をつかまえたな。

12

「やっぱりこの子はお祖父《じい》ちゃんにそっくりよ」

ジョイス・オニール・ラファティは、ベビーベッドの枠越しに身を乗り出し、生後三カ月の息子をきちんと毛布にくるんでやった。この子が生まれてからずっとこの話ばかりで、もううんざりだった。だれが見たって、わたしのパパにそっくりなのに。

「いや、おまえに似てるよ」

夫が腰に腕をまわしてくると、ジョイスは身を引きたくなるのをこらえた。夫は産後太りを気にしていないようだが、それでも不安でたまらない。

夫の注意をよそに向けようとして言った。「それで今度の日曜だけど、どっちがいい？　ひとりでショーンの世話をするのと、お母さんを迎えに行くのと。好きなほうを選んで」

腰にまわしていた腕をおろして、「老人ホームに迎えに行くのは、お義父さんに頼めないのか」

「パパのことは知ってるじゃない。ママの相手をするのがへたなのよ、運転してるときはなおさら。ママは興奮するし、パパはそれでいらいらするし。それで教会に来られたら、洗礼式は滅茶苦茶になっちゃう」

マイクは大きくため息をついた。「お義母さんの世話はおまえに任せるよ。ショーンの面倒はおれが見る。お義姉さんたちのだれかに手伝いに来てもらえないかな」

「そうね、コリーンに頼んでみるわ」

ふたりはしばし沈黙し、寝息を立てるショーンを見守っていた。

しばらくしてマイクが言った。「あいつは招《よ》ばないのか」

ジョイスは思わず毒づきたくなった。オニール家で「あいつ」と言ったらひとりしかいない。ブライアン——ブッチ。エディ・オニールと妻オデルの儲けた六人の子供のうち、ふたりは姿を消した。ジェイニーは殺され、ブッチはハイスクール卒業後は消えたも同然だった。ジェイニーのことは悲劇だったが、ブッチのほうはむしろありがたかった。

「来ないわよ」

「それでも、招ぶだけは招んだほうがいい」

「それでほんとに来ちゃったら、ママがおかしくなっちゃうじゃないの」

オデルは認知症が急激に悪化していて、ブッチがいないのはもう死んだからだと最近では言い出すようになっていた。あるいは、突拍子もない話をでっちあげて、いなくなった理由を説明しようとすることもある。ニューヨークの市長選に出馬するだとか、医科大学院へ行っているとか。そうかと思えば、ブッチは父親がちがうからエディに嫌われているのだと言い出すこともあった。どれも与太話だ。最初のふたつは言うまでもないが、三つめもありえない。エディがブッチを嫌っていたのは事実だが、それはブッチがよその男の子供だからではない。だいたいエディは、自分の子供たちをどれも大してかわいいと思っていないのだ。

「なあジョイス、ともかく招ばないってわけにはいかないよ。あいつだって家族の一員なのに」

「向こうはそうは思ってないわよ」

最後に兄と話したのはいつだったろう……まさか、五年前のわたしの結婚式のときだろうか。でもそれ以来、兄に会った者も、ちゃんと話をした者もいない。そういえば、父の電話にブッチから短いメッセージが入っていたという話があったけど、あれは……八月だったろうか。そう、たしか夏の終わりごろだった。なにかあったらここに連絡してくれと電話番号を言い置いたそうだが、それだけだった。

ショーンがふんと小さな鼻息を漏らした。

「なあ、ジョイス」

「いいんだってば。どうせ招んだって来ないんだから」

「だったら、ちゃんと招待して筋を通せよ。どうせ来ないんだったら同じだろ。ひょっとしたらひょっとするかもしれないけどな」

「マイク、あたしは電話なんかしないわよ。そうでなくても、うちの家族は大変なことばっかりなんだから」母は正気を失っていて、おまけにアルツハイマーにまでかかっている。もうじゅうぶんじゃないの。

ジョイスはこれ見よがしに腕時計に目をやった。「ねえ、『CSI：科学捜査班』が始まってるんじゃない？」

断固として夫を子供部屋から引っぱり出し、この話題を忘れさせた。そもそも、夫には関係のない話なのだから。

マリッサは目を覚ました。何時なのかわからないが、ずいぶん長く眠っていた気がする。目をあけて、思わず笑みがこぼれた。ブッチはぐっすり眠っていた。彼女の背中に身体を寄せ、脚のあいだにがっしりした太腿を差し入れ、乳房を手のひらに包み、顔を首筋にうずめて。

そろそろと寝返りを打って彼のほうに顔を向け、彼の身体に目をやった。寝入る前に引きあげていた上掛けはすべり落ちていて、薄い入院着の下、腰のところになにか太いものがある。まあ……ペニスだ。勃起しているのだ。

「ベイビー、なにを見てる？」ブッチが、かすれたような低い声で言った。

マリッサはぎょっとして顔をあげた。「起きてたの」

「ずっと起きてたよ。何時間もきみを眺めてた」上掛けをもとどおり引きあげて、笑顔になった。「調子はどう」

「元気よ」

「朝食を持ってきてもら――」

「ブッチ」どう言葉にしたらいいのだろう。「男のひとも、あんなふうになるのよね？　その……昨夜、あなたがわたしにさわってくれたときみたいに」

彼は顔を赤らめ、上掛けを引っぱった。「うん、まあ。だけど、そんなことは気にしなくていい」

「どうして?」

「ねえ、見せてくれない?」と、マリッサは首をうなずかせて彼の腰を示した。「そこ」

ブッチは少し呟き込んだ。「見たいの」

「ええ。ええ、見たいの……さわりたいの」

ブッチは小声で毒づいてから、ぼそぼそと言った。「びっくりしても知らないぞ」

「あなたに脚のあいだをさわられたときもびっくりしたわ。やっぱりおんなじ感じなの? 気持ちよくなるの?」

「ああ」ブッチは腰をもぞもぞさせている。背骨の付け根を中心に円を描くかのように。

「まいったな……」

「ねえ、裸になって」マリッサは身体を起こしてベッドに膝をつき、入院着に手を伸ばした。

「脱がせてあげたいの」

ブッチは片手でマリッサの両手をぎゅっと握った。「あのさ……男がいくとどうなるか知ってる? きみにさわられたら、まずまちがいなくそうなる。それも、大して長くはかからないと思う」

「知りたいわ……あなたがどうなるか」

ブッチは目を閉じ、ひとつ深呼吸した。「しょうがない」

上体を浮かせて肩をすぼめてくれたので、入院着の袖を楽に腕から抜くことができた。ブッチはまたマットレスに背中を落とし、裸身をさらけ出してみせる。太い首が広い肩にはまっている……盛りあがった胸板にはまばらな毛が生えていて……腹は引き締まって腹筋が割れている……それから……

マリッサは上掛けをめくった。まあ、これは……「すごく……大きくなってる」

ブッチは短い笑い声をあげた。「うれしいことを言ってくれるね」

「前に見たときは……知らなかったわ、こんなに……」

マリッサは目を離すことができなかった。勃起しておなかに乗っている。彼の唇と同じ色で、びっくりするほど美しい。丸い先端には優美な縁が付いている。その下から完璧な円柱が伸び、根もとはとても太い。その下のふたつの重りはずっしりと重そうで、堂々としてたくましい。

人間のほうが、わたしたちの一族より大きいのだろうか。

「どんなふうにさわってほしい？」

「きみになら、どんなふうでもいいよ」

「だめよ、ちゃんと教えて」

ブッチは一瞬目を閉じ、大きく胸が持ちあがった。まぶたをあけると、口を軽く開き、手をゆっくりと胸から腹部へおろしていった。片脚を横に開き、暗いピンク色のものを手のひらにのせ、その指を閉じた。男の手は大きいからしっかり握れる。固くなったものを、ゆっくりとなめらかに、根もとから先端に向かってしごいて刺激する。

「こんな感じだ」手を動かしながら、かすれた声で言った。「まったく、きみにはまいったよ……いまにもいきそうだ」

「だめよ」マリッサは彼の手を押しのけた。大きくなったものが、腹にあたって固く跳ね返る。「わたしがそうさせてあげたいの」

マリッサが握ると、彼はうめき、全身が波打った。

熱くて固くて、それでいて柔らかかった。あまりに太くて、マリッサの手のひらではひと巻きすることもできない。

最初はためらいがちに、彼がやってみせたとおりに握った手を上下に動かした。石のように固いもののうえを、サテンの皮膚がすべるのに驚いた。

ブッチが歯を食いしばるのを見て、手を止めた。「これでいいの？」

「ああ……くそ……」あごを突き出すと、首の血管が浮き出る。「もっと」

マリッサはもういっぽうの手も添え、左右の手を上下に連ねていっしょに動かした。彼は口を大きくあけ、目をぎゅっと閉じている。全身に汗が噴き出してくる。

「ブッチ、どう？」

「もういきそうだ」あごを引き締め、軽く合わせた歯のあいだから息をしている。だがそのとき、彼女の手をつかんでやめさせて、「ちょっと待った！　まだ……」

いきりたったペニスは脈打ち、ふたりの手のなかでぴくぴくしている。先端に、水晶のようなしずくがにじみ出てくる。

彼は震える息を吸った。「長引かせてくれ。我慢させてほしいんだ。じらされるほど、最後が気持ちよくなるから」

彼のあえぎ声と筋肉の痙攣を手がかりに、マリッサは反応の山と谷を見分けることを覚えた。いつ近づいているかを見分けて、快感の鋭い切っ先にとどまらせておくことができるようになった。

そうか、セックスには支配する側とされる側がいるのだ。そしていま、その支配力を持っているのは彼女なのだ。彼はいま無防備にその身をさらしている。昨夜の彼女がそうだったように。**わくわくするわ。**

「頼むよ……ベイビー……」息を切らして、かすれた声で哀願されるのにも、首の腱が浮き出るさまにも、こうして手に握っているとき、彼を意のままに操れるのにもぞくぞくする。

それで考えた。手を離し、袋のほうに目をやった。その重みを受け止めるように手を差し入れ、手のひらに包み込む。ブッチは毒づき、上掛けを両手でもみくしゃにして、指の関節が白くなるほど力いっぱい握りしめている。

マリッサは夢中で攻めつづけた。やがて彼が身悶えし、汗にまみれ、震えはじめたところで、かがみこんで唇を重ねた。ブッチは彼女の首をつかんで引き寄せ、飢えたようにその唇をむさぼり、なにごとかつぶやいてはキスをくりかえし、荒々しく舌を差し入れてくる。

「もういい?」唇を重ねたまま尋ねた。

「ああ、もういい」

彼を手に握り、その手を精いっぱい速く動かした。やがて彼の顔は美しく歪んで苦悶の仮面に変わり、全身がケーブルのようにぎりぎりに張りつめる。

「マリッサ……」ぎこちなくガウンをつかむと、腰にかけて彼女の目から隠した。次の瞬間、彼の身体がびくんと跳ね、震えるのがわかった。とろりと熱いものがどくん、どくんと噴き出して手にかかった。直感的に、やめてはいけない、終わるまでこのまま続けなくてはいけないと気づいていた。

ようやく彼がまぶたを開いたとき、その目は少しとろんとしていた。満ち足りた表情。温かい感謝の念に満ちている。

「このまま握っていたいわ」マリッサは言った。

「だったら握っててくれ、ずっと」

手のひらのなかで柔らかくなっていく。固かったものが徐々になえていく。唇にキスをしながら、マリッサは入院着の下から手を抜いた。さっき彼から出てきたのはどんなものだろうと思いながら。

「知らなかったわ、黒いのね」とつぶやき、小さく微笑んだ。

ブッチの顔に恐怖があふれた。「ああ、くそっ!」


ハヴァーズは隔離室に向かって廊下を歩いていた。

その途中で、数日前に手術した少女の様子を確かめた。経過は良好だが、少女とその母を外の世界に戻すのは不安だった。あの母親の〝ヘルレン〟は暴力的だから、あのふたりがまた病院に舞い戻ってくる可能性はじゅうぶんある。だが、どうすればいいというのか。いつまでもここに置いておくわけにはいかない。ベッドはあけなければならない。

実験室の前に差しかかり、サンプルを処理している看護師に手をふった。〝用具室〟と標示のあるドアの前まで来て、ハヴァーズはしばしためらった。

マリッサがあの人間と閉じ込められているのが不愉快でならない。

しかし重要なのは、マリッサは汚染されていないということだ。昨日の早い時刻におこなった検査の結果では、なんの異常も認められなかった。あのときの不注意のせいで、生命を落とすことにならなくてよかった。

それに、あの人間のほうもすぐに退院だ。最後の血液検査の数値はかなり正常に近かったし、驚くほどの速さで回復している。そろそろ追い出してマリッサから遠ざけなくてはならない。ハヴァーズはすでに〈兄弟団〉に連絡し、迎えに来てくれるように頼んでいた。

ブッチ・オニールは危険だ。汚染の問題だけではない。人間のくせにマリッサを欲しがっている――目を見ればわかる。そんなことを許すわけにはいかない。

ハヴァーズは首をふった。去年の秋、ふたりを引き離そうとしたのを思い出す。最初のうちは、あの人間の血を一滴残らず飲み干すつもりでいるだけだと思っていたから、べつだん気にしていなかった。ところが、病気で臥せっているときにマリッサがあの人間に恋い焦がれているとわかって、黙って見ているわけにはいかなくなったのだ。

まったく、いつか真の連れあいを見つけてほしいと思ってはいたが、あんな卑しい人間など論外だ。ふさわしい相手でなくてはならないが、すぐには見つかりそうにない。なにしろ〝グライメラ〟からあんなふうに見られていては……

いや、待てよ……そう言えば、リヴェンジのマリッサを見るあの目つき。ひょっとしたらうまく行くかもしれない。リヴェンジなら、両親ともに血統は申しぶんない。まあ多少……強引なところはあるかもしれないが、社会的地位の面では文句のつけようがない。

この縁談は進めてみてもいいのではないだろうか。なんのかのと言っても、マリッサはまだ生娘だ。生まれたときのまま、まだきれいな身体なのだ。おまけにリヴェンジは金を持っている。どこでどうやって手に入れたのかはわからないが、かなりの財産だ。だがなにより重要なのは、リヴェンジなら〝グライメラ〟の意見など気にも留めないということだ。

そうだ、悪い話じゃない。いや、これ以上の相手は望めないぐらいだ。

少し気持ちが明るくなって、ハヴァーズは用具室のドアを開けた。あの人間はもうすぐこの病院を出ていく。ふたりが何日もここに閉じ込められていたことは、だれにも言う必要はない。幸い、病院のスタッフはみな口が堅い。

まったく、想像するだに恐ろしい。人間の男と親密にしていたなどと知れたら、マリッサが〝グライメラ〟にどんな仕打ちを受けるか。ただでさえ評判はずたずたなのに、これ以上なにかあったらおしまいだ。それに正直な話、ハヴァーズにもこれ以上は耐えられる自信がない。彼はもう疲れ果てていた。なにしろマリッサは、社会的には失敗をくりかえしているのだ。

家族として愛してはいるが、そろそろ忍耐も尽きかけていた。

なぜこんなすさまじい勢いでバスルームに引っぱってこられたのか、マリッサにはさっぱりわからなかった。

「ブッチったら、ねえ、どうしたの？」

彼は洗面台の蛇口をひねり、マリッサの手を無理やりその下に突っ込ませて、石けんを引っつかんだ。彼女の手を猛然と洗っているその顔を見ると、パニックで目が引きつり、口をぎゅっと結んでいる。

「ここでいったいなにをしているんだ！」

マリッサとブッチはそろって戸口をふり向いた。ハヴァーズが立っていた。防護服は着けていない。これほど激怒しているところは初めて見る。

「ハヴァーズ――」

言い終えないうちに飛びかかってきて、マリッサをバスルームから引きずり出した。

「なにするの――痛っ！　ハヴァーズ、痛いじゃないの！」

その後にあったことはあまりに急で、なにがあったのか彼女にはわからなかった。

ハヴァーズが急に……目の前から消えた。たったいま、手を引っぱられて抵抗していたのに、次の瞬間にはブッチがハヴァーズを顔から壁に叩きつけていたのだ。

ブッチは陰《いん》にこもった声で言った。「マリッサの家族だろうが関係ない。二度とあんな手荒なまねはするな。わかったか」ブッチはその言葉を強調するかのように、ハヴァーズの首根っこを前腕でぐっと押さえつけた。

「ブッチ、もうやめて――」

「わかったか」ブッチのうなるような声が、マリッサの言葉をかき消してしまった。ハヴァーズがあえぎながらうなずくと、ブッチはやっと手を離した。ベッドに歩いていき、落ち着いてシーツを腰に巻きつけた。たったいま、ヴァンパイアをねじ伏せたことなどなかったかのように。

いっぽうハヴァーズは、よろめいてベッドのふちで身体を支えていた。怒り狂った目つきで、眼鏡を直しながらマリッサをにらみつけてきた。「この部屋を出るんだ。いますぐ」

「いやよ」

ハヴァーズはあんぐり口をあけた。「なんだって？」

「ブッチといっしょにいるわ」

「ばかなことを言うんじゃない！」

マリッサは〈古語〉で言った。「彼が受け入れてくれるなら、〝シェラン〟としてともに生きていくわ」

ハヴァーズは平手打ちを食らったような顔をした。愕然とし、同時におぞけをふるっている。「そんなことはこのわたしが許さない。貴族の誇りはどこへやったんだ」

ブッチが口をはさんだ。「マリッサ、この部屋を出たほうがいい」

彼女とハヴァーズはそろって彼に目を向けた。「ブッチ……」マリッサは言った。

愛しいいかつい顔が一瞬やわらいだが、すぐにまた厳しい顔に戻って、「出てもいいと医者が言うんなら、出ていったほうがいい」

ハヴァーズに目をやる。心臓が動悸を打ちはじめていた。「ふたりきりで話をさせて」ハヴァーズが首を横にふるのを見て、思わず怒鳴った。「出ていきなさいよ！」

女のヒステリーはときとして、全員の耳目を集めることがある。このときもそうだった。ブッチは言葉を失い、ハヴァーズはどうしていいかわからないようだった。

やがてハヴァーズはブッチに目をやり、その目を険悪に細めた。「〈兄弟団〉が迎えに来るはずだ。電話をして、もう退院していいと伝えたから」なにもかもいやになったというように、ブッチのカルテをベッドに放り投げた。「もう戻ってくるな。二度と」

ハヴァーズが出ていくと、マリッサはブッチを見つめた。胸がいっぱいで言葉が出てこない。先に口を開いたのは彼のほうだった。

「ベイビー、わかってくれ。おれはまだ治ってない。まだ体内になにか残ってるんだよ」

「わたしはこわくないわ」

「おれがこわいんだ」

マリッサは両手を自分のおなかに巻きつけた。「これからどうなるの、わたしがいま出ていったら。あなたとわたしは？」

訊かなければよかった。その後の沈黙のなか、マリッサはそう思った。

「ブッチ——」

「なにをされたのか、突き止めなきゃならない」へその横にあるしわの寄った黒い傷口を見おろし、指先で触れた。「なにを入れられたのかまだわからないんだ。きみとつきあいたくても、いまのままでは無理だ。こんな状態では」

「四日間いっしょにいたけれど、わたしはなんともないわ。どうしていまさら——」

「もう行ってくれ、マリッサ」と言う声には、苦悩と悲嘆がにじんでいた。そしてその目にも。「できるだけ早く、きみを連れに来るよ」

嘘つき。

ああ、またラスのときと同じことのくりかえしだ。わたしはいつも待ちつづけるばかり。

おえらい男性は、わたしのことなど忘れて出ていってしまう。

もう三百年間も、来るあてもない相手を待ちつづけてきたのだ。

「二度とごめんだわ」マリッサはつぶやいた。さらに語気を強めて、「もう待つのはたくさん。たとえ相手があなたでも。一生の半分近くをむだにしてきたの、家でじっと座って、男のひとがいつか迎えに来てくれるって。もう待てないわ……どんなにあなたのことを……大切に思っていても」

「おれもきみのことを大切に思ってる。だからこそ出ていってくれと頼んでるんだ。きみを守るためなんだ」

「あなたが、わたしを……守るですって？」彼の頭のてっぺんから爪先まで眺めまわした。さっきハヴァーズを彼女から引き離すことができたのは、ブッチが不意を衝いたからでしかない。しかもハヴァーズは一般のヴァンパイアだ。もしも相手が戦士だったら、ブッチは殴り倒されていただろう。「あなたが、わたしを守るですって？　わたしはね、あなたを片手で頭のうえまで持ちあげることだってできるのよ。肉体的な面で、あなたにできてわたしにできないことなんかなにひとつないわ。わたしのためなんか思ってくれなくてけっこうよ」

これはもちろん、けっして口にしてはいけない言葉だった。

ブッチは目をそらし、胸の前で腕組みをして、口を一文字に引き結んだ。

ああ、どうしよう。「ブッチ、わたし、こんなことを言うつもりじゃ——」

「いや、言ってくれてよかった。忘れるところだったよ」

ああ、どうしよう。「なにを？」

彼のこわばった笑みに、背筋が寒くなった。「おれは二重の意味で劣ってるんだ。身分でも、生物としても」ブッチはドアをあごで示した。「だから……もう行ったほうがいい。それと、さっききみが言ったとおりだ。おれを待っちゃいけない」

マリッサは彼のほうに手を伸ばしかけたが、冷たいうつろな目を見て思いとどまった。ああ、なにもかも台無しにしてしまった。

でも、そんなことはない、と自分に言い聞かせた。台無しもなにも、最初からなにもなかったんだもの。人生の醜い部分を分かちあえないような関係なら。簡単に目の前から消えて、いつ戻ってくるかもわからない、戻ってくるかどうかさえわからないような関係なら。

ドアの手前まで来て、マリッサは我慢できずにふり返った。シーツを腰に巻き、胸をあらわにして、治りかけのあざだらけの彼の姿……それをこの先ずっと、忘れたいと願いつづけることになるのだろうか。

ドアを出ると、彼をなかに残したまま、エアロックが音を立てて閉じた。


くそっ。ブッチはがっくりと床にへたり込みながら思った。生皮を剝がれるというのは、こういう気分なのか。

座ったままあごをこすり、ぼんやり宙を見つめた。見知らぬ世界に迷い込んだ気分だったが、実際には自分の状況はわかっている。体内にある悪しきものの残骸とともに、隔離室にひとり残されたのだ。

「よう、ブッチ」

名前を呼ばれ、はっと顔をあげた。ヴィシャスが戸口を一歩入ったところに立っていた。完全武装のその姿は、巨軀をレザーに包んだ剣術マシーンだ。その格好で、手袋をはめた手に〈ヴァレンチノ〉のガーメントバッグを提げているのだから、不似合いもいいところだった。きまじめな執事がAK47自動小銃を携えているのと同じくらいぶっとんだ光景だ。

「ったく、ハヴァーズのやつ、退院させようだなんて、なに考えてるんだ。ひどいざまじゃないか」

「ちょっと気分がすぐれないだけだよ」そういう日がこれからずっと続くのだろう。さっさと慣れるに越したことはない。

「マリッサはどこだ？」

「出てった」

「出てった？」

「何度も言わせせんな」

「くそ、なんてこった」ヴィシャスは深呼吸をひとつして、バッグをベッドに投げ出した。

「着るもんと新しい携帯を持ってきた」

「まだ抜けてないんだ、V。感じるんだ。そういう……感覚があるんだよ」

ダイヤモンドの光を放つVの目が、すばやくブッチの全身を眺めまわした。近づいてきて手を差し出し、「だが、それをべつにすりゃ治ってきてるじゃないか。それもすごい勢いで」

ブッチはルームメイトの手を握り、引っぱりあげられて立ちあがった。「ここから出られりゃ、いっしょに突き止められるかもしれん。それとも、おまえがもう――」

「いや、まだなにもわからん。望みは失ってないがな」

「そう言われると、こっちは望みを失いそうだぜ」

ブッチはバッグのファスナーをあけ、腰に巻いたシーツをとった。トランクスをはき、黒のズボンとシルクのシャツを身に着けた。

こんな服を着ると、ペテン師になったような気がする。ほんとうはまだ病人で、フリークで、怪物なのに。ちくしょう……オルガスムスのときに出たあれはなんだったんだ？　マリッサは大丈夫だろうか……すぐに手は洗い流したが……

「数値は上々じゃないか」Vはハヴァーズが放っていったカルテを見ていた。「なにもかも正常値だ」

「十分ほど前に射精したんだが、黒かった。なにもかも正常ってわけじゃなさそうだ」

このささやかな発表は、重苦しい沈黙で迎えられた。いきなり飛びかかって殴りつけたとしても、これほどの驚愕の表情は拝めなかったにちがいない。

「むかつくぜ」ブッチはつぶやき、〈グッチ〉のローファーに足を入れて、黒いカシミアのコートをつかんだ。「とにかく出よう」

ふたりで戸口まで来たところで、ブッチはベッドのほうをふり返った。シーツは乱れたままで、マリッサと激しく抱きあった名残りをとどめている。

ブッチは毒づき、モニターが並ぶ前室へ出た。さらにVの後について掃除用具が収納された小さな用具室を抜けた。廊下に出てそのまま進み、実験室の前を通って病院の部分へ足を踏み入れ、病室の横を通り過ぎていった。

ひとつずつ部屋をのぞきこんで歩くうち、ブッチははっとして足を止めた。開いた戸口から、なかにいるマリッサの姿が見えた。小さな女の子の手を取り、静かに話しかけている。おそらく少女の母親だろう、おとなの女性が片隅でそれを見守っていた。その母親らしき女性が顔をあげ、ブッチとＶの姿に気づいた。とたんに身を縮こまらせ、毛玉だらけのセーターをかき寄せて床に目を落とす。

ブッチはごくりとのどを鳴らし、また歩きはじめた。

エレベーターホールまで来て、待っているあいだにブッチは言った。「Ｖ？」

「なんだ」

「具体的にはわからなくても、おれがなにをされたのか、見当はついてるんだろ？」Ｖはこちらを見なかった。見ようとしなかった。

「まあな。ただ、こんなにひとのいるとこで言うわけにいくか」

ピンポンと電子音がして、エレベーターのドアが開いた。ふたりは無言のまま乗り込んだ。

館から夜闇のなかへ出たところで、ブッチは言った。「しばらく血が黒く変わってただろ」

「色は戻ったとカルテに書いてあったが」

ブッチはＶの腕をつかみ、こちらを向かせた。「おれは〝レッサー〟になりかけてるのか？」

言ってしまった。とうとうこの疑問を口に出してしまった。それは彼にとって最大の恐怖であり、マリッサを拒んだ理由であり、今後、そこで生きていくすべを学ばねばならない地獄でもある。

Vは彼の目をまっすぐに見て言った。「ちがう」

「どうしてわかる」

「そんなことはありえない」

ブッチはつかんでいた手を離した。「現実逃避はためにならないぜ。おれはもう、おまえの敵かもしれない」

「ぬかせ」

「ヴィシャス、ひょっとしたら――」

Vはブッチの胸ぐらをつかんで吊りあげた。戦士は頭のてっぺんから爪先まで震えている。瞳は闇のなかの水晶のように光っていた。「おまえは、おれの敵じゃない」

ブッチはかっとなり、Vのたくましい肩に両手を伸ばして、革のジャケットを握りしめた。「まちがってたらどうするんだ」

Vは牙をむき出してうなり、黒いまゆをぎりぎりと逆立てた。殴りあいたい。殴れ、殴らせろ。どちらも血まみれになるまで。

長いこと、ふたりは身じろぎもしなかった。筋肉を緊張させ、汗をにじませ、一触即発の状態のまま。

やがて、ふたりの顔と顔のあいだにヴィシャスの声が割り込んできた。ひび割れた声が、苦しい絶望の吐息にまたがって駆けてきて、そして振り落とされる。「おまえは、おれのたったひとりの友だ。なんで敵になるもんか」

どちらが先だったのか、ふたりはいつしか抱きあっていた。息が詰まるほど抱きしめたかった――血肉もすべて絞り出し、しまいには友情のきずなしか残らないほどに。寒風のなか、しばしふたりは身体をしっかりからませあっていた。ややあって、照れくさい思いでぎこちなく抱擁を解いた。

ふたりそろって咳払いをしていたが、やがてVは手巻き煙草を取り出し、火をつけた。煙を吐き出し、「おまえは〝レッサー〟なんかじゃない。〝レッサー〟は心臓を取り出されるからな。おまえのはまだちゃんと動いてるだろ」

「途中だったのかもしれない。邪魔が入って中断したとか」

「それについちゃなんとも言えんな。なんか手がかりでもないかと思って一族の記録を当ってみたんだが、なんにも見つかりゃしねえ。それで、いまはもう一度『年代記』を頭から読んでるとこだ。ったく、人間の記録まで調べてるんだぜ。インターネットのいかがわしい情報まで検索してる」Vはトルコ煙草の煙をまたぷかりと吐き出した。「見つけるさ。なんとしてでも見つけてやる」

「先を見ようとしてみたか?」

「未来をってことか?」

「ああ」

「もちろんやってみた」Vは手巻き煙草を地面に落とし、ごついブーツで踏み消してから、腰を折って拾いあげた。吸殻を尻ポケットに入れながら彼は言った。「だが、やっぱりなにも見えやせせん。くそ……一杯やりたいな」

「おれもだ。〈ゼロサム〉に行くか」

「おまえ、身体は大丈夫なのか」

「大丈夫なもんか」

「よし、それじゃ〈ゼロサム〉へ行こう」

ふたりは〈エスカレード〉に乗り込んだ。ブッチは助手席だ。シートベルトを締めてから、腹に手をやった。動いたせいでひどく痛い。しかし、痛みなどどうでもいい。正直、なにもかもどうでもいいような気がした。

ハヴァーズの館の車寄せを出ようとしたところで、Vが言った。「そうだ、一般回線のほうに電話があったぜ。昨夜遅くに。マイキー・ラファティって男から」

ブッチはまゆをひそめた。なぜ義弟が電話をかけてくるのか。それもあいつが。兄弟姉妹のうち、ブッチのことをいちばん嫌っているのはジョイスだった。これはなみたいていのことではない。なにしろ、ほかの連中にも好かれているとはとうてい言えないのだ。親父がとうとう心臓発作でも起こしたか。もう何年も前から、いつ起こしても不思議はない状態だったし。

「なんて言ってた？」

「子供の洗礼式だそうだ。来る気があれば来られるように、いちおう知らせておきたいとさ。今度の日曜だと」

ブッチは窓の外に目をやった。また赤ん坊か。まあ、ジョイスにとっては初めての子だが、両親にとってはいったい何人めの孫だろう。七人めか。いや……八人めだ。

ふたりとも黙ったまま、車は市の中心部に向かった。対向車のライトがまぶしく光っては消えていく。住宅街を過ぎ、商店街、続いて二十世紀初頭に建てられたオフィスビルのわきを走り過ぎる。ブッチは、コールドウェルに生きるありとあらゆる人々のことを思った。

「なあV、子供が欲しくないか」

「いや、興味がないな」

「おれは以前は欲しかった」

「いまは欲しくないのか」

「おれが子供を持つことはなさそうだしな。だがまあ、大した問題じゃない。この世にはもうオニールはおおぜいいるからな。掃いて捨てるほど」

十五分後にはダウンタウンに入り、ふたりは〈ゼロサム〉の裏に車を駐めた。しかし、〈エスカレード〉をおりるには勇気が要った。なにもかもいつもどおりだ——この車も、ルームメイトも、酒場も。それが不安をかきたてる。なにもかも以前と同じなのに、自分だけが同じではない。

いらだち、むしゃくしゃした気分で、ダッシュボードの物入れから〈レッドソックス〉の帽子を取り出した。かぶりながらドアをあけ、芝居がかってんじゃねえよと自分を叱った。なにもかもいつもどおりじゃないか。

〈エスカレード〉からおりたとたん、ブッチははっと凍りついた。

「ブッチ、どうした」

いい質問だ、こっちが訊きたい。身体が音叉になったような感じとでも言うのだろうか。全身が振動している……なにかに引き寄せられている……

くるりと向きを変え、十番通りを足早に歩きはじめた。これはいったいなんだ。磁石のように彼を引き寄せ、誘導信号を発しているこれは。

「ブッチ、おい、どこへ行くんだ」

Vに腕をつかまれたが、ブッチはそれをふり払い、小走りに駆け出した。見えない糸に引かれるように。

Vが並んで走っているのを、走りながら携帯でなにか話しているのを、頭のすみで意識していた。「レイジか。問題発生だ。十番通りだ。いや、ブッチが」

ブッチはカシミアのコートを翻し、全力疾走しはじめた。だしぬけに、レイジの巨体が目の前に立ちはだかったときも、そのわきをすり抜けて走りつづけようとした。

そうはさせじと、行く手にレイジが飛び込んでくる。「ブッチ、どこへ行くんだ」

腕をつかもうとしてくるのを、ブッチは思いきり突き飛ばした。レンガの壁に、レイジは背中からぶち当たる。「さわるな！」

二百メートルほど走ったところで、なにに呼ばれていたのかわかった。三人の〝レッサー〟が路地から出てきたのだ。

ブッチは足を止めた。向こうも足を止めた。おぞましい交流の瞬間が訪れた。ブッチの目に涙が込みあげてきた。かれらのなかに、自分の身内にあるのと同じものを認めたからだ。

「おまえ、新入りか」〝レッサー〟のひとりが言った。

「訊くまでもないだろ」べつのひとりが言う。「今夜の点呼に来なかっただろう。ばかめ」

そんな……そんな……そんなばかな……

三人の〝レッサー〟は、同時にブッチの後方に目を向けた。Vとレイジがかどを曲がって姿を現わしたのだろう。〝レッサー〟たちは攻撃にそなえ、腰を落とし、両手をあげて戦闘態勢をとった。

ブッチは三人のほうへ一歩近づいた。また一歩。

「ブッチ……」背後から悲痛な声がする。ヴィシャスだ。「行くな……行くな、行くなよ」

13

ジョンは小さな身体をもぞもぞさせ、また目を閉じた。くたびれたアボカドグリーンの肘掛け椅子に収まっていると、息をするたびにトールのにおいがする。インテリアデザイナーの悪夢に出てきそうな椅子だが、トールはこれを気に入っていた。しかし、ウェルシーに言わせれば〝好ましからざる人物《ペルソナ・ノン・グラータ》〟ならぬ〝好ましからざる椅子《セアトゥス・ノン・グラータ》〟だった。というわけで国外追放の憂き目にあい、トレーニングセンターのトールのオフィスに流れ着いたわけだ。トールは何時間もこの椅子に座って書類仕事をし、その横でジョンは勉強をしていたものだった。

ウェルシーが殺されてから、ジョンはずっとこの椅子で眠っている。

ジョンはいらいらと姿勢を変え、両脚を肘掛けから垂らし、頭と両肩を椅子の背もたれの上半分に押しつける。目をぎゅっとつぶり、少しは眠れないかと祈っていた。だが困ったことに、全身をめぐる血はざわめいているし、頭のなかではみょうな考えがぐるぐるまわっている。とりとめのないことばかりなのに、せっぱつまって頭から離れないのだ。

訓練は二時間前に終わったが、ほかの訓練生が帰ったあとも、ジョンはひとり稽古を続けていた。おまけに一週間前からよく眠れずにいる。横になるなり眠りこけてよさそうなものだ。

そうは言っても、まだラッシュのことで気が立っているのかもしれない。昨日クラス全員の前で気絶したことで、あんちくしょうにしつこくからかわれた。まったくむかつくやつだ。考えるだけで腹が立つ。金持ちなのを鼻にかけて、怒りっぽくて——

「目をあけろ。起きてるのはわかってるんだ」

ジョンは全身びくっと縮みあがって、あやうく床に転げ落ちそうになった。なんとか踏みとどまって座りなおしたとき、オフィスの入口に立つザディストの姿が目に入った。ぴったりしたタートルネック、ぶかぶかのトレーニングパンツというバつもの格好だ。ザディストの表情は、その肉体と同じように固かった。「いいか、よく聞け。一度しか言わねえからな」

ジョンは椅子の肘掛けをつかんだ。なんの話かはわかっている。

「ハヴァーズのとこへ行きたくねえってのなら、べつにそれはいいさ。だがな、ばかなまねはやめろ。食堂には出てこねえし、何日も寝てないような顔しやがって、見てるこっちがいらいらしてくんだよ」

どう考えても、PTAで教師が言うようなせりふではない。それにジョンはいま、叱られて素直に聞ける状態ではなかった。胸にはいらだちが渦を巻いている。

Zは戸口から指を突きつけてきた。「ラッシュに手を出そうなんて思うなよ、わかったか。あんな阿呆はほっとけ。それとな、これからは本館で食事をとるんだ」

ジョンはまゆをひそめ、レポート用紙をとろうとした。こちらの言いぶんをZにちゃんとわかってもらわなくてはいけない。

「返事なんぞせんでいい。おまえがどう思おうが関係ねえんだ」ジョンが怒り心頭に発しそうになったとき、Zがにやりとしてみせた。怪物じみた牙がむき出しになる。「それとも、おれのグリルのうえで目を覚ましたいか」

ジョンは顔をそむけた。ザディストがその気になれば、ジョンを真っぷたつにへし折るくらいわけない。それを思うと腹が立ってしかたがなかった。

「ラッシュにかまうな、わかったな。てめえらふたりのことに、かかずらってるひまなんかねえんだよ。てめえらだって、おれに関わってほしいわけじゃねえだろうが。わかったんならうなずいてみせろ」

ジョンはうなずいたが、くやしく、腹立たしく、おまけに疲れ切っていた。

身内のいらだちに息が詰まりそうだ。息を吐き、目をこすった。まったく、ずっとおとなしい性質《たち》だったのに、むしろ臆病なくらいだったのに、最近はどうして、なにもかも腹の立つことばかりなんだろう。

「変化が近づいてるからだ。だからむしゃくしゃすんのさ」

ジョンはゆっくり顔をあげた。まさか聞きまちがいではないだろうか。

ほんとに？　ジョンは手話で尋ねた。

「ああ。だからな、自分を抑えることを憶えるのが肝心なんだよ。遷移を無事に乗り越えたら、自分でもびっくりするようなことができるようになるんだ。つまり、とんでもねえばか力がつくんだよ。けだものみたいな、素手でひとを殺せるぐらいの力だ。おまえはいま、山ほど悩みがあるつもりでいるんだろ。まあ見てな、そのばか力を扱わなきゃならなくなったら、いまの悩みなんか屁とも思えなくなるぞ。だからそうなる前に、自分を抑えられるようにしとくんだ」

ザディストはいったん背を向けたが、そこで足を止め、肩越しにふり返った。顔に縦に走り、上唇を歪めている傷痕に光が落ちる。「それともうひとつ。だれかに相談してみねえか。その……むしゃくしゃしてんだろ」

なにが相談だ。ハヴァーズの病院で、あのセラピストとまた話をするなら死んだほうがましだ。

だから、病院に検査を受けに行くのを拒否しているのだ。この前、あの一族の医師と関わりあいになってしまったら、脅しをかけられてカウンセリングを受けさせられるはめになった。またドクター・フィルの一時間のカウンセリングに出かける気はない。最近はいろんなことがありすぎて、もう過去のことなどほじくりかえす気にはなれなかった。出血多量で死にそうになっているのでもなければ、二度とあの病院には行きたくない。

「ジョン、どうする。相談してみるか」彼が首を横に振ると、Zは険悪に目を細めた。「そうか。けどな、ラッシュのことはちゃんとわかったんだろうな」

ジョンは目を伏せ、うなずいた。

「よし。そいじゃ、さっさとけつをあげて館にあがってこい。フリッツがおまえの夕食を用意してくれてる。おれが見張ってるから、残さず食うんだ。遷移のために体力をつけとかんとな」

ブッチは〝レッサー〟たちに近づいていった。向こうは彼を味方と信じて疑っていない。警戒するどころか、なにをさぼっていやがると腹を立てているようだった。

「後ろだよ、このまぬけ」まんなかのひとりが言った。「敵はおまえの後ろだよ。〈兄弟〉が

二匹」

ブッチは〝レッサー〟たちの背後にまわった。反射的にかれらの刻印を読みとっていた。いちばん背の高いやつは、入会してまだ一年かそこらだろう。まだ人間の名残りのようなものが感じられた。もっとも、なぜそうとわかったのかは自分でも説明できない。あとのふたりはずっと古顔だ、まちがいない。そう確信したのは、たんに髪や肌の色が白く抜けているからではなかった。

三人の後ろにまわったところで足を止め、その巨体越しにVとレイジを見た。ふたりとも、たったいま腕のなかで親友が息を引き取ったような顔をしている。

〝レッサー〟が攻撃に出るタイミングが手にとるようにわかり、ブッチはそれに合わせて前進した。そして、レイジとVが腰を低くして戦闘態勢をとるのと同時に、中央の〝レッサー〟の首をつかんで地面に引き倒した。

逆上してわめき立てる〝レッサー〟にのしかかっていったが、まだ戦える身体でないのはもちろんわかっていた。思ったとおり、あえなく蹴飛ばされて主導権を奪われた。〝レッサー〟は馬乗りになってブッチの首を絞めはじめた。恐ろしく力が強く、しかも怒り狂っている。狂犬病にかかった相撲レスラーでも、ここまで狂暴ではあるまい。

頭が胴体からもぎとられるのを阻止しようと必死にもがきながらも、頭のすみでぼんやり

気づいていた。閃光がはじけ、ぽんと音がする。続いてもう一度。レイジとVが敵を片づけたのだ。ふたりがこちらへ駆けつけてくる足音が聞こえる。助かった。

ところが、ふたりがやって来るのと同時に、フリークショーが始まったのだ。

この不死の化物の目を、ブッチはこのとき初めてのぞき込んだ。するとなにかがかちりと音を立てて嵌まり、相手とがっちりつながれたような気がした。周囲に鉄の棒が張りめぐらされ、身動きできなくされたような。〝レッサー〟の動きが完全に止まったとき、ブッチは突きあげるような衝動を覚えた。なにかをしたい……が、なにがしたいのかはわからない。だが、得体の知れない強い力に突き動かされて、呼吸をしようと口を開いた。

吸気が始まったのはそのときだった。自分でも気づかないうちに、ゆっくりと着実に肺に空気を送り込みはじめた。

「よせ……」〝レッサー〟が震えながらささやく。

ふたりの口のあいだをなにかが移動しはじめた。黒い雲のようなものが、〝レッサー〟の口から出て、ブッチの口のなかへ――

とそのとき、そのつながりが断ち切られた。うえから容赦ない攻撃がしかけられたのだ。ヴィシャスが〝レッサー〟をつかまえて持ちあげ、ビルの壁面へ頭から叩きつけた。体勢を立て直すひまを与えず、Vは〝レッサー〟に襲いかかって黒い剣をふりおろしていた。

閃光と蒸発音が収まったとき、ブッチは両腕をだらりとアスファルトに垂らしていた。次いで寝返りを打って体側を下にし、両腕でぎゅっと腹を抱えて丸まった。腹痛は耐えられないほどだったが、それ以上に猛烈な吐き気に襲われていた。いちばん気分が悪かったころ、苦しめられた吐き気を思い出した。

視界にごついブーツが現われた。だが、顔をあげてどちらの〈兄弟〉か確認することはとてもできない。自分がいったいなにをしていたのか、なにが起きていたのかわからない。わかっているのは、自分は〝レッサー〟と同族だということだけだ。

Vの声は、いまのブッチの皮膚のようにか弱かった。「大丈夫か」

ブッチはぎゅっと目を閉じ、首をふった。「ここから……どこかへ連れてってくれ。ただ、館に連れて帰ろうなんて思わないでくれよ」


ヴィシャスはペントハウスの鍵をあけ、開いたドアをレイジに押さえさせておいて、怪力にものを言わせてブッチを担ぎ込んだ。三人はビルの裏にある貨物用エレベーターであがってきたのだが、これは筋の通った選択だった。ブッチはまさに貨物だった。見かけよりずっと重い。まるで重力が彼を選んで特別に目をつけているかのようだった。

レイジとふたりがかりでベッドに仰向けに寝かせると、ブッチはすぐに横向きになり、膝を胸に抱え込むようにして小さく丸まった。

長い沈黙があった。そのあいだに、ブッチは気を失ったようだ。

レイジは動くことで不安を解消しているらしく、意味もなくうろうろと歩きまわっていた。ああいう場面を見せられたあとでは、ヴィシャスもあれこれ考えずにはいられなかった。煙草に火をつけ、深々と吸った。

ハリウッドが咳払いした。「V、それでその……ここでいつも女とよろしくやってんのか」

黒い壁にボルト留めされた二脚の椅子に歩み寄り、指を這わせた。「そりゃまあ、いろいろうわさは聞いてたけどさ。ほんとだったんだな」

「うるせえ」Vはバーカウンターへ行き、〈グレイグース〉を大きなグラスになみなみと注いだ。「今夜は、あの〝レッサー〟どもの住処を襲わなきゃならんな」

レイジはベッドのほうにあごをしゃくった。「あいつをどうする」

奇跡でも起きたのか、ブッチは顔をあげた。「おれはどこへも行かない。信用してくれ」

Vは思案げに目を細めてルームメイトを見やった。アイルランド系らしく、激しい運動のあとは顔が真っ赤になるのに、いまは完全に血の気が失せている。それに……かすかに甘いにおいがする。ベビーパウダーのような。

なんてことだ。あの〝レッサー〟どもに近づいたせいで、ブッチのなかからなにかべつのものが引き出されてしまったのだろうか——彼のなかの〈オメガ〉の部分が。

「V？」レイジの声は低かった。すぐそばで聞こえる。「おまえは残るか。それとも、あいつをまたハヴァーズの病院へ連れて戻ろうか」

「おれなら大丈夫だ」ブッチがしゃがれ声で言った。

いろんな意味で嘘だな、とVは思った。

ウォトカを飲み干し、レイジに目を向けた。「おれも行く。デカ、すぐ戻ってくるからな。ついでに食いもんを持ってきてやる」

「いや、食いもんは要らん。それと、今夜は戻ってこないでくれ。ただ、まちがっても出ていけないように、鍵をかけておれを閉じ込めていってくれ。あとはほっといてくれればいい」

ちくしょう。「いいかデカ、バスルームで首吊りなんかしてみやがれ、おれが最初から殺しなおしてやるからな。わかったか」

濁ったヘーゼルの目をあげて、「おれの身になにが起こったのか知るほうが先だ。死ぬのはそのあとでも遅くない。心配すんな」

ブッチはまた目をぎゅっと閉じた。しばらくして、ヴィシャスとレイジはバルコニーに出た。バルコニーに通じるドアに鍵をかけながら、Vはふと気づいた。ブッチを守れるかどうかより、ちゃんと閉じ込めておけるかどうかを自分は心配している。

「どこへ行く?」Vはレイジに尋ねた。ふだんなら、計画を立てるのはVの役目なのだが。

「最初のやつの札入れに、住所が入ってた。ウィチタ通り四五九番地、C4号室」

「そこから片づけよう」

14

マリッサは自室のドアをあけた。自分の部屋なのに、闖入者になったような気分だ。疲れ果て、傷心を抱え、敗残の……よそ者に。

あてどなく見まわして、真っ白でなんてかわいい部屋だろう、と思った。天蓋つきの大きなベッドに長椅子、アンティークのドレッサーとサイドテーブル。なにもかもとても女らしいが、ただ壁の絵画だけは例外だ。アルブレヒト・デューラーの木版画のコレクションは、この部屋のほかの装飾とはそぐわない。荒々しい描線や硬質なタッチは、男性が眺め、男性の部屋を飾るにふさわしい。

ただこれらの絵は、彼女の心に響くものを持っているのだ。

そのうちの一枚に近づいていきながら、ふと、ハヴァーズが昔からこのコレクションにいい顔をしなかったのを思い出した。マックスフィールド・パリッシュの描く夢見るようなロマンティックな絵のほうが、女性の〝プリンセプス〟にはふさわしいというのだ。

そう言えば、芸術の趣味についてはいつも意見が合わなかった。それでも、ハヴァーズはこの木版画を買ってくれた。マリッサが好きだからと。

自分で自分を叱咤《しった》してドアを閉め、シャワーを浴びにバスルームに向かう。今夜は〈プリンセプス会議〉の定例会があるが、用意する時間がほとんどない。ハヴァーズはいつも早めに会場に行きたがるのに。

シャワーの下に入りながら、不思議なものだと思った。ブッチと隔離室にいたときには、会議のことも〝グライメラ〟のことも、なにもかも忘れていた。それがいま、彼は去り、すべてがもとに戻ってしまった。

それが悲劇に思えるのはなぜだろう。

髪を乾かし、〈イヴ・サンローラン〉の一九六〇年代のドレスを着て、アクセサリー棚から高価なダイヤモンドのひと揃いを選んだ。首にかけた石は重く冷たく、イヤリングは耳にずしりとこたえ、ブレスレットは手首を締めつける。輝くダイヤモンドを見つめながら、貴族の女性というのは、一族の富をひけらかすためのマネキンにすぎないのではないかと思った。

〈プリンセプス会議〉の会合はまさにそのための場だ。

階段をおりながら、ハヴァーズと顔を合わせるのが恐ろしかった。だが、さっさとすませてしまったほうがいい。書斎には姿がなかった。出かける前に腹ごしらえをしているのかもしれないとキッチンへ行ってみた。狭い配膳室を通り抜けようとしたとき、カロリンが地下室に通じるドアから出てくるのが見えた。〝ドゲン〟は、たたんだ段ボール箱を山ほど抱えている。

「手伝うわ」マリッサは言って駆け寄った。

「いいえ、けっこうです……マリッサさま」召使は顔を赤くして目をそらした。だが、それが〝ドゲン〟というものなのだ。主人から手を借りるのをとても嫌う。

マリッサはやさしく微笑みかけた。「図書室の塗り替えに備えて、本を梱包するのね。そうだわ、それで思い出したわ。いま出がけで急いでいるのだけれど、明日のディナーのメニューのことを相談しておかなくちゃいけなかったのよね」

カロリンは深々とお辞儀をした。「あの、ですが、〈プリンセプス会議〉の指導者《リーダー》さまをお迎えする明日のパーティは中止になったと、旦那さまがおっしゃっていました」

「それはいつのこと？」

「つい先ほどです。〈会議〉にお出かけになる前に」

「ハヴァーズはもう出かけたの？」わたしが休みたいだろうと気づかってくれたのだろうか。「だったら、わたしも急いで出かけなくちゃ――カロリン、大丈夫？　なんだか顔色が悪いわ」

〝ドゲン〟は抱えている段ボールが床につくほど深く頭を下げた。「いいえ、わたくしは大丈夫です。ご心配ありがとうございます」

マリッサは急いで屋敷の外へ出て、〈会議〉の現〝リーダー〟の住むテューダー様式の館の前で実体化した。扉をノックしながら、ハヴァーズの怒りが収まっていればよいがと思った。あんな場面に出くわしてしまって、腹を立てるのは無理もない。しかし、もうなにも心配する必要はないのだ。ブッチはもうわたしには無縁のひとになってしまったようなものだから。

だが、それを思うたびに苦しくて吐き気がするほどだった。

〝ドゲン〞に出迎えられ、図書室に案内された。マリッサが入っていったとき、磨かれたテーブルに着席した十九人の出席者は、だれひとりこちらに目を向けようともしなかった。べつに珍しいことではない。いつもとちがうのは、ハヴァーズさえ目をあげようとしなかったことだ。右どなりに席をとっていてもくれなかった。近づいてきて、マリッサのために椅子を引く配慮も見せなかった。

ハヴァーズはまだ怒りが収まっていないのだ。これっぽっちも。

しかたがない。会合のあとで話をして、なだめよう。マリッサにとっては死ぬほどつらいことだが、もう心配は要らないと請け合おう。いまはどうしても、ハヴァーズに支えてもらいたいところだから。

テーブルの端に三つ並んだ空席のうち、マリッサはまんなかのひとつに腰をおろした。その後に最後の男性メンバーが入ってきた。ほとんど席が埋まり、空いているのはマリッサの両どなりだけだとわかると、凍りついたように動かなくなった。気まずい間があって、〝ドゲン〞が椅子をもう一脚大急ぎで運んできて、その男性は無理やりほかの場所に椅子を割り込ませた。

〝リーダー〞は名家の血筋で、押し出しのりっぱな淡色の髪の男性だった。書類をみなにまわすと、金色のペンの先でテーブルを軽く叩き、咳払いをした。「では、ただいまより会議を始めます。本日は、みなさんのお手もとにある議案を上程したいと思います。会議のメンバーのおひとりが、王に請願書を提出するための力強い草案を書いてくれました。これについて前向きな議論をおこなうのがわれわれの急務であると考えます」クリーム色の書類を手に取って読みあげる。「ハームの息子〈黒き剣〉の戦士トールメントの伴侶にして、プリンセプス・レリックスの血を引く娘プリンセプス・ウェルサンドラが惨殺された件、および、アゴニーの息子〈黒き剣〉の戦士ザディストの連れあいにしてプリンセプス・レンプーンの娘であり、またプリンセプス・リヴェンジの妹であるプリンセプス・ベラが拉致された件、さらには〝グライメラ〟の数多くの男子が〈レスニング・ソサエティ〉の手で若い生命を落としている件に照らせば、一族の直面する危険が日に日に緊迫の度を増しているのは明らかである。よって〈プリンセプス会議〉は、連れあいを持たない貴族階級の女性について、種族の血統を守るために、強制的隔離《セクルージョン》の慣習を復活させることを謹《つつし》んで請願する。さらにまた、一族全員の安全を守ることが当会議の責務であることから、〝セクルージョン〟の慣例を全階級に広めることをも、謹んで請願するものである」〝リーダー〟は顔をあげた。「それでは、〈プリンセプス会議〉の慣例に従い、この議案について議論をお願いいたします」

マリッサの頭のなかでは警報が鳴り響いていた。二十一名の出席者のうち六名は女性だが、この法令の対象となるのはマリッサだけだ。ラスの〝シェラン〟だったとはいえ、彼ときずなを結んではいなかったから、彼女は連れあいのいない女性ということになるのだ。

図書室に賛成と支持のコンセンサスが形成されていくなか、マリッサはハヴァーズを見つめていた。これで彼は、完全にマリッサを支配することになる。ずいぶんうまく立ちまわったものではないか。

彼が〝ガーディアン〟になれば、マリッサはハヴァーズの許可がなければ外出もできない。

彼が賛成しなければ〈会議〉に残ることもできない。どこへも行けず、なにもできない。なぜなら事実上、マリッサはハヴァーズの私有財産になるのだから。

〈プリンセプス会議〉がこの動議を可決すれば、ラスがそれを却下する望みもない。〝レッサー〟関連の現状から考えれば、拒否権を発動する合理的な理由がない。ラスの地位はだれにも侵すことはできないと法に定められてはいるものの、王の統率力に信頼が置けなくなれば政情不安を招きかねない。いまはそれだけは避けなくてはならない。

ただ少なくとも、リヴェンジがここに来ていない以上、今夜はなにも決められないはずだ。〈プリンセプス会議〉の侵すべからざる議事進行規則によれば、投票権を持つのは始祖六家族の代表者だけだが、動議を可決するためには〈会議〉のメンバー全員が出席していなくてはならない。だから、六家族の血統すべてがそろっていても、リヴェンジが欠席していれば採決はできないのである。

〈会議〉の面々がこの提案について熱心に論じているのをよそに、マリッサは首をふっていた。なぜハヴァーズはこんなもってまわったまねをするのだろう。もうなんの意味もないのに。わたしとブッチ・オニールは……なんでもないのだから。これはどうしても話をして、こんなばかげた提案は取り下げさせなくてはならない。ウェルサンドラが殺されたのは事実だし、それは悲劇などという生易しいものではないけれど、だからと言って女性をみんな閉じ込めるというのは時代に逆行している。

女性が所有物となり、完全に人前から姿を消していた暗黒時代にあと戻りではないか。

背筋が寒いほどはっきりと、病院で出会った脚を骨折した少女とその母親の姿が目に浮かんだ。そうだ、これはたんに差別的というだけではなく、危険なことだ。もしそれにふさわしくない〝ヘルレン〟が、一家を牛耳ることになりでもしたら。〝セクルージョン〟下の女性の〝ガーディアン〟には、だれも口出しすることができない。女性にどんな仕打ちをしようと彼の勝手なのだ。

ヴァン・ディーンは、コールドウェルのまたべつの場所の、またべつの建物の、またべつの地下室に立っていた。ホイッスルをくわえ、淡色の髪の男たちの動きを目で追っている。六名の〝生徒〟たちは一列に並び、腰を落とし、こぶしをかまえている。宙に向かって目にも止まらぬスピードでこぶしを繰り出す。右を出し、左を出し、それにしたがって肩を入れ換えながら。室内にはかれらの発する甘ったるいにおいが濃密に立ち込めているが、ヴァン・ディーンはもう気がつかなくなっていた。

ホイッスルを二回吹く。六名は一団となって両手をあげ、見えない敵の頭をバスケットボールのようにつかむしぐさをし、右膝を何度も前に突き出した。ヴァンがもう一度ホイッスルを吹くと、今度は左足で同じ動作をくりかえす。

認めたくはないが（もうピークを過ぎたということだから）、他人に格闘技を教えるのは、リングで敵と組み合うよりずっと楽だった。いい骨休めにもなる。

それに、どうやら彼は教えるのがうまいようだ。この一味《ギャング》の連中は覚えも早いし腕っぷしも強いが、それだけに教えるほうも生半可では通用しない。

こいつらはまちがいなく、なにかの一味にちがいない。同じ服を着、髪を同じ色に染め、同じ武器を持っている。わからないのは、どういう集団なのかということだ。軍人のような目的意識を持っている。街のごろつきが、いい加減な技量をはったりや銃でごまかしているのとはわけがちがう。へたをすれば、政府の組織かなにかと勘ちがいするところだ。なにしろこういう班がいくつもあって、装備は最高級だし、全員がくそまじめだ。しかもそれがおおぜいいる。この仕事に雇われてまだ一週間だが、一日五クラスを教えて、しかもクラスごとに生徒が入れ代わる。だいたい、いまここにいる連中に教えるのは、まだこれが二回めなのだ。

だが連邦政府だったら、おれみたいなのに指導を任せるわけがない。

ヴァン・ディーンは、ホイッスルを長く鳴らした。「今夜はここまでだ」

男たちは列を崩し、それぞれ装備を収めたバッグを取りに行く。終始無言だ。仲間どうしつきあおうという気はないらしい。男たちが集まればかならず始まる、マッチョを気取った性器ネタの悪ふざけなどまるで見られない。

男たちがぞろぞろ出ていくと、ヴァンは自分のバッグから水のボトルを取り出した。水を飲みながら、これから市の反対側まで行かなきゃならんなと思った。一時間後に試合の予定が入っている。腹ごしらえをしている時間はない。もっとも、それほど腹も減っていないが。

ウインドブレイカーを着こみ、地下室からの階段を駆けあがると、家のなかをざっと見てまわった。がらんとしている。家具もなければ食いものもない。からっぽだ。これまでの家もみんなそうだった。外から見れば、明るい雰囲気のいたってふつうの家なのだが、実際にはその抜け殻だ。

どう考えてもまともじゃない。

玄関を出てしっかり鍵をかけ、トラックに向かった。これまで毎回、集合する家はちがっていた。これからもずっとそうなのだろう。毎朝七時に電話が来て、住所を知らされる。そこへ行って待っていると、生徒たちが順番に送り込まれてくる。さまざまな武道をミックスした格闘技の訓練はひとクラス二時間だ。毎日時計のように正確にこれがくりかえされる。ひょっとしたら、頭のおかしいやつらの民兵組織かなにかだろうか。

「やあ」

ヴァンは凍りつき、トラックのボンネット越しに向こうを見た。通りの反対側にミニバンが一台駐まっていて、ゼイヴィアがそれに寄りかかっていた。ああいうカスみたいな車を運転しそうなお気楽主婦よろしく、のんきな顔をしていた。

「なんか用かい」ヴァンは言った。

「きみはなかなか教えかたがうまいようだね」生気のない笑み。生気のない淡色の目とお似合いだ。

「そりゃどうも。もう帰るとこなんだが」

「まあ、そう言わずに」ヴァンは鳥肌が立った。ゼイヴィアはミニバンのそばを離れて通りを渡ってくる。「前から考えていたんだがね、われわれともっと深く関わってみないか」

もっと深く関わるだあ？　「せっかくだが、犯罪には興味ないんでね」

「なぜわれわれが犯罪組織だと思うのかな」

「あのな、ゼイヴィア」この男はミスターなしで呼ばれるのを嫌う。だからしょっちゅう、わざと、なしで呼んでやっていた。「おれはいっぺん食らってるんだ。刑務所《ムショ》暮らしは退屈なんだよ」

「ああ、自動車強奪《カージャック》の徒党に加わってたんだな。お兄さんにはずいぶん油を搾《しぼ》られたんだろうね。ああいや、いっしょに盗みを働いたほうじゃなく、きみの家族のなかでただひとり法を守ってるお兄さんだ。前科のまるでない。リチャードだったかな」

ヴァンはまゆをひそめた。「言っとくがな、おれの家族を巻き込むな。そうすりゃおれだって警察《サツ》にたれ込んだりしないし、あんたらが使ってる家のことをコールドウェル警察署に通報したりもしないさ。なに、日曜のディナーに招待してやったらサツだって喜ぶに決まってるだろ。電話一本でいそいそと飛んでくるぜ」

ゼイヴィアの顔によそよそしい表情が浮かぶ。**やっぱりじゃねえか。**

だが、すぐにゼイヴィアはにっと笑った。「わたしもひとつ言っておこう。きみの欲しいものをわたしなら与えられるよ。ほかのだれにも与えられないものだ」

「へえ、そうかい」

「もちろんだとも」

ヴァンは気のないそぶりで首をふった。「おれを引き入れるにしても気が早すぎないか。信用できない男だったらどうすんだ」

「その心配は必要ない」

「そこまで見込んでもらったのはありがたいがね、返事はノーだ。悪いな」

反論を待ち構えていたが、向こうはうなずいただけだ。

「しかたがない」ゼイヴィアはこちらに背を向け、ミニバンに引き返していく。どうもおかしい。ヴァンはトラックに乗り込みながら思った。こいつら、どう考えてもまともじゃない。

とはいえ、報酬はきちんきちんと払ってくれる。それもたんまり。

街の反対側で、ヴィシャスは実体化した。そこは手入れの行き届いたマンションの側面の庭だった。すぐ後ろにレイジが実体化して、薄暗い物陰で血と肉を持った形をとる。

ちくしょう、とVは思う。来る前にもう一服しておけばよかった。煙草が欲しい。なにか……なにかが足りない。

「V、おまえ大丈夫か」

「ああ、絶好調だ。さっさとすませよう」

入口のロックを念動力で軽く解除し、玄関からなかへ入った。芳香剤のにおいがぷんぷんする。人工的なオレンジの甘ったるいにおいが、ペンキのように鼻孔にへばりつく。

エレベーターは使用中だったのでパスし、階段を使った。二階へあがると、C1、C2、C3と、部屋の前を通り過ぎていく。Vは手をジャケットのふところに入れ、〈グロック〉を握っていた。もっとも、せいぜい廊下の監視カメラに出くわすぐらいが関の山だろう。テレビショッピングの若い女性司会者のように、ここは作り物めいてきちんとしている。ドアには造花のブーケが下がっているし、その下の床には、ハートや蔦の模様の玄関マットが敷いてある。壁にはありがちなバラ色の夕陽の風景写真や、ふわふわの子犬、あどけない子猫の写真が額にはまって飾ってあった。

「うへえ」レイジがぼやいた。「ここで〈ホールマーク〉（グリーティングカードのメーカー）の魔法の杖を振りまわしたやつがいるな」

「ああ、折れるまでな」

VはC4と出ているドアの前で足を止め、意志の力でロックをはずしにかかった。

「そこでなにをしてるの」

Vとレイジは身体ごとふり向いた。

まずい、『ゴールデン・ガールズ』（一九八〇年代〜九〇年代に放映されたアメリカのコメディ番組。老女四人が主人公）のひとりのお出ましだ。身長は一メートル、頭のてっぺんにはもじゃもじゃの白髪の冠をのせている。かさばるキルトのローブを着込んでいて、まるでベッドをそのまま着てきているようだった。

厄介なことに、老婦人は獰猛なブルドッグの目をしていた。「そこのお若いかた、あんたがたに訊いてるんだよ」

レイジが相手役を引き受けた。愛想をふりまくならこっちのほうが適役だ。「やあこんばんは、友だちを訪ねてきたんですよ」

「ドティの孫の知り合いなの」

「ああ、ええ、そうなんです」

「あらそう、いかにもそんな感じだよねえ」これは明らかに褒め言葉ではなさそうだ。「それはそうと、出てってくれればいいんだけどねえ。ドティは四カ月前に亡くなったんだし、あの子はここには合ってないよ」

あんたたちもね、とその目が付け加えていた。

「ああ、もう出ていくみたいですよ」レイジは感じのいい笑みを浮かべながらも、口をあけないように気をつけていた。「というか、じつはもう出てったんですけどね、今夜」

Vが口をはさんだ。「ちょっと失礼、すぐ戻るから」

てめえひとに厄介ごとを押しつけて逃げる気かよ、とにらみつけるレイジを無視してVはC4号室に入り、兄弟の鼻先でドアをばたんと閉めてやった。あのばあさんがレイジの手に負えないようなら、記憶を消してしまえばいい。もっとも、それは最後の手段だ。老人は記憶の消去にうまく適応できないことがある。脳の柔軟性が低下しているため、外部から侵入されると壊れることがあるのだ。

というわけで、ハリウッドにはドティのおとなりさんと仲よくなってもらうとして、こっちはそのあいだに家探しだ。

鼻を鳴らしながら、Vは室内を見まわした。くそ、〝レッサー〟のにおいだらけだ。甘ったるいにおい。ブッチと同じだ。

ったく、いまはそのことは考えるな。

この部屋のことだけを考えようと努めた。おおかたの〝レッサー〟の住処とはちがって、ここは家財道具がそろっていた。だが、これはもとの住人のものだろう。ドティは花柄やレースや小さな猫の置物が趣味だったようだ。このマンションにぴったり合っていたというところか。

おそらく〝レッサー〟どもは、ドティの死亡広告を新聞で見て、身内を装って入り込んだのだろう。それとも、本物の孫が〈ソサエティ〉に入会してから、ここで寝起きしていたのだろうか。

Vはキッチンをひととおり見てから戻ってきた。棚や冷蔵庫に食料品が皆無なのを見ても驚かなかった。このマンションの残り半分の部屋に向かいながら、みょうな話だと考える。〝レッサー〟どもは、自分の寝起きしている場所を隠そうとしない。死んだときに所持している身分証《ID》は、たいてい本物なのである。だがそれを言うなら、向こうは抗争をあおりたがっているのだから――

おっと、こんなところに。

Vはピンクと白のデスクに近づいた。〈デル〉の〈インスパイロン８６００〉が開いていて、起動されたままになっている。タッチパッドに指を走らせ、あっちこっちつつきまわしてみた。暗号化ファイル。なにからなにまでパスワードで保護されている。その他もろもろ。〝レッサー〟どもはねぐらにはウェルカムマットまで敷いていてくれるのに、ハードウェアについてはがちがちの秘密主義だ。ほぼ全員が自宅にパソコンを持っているが、〈レスニング・ソサエティ〉はさまざまな保護対策や暗号化処理をこれでもかとほどこしている。Vが館でやっているのと同じように。というわけで、やつらのシステムは基本的に侵入不可能なのだ。

だが幸い、Vの辞書には侵入不可能の文字はない。

〈デル〉を閉じ、電源コードを本体から、次にコンセントからも引き抜いた。コードをポケットに入れ、ジャケットのジッパーをあけ、ラップトップを胸に抱くように隠した。さらに奥の部屋に向かう。寝室は更紗《さらさ》爆弾が爆発したようなありさまだった。花柄とフリルの榴散弾が、マットレスから窓から壁まで、いたるところに飛び散っている。

あれはそこにあった。小さなベッドサイドテーブルに、電話や、四カ月前の『リーダーズ・ダイジェスト』や、オレンジ色の薬瓶の群れといっしょにのっていた。陶製の壺。一リットル入りの牛乳瓶と同じくらいの大きさだ。

携帯電話を開けて、レイジにかけた。向こうが出ると、Vは言った。「先に帰るぞ。ラップトップと壺は手に入れた」

電話を切ると、壺を手のひらに包み込み、固いラップトップに押しつけるようにして持った。非実体化して〈穴ぐら《ピット》〉に戻る。人間たちが壁に鋼鉄を仕込んでいないのは助かる。

15

ミスターXは、走り去るヴァンのトラックを見送っていた。話を持ちかけるのが早すぎた。〝レッサー〟たちを訓練するうちに権力をふるう快感を憶え、それを忘れられなくなるまで待つべきだった。

ただ、そうするうちにもどんどん時間は過ぎていく。抜け穴が閉じることを恐れているわけではない。予言ではそんなことはひとことも言っていない。しかし、ミスターXが最後に訪れたとき、〈オメガ〉は当然のことながら立腹していた。感染させた人間が、あの林間の空き地で〈兄弟〉に殺されたというのが、まったくお気に召さなかったようだ。かくして賭け金はつりあがっていく。Xにとってはありがたくないほうに。

なんの前触れもなく、胸の中心が温かくなってきた。かつて心臓のあった場所に鼓動を感じる。その規則的な脈動に、思わず悪態をついた。うわさをすればなんとやら。主人が呼んでいる。

ミスターXはミニバンに乗り込み、エンジンをかけると、街を横切って、車で七分ほどの距離にあるランチハウス（牧場主の家ふうの住宅。間仕切りが少なく屋根の傾斜がゆるいのが特長）へ向かった。あまり治安のよくない地区にある薄汚い家だ。前の持主が仕事仲間に射殺されるまでは、覚醒剤メタンフェタミンの密造工場だったので、いまもそのにおいがしみついている。薬物が残留しているおかげで、〈ソサエティ〉はここを格安で手に入れることができた。

ミスターXはガレージにバンを入れ、シャッターがキーキーと閉まるのを待って車をおりた。設置しておいた警報装置を解除してから、奥の寝室へ向かう。

進むうちに、皮膚がちくちくしてむずがゆくなってくる。全身が熱をもっているかのようだ。主人にすぐに返事をしないでいると、かゆみはしだいに悪化してくる。しまいにはかきむしりたくて気も狂わんばかりになる。

両膝をつき、頭を下げた。〈オメガ〉のそばには近づきたくない。主人にはレーダーのような直感力が備わっているが、ミスターXにはいま、〈ソサエティ〉のものではない、自分独自の目標がある。それを主人に勘づかれてはことだ。ただ問題は、〃フォアレッサー〃は呼ばれたら応じなくてはならないということだ。それが決まりなのである。

ヴィシャスは〈穴ぐら《ピット》〉に戻った。だがなかに入っても物音ひとつせず、その静けさがいたたまれなかった。幸い、〃レッサー〃のラップトップを自分のデスクにのせて開いてから、十五分と経たずにドアにどんどんとノックの音がした。監視モニターを確認し、意志の力で鍵をあける。

レイジはなにかむしゃむしゃやりながら入ってきた。片手は〈ジップロック〉の袋に突っ込んでいる。「〈デル〉ちゃんからはなんかわかったか」

「ミセス・ウーリーお手製のバナナナッツ・ブレッドの残りだ。うまいぜ、これ。おまえもどうだ？」

Vはあきれて目玉をぎょろつかせ、ラップトップにまた顔を向けた。「いや、その代わり〈グース〉のボトルとグラスをキッチンから持ってきてくれよ」

「いいとも」レイジは配達をすますと壁に寄りかかった。「なんか見つかったか」

「まだだ」

沈黙がふくれあがって、〈ピット〉の空気を追い出すほどになったとき、Vは悟った。レイジがやって来たのは、たんに〈デル〉のことを尋ねるためだけではなかったらしい。

思ったとおりレイジが口を開いた。「あのさ、兄弟――」

「おれはいま、あんまり楽しい話し相手じゃないぞ」

「わかってる。だから行ってこいって言われたんだ」

Vはラップトップの上端越しにレイジを見やった。「言われたって、だれに」訊かなくても答えはわかっている。

「〈兄弟団〉はみんな心配してるぞ。V、おまえさ、ここんとこやたらに気が立ってるだろ。めたくそにぴりぴりしてるし。ごまかしたってむだだぜ。みんな気づいてんだからな」

「なるほど、それでラスに言われて来たわけだ。おれにロールシャッハテストでもやらせる気か」

「そりゃ、王から直接命令されたんだからな。どっちみち来てみるつもりだったし」

Vは目をこすった。「おれは大丈夫だ」

「べつに、大丈夫でなくたっていいじゃないか」

そうはいかない。大丈夫でないと困るのだ。「悪いが、このパソコンを調べたいんだ」

「終餐《ラスト・ミール》んときは来るだろうな」

「ああ、行くよ」しょうがねえ。

Vはタッチパッドをいじって、パソコンのファイルシステムを調べつづけた。画面を見つめるうちに、なんとなく右目がおかしい気がしてきた。刺青のあるほうの目だが、切れかけた蛍光灯のようにまぶたがちらちらひくつくのだ。

大きな両のこぶしをデスクについて、レイジがぐっと身を乗り出してきた。「来なかったら、おれが呼びに来るからな」

ヴィシャスは上目づかいにレイジをにらんだ。そびえるような長身から、気が遠くなるほど美しい顔から、あざやかな緑を帯びた青い目が同じようににらみ返してくる。

上等じゃないか、にらめっこしようっていうのか、ええ？　**ちくしょう、くたばっちまえ。**

ただ、負けたのはヴィシャスのほうだった。ややあってから、うつむいてラップトップに目を向け、なにかを調べているふりをした。「とにかく、ほっておいてくれよ。ブッチはおれのルームメイトだし、これからもあいつのことで胸の痛い思いはするだろう。だが、おれのはそう大した問題じゃ――」

「フュアリーから聞いたが、まぼろしが見えなくなってるんだって？」

「くそったれめ」Vは椅子を蹴飛ばしそうな勢いで立ちあがり、レイジを押しのけてうろうろ歩きまわった。「あのぺちゃくちゃ野郎が——」

「気休めにしかならんかもしれんが、ラスに強制されたんだよ。選択の余地はないってやつ」

「王にメリケンサックでぼこられたっていうのか」

「なあ、V。おれがへたばってたときは、おまえがついててくれたじゃないか。おんなじことだろ」

「いや、同じじゃない」

「おまえは特別だってか」

「ああ、そうだよ」ともかく、これについては言葉にすることができないのだ。十六カ国語を話す男が、未来に対する気も遠くなる恐怖を表現する言葉を知らない。ブッチの、彼自身の、そして種族全体の未来。未来の断片的なまぼろしが見えるたびに、これまではいらだってしかたがなかった。しかし、それは奇妙な慰めをもたらしてもくれた。かどを曲がった先に待っているものが気に入らないとしても、少なくともそれで驚くことはないのだから。

レイジの手が肩に置かれ、Vはぎょっとした。「それじゃ終餐でな。来なかったら郵便みたいに取りに来るからな。わかったか」

「ああ、わかったよ。わかったからさっさと行ってくれ」

レイジが出ていくが早いか、Vはまたラップトップの前に腰をおろした。しかしITの世界に戻るのはあきらめて、ブッチの新しい携帯に電話をかけた。

刑事《デカ》の声はざらざらだった。「よう、V」

「よう」Vは携帯電話を耳と肩で支えて、ウォトカを注いだ。酒がグラスを満たしていくあいだ、電話の向こうからは衣《きぬ》ずれのような音がしていた。ブッチが寝返りを打っているのか、上着を脱いでいるのかもしれない。

ふたりは長いこと黙っていた。携帯どうしでつながっているだけだ。

尋ねずにいられなくて、Vはついに尋ねた。「あいつらといるほうがよかったか？ 〝レッサー〟といるほうが自然だって感じたのか」

「どうかな」深く息を吸う音。長くゆっくり吐く音。「ごまかす気はないんだ。見憶えがあるって気がした。つながりを感じたよ。だけどな、目をのぞき込んだら、ぶっ殺してやりたくなったんだ」

Vはグラスを傾けた。ひと口飲むと、ウォトカがのどを焼きながらすべり落ちていく。まさに望みどおりに。「それで、気分はどうだ」

「いいとは言えないな。吐き気がひどい。へたばりそうだ」また沈黙が続く。「おまえはこれを夢に見てたのか。最初のころ、おれは〈兄弟団〉と行動をともにするはずだって言ってたよな……あれは、おれと〈オメガ〉のことを夢に見てたのか」

「いや、おれが見たのはそれとはちがう」

いま起こっているさまざまなことを考え合わせてみても、どういう道筋をたどれば、あのとき見せられたあの場面に行き着くことになるのかわからない。どこから見ても考えられない情景なのだ。まぼろしのなかではVは裸で、ブッチの腕に包まれている。おまけにふたりは空中高く浮かんでいて、寒風吹きすさぶなかで身体をからめあっているのだ。

くそったれめ、おれは狂ってる。狂ってるうえに変態だ。「なあ、日が暮れたらそっちへ行って、また手を当ててやるよ」

「ありがたい。あれはかならず効くからな」ブッチは咳払いをした。「でもなV、いつまでもここでじっとして、これが消えるまで待ってなんかいられないぜ。こっちから攻勢に出たいじゃないか。どうだ、〝レッサー〟の二、三匹もつかまえて、痛めつけてやろうぜ。今度は向こうにしゃべらせてやるんだ」

「過激だな、デカ」

「おれがどんな目にあわされたか、見りゃわかるだろ。おれがジュネーヴ条約なんか気にすると思うか」

「まずラスに話してみんとな」

「早めに頼むぜ」

「今日話す」

「そう来なくちゃ」また長く沈黙が続いた。「ところでさ……ここにはテレビはないのか」

「薄型が壁にかかってる。ベッドの左側の壁だ。リモコンは……どこへやったかな。ふだんあんまり……テレビのことなんか、そこにいるときは忘れてるからな」

「あのさ、ここはいったいどういう部屋なんだ」

「見りゃわかるだろ」

ブッチが低く笑った。「フュアリーが言ってたのはこのことだったんだな」

「あの野郎、いつなにを言ったんだ」

「おまえにはちょっと変態の気があるってさ」

だしぬけに、ブッチがマリッサに覆いかぶさっている図が脳裏に浮かんだ。ブッチの男らしい肉体が怒濤のように襲いかかり、マリッサが美しい手でその尻をつかんでいる。

やがて、ブッチが頭をあげるのが見えた。かすれた官能のうめきが、ルームメイトの口から漏れるのも聞こえるようだ。

自己嫌悪にまみれて、ヴィシャスはウォトカをあおり、すぐに次を注いだ。「おれのセックスライフのことはだれにも言うつもりはない。おれの……変わった趣味のこともな」

「わかったよ、ひとの知ったことじゃないもんな。ただ、ひとつ質問がある」

「なんだ」

「女に縛られたときはさ、ペディキュア塗られたりすんのか。それとも化粧されるだけか」

Vが盛大に吹き出すと、デカは言った。「いや、待て……羽で脇の下をくすぐられるんだろ」

「うるせえ」

「いいじゃないか、興味があるんだよ」ブッチの笑い声が途切れた。「でもさ、女を痛めつけたりすんのか。つまりその……」

さらにウォトカを飲み干す。「お互い合意のうえさ。それに、一線は越えてない」

「そうか。おれはカトリックだからな、正直ちょっとばかりびびったぜ……でもまあ、それで興奮するんならなんでもいいよな」

Vはグラスの〈グース〉をまわした。「なあ、デカ、おれからもひとつ訊いていいか」

「それでおあいこだ」

「マリッサを愛してんのか」

ややあって、ブッチはぼそりと言った。「ああ。ばかだと思うだろ、でも愛してるんだ」

ラップトップの画面でスクリーンセーバーが起動された。Vは指先を四角いタッチパッドに当てて、パイプが延びていくのを途中で止めた。「どんな気持ちがするもんなんだ？」

うめき声が聞こえた。体勢を変えようとしたら、身体がかちんかちんになっていたのだろう。「地獄だよ、いまはな」

Vは矢印型のポインタで遊んでいた。画面のうえをあっちこっちにせわしなく動かす。

「あのさ……彼女はおまえに合ってると思うぜ。おまえらふたりは、うまく行きそうな気がするけどな」

「おれがブルーカラーの人間じゃなくて、おまけに半分〝レッサー〟になりかかってるってことがなかったら、おれもそう思うんだけどな」

「〝レッサー〟になりかかってなんか——」

「おれはあのとき、〝レッサー〟の一部を身体んなかに取り込んだんだぜ。吸い込んだときに。だからあのあと、〝レッサー〟みたいなにおいがしたんだと思う。取っ組みあったからじゃなくて、悪がいくらか、またおれのなかに入ったから——いまも入ってるから」

Vは毒づいた。そうでなければいいと痛切に願いながら。「いっしょに真相を突き止めよう。わけのわからないまま、おまえをほったらかしにしたりしないからな」

まもなくふたりは電話を切り、Vはラップトップの画面を見ながら、ポインタをぐるぐるまわしていた。人さし指のエクササイズを続けるうちに、そうやって時間をむだにしているのにすっかりいやけが差してきた。

両腕を頭のうえにあげて伸びをしているとき、ふと見るとポインタがごみ箱を指していた。ごみ箱……リサイクル……再利用するために処理すること……

ブッチが吸い込んだと言ってるあれは、いったいどういうことなのか。いまこうして考えてみると、〝レッサー〟をデカから引き離したとき、両者のあいだにあったつながりを断ち切っているという自覚があったように思う。

落ち着かなくなって、〈グース〉とグラスを持ってソファへ移動した。腰をおろしてまた飲みながら、コーヒーテーブルにのっている〈ラガヴーリン〉の一パイント壜に目をやった。身を乗り出し、そのスコッチの壜をつかんだ。ねじぶたをひねり、口に持ってきてらっぱ飲みにした。次にウォトカのグラスの縁に持ってきて、〈ラガヴーリン〉をついだ。重いまぶたの下から、二種類の酒が渦を巻き、混じりあっていくのを眺めた。ウォトカもスコッチもその純粋さこそ薄まっているが、ふたつ混ざりあうことでいっそう強烈になっている。

グラスを口に運び、頭をのけぞらせて、その罰当たりな混ぜ物を飲み干した。ぐったりとソファに背中を預ける。

疲れた……もうくたくただ……もう――

眠りはあっというまに襲ってきて、まるで頭をがつんと殴られたようだった。しかし、目を閉じていられる時間は長くなかった。何分かあと、例の夢――と彼は思うようになっている――に叩き起こされたのだ。あの独特のむごたらしさのせいだ。胸が引き裂かれるような感覚に、悲鳴をあげて目を覚ます。まるで開胸器で胸郭をこじあけられているようだ。心拍がいったん飛び、その後に早鐘を打ちはじめる。全身から汗が噴き出す。

シャツの前をはだけて、自分の身体を見おろした。

どこもなんともない。ぱっくり開いた傷口などどこにもない。それでも感覚は残っている。撃たれたときの恐ろしい圧迫感、死がすぐそこに迫っているという絶望の運命。

息が乱れる。目をつぶるのはこれぐらいにしておこうと思う。

ウォトカをテーブルに残し、よろめく足でデスクへ戻った。こうなったら、このラップトップとじっくりお近づきになっておこうじゃないか。


〈プリンセプス会議〉が終わったときには、マリッサはもうへとへとだった。明け方が近いのだからそれも無理はない。〝セクルージョン〟の動議についてはさまざまな意見が出たが、否定的なことを言う者はおらず、だれもが〝レッサー〟の脅威のことばかり言っていた。採決がおこなわれれば、動議はまちがいなく可決されるだろう。それればかりか、もしラスが布告を発しなかったら、王は一族の問題に真剣に取り組んでいないと〈会議〉に批判されるのは目に見えている。

ラスをこきおろしたい一派は、そういう批判が前面に出てくるのを待ち構えている。ラスが王位に就いて三百年、そのあいだに苦いものを味わった貴族もいるし、そういう者たちはラスの失策を見逃しはすまい。

早く帰りたくてたまらず、マリッサは図書室のドアのそばでずっと待っていたが、ハヴァーズは他のメンバーと話し込んでいる。しまいにマリッサは外へ出て、非実体化して家に戻った。話したければ、寝室で待ちかまえているしかなさそうだ。

館に戻り、玄関を入ると、いつもとちがってカロリンに声をかけずに、まっすぐ自分の寝室へ向かった。ドアをあけて——

「まあ……これは」マリッサの部屋は……もぬけのからだった。

扉が開いたウォークインクロゼットのなかはからっぽで、ハンガーの一本も残っていない。ベッドカバーは取り去られ、枕も、シーツも、毛布も、なくなっている。壁の絵画はすべてはずされている。奥の壁際に段ボール箱が積みあげられ、その横には〈ルイ・ヴィトン〉のケース類がすべて並んでいた。これは彼女の所有物だ。

「どうして……」バスルームへ入ったところで、またも声を失った。キャビネットのなかまでからっぽだ。

よろよろとバスルームを出てくると、ハヴァーズがベッドのわきに立っていた。

「いったいどういうこと？」腕をふって室内を示した。

「この館から出ていってもらうことにした」

あっけにとられて、しばらくはハヴァーズの顔を見つめることしかできなかった。「でも、ここはわたしの家なのよ！」

ハヴァーズは札入れから分厚い紙幣の束を取り出し、書き物机の上にトランプのように広げた。「これを持って出ていってくれ」

「みんなブッチのことのせいなの？」マリッサは尋ねた。「〝セクルージョン〟の動議を提出しておいて、矛盾してるじゃないの。〝ガーディアン〟は保護下にある女性を、手もとに

――」

「動議を提出したのはわたしじゃない。あの人間のことは……」ハヴァーズは首をふった。「あなたは好きなように生きたらいい。性行為をした直後に、裸の人間の男といっしょにいるのを見たときは――」ハヴァーズの声はうわずっていた。咳払いをして、「もう出ていってほしい。好きなように生きたらいい。だがぼくは、あなたが自分で自分を破滅させるのを黙って見ていることはできない」

「ハヴァーズ、こんなばかげた――」

「自分で自分を破滅させているひとを、守ることはできない」

「ハヴァーズ、ブッチはもう――」

「ぼくは、あなたの名誉を守るために、王の生命まで狙ったんだぞ！」彼の声が壁に反響する。「それなのに、人間の男なんかと！　これ以上、あなたをそばに置いておくことはできない。見ていると怒りが湧きあがってきて、なにをするかわからない。暴力をふるってしまうかもしれない。だから――」彼は身震いし、こちらに背を向けた。「どこでも好きなところへあなたを送っていくように、〝ドゲン〟に言いつけてある。でもそのあとは、この屋敷に帰って来るようにと言っておいた。自分の〝ドゲン〟は自分で探してくれ」

マリッサは全身から力が抜けた。「わたしはまだ〈プリンセプス会議〉のメンバーなのよ。会合では顔を合わせなくちゃならないわよ」

「いや、目を向けなければすむことだからね。それに、今後も〈会議〉のメンバーでいるつもりのようだが、それはあやしいと思う。ラスには、〝セクルージョン〟の動議を拒否する理由がない。あなたには連れあいがいないし、ぼくは〝ガーディアン〟を務めるつもりはないしね。公の場に姿を現わそうにも、それを許可する者がいない。どんなに高貴な血筋だろうと、法を無視するわけにはいかないよ」

マリッサは口をぽかんとあけた。なんてこと……わたしは社会から完全に葬り去られるのだ。存在しないも同然になる。「どうしてこんなひどいことができるの？」

ハヴァーズは肩越しにふり向いた。「もう疲れたんだよ。あなたを守りたいという衝動と戦うのに疲れた。あなたが愚かな選択を――」

「選択ですって！　貴族の女性として生きてきて、わたしに選択権なんかなにひとつないわ」

「それはちがう。ラスのちゃんとした連れあいになることもできたはずだ」

「ラスがわたしを求めなかったのよ！　知ってるくせに。その目で見ていたくせに。だからこそ、ラスを殺したいとまで思ったんでしょう！」

「だがいまにして思えば……ラスはなぜ、あなたに魅かれなかったんだ。あなたの努力が足りなかったんじゃないのか」

マリッサは激しい憤怒を覚えた。その怒りをさらにあおるかのように、ハヴァーズは言った。「選択権などないと言ったね。だが、あの人間の病室に足を踏み入れないという選択だってあったはずだ。自分で選んでなかに入ったんだ。それにみずから選んで……あの男と寝ないという選択もできたはずなのに」

「つまりそれが理由なのね。信じられないわ、わたしはまだヴァージンなのに」

「嘘までつくのか」

その言葉に、マリッサはふとわれに返った。怒りは冷め、冷静さが戻ってきた。このとき初めて、ハヴァーズの真の姿が見えてきた。頭脳明晰、患者には献身的な医師。亡くなった〝シェラン〟をいまも愛している……だが、あくまで独善的な男。科学と秩序を信奉し、規則と因習を好み、意外なことの起きない、安定した生涯を望む男なのだ。

そんな世界観を守るためなら、たったひとりの家族の未来も幸福も、それどころか存在そのものすら犠牲にすることもいとわない。

「あなたの言うとおりだわ」マリッサは奇妙に落ち着きはらって言った。「わたしは出ていくしかなさそうね」

彼女の着た服、買った品々を詰めたダンボール箱の山に目を向けた。またハヴァーズに目を戻すと、向こうも同じように箱を眺めていた。マリッサの半生を、それによって評価するかのように。

「デューラーはもちろん持っていってくれてかまわないよ」

「そうでしょうとも」マリッサはつぶやいた。「さようなら、わたしの同胞《はらから》」

「もうぼくはあなたの同胞ではない。もう二度と」

ハヴァーズはうなだれて、部屋を出ていった。

その後の静寂のなか、むき出しのマットレスに身を投げ出して泣きたいと思った。けれどもそんな時間はない。夜明けまでせいぜい一時間しかないだろう。

ああ〈聖母〉さま、わたしはどこへ行けばいいのでしょう。

16

街の反対側の地区で〈オメガ〉に会って戻ってきたとき、ミスターXは胸やけがした。無理もない、ずっとくそ食らえという気分だったのだ。

主人は、さまざまな注文を用意していた。〝レッサー〟をもっとおおぜい集めろ、ヴァンパイアの血をもっと流せ、もっと計画を進めろ、もっと……もっと……問題は、どれほど結果を出そうと、主人はけっして満足しないということだ。たぶんそういう定めなのだろう。

そんなことはともかく。ミスターXの失敗の計算式は、すでに黒板にでかでかと書かれている。破滅に至る方程式がチョークで示されているわけだ。未知数は時間だ。〈オメガ〉が癇癪《かんしゃく》を起こしてミスターXが呼び戻されたきりになるまで、はたしてどれぐらい時間が残っていることか。

ヴァンの件は急がなければ。あの男を一日も早く引き入れなくてはならない。

ミスターXは、〈デル〉のラップトップのスイッチを入れた。茶色く乾いた血だまりのとなりに腰をおろし、〈巻物〉のファイルを呼び出して、関連する一節を探した。予言の言葉を読むと心が落ち着く。

主人の前に終わりをもたらす者が現われる。
新時代の戦士が、第二十一の第七に見出される。
身に帯びた数字によって知るがよい。
知覚する方位はひとつ多く
しかし、右には指し示すものが四つしかない。
三つの生を生き
前面に刻みめがふたつあり、
黒き目をひとつ持ち、井戸《ウエル》のなかで生まれ、かつ死ぬであろう。

ミスターXは壁にもたれ、首を鳴らし、室内を見まわした。メタンフェタミン工場の名残りの悪臭、この家の汚染、悔悟の念もなくおこなわれた悪行の気配。帰りたくても帰れないパーティ会場にいるようだ。その点は〈レスニング・ソサエティ〉とよく似ている。

しかし、それももうすぐ解決する。〝レッサー〟専用非常口が見つかったのだ。

それにしても、ヴァン・ディーンを見つけたのは不思議なめぐりあわせだった。街角のけんかを突きつめたようなあの格闘技場、あそこへ足を運んだのは新規入会者を探すためだった。ヴァンがほかの選手とちがうのはすぐにわかった。彼にはどこか特別なところがある。対戦者より一段上と感じさせるなにかを持っている。あの最初の晩、ヴァンの動きを見たとき、ミスターXは〈ソサエティ〉に加えるべき重要な人材を見つけたと思った。だがそのとき、指が一本足りないのに気づいたのだ。

身体的欠陥のある人間を、〈ソサエティ〉に入会させるのは気が進まなかった。しかしヴァンの戦いぶりを見るうちに、小指がないぐらいは不都合でもなんでもないとわかってきた。それからふた晩ほど経ったとき、今度は刺青に気づいた。ヴァンはつねにTシャツを着たまま戦っていたが、試合の途中にシャツのすそが胸までずりあがったことがあったのだ。その背中には、黒い目が彫り込まれていた。それが肩甲骨のあいだからこちらを見つめていた。

それで、ミスターXは〈巻物〉を当たる気になった。その予言は〈レスニング・ソサエティ〉の手引書の文章に埋没し、入会規則にまぎれて、ほとんど忘れ去られていた。だが幸いなことに、最初に〝フォアレッサー〟になったときにちゃんと目を通していたおかげで、そこにあることをミスターXは憶えていたのである。

〈巻物〉は一九三〇年代に英語に翻訳されたもので、全体に抽象的な文章で書かれている。この予言の言葉もそうだ。とはいえ、右手の指が一本足りなければ、たしかに指し示すものは四つしかないということになる。「三つの生」というのは子供のころと成人してから、それに〈ソサエティ〉に加わってからの人生を指すのだろう。格闘技場の観客の話によれば、ヴァンは地元生まれの地元育ち、コールドウェルの土地っ子だそうだ。コールドウェルは「井戸《ウエル》」と呼ばれることがある。

それだけではない。あの男は不気味なほど勘が鋭い。金網に囲まれたリングのなかの様子を見ていればわかる。東西南北の感覚は、彼が持っている感覚の一部でしかない。敵がどう動くか事前に察知するという稀有《けう》な才能があるのだ。彼がほかの選手とちがうのはその才能のおかげだった。

決定的要因は、盲腸を手術していることだ。「刻みめ《スコア》」はさまざまに解釈できるが、おそらくは傷のことを言っているのだと思われる。誰にでもへそはあるから、盲腸の手術をしていたら、前面にふたつ傷があるということになるのでは？

おまけに今年は、彼が出現するとされた年だ。

ミスターXは携帯電話を手に取り、部下のひとりに電話した。

呼び出し音が鳴るのを聞きながら、どうしてもヴァン・ディーンが必要だと考えていた。あの現代の戦士が、四本指の男が、これまで生きてきて——いや死後も含めて、これまで会った人間のだれよりも必要なのだ。


マリッサは陰気な灰色の館の前に実体化し、のどもとに手を当てて頭上を見あげた。なんて多くの石が積みあげられているのだろう。ひとつの石切り場の石をそっくり切り出さなければ、これだけの量は集められなかったにちがいない。おまけにあの鉛ガラスの窓の数といったら。菱形の枠は鉄格子のようにも見える。おまけに高さ六メートルはあろうかという擁《よう》壁《へき》が、中庭とグラウンドを囲んでいる。それに監視カメラがあり、門がある。

あまりにもすきがなく、あまりにも冷たい。

マリッサが想像していたとおりだった。家というより要塞だ。おまけに、〈古国〉では〝幻惑《ミス》〟と呼ばれていた緩衝域に包まれている。来るべきでない者が近づくと、脳が位置情報をうまく処理できなくなり、道に迷ってしまうことになる。マリッサが〈兄弟団〉の敷地にたどり着けたのは、ひとえにラスがここにいるからだ。彼の純粋な血で三百年ものあいだ身を養っていたのだから、マリッサの体内にはラスの存在が色濃く残っている。だから彼がどこにいようと見つけることができるのだ。たとえ〝ミス〟に隠されていても。

目の前に小山のようにそびえる館を見あげて、マリッサはうなじがぞわぞわするのを感じた。だれかに尾《つ》けられているような気がしてふり返る。東の空では朝焼けがしだいに明るさを増してきている。まぶしくて目が痛む。もうぎりぎりだ。

のどもとに手を当てたまま、どっしりとした両開きの真鍮の扉に歩み寄った。呼鈴もノッカーもない。ためしに扉のいっぽうを押してみたら開いた。驚いたが、なかは入口の間だとわかって納得する。来客はここでふるいにかけられるのだ。

カメラに顔を向けて待った。外側の扉をあけたときに、なかで警報が鳴っているはずだ。だれかが出てきて入れてくれるか、さもなければ……追い返されることになるだろう。その場合、マリッサとしては第二の選択肢を選ばなければならない。時間との競争だ。

ほかに頼れる相手はリヴェンジだけだが、あちらは事情が複雑だ。リヴェンジの〝母上《マーメン》〟はいわば〝グライメラ〟御用達のスピリチュアルカウンセラーだから、マリッサに来られたら大いに迷惑するだろう。

〈書の聖母〉に祈りを捧げつつ、手で髪をなでつけた。まちがったほうに賭けてしまったのかもしれないが、それでもラスなら、こんなに夜明けが近いときに追い出したりはしないだろう。彼のためにあれだけ耐えてきたのだから、一日ぐらいは彼の館に留め置いてくれるにちがいない。それに、ラスは名誉を重んじるひとだ。

マリッサの知るかぎり、少なくともブッチは〈兄弟団〉の館で寝起きはしていないはずだ。去年の夏、彼はべつの場所に住んでいた。いまもたぶんそうだろう。そうであってほしい。

目の前で重い木の扉が開いた。執事のフリッツは、マリッサを見てたいそう驚いた顔をした。「これは、マリッサさま」老〝ドゲン〟は深々と頭を下げた。「お約束でございましょうか」

「いいえ、約束はしていないわ」約束どころか、これほど予期せざる客はほかにいまい。

「あの、わたし――」

「フリッツ、どなたなの？」女性の声がした。

足音が近づいてくる。マリッサは両手を握りあわせ、うつむいていた。

どうしよう、ベス――女王陛下だ。先にラスに会えればずっと気が楽だったのに。どうやらうまく行かないのではと思えてきた。

でも、ここからリヴェンジに電話することぐらいは、女王陛下も許してくださるにちがいない。電話をする時間が残っていればいいけれど。

ドアがきしんで、さらに大きく開く。「どなた……まあ、マリッサ」

マリッサはうつむいたまま、慣例どおり膝を曲げてお辞儀をした。「女王陛下」

「フリッツ、ふたりきりにしてくれる？」ややあってベスは言った。「どうぞ、入ってくださいな」

いったんひるんだものの、マリッサはドアのなかへ足を踏み入れた。あざやかな色彩とぬくもりにあふれているのはなんとなく感じられたが、顔をあげてよく見る勇気はなかった。

「よくここがわかったわね」ベスが言った。

「女王陛下の……〝ご夫君《ヘルレン》〟の血がまだ残っておりますので。あの……王にお願いがあってまいったのです。失礼とは存じますが、王とお話をさせていただけませんでしょうか」

女王に手を握られて、マリッサは仰天した。「なにがあったの？」

目をあげて女王の顔を見て、マリッサははっと息を呑みそうになった。ベスは心底から心配し、気にかけてくれているようだった。相手がだれであろうと温かく迎えられれば、おのずと警戒心も解けるもの。ましてベスは、本来なら彼女を蹴り出したいと思って当然なのだ。

「ねえ、なにがあったの？」

どこから話せばいいのだろう。「わたし……わたし、あの、どこかに泊めていただかなくてはならなくなって。どこにも行き場がないんです。家を追い出されてしまって。わたし――」

「待って、ちょっと待って。落ち着いて、ゆっくり話して。なにがあったの？」

マリッサは深呼吸してから、かいつまんで事情を説明した。ただし、ブッチのことだけははぶいて。口からこぼれる言葉が、まばゆいほど美しいモザイクの床に汚水のようにこぼれて、足もとの美を台無しにしている気がする。話すのが恥ずかしく、のどにとげが刺さっているようだ。

「そういうことなら、ここに泊まればいいわ」話が終わると、ベスはきっぱりと言った。

「では、ひと晩だけ」

「いつまででも、好きなだけいて」ベスはマリッサの手をぎゅっと握りしめた。「いつまででも」

マリッサは目を閉じ、取り乱すまいとこらえていた。重い足音が近づいてくるのがなんとなく耳に入ってくる。カーペットを敷いた階段を、頑丈なブーツでおりてくる音だ。

ラスの低い声がした。よく通るその声が、三階まで吹き抜けの洞窟のような玄関の間に響きわたる。「いったいどうしたんだ？」

「マリッサがここに越してくることになったのよ」

また膝を折ってお辞儀をしながら、マリッサにはもうプライドはかけらも残っていなかった。裸にされたように心細い。なにひとつ持たず、他人の慈悲にすがるしかないのだ。かつて感じたことのない恐怖を感じた。

「マリッサ、こっちを見ろ」

ラスのきつい口調は、マリッサにはおなじみだった。彼女に対してはいつもこういう話しかただったのだ。三百年間、この声を聞くたびに身がすくむ思いだった。せっぱつまって、入口の間に通じる開いた扉に目をやった。いまではもう、完全に時間切れだ。

鏡板張りの木の扉がばたんと閉じた。王が意志の力で閉じたのだろう。「マリッサ、なにがあったんだ」

「ラス、そうやいやい言わないで」女王がぴしゃりと言った。「今夜はもうさんざん大変な目にあってきたんだから。ハヴァーズに追い出されたんですって」

「なんだと。なぜだ」

ベスが簡単に説明してくれたが、他人の口から語られるのを聞くと、マリッサはますます恥ずかしくなった。視界が涙でかすんできたが、こぼすまいとこらえた。

しかし、その後のラスの言葉を聞いて、もうこらえきれなくなった。「信じられん、なんたる阿呆だ。マリッサはもちろんここに泊める」

震える手で、マリッサは両目の下を急いでぬぐい、とらえた涙を指先で急いでこすってごまかした。

「マリッサ、こっちを見るんだ」

言われて彼女は顔をあげた。ラスは少しも変わっていなかった。もともと美男子というには厳しすぎる顔だが、ラップアラウンドのサングラスのせいでますます恐ろしげに見える。最後に見たときよりずっと髪が伸びている、とぼんやり気がついた。もう腰のくびれのあたりまで届きそうだ。

「頼ってきてくれてよかった」

マリッサは咳払いした。「ありがとうございます。少しのあいだだけご厄介になります」

「荷物はどこだ」

「荷造りをして、わたしの――いえ、家族の――その、ハヴァーズの家に置いてあります。〈プリンセプス会議〉の会合から戻ってみましたら、わたしのものがみんな梱包されていたんです。でも、しばらくはあそこに置いておこうと思います、この先どうするか――」

「フリッツ！」呼ばれた〝ドゲン〟が駆けつけてくると、ラスは言った。「ハヴァーズの屋敷へ行って、マリッサの荷物をとってきてくれ。バンで行ったほうがいい。手伝いの者を何人か連れてな」

フリッツはお辞儀をすると、老〝ドゲン〟にしては驚くほどすばやく動き出した。

マリッサはなんと言っていいかわからなかった。「わたし――あの――」

「お部屋に案内するわね」ベスが言った。「いまにも引っくり返りそうな顔してるわよ」

女王はマリッサを連れて大階段に向かった。歩きながら肩越しにふり向くと、ラスの顔には完全に酷薄な表情が浮かんでいた。あごをコンクリートのようにこわばらせている。

思わず立ち止まった。「ほんとうに、いいんでしょうか」

ラスはいよいよ険しい顔になって、「おまえのきょうだいは、おれを怒らせることにかけては天才的だな」

「ご迷惑をおかけするつもりは――」

ラスはその言葉を一蹴した。「ブッチのことが原因なんだろう。Vから聞いたが、おまえが駆けつけてくれたおかげで、デカは助かったんだそうだな。ああ、なるほど。おまえが人間と親しくするのがハヴァーズは気に入らなかったんだな」

マリッサはうなずくことしかできなかった。

「さっきも言ったとおり、ハヴァーズはまったく腹にすえかねるやつだ。〈兄弟団〉の一員ではないが、ブッチはおれたちの仲間だ。あいつの恩人はおれたちの恩人だ。だから、いつかこの世を去るときが来るまで、ずっとここに住めばいい。おれが許す」ラスは階段の裏側にまわり込んだ。「ハヴァーズのくそたれが。あきれた阿呆だ。Vを見つけて、おまえが来たと知らせてくる。いまブッチはここにはいないが、Vなら居場所を知ってるだろう」

「いえ――そんな必要は――」

ラスは立ち止まらず、ためらうそぶりも見せない。それであらためて思い出した。王に指図などしてはいけないのだ。たとえ心配しないでくれというだけでも。

「まあ、少なくともいまは武器は持ってないし」ベスがつぶやいた。

「あんなにお怒りになるとは思いませんでした」

「なに言ってるの、とんでもない話じゃないの。夜明け近くに追い出すなんて。とにかく、お部屋に案内するわ」

ベスにやさしく手を引かれたが、マリッサはついていこうとせずに、「こんなに歓迎してくださるなんて、どうして――」

「マリッサ」ベスの濃青色の目が、まっすぐこちらに向けられている。「あなたはわたしの愛するひとを救ってくれたじゃない。ラスが撃たれて、わたしの血では力が足りなかったとき、あなたが手首を差し出してくれたおかげで彼は一命を取り留めたの。このさいはっきりさせときたいんだけど、わたし、あなたのためならなんでもするわよ」

夜明けが訪れ、ペントハウスに朝陽がいっぱいに射し込んでくる。ブッチは目を覚ました。完全に勃起して、よれたサテンのシーツに腰をこすりつけているさいちゅうだった。全身汗まみれ、皮膚は過敏になっているし、一物はどくどくと脈打っている。

ぐったり疲れはてていた。なにが現実で、なにが現実であればいいという願望なのかわからないまま、ブッチは下に手をやった。ベルトをはずし、ズボンとトランクスのなかに手を突っ込んだ。

マリッサの姿が、頭のなかでぐるぐる回っている。半分はさっきまで身を浸していた輝かしいまでの妄想、もう半分は彼女の肌の記憶だ。自分の手の作るリズムに呑まれていく。愛撫しているのが自分なのかどうかよくわからない……ひょっとしてマリッサではないか……マリッサであってくれれば。

目を閉じ、背をのけぞらせた。ああ、そうだ。すごくいい。

が、ここで完全に目が覚めた。

自分がなにをしているのかはっきり気づくと、いきなりよこしまな気分になった。自分自身に、そしてこの状況に腹が立って、ペニスを乱暴にしごき、やがてひと声吼えて射精した。オルガスムスとも呼びたくない、むしろペニスが大声で悪態をついたというほうが近いと思った。

恐怖に吐き気をもよおしながら、覚悟を決めて手を見た。

が、ほっとしてどっと力が抜けた。少なくとも、正常に戻った部分もある。

ズボンを蹴り脱ぎ、トランクスで拭き取ってから、バスルームに入ってシャワーの栓をひねった。シャワーを浴びながら、考えるのはマリッサのことばかりだ。会いたい。うずくような飢えを感じる。求めて得られない苦しみに、一年前に禁煙したときのことを思い出す。

おまけに、この禁断症状には〈ニコダーム〉がない。

腰にタオルを巻いてバスルームから出ると、新しい携帯電話が鳴っていた。

「やあ、Vか」声がかすれている。まったく、朝はいつも声がまともに出ない。今朝もそうだった。まるでエンストを起こした車のエンジンみたいだ。

でもまあ、これでふたつはいつもどおりということだ。

「マリッサが越してきた」

「なんだって」マットレスにどさっと腰をおろした。「いったいなんの話をしてるんだ」

「ハヴァーズに追い出されたんだとさ」

「おれのせいでか？」

「ああ」

「あんちくしょう――」

「いまはここにいるから、身の安全は保証つきだ。ただ、すごくショックを受けてるみたいだ」しばし沈黙があった。「デカ、聞いてるのか」

「ああ」ブッチはベッドに仰向けになった。彼女のもとへ駆けつけたくて、太腿の筋肉がぴくぴくひきつっている。

「さっきも言ったとおり、マリッサは無事だ。今夜、そっちへ連れていこうか」

ブッチは片手で両目を覆った。どういう形であれ、マリッサが傷つけられたと思うと頭がおかしくなりそうだ。あばれ出したくなるほどだ。

「ブッチ、おい、聞いてんのか」

マリッサは天蓋つきのベッドに身を横たえ、上掛けをのどもとまで引きあげた。裸でいるのは落ち着かないが、着替えがないのだからしかたがない。

ここならだれも来ないとわかっていても、裸でいるのは……いけないことをしているような気がする。外聞が悪い。だれに知られるわけでもないけれど。

室内を見まわした。とてもきれいな部屋だった。デルフィニウム・ブルーの斜紋織《トワール》りが壁に張られていて、のどかな田園風景のなか、娘の前にひざまずく求婚者の絵柄がくりかえし織り込まれている。壁も、カーテンも、ベッドカバーも、椅子も、その模様で埋め尽くされている。

いまはあまり見たい光景ではない。フランスの恋人たちはマリッサに迫ってきて、視覚ではなく聴覚に訴えかけてくる。混沌としたスタッカートのなか、ブッチとかなえられなかったもの、この先もけっしてかなえることができないであろうものを、執拗なまでにくりかえす。

解決策として灯を消し、目を閉じた。いわば視覚的な耳栓だ。これは魔法のようによく効いた。

ああ〈聖母〉さま、わたしはなんて情けないんでしょう。この先どこまでみじめな状況に落ちるのだろうかと考えずにはいられなかった。フリッツはふたりの〝ドゲン〟を連れて、彼女の――いや、ハヴァーズの家へ荷物をとりに行ってくれた。でも、手ぶらで帰ってくるのではないかという気もする。ハヴァーズは、わたしの荷物をぜんぶ捨ててしまうことにしたかもしれない。わたしを捨てたように。

闇のなかに横たわりながら、自分の人生の瓦礫を整理した。まだ使えそうなもの、もう救うことができずに捨てなければいけないものを分けようとした。けれど出てくるものはどれも、気の滅入るようながらくたばかり。不幸な思い出のごた混ぜなど、この先生きていくのになんのヒントにもなりはしない。自分がなにをしたいのか、どこへ行くべきなのか、マリッサにはまったくわからなかった。

考えてみれば当然のことだ。三百年、ただひとりの男に気づいてもらいたいと願い、待っていただけだった。三百年、〝グライメラ〟の常識に沿って生きようと無理を重ねてきた。三百年、貴族の女性として恥ずかしくないようにとひたすら努力してきた。そういう外からの期待が、まるで物理法則のようにマリッサの人生を左右してきた。重力よりも遍在し、足を引っぱりつづける。

その期待に応えようとした結果、どうなった？　家族もなく、連れあいもなく、たったひとり放り出されてしまった。

もういい、よくわかった。これから生きていくための規則その一はこうだ——自分のことは自分で決める。自分が何者なのかまるでわからないとしても、他人の社会的な価値観に押し込められているよりは、道に迷って模索しつづけるほうがずっといい。

そのとき、ベッドわきの電話が鳴り出し、マリッサはぎょっとして縮みあがった。呼び出し音が五回鳴ったところで、電話をとった。鳴りやみそうになかったから。「もしもし？」

「マリッサさま？」〝ドゲン〟だった。「ブッチさまよりお電話が入っております。おつなぎしてよろしいでしょうか」

ああ、最低。もう彼の耳に入ったなんて。

「マリッサさま？」

「その……ええ、お願い」

「かしこまりました。ブッチさまには、そちらのお部屋の電話番号をお教えしてございます。

そのままお待ちくださいませ」

カチッと音がして、聞きまちがいようのないしゃがれ声がした。「マリッサ、大丈夫か?」

いいえ、あんまり。でも、彼には関わりのないことだ。「ええ、おかげさまで。ベスとラスが、とてもよくしてくださってるから」

「会えないかな」

「あら、それじゃ、あなたの抱えてた問題がみんな、魔法みたいに消えてしまったの? 正常に戻ってうれしいでしょうね。おめでとう」

彼が悪態をつく。「きみのことが心配なんだよ」

「ご親切にありがとう。でも――」

「マリッサ――」

「――わたしを危険にさらしたくないって言ってたじゃないの」

「いや、おれはただ――」

「だから、もう近づかないで。そうすればわたしも傷つかずに――」

「いい加減にしろよ、マリッサ。くそ、もう、どういつもこいつも!」

マリッサは目を閉じた。自分を取り巻くこの世界も、ブッチも、ハヴァーズも、自分自身も、腹立たしくてしかたなかった。ブッチもだいぶ腹を立てているようだ。このまま話していたら、いつ爆発するかわからない。

静かな声で彼女は言った。「気にかけてくれるのはうれしいけど、わたしは大丈夫だから」

「くそっ……」

「そうね、いまの状況にはいちばんぴったりの言葉だわ。さよなら、ブッチ」

電話を切ったとき、全身が激しく震えていることに気づいた。

すぐにまた呼び出し音が鳴った。マリッサは電話機をにらみつけた。とっさに身を乗り出し、電話線を壁から引き抜いた。

ふとんにもぐり込み、横向きになって身体を丸めた。眠れないのはわかっていたが、とにかく目を閉じた。

暗がりのなか、怒りに震えながらマリッサはひとつの結論にたどり着いた。たとえすべてが——ブッチの能弁な言葉を借りれば——「くそ」だとしても、これだけは言える。パニック発作を起こして縮こまっているよりは、怒りでかっかしているほうがずっとましだ。


二十分後、ブッチは〈レッドソックス〉の帽子を目深《まぶか》にかぶり、サングラスをかけて、深緑の〇三年型〈ホンダ・アコード〉に近づいていった。左右を確認した。路地に人影はない。両側のビルには窓がない。先の九番通りにも車の影はない。

かがみこみ、地面から大きな石を拾いあげ、運転席側の窓を叩いて大きな穴をあけた。盗難防止のアラームがけたたましく鳴り出す。ブッチはいったんセダンから離れ、影で息をひそめた。持主が駆けつけてくる気配はない。アラーム音はやがてやんだ。

車を盗むのは、十六歳のときサウスボストン地区の非行少年だったころ以来だが、ここでまた手を染めることになった。静かに車のそばへ戻り、ドアをあけて乗り込む。次の段取りもすばやく手際よく片づけた。サウスボストンのなまりと同じように、手癖の悪さも完全に治ることはないらしい。ダッシュボードの下のパネルを引きはがし、導線を取り出す。しかるべき二本をつなぎ合わせると、エンジンがたちまちうなりをあげた。

割ったガラスの残りを肘で落とし、のんびりと走りだす。膝が胸にくっつきそうだったので、手を下に突っ込んでレバーをいじり、座席を後ろへいっぱいに下げた。早春の風を楽しんでいるような顔をして腕を窓にかけ、いかにものんびりと座席にもたれてみせる。

路地の先の「一時停止」の標識に気づくと、方向指示器を点灯させてきっちり停まった。盗難車を運転し、免許証も携帯していないときには、交通法規にはきちんと従うべし。これは鉄則だ。

左折して通りに入り、九番通りを南へ下るうち、相手がだれであれ、迷惑をかけただれかに申し訳ないという気になってきた。車を盗られるのは愉快なことではない。最初の赤信号で小物入れをあけた。車の登録証に書かれた名前はサリー・フォレスター、住所はバーンステーブル通り一二四七番地。

用がすんだらすぐに返しに行き、割った窓ガラスの修理代に迷惑料を加え、二千ほど置いておこう。

そうだ、それで思い出したが……バックミラーを自分のほうに向けた。くそっ、まるで列車に轢《ひ》かれたみたいだ。ひげも剃っていないし、顔にはまだ殴られたあざが残っている。毒づきながらバックミラーを戻し、ロードマップさながらの醜い自分の顔が見えないようにした。

ただあいにく、いま見たものはまぶたにばっちり焼きついている。

サリー・フォレスターの〈アコード〉で市の郊外へ向かい、パンチングバッグと化した自分の顔をあざ笑いながら、自分でも気づかないうちにみょうな自意識に囚われていた。これまでもずっと善と悪を分かつ境界線をまたいで生きてきた。目的を果たすためなら、規則を曲げることなど平気だった。容疑者が口を割るまで締めあげたこともある。情報を手に入れるために、微罪を見逃してやったこともある。警察に入ってからもドラッグをやっていた。まあ、コカインはきっぱり辞めたが。

しないと決めていたのは、職権を乱用して賄賂を受け取ったり、女をものにしたりすることぐらいだ。

大したもんだ。そのふたつを守ってりゃヒーローか?

それで、いましようとしていることはなんだ。ただでさえ人生をめちゃめちゃにされた女のあとを追っかけまわしてるじゃないか。そうやって、彼女を苦しめる野郎どものパレードに加わろうっていうのか。

そう考えても、思いとどまることはできなかった。マリッサに何度も電話したあと、直接会わなければいられない気分になったのだ。以前の彼がマリッサのとりこだったとすれば、いまは完全に取り憑《つ》かれていた。彼女の無事を確かめずにはいられない。そして……そう、自分の気持ちをもう少しうまく説明したいというのもあるかもしれない。

ただ、ひとつだけ有利な材料がある。身体のなかはすっかり正常に戻ったようなのだ。さっきVのねぐらで腕をナイフで切ってみた。射精の結果だけでは当てにならない。血液のほうを調べてみなければと思ったのだ。ありがたいことに、色は赤かった。

大きく深呼吸したところで、まゆをひそめた。上腕に鼻をつけ、また吸い込んだ。これはいったいなんだ？　風が吹き込んできているというのに、服を着ているうえからでも、何かが匂う。いや、甘ったるいベビーパウダーじゃない。あの匂いは幸いにして消えた。今度はなにかべつのにおいがする。

ちくしょう。このところおれの身体といったら、〈グレード〉のプラグイン型芳香剤で、どの香りのアタッチメントをつけるか迷ってるみたいじゃないか。とはいえ、少なくともいまのにおいはスパイシーでそう悪くない。

おい、これはまさか……いや、そんなことはない。ありえない。そうだろう？

もちろん、そんなはずはない。携帯電話を取り出し、短縮ダイヤルを押した。「なんだ」とVの声が聞こえるなり、ブッチは言った。「いいか、これからそっちに行くからな」

なにかのこすれる音、息を吸う音。ヴィシャスが煙草に火をつけたらしい。「そんなことだろうと思ったぜ。しかし、どうやって来る気だ」

「サリー・フォレスターの〈ホンダ〉」

「だれだって？」

「知らん。盗んだんだ。あのな、べつに変なことをしでかそうっていうんじゃないんだ」だったらいいけどな。「少なくとも、〝レッサー〟に化けるような、そっちの変なことじゃない。マリッサに会いたいだけだ」

長い沈黙があった。「おれが門から入れてやる。この七十年間、〝ミス〟で〝レッサー〟の侵入を寄せつけなかったんだ。おまえを追跡して、ここを割り出せるとも思えんし、おまえがおれたちを狙ってやって来るとも思えん。頭にくさびでも打ち込まれりゃべつだがな」

「大丈夫だ、ぜったいそんなんじゃない」

ブッチは〈レッドソックス〉の帽子をかぶりなおした。手首が鼻をかすめ、また自分の香りがした。「なあ、V……おれの身体、ちょっとみょうなことがあるんだ」

「なんだ」

「男性用コロンみたいなにおいがするんだ」

「よかったじゃないか。女はそういうのが好きだからな」

「ヴィシャス、おれ〈オブセッション・フォー・メン〉みたいなにおいがするんだよ。なんもつけてないのに。どう思う」

しばらく沈黙があった。やがて、「人間はきずなを結ばないはずだ」

「へえ、そうかい。だったらおれの中枢神経と汗腺にそう言ってやってくれよ。どっちも喜ぶと思うぜ」

「あの隔離室に彼女といっしょに入ってたあとで気がついたのか」

「あのころからずっと強くなってきてるが、以前にもこんなにおいがすると思ったことがあった」

「いつだ」

「マリッサが男と車に乗るのを見たときだ」

「いつごろのことだ」

「三カ月ぐらい前だったかな。あれを見たときは〈グロック〉を握ってたよ」

また沈黙。「ブッチ、人間はおれたちみたいなきずなを結ぶことはないんだ」

「わかってる」

また沈黙。ややあってから、「おまえ、ひょっとして養子だったりしないか」

「まさか。親戚に牙があるやつもいない。おまえの言いたいのがそういうことならな。なあ、V、おれはおまえの血を飲んだだろ。あれで――」

「遺伝子がなきゃヴァンパイアにはならんよ。血を吸われて変身なんてのは、くだらない伝説だ。なあ、おれがゲートを通してやるから、マリッサと会ったあとで話そう。ああそれからな、おまえの身になにがあったか調べるために、〝レッサー〟を締めあげるのは問題ないってラスが言ってたぜ。ただ、おまえを巻き込みたくないと言ってる」

ブッチはハンドルを強く握りしめた。「冗談きついぜ。何時間も痛い思いをさせられたんだぜ、仕返しぐらいやらせろよ。V、血を流したのはおれなんだ。あいつらを小突きまわして、答えを見つける権利がある」

「ラスは――」

「りっぱなやつだが、おれの王じゃない。黙って見ててもらうしかないな」

「ラスはおまえを危険にさらしたくないんだ」

「心配要らないと伝えてくれ」

Vは、あまりお上品とは思えない響きの言葉を二、三〈古語〉でつぶやき、やがてぼそりと言った。「しょうがねえ」

「すまん」

「あともうひとつ。マリッサは〈兄弟団〉の客分だ。マリッサがおまえに会いたくないって言うなら、つまみ出されることになるぜ。わかったな」

「会いたくないと言われたら、自分で出てくよ。約束する」

17

マリッサはノックの音を聞き、薄目をあけて時計を見た。午前十時。結局、一睡もしていない。疲れは限界に来ていた。

でも、フリッツが荷物のことを報告しに来てくれたのかもしれない。「はい？」

ドアが開くと、野球帽をかぶった大きな黒い影が戸口に立っていた。

マリッサは上半身を起こし、裸の胸を上掛けで覆った。「ブッチ？」

「やあ」彼は帽子を脱ぎ、それを片手でつぶしながらもういっぽうの手で頭をかいている。

マリッサは意志の力でろうそくを灯した。「ここになんの用？」

「その……きみが無事だってことをこの目で確かめたかったんだ。それに、電話をかけても……」壁から引き抜かれた電話線に気づいたのか、目を丸くした。「ああ……そうだったのか……電話が通じなかったから。ちょっと入ってもいいかな」

深呼吸したとき、感じられるのは彼のにおいだけだった。その香りは鼻から入り、全身に広がって、あちこちで花開く。

いやなひと――マリッサは思った――追い返すこともできないなんて、ほんとうにいやなひとだわ。

「マリッサ、襲いかかったりしないよ。約束する。きみが頭にきてるのもよくわかってる。だけど、少しだけ話をしないか？」

「けっこうよ」言いながらも首を横にふった。「でも話し合いで解決できるとは思えないわ」

彼がなかに足を踏み入れたとたん、考えが甘かったと思い知らされた。話がしたいのなら、階下で会えばよかったのだ。彼はあまりにも男だった。そしてこっちはあられもない姿だ。おまけに、ドアを閉じた寝室にふたりきりでいる。

わたしったら、なんてお利口さんなんだろう。計画性のかけらもない。次は窓から飛びおりることでも考えてみたら？

ブッチは閉じたドアにもたれている。「なにはともあれ、きみは大丈夫なのか」

「ええ」ああ、なんて気まずいのだろう。「ねえ、ブッチ――」

「ハンフリー・ボガートじゃあるまいし、あのときは保護者づらして悪かった」あざの残る顔をしかめた。「きみが自分の面倒も見られないって思ってるわけじゃないんだ。おれは自分で自分がこわくてたまらないんだよ。きみにけがでもさせたらと思うと耐えられないんだ」

マリッサはじっと彼を見つめた。ほらね、困ったことになったじゃないの。こんなふうに謙虚にあやまられたら、そのうち情にほだされてしまう。「ブッチ――」

「いや、頼むから待ってくれ。最後まで言わせてくれ。言いたいことだけ言ったら、おとなしく帰るから」ゆっくり息を吸った。大きな胸が、上質な黒のコートの下でふくらむ。「きみの安全を守るためには、おれから遠ざけておくしかないんじゃないかと思う。だけど、それはおれが危険だからで、きみが弱いからじゃない。ひとに守ってもらったり、世話をされたりしなくたって、きみがちゃんとやっていけるのはわかってるんだ」

それに続く長い沈黙のあいだに、マリッサは彼の様子をじっと眺めていた。「だったら証拠を見せて。なにがあったのかちゃんと話して聞かせて。交通事故なんかじゃないんでしょう」

ブッチは目をこすった。「〝レッサー〟に誘拐されたんだ」マリッサが息を吞むと、彼はあわてて言った。「大したことじゃないんだ。ほんとに――」

マリッサは片手をあげた。「やめて。ぜんぶ話すか、なんにも話さないか、どちらかにして。中途半端に聞かされてもしょうがないわ。それはわたしたちどちらにとっても侮辱だもの」

ブッチは毒づき、また何度か目をこすった。

「ブッチ、話せないんなら出ていって」

「わかった……話すよ」彼はヘーゼルの目を彼女の顔に向けた。「いまわかってるかぎりでは、おれは十二時間ほど尋問されてたらしい」

マリッサは指の感覚が麻痺するほど強くシーツを握った。「尋問って、どうやって？」

「よく憶えてないんだ。ただ、けがの状況から見て、まあごく一般的な方法だったんじゃないかな」

「一般的って？」

「電気ショックとか、げんこつで殴るとか、爪の下を痛めつけるとか」彼はそこで言葉を切ったが、このリストはほんとうはもっと長いのにちがいない。のどの奥から苦いものが込みあげてきた。「なんてこと……」

「考えないほうがいい。もう終わったことだし」

信じられない、どうしたらそんなことが言えるのだろう。

「なぜ――」マリッサは咳払いした。なにもかも知りたいと言った以上は、聞いても大丈夫だというところを見せなくてはいけない。「だったらなぜ、隔離室に入れられたの？」

「なにかを入れられたからだよ」ブッチはシルクのボタンダウンシャツのすそをズボンから引っぱり出し、腹部の黒い傷痕を見せた。「森に放置されて凍え死ぬところだったのをVが見つけて、それも取り出してくれた。だけどそれが原因で……〝レッサー〟とつながりができてしまったんだ」マリッサは身をこわばらせた。彼はシャツをおろした。「そうだ、あの〝レッサー〟だよ、マリッサ。きみたち一族を根絶やしにしようとしてるやつらだ。これでわかってもらえると思うけど、いったい自分がなにをされたのか、どうしても知りたい。どっかの宗教にかぶれて自分探しの旅をしたいなんてのとはわけがちがうんだ。きみらの宿敵が、おれの身体になにか細工した。身体んなかになにかを入れられたんだぜ」

「あなたは……〝レッサー〟になったの？」

「なりたくない。きみを傷つけたくない。ほかのだれも。ただ問題は、わからないことが多すぎるんだよ」

「ブッチ、わたし、あなたの力になりたい」

彼は毒づいた。「だけど、もし――」

「『もし』なんて言い出したらきりがないわ」大きく息を吸った。「正直に言ってこわいわ。でも、あなたに背を向けるようなことはしたくない。わたしを追い払おうとしてもむだよ」

彼は首をふった。目には感嘆の色が見える。「きみは勇気があるな。以前からそうだったの？」

「いいえ。でも、あなたのことになると勇気が出るみたい。だから、わたしをかやの外に置かないで」

「そうしたい。そうしなきゃ耐えられない気がする」そう言いながらも、ブッチが部屋を横切ってくるまでには、少し間があった。「となりに座ってもいいかな」

マリッサがうなずき、場所をあけると、彼はベッドに腰をおろした。その重みでマットレスが沈み、はずみでマリッサの身体が傾いて、彼に寄りかかる格好になった。ブッチはこちらをじっと見つめていたが、気が遠くなるほど経ってから、やっと手を握った。ああ、なんて温かくて大きな手だろう。

ブッチは身をかがめ、彼女の手の甲の関節にそっと唇を寄せた。それから口をぴったりつけ、強くこすりつけるようなキスをした。「きみのとなりで横になりたい。セックスがしたいわけじゃない。そんなんじゃないんだ。ただ――」

「いいわ」

彼が立ちあがると、マリッサは上掛けをめくった。しかし、ブッチは首をふった。「上掛けのうえに寝るから」

コートを脱ぎ、となりに横になり、彼女を胸に抱き寄せた。そして頭のてっぺんにキスをした。

「ずいぶん疲れてるみたいだね」ろうそくの火明かりのなか、彼は言った。

「ええ、すごく疲れてるの」

「眠るといい。きみの寝顔を見ていたい」

ブッチは大きな身体で包み込むように彼女をしっかり抱きしめ、深く息をついた。彼の胸に頭をゆだね、温かさと香りを近くに感じるのは、たまらなく心地よかった。ブッチは彼女の背をゆっくりなでた。マリッサはあまりにもあっさり眠りに落ち、ベッドが動いて目を覚ますまで、自分が眠っていたことさえ気づかなかった。「ブッチ？」

「ヴィシャスと話があるんだ」彼はマリッサの手の甲にキスした。「そのまま寝ておいでよ。そんな青い顔をしてると心配になる」

マリッサは微笑んだ。「世話をするのはなしにするんじゃなかったの」

「これはただのアドバイスだよ」口の端を片方だけあげて笑った。「初餐《ファースト・ミール》の前に会ってくれないか。階下《した》の図書室で待ってるから」

マリッサがうなずくと、ブッチは上体をかがめ、彼女の頬を指先でなでた。ふと唇に目を留め、とたんに彼の体臭がひときわ強く立ち昇った。

目と目が合った。

とたんに、マリッサの血管は情熱に沸き立っていた。焼けつくような、締めつけるような欲求が、全身を駆け巡る。目がひとりでに彼の顔からのどくびへと移り、牙がうずきはじめる。周囲の世界は消え失せ、彼女は本能だけに支配されていた。あの太い血管に牙を突き立てたい。血を吸いたい。血を吸いながら、彼にこの身体を抱いてほしい。

血に飢えている。

そうだったのか。だからこんなに疲れていたのか。そう言えばあの晩、リヴェンジに養ってもらうことができなかった。その直後に、重体のブッチに付き添うストレスがあって、彼に別れを告げられたショックがあって、そこへハヴァーズのことが重なった。

ただ、いまは原因などどうでもいい。わかっているのはこの飢えだけだ。

唇が分かれて、思わず手を差し伸ばし――

でも、彼から飲んだらどうなるのだろうか。

答えは明らかだった。干上がるまで飲んでしまうだろう。人間の血は薄いから、満足するまで飲めばそうなってしまう。彼は死ぬ。

でも、きっとすばらしい味にちがいない。

そんな本能の声に耳をふさぎ、鉄の意志で手を引っ込め、上掛けの下に突っ込んだ。「それじゃ、今夜またね」

ブッチは背を伸ばした。寂しそうな目をし、両手で腰の前を覆っている。ズボンのふくらみを隠そうとするかのように。それに気づくと、彼に抱きつきたいという欲求がますます強まった。

「それじゃマリッサ、ゆっくり休んで」悲しげな低い声で言った。

彼がドアの前に立ったところで、声をかけた。「ブッチ?」

「なんだい?」

「あなたのこと、弱いなんて思ってないわ」

　彼はまゆをひそめた。どこからそんな話が出てきたのかといぶかるように。

「おれもそう思ってないよ。ぐっすりお休み。またすぐ会おう」

　ひとりになり、じっと待つうちに飢えは鎮まってきた。少し希望が湧いてきた。いまこういうことになっているのだから、身を養うのはできればもう少しあとにしたかった。リヴェンジとそういう関係を持つのは、よくないことのような気がする。

18

夜の闇がコールドウェルに迫るころ、ヴァンはダウンタウンでトラックを走らせていた。幹線道路を折れて、半端なアクセス道をくだって川岸におり、川と平行して走る穴ぼこだらけの細い道をゆっくり進む。市の両半分をつなぐ大きな橋の下まで来ると、オレンジのペイントスプレーで「F８」と記された支柱の下でトラックを停め、外に出て周囲を見まわした。

頭上ではしきりに車が行き交っている。セミトレーラーは雷のような地響きを立てて通り過ぎ、ときおりけたたましい警笛の音が混じる。こうして川岸までおりてくると、ハドソン川は頭上の騒音にも負けないほどごうごうと音を立てていた。今日は今年最初の春を思わせる陽気で、雪融け水を集めて川は勢いを増しているのだ。

暗灰色の激流は、液体のアスファルトのように見え、泥のにおいがした。

一帯を見渡しながら、いやな予感がした。橋の下にひとりきりとはぞっとしねえ。日が暮れかかったこんな時間じゃなおさらだ。

ちくしょう、やっぱり来るんじゃなかった。トラックに引き返そうとした。

とそのとき、ゼイヴィアが暗がりから姿を現わした。「来てくれてうれしいよ」

ヴァンは驚きの声を呑み込んだ。くそ、幽霊みたいなやつだ。「話なら電話ですませられないのか」おいおい、ずいぶんと気弱な文句じゃないか。「おれにだってやらなきゃいけないことがあるんだよ」

「手伝ってもらいたいことがあってね」

「興味ねえって言っただろうが」

ゼイヴィアはうっすらと微笑んだ。「ああ、たしかにそう言ってたな」

騒音のなかから浮きあがるように、砂利を踏むタイヤの音が近づいてくる。左手を見やると、クライスラーの〈タウン&カントリー〉がこちらに向かってくるところだった。このあいだゼイヴィアが乗っていた、ありふれたゴールドのミニバンだ。

視線はゼイヴィアに向けたまま手をポケットに入れ、九ミリ口径の引金に指をかけた。襲ってきてみやがれ、この鉛弾がお相手するぜ。

「後部座席に、きみへの贈り物を用意した。あけてみるがいい」間があった。「こわいのかね」

「くそ食らえ」ピストルを抜く準備をしつつ車に歩み寄った。が、ドアをスライドさせたところで、思わずひるんだ。そこにいたのは兄のリチャードだった。ナイロンひもで腕を縛られ、ダクトテープで口と目をふさがれている。

「おい、リッチ……」手を伸ばそうとしたとき、撃鉄の起きる音がした。目をあげ、ミニバンの運転席の男を見た。薄色の髪をした悪党が、見たところ〈スミス&ウェッソン〉の四〇口径と思《おぼ》しき銃を、ヴァンの顔にまっすぐ向けていた。

「わたしの誘いについて、もう一度考えなおしてもらいたくてね」ゼイヴィアが言った。

ブッチはサリー・フォレスターのホンダの運転席に座り、信号を左に曲がったところで思わず毒づいた。コールドウェル警察のパトカーが一台、フラミンガム通りとホリス通りのかどの〈ステュワーツ〉の前に駐まっている。ちくしょう、かんべんしてくれよ。二千ドルの現金を持って盗難車を運転していると、リラックスするのは楽ではなかった。

応援がいてくれるのはありがたかった。バーンステーブル通りの住所へ向かうブッチのすぐあとから、Vの〈エスカレード〉がついてきているのだ。

九分三十秒後、ブッチはサリーのこぢんまりしたケープコッド風の家を見つけた。ヘッドライトを消し、〈アコード〉を静かに停めると、つないだ導線を離してエンジンを切った。家の明かりはついていない。玄関まで歩いていって、現金の入った封筒を郵便受けに押し込んだ。そして通りの向こうに停まっている〈エスカレード〉目指して一目散に走った。もっとも、こんな静かな住宅街でつかまると思っているわけではない。だれかになにか尋ねられたら、Vに処理を頼み、ガラス用洗剤〈ウインデックス〉並みの威力で記憶をさっとひと拭きしてもらえばいい。

車に乗り込んだところで、異様な感覚が全身を突き抜け、凍りついたように動けなくなった。

なぜか身体が鳴り出している――みょうな表現だが、ほかに言葉が見つからない。まるで胸のまんなかに携帯電話が埋め込まれているかのようだ。

通りの先……この通りの先……この通りの先へ行かなければならない。

そうだ、そこに〝レッサー〟がいるのだ。

「どうした、デカ?」

「感じるんだ。そばにいる」

「よし、探しに行こうぜ」ヴィシャスが運転席からおり、ふたりしてドアを閉じた。Vが盗難防止システムをかけると、〈エスカレード〉のライトが短く点灯した。「呼ばれるままに行ってみろ。どこへ行き着くか、確かめるんだ」

ブッチは歩きはじめたが、すぐに小走りになった。

ふたりは静かな分譲地を駆け抜けた。ポーチや街灯の明かりを避けながら進み、他人の裏庭を横切り、地上設置式プールをまわり込み、ガレージの横をすり抜けた。

しだいに、街の様子がうらぶれてくる。犬たちが吠えて警告する。ヘッドライトのない車が、ラップを大音量で響かせながら通り過ぎる。廃屋があり、空き地があった。やがて七〇年代に建てられたとおぼしい、荒れ放題の二階建てにたどり着いた。家の周囲は三メートル近い木製のフェンスで囲まれている。

「このなかだ」ブッチは言いながら、門を探して左右を見た。

「デカ、おれが脚を押してやる」

ブッチがフェンスにぶらさがって膝を曲げると、Vがそれを下から押しあげて、軽々とフェンスの向こうへ放り込んだ。まるで朝刊でも投げ込むように。ブッチは無事着地し、腰をかがめた。

思ったとおりだ。〝レッサー〟が三人。うちふたりは男性ヴァンパイアの腕をつかんで家から引きずり出そうとしていた。

それを見るなり、ブッチはたちまち全身の血が沸騰した。自分に加えられた仕打ちを思って、熱核兵器のような怒りが沸きあがってくる。マリッサを傷つけることへの恐れ、人間であるがゆえに身動きがとれないこと、それやこれやでたまった鬱憤が爆発し、その矛先がすべて三人の〝レッサー〟に向けられた。

だが、となりに実体化してきたVに肩をつかまれた。邪魔するなと言おうとしてふり向くと、ヴィシャスが声をひそめて言った。「襲うのはいいが、静かにやれ。ここは周囲の目がある。今日はレイジもいない。全力で戦わなきゃならんから、〝ミス〟を維持する余力はない。隠蔽《いんぺい》できないんだ」

ブッチはルームメイトを見つめ、自由に戦う許しを得たのはこれが初めてだと気づいた。

「なぜ今回にかぎって、おれにやらせてくれるんだ？」

「おまえがどっちの味方か、確かめなきゃならないからさ」Vが短剣を抜きながら言った。

「こうすれば答えがわかる。おれが一般ヴァンパイアを拘束してる二匹を片づけるから、おまえはもう一匹をやれ」

ブッチはひとつうなずくと、鉄砲玉のように飛び出した。頭のなかでも、身体のなかでも、血がたぎって咆哮を発しているのがわかる。目指す〝レッサー〟が家へ入ろうとしているところへ突進した。足音が聞こえたか、そいつはふり向いた。

駆け寄るブッチを見ると、そいつは不愉快そうな顔をしただけだった。「そろそろ応援が来てもいいころだと思ってたんだ」〝レッサー〟はまわれ右をして離れていこうとする。「なかに女がふたりいる。ブロンドのほうがやたらに足が速くてな、だからあれを――」

ブッチはその〝レッサー〟に背後からタックルをしかけ、万力のように頭と肩を締めつけた。ロデオで暴れ馬にまたがっているようだった。敵はもがき、ふり向いてブッチの脚や腕につかみかかろうとした。うまく行かないと見てとると、そいつはブッチもろとも家の壁に身体を打ちつけた。あまりの勢いに、アルミの羽目板にへこみができた。

ブッチはしがみついて離れなかった。片腕を〝レッサー〟ののどもとにまわし、その手首をもういっぽうの手でつかんでぐいぐい絞めあげる。さらに腰に両脚をまわし、足首をからめて固定して、太腿の力で締めつけた。

少し時間はかかったものの、やがて無酸素状態であばれたのが効いてきて、〝レッサー〟の動きがにぶくなってきた。

しかし、やつの膝から力が抜けるまでには、ブッチはいやというほどピンボールになった気分を味わわされた。家の外壁に叩きつけられ、玄関のドアの側柱にぶつかったかと思うと、今度は廊下に入り、狭い場所で前後に揺さぶられた。脳は頭蓋骨のなかでふりまわされ、内臓はスクランブルエッグのようにかきまわされた。それでもブッチは手を緩めなかった。〝レッサー〟を長く足止めしておけば、それだけ女たちの逃げられる見込みが――

くそっ、またくるくる回るアトラクションの時間だ。世界が回り、ブッチが先に床に倒れた。〝レッサー〟は彼のうえに仰向けで乗っかっていた。

この体勢はまずい。今度はこっちが呼吸困難に陥る番だった。

脚を伸ばし、壁を蹴って、〝レッサー〟の身体をねじりながら、下から抜け出した。あいにくなことに、敵も同じタイミングで身体をひねろうとした。かくしてふたりは汚れたオレンジ色のカーペットのうえを、もろとも転げまわることになった。しまいにはブッチも力尽きてきた。

やすやすと〝レッサー〟はブッチを裏返しにし、ふたりは顔と顔を突き合わせる格好になった。〝レッサー〟がブッチを完全に押さえ込む。

ようし……V、いまこそ登場にぴったりのタイミングだぜ。

ところがそのとき、〝レッサー〟がこっちを見おろしてきて、ブッチと目を合わせた。とたんにすべての動きがスローモーションに変わり、ゆっくりと時間が止まった。完全に。

先ほどとはべつの万力で、ふたりはがっちり固定されている。今度の万力は視線だ。そして、うえから組み伏せられてはいても、主導権を握っているのはブッチだった。〝レッサー〟は魅入られたように凍りつき、ブッチは本能に従った。

口をあけ、ゆっくりと息を吸いはじめたのだ。

吸い込んだのは空気ではない。〝レッサー〟だ。〝レッサー〟を吸い込み、消滅させたのだ。路地で起こったことと同じだが、今回は止めに入る者はいなかった。ブッチはただひたすら吸いつづけた。流れる黒い影が〝レッサー〟の目から鼻から口から漏れ出して、ブッチのなかへ入っていく。

スモッグでふくらんだ風船の気分だ。敵のマントに身を包んでいる気分だ。

ことが終わったとき、〝レッサー〟の肉体は分解して灰に変わり、灰色の細かい粒子が霧となって、ブッチの顔に、胸に、脚に降り注いだ。

「なんてことだ」

絶望に襲われ、ブッチは目を移してVを見た。Vは玄関から屋内に身体を突っ込み、ドアの枠をつかんでいた。つかまっていないと立っていられないとでもいうように。

「ああ、くそっ」ブッチは寝返りを打って体側を下にして横向きになった。汚いカーペットが頬を引っかく。胃がひどくむかむかし、のどが灼ける。何時間もスコッチを流し込みつづけたかのようだ。だが最悪なのは、悪がまた彼のなかに入り込み、彼の血管をめぐっていることだった。

鼻から息を吸った。ベビーパウダーのにおい。〝レッサー〟の置き土産ではなく、自分のにおいなのはわかっている。

「V……」絶望的な気持ちでつぶやいた。「おれ、いまなにをしてたんだ」

「わからんよ、デカ。さっぱりわからん」


二十分後、ヴィシャスはルームメイトを連れて〈エスカレード〉に乗り込み、すべてのドアをロックした。携帯のボタンを押し、耳に当てながら、ブッチのほうを見やった。助手席のデカは、一度に山ほどの病気にかかったような顔をしていた。船酔いと、時差ぼけと、インフルエンザでいまにもぶっ倒れそうというような。おまけに、このベビーパウダーのにおい。毛穴という毛穴から、汗とともにそのにおいが噴き出しているかのようだった。

電話の呼び出し音が鳴っているあいだ、車のエンジンをかけ、スタートさせた。そこでまた、さっきのことを考えた。ブッチのやつ、〝レッサー〟相手に魔法でも使ったのか。デカ本人の口癖を借りれば、「まったく、ぶったまげたぜ」だ。

しかし……あの吸い込むあれは大した武器になる。だが、やばいことが多すぎるのも事実だ。

Vはまたブッチに目を向け、そこでふと気づいた。こうしてしょっちゅう確かめずにいられないのは、ブッチがこちらを〝レッサー〟の目で見ていないか気になってしかたがないからだ。

ちくしょうめ。

「ラスか?」相手が出ると、Vは言った。「いや、じつはな——くそっ……やつがたったいま、〝レッサー〟を吸い込んじまったんだ。いや……レイジじゃない。ブッチだよ。え? いや、ちゃんとこの目で見たんだ……吸い込むところを。どうやったんだって、おれにもわからんよ。ただ、塵《ちり》みたいになって消えちまったんだ。いや、そうじゃない。刃物なんか使ってない。息をするみたいに吸い込んだだけだ。なあ、念のため、こいつをおれんとこへ連れてって、ひと晩様子を見てみたいんだ。そのあとおれはそっちへ帰る。いいだろ? わかった……いや、どうやったかなんて、おれにはさっぱりわからんよ。とにかく、そっちへ戻ったら、最初から順を追って説明するから。ああ、そうだな。うん。ああ——いや、おれは大丈夫だって言ってるじゃないか。そういう心配はしないでくれよ。じゃあ、あとでな」

通話を終えて、携帯をダッシュボードに放り出す。ブッチの弱々しいしゃがれ声が聞こえてきた。「館に連れて帰らないでくれるんだな。ありがたいぜ」

「連れて帰りたいんだがな」Vは手巻き煙草を取り出し、火をつけると、深々と吸い込んだ。

煙を吐き出しながら、いっぽうの窓を細くあける。「それにしても驚いたぜ。デカ、なんであんなことができるってわかったんだ？」

「わかってたわけじゃない」のどがいがらっぽいのか、ブッチは少し咳き込んだ。「ちょっと、おまえの剣を貸してくれ」

Vは眉根をひそめ、ルームメイトを見た。「なんでだ？」

「いいから貸してくれよ」Vがためらっていると、ブッチは悲しげにかぶりをふった。「振りかざしておまえに襲いかかったりするもんか。誓うよ」

赤信号で停まったところで、Vはシートベルトを緩め、胸のホルスターの鞘から剣を抜いた。柄《つか》を先にしてブッチに差し出してから、前の道路に目を向ける。次にブッチのほうを見ると、袖をまくりあげて前腕の内側を切り裂こうとしているところだった。傷口をふたりして見守る。

「また血が黒くなってる」

「ああ……やっぱりな」

「においも〝レッサー〟のにおいだ」

「ああ」デカはまじろぎもせずに剣を見つめている。その目つきがどうも気に入らなかった。

「そろそろそいつを返してくれちゃどうだ」

ブッチは剣を渡し、Vは黒い鋼の刃を革のジャケットでぬぐい、また鞘におさめた。

ブッチは両腕で腹を抱いている。「こんな状態のときに、マリッサのそばに近づきたくない。わかってるよな」

「もちろんだ。任せとけ」

「V……」

「なんだ」

「おまえを傷つけるくらいなら、自分が死んだほうがましだ」

Vの視線が、ふたりを隔てる空間を飛び越えた。デカの顔には険しい表情が浮かび、ヘーゼルの目は真剣そのものだ。いまのはたんに心境を語った言葉ではない。誓約だ。ブッチ・オニールは、いざとなったら自分で自分の生命を断つ覚悟でいるのだ。こいつはそれぐらいのことはするやつだ。

Vはまた手巻き煙草を吸い、この人間をこれ以上好きになるまいとした。「そんなことにはなりゃしねえよ」

ああどうか、どうかそんなことにだけはならないでくれ。

19

マリッサは、〈兄弟団〉の館の図書室をまたぐるりとひとめぐりして、テラスとプールの見える窓に戻ってきた。

今日は暖かかったのだろう。雪がところどころ融けて、テラスの黒いスレートや芝生の向こうの茶色い地面が現われて――

ばかね、景色のことなんかどうでもいいのよ。

ブッチは初餐のあと、ちょっと用があると言って出かけていった。それじたいはけっこうだ。なんの問題もない。上等だ。けれどそれはもう、二時間も前のことなのだ。

だれかが入ってきた気配にふり向いた。「ブッチ――あら……あなただったの」

入口のアーチの下にヴィシャスは立っていた。血筋正しい戦士のまわりを、金色の葉をかたどった豪華な繰形が囲んでいる。

なにがあったのだろう……その顔にはなんの表情も浮かんでいない。悪い知らせを伝えるとき、ひとはこんな表情を浮かべるものだ。

「まさか死んでないわよね」マリッサは言った。「お願い、死んでないって言って」

「ああ、死んでやしない」

膝の力が抜けて、壁全体に作りつけの書棚にマリッサはすがりついた。「でも、ここには来られないのね」

「ああ」

互いに見つめあいながら、マリッサはぼんやりと、彼が上等の白いシャツを着ているのに気がついた。黒いレザーの下に着ているあれは、〈ターンブル&アッサー〉のボタンダウンシャツ。カットを見ればわかる。ブッチが着ていたのと同じものだ。

マリッサは自分の腰に両手を巻きつけた。部屋の向こう側にいるというのに、ヴィシャスの存在感に圧倒されていた。危険を絵に描いたような男だ。たんにこめかみの刺青や、黒いあごひげや堂々たる体軀がそう思わせるのではない。この戦士は骨の髄まで冷たい。ここまで超然としていれば、どんなことでもできるだろう。

「いまどこにいるの?」

「あいつは無事だよ」

「だったらなぜここに来ないの?」

「ちょっと戦闘があったんだ」

ちょっと……戦闘が……マリッサは膝にまた力が入らなくなった。ブッチのベッドサイドに付き添っていたときの記憶が、怒濤のように襲いかかってくる。病院のベッドに入院着を着て横たわる姿。全身殴打のあとだらけで、ほとんど死にかけていた。邪悪なものに汚染までされて。

「会わせて」

「ここにはいない」

「ハヴァーズの病院？」

「ちがう」

「居場所を教えるつもりはないのね」

「もうすぐ、あいつが自分から電話してくるはずだ」

「相手は〝レッサー〟だったの？」ヴィシャスは無言のまま、ただこちらをじっと見つめている。マリッサの心臓が早鐘を打ちはじめる。ブッチが〝レッサー〟との戦いに巻き込まれるなんて、とても耐えられない。もうあんなにひどい目にあっているのに。「なによ、お高くとまって、ほんとうにいまいましいひとね。教えてよ。相手は〝レッサー〟だったの？」

ヴィシャスは無言のままだ。もちろん、それが返事になってはいる。だがそれはまた、マリッサが怒ろうがどうしようがどうでもいい、というヴィシャスの態度の表われでもあった。

マリッサはドレスのすそをつまみ、足音も荒く戦士に突っかかっていった。ここまで近づくと、顔を見るには仰向かなければならない。なんという瞳だろう。ダイヤモンドのように白い虹彩を、ミッドナイトブルーの筋が丸く囲んでいる。冷たい。ただひたすらに冷たい瞳。

マリッサは精いっぱい震えを隠そうとしたが、彼の目はごまかせなかった。小刻みに揺れる肩を見られてしまった。

「おれがこわいのか、マリッサ。なにをされると思ってるんだ」

マリッサはそれには答えず、「わたし、ブッチには戦ってもらいたくないの」

黒い眉の片方がはねあがった。「あんたの口出しすることじゃない」

「危険すぎるわ」

「今夜の戦闘を見ていたら、おれはそうは思えなくなってきた」

〈兄弟〉の冷たい笑みに、彼女は一歩あとじさった。しかし、怒りの力に支えられて、完全撤退はまぬかれた。「あの病院でのこと、もう忘れたの。このあいだ、ブッチがどんな目にあわされたか、あなたもその目で見たでしょう。彼のことを心配してるんじゃなかったの？」

「役に立つとわかって、本人もやる気なら、利用するのは当然だ」

「わたし、〈兄弟団〉が嫌いになってきたわ」思わず口走っていた。「それとも、あなたが嫌いになっただけかしら」

横をすり抜けていこうとしたが、ヴィシャスはいきなり手を伸ばしてきて、彼女の腕をつかんでぐいと引き寄せた。痛いほどではないが、しっかり押さえつけられている。彼の瞳が、マリッサの顔をしげしげと見つめる。そして彼女の首を、さらにその肉体を……

このとき、マリッサは彼のなかで燃える炎に気がついた。火山のような激しい熱に。身内には火が燃え盛っている。それが、氷河のような自制心に封じ込められている。

「放して」彼女はささやいた。心臓が激しく打っている。

「驚きはしないさ」彼の声は静かだった。テーブルに置いた鋭いナイフのように。

「な――なんのこと」

「あんたはちゃんとした女だ。おれを嫌うのは不思議じゃない」あの強い光を放つ目を細めて、彼女の顔をしげしげと眺める。「あんたはほんとに、一族でもまれに見る美女だな」

「そんな……そんなことない――」

「いいや、あるとも」ヴィシャスの声はしだいに低くなっていく。そして柔らかく。やがて、耳で聞いているのか、心のなかに直接語りかけられているのかわからなくなってきた。「ブッチを選ぶとは賢明だな。あいつなら、あんたを大事にするだろう。あんたがそれを許せばな。どうする、マリッサ。あいつに……大事にされたいか」

ダイヤモンドの瞳に魅入られ、催眠術にかかったようにぼんやりしていた。彼の親指が手首をなでる。何度も何度も。やがて激しい鼓動は収まって、心臓はけだるいリズムを刻みはじめる。

「質問に答えろよ、マリッサ」

身体が揺れた。「質問って……なんだったかしら」

「あいつのものになりたいか?」ヴィシャスはかがみこみ、彼女の耳に唇を寄せた。「なかに迎え入れたいか」

「ええ……」吐息交じりに言った。セックスの話をしているのはわかっていたが、いまは恍惚としていて答えずにはいられなかった。「なかに迎え入れたいわ」

手の力がゆるんだかと思うと、今度は彼女の腕をなではじめた。温かく、力強く、彼女の肌のうえをすべっていく。ヴィシャスは自分の手が触れている場所に目を落とした。なにかをじっと考えている。「よかった。それでいい。あんたたちふたりはお似合いだ。こっちまで幸せになれる」

ヴィシャスはまわれ右をして、大股に図書室から出ていった。

現実感を失い、ぼうぜんとして、マリッサはよろめきながら図書室の入口に向かった。ヴィシャスが階段をのぼっていくのが見えた。がっしりした太腿が苦もなく身体を運んでいく。だしぬけに立ち止まり、ぱっとこちらをふり向いた。マリッサは震える手でのどを押さえる。

その瞳が光なら、微笑みは闇だった。「ばかだな、ほんとうにおれにキスされると思ったのか」

はっと息を呑んだ。それはまさに、あのとき彼女の脳裏をよぎったことだった。

ヴィシャスは首をふった。「あんたはブッチのものだ。あんたがあいつと結ばれるかどうかわからないが、たとえ結ばれなくても、おれにとってはこの先ずっとそうなんだ」彼はまた階段をのぼりはじめた。「それにおれのタイプじゃない。肌が柔らかすぎる」

Vはラスの書斎へ行き、両開きの扉を閉めた。マリッサとのおしゃべりは、さまざまな意味で彼の心をかき乱していた。もう何週間も、ひとの思考を読んでいなかったのに、彼女の考えははっきりと読みとれた。それとも、あれはたんなるまぐれ当たりだったのか。ああ、たぶんまぐれのほうだろう。あれだけ目を丸くしているのを見れば、唇を奪われると思っているのはだれにでもわかる。

だが、それはちがうのだ。彼女をじっと見つめていたのは、魅力を感じたからではない。興味を惹かれたからだ。ブッチがあれほど温かくやさしく彼女を抱いていた、それはなぜだったのか知りたい。あの肌のせいか、骨格のせいか、あの美貌のせいだろうか。いったいなんのためだ？

ふたりのセックスは霊的な交わりにも見えた。どうしたらそんな高みへブッチを連れていけるのか。

Vは胸のまんなかをさすりながら、突き刺すような孤独を感じていた。

「どうした、兄弟」ラスは太い腕と大きな手をきゃしゃなデスクに乗せて身を乗り出した。「報告をしに来たんじゃなかったのか。彫像のまねでもしに来たのか」

「いや……すまん。ほかのことを考えてた」

ヴィシャスは煙草に火をつけ、戦闘の経過を説明した。とくに最後の部分、ブッチの力で〝レッサー〟がかすみのように消え失せたときのことを。

「信じられん……」ラスがため息をついた。

Vは暖炉に歩み寄り、手巻き煙草の吸殻を火に投げ込んだ。「あんなの初めて見たぜ」

「ブッチは元気か」

「わからん。ハヴァーズの診察を受けさせたいところだが、いまは、デカをあそこの病院に連れて戻るわけにはいかないからな。いまはおれんとこにいるよ。携帯を持たせて。おかしなことになったら電話してくるだろうから、そんときはおれがなんとかする」

驚きにあがっていたラスのまゆが、ラップアラウンドのミラーサングラスの下に隠れた。

「〝レッサー〟はブッチの居場所を感知できないのか。そのへんはどうなんだ」

「それは心配要らないと思う。いままで二回とも、ブッチのほうが〝レッサー〟を見つけてる。においかなにかでわかるらしい。あいつが近づいていくと向こうも気がつくみたいだが、最初に近づいていくのはブッチのほうだ」

ラスはデスクに積まれた書類の山を見おろした。「ブッチをひとりにしておくのは気に入らんな。まったく気に入らん」

長い間があって、ついにVは言った。「なんだったらおれが迎えに行くぜ。連れて帰ってくる」

ラスはサングラスをはずした。目をこすると、中指にはめた王の指輪の、大粒のブラックダイヤモンドがきらめいた。「ここには女たちがいる。ひとりは妊娠中だ」

「おれが見張ってる。〈穴ぐら《ピット》〉から出さないように気をつける。トンネルの通路を閉じといたっていいし」

「ええい、くそ」またサングラスをかける。「連れてこい。ここはあいつの家だ」


〈レスニング・ソサエティ〉に入会するとき、ヴァンにとってなにより恐ろしかったのは、肉体的な改造でも〈オメガ〉の存在でも、それを強制されたことでもなかった。恐ろしくなかったというわけではない。恐ろしいに決まっている。信じられん……あんな悪が実在して、そのへんを歩きまわっているのだ。そして人間にああいうことをするのだ。ああまったく、とんでもなくおぞましいモーニングコールだぜ。

だが、もっとも恐ろしかったのはそれではない。

ヴァンはうめき、シーツも敷いていないむき出しのマットレスから身体を起こした。いつからここに寝ていたのかわからない。自分の身体を見おろし、腕を肩から前に突き出して、ぐっと肘を曲げてみる。

なにより恐ろしかったのは、ようやく吐き気が収まり、なんとか呼吸ができるようになったとき、そもそもなぜ入会したくなかったのか、その理由をもう思い出せなくなっていたことだ。肉体にはかつてのパワーが戻っていた。二十代のころのバリバリのエンジンが、いま、このガレージに戻ってきたのだ。〈オメガ〉さまさまじゃないか。これこそ真のおれの姿だ。かつての栄光を失い、色あせてすり減った影ではない。たしかに、その手段は気が遠くなるほど恐ろしく、信じがたい。しかしその結果は……まさに輝かしいと言っていいだろう。

また二頭筋を曲げて、筋肉と骨の感触を味わった。悪くない。

「ご機嫌だな」ゼイヴィアが部屋に入ってきた。

ヴァンは顔をあげた。「最高の気分だよ。実際、マジで最高の気分だ」

ゼイヴィアの目つきはよそよそしかった。「あんまり舞いあがらないほうがいい。いいか、よく聞け。つねにわたしのそばを離れるな。ひとりで出歩いちゃいかん。わかったな」

「ああ、いいとも」ヴァンはベッドから脚をおろした。早く走ってみたい。どれぐらい走れるようになっているか。

ヴァンが立ちあがったとき、ゼイヴィアはみょうな顔をしていた。いらついてるのか？

「なんか問題でも？」

「きみの入会は、ごくごく……ふつうだった」

ふつうだと？　心臓をえぐり出されて、血液をタールみたいなもんと総取っ換えするのがふつうとは、ヴァンにはとてもそうは思えなかった。だいたい、人の楽しみに水を差す、ミスターXのいつものやり口には興味がなかった。ヴァンに言わせれば、この世はまた新鮮な輝きを取り戻したのだ。彼は生まれ変わったのだ。

「がっかりさせて悪かったな」ぼそっと言った。

「きみにがっかりしたわけじゃない。いまはまだ」ゼイヴィアは腕時計に目をやった。「服を着ろ。五分後に出発する」

ヴァンはバスルームへ行き、便器の前に立った。が、その必要がないことに気がついた。のども渇かず、腹も減らない。

まあ、たしかにこれは変だ。朝の習慣が不要というのは不自然な気がする。

前に身を乗り出し、洗面台のうえの鏡に映る自分の顔を眺めた。目鼻だちは以前のままだが、目がちがう。

不安が忍び寄ってくる。ヴァンは手で顔をこすり、自分がまだ生身の人間だと自分に納得させようとした。頭皮越しに頭蓋骨の感触を確かめながら、リチャードのことを考えた。

いまごろは妻とふたりの子供とともにわが家にいるはずだ。もう安心だ。

家族と連絡をとることは、もう二度とないだろう。しかし、兄の生命と引き換えなら悪くない取引だと思う。父親ってのは大事だもんな。

それに、犠牲を払った見返りに得たものを見るがいい。彼のなかの、ひととちがう部分も現役復帰を果たしている。

「出かけられるか」ゼイヴィアが廊下の先から声をかけてきた。

ヴァンはごくりとつばを呑んだ。そりゃそうだ。おれが足を踏み入れちまったのは、ただの犯罪者の人生よりずっとどす黒くて、社会の底辺よりなお下の生きかただ。いまでは悪の手先なんだからな。

とすれば、もっと思い悩んでもいいはずだった。

それなのに、よみがえった自分の力がうれしく、それをふるうときが待ち遠しい。「ああ、いま行く」

ヴァンは、鏡に映る自分に向かって笑ってみせた。約束されていた特別な運命が現実のものになったという気がする。これこそ、あるべき自分の姿なのだ。

20

翌日の夕刻。マリッサがシャワーブースから出てきたとき、日が暮れてシャッターのあがる音がした。

それにしても、なんてだるいのだろう。もっとも、今日は一日忙しかったのだからしかたがない。めまぐるしい一日だった。

忙しいのはむしろありがたかった。やることが山積みならば、ブッチのことを考えずにすむ。といっても、たまには考えてしまうけれど。ええ、そうよ逆よ。たまには考えずにすむときもあるわ。

ブッチが〝レッサー〟と戦ってまたけがをした。それは、彼への不安の一部にすぎない。ブッチはどこにいるのか、だれに看病してもらっているのかと、つい心配せずにはいられない。ハヴァーズの病院でないのはまちがいない。としたら、だれかほかに、看てくれる人がいるのだろうか。

ブッチは昼間ほかの女性といっしょにいて、そのひとに世話をしてもらっているのかも。

たしかに、マリッサは昨夜ブッチと電話で話した。彼は言うべきことをちゃんと言ってくれた。自分は元気だと言って彼女を安心させ、〝レッサー〟と戦ったのを隠しもせず、少し状態が落ち着くまでは会わないほうがいいと思うと正直に話してくれた。おまけに、今夜の初餐で会おうと約束してくれたのだ。

なんとなく堅苦しいのは、まだ戦闘のショックが収まらないせいだろうと思うし、それを責めるつもりもなかった。けれど、電話を切ったあとになって、訊き忘れたことが山ほどあるのに気づいてしまった。

情緒不安定な自分に愛想を尽かしつつ、ランドリーシュートにタオルを突っ込んだ。上体を起こしたら頭がくらくらした。裸足でよろよろ歩いて、長椅子に腰をおろす。座らなければ、ばったり倒れてしまいそうだった。

どうか、この血の飢えが収まってくれますように。どうか。

何度か深呼吸をするうちに、頭がはっきりしてきた。ゆっくり立ちあがり、洗面台へ向かった。冷たい水を手のひらに受け、顔を洗った。いずれリヴェンジのもとへ行かなければならないのはわかっていた。ただ、今夜はだめ。今夜はどうしても、ブッチといっしょに過ごしたかった。彼の顔を間近で見て、ほんとうに大丈夫なのだと安心したかった。話したいこともたくさんある。自分の身体などより、ブッチのほうがよほど大事だった。

めまいが完全に収まったところで、くすんだ濃青緑《ティールブルー》の〈イヴ・サンローラン〉のドレスを身に着けた。このドレスを着るのはもううんざりだ。ハヴァーズとの険悪なやりとりが、不快なにおいのようにしみついて、いやなことばかり思い出す。

心待ちにしていたノックの音が、約束どおり、きっかり六時に響いた。マリッサがドアをあけると、老執事フリッツが笑顔でお辞儀をする。

「ご機嫌はいかがでいらっしゃいますか、マリッサさま」

「こんばんは。書類は持ってきてくれた？」

「はい、ご要望のとおりに」

フリッツが差し出したファイルを受け取り、書き物机に向かって目を通してから、何カ所かに署名をした。ファイルを閉じ、そのうえに手をのせた。「あっさり片づいたわね」

「腕の立つ弁護士でございますから」

マリッサは深呼吸をひとつしてから、委任状と賃貸契約書をフリッツに返した。立ちあがり、ベッドサイドテーブルに置いたダイヤモンドのブレスレットを取りあげた。〈兄弟団〉の館を訪ねてきたとき身に着けていた、そろいのアクセサリーのひとつだ。その輝くダイヤモンドのひもをフリッツに差し出しながら、ちらと頭をよぎるものがあった。このアクセサリーは、百年以上前に父がくれたプレゼントだった。

こんな使いかたをすることになるとは、父は夢にも思わなかっただろう。わからないものだ。

執事はまゆをひそめた。「旦那さまは賛成なさっておりませんが」

「わかってるわ。でもラスにはもう、じゅうぶんすぎるほどよくしてもらっているもの」指先から垂れ下がるダイヤモンドがきらきら光っている。「フリッツ、このブレスレットを持っていって」

「旦那さまは、やはり賛成なさっておりませんが」

「ラスはわたしの〝ガーディアン〟じゃないんだもの。だから、ラスには関係ないわ」

「旦那さまは王でいらっしゃいます。旦那さまに関係のないことなどございません」と言いながらも、フリッツはブレスレットを受け取った。

こちらに背を向けながら、フリッツは傷ついた顔をしていた。マリッサは言った。「どうもありがとう、下着をとってきてくれて。このドレスもクリーニングに出してもらったし。ほんとによく気がつくのね」

仕事ぶりを褒められて、フリッツは少し明るい顔になった。「トランクから、お召し物を何枚かお持ちいたしましょうか」

マリッサは〈サンローラン〉のドレスを見おろし、首を横にふった。「ここに長居をするつもりはないから、荷はほどかないほうがいいと思うわ」

「かしこまりました」

「ありがとう、フリッツ」

彼はふと足を止めた。「お耳にお入れしたいのですが、図書室に新鮮なバラの花を飾っておきました。今晩、ブッチさまとお会いになるときのために。マリッサさまのためにご用意せよとブッチさまから仰せつかりましたのです。それも、マリッサさまの御髪《おぐし》と同じ、美しく淡い金色のものをかならず用意するようにとおっしゃいまして」

マリッサは目を閉じた。「ありがとう、フリッツ」

ブッチは剃刀《かみそり》をすすいでから洗面台の縁を叩いて水を切り、蛇口を締めた。鏡を見るかぎりでは、ひげを剃っても大して変わりはなかった。むしろあざがいっそう目立つような気がする。あざは治りかけて黄色く変色していた。ったく。昨夜がっかりさせてしまったから、今夜は少しはいいところを見せたいと思っていたのに、結局このざまだ。

鏡をのぞき込みながら、前歯の一本をつついた。先が少し欠けているやつだ。くそっ。マリッサにふさわしい外見になりたかったら、美容整形をして、毒出し《デトックス》を受けて、歯も残らず治療してもらわなくてはならない。

まあいい。デートを十分後に控え、いまはほかにも心配ごとがある。昨夜の電話では、ずいぶん寂しそうだった。また少し距離が開いてしまったような気もする。けれど少なくともマリッサは、喜んで会うと言ってくれているのだ。

ここでまた不安になった。手を伸ばし、白い洗面台の縁に乗っている果物ナイフを取った。前腕を出し、そこに――

「やめとけ、デカ。身体じゅう穴だらけになっちまうぞ」

鏡をのぞき込むと、背後にVの姿が見えた。〈グース〉のグラスと煙草を手に、ドアの側柱にもたれている。トルコ煙草のつんとくる男っぽい香りがあたりに漂っていた。

「そう言うなよ、確かめときたいんだ。おまえの手が奇跡を起こしてくれてるのはわかってるけどさ……」ナイフの刃を肌にすべらせ、目を閉じた。なにが出てくるか、見るのが恐ろしかった。

「赤だよ、ブッチ。合格だ」

濡れた赤い線を見やった。「だけどこれだけじゃわからないだろう?」

「もう〝レッサー〟のにおいもしていない。昨夜はしていたがな」Vがバスルームに入ってきた。「それから……」

ブッチの不意を衝いて腕をつかむと、Vはかがみこんで傷をなめた。傷口が見る見るふさがる。

ブッチはルームメイトの手から腕を引き抜いた。「なんてことすんだよ！　血が汚染されていたらどうするんだ！」

「大丈夫だよ。ぜんぜんなんとも——」骨がなえたかのようによろめき、ヴィシャスはあえいで壁に倒れ込んだ。目が裏返り、身体は痙攣している。

「V、しっかりしてくれ……！」ブッチは恐怖におののいて手を——

と思ったら発作はあっさり収まり、Vは平然とグラスを傾けた。「大丈夫だよ、味だってなんともない。まあ、人間の男にしちゃましってだけだがな。あいにく、おれの好みじゃないけどな」

ブッチは思いきり腕を引き、ルームメイトの腕にこぶしを叩き込んでやった。Vが毒づくと、もう一発お見舞いする。

Vは腕をさすりながらにらんだ。「この野郎、痛いじゃないか」

「うるせえ、当然の報いだ」

ブッチは彼を押しのけてバスルームを出ると、クロゼットに向かった。何を着ようかと考えながら、ハンガーにかかった服を乱暴にかき分ける。

ここで手を止め、目を閉じた。「いったいどういうことなんだろうな、V。ゆうべは黒い血が出てたが今日はもう治ってる。おれは〝レッサー〟の処理工場かなにかになったのか？」

Vはベッドに寝そべり、ヘッドボードにもたれた。グラスはレザーパンツをはいた太腿にのせている。「そうかもな。おれにもよくわからん」

わからないことだらけは、もううんざりだ。「おまえはなんでも知ってると思ってたよ」

「いやみはよせよ」

「ちぇっ……ああ、おまえの言うとおりだ。すまん」

「ごめんはいいから、代わりに一発殴らせろ」

ふたりで声をそろえて笑いながら、ブッチは強いてスーツ選びに頭を切り換えた。しまいに〈ゼニア〉のブルーブラックのスーツを、ベッドのVの横に放った。次はネクタイだ。

「おれは〈オメガ〉に会ったんだよな。おれんなかに入ってたのは、〈オメガ〉の一部だった。あいつは自分自身の一部をおれのなかに入れたんだ」

「ああ。おれはそう思ってる」

ブッチは急に、教会へ行きたいと思った。そして救済を祈るのだ。「この先、もとに戻るってことはないいんだよな」

「たぶんな」

ブッチはネクタイのコレクションをにらみ、その色と選択肢にあっぷあっぷしそうになった。決めかねて突っ立っていると、なぜかサウスボストンの家族のことが思い出された。

もとに戻ると言えば……うちの家族もあのままだ。頑固なほど変わらない。オニール一族は、あの重大事件、あの悲劇によって、家族というチェス盤を宙に放り投げられてしまった。

駒が落ちて来たとき、そこには接着剤が塗られていたのだ。十五歳でジェイニーがレイプされて殺されたあと、家族はみんなそこから動けなくなってしまった。そしてブッチは、許されざるよそ者になったわけだ。

そんな思考の流れを断ち切るように、ブッチは血のように赤い〈フェラガモ〉のタイをラックから引き抜いた。「それで、今夜のおまえの予定は？」

「今夜は休みってことになってる」

「よかったな」

「いいもんか。おれは戦えないといらいらするんだ」

「たまにはリラックスしたほうがいいぞ」

「ふん」

ブッチは肩越しにVに目をやった。「今日の午後のことをもういっぺん言ってほしいのかよ」

Vはグラスに目を落とした。「大したことじゃない」

「すげえ悲鳴をあげて目を覚ましてたじゃないか。撃たれたかと思ったぜ。いったいどんな夢を見たんだ」

「大したことじゃない」

「ごまかすなよ。ったく、いらいらするぜ」

Vはグラスのウォトカをまわし、ひと口あおった。「ただの夢さ」

「嘘をつけ。おまえと同居して九カ月になるが、ほんとうに眠ってるときは石みたいに静かだぞ」

「うるせえな」

　ブッチはタオルをはずし、黒いトランクスをはいてから、糊《のり》のきいた白のボタンダウンシャツをクロゼットから取り出した。「とにかく、ラスには話しといたほうがいい」

「もうこの話はやめよう」

　ブッチはシャツの袖に手を通し、ボタンを留め、ピンストライプのズボンをハンガーからはずした。「おれが言いたいのは――」

「黙れって」

「まったく、強情なやつだな。なあ、だれかに話したくなったら、おれが聞いてやるから。いいな」

「いまかいまかって待ち構えてんじゃないぞ。だが……礼は言っておく」Vは咳払いをした。

「ところで、昨夜おまえのシャツ借りたぞ」

「いいとも。ただ、靴下を勝手にはかれるのが腹立つんだよな」

「おまえの彼女に会うのに、戦闘服はないと思ってさ。おれはそれしか持ってないし」

「ああ、おまえと話したって言ってたよ。だいぶ緊張したみたいだぞ」

　Vがぼそっとなにか言った。「そうだろうな」と言ったように聞こえた。

　ブッチは彼に目を向けた。「いまなんて言った？」

「べつに」Vは勢いよくベッドから立ちあがり、ドアに向かった。「なあ、おれは今夜、あっちの部屋でのんびりすることにする。ほかのやつらが仕事で忙しくしてるのに、ここにひとりでぼさっとしてると気分が暗くなるからな。なんかあったら、ペントハウスのほうに来てくれ」

「V」ルームメイトが立ち止まってふり向くと、ブッチは言った。「ありがとう」

「なにがだ」

ブッチは前腕をあげた。「わかってるだろ」

Vは肩をすくめた。「そうすりゃ、安心して彼女といっしょにいられると思ってさ」


ジョンは地下トンネルを歩いていた。ドラムロールのように響きわたる足音を聞いていると、なによりも強烈に、ひとりぼっちなのを思い知らされる。

たしかにひとりぼっちだ。道連れといえば怒りだけ。このところ、どこへ言っても怒りが道連れだ。皮膚のようにぴったり寄り添い、皮膚のように全身を覆い尽くしている。今夜の稽古で、いくらかでもそれを解き放つのが待ち遠しかった。うずうずし、そわそわし、落ち着かなかった。

いや、落ち着かない気分の一因は、この道を初めてトールといっしょに歩いたときのことを、つい思い出してしまうからかもしれない、と本館に向かいながら思った。あのときはやたらと緊張していて、おとなの男性がついていてくれるのが心強かったものだ。

記念日おめでとうってわけか。

三カ月前の今夜、すべてが崩れ去ってしまったのだ。三カ月前の今夜、ウェルシーが殺され、サレルが殺され、トールが行方不明になった。凶兆を示すタロットカードが、三枚たてつづけに出たようだった。バン、バン、バン。

それに続く余波は、またべつの種類の地獄だった。悲劇からの二週間、ジョンはトールが帰ってくるものだと思っていた。それを待ち、願い、祈っていた。けれどなにも起きなかった。手紙も、電話も……なにひとつ音沙汰はなかった。

やっぱりトールは死んだのだ。そうにちがいない。

館へ至る段差の小さい階段をのぼりながら、隠し扉を通って玄関の間に入るのが、つくづく気が重かった。食べることにはなんの興味もない。だれにも会いたくない。テーブルに着くのも苦痛だ。だが、逃げたところでザディストにつかまるのはわかっている。あの戦士はここ二日ばかり、ジョンを引きずるようにしてこの大きな館に連れてきて、無理やり食事をさせてくれた。恥ずかしいし、ふたりともむしゃくしゃする。

ジョンはなんとか重い足を運んで階段をのぼり、館に入った。玄関の間のまばゆいほどにあざやかな色彩は、いまの彼にとっては神経をさかなでするものではあっても、見て楽しめるものではなくなっていた。ずっと床に目を向けたまま食堂に向かう。入口の大きなアーチをくぐったとき、テーブルの用意はすんでいるものの、まだだれも来ていないことに気づいた。ラムのローストのにおいがする。ラスの大好物だ。

からっぽのジョンの胃袋がぐうと鳴った。しかし、こんな音にだまされてはいけないのだ。このところ、どんなに空腹でも、胃に食物をいれたとたんに腹痛が起きるようになっていた。遷移前の少年用に作られた特別メニューでも、結果は同じだった。なのに、変化に耐えるためにもっと食えと言われる。もうかんべんしてほしい。

そのとき、軽やかな足音と衣ずれの音が聞こえてきて、ジョンは顔をあげた。だれかが二階のバルコニーを駆けている。

上のほうから笑い声がした。明るい女性の笑い声。

ジョンはアーチの下から身を乗り出し、大階段のほうを見やった。

ベラが階段の踊り場に姿を現わした。黒いサテンのドレスのすそを両手で持ちあげ、息を切らして笑っている。階段のうえで歩調を緩め、肩越しにふり返った。豊かなダークヘアが、たてがみのように背中で揺れている。

次に聞こえてきたのは、力強い足音だった。最初は遠かったのが近づいてきて、しまいには巨石が地面を叩いているかと思うような音になる。ベラが待っているのは、どうやらその足音の主のようだ。笑いながら、ドレスのすそを持ちあげて階段をおりはじめる。まるで宙に浮いているかのように、素足が階段のうえを舞っている。階段をおりきって、玄関の間のモザイク模様の床に立ったちょうどそのとき、二階の廊下にザディストが現われた。

戦士は彼女の姿を見つけると、まっすぐバルコニーへ向かった。両手を手すりに置き、脚を高々と蹴りあげて宙へ身体を躍らせた。手すりの外へ飛び出す姿は、白鳥が舞いおりるかのように優雅だった。しかし、おりる先は水面ではなく、固い石の床なのだ。そこへ、二階から落ちようとしている。

ジョンは助けを求めて悲鳴をあげたが、彼ののどからは無音の空気が漏れてきただけだった。

だが、その息は途中で途切れた。ザディストが、飛び込みの頂点に達したところで非実体化したからだ。と思ったら、ベラから五、六メートル離れたところで実体化してみせる。ベラはこの曲芸を、幸福そうな表情で見守っていた。

いっぽうジョンのほうは、ショックでまだ心臓がどきどき言っていた。だがそのうち、べつの理由でまたどきどきしはじめる。

ベラが笑顔で連れあいを見あげている。まだ息は切らしたまま、手はドレスのすそをつかみ、目には誘うような光が満ちている。その誘いに応えようとザディストが近づいてくる。ベラを追いかける彼は、いつにもまして大きく見えた。きずなの香りが、ライオンを思わせる低いうなり声とともに玄関の間に充満する。彼はいま、完全にけものに変わっていた……とてもエロティックなけものに。

「〝ナーラ〟、追いかけられるのが好きだな、おまえは」Zはひずんで聞こえるほど低い声で言った。

かどに追いつめられて、ベラはいよいよ満面の笑みを浮かべた。「そうかも」

「だったらもっと逃げろよ。ほら」その言葉は陰にこもって、そこにこもる淫蕩な脅しの意味が、ジョンにさえ理解できるほどだった。

ベラが駆け出した。連れあいをよけて走り、ビリヤード室へ向かう。Zは獲物を狙うように、その姿を目で追っていた。その場を動かずに身体の向きだけ変えて、ベラの流れる髪を、しなやかな肢体を視線でとらえつづけている。牙をむき出した。真っ白な犬歯がひときわ長くなり、口からはみ出している。〝シェラン〟を前にした彼の肉体的な反応はそれだけではなかった。

レザーパンツの正面を押し上げるペニスは、木の幹かと思うほど太い。

Zはジョンにちらと目をくれてから、またハンティングに戻った。彼がビリヤード室に消えてからも、断続的なうなり声はいよいよ大きくなっていく。その後もしばらくのあいだ、開いたドアからうれしそうな叫び声や乱れた足音、女性の息を呑む声が聞こえていた……が、やがてしんと静まりかえった。

つかまったらしい。

ジョンは壁に手を突いて身体を支えた。気づかないうちに、膝が砕けていたのだ。ふたりがいまなにをしているか想像すると、全身の関節がゆるんだような気がし、おまけに肌が少しぴりぴりする。まるでなにかが目覚めようとしているかのようだ。

しばらくして出てきたザディストは、腕にベラを抱いていた。ベラは彼の力強い腕にゆったりと身をゆだね、その長い髪が彼の肩に垂れ落ちていた。目はZの顔に釘付けで、いっぽう彼のほうはまっすぐ前を見ている。ベラはZの胸をなでながら、意味深な微笑みを浮かべていた。

彼女の首には歯形が残っていた。あれはぜったい、さっき見たときはついていなかった。

〝ヘルレン〟の顔に浮かぶ飢えを見つめながら、ベラはいかにも満足げな表情をしている。それがたまらなくなまめかしい。だれに訊かなくても、本能的にジョンは悟っていた。ザディストはこれから二階にあがり、やりかけたことをふたつ、最後までやり通すのだろう。ひとつはきずなを結ぶこと、もうひとつは身を養うことだ。〈兄弟〉は彼女ののどくびに、そして脚のあいだに身を沈めるのだ。たぶん両方いっしょに。

ああ、ぼくもそんな相手が欲しい。

ただ、ぼくにはあんな過去がある。たとえ遷移を乗り越えられたとしても、女性に対してあんなに気楽に、自信たっぷりにふるまえるものだろうか。真の男は、ジョンのような経験はしていないだろう。ナイフを突きつけられて、おぞましい命令に従わされた経験なんかあるはずがない。

ほら、ザディストを見るがいい。強くてたくましい。女性はあんな男性に魅かれるのだ、ジョンのような弱虫ではなく。それはまちがいない。どんなに身体が大きくなっても、彼はこれからもずっと弱虫のままだ。あの過去によって、永遠に弱虫の刻印をおされてしまったのだ。

ジョンはまわれ右をして、食堂のテーブルに歩いていった。磁器や銀器やクリスタルやろうそくが並ぶなか、たったひとりぽつねんと腰をおろす。

でも、ひとりのほうがいいんだ、と彼は思った。

ひとりなら安全だから。

21

フリッツが上階にマリッサを呼びに行っているあいだ、ブッチは図書室で待っていた。あの〝ドゲン〟は、なんと好人物なのだろう。なにか頼みごとをするたび、それに応じるのがうれしくてたまらないという顔をする。どんな変なことを頼んでもだ。

さわやかな潮風の香りが部屋に漂ってきたとき、ブッチの身体は即座に、非常にわかりやすい反応を見せた。後ろを向きながら、スーツのジャケットでちゃんと隠れていることを確認する。

ああ、まいった……ティールブルーのドレスがなんとよく似合うことか。「やあ、ベイビー」

「こんにちは、ブッチ」マリッサの声は静かで、手は所在なげに髪をなでつけている。「お元気そうね」

「ああ、元気だよ」Vの手のひらのおかげだ。

沈黙が続く。やがてブッチは口を開いた。「もっとちゃんと挨拶したいんだけど、いいかな」

マリッサがうなずくのを見て、近づいていって手をとった。かがんでその手にキスをして気がついた。手のひらが氷のように冷たい。緊張しているのか、それとも具合が悪いのだろうか。

ブッチはまゆをひそめた。「マリッサ、ディナーの前にちょっと座っていようか」

「ええ、ありがとう」

絹張りのソファに連れていった。ドレスのすそをつまんでいっしょに腰をおろすとき、一瞬ふらついたのがわかった。

彼女の顔を少し上向かせて、「どうしたの」と尋ねたが、すぐには返事が戻ってこない。

「マリッサ……なにか気にかかることがあるんだろう？」

気まずい沈黙があったが、やがて彼女は言った。「わたし、あなたに〈兄弟団〉といっしょに戦ってもらいたくないの」

ああ、そういうことか。「マリッサ、昨夜のはたまたまだよ。おれは戦闘には加わらない。嘘じゃない」

「でもVは、あなたさえよければ力を借りたいって言ってたわ」

それは初耳だ。彼の知るかぎり、昨夜のあれは忠誠心を試すための試験で、毎度毎度戦場に連れていくという話ではなかったはずだ。「でもこの九カ月、兄弟たちはおれを戦闘からはずそうはずそうとしてきたんだぜ。〝レッサー〟との戦闘には関わったりしないよ。おれの仕事じゃないし」

マリッサはほっとしたようだった。「想像するだけで耐えられないの。あなたがまたあんなけがをするなんて」

「そんな心配は無用だよ。〈兄弟団〉はやることをやるだけで、それはおれとはほとんど関係ないんだし」彼女の髪を耳にかけてやりながら、「ほかに話しておきたいことがある？」

「ひとつ訊きたいことがあるの」

「なんでも訊いてくれ」

「あなたはどこに住んでいるの？」

「ここだよ。ここに住んでる」彼女の面食らった顔を見て、彼は図書室の開いたドアのほうにあごをしゃくった。「中庭の向こうに門番小屋があるんだ。そこでVと寝起きしてる」

「あら――それじゃ、昨夜はどこにいたの？」

「だから、そこにいたよ。ずっと」

マリッサはまゆをひそめ、ずばりと言った。「ほかに女性がいるの？」

彼女にかなう女がいるとでもいうのか？「とんでもない！　なんでそんな」

「だって、わたしたちいっしょに寝なかったから。あなたは、その……性欲のある男性だし。いまだって、あなたの身体は変化してるもの。固くなって、大きくなってるわ」

ちくしょう、隠したつもりだったのに。なぜばれたんだ。「マリッサ――」

「定期的にそれは放出しなくちゃいけないんでしょう。あなたは畏る《フィアサム》べき身体をしてるんだもの」

その言葉はどうもいい意味とはとれない。「なんだって？」

「その能力があるってこと。女性に入る価値があるっていうことよ」

ブッチは目を閉じた。ああ、その価値ある男とやらがいま、機に応じて起《た》っちまってるよ。

「マリッサ、おれにはきみしかいない。きみだけだ。あたりまえじゃないか」

「でも、わたしの一族の男性は、連れあいを何人も持っていいことになっているの。人間はどうか知らないけど——」

「ほかの相手なんかいない。きみがいるのに、ありえない。ほかの女とつきあうなんて想像もつかない。きみはどう、ほかのだれかとつきあえる？」

返事がない。冷たいものが背筋を駆けのぼってくる。腰からまっすぐ頭蓋骨まで。彼がショックを受けているのをよそに、マリッサは豪華なドレスのスカートをいじっていた。くそ、おまけに赤くなっている。

「ほかのひととはつきあいたくないわ」彼女は言った。

「なにか言ってないことがあるんだろ、マリッサ」

「その……つきあってたひとがいるの」

ブッチの脳みそが空転しはじめた。神経経路が爆破されて、灰白質には進むべき道がもう残っていないかのように。「『つきあってた』って、どんなふうに」

「恋愛関係じゃないのよ、ブッチ。ほんとよ。ただの友だちなの、でも男性だから、黙っていちゃいけないと思って」彼の顔に手を当てて、「わたしが欲しいのはあなたなの」

彼女の真剣な目を見れば、その言葉が嘘でないのはわかる。だがちくしょう、彼は材木で頭をぶん殴られたような気分だった。ばかげた、器量の小さいやつだ……しかし……どうしても我慢できない、彼女がほかの男と——

しっかりしろよ、オニール。ぼんやりしてないで、すぐ現実に戻るんだ。たったいま。

「よかった」彼は言った。「きみには、ほかの男とはつきあってほしくない。おれだけでいてほしい」

男の嫉妬はとりあえず押しのけて、彼女の手にキスをして……それが震えているのを不審に思った。

彼女の冷たい指を両手ではさんでさすりながら、「どうしてこんなに震えてるの。なにか心配なことがあるの、それとも具合でも悪いとか。医者に診てもらったほうがいいんじゃないのか」

その彼の心遣いを、彼女は言下に否定した。ふだんのしとやかさはかけらもなかった。

「自分でわかってるから、心配しないで」

そうはいかない。彼女は完全に弱っている。瞳孔は開いているし、動作もぎくしゃくしている。具合が悪いのだ。まちがいない。「ベイビー、二階に戻ったほうがいい。きみと出かけられないのはつらいけど、とてもディナーに出られるようには見えないよ。なにか食べものを持っていってあげよう」

彼女は肩を落とした。「わたし、とても楽しみに……そうね、でもそれがいちばんいいんでしょうね」

立ちあがると身体が揺れた。腕をとって支えながら、ブッチはハヴァーズを呪った。彼女が病気になったら、いったいだれに診せればいいんだ？

「ほら、ベイビー、おれに寄りかかるといい」

ゆっくりと彼女を二階へ連れていき、レイジとメアリの部屋の前を過ぎ、フュアリーの部屋の前も過ぎて、さらに廊下を先に進んで、彼女に与えられたかどの続き部屋《スイート》にたどり着いた。

マリッサは真鍮のドアノブに手をかけた。「ごめんなさいね、ブッチ。今夜はあなたと過ごしたかったんだけど。もうちょっと体力があると思っていたのに」

「医者を呼ばせてくれないか」

彼女の目はぼんやりしていたが、こちらの顔を見る表情には、不思議と不安の色はなかった。「自分でなんとかできない問題じゃないの。すぐによくなるわ」

「だけど……おれはいますぐ、なんていうか、きみの面倒を見たいんだよ」

彼女は微笑んだ。「必要ないのよ、憶えてる？」

「おれの気がすまないっていうだけでやっても、やっぱりだめかな」

「ええ」

見つめあううちに、ブッチははっきり自覚した。彼の豆粒ほどの脳みそでも、気づかずにはいられないほどはっきりと。おれは彼女を愛している。死ぬほど愛している。

それを彼女に伝えたかった。

彼女の頬を親指でなでながら、口べたな自分がくやしくてたまらなかった。気の利いた、やさしい言葉のひとつも言って、L爆弾を落とす前のイントロにできればいいのに。だが、なにひとつ思いつけなかった。

それで、例によってなんの愛想もくふうもなく、ぶっきらぼうに言ってしまった。「愛してるよ」

マリッサは目を丸くした。

ああ、ちくしょう。やっぱりまだ早すぎた、それもこんないきなり——

彼女は両腕を首に巻きつけてきた。しっかり抱きついて、顔を胸にうずめている。彼女の背中に腕をまわし、完全にのぼせあがって滅茶苦茶になりそうになったとき、廊下の向こうから声が聞こえてきた。部屋のドアをあけ、ともになかに入った。少しふたりきりになるほうがいいと思ったのだ。

彼女をベッドへ連れていき、手を貸して横にさせてやりながら、頭のなかでありとあらゆる甘い言葉を考え、ロマンティックな雰囲気を盛りあげようと身構えていた。ところが彼が口を開く前に、マリッサは彼の手をとり、骨が曲がるほど力いっぱい握りしめてきた。

「ブッチ、わたしも愛してるわ」

それを聞いたら息ができなくなった。

完全にノックアウトされて、へたへたと座り込んだ。ベッドのわきに両膝をついて、無理やり笑顔を作る。「やれやれ、どうしてそんなことを言おうと思うんだろうな。きみは頭のいいひとだと思ってたのに」

彼女は小さく笑った。「わかってるくせに」

「おれがかわいそうだから?」

「あなたがりっぱな男性だからよ」

咳払いをして、「ほんとはちがうんだ」

「どうしてそんなこと言うの?」

ええと、そうだな。容疑者の鼻をつぶしたせいで、殺人課刑事を馘首《クビ》になった。売春婦や底辺の女たちとさんざんやってきた。男を何人か撃ち殺したこともある。コカインをやったこともあるし、いまはしょっちゅうスコッチを食らっている。そうだ、何年も前に姉が殺されてから、自殺願望がちょっとあるって話はもうしたっけ？

まったく、ごりっぱな男だよ。ごみ捨て場に行けば似たようなのがごろごろしてるさ。

ブッチは口を開いて、洗いざらいぶちまけようとしかけたが、そこで思いとどまった。

要らんことを言うんじゃない、オニール。彼女はおまえを愛してると言ってるんだ。おまえにはもったいない女性だぞ。恥ずかしい過去をぶちまけて台無しにするな。たったいまから、彼女といっしょに再出発するんだ。

非の打ちどころもない頬を親指で愛撫しながら、彼は言った。「きみにキスしたい。してもいいかな」

彼女はためらった。無理もない。最後にいっしょに過ごしたときはさんざんだった。あんなおぞましいものが飛び出してくるし、ハヴァーズが入ってくるし。それに、彼女はいま明らかに疲れている。

彼は身を引いた。「ごめん――」

「あなたとつきあいたくないわけじゃないの。ほんとよ」

「説明する必要はないよ。それにおれは、きみのそばにいられるだけでうれしいんだ。たとえ――」**なかに入れなくても。**「たとえ、その……つまり、愛しあえなくても」

「いまためらってるのは、あなたにけがをさせたくないからなの」

ブッチはにっと笑った。しっかり抱きつかれて、背中を爪でずたずたにされるなら大歓迎だ。「けがしたってかまわないよ」

「わたしがかまうの」

彼は立ちあがろうとしながら、「やさしいんだね。それはそうと、なにか食べるものを――」

「待って」薄暗がりのなかで、彼女の目が光っていた。「ああ……ブッチ……キスして」

ブッチはしばらく動けなかった。それからそろそろとまた両膝をついた。「そっとするよ。約束する」

身を乗り出し、彼女の口に口を寄せ、ふわりと唇を合わせた。ああちくしょう、柔らかい。温かい。くそ……舌を入れたい。しかし、無理押しはいけない。

ところが、マリッサのほうが彼の肩にしがみついてきて、「もっと」

自分を抑えておけますようにと祈りながら、もう一度マリッサの口に触れ、そっと離れようとした。ところが彼女のほうがついてきて、唇を離そうとしない……自分でも止めようがないまま、ブッチは彼女の下唇に舌を這わせた。官能の吐息を漏らして、マリッサは自分から唇を開き、こうなっては入らないわけにはいかない。こんなチャンスをどうしてむげにできようか。

彼女がさらに近づこうとするので、彼は上体をベッドに乗り出し、胸を彼女の胸に押しつけた。これは失敗だった。乳房が彼の重みを吸収するのを感じたとたん、体内に大規模火災が発生し、惚れた女が横になっているとき、男がどれぐらい処置なしになってしまうか思い出した。

「ベイビー、このへんでやめとこう」あと一分このまま続けたら、彼女を組み敷いて、あのドレスを腰までめくりあげてしまいそうだ。

「いや」彼女の両手がすべり込んできて、彼はジャケットを脱がされた。「まだやめないで」

「マリッサ、そろそろ限界なんだ。やばい。きみは具合がよくないし——」

「キスして」と、肩に爪を立ててきた。上等なシャツを通して食い込むその痛みに、甘美な小さい炎がくりかえし燃えあがる。

彼はうなり声をあげ、彼女の唇をむさぼった。とうていやさしいとは言いかねるキスだった。

これまた失敗だった。激しくキスをすればするほど、彼女も激しくキスを返してきて、ついには舌と舌が押しあいからみあい、ブッチは全身の筋肉が彼女を組み敷きたくてうずうずしはじめた。

「きみにさわりたい」彼はうめき、身体全体をベッドにのせて、彼女の両脚に片脚をかけた。彼女の腰をぎゅっとつかみ、その手を体側に沿わせて肋骨をなぞっていき、乳房のふくらみのすぐ下まで持っていった。

まずい。もう限界ぎりぎりだ。

「やめないで」彼女はキスをしたまま言った。「さわって」

彼女が背中をそらし、ブッチは差し出されるままにその乳房に触れ、ドレスのシルクのボディスのうえから愛撫した。彼女はあえぎ、自分の手を彼の手に重ねて、強く押しつけてきた。

「ブッチ……」

「ああくそ、ベイビー、きみを見せてくれ。見せてくれる?」彼女に答えるひまも与えず、彼はその口を口でふさいだが、その舌を彼女がどんなふうに迎えたかを見れば、答えは聞かなくてもわかる。マリッサを抱き起こし、ドレスの背中のボタンをはずしはじめた。彼の手は不器用だったが、なんの奇跡かサテンが分かれる。

しかし、突破すべき層はまだまだいくつも残っていた。ちくしょう、彼女の肌に……どうしても肌まで到達しなくてはならない。

じれったく、興奮し、むきになって、彼はドレスのボディスを脱がせ、スリップのストラップをおろした。淡色のシルクが彼女のウエストまわりに水たまりを作ると、その下から現われた白いコルセットははっとするほどエロティックだった。両手でそれに触れ、骨の構造を、その下の彼女のぬくもりを感じる。だが、そのうち我慢しきれなくなって、むしりとるようにしてコルセットをはずした。

乳房が解放されると、彼女は頭をのけぞらせ、長く優美な首と肩のラインをさらけ出した。彼女の顔に目をあてながらブッチはかがみ込み、乳首を口にふくんで吸った。まるで天国だ、このままいってしまいそうだ。彼女はすばらしい。彼は犬のようにあえぎ、早くもセックスに狂っていた。まだふたりとも裸にはほど遠い状態なのに。

とはいえ、彼女はいま彼に身を任せようとしている。緊張し、熱く身体を火照らせ、気持ちを昂らせて、ドレスのスカートの下で両脚をすりあわせている。まずい、このままでは暴走して手に負えなくなる。燃焼機関は一秒ごとにいよいよ回転数をあげていく。しかし、彼にはそれを止める力がない。

「これを脱がせてもいいかな」くそ、声が完全にかすれてる。「このドレスとか……全部」

「ええ……」その答えはうめき声だった。狂おしいうめき声。

ただあいにく、ドレスを脱がせるのは難事業だった。背中にずらりと並ぶボタンを、すべてはずすような忍耐心は彼にはなかった。結局、床まで届くスカートを彼女の腰のあたりまでめくりあげ、透けそうに薄い白い下着をおろして、長くなめらかな脚から引き抜いた。内側に両手をすべり込ませて、腿を開かせる。

彼女がびくっとするのを感じて、ブッチは手を止めた。「やめてほしかったらやめるよ。すぐに。だけど、もう一度さわりたいだけなんだ。それから、できれば……見せてほしい」

彼女がまゆをひそめるのを見て、ドレスのすそをおろしにかかった。「いいんだ――」

「ちがうの、いやなんじゃないの。ただ……あの……そこが変だったらどうしようって……」

なんだって？　なんでそんなことを心配するのか、彼には理解できなかった。「そんなことあるわけないじゃないか。きみが完璧だってことは、もうわかってるんだ。さわったことがあるんだから。憶えてる？」

彼女は大きく息を吸った。

「マリッサ、さわったときはすばらしかった。嘘じゃない。おれの頭のなかには、きみの美しい絵が完成してるんだ。ただ、実物を見てみたいんだよ」

ややあって、彼女はうなずいた。「いいわ……見て」

彼女と目を合わせたまま、ブッチは片手を腿のあいだにすべり込ませて……ああそうだ、柔らかい彼女の秘部。たまらなくなめらかで熱く、彼は頭がくらくらした。口を彼女の耳もとへ持っていく。

「きみはここもとてもきれいだ」愛撫すると彼女は腰を浮かせ、指が蜜に濡れて軽くすべる。「ああ……きみのなかに入りたい。おれの」――ムスコという言葉はあまりに品がないが、それが彼の言いたいことだった――「その、おれのをきみのなかに入れたい。ここに。きみに包まれて、しっかり抱きとめられたい。これで信じられるだろう、マリッサ。きみはとてもきれいだ。返事を聞かせてくれよ」

「ええ……」少し深く指を入れて刺激すると、彼女は震えた。「ああ……ええ」

「いつかなかに入れさせてくれる？」

「ええ……」

「きみをいっぱいに満たしたい。そうさせてくれる？」

「ええ……」

「よかった、それがおれの望みだから」彼女の耳たぶをつまむ。「ずっと奥まで入って、きみにもおれに爪を立てるぐらい感じてほしい。ああ……おれの手にこすりつけて、きみが動くのを感じさせてくれ。ああ、すごい……すばらしい。そうだ……花芯をすりつけて……そう、そうだ……」

くそ、もうしゃべるのはやめなくてはいけない。このまま彼女が言うとおりにしてくれたら、彼は爆発してしまう。

ちくしょう、それがどうした。「マリッサ、もっと脚を大きく広げて。もっと大きく。いまのまま続けながら」

彼女が言われたとおりにすると、彼はそろそろと、気づかれないように後ろにさがって彼女の裸身を見ていった。しわくちゃになったティールブルーのサテンの向こう側で、なめらかな腿が大きく開いて、彼の手がそのあいだに消えている。彼女の腰はリズミカルにまわっていて、それを見ただけでズボンのなかのものがはち切れそうだった。

いっぽうの乳房を愛撫しつづけながら、片脚をやさしくさらに開かせた。ドレスをすべていっぽうに寄せて、顔をあげて、脚のあいだに当てた手をどける。彼女の平らな腹部の下、へそのへこみのさらに向こう、下腹部の真っ白な肌の先に、性器の小さく優美な割れ目が見える。

ブッチは全身が震えた。「ほんとに完璧だ」彼はささやいた。「ほんとに……文句のつけようがない」

興奮して、彼はベッドの足もとのほうへ移動し、視界いっぱいにとらえようとした。ピンクで、光沢があって、繊細だ。においを嗅いだだけで薬に酔ったようにくらくらして、頭のなかで火花がはじけて脳がショートしたようだった。「ああ……まいった……」

「どこか変？」マリッサがぴしゃりと膝を合わせた。

「とんでもない」彼女の腿の付け根に唇を押し当てて、脚を愛撫し、またやさしく開かせようとした。「こんなきれいなものを見るのは初めてだ」

まったく、きれいなんて言葉では追いつかない。彼は舌なめずりをした。舌がもっと活躍したいとうずうずしている。思わず知らず、こう言っていた。「ああベイビー、いますぐ下をしたくてたまらないよ」

「下をするって？」

問い返されて、彼は赤くなった。「その……ああ、キスしたいってことだよ」

マリッサは微笑んで上体を起こし、両手で彼の顔をはさみ込んだ。こちらに引き寄せようとする彼女に、ブッチは首をふった。

「今度は口にじゃないんだ」まゆをひそめるのを見て、ブッチは彼女の腿のあいだに手をすべり込ませて、「ここにしたい」

マリッサが度肝を抜かれたように目を丸くし、ブッチは自分で自分を罵《ののし》りたくなった。オニール、これじゃ彼女、リラックスするどころじゃないぞ。

「どうして……」マリッサは咳払いをした。「どうしてそんなことがしたいの」

まいったな、まるで聞いたことも……そうだな、聞いたこともなかったんだろう。たぶん貴族ってのは、すごくお上品な、伝道師みたいなセックスしかしないんだろう。たとえ口でするのを知っていたとしても、娘に教えるわけがない。マリッサが仰天するのも無理はなかった。

「ブッチ、どうして？」

「いやその……ちゃんとやれば、いい気持ちになってもらえるからだよ。それに……うん、おれも気持ちがいい」

彼はまたマリッサの身体を見おろした。ああ、たしかにいい気持ちがするはずだ。女を口で歓ばせるというのは、以前はどうしてもしたいことではなかった。だが、彼女が相手ならせずにはいられない。したくてたまらない。口で彼女を愛することを思うと、かちんかちんに固くなる。

「ただ、きみの味が知りたくてたまらないんだ」

マリッサの腿から少し力が抜けた。「ゆっくり……してくれる?」

なんだって、やらせてくれるっていうのか。ブッチは震えはじめた。「ああ、ベイビー。きっといい気持ちにさせるよ。約束する」

ブッチはさらにマットレスを足もとのほうへ移動したが、窮屈に感じさせないように彼女の横に陣取った。彼女の花芯に身を寄せたら、身体がいよいよ暴走しそうになり、腰のくびれのあたりがぎゅっと締まって、オルガスムスに達する直前のようだった。

これは、どうしてもゆっくりゆっくりやらなくてはならない。彼女のためだけではなく、自分自身のためにも。

「マリッサ、きみはほんとにいいにおいがする」彼女のへそにキスをし、腰骨にキスをし、なめらかな肌をそろそろと下へ移動していく。少しずつ……少しずつ……ついに割れ目の上端に達して、そこへ閉じた唇を押しつけた。

彼にとっては言うことなしだったが、問題はマリッサが完全に固まってしまったことだ。おまけに腿の外側に手を触れたら、ぎょっとしたように縮みあがっている。

彼は少し身体を上にずらし、彼女の腹部を唇で前後に愛撫した。「おれは運がいい」

るよ」

「ここまで信頼されたら、どんな気分がすると思う？　こんな、ひとに見せないところを見せるくらい信頼してもらったら」へそに息を吹きかけると、温かい息がくすぐったかったか、マリッサは小さく笑った。「おれにとっては名誉なことだ。わかる？　すごく名誉に思ってるよ」

「な——なぜ？」

そんなふうに話しかけてマリッサの気持ちをほぐし、ゆっくりキスをくりかえす。キスをするたびに少しずつ長く、また少しずつ下方へ移動しながら。マリッサが緊張を解いたところで、腿の内側に手を差し入れ、膝の裏側に手をかけて、やさしく、ほんの少しだけ開かせた。割れ目にそっとキスをする。何度もくりかえして。やがて彼女の身体から力が抜けた。

ブッチはあごを下げ、口をあけてなめた。マリッサがはっとあえいで上体を起こす。

「ブッチ……？」なにをしているのか、わかってはいるけれども確かめずにはいられないというように。

「言わなかったかな」ブッチは頭を下げ、舌で彼女のピンクの部分をそっとなめあげた。

「ベイビー、フレンチキスはこのためにあるんだよ」

彼がゆっくりなめあげつづけるうちに、マリッサは頭をベッドに落として、背をのけぞらせた。乳房の先端が起きあがる。完璧だ。彼が望んでいたとおりだ。つつしみなどはみんな忘れて、愛される感触を楽しんでもらいたい。彼女にはそれだけの価値があるから。

笑みを浮かべてブッチは続けた。徐々に深く深く吸って、ついにまちがいなく彼女の味を舌に感じた。

それを飲み込んだとき、驚愕に目をむいていた。これまでにのどをすべり落ちていったどんなものともちがう。海の味、熟れたメロン、それに蜂蜜を同時に味わっているかのようだ。あまりの完璧さに泣きたくなるほどのカクテル。もっと……もっと欲しい。だがいまいましい、自分をがんじがらめに締めあげないと、このまま続けることができそうにない。彼女をむさぼり尽くしたいが、そんな貪欲さはまだ彼女には受け付けられないだろう。

ひと息入れていると、彼女が頭をあげてきた。「終わり？」

「とんでもない」あのとろんとした、感じている目つきが愛しい。「また横になって、続けさせてくれないかな。始めたばかりなんだから」

マリッサが少しリラックスすると、ブッチは彼女の秘部を見おろした。敏感な部分が昂って光沢を帯びている。彼が満足するころには、もっとぬめぬめとつややかになっているだろう。またキスをして、キャンデーでもなめるようになめた。舌を平らにしてゆっくりとなめあげていく。次に口を左右に動かし、さらに顔をすり寄せていくと、彼女のうめきが聞こえた。そっと押して脚をさらに開かせ、しっかり押さえると、花芯に唇をつけてリズミカルにくりかえし吸った。

彼女が身をよじり出し、彼の頭のなかではブーンと音がしはじめた。身内の文明人の部分が、「危険！　危険！　きわめて危険！」と『宇宙家族ロビンソン』（アメリカのSFドラマ）のロボットのような甲高い警告の声を発している。事態はいよいよ破滅的な様相を帯びてきた。だがやめられなかった。なにしろ彼女がシーツを握りしめて、背中を弓なりにそらし、いまにも絶頂に達しそうになっているのだ。

「どんな気持ち？」と彼女の割れ目の頂点をくすぐり、もっとも敏感な部分を舌先で転がす。「気持ちいい？　舌でこうされるのは好き？　それともこっちのほうがいいかな……」と口のなかに吸い込むと、彼女が声をあげた。「そうだ、それでいいんだ……おれの唇がきみを覆ってる……感じてくれ、おれを感じて……」

ブッチは彼女の手をとり、それを彼の口もとに持ってくると、彼女の指を前後に動かしてやり、その指についたものをきれいになめとった。マリッサは目を見開いてそれを見つめ、あえいでいる。乳首を起きあがらせて。どんどん追い込んでいるのはわかっていたが、彼女はいやがっているようには見えなかった。

彼女の手のひらに歯を立てた。「してほしいと言うんだ。おれが欲しいって」

「あなたが……」彼女の身体がベッドのうえで波打った。

「おれが欲しいって言ってくれ」彼女の手のひらにさらに歯を強く立てた。なぜこれほど、彼女の口からそれを聞きたくてたまらないのだろう。「言うんだ」

「あなたが欲しいわ」彼女はあえいだ。

飢えたけもののような危険な情欲が、どこからともなく体当たりを食わせてきて、彼の自制心は粉々に砕け散った。腹の底から荒々しいうなりが噴き出してきて、彼は両手を彼女の腿の内側にあてがい、大きく開かせて、文字どおりその脚のあいだに飛び込んだ。襲いかかり、舌で貫いて、あごでリズムをとりながら、なにか室内で音がするのにぼんやり気づいていた。うなり声のような。

おれの声か？　そんなばかな。あれは……けものの声じゃないか。

マリッサは最初、その行為にぞっとした。その淫《みだ》らさに。その罪深い近さ、恐ろしい無防備さに。しかし、すぐに気にならなくなった。ブッチの温かい舌はとても巧みで、そのぬらした感覚は耐えがたいほどだった――それでいて、いつか彼がこれをやめると思うとそれも耐えられない。やがて彼が吸いはじめた。吸って、飲み込んで、そして彼の発する言葉に、花芯はふくらみ、あまりの強烈な快感に痛いほどだ。

だがそれもこれも、彼が自分を解き放ったあとにくらべたらなんでもなかった。ブッチは怒濤のような男性の欲望に突き動かされ、大きな両手で彼女を押さえつけ、口で、舌で、顔で全体を覆い尽くし……ああ、彼の口から漏れるあの声、あののどの奥から噴き出すうなり……

彼女は目もくらむ絶頂に達した。これほど衝撃的で、それでいて美しい経験は初めてだ。身体が弓なりにのけぞったかと思うと、溶けて快感の閃光に変わり――

だがその頂点で、沸騰するエネルギーの位相が変わった。変形し、爆発した。

ふたりのあいだの官能の流れに乗って、雄叫びをあげつつ血の欲望が襲いかかってきた。彼女は引きずり落とされ、餓《かつ》えのきりもみ降下に叩き込まれた。飢えは文明人としての顔を引き裂き、すべてをずたずたにして、残ったのは彼の首に襲いかかりたいという欲望のみ。彼女は牙をむき出した。いまにも、彼を仰向けに転がして、頸静脈に嚙みついて思いきり――

彼を殺してしまう。

彼女は悲鳴をあげ、彼の抱擁をふりほどこうともがいた。「ああだめ……だめ!」

「えっ?」

ブッチの肩を押しとばし、マリッサは身体を投げ出すように彼の下から逃れ、勢いあまってベッドから床に転げ落ちた。うろたえてブッチが手を伸ばしてくると、彼女はラグを這うようにして部屋の奥へ逃げた。ドレスを後ろに引きずり、ボディスをウェストにからませたまま。それ以上逃げる場所がなくなって、マリッサは小さく身体を丸め、部屋の隅に身体をぴったり押しつけた。全身が激しく震え、空腹の痛みが波のように押し寄せ、押し寄せるたびごとに強くなっていく。

ブッチがうろたえて追ってきた。「マ、マ、マリッサ……?」

「来ないで!」

彼はぎょっとして立ち止まった。顔には傷ついた表情が浮かび、血の気が引いて真っ青になっている。「ごめん――ほんとに――」

「もう行って」嗚咽がこみあげ、声がしゃがれていた。

「ほんとに、ごめん……悪かった……こんなにこわい思いをさせるつもりは……」

マリッサは呼吸を整えようとした。彼のせいではないと言わなくては。しかし、言葉にならなかった。息が切れ、嗚咽が止まらない。牙がずきずき痛む。のどがからからだ。彼の胸に飛びかかることしか考えられない。彼を床に押し倒して、首にこの歯を立てたい。

ああ、飲みたい。ブッチはきっとすばらしい味がするだろう。いくら飲んでも飲み飽きないくらいに。

彼はまた近づいてこようとした。「ここまでやるつもりは――」

マリッサははじかれたように立ちあがり、口を開いて、彼に向かってうなった。「出ていって！　お願いだから、早く出ていって！　でないとわたし、なにをするかわからないわ！」

バスルームに駆け込み、なかから鍵をかけた。ドアのばたんと閉じる音の反響が消えるころ、彼女は大理石の床に足をすべらせてやっと止まった。ふと鏡が目に入った。なんてひどいありさま。髪の毛はくしゃくしゃ、ドレスは脱げて、あえぐ口もとから牙が白く長くのぞいている。

滅茶苦茶だわ。みっともない。欠陥品。

最初に目についたものをひっつかんだ。重いガラスのろうそく立てだった。それを鏡に投げつけた。鏡像が砕け散る。自分自身がばらばらになっていくのを、彼女は苦い涙を通して見守っていた。

22

ブッチはバスルームのドアに突進し、手のひらがすりむけそうになるまで把手《とって》を引いた。ドアの向こうでマリッサの泣く声がする。続いてなにかが割れる音。

ドアの木製のパネルに肩を押しつけた。「マリッサ！」

またドアに体当たりをかましたが、そこでふと耳を澄ました。やみくもな恐怖が胸を嚙んだ。なんの物音もしない。「マリッサ？」

「もう行って」その声にこもる静かな絶望に、目がつんと痛む。「お願い……行って」

彼は手を広げ、ふたりを隔てる板に押し当てた。「悪かった」

「行って……もう行って。お願い、部屋を出ていって」

「マリッサ――」

「あなたが出ていくまで、わたしはここを出ないわ。だから行って！」

悪夢にからめとられたような気分で、ブッチはジャケットをとり、よろよろとベッドルームを出た。身体に力が入らず、いまにもばらばらになりそうだ。膝ががくがくする。廊下に出ると、ぐったり背中を壁に預け、しっくいに頭を打ちつけた。

目をぎゅっとつぶる。まぶたに浮かぶのは、隅で小さくなっている彼女の姿だけだ。身を守ろうとするようにうずくまって震えていた。ドレスはむき出しの胸から垂れ下がり、まるでむしりとられたあとのようだった。

おれはけだものだ。傷つきやすいヴァージンなのに、あまりにも性急に追い詰めてしまった。それもこれも、自分を抑えられなかったからだ。ちくしょう、いくら熱くなっていたといっても、彼女はなにも知らないんだ。セックスのとき男がなにをしたがるか。男の本能がむき出しになったとき、どんなことが起きるか。それはみんなわかってたはずなのに、あのベッドのうえで腿を押さえ込んで、身動きもできない彼女を舌で責めたててしまった。まったくなんてことだ。

ブッチは後頭部をまた壁に打ちつけた。ちくしょう、彼女はあんなにおびえて、牙さえむき出しにしていた。わが身を守らなくてはならないというように。

口汚く悪態をつきながら、ブッチは階段を猛然と駆けおりた。走りに走って、この自己嫌悪から逃れたかった。だが、それほど速く走れないことも、それほど遠くまで逃げられないこともわかっている。

玄関の間まで来たとき、だれかが声をかけてきた。「ブッチ？　おい、ブッチ！　どうした？」

返事もせずに外へ飛び出し、〈エスカレード〉に飛び乗ってエンジンをかけた。声がかれるまで彼女にあやまりたい。しかし、いまの彼女にとって、彼はこの世でいちばん会いたくない男なのだ。それも当然だ。

ＳＵＶを飛ばしてダウンタウンに向かい、まっすぐＶのマンションを目指した。

〈エスカレード〉を道路脇に駐め、高層マンションのエレベーターに乗り込むころには、もう滅茶苦茶になる一歩手前だった。Vの部屋のドアを思いきりあけて——

しまった!

黒いろうそくの光を浴びて、ヴィシャスは頭を下げ、レザーに包まれた腰を前後に振っていた。むき出しの両肩と太い両腕の筋肉が固く盛りあがっている。下の女は台に手首と足首を縛りつけられ、全身をレザーに覆われていた。露出しているのは乳首と、Vが彼女の芯に押し入っている部分だけだった。顔は仮面に覆われているし、口にはボールギャグが嚙まされていたが、女が絶頂に達しかけているのはブッチにも見てとれた。小さく泣くような声をあげ、レザーに覆われた頰に涙を流しながらも、責められて喜んでいる。

Vの頭が女の首から持ちあがったとき、その目は光り、牙は長く伸びて……女には縫合が必要ではないかと思うほどだった。

「すまん」ブッチはとっさに言って、ペントハウスから逃げ出した。

くらくらする頭を抱えて階下におり、〈エスカレード〉に乗り込んだはいいが、どこへ行っていいやらわからなかった。運転席に座り、キーをイグニションに挿し、手をシフトレバーに置き……目に浮かぶのは身を養っていたVの姿だ。

光る目。長い牙。セックス。

思い返してみるとマリッサは、病気ではないかなどとまるで心配していなかった。彼女の声がよみがえってくる。**心配しないで、大丈夫なの。それに、あなたを傷つけたくないとも**言っていた。

マリッサは身を養いたくなったのだろうか。だからブッチを追い払ったのだろうか。なんと言っても、彼女はまちがいなくヴァンパイアなのだ。あの美しい牙をただの飾りかなにかだとでも思っていたのか。

頭をハンドルに押し当てた。ああちくしょう、見苦しいぞ。べつの説明を探す資格が、おまえにあるとでも思っているのか。それに、もしそうならなぜ彼女は養いたいと言わなかったんだ。ふたつ返事で差し出していただろう。いや、返事をするひまもかけなかったかもしれない。

まったく、それを思っただけででかくなってきやがった。首筋にしがみつかれ、吸いつかれると思うだけで、かつてなかったほど興奮している。裸身の彼女が胸にのしかかってきて、顔をのどくびに近づけてくるさまを思い描き——

用心しろ、オニール。おまえはたんに、言い訳を探しているだけじゃないのか。ただ、彼女はまちがいなく感じていた。舌にその味がした。それどころか、激しく責めるうちに甘い昴りがいよいよあふれてくるようだった。だがそれならなぜ、それがどこでおかしくなったのか彼女は言わなかったのか。

ひょっとして、おれから飲みたくなかったのか。おれが人間だから、耐えられないだろうと思ったのかもしれない。

ひょっとしたら、ほんとうに人間には耐えられないのかもしれない。

あくそ、それがどうした。血を残らず吸われて死ぬほうがましだ、おれの女がほかの男に尽くされていると知るぐらいなら。マリッサの口がほかの男の首に触れるかと思うと、彼女の乳房がほかの男の胸に押しつけられ、彼女のにおいがほかの男の鼻孔を満たすかと思うと……彼女がほかの男の血を飲むのかと思うと……

おれの女。

その言葉が脳裏を貫いた。はたと気づくと、手が上着のなかにもぐり込み、〈グロック〉のトリガーを探っていた。

アクセルを踏み込み、〈ゼロサム〉に向かった。これからどうすべきかわかった。気を鎮めて頭を真っ白にするのだ。嫉妬に駆られて、だれとも知れないヴァンパイアの男を殺しに行くなど、絶対にあってはならない。

ポケットの携帯電話が鳴り出した。手にとり、「ああ?」

Vの声は押し殺したように低かった。「さっきはすまん、あんなところを見せちまって。おまえが来るとは思って――」

「V、身を養わないとヴァンパイアはどうなるんだ」

少し間があった。「いいことはまるでない。疲れる。恐ろしく疲れる。飢えに苦しむしな。食中毒に近い。苦痛の波が腹んなかで渦を巻く感じだ。いよいよ手に負えなくなると、ヴァンパイアはけだものに変わっちまう。危険だ」

「おれはザディストの話を聞いてる。ベラと会う前、あいつは人間から飲んでたんだろ。飲まれた女が死んでなかったのも知ってる。ことのあと、女がクラブに戻ってくるのをこの目で見たし」

「おまえ、彼女のことを考えてるのか」

「ああ」

「あのな、一杯やりに行くとこか?」

「一杯じゃすまんけどな」

「あっちで会おう」

ブッチが〈ゼロサム〉の駐車場に車を入れたときには、Vはクラブのわきで手巻き煙草を吸いながら待っていた。ブッチは〈エスカレード〉をおり、警報装置のスイッチを入れた。

「よう、刑事《デカ》」

「待たせてすまん」ブッチは咳払いをした。このルームメイトが、身を養いながらセックスをしていた姿を頭から追い払おうとした。が、うまく行かなかった。女に覆いかぶさっていたヴィシャスの姿がどうしても眼前にちらつく。女を支配し、なかに押し入り、ピストンのように腰を使っていた。

やれやれ、見てはならないものを見たせいで、ハードコアという言葉の定義を考えなおさなくてはならないようだ。

Vは煙草を深々と吸った。ごついブーツのかかとに押しつけて消すと、残りを尻ポケットにすべり込ませた。「入るか」

「もちろんだ」

入店を待つ人の列を尻目に、用心棒にうながされてふたりはクラブに入った。身をくねらせ、汗をかき、性欲をたぎらせた人々のあいだを縫って歩き、VIPエリアに向かう。あっという間もなく、注文すら待たずに、ウェイトレスが〈ラガヴーリン〉のダブルと〈グレイグース〉を運んできた。

Vの携帯が鳴り出した。彼が電話に応対しているあいだ、ブッチは周囲を見まわし——はっと身を固くして悪態をついた。店の片隅、薄暗い物陰に身を隠して、あの長身の筋骨たくましい女、リヴェンジに仕える警備責任者の姿があったのだ。しかもこちらをじっと見つめている。その燃えるまなざしは、先日のトイレでの行為を再現したいと語っていた。

もうその気はない。

ブッチがグラスのなかを見つめていると、Vが電話を閉じた。「フリッツからだった。マリッサからおまえに言伝《ことづ》てがある」

ブッチははっと顔をあげた。「なんて言ってるんだ?」

「自分は大丈夫だから安心してくれとさ。今夜はおとなしく寝てなくちゃならないが、明日にはよくなるって言ってる。だから心配しないでほしいし、それから……彼女はおまえを愛してるし、なんか知らんがおまえがなにかをしたせいで、おかしくなったわけじゃないとさ」咳払いをした。「それでおまえ、なにをしたんだ。それともそっちはよけいなお世話か」

「ばっちりよけいなお世話だな」ブッチは頭をのけぞらせて酒を飲み干し、からのグラスをあげてみせた。ウェイトレスがすぐにやって来る。

彼女がお代わりをとりに離れていくと、ブッチは自分の両手を見おろした。Vにじっと見つめられているのを感じる。

「ブッチ、おまえに与えられるものだけじゃ、彼女には不足なんだ」

「でも、ザディストは——」

「Zはおおぜいの人間から飲んでた。おまえはひとりきりだ。問題は、おまえの血は弱すぎるから、彼女に飲ませてたらあっというまに干からびちまうってことだ。しょっちゅう飲ませなくちゃならないからな」Vは大きく息を吸った。「あのな、おまえさえよかったら、おれを使ってもいいぞ。その場で見ていたっていい。そうすりゃおかしな心配をしなくてすむ。かならずセックスするってわけでもないんだから」

ブッチは首をかしげて、ルームメイトの頸静脈を見つめた。その太い首にマリッサがとりつくさまを想像する。ふたりの身体がからみあうさまを。

「V、おまえはおれにとってはじつの兄弟みたいなもんだ。それはわかってるよな」

「ああ」

「彼女を養ってみろ、そののどを掻っ切ってやる」

Vはにやりとしたが、やがてそれが満面の笑みに変わった。牙があらわになりそうで、手袋をはめた手の甲で口もとを隠さずにいられなかったほどだ。「よく言った。それにそのほうがいい。おれはまだ、この血管から飲ませたことが一度もないんだ」

ブッチはまゆをひそめた。「一度も?」

「ああ。おれは血管童貞なのさ。個人的に、女を養うってのに我慢できないんだ」

「どうして」

「趣味に合わないのさ」ブッチが口を開きかけると、Vは片手をあげた。「この話は終わりだ。ただ、気が変わっておれを使いたくなったらいつでも言えよ」

気が変わることなんかない。ブッチは思った。**絶対に。**

深く息を吸い、マリッサの言伝てをありがたいと思った。それに、どうやら思ったとおりだったようだ。彼を追い出したのは、身を養わなくてはならないからだったのだ。そうとしか考えられない。ああくそ、戻りたくてうずうずする。ただ、マリッサの希望は尊重したいし、ストーカーみたいなまねはしたくない。それに明日の夜は、あれが血の問題だったとすれば……多少は彼にも与えることができるはずだ。

　おれの血を彼女に飲ませるのだ。

　ウェイトレスがまた〈ラガヴーリン〉を持って戻ってきたとき、それといっしょにリヴェンジがテーブルにやって来た。その大きな身体に隠れて人込みが見えなくなり、おかげで警備責任者の姿も見えなくなった。これでやっと息がつける。

「酒は足りているかな？」リヴェンジは尋ねた。

　ブッチはうなずいた。「じゅうぶんすぎるぐらいだ」

「それはよかった」尊者《レヴァレンド》はボックス席にすべり込んできた。紫水晶《アメジスト》の目が、ＶＩＰエリアをくまなくなめていく。なかなかの男ぶりだった。スーツは黒、シルクのシャツも黒、短く切り詰めたモヒカン刈りは、正面から後頭部まで濃色の筋を描いている。「ところで、いささかお知らせしたいことがあるんだが」

「結婚するのか？」お代わりしたばかりの〈ラガヴーリン〉を、ブッチは半分ほどあおった。

「どこに届けを出すんだ。棺桶に入れて埋葬《クレート・アンド・ベリーエム》するとか？」

「〈ヘッケラー・アンド・コッホ〉ではどうかな」レヴァレンドはジャケットの前を開いて、四〇口径の床尾をちらと見せた。

「なかなかいいおもちゃを持ってるじゃないか」

「その減らず口を――」

Vが口をはさんだ。「ふたりでテニスの試合をやってんなよ。あれを見てると退屈でしょうがない。で、知らせたいことってのは？」

リヴェンジはブッチに目をやった。「この男の対人スキルは見あげたもんだな」

「同居してる者の身にもなってくれ」

レヴァレンドはにやりと笑い、そこで真顔になった。ほとんど口を動かさず、遠くへ響かない声で話し出した。「一昨日の夜、〈プリンセプス会議〉があってな。連れあいのいない女性全員に、〝隔離《セクルージョン》〟を義務づけるという話が出ているんだ。〝指導者《リーダー》〟は、勧告を決議してできるだけ早くラスに提起したいと言ってる」

Vは低く口笛を吹いた。「監禁しようってか」

「そのとおりだ。わたしの妹が誘拐されたことと、ウェルサンドラが殺されたのを根拠としてな。当然ながら、かなり説得力がある話だ」レヴァレンドはひたとVに目を当てた。「ボスに伝えてくれ。〝グライメラ〟はいらだってる。市内いたるところで一般市民が犠牲になっているからな。この動議はラスへの警告だから、本気で採決するつもりだぞ。おかげで〝リーダー〟がやいやいうるさくてな。会議のメンバーが全員そろわないと決はとれないんだが、わたしはずっと欠席しているのでね。しばらく会議の開催を遅らせることはできるだろうが、そういつまでも無理だ」そのとき、レヴァレンドのジャケットの内ポケットで携帯電話が鳴り出した。それを取り出しながら、「おや、これはベラからだ。やあベラ、どうし——」ふいにその目が閃光を放ち、体勢が変わった。「〝ダーリイ〟?」

ブッチはまゆをひそめた。どう見ても回線の向こうにいるのは女のようだが、妹などでないのはたしかだ。リヴェンジの全身が、埋め火のようにだしぬけに熱を発しはじめた。

おやおや、レヴァレンドみたいなやつと関わりあいになろうとは、いったいどんな女だろう。だがそれを言うなら、Vにも明らかに寝る相手がいるのだ。つまりは、そういうたぐいの女がいるということだろう。

「ちょっと待っててくれ、〝ダーリイ〟」リヴェンジはまゆをひそめて立ちあがった。「またあとでな、ふたりとも。今夜の酒はわたしのおごりだ」

「警告に感謝するよ」Vが言った。

「模範的な市民だと思わないか、ええ?」リヴェンジはゆったりと引きあげていき、オフィスに入るとドアを閉じた。

ブッチは首をふった。「ありゃつまり、レヴァレンドに女ができたってことか」

Vはうなった。「気の毒な女だ」

「まったくだ」ブッチはなにげなく視線をさまよわせ、はっと身を固くした。男のような髪形をしたあの鋼鉄の女が、あいかわらず暗がりのなかからこちらに目を向けていたのだ。

「デカ、あの女とやったのか」Vが低い声で尋ねた。

「だれのことだ」ブッチはグラスを飲み干した。

「わかってるだろうが、だれのことか」

「おまえにゃ関係ない」

マリッサは、リヴェンジが電話口に戻ってくるのを待ちながら、彼はどこにいるのだろうといぶかしく思っていた。回線の向こうはずいぶん騒がしい。音楽や話し声が聞こえるのは、パーティでもしているのだろうか。

雑音がふっつりと途切れた。ドアを閉じたのかもしれない。「〝ダーリイ〟、どこからかけてるんだね？　それとも、ハヴァーズが自宅の電話を暗号化したのかな」

「家からじゃないのよ」

沈黙があって、「それじゃ、わたしの推測が当たっているのかな。あなたはいま、〈兄弟団〉の館にいるのか」

「どうしてわかったの？」

彼はなにごとかつぶやいていたが、やがて言った。「この地球上には、わたしの電話で発信元をたどれない番号はひとつしかない。それはわたしの妹がかけてくる番号だ。それで、いまあなたのかけてきている電話もＩＤが表示されてない。いったいなにがどうなってるのかな」

マリッサは具体的なことはぼかして、ハヴァーズと仲違《たが》いをしたので泊まる場所が必要だったのだとだけ話した。

リヴェンジは毒づいた。「なぜまっさきにわたしに電話してくれないんだ。あなたの役に立ちたいのに」

「いろいろ事情があるのよ。それに、あなたのところにはお母さまが――」

「母のことは気にしなくていい」リヴェンジの声が、耳をくすぐるようなやさしい声音に変わった。「〝ダーリイ〟、わたしのところへ来るといい。あのペントハウスに実体化してくれさえすれば、すぐに迎えをやるから」

「そう言ってくださるのはうれしいけれど、でも遠慮するわ。どこか落ち着き先が見つかったら、ここもすぐに出ていくつもりだし」

「落ち着き先というと――どういうことだね。ハヴァーズと仲違いというのは、一時的な話じゃないのか」

「大丈夫、なんとかなるわ。ねえ、リヴェンジ、わたし……あなたが必要なの。もう一度お願いしたいんだけど……」彼女はひたいに手を当てた。彼を利用するのはいやだったが、ほかに頼るあてがない。でもブッチが……ああ、ブッチ……彼を裏切っているような気がしてしかたがない。そうは言っても、ほかにどうするすべがあるというのだろう。

リヴェンジがのどを鳴らしている。「〝ダーリイ〟、いつがいい？　いつ会おうか」

「いますぐ」

「それじゃすぐに――いや、しまった。これから〝プリンセプス〟の〝リーダー〟に会わなくてはならないんだ。そのあとは、仕事のことでやらなくてはならないことがあるし」

マリッサは電話を握りしめた。待つのはつらい。「それじゃ、明日はどうかしら」

「では日没時に。ただ、わたしの家に来て泊まってくれれば、日中ずっと……いっしょにいられるよ」

「明日、日が暮れたらすぐにうかがうわ」

「待ち遠しいよ、〝ダーリイ〟」

電話を切って、彼女はベッドに身体を伸ばした。深い疲労に沈み込んでいくと、どこまで自分の身体で、どこからシーツや毛布や枕なのかわからなくなってくる。まるでマットレスのうえの、もうひとつの無生物のよう。

ああ、いやだ……でも、明日まで待つほうがいいのかもしれない。じゅうぶんに休んでからブッチと話をして、事情をわかってもらおう。情欲にわれを忘れていないときなら、彼のそばにいても自分を抑えることはできるだろうし、このことはじかに会って話したほうがいい。恋に落ちた人間が、きずなを結んだ男性のヴァンパイアのようなものだとしたら、ブッチも平静ではいられないだろう――彼女がほかの男性とともに過ごさなくてはならないと知ったら。

ため息をついて、リヴェンジのことを考えた。それから〈プリンセプス会議〉のことを。そして彼女の性生活全般について。

あの〝セクルージョン〟の動議がなにかの奇跡で否決されたとしても、わが家で暴力にさらされている女性には、ほんとうに安心して頼れる場所などどこにもないのではないだろうか。ヴァンパイア社会はばらばらになっているし、〝レッサー〟との戦闘のせいもあって、社会福祉などどこにもない。安全ネットがまるでないのだ。〝ヘルレン〟が自宅内で暴力をふるいはじめたら、女性や子供たちには頼れる者がどこにもいない。そしてまた、家から追い出された女性でもそれは同じだ。

ああ、いったいどうなっていただろう、ベスとラスが迎え入れてくれなかったら。あるいは、リヴェンジのような男性がいなかったら。
死んでいても不思議はなかったのだ。

ここは地下のトレーニングセンターだ。教室での講義が終わったあと、ジョンは一番乗りでロッカールームに入った。手早くサポーターと道着を身に着けながら、格闘技の訓練が始まるのが待ちきれない思いだった。

「なにをそんなに急いでるんだ、ジョン。ああそうか、こてんぱんにのされるのが好きなのか」

ジョンは肩越しにふり向いた。ラッシュだ。開いたロッカーの前に立ち、高価そうなシルクのシャツを脱ごうとしている。胸もジョンと同じく貧弱だし、腕も同じように細い。だが、見返してくるその目はぎらぎら光り、雄牛ほどもある巨漢の目のようだった。

ジョンはまともに目を合わせた。身体がかっと熱くなってくる。ラッシュがまた口を開ければよいと思った。なにかもうひとこと言えば。あとひとことでいい。

「また気絶して引っくり返るのか、ジョン。まったく女々しいやつだぜ」

よし、やるぞ。

ジョンはラッシュに飛びかかろうとしたが、果たせなかった。ブレイロックという赤毛の生徒が、けんかを防ごうとしてジョンをつかまえて引き戻したのだ。しかし、ラッシュを押さえる者はいなかった。こぶしを思いきり引くなり、力いっぱい右フックを繰り出してきた。ブレイロックに押さえられていたにもかかわらず、ジョンは吹っ飛ばされて、派手に金属音を立ててロッカーにぶつかった。

ショックで息ができず、ジョンはでたらめに手を差し伸ばした。

その手を支えたのはまたブレイロックだった。「なんてことすんだ、ラッシュ——」

「なにを。先にかかってきたのはそいつのほうだ」

「おまえが挑発したからだろ」

ラッシュは脅すように目を細めた。「いまなんと言った？」

「おまえってやつは、どうしてそんなに根性が悪いんだ」

ラッシュはブレイロックに指を突きつけた。照明を受けて〈ジェイコブ〉の時計がきらめくさまは、点滅する豆電球のようだ。

「いいのか、ブレイ。そいつに味方するのはあんまり賢いことじゃないぞ」ラッシュは手をふり、ズボンをおろした。「ああ、すかっとしたぜ。ジョン、おまえはどうだった？」

ジョンはそれにはかまわず、ロッカーを押して身体を起こした。顔が心臓の鼓動に合わせてずきずきしている。どういうわけだか、それで唐突に思い出したのは車のウィンカーだった。

ああ、くそ……あんまりひどいことになってないといいが。よろめきながら洗面台の列のほうへ向かい、壁の横幅いっぱいの長い鏡をのぞいて自分の顔を眺めた。ったく、上等じゃないか。あご先と唇がもう腫れてきている。

ブレイロックが背後から近づいてきて、冷たい水のペットボトルを差し出した。「これを当てとけよ」

ジョンはその冷たい〈アクアフィナ〉を受け取り、そっと顔に当てた。それから、自分の顔も赤毛の顔も見ないですむように目を閉じた。

「今夜はトレーニングに出ないって、ザディストにおれから言っとこうか」

ジョンは首をふった。

「ほんとに？」

その問いには答えず、ジョンは水を返し、ジムに出ていった。ほかの生徒たちも、緊張した面持ちで一団となってそれに続いた。青いマットを踏んで歩き、彼のとなりに並ぶ。

ザディストが用具室から出てきた。ジョンの顔をひと目見るなり、恐ろしく険悪な顔になる。「全員両手を出せ。手のひらを下にして」生徒たちの前を歩いていき、ラッシュの前で立ち止まった。「いい手の甲だな。壁際に立っとけ」

ラッシュはのんびりジムを横切っていった。訓練をせずにすんでせいせいしたと言わんばかりの顔をしている。

ザディストはジョンの両手の前で立ち止まった。「裏返してみろ」

言われたとおりにすると、鼓動一拍ぶんほど沈黙があった。ザディストはジョンのあごをつかんで顔をあげさせた。「ものが二重に見えないか」

ジョンは首をふった。

「吐き気は？」

ジョンはまた首をふる。

「こうすると痛いか」ザディストはあごを軽くつついた。

ジョンはたじろいだが、首をふった。

「嘘つきめ。だが、その意気だ」Zは一歩離れて、生徒全員に向かって言った。「往復二十回だ。あそこのクラスメイトのところまで行ったら、目の前で腕立て伏せ二十回だ。海兵隊式にな。始め」

いっせいにうめき声があがる。

「おれが気にするように見えるか？」ザディストは歯と歯のあいだからするどく口笛を吹き、「始め」

仲間たちとともに走り出しながら、芯からしんどい夜になりそうだとジョンは思った。しかし少なくとも、ラッシュの顔にはもう、それほど自己満足の表情は見えない……

四時間後、ジョンの予想は当たった。

訓練が終わるころには、全員が疲れきっていた。マットから起きあがれなくなるまでしごかれ、しかもふだんよりずっと長く続けさせられた。まるでふだんより何世紀も長いような気がした。ぎゅうぎゅうに絞りあげられて、それが終わったあとには、さすがのジョンももう居残って練習する元気はなかった。まっすぐトールのオフィスに戻り、シャワーも浴びずにいつもの椅子にぐったり沈み込んだ。

脚を身体につけて背を丸め、一分だけ休もうと思った。そうしたら汗を流しに行って――

ドアが大きく開いた。「大丈夫か」ザディストが尋ねてきた。

ジョンは顔をあげず、ただうなずいた。

「ラッシュのことだが、訓練プログラムから追い出すように提案するつもりだ」

ジョンはがばと身体を起こし、首をふりはじめた。

「なんと言おうとな、あいつがおまえにちょっかい出すのはこれで二度めだ。それとも、何カ月か前にヌンチャクでやられたのを忘れたのか」

とんでもない、忘れはしない。ただ……

言いたいことが多すぎて、手話ではZにちゃんとわかってもらえそうにない。ジョンはノートをとり、とくべつ丁寧な字でこう書いた。ラッシュが追い出されたら、ぼくはみんなに弱虫だと思われてしまう。いつかみんなといっしょに戦いたいと思ってるのに、弱虫とばかにされていたら信用してもらえなくなります。

ノートを渡すと、ザディストは大きな両手にしっかり持った。頭を下げて、まゆをくっつきそうなほど寄せている。一語一語声に出しているかのように、歪んだ口を小さく動かしていた。

読み終わると、Zはノートをデスクのうえに放った。「おれは、あの小悪党がおまえをぶん殴るのを見たくないんだ。まったく我慢ならん。だが、おまえの言い分はもっともだ。ラッシュには厳しい保護観察かなんかをくれてやることにする。だがな、今度こういう楽しい事件があったら、そんときは追い出すからな」

トンネルの入口が隠してあるクロゼットに歩いていこうとして、ザディストは立ち止まってふり向いた。「いいかジョン、訓練中のけんか騒ぎは許さん。だから、あの性悪には手出しをするんじゃないぞ、手を出して当然のときでもな。騒ぎを起こさず、ちょっかいも出さずだ。あいつには、フュアリーとおれが目を光らせとくから。いいな」

ジョンは顔をそむけた。あのとき、どれだけラッシュをぶん殴ってやりたかったか。いまでもどれだけぶん殴ってやりたいか。

「ジョン、わかったな。けんかはなしだぞ」

長い間《ま》があって、ジョンはのろのろとうなずいた。この約束を守れればいいがと思いながら。

23

何時間も何時間も過ぎ、ブッチは尻がすっかり痺れていた。どこまでが床で、どこからが自分の尻なのかもわからないほどだ。マリッサの寝室のドアの外で、一日じゅうこの廊下に座っているのだ。犬は犬らしくというわけで。

時間のむだだったとは思わない。そのあいだずっといろいろ考えていた。

それに、電話をかけたのは正しいことだったと思う。身が縮みそうだったが、歯を食いしばって妹のジョイスに電話をかけたのだ。

家ではなにも変わっていなかった。サウスボストンの家族はあいかわらず、ブッチとはまるで関わりたいとは思っていないようだ。いまに始まったことではないから、それが気に障るというわけでもない。ただ、マリッサには申し訳ないと思う。ずっと仲のよいきょうだいだったのに、そのハヴァーズに追い出されたのだから、さぞかし恐ろしい衝撃だったにちがいない。

「旦那さま?」

ブッチは顔をあげた。「やあ、フリッツ」

「おっしゃっていたものをお持ちしました」深々とお辞儀をして、〝ドゲン〟は黒いベルベットの袋を差し出した。「これでしたらご希望に添うと思いますが、お気に召さないときはべつのを探してまいります」

「フリッツの見立てなら完璧だろう」ブッチはその重い袋を受け取り、口を開いて、さかさにして中身を手に受けた。純金の十字架は長さ八センチ、幅五センチほどで、厚みは指ほどもあった。長い黄金のチェーンにさがっていて、まさに希望どおりだった。彼は満足してそれを首にかけた。

その頼もしい重みのおかげで、まさに望んでいたとおり、確実に守られていると感じられた。

「いかがですか」

ブッチは〝ドゲン〟のしわの寄った顔を笑顔で見あげながら、シャツのボタンをはずしてネックレスを服の下に落とし込んだ。十字架が肌のうえをすべり、心臓の真上で止まる。

「思ったとおり、完璧だよ」

フリッツは満面の笑みを浮かべ、お辞儀をして引きあげていった。ちょうどそのとき、廊下の反対端でグランドファーザー時計が時を告げはじめた。一度、二度……六度。

目の前で、寝室のドアが大きく開いた。

マリッサは、彼の目にはまぼろしに見えた。何時間も彼女のことを考えていただけに、頭が一時的に混乱して、現実の存在としてでなく、彼自身の必死の願いが生んだ幻覚だと思ったのだ。ドレスは布でなくエーテル、髪は輝く黄金のオーラ、顔は目に灼きついて消えない美の泉だった。見あげる彼女は、彼の心のうちでは聖像に姿を変えていた。子供のころに見たカトリックの聖像、救済と愛のマドンナ……そんな彼女に仕えるに値しない下僕、それが彼だった。

ブッチは身体を床から引きはがすように立ちあがった。体重を支えようとして背骨がきしむ。「マリッサ」

ああちくしょう、そのざらざらの声に感情のすべてがにじみ出ていた。苦悩と悲嘆、そして自責《じせき》の念が。

彼女は片手をあげた。「昨夜、言伝てで言ったことは本心よ。あなたと過ごせて幸せだった。一瞬もいやだなんて思ったりしなかったわ。出ていってって言ったのはあなたのせいじゃないの。あのとき、もっとよく説明できればよかったんだけど。ブッチ、あなたに話さなくちゃいけないことがあるの」

「ああ、わかってる。ただ、話はこの廊下の先でしないか？」彼女がなにを言うにせよ、だれかに聞かれるのは避けたかった。それに彼女は、ブッチと寝室でふたりきりにはなりたくないだろう。見るからに緊張している。

彼女はうなずき、ふたりは廊下の突き当たりの居間に向かった。廊下を歩きながら、マリッサがどんなに弱っているか気づいて彼はぎょっとした。脚の感覚がないかのようにゆっくり歩を運んでいるし、ひどく青ざめている。血の気がないせいで、肌が透けて見えるほどだ。

桃色と黄色の部屋に入ると、マリッサは彼のそばを離れて窓ぎわへ歩いていった。

彼女が口を開いたとき、その声は息のようにか細かった。「ブッチ、なんと言って説明すればいいか……」

「わかってるよ、なんの話か」

「ほんと？」

「ああ」両手を差し伸べて、マリッサに近づこうと足を踏み出した。「わからないかな、おれはきみのためならどんなことでも――」

「近づかないで」彼女はあとじさった。「わたしのそばへ来ないで」

彼は両手をおろした。「身を養わなくちゃならないんだろう？」

マリッサは目を丸くした。「どうしてそれを――」

「いいんだよ、ベイビー」彼は小さく笑った。「なんにも気にしなくていいんだ。Vから聞いたから」

「それじゃ知ってるのね、わたしがなにをするつもりか。それでも……気にならないの？」

彼はうなずいた。「気になるもんか。気になるどころか」

「ああ、よかった」膝が崩れたかのように、がっくりとソファに座り込んだ。「あなたがいやな思いをするだろうって、とても心配していたの。わたしにとってもつらいけれど、ほかに安全な方法がないんだもの。それにもう我慢できないの。明日まではもたないわ」

彼女がソファのあいたところを手で叩いてみせたので、ブッチはほっとして近づいていった。となりに腰をおろして両手をとると、驚くほど冷たかった。

「おれはすっかり覚悟ができてる」彼は期待に声を詰まらせた。ふいに寝室に戻りたくてたまらなくなった。「行こう」

マリッサの顔に奇妙な表情が浮かんだ。「見たいの？」

息が止まった。「見たいって?」

「わたし、あの……それはやめたほうがいいと思うのだけれど」

その言葉を聞いたとたん、はらわたが沈み込んだ。内臓の一部から栓を抜かれたようだった。「見たいって、それはどういう意味?」

「血管を差し出してくれる男性と、わたしがいっしょのときに」

だしぬけにマリッサがびくっと身を引き、それではっきりわかった――いま自分の顔にどんな表情が浮かんでいるか。

それともあれは、彼がうなりはじめたせいだったのだろうか。

「その男は」考えをまとめるかのように、ゆっくりと言った。「以前、きみが会っていると言ってた男だな。その男から身を養ってるっていう」

マリッサはおずおずとうなずいた。「ええ」

ブッチはぎくしゃくと立ちあがった。「何度も会ってるの」

「え……四回か五回よ」

「そいつはとうぜん、貴族なんだろうね」

「ええ、まあ」

「きみと釣り合う身分の男なんだろうな」卑しい人間などではなく。「そうなんだろう」

「ブッチ、恋愛感情なんかないのよ。ほんとよ」

ああ、マリッサのほうはそうかもしれない。しかし、彼女に欲情しない男がいるとはとても想像できない。もしいたら、そいつは性的不能かなにかにちがいない。「そいつはきみに夢中なんだろう。質問に答えてくれ、マリッサ。いい男なんだろ。スーパーヒーローのプラズマビームかなんか持ってそうな……そいつはきみとしたがってるんだろう。そうだろう。そうだろう？」

ちくしょう、この狂おしい嫉妬はどこから湧いてくるのか。

「でも、わたしがそんな気持ちじゃないってことは、向こうも知っているのよ」

「キスされたことは？」

彼女は答えない。その男の名前も住所も知らないことを、このときほどありがたいと思ったことはなかった。「もうそんな男を使うのはやめてくれ。おれがいるんだから」

「ブッチ、あなたから養うことはできないわ。きっとたくさんもらいすぎて――どこへ行くの？」

彼は大股に部屋を突っ切り、両開きドアを閉じて錠をおろした。彼女のそばへ戻ってくると、黒いスーツのジャケットを床に脱ぎ捨て、シャツの胸もとを力まかせに開いて、ボタンをあちこちにはじき飛ばした。マリッサの前に膝をつき、頭をのけぞらせ、自分ののどくびを、自分自身を、彼女に差し出した。

「おれを使ってくれ」

沈黙が落ちた。長い間があって、やがて彼女の香りが、あの華やかで清潔な芳香が、部屋じゅうに満ちあふれるほどに強まった。マリッサは全身を震わせ、口を開いた。

牙が伸びている。それを見たとたん、彼は勃起していた。

「ああ……それでいいんだ」彼は重く響く声で言った。「おれを奪ってくれ。おれから身を養ってくれ」

「だめよ」マリッサはうめいた。あざやかな青の目に涙が光っている。

立ちあがろうとしかけるのを、彼は飛びあがって引き止め、両肩をつかんでソファに押し戻した。脚のあいだに身体を割り込ませ、身体を重ね、ぴったりと密着させた。震えて押し戻そうとする彼女を抱きしめ、顔をすり寄せ、耳をなぶり、あごを吸った。ほどなく彼女は逃げようとするのをやめ、彼のシャツの両側をつかんでしっかり引き寄せようとしはじめた。

「そうだ、ベイビー」彼はうなるように言った。「しがみついてくれ。その牙を深く立てて感じさせてくれ。その牙を感じたい」

後頭部に手のひらを当てて、彼女の口をこちらの首にあてがわせた。身体と身体のあいだで放電でも起きたように、純粋な性のエネルギーがはじけて、ふたりはともにあえぎ、彼女の吐息と涙を彼は肌に熱く感じていた。

だがそのとき、彼女はわれに返ったようだった。激しくあらがおうとする彼女を、ブッチは渾身《こんしん》の力を込めて押さえようとした。しまいにはふたりとも打ち身だらけになるとしても。そして結局は、彼女の力にはかなわないとしても。彼はただの人間だから、いくら体重がゆうに四十キロは多かろうとも、彼女のほうが力は強いのだ。

しかし、こちらの体力が尽きる前に、彼女はきっと折れて彼を使ってくれるはずだ。

「マリッサ、頼む。おれを奪ってくれ」彼はうめいた。声がかすれている。もみあっていたせい、そしていまはこうして懇願しているせいだ。

「だめ……」

すすり泣く彼女に胸が破れそうだったが、それでも放そうとはしなかった。放すことができなかった。「おれのなかにあるものを奪ってくれ。じゅうぶんでないのはわかってる、それでも頼むから奪ってくれ——」

「わたしにこんなことさせないで——」

「しかたがないんだ」いっしょになって泣きたかった。

「ブッチ……」彼の手を逃れようと彼女は抵抗し、着衣を乱してふたりはもみあっていた。

「自分を抑えられないわ……もうこれ以上は……放して……あなたを傷つけたくない」

「放すもんか」

あっという間だった。彼女の口から、彼の名が絶叫のように噴き出したかと思うと、首筋にまばゆい炎のような痛みが走った。

牙が頸静脈に突き立てられたのだ。

「ああ……くそっ……そう、これだ……！」腕の力をゆるめ、首にしがみついてくる彼女をあやすように揺すった。彼女の名を叫ぶように呼んだ——最初に官能的に口をつけられたとき、最初に強く吸われたとき、最初に飲まれたときに。飲みやすいように彼女が体勢を変えてくると、彼は快感にひたり、絶頂に達したかのように全身を電流が貫いた。そうだ、これこそあるべき姿だ。この身を彼女に与え、それによって彼女を生かす——

マリッサがふと身を引き離し、非実体化して彼の腕のなかから消えた。

ブッチは、いままで彼女がいたからっぽの空間に頭から倒れ、ソファのクッションに突っ伏した。そのクッションをはね飛ばし、あわてて身を起こすなり身体を反転させた。「マリッサ！　マ、リ、ッ、サ、！」

ドアに体当たりをくわせ、錠に爪を立てたが、びくともしない。

そのとき、ドアの向こう側から、悲嘆に満ちた彼女の声が切れ切れに聞こえてきた。「あなたを殺してしまう……わたし、きっとあなたを殺してしまうわ……あなたが欲しくて欲しくてたまらないから」

ブッチはドアを叩いた。「出してくれ！」

「ごめんなさい――」うわずっていた彼女の声が、ふとしっかりしてきた。なによりもその彼女の決意が恐ろしかった。「ごめんなさい。あとで戻ってくるわ。すっかり終わってから」

「マリッサ、よせ――」

「愛してるわ」

ブッチは両のこぶしでドアをめった打ちにした。「おれは死んでもいい！　ほかの男のところへなんか行くな！」

ついに錠が壊れると、廊下に飛び出し、全速力で階段に走った。

しかし、館の正面のドアを開いたときには、もう彼女の姿はなかった。

市の反対側、懸賞試合の開かれる地下駐車場で、ヴァンは金網のなかに飛びおり、足のばねで軽くはねた。ウォームアップする彼のリズミカルな足音が、何層ものコンクリートに反響し、静寂を切り刻む。

今夜は観衆はおらず、いるのはたった三人だ。しかし彼は、大入り満員のときのように燃えていた。

この舞台をミスターXに推薦したのはヴァンだった。侵入する方法も教えた。試合のスケジュールは知っているから、今夜はこのあたりにはだれもいないのはわかっていたし、輝かしい勝利を収め、復活を飾るならこのリングでと、いまも残る彼の大きな部分が望んでいたのだ。どこかのありふれた地下室では満足できない。

何度かキックを繰り出して、その頼もしさに大いに満足し、そこで対戦相手に目を向けた。相手の〝レッサー〟も、彼と同じく格闘を前にして興奮している。

金網の向こう側から、ゼイヴィアが怒鳴った。「最後まで戦え。ミスターD、ここで『最後』というのは動かなくなったという意味ではないからな。わかったかね」

ヴァンはうなずいた。ラストネームの頭文字で呼ばれるのにももう慣れた。

「けっこう」ゼイヴィアが手を叩き、それを合図に試合が始まった。

ヴァンも向こうの〝レッサー〟も、互いに互いのまわりで円を描くように移動しあっていたが、ヴァンはこののろくさいダンスを長々と続ける気はなかった。先手をとって飛び込んでいき、パンチを繰り出し、敵を金網に追い詰めた。しかし敵は、このむき出しのこぶしの連打を、頬を打つ春の雨でしかないかのように受け流し、逆に鋭い右フックをすばやく繰り出してきた。それがななめからヴァンをとらえ、唇が封筒のように裂けた。

痛かったが、痛みは歓迎だ。むしろ闘志をかき立て、いっそう神経が研ぎすまされる。ヴァンは旋回して足を飛ばした。鋼鉄のチェーンの先端についた肉の爆弾だ。予想どおり〝レッサー〟はダウンし、マットに長々と伸びた。そこにヴァンは飛び乗り、締め技に入った。

片腕を後ろにひねりあげ、肩と肘の関節を締めあげる。もう少し力を入れれば、こいつはあっさり気を失って——

〝レッサー〟はするりと身体を抜き、いつの間にかヴァンの睾丸に膝を決めていた。たちまち体勢が入れ代わり、ヴァンが下になり、さらに転がって、ふたりとも立ちあがった。

試合は延々続いた。時間切れも休憩もなく、ふたりは互いを容赦なく叩きのめしあった。まさに奇跡的だ。ヴァンは何時間でも戦えそうな気がした。どれだけぶちのめされようが関係ない。体内にエンジンが、推進力があるかのよう、かつての肉体とはちがって、それは疲労にも苦痛にも鈍ることがないかのようだった。

ふたりの動きがついに止まったとき、勝敗を決したのはヴァンの特殊な……なんだか知らないが、その特殊ななにかだった。ふたりは強さの点ではまったく互角だったが、ヴァンは格闘技の達人であり、勝機は見逃さなかった。彼は敵の腹にこぶしをめり込ませた。こぶしは肝臓に決まり、これが人間なら敵は脱糞しているところだ。ヴァンは敵を抱えあげ、リングの床に叩きつけた。馬乗りになって見おろしたとき、目のまわりの切り傷から血があふれて、敵の顔に垂れ落ちた。涙のように……黒い涙のように。

その色にヴァンはとっさにぎょっとし、その一瞬のすきを相手の〝レッサー〟につけ込まれ、床に仰向けに転がされた。

ああ、だがそうは行かないぜ、今回はな。ヴァンはこぶしを固めて、敵のこめかみに叩き込んだ。まさにじゅうぶんな力でしかるべき場所を打たれて、〝レッサー〟は意識を失って引っくり返る。瞬時に沸きあがった衝動に駆られ、ヴァンは相手を蹴倒し、胸にまたがり、パンチをくりかえし見舞った。めった打ちにするうちに頭蓋がぐしゃぐしゃになってきたが、それでも手を休めず執拗に殴りつけた。やがて男の顔は完全に原形を失い、頭はふにゃふにゃの袋に変わる。完全に息の根が止まってからも、さらに何発か殴りつけた。

「とどめを刺せ！」ゼイヴィアが横から声をかけてきた。

ヴァンは顔をあげた。荒い息をつきながら、「いま死んだとこだ」

「そうじゃない……とどめを刺すんだ！」

「どうやって」

「やりかたは知っているだろう！」ゼイヴィアの淡色の目が、奇妙な焦燥感に光っている。

「知ってるはずだ！」

ヴァンにはわからなかった。これ以上死にようがないほど死んでいるのに、どうしろというのか。しかたなく〝レッサー〟の両耳をつかみ、力まかせにねじって首の骨を折ると、死体を放り出した。胸に脈打つ心臓はもうないが、激しい運動に肺は灼け、四肢には快いだるさを感じる……もっとも、そのだるさは長くは続かなかった。

ヴァンは笑い出した。早くも体力が戻ってきている。どこからともなくみなぎってくるのだ。食って寝て、数日休みでもとったかのように。

ゼイヴィアのブーツがリングにどすんと着地した。近づいてくる〝筆頭殲滅者《フォアレッサー》〟は激怒していた。「とどめを刺せと言っただろう、なにをやってるんだ」

「へへえ、なるほどね」**こんちくしょう。**ゼイヴィアはどうしても、この勝利の瞬間を台無しにせずにはいられないようだ。「こいつがここから歩いて出ていけるとでも思うのかい」

ゼイヴィアは怒りに震えながらナイフを取り出した。「わたしは、とどめを刺せと言ったんだ」

ヴァンははっとして、はじかれたように立ちあがった。しかし、ゼイヴィアはただ、ぐちゃぐちゃのサンドバッグと化した〝レッサー〟にかがみ込み、胸にナイフを突き刺しただけだった。ぱっと閃光がはじけたかと思うと、あとには……なにも残っていなかった。リングのアスファルトに黒いしみが残るばかりだ。

ヴァンはあとじさり、金網に背中をぶつけた。「いったい……」

向こうから、ゼイヴィアはナイフをヴァンの胸に向けてきた。「きみには期待しているんだ」

「期待って……どんな?」

「きみにはこれが」――と、分解あとの黒いしみにナイフを突き立てて――「自力でできるはずなんだ」

「それじゃ、次はナイフを渡してくれよ」

ゼイヴィアは首をふった。奇妙なパニックの色がその顔に広がっていく。「ちくしょう!」

彼はうろうろ歩きまわり、やがてつぶやくように言った。「すぐというわけには行かないんだろう。行こう」

「この血のことは?」ねっとりした黒い血に、急に頭がくらくらしてきた。

「わたしが気にするとでも思うのか」死んだ〝レッサー〟のダッフルバッグをとると、ゼイヴィアは歩き出した。

ヴァンはそのあとについて駐車場を出ながら、ミスターXのふるまいが気に障ってしかたがなかった。よい試合をしてヴァンは勝ったのだ。その勝利を楽しみたかった。

険悪な沈黙のなか、ふたりは歩いていった。ミニバンを駐めた場所まで数ブロック歩くあいだ、ヴァンはタオルで顔をこすって、悪態をつきたくなるのを我慢していた。ミニバンにたどり着くと、ゼイヴィアは運転席にすべり込んだ。

「どこに行くんだ？」乗り込みながら尋ねた。

ゼイヴィアは答えず、黙って車を発進させた。ヴァンはフロントガラスの向こうをにらみつつ、この男と手を切るにはどうしたらいいのかと考えていた。簡単には行かないだろうな。

建設途中の新しい摩天楼のそばを通ったとき、夜勤をこなしている作業員たちを彼は眺めた。電灯の下、組合の連中がビルじゅうにとりついているさまはアリのようだ。あの仕事が嫌いでたまらなかったくせに、いまとなってはうらやましかった。

いまもあのうちのひとりだったら、ミスターXのおかしな態度を我慢する必要はなかったのに。

なんの気なしに、ヴァンは右手をあげて小指のあとを眺め、それをなくしたときのことを思い出していた。まったくまぬけもいいところだ。建設現場のテーブルソーで板を切っていたとき、面倒を省こうとして安全ガードをはずすことにした。ちょっと気を抜いたと思ったとたん、指が宙を飛んでいたのだ。これ以上はないほどあっさりと。主観的には大量の血が流れて、全身血まみれになった。ノコギリを伝って地面にしたたっていた赤い血。黒ではない。

ヴァンは胸に手を当てたが、胸骨の奥に脈動はなかった。

不安の戦慄《せんりつ》がうなじを這いおりてきた。蜘蛛がえりのなかにもぐり込んでくるようだった。ゼイヴィアに目をやる。ほかに訊くあてはない。「おれたちは生きてんのかい」

「いや」

「でも、さっきのやつは殺されただろ。つまり生きてるってことじゃないのか」

ゼイヴィアは座席の向こうから視線を投げてきた。「生きてるわけじゃない。これはたしかだ」

「それじゃ、あいつはどうなったんだ」

ゼイヴィアの生気のない淡色の目に、濃い疲労の色が広がっていく。たるんだまぶたのせいで、百万年も生きているように見えた。

「あいつはどうなったんだ、ミスターX」

〝フォアレッサー〟は答えず、ただ車を走らせつづけた。

24

マリッサは、リヴェンジのペントハウスのテラスに実体化し、とたんにくずおれかけた。倒れ込むようにスライドドアに向かうと、リヴェンジがそのドアを大きく開いた。

「マリッサ、どうしたんだ」とっさに腕を彼女の身体にまわし、なかに引き入れた。

血の飢えに圧倒されて、マリッサは彼の上腕をつかんだ。激しい渇きに、その場で立ったまま噛みついてしまいそうだ。のどくびを噛み破ってはいけないと身を引こうとしたが、彼はそれをとらえてぐるりとこちらを向かせた。

「すぐこっちへ来るんだ！」投げ出さんばかりに彼女をソファに寝かせると、「ショックを起こしそうになってるじゃないか」

ソファのクッションにぐったりと倒れ込んだとき、彼の言うとおりだと彼女は悟った。バランスがとれなくてまっすぐ立っていられず、頭はぐらぐらするし、両手両足は感覚がない。胃はからっぽできりきり痛む穴のようだ。牙はずきずきし、のどは冬のようにかさかさで、八月のように熱い。

しかし、リヴェンジがネクタイをむしりとり、シャツのボタンを手早くはずしはじめたとき、彼女はつぶやくように言った。「のどはいや。それはできないわ……のどは――」

「そんなに飢えていては、手首では無理だ。じゅうぶんに飲まないうちに時間切れになってしまう」

それが合図だったかのように、目の前が暗くなって気が遠くなってきた。彼が毒づくのが聞こえたと思うと、身体のうえに引きあげられ、顔をのどくびに押し当てられて……

あとを引き受けたのは生物としての本能だった。彼の大きな身体がびくりと引きつるほどに猛然とのどくびに嚙みつき、無心の本能でむしゃぶりついていた。咆哮とともに彼の生命力が胃に流れ込み、四肢に広がって、彼女の身体を生き返らせていく。

死にもの狂いで飲みながら、流れる涙は彼の血に負けず劣らず熱かった。

リヴェンジはマリッサをやさしく抱き、彼女をここまで駆り立てる飢えを憎んでいた。こんなにか弱いきゃしゃな女性が、これほどぎりぎりの状態に追い込まれていいはずがない。たおやかな背中をさすってなだめようとした。声もなく泣く彼女を見ていると腹が立ってならない。まったく、彼女がこれほど入れ込んでいる男は、いったいどういうやつなのか。彼女をべつの男のもとへ行かせるようなことが、どうしてできるのだろうか。

十分後、マリッサは顔をあげた。下唇に細い血の筋がついている。リヴェンジはソファの肘掛けをつかんでこらえたが、思わず身を寄せてその血をなめとってやりたくなった。

しっとりと満たされて、しかし顔には涙のあとを残したまま、マリッサはソファの向こう端に座っている。革張りのクッションに力なくもたれ、細い腕で自分の身体を抱いていた。目を閉じている。見ているうちに、その濡れた頰に血の気がゆっくり戻ってくる。

あの髪を見るがいい。細く、つややかで、非の打ちどころもない。リヴェンジは服を脱ぎ捨ててしまいたかった。薬を抜き、石のように固くなって、あのブロンドの波を全身に浴びたい。それが無理なら、せめてキスをしたい。いますぐ。

だがそうはせず、スーツの上着に手を伸ばしてハンカチをとり、彼女のほうに身を寄せた。涙を拭いてやると彼女はびくりと身を固くし、そそくさとそのリネンのハンカチを受け取った。

彼はまたソファのすみに戻り、「マリッサ、わたしのところへ来ないか。あなたの面倒を見たい」

その後の沈黙のなかで、リヴェンジは彼女がいま寝起きしている場所のことを考え——そして、彼女の求める男性は〈兄弟団〉の館に住んでいるのにちがいないと思った。「まだラスを愛しているんだね」

マリッサは目をぱちっと開いた。「えっ?」

「あなたは、求める男性からは身を養えないと言っていた。ラスはいまでは連れあいを——」

「ラスじゃないわ」

「それじゃフュアリーか。禁欲しているから——」

「ちがうの、あの——あの、その話はやめてもらえないかしら、よかったら」マリッサは彼のハンカチを見おろした。「リヴェンジ、わたし、できたらしばらくひとりになりたいの。少しのあいだ、ここに座っていてもかまわないかしら——ひとりきりで……?」

リヴェンジは追い出されるのには慣れていない。自分自身の縄張りからとなればなおさらだ。しかし、彼女のためなら少々のことは喜んで目をつぶるつもりだった。「好きなだけいていいとも、〝ダーリイ〟。帰るときはあのスライドドアを閉じていってくれればいい。あなたが帰ったあと、防犯装置はリモートでセットするから」

スーツのジャケットは着たものの、ネクタイは緩めたまま、シャツのえりも開いたままにしておいた。彼女に激しく嚙みつかれたため、傷痕がひりひりしていたからだ。しかし、嚙まれたことじたいは少しも気にならなかった。

「あなたはほんとうにやさしいかたね」マリッサが彼のローファーを見ながら言った。

「それはちがうな」

「どうしてそんなふうにおっしゃるの。なんの見返りも求めずに――」

「マリッサ、顔をあげてごらん。顔をあげて」ああまったく、なんと美しい女だ。彼の血が入っていると思うとますます美しい。「自分で自分をごまかしちゃいけない。わたしはいまも、あなたを〝シェラン〟にと望んでいる。わたしのベッドに裸のあなたを迎え入れたいし、わたしの子を身ごもって、大きなおなかをしているあなたを見てみたい。あなたと……その、そういうことをすべて望んでいるんだ。ただの親切でこんなことをしているんじゃない。あなたの歓心を買いたいからだよ。いつかそのうち、いてもらいたい場所に連れていきたいと思っているからなんだ」

彼女が不安げに目を見開くのを見て、それ以上のことは言わずにおいた。打ち明けてもしかたがない――彼のなかの〝シンパス〟が、彼女の頭のなかを這いまわりたいと望み、心をよぎる感情のすべてを所有したいと望んでいるとか、彼とのセックスは……いろいろと複雑だろうとか。

まったく、生まれもったこの本質の――というよりこの異常性の、なんとありがたいことよ。

「ただ、ひとつ信用してもらいたいことがある。マリッサ、あなたが望まないかぎり、わたしはけっして一線を越えるつもりはないから」

それに、たぶんゼックスの言うとおりなのだろう。彼のような混血は、ひとりでいるほうがよいのだ。たとえ〝シンパス〟が差別されておらず、ノーマルと同じように連れあいを得て生きることが許されたとしても、〝シンパス〟の暗黒面に対して無防備な者と連れ添うのはよいことではない。

床まで届くセーブルのコートを引っかけながら、「その、あなたの愛する男性だが……その男の目は節穴だな。あなたのような得がたい女性を粗略にするとは、まったくどうかしている」リヴェンジは杖を握り、ドアに向かった。「必要なときは、電話してくるんだよ」

ブッチは〈ゼロサム〉に入っていき、奥の〈兄弟団〉のテーブルに着くと、〈アクアスキユータム〉のレインコートを脱いだ。しばらくはここで過ごすつもりだが、べつにニュース種になるような話でもない。ふん、小型テントでも張って引っ越してきたいぐらいだ。

ウェイトレスがスコッチを持ってきたとき、彼は言った。「ボトルごと持ってきてもらうってわけにはいかないかな」

「すみません、それはちょっと」

「わかった、こっち来て」と指をくいくいやってみせた。身をかがめてきたウェイトレスのトレイに百ドル札をのせて、「これはきみのだ。おれの酒が切れないように気をつけてくれないか」

「喜んで」

テーブルにひとり残されると、ブッチは首筋に手をあて、指先で牙の痕をなぞった。嚙まれた場所に触れながら、想像するまいとしていた——マリッサがいま、ほかの男となにをしているか。その男は貴族で、育ちがよくて、彼よりずっと上等なやつで、こっちがニッケルなら向こうはプラチナだ。**ああ、ちくしょう。**

呪文のように、Vの言葉をくりかえした。かならずセックスすると決まったわけでもない。生物として必要なことなのだ。選択の余地はないのだ。かならず……セックスすると決まったわけでもないのだ。この言葉をしょっちゅう頭のなかで唱えていれば、気持ちも鎮まって、現実を受け入れられるかもしれない。彼女がいまやっているのは、どうしても必要なことなのだから。だいたいマリッサは、彼に対して残酷な仕打ちをしているわけではない。ずっと苦しんできたのだ、いまの彼と同じように——

だしぬけに、彼女の裸身があざやかに目に浮かんだ。ほかの男の手が、その乳房を覆っているさまを思い描かずにいられない。ほかの男の唇が肌のうえを這い、ほかの男にヴァージンを奪われ、養われ、その固い肉体が彼女のうえで、なかで動くさまを。

そしてそのあいだじゅう、彼女は飲んでいる……飲み飽きるまで。満ち足りて、堪能《たんのう》するまで。

世話をされるのだ。ほかの男に。

ブッチは〈ラガヴーリン〉のダブルをがぶ飲みした。

こんちくしょうめ。身体がまっぷたつに裂けそうだ。たったいま、この場所でばらばらになって、てらてらした内臓が床にこぼれて、落ちた紙ナプキンやクレジットカードの伝票といっしょに見知らぬ人々の足で踏みつぶされるのだ。

さっきのウェイトレスが、ありがたいことにスコッチを持ってやって来た。

二杯めのグラスを手にとりながら、彼は自分に言い聞かせた。**いいかオニール、しゃんとして、少しはプライドを持て。それに彼女を信じろ。彼女は絶対にほかの男と寝たりしない。そんな女じゃない。**

だが、問題はセックスだけではないのだ。

スコッチを飲みくだすうちに、この悪夢のもうひとつの面に気がついた。彼女は定期的に身を養わなくてはならない。何度も何度もこんな思いをしなくてはならないのだ。

ちくしょう。自分にはそれぐらいの度量はある、自信もある、やっていけないはずはないと思いたかったが、ほんとうは所有欲の塊で、おまけに自己中心的ときている。次に彼女が身を養うときも、また同じことのくりかえしだろう。彼女はほかの男の腕に抱かれ、彼はひとりクラブで飲んだくれて、首をくくる一歩手前だ。同じどころか、もっと悲惨なことになるだろう。三度め四度めと輪をかけて悲惨になっていく。あまりに強く深く愛しすぎているから、自分自身だけでなく彼女まで破滅させてしまう。長く続けられるはずがない。

それに、どんな未来があるというのか。最近のこの調子でスコッチをがぶ飲みしていれば、肝臓はあと十年ぐらいしかもたないだろう。ところが彼女の種族は何百年も生きるのだ。彼女の長い生涯のなかで、彼はただの脚注にすぎない。連れあいを求めてたどる道で、ちょっとつまずいた穴ぼこ、それが彼だ。そしてその道の先には、ほんとうに彼女にふさわしい、必要なものを与えられる男が待っているのだ。

ウェイトレスが三杯めのダブルを持ってきたとき、ブッチは人さし指を立てて、まだ行くなと合図した。彼女が待っているあいだに飲み干してグラスを返すと、ウェイトレスはバーテンのところへ戻っていく。

四杯めを持って彼女が戻ってきたとき、テーブルひとつ離れた席から、例のやせっぽちでブロンドの有閑富豪野郎《ユーロトラッシュ》がウェイトレスに向かって手をふりはじめた。ボディガードふうの大男三人を従えている。

いまいましい、あのガキはほとんど毎晩この店に来ているような気がする。それとも、あのばかが少し目立ちすぎるだけだろうか。

「おい！」ガキが声をあげた。「呼んでるのがわからないのか。さっさと来いよ」

「ちょっとお待ちください」ウェイトレスは言った。

「すぐ来いって」ろくでなしがぴしゃりと言った。「もう待てない」

「すぐ戻ってきます」ウェイトレスはブッチにささやいた。

彼女は若造のテーブルに歩いていき、そこでさんざんいびられていた。まったく腹の立つ、声のでかい目立ちたがり屋どもが。夜がふけてもそれはまったく変わらなかった。

それを言うならブッチもご同様だ。

「ちょっといらついてるみたいね、ブッチ・オニール」

ブッチは目をぎゅっと閉じた。その目をまたあけたとき、男の髪形と男の肉体をした女は、あいかわらず彼の前に立っていた。

「ひと騒動起こすつもりなの、ブッチ・オニール」

名前を呼ぶのはやめてほしかった。「いや、おれはおとなだからな」

女の目に欲情の色がひらめく。「ああ、それはよくわかってるよ。でもまじめな話、今夜はなにか面倒を起こしそうになってるんじゃないの」

「いや」

射抜くような目でしばらく彼を見つめていたが、やがて小さく微笑んだ。「ならいいけど……あたしが見張ってるから、それは忘れないことね」

25

ジョイス・オニール・ラファティは、腰で支えるように赤ん坊を抱いて、玄関口で夫を出迎えた。こわい顔でにらんでいる。玄関マットの寒い側に立ったマイクは、電車の二交替勤務あけで見るからに疲れていたが、妻のほうはそれを気にする様子もない。「今日、電話があったんだけど。兄さんから。ブッチからよ。洗礼式のこと、話したでしょう」

夫はショーンにキスをしたが、彼女にはあえてキスしようとはせず、「いいじゃないか、だって――」

「よけいな口出ししないでよ！」

マイクはドアを閉じた。「どうしておまえたちはみんな、そんなにブッチを嫌うんだ」

「その話はしたくない」

くるりと向こうを向いた、その妻の背中にマイクは言った。「お姉さんを殺したのはブッチじゃないだろ。たったの十二歳だったんだ。なにができたっていうんだ」

ジョイスは赤ん坊を抱く腕を代えたが、ふり向こうとはしなかった。「ジェイニーのことは関係ないったら。何年も前にブッチが家族に背を向けたのよ。あっちが勝手に出てったんだから。あの事件のせいじゃない」

「おまえたちのほうが、ブッチに背を向けたんじゃないのか」

彼女は肩越しに夫をにらみつけた。「どうしてそんなにブッチの肩をもつの」

「友だちだったからな。おまえと知り合って結婚する前、ブッチはおれの友だちだった」

「大した友だちよね。最後に連絡があったのはいつよ」

「それこそ関係ない。つきあってたころはいい友だちだった」

「おやさしいこと」ジョイスは階段に向かった。「ショーンのおっぱいの時間なの。夕食は冷蔵庫に入ってるから」

ジョイスは足音も荒く二階にあがり、階段をのぼりきったところで、壁にかかっている十字架をにらみつけた。十字架に背を向けてショーンの部屋に入り、ベビーベッドのそばの揺り椅子に腰をおろした。乳房を出して抱き寄せると、息子は吸いついてきて、顔のそばの肌を手でつかんでしぼりはじめる。小さな身体は温かく、健康に丸々と太って、まつげがバラ色のほっぺたにくっついている。

ジョイスは何度も大きく息を吸った。

ああいやだ。いまになって気がとがめてきた。大声を出したし、十字架をにらみつけたし。天使祝詞《アヴェ・マリア》を唱え、ショーンのきれいな足ゆびの数をかぞえて気持ちを落ち着けようとした。

この子になにかあったら、生きていられない。きっとほんとうに心臓が破れて、二度ともとどおりにはならないだろう。母はどうして耐えてきたのだろう。子供を亡くして、どうして生きてこられたのかしら。

しかも、母のオデルは子供を二度も亡くしている。最初はジェイニーを、次はブッチを。

頭がぼけてきたのはむしろよかったかもしれない。つらい記憶が消えていくのは、きっとありがたい神の思し召しにちがいない。

ショーンの柔らかい黒っぽい髪をなでながら、ジョイスはふと気がついた。母はジェイニーにさよならも言っていない。遺体は滅茶苦茶にされていて修復もできず、柩のふたは閉じたままだったし、死体保管所で身元確認をしたのは父のエディ・オニールだったし。

あの忌まわしい秋の午後、ブッチが黙っていないで、すぐにうちに駆け込んでジェイニーが出かけたことをおとなに話していたら……ジェイニーは死なずにすんだかもしれない。男の子たちと車に乗っちゃいけないって言われていたし、その規則はみんな知ってたのに。ブッチだって知ってたはず。もしあのとき……

ああ、いやだ。夫の言うとおりだ。家族全員がブッチを嫌っている。出ていったっきり姿を消したも同然だが、それも無理はない。

ふっと、ショーンの吸う力がゆるんで、小さな手から力が抜けた。しかし、すぐにはっと目を覚まして、また一生懸命に飲みはじめる。

姿を消したと言えば……なんてこと、母はブッチにもさよならが言えないのではないだろうか。頭のはっきりしている時間は、どんどん短く、どんどん間遠《まどお》になっている。たとえ今度の日曜日にブッチが教会に姿を見せたとしても、母にはだれだかわからないかもしれない。

階段をのぼる夫の足音が聞こえてきた。足どりは重い。

「マイク？」ジョイスは声をあげた。

彼女が愛し、結婚した男が戸口に姿を現わした。中年太りでおなかが出てきているし、まだ三十七歳なのに頭のてっぺんが薄くなってきている。しかし、そんな彼を前にしていても、彼女には若かった夫の姿が見える。ハイスクールでは運動選手だった。兄ブッチの友だちで、フットボールの花形選手で、何年もずっとあこがれていたのだ。

「うん？」彼は言った。

「ごめんね、さっきはあんなに怒っちゃって」

夫は小さく笑った。「事情が事情だからな。気にしてないよ」

「それに、あたしがまちがってたのよね。ほんとならブッチも招待しなくちゃいけなかったの。ただ——ただ、洗礼式の日は浄らかな日にしたいの、わかる？　つまり——浄らかであってほしいの。ショーンが教会に行く最初の日だもの、暗い影を寄せつけたくないの。ブッチは……ブッチには暗い影がついてまわってるから、みんながぎくしゃくするし、お母さんは具合が悪いし、そういうの背負い込みたくないの」

「ブッチは来るって？」

「そうは言わなかったけど……」あの電話のことを思い返した。不思議だ。声はぜんぜん変わっていなかった。兄は以前から不思議な声をしていた。ハスキーでざらざらな声。のどが変形しているのか、でなければ言いたくて言えないことが多すぎるような。「ただおめでとうって言って、電話ありがとうってあんたに伝えてくれって。それから、父さん母さんは変わりないかって」

夫はショーンを見おろした。また溶けるように眠り込んでいる。「ブッチは、お義母さんの病気のこと知らないんだろ」

「うん」最初、母が忘れっぽくなってきただけのころ、ジョイスは義姉たちと相談して、ちゃんと原因がわかったらブッチにも連絡しようと決めていた。しかし、あれは二年も前のことではないか。それに、もう原因もわかっているではないか。アルツハイマーだと。

　母はあとどれぐらい生きられるだろうか。病気は否応なく進行している。

「ブッチに黙ってるのはずるいよね」彼女はぽつりと言った。「あんたもそう思うでしょ」

「愛してるよ」マイクは低い声で言った。

　ジョイスは目に涙をためて、息子の顔を見、顔をあげてその父の顔を見た。マイクル・ラファティは善い人だ。誠実な人。ヒュー・ジャックマンほど美男子でもないし、ビル・ゲイツのような大富豪にもならないだろうし、英国国王のような権力を持つこともないだろうが、彼女の夫であり、ショーンの父であり、それだけでもうじゅうぶんだ。今夜のような夜、こんなふうに話をしているときは、とくにそれが身にしみる。

「あたしも愛してる」彼女は言った。

　ヴィシャスは〈ゼロサム〉の裏手に実体化し、路地を歩いてクラブの正面にまわった。十番通りのわきに〈エスカレード〉が駐まっているのを見てほっとした。ブッチがジェフ・ゴードン（米国のカーレースNASCARの現役最多優勝を誇るドライバー）のように館からすっ飛んでいったとフュアリーから聞いたし、それがうれしさのあまりであるはずがない。

　クラブに入り、まっすぐVIPエリアに向かった。しかし、行き着けなかった。警備責任者の女が現われて、その鍛えた身体で立ちふさがってきたのだ。その全身をざっと眺めて、縛りあげたらどんなふうだろうと思った。たぶん傷痕のひとつやふたつは残るだろうが、一、二時間つぶすには愉快な方法にちがいない。

「あんたんとこの坊や、連れて帰ってよ」女は言った。

「いつものテーブルにいるのか」

「そうよ、だから連れて帰って。いますぐ」

「なにをやらかした」

「まだやってない」ふたりはそろってVIPエリアに向かった。「だけど、そこに行く前に食い止めたいのよ。そろそろ危《やば》ないんだ」

人込みに分け入り分け出でしながら、Vは女のたくましい両腕を見やり、彼女がこのクラブでやっている仕事のことを考えた。だれがやってもきつい仕事だが、女の身ではとくにそうだろう。なぜこんな仕事をしているのか。

「あんた、男をやっつけるのが楽しいのか」彼は言った。

「ときどきはね。だけど、オニールが相手ならセックスのほうがいい」

Vはぴたりと足を止めた。

女は肩越しにふり返って、「問題でもあるの」

「いつやったんだ」なぜか、最近のことなのはまちがいないと思った。

「問題は、次はいつやるかってことよ」女はVIPエリアの入口にあごをしゃくった。「今夜じゃないのはたしかだけど。さあ、早くここから連れ出してやってよ」

Vは険悪に目を細めた。「古くさいことを言うようだが、ブッチには決まった相手がいるんだぞ」

「へえ、ほんと。そのせいでほとんど毎晩ここに入り浸って、べろんべろんになってるわけ？　よっぽどすてきな連れあいなんだね」

「二度とあいつに近づくな」

女の表情が険しくなった。「兄弟だかなんだか知らないけど、あたしに指図するんじゃないよ」

Ｖは身を乗り出し、牙をむき出しにした。「言っただろう、あいつに近づくのはよせ」

そのせつな、殴り合いになるとＶは思った。本気でそう思った。女と格闘したことはないが、この女なら……そもそも、あまり女のようにも見えない。アッパーカットの角度を計るように、こちらのあごをにらみつけているとなればなおさらだ。

「ふたりして部屋をとりたいのか、それともボクシングのリングのほうかな」

ふり向くと、ほんの一メートルほど先にリヴェンジが立っていた。紫水晶《アメジスト》の目が薄闇に光っている。モヒカンの髪がフラッドランプの光を受けて、床まで届くセーブルのコートと同じほど暗い色に見えた。

「なにかあったのかね」リヴェンジはふたりの顔を見くらべながら、毛皮のコートを脱いで用心棒に渡した。

「なにも」Ｖは答えて、女に目を向けた。「なにもなかったよな」

「そうそう」女はすかして答えつつ、胸の前で腕を組んだ。「なんにもなかったよ」

Ｖは、ベルベットのロープの前に立つ用心棒を押しのけ、まっすぐ〈兄弟団〉のテーブルに向かった。**くそ……やれやれ。**

ブッチはすっかり正体をなくしているようだったが、それは酔っているせいばかりではなかった。顔には陰気なしわが寄り、目はなかば閉じている。ネクタイはよれているし、シャツのボタンは半分はずれている……見れば首には歯形がついており、えりに少し血がついていた。

そしてたしかに、彼はけんかを始めたくてうずうずしていた。ひとつボックスをはさんだ席の騒々しい金持ち連中をにらみつけている。まずい、デカは飛びかかる寸前だ。完全に力をためて飛び出す体勢に入っている。

「よう、相棒」Vはそろそろと腰をおろした。だしぬけに動くとまずいと思ったのだ。「どうした」

ブッチはスコッチをあおったが、あいかわらず隣席の上流階級のろくでなしから目を離さない。「調子はどうだ、V」

「上々だ。それでおまえ、〈ラガヴーリン〉を何杯飲んだんだ」

「大して飲んじゃいない。まだ引っくり返ってないだろ」

「なにがあったのか話してみろよ」

「とくになんも」

「嚙まれてるじゃないか」

ウェイトレスがやって来て、あいたグラスを持っていくと、ブッチはのどくびの歯形に触れた。「おれが無理強いしたからさ。でも途中でやめた。おれからは飲む気がないんだ。ほんとうには。だからほかの男のところにいるのさ。いま」

「くそ」

「ああ、ひとことで言やそういうことさ。おれたちがここに座ってるとき、おれの女はべつの男といっしょにいるんだ。それはそうと、相手は貴族だとさ。もう言ったっけ。すかしたおえらいやつが、その手で……まあ、とにかく……どんなやつだか知らんが、そいつはおれより強くて、必要なものを彼女に与えてるんだ。彼女を養ってるんだ。そいつは——」ブッチはきりもみ降下の途中で口をつぐんだ。「それで、おまえのほうは今夜はどうだった」

「言っただろ、かならずセックスすると決まったわけじゃない」

「ああ、わかってるよ」お代わりのグラスが来ると、デカは背もたれに寄りかかった。「おまえも〈グース〉飲むか？　要らない？　そうか……それじゃおれがそのぶん飲んでやるよ」ウェイトレスがまだこちらに背も向けないうちに、彼はもうスコッチを半分あけていた。

「セックスだけの問題じゃない。ほかの男の血が、彼女のなかに入ると思うと我慢できないんだ。おれが自分で彼女を養いたいんだ。おれの血で生きててほしいんだ」

「無茶言うなよ」

「無茶で悪いか」スコッチを見おろして、「なんてこった……これ、前にもやらなかったか」

「なんだって？」

「だからさ……昨夜もやっぱりここにいて、おんなじ酒飲んで、おんなじテーブルで、なにもかも……みんなおんなじだ。このパターンにはまり込んでるみたいだ。もううんざりだ。自分で自分がいやになった」

「じゃあ、そろそろ帰るってのはどうだ」

「帰りたくな――」声が途切れたと思うと、ブッチは座ったまま身をこわばらせていた。シヨットグラスをゆっくりテーブルにおろす。

Vの頭のなかで緊急警報が鳴り出した。前回デカの顔からこんなふうに表情が消えたときは、茂みのなかに〝レッサー〟が潜んでいたのだ。しかし、周囲を見まわしてみても、あやしい者の姿は見えなかった。レヴァレンドがVIPエリアに入ってきて、そのまま自分のオフィスに向かおうとしているだけだ。

「ブッチ、どうした？」

ブッチは立ちあがった。

と思ったら走り出していた。あまりのすばやさに、取り押さえるひまもなかった。

26

ＶＩＰエリアを突っ切ってリヴェンジに突進していったとき、ブッチの身体は彼の意志とは関係なく勝手に動いていた。彼にわかっていたのは、マリッサのにおいがすること、それがモヒカンの男までたどれることだけだった。気がついてみたら、そいつに向かってまっしぐらだったのだ。相手が重罪犯人でもあるかのように。

ブッチはレヴァレンドに飛びかかって押し倒した。不意打ちだったのがこちらに味方した。そろって床に引っくり返ったとき、レヴァレンドの「なんだいったい！」という声が響き、四方八方から用心棒がわらわらと集まってきた。引きはがされる直前、ブッチはリヴェンジのシャツのえりを開いていた。

まちがいない。のどくびにたしかに牙のあとがある。

「まさか……ちくしょう、そんな……」取り押さえようとする固い手にあらがい、手足をふりまわして抵抗していると、目の前に立ちはだかる者があり、こぶしをあげて彼の顔に右を繰り出してきた。左目に痛みの爆弾が炸裂する。そのとき、あの女の警備責任者に殴られたのだとわかった。

リヴェンジは杖を床に突き刺すようにして立ちあがった。紫の目を険悪に光らせて、「わたしのオフィスに来い。いますぐ」

そこでなにかやりとりが始まったが、ブッチはほとんど聞いていなかった。いま考えられるのは、目の前の男のことと、養った証拠のことだけだ。この男の大きな身体にマリッサが乗っているさまが目に浮かぶ。彼女の顔がこの男の首に沈み、彼女の牙が皮膚を貫くさまが。

まちがいなく、リヴェンジは彼女を満足させただろう。まちがいなく。

「なんであんたなんだよ」ブッチはわめいてつかみかかろうとした。「いいやつだと思ってたのに。なんであんただったんだ」

「帰る時間だぞ」Vはブッチを押さえてヘッドロックの体勢に持ち込み、「すぐ連れて帰ってやる」

「いや、まだだめだ」リヴェンジがうなった。「そいつはわたしに、わ、わたしの店で襲いかかってきたんだぞ。聞かせてもらいたいね、いったいなにを思ってあんなことをしたのか。納得行く理由を聞かせてもらえなければ、そいつの両膝を撃ち抜いてやる」

ブッチは声をはりあげた。**「養っただろう」**

リヴェンジは目をぱちくりさせた。片手を首に持っていって、「なんだと?」

ブッチはその歯形に向かってうなり、彼の身体はまた拘束にあらがいはじめた。ちくしょう、まるで人格がふたつに分裂しているようだ。いっぽうは多少分別が残っているが、もういっぽうは完全にイッている。どっちが勝ちそうかは言うまでもない。

「マリッサだよ」彼は吐き捨てるようにいった。「マリッサを養っただろう」

リヴェンジは目をむいた。「きさまだったのか。きさまが、彼女の惚れた相手だったのか」

「ああ、そうだよ」

リヴェンジは衝撃に息を呑んだ。ややあって顔をこすり、えりをかきあわせ、傷を隠した。「まったく……なんてことだ。まったく……信じられん、なんてことだ」こちらに背を向けて、「ヴィシャス、そいつを連れて帰って酔いをさまさせてやってくれ。まったくいまいましい、今夜は世間がやたらと狭すぎる。まったくもう」

このころにはブッチは膝が笑い、クラブがこまのようにぐるぐるまわりはじめていた。やばい、思っていたよりずっと酔っていたようだ。おまけに顔面に一発食らったのもまずかった。

気が遠くなる寸前、彼はうめいた。「ほんとはおれなんだ。彼女はおれを使うはず……」


ミスターXはトレード通りをそれて、路地にミニバンを駐めて運転席からおりた。市内は夜にそなえて速度をあげはじめていた。酒場はボリュームをあげて音楽を鳴らし、満員の客は酒と薬に酔っぱらおうと手ぐすね引いている。

〈兄弟〉狩りに出るころあいだ。

ミスターXはドアを閉じ、銃の調子を確かめながら、〈タウン&カントリー〉のボンネット越しにヴァンに目をやった。

リングでのこの男の戦いぶりには、いまも激しい失望を感じていた。愕然としてもいた。だがあせってはいけない、能力が育つにはしばらく時間がかかるのだ。入会してすぐに能力全開の〝レッサー〟はいないし、ヴァンがその例外だと考える理由はない。いくら予言された者だとは言っても。

だが、やはりいまいましい。

「どれがヴァンパイアか、どうやったらわかるんだ」ヴァンは尋ねた。

そうだった。いまは仕事のことを考えなくては。Xは咳払いをした。「一般ヴァンパイアは、においでこちらに気がつく。それでおびえた顔をするからわかる。〈兄弟〉たちは見まちがいようがない。見たこともないほど大柄で強暴だし、先に攻撃してくるからな。こちらを見たら向こうから追いかけてくる」

ふたりは歩いてトレード通りに戻った。顔に当たる夜気が平手打ちのようだ。こんな寒くてじめじめした夜には、以前ならがぜん戦闘意欲がかき立てられたものだ。だがいまのXにとって、第一の目的はそれではない。〝フォアレッサー〟として現場に出るのはやむをえないが、いまは自分とヴァンを現実のこちら側につなぎ止めることが大事だ。ヴァンが育って真の自己に目覚めるまで。

路地にもぐり込もうとしたとき、ミスターXは足を止めた。首をまわして背後に目をやる。それから通りの反対側に。

「どうかし――」

「黙れ」ミスターXは目を閉じ、直感を働かせようとした。心を鎮め、頭をからっぽにし、精神の触手を夜の闇に伸ばしていく。

〈オメガ〉が近くにいる。

まぶたをさっと開きながら、そんなばかなはずはないと思った。〝フォアレッサー〟を通じてしか、主人はこちら側に渡ることができないのだから。

だが、悪はすぐそこにいる。

ミスターXはコンバットブーツを支点に身体を反転させた。一台の車がトレード通りを走り過ぎ、その屋根越しに〈ゼロサム〉というテクノクラブを見つめた。主人があの店にいる。まちがいない。

くそっ、では〝フォアレッサー〟の交替があったのか。

いや、そんなはずはない。その場合はミスターXは呼び戻されているはずだ。では〈オメガ〉はほかのだれかを使って渡ってきたのだろうか。そんなことができるのか。

ミスターXは走って通りを渡ってクラブに向かった。ヴァンがすぐあとからついてくる。わけもわからず、しかし用心は怠らず。

〈ゼロサム〉の前には、派手に着飾った人間がおおぜい列を作っていた。寒さに震えながら煙草を吸い、携帯電話で話している。ミスターXはいったん立ち止まった。裏のほう……主人は店の裏にいる。

ヴィシャスは〈ゼロサム〉の非常ドアを腰で押しあけ、ブッチを力まかせに〈エスカレード〉に乗せた。丸めた重いカーペットのようにバックシートに押し込みながら、デカが目を覚まして暴れ出さなければいいがと祈るような気持ちだった。

運転席に乗り込んだとき、なにか近づいてくるのを感じた。本能が頭をもたげ、その緊張感にアドレナリンが噴き出してくる。〈兄弟団〉はその本性と訓練からして、戦闘から逃げることはない。しかし、ヴィシャスの第六感が、クラブからブッチを遠ざけろと言っている。

急げ。

エンジンを始動させ、車を発進させた。路地の出口まで来たとき、男ふたりがこのSUVに向かってくるのに気づいた。ひとりは髪が白い。〝レッサー〟だ。ただ、どうしてこのふたりは、わざわざこっちにまわってこようと思ったのか。

Vはアクセルを踏み込んだ。ブッチを連れてさっさとおさらばだ。

尾《つ》けられていないと得心が行ったところで、すぐにバックシートのデカに目をやった。意識なし。ノックアウト。まったく、あの警備責任者の女、すごい一発をくれたもんだ。まあもちろん、大量の〈ラガヴーリン〉の力もあるわけだが。

館に着くまで、ブッチはずっと身じろぎもしなかった。Vに〈穴ぐら《ピット》〉に運び込まれ、ベッドに放り出されてやっと目をあけるしまつだった。

「部屋がまわってる」

「だろうな」

「顔がいてえ」

「鏡が見られるようになるまで待て。見りゃ理由がわかる」

ブッチは目を閉じた。「礼を言うよ、連れて帰ってくれて」

スーツを脱がせようとしたとき、チャイムが鳴った。

悪態をつきながら門番小屋の事務室に出ていき、デスクの監視モニターをあらためた。客の顔を見ても驚きはしなかったが、しかし厄介な。ブッチはいま、ゴールデンアワーの番組に出られるご面相ではない。

Vは玄関前の入口の間に入り、背後のドアを閉じてから外側のドアを開いた。こちらを見あげるマリッサからは、悲嘆と不安のにおいが立ちのぼってくる。ドライフラワーのバラのようなにおい。

低い声で、「〈エスカレード〉が入ってくるのが見えたから、彼がいるのはわかっているの。会わせて」

「今夜は無理だ。明日また来てくれ」

彼女の顔がみるみるこわばり、その美貌を写した大理石像に化したかのようだった。「本人に帰れと言われるまでは帰らないわ」

「マリッサ――」

彼女の目が光った。「いやよ。本人の口からそう聞くまでは」

Vはマリッサの決意のほどを推《お》し量った。どうやらてこでも動く気はなさそうだった。あのクラブの筋骨隆々の警備責任者といい勝負だ。ただ、あんなこぶしを持っていないだけだ。やれやれ、今夜は鋼鉄の女たちの夜だな。

Vは首をふった。「それじゃせめて、少し身ぎれいにさせるまで待ってくれ」

彼女の目にパニックが広がった。「どうしてそんなことが必要なの?」

「あのなマリッサ、どういうことになると思ってたんだ、リヴェンジから養ったりして」

ぽかんと口をあけて、「どうしてわかっ――」

「ブッチがクラブで襲いかかったんだ」

「えっ？　そんな……ああ、なんてこと」いきなり目つきが険しくなった。「なかに入れて。いますぐ」

Vは降参のしるしに両手をあげ、「ったく」とつぶやいてドアをあけた。

27

マリッサはヴィシャスのわきをすり抜けていったが、兄弟のほうは止めようとはしなかった。彼が評判どおりに賢い男なのは明らかだ。

ブッチの部屋の入口まで来て、マリッサは立ち止まった。廊下の照明で、ベッドに仰向けになっているのが見える。スーツはぐしゃぐしゃに乱れ、シャツには血がついている。顔にも血が。

近づいていって、マリッサは思わず手で口を押さえた。「ああ、〈フェード〉の〈聖母〉さま……」

片目は腫れあがり、またもや青黒く変色している。鼻梁《びりょう》に切り傷があり、顔の血はこのせいだろう。きついスコッチのにおいがぷんぷんする。

戸口からヴィシャスが声をかけてきた。つねになくやさしい声で、「だからさ、また明日出直してきたほうがいいって。こんなとこを見られたら、ブッチがますます落ち込む」

「いったいだれにやられたの？　お願いだから、行きずりのけんかだなんて言わないでね、わめき出したくなるから」

「さっきも言っただろ、リヴェンジに飛びかかっていったんだ。リヴェンジにはボディガードが何人もついてるんだよ」

「きっと大きな男のひとたちなんでしょうね」マリッサはぼんやりと言った。

「いやそれが、ノックアウトしたのは女だった」

「女のひと？」ああ、そんな細かいことを聞いてもしかたがない。「タオルを二、三枚に、熱い石けん水を持ってきてもらえないかしら」ブッチの足もとに近づき、靴を脱がせた。

「洗ってあげたいの」

Vが廊下に引きあげていったあと、マリッサはボクサーショーツ一枚残してブッチの服を脱がせ、かたわらに腰をおろした。胸にずっしり重い黄金の十字架がさがっていたのには驚いた。あの居間では無我夢中で、ちゃんと見ていなかったのだ。これはどこで手に入れたのだろう。

さらにその下に目をやると、腹部にあの黒い傷痕がある。よくも悪くもなっていないようだ。

Vは、石けん水の洗面器とたたんだタオルを何枚か持って戻ってきた。そのVにマリッサは言った。「手が届くようにそれをこのテーブルに置いて、悪いけれどふたりきりにしてもらいたいの。ドアは閉めていってね」

やや間があった。無理もない。〈黒き剣《ブラック・ダガー》兄弟団〉のメンバーに指図する者はいない。それはどこであっても同じだが、本人の住まいであればなおさらだ。しかし彼女はいま神経がずたずたで、胸は破れそうだし、だれになんと思われようとどうでもよくなっていた。

いま彼女は規則その一を実行中なのだ。

沈黙が続いたあと、洗面器とタオルは言ったとおりの場所に置かれ、ドアがかちりと音を立てて閉まった。深く息を吸い、タオルをお湯に浸した。それでブッチの顔に触れると、彼は顔をしかめてなにごとかつぶやいた。

「ほんとにごめんなさい、ブッチ……でももう終わったのよ」タオルをまたお湯につけ、しずくが垂れないように絞った。洗面器に落ちる水音がとても大きく聞こえる。「それに、なんにもなかったわ。身を養っただけ、ほんとうよ」

彼の顔から血をぬぐいとり、髪をなでた。顔を拭いたせいで、波打つ濃い髪が湿っている。返事代わりにブッチは身じろぎし、彼女の手のほうに顔を向けてきたが、どう見ても泥酔していて目は覚ましそうになかった。

「信じてくれる？」彼女はささやいた。

ともかく証拠はある。彼女が未通女《ニューリング》だとわかれば、ほかの男性とはしていないことが――

「あいつのにおいがする」

そのざらりとした声に、彼女はぎょっと身を引いた。

ブッチはゆっくりと目を開いた。その目がいつもの薄茶色《ヘーゼル》ではなく、真っ黒に見える。

「全身にあいつのにおいがしみついてる。手首から飲んだんじゃなかったからだ」

なんと答えていいかわからなかった。口もとをじっと見つめられて、こう言われてはなおさらだ――「あいつののどに牙のあとがあった。あいつも全身からきみのにおいをさせてた」

ブッチが手を伸ばしてきたとき、マリッサはたじろいだ。しかし、ただ人さし指で彼女の頬をなでただけだった。ため息のようにそっと。

「どれぐらい時間がかかった?」彼は尋ねた。

マリッサは答えなかった。本能的に、なるべく知らせないほうがいいと思ったからだ。

手を引っ込めたとき、彼の表情は固く、また疲れているようだった。感情の抜け落ちた顔。

「信じてるよ。セックスのことは」

「そんなふうには見えないわ」

「ごめん。ちょっとべつのことに気をとられてるから。今夜はなんとか乗り切れるって自分に言い聞かせようとしてるんだ」

マリッサはうつむいて自分の両手に目をやった。「わたしも、これは絶対にまちがったことだって感じていたわ。ずっと泣いていたの」

ブッチは鋭い音を立てて息を吸った。すると、ふたりのあいだにあった張りつめた空気がすっと消えた。ブッチは上体を起こし、両手を彼女の肩に置いた。「くそ、ほんとに……ベイビー、ごめん。おれはどうしようもないやつで――」

「いいえ、悪いのはわたしなの。わたしが――」

「いいんだ、きみのせいじゃない。マリッサ、きみのせいじゃないんだ――」

「でもわたし、あなたに悪くて――」

「足りないところがあるのはおれだよ、きみじゃない」彼の腕が、あのすばらしく重い腕が背中にまわってきて、裸の胸に彼女を抱き寄せた。それに応えて、彼女も生命がけでしがみついた。

彼女のこめかみにキスをしながら、彼はささやいた。「きみのせいじゃない。ぜんぜんきみは悪くないんだ。もっとじょうずに対処できればいいのにと思うよ。これは本心だ。どうしてこんなにつらいのかわからない」

マリッサはだしぬけに身を引いた。自分を駆り立てる衝動にみじんもためらわず、「ブッチ、わたしと寝て。抱いてちょうだい。いますぐ」

「マリッサ……そうしたい、ほんとうに」マリッサの髪をやさしくなでながら、「だけど、こういうやりかたはよくないよ。おれは酔っぱらってるし、きみは初めてなんだから――」

そう言いかける口を彼女は口でふさいだ。スコッチと彼のなかの男性の味を感じながら、彼をベッドに押し倒した。股間に手をすべり込ませると、彼はうめいて、彼女の手のなかで固くなった。

「あなたが欲しいの」ストレートに言い放った。「血はだめでも、セックスはできるわ。欲しいの。いますぐ」

またキスをすると、彼が舌を口のなかに押し込んできて、その気になってくれたのがわかった。そしてああ、彼はほんとうにすばらしかった。体《たい》を返して上に乗ると、彼女の首から乳房に手をすべらせ、続いて同じ道筋を唇でたどった。ドレスのボディスに唇が当たると、そこでやめて、また厳しい顔つきになる。荒々しくシルクをつかみ、いきなり縦に引き裂いた。ウエストまで引き裂いてもまだ止まらず、大きな両手と血管の浮いた前腕を使って、サテンのドレスをそのなかほどまで、さらにはスカートのすそまで引き裂いていった。

「脱げよ」

マリッサは引き裂かれたドレスを肩からはずした。マットレスから腰を浮かすと、彼がその下からドレスを引き抜き、丸めて、無造作に部屋の向こうに放り投げた。

燃えるような目であらためて彼女に向かい、スリップをめくりあげ、脚を開かせる。上から見おろして、ぶっきらぼうに言った。「あんなの、二度と着るなよ」

マリッサがうなずくと、ショーツをわきへ寄せて、花芯にまともに口を押し当ててきた。彼女にオルガスムスを与えることで、所有権を主張し、連れあいのしるしを刻みつける。駆り立てられて昇りつめると、彼女はぐったりして震えていた。

すると彼はやさしくまたその脚を閉じさせた。満たされたのは彼女のほうだったのに、ブッチのほうがはるかにリラックスして、彼女の身体を下から上へ探っていく。昇りつめた余韻でぐったりとされるままになっている彼女を裸にすると、彼は身を起こしてボクサーショーツをおろした。

その大きいものを目にして、次になにが始まるか彼女は気がつき、もうろうとした意識のふちを恐怖がくすぐった。しかし、恍惚としていたためそれほど気にならなかった。

ベッドに戻ってきた彼は、オスのけもののようだった。ペニスは固く大きく、貫くときを待ちかねている。迎え入れようと彼女は脚を開いたが、彼はうえに乗ろうとはせず、わきに並んで横たわった。

彼は急がなかった。長くやさしいキスをし、大きな手のひらでゆっくり乳房を探りあて、そっと身体に触れてくる。息を切らし、彼女は男の肩に両手の指を食い込ませた。彼女の腰を、太腿を愛撫するとき、男の温かくしなやかな皮膚の下で筋肉が盛りあがる。

脚のあいだに触れてきたとき、彼の指はやさしく、性急でもなかった。ややあって、そっと指が一本なかに入ってきた。内臓が引きつれるような感じがして、彼女が顔をしかめて腰を引くと、彼はすぐにそこで中断した。

「このあとどういうことをするか知ってる？」彼女の乳房に向かって尋ねる声は、やさしく低かった。

「え……ええ、たぶん」だがそのとき、彼の大きさを思い出した。あんな大きなものがどうして……？

「できるだけやさしくするつもりだけど、その……きみは痛い思いをするかもしれない。大丈夫だろうとは思ってたんだが――」

「わかってるわ、そういうものだって」少しずきっとするけれど、そのあとにはすばらしい快感が待っていると聞いたことがある。「大丈夫よ」

彼は手を離し、うえに覆いかぶさってきて、彼女の脚のあいだに身体をゆっくり入れてきた。

とたんに、すべてがくっきりと焦点を結んだ。彼の熱い肌の感触、身体の重み、筋肉にこもる力……頭の下の枕、横たわるマットレス、そして自分の腿がどんなに大きく開いているか。天井を見あげると、照明がブランコのように頭上で揺れている。中庭に入ってきて停まったばかりの車のように。

身体がこわばる。どうしようもなかった。いくら相手がブッチでも、彼をどんなに愛していても、この行為の恐ろしさ、その言い知れなさに身がすくむ。三百年――それがいきなり、いまここに収斂《しゅうれん》しようとしている。

どんなばかげた理由か、涙がわいてきた。

「ベイビー、いやなら無理にしなくてもいいんだよ」親指で彼女の頬を拭きながら、彼は腰を引いた。中断しようとするかのように。

「やめないで」と、彼の腰のくびれに指先を食い込ませた。「いいの――ブッチ、やめないで。したいの。ほんとよ」

彼は目を閉じた。頭を彼女のあごの下に入れて、両腕を彼女の身体に完全にまわした。横にひねり、固い身体で包み込むように抱きしめて、そのまま長いことじっとしていた。彼の体重がまともにかからなくなって、楽に息ができるようになった。焼きごてのように熱いものが腿に当たっている。そのうち、もうなにもしないつもりなのかと心配になってきた。

尋ねようとしたせつな、脚のあいだに彼がまた腰をしっかり入れてきた。

キスをしてきた。押し入られるようなディープキスに頭がくらくらする。身体が燃え、彼の下で波打つ。腰を腰にすり寄せ、もっと彼に近づこうとした。

そのときだった。彼が少し左側に身を寄せると、花芯に当たるものがあった。固くなめらかなものが。押し広げるようにすべるように動いて、圧迫感があった。彼女はじっとして、なにが押しつけられていて、それがどこを目指しているのか考えていた。

彼女の耳にも届くほど、ブッチが大きく音を立てて息を吸い、両肩に汗が噴き出して背筋を伝い落ちる。脚のあいだの圧迫感がどんどん強くなり、彼の呼吸がいよいよ深くなって、ひと息ごとにうめき声が漏れるほどになった。彼女がそれとわかるほどたじろいだとき、彼はふいに身を引いた。

「どうしたの?」彼女は尋ねた。

「すごくきつい」

「あなたがとても大きいのよ」

彼は吹き出した。「うれしいね……うれしいことを言ってくれるね、きみは」

「もうやめるの?」

「いや、やめてほしいのならべつだけど」

彼女からやめてのひとことがないのを見て、彼の身体が緊張し、先端がまた入口を探り当てた。頬に彼の手が触れてきたと思うと、髪をかきあげられて耳の後ろにかけられた。

「できるなら、身体の力を抜いてみてくれ、マリッサ。そっとするから」彼の身体が揺れはじめ、腰がゆっくりと彼女の腰に押しつけられては後退し、ゆっくりと前後する。そのたびごとに少しずつ奥に進もうとするが、彼女の身体がそれに抵抗する。

「大丈夫?」食いしばった歯のあいだから彼が言った。

彼女はうなずいたが、震えていた。とてもおかしな感じがする。まるで進展がないのだからなおさら——

だしぬけに彼は奥まですべり込んできた。外側の抵抗をするりと通りすぎて、先ほど指で探り当てた障壁まで達した。彼女が身を固くすると、ブッチはうめいて、彼女の頭の横の枕に顔をうずめた。

彼女は神経質な笑みを浮かべた。なにもかも想像とはちがう。「わたし——あの、ちょっと気になったんだけど、あなたは大丈夫かしらって」

「なにを言ってるんだよ。おれはもう爆発しそうだよ」彼はまたあえぐように息を吸った。せっぱつまったように。「でも、きみに痛い思いはさせたくない」

「気にしないでして」

彼がうなずくのを、彼女は見るというより感じた。「愛してるよ」

いきなりぐいと彼は腰を引いたかと思うと、切り込むように突いてきた。

痛みは鋭く生々しく、彼女ははっと息を呑み、それ以上押し入ってくるのを防ごうと彼の肩を押した。本能に突き動かされて、彼の下でもがき、逃げ道を探そうと——それが無理なら、せめて少しは身体を離そうとした。

ブッチは身体を浮かした。ふたりとも荒い息をついていて、ときおり腹部と腹部がかすめる。彼の重い十字架がふたりのあいだで揺れている。彼女はうっかり悪態をついた。先ほどまでの圧迫感は不快でしかなかった。これはちがう。痛いだけだ。

それに、侵された、奪われたという気がしてしかたがなかった。いままで小耳にはさんできた女性たちのおしゃべり、鍵と鍵穴のようにぴったりはまりあうとか、初体験は夢のようだとか、思っていたよりずっと楽だったとか——どれもこれも、彼女には当てはまらなかった。

パニックがこみあげてきた。ひょっとしたら、ほんとうにわたしの身体はおかしいのかもしれない。〝グライメラ〟の男たちは、その欠陥に勘づいていたのかもしれない。ひょっとしたら——

「マリッサ?」

――いつまで経ってもうまく行かないかもしれない。毎回こんなふうに痛いのかもしれない。ああ、どうしよう……ブッチは男らしいひとだし、精力旺盛だ。どうしよう、愛想を尽かされて、ほかの女のひとに――

「マリッサ、こっちを見てくれよ」

引きずるようにして視線を彼の顔に向けたが、なにも見えず、聞こえるのは頭のなかの声だけだった。ああ神さま、こんなに痛くてたまらないなんて、そんなはずがないわ。そうでしょう? そうだわ、やっぱりわたしにはどこか欠陥が……

「どんな感じ?」彼はぶっきらぼうに言った。「話してくれよ。黙ってしまいこんでないで」

「我慢できないってことあるのかしら」とっさに答えていた。

彼の顔から表情がすっと消えて、仮面のようにわざとらしい穏やかな表情に変わった。

「初体験からよかったっていう女のひとは、あんまりいないと思うよ。ロマンティックな処女喪失の話はみんな嘘だから」

ほんとうだろうか。ほんとうは、わたしがおかしいだけなのでは。

欠陥という言葉がいっそう大きく、いっそう執拗に頭のなかをぐるぐる駆けめぐっていた。

「マリッサ?」

「もっと美しいものかと思っていたわ」彼女は打ちしおれて言った。

身の毛もよだつ沈黙が落ちた……そのあいだ彼女にわかったのは、自分のなかで彼の固いものが緊張していることだけだ。ややあってブッチは口を開いた。「がっかりさせて悪かった。まあ、そう驚くようなことじゃないけどね」

彼は抜こうとしはじめ、そのときなにか変化があった。彼が動くにつれて全身に戦慄が走る。

「待って」と彼の腰をつかんだ。「まだ終わりじゃないんでしょう？」

「まだぜんぜんだ。でも、もっと我慢しづらくなっていくから」

「まあ……でも、あなたはまだ――」

「おれはもういい」

彼の固いものが完全に抜けたとき、みょうにうつろな感じがあった。彼の身体が離れたとたん、寒いと思った。上掛けをかけてもらったとき、太腿に軽く当たった彼のペニスは濡れて、柔らかくなっていた。

ブッチはとなりに仰向けになって、両の前腕を顔のうえに置いた。

ああ……もう滅茶苦茶だわ。こうしてひと息入れて落ち着いてみると、最後までやってと頼みたくなった。しかし、彼がなんと言うかはわかっていた。彼のこわばった全身が「ノー」と言っている。

並んで横たわりながら、なにか言わなくてはいけないような気がしていた。「ブッチ――」

「おれはもうくたくただし、頭のなかもぐちゃぐちゃなんだ。もう寝よう、な？」彼は寝返りを打ってこちらに背中を向け、枕をこぶしでへこませ、長く震える息を吐いた。

28

マリッサはふと目をさまして驚いた。いつのまに眠っていたのだろう。しかし、これが身を養うということなのだ。どうしても、そのあとは休息をとらずにはいられない。

暗がりのなか、めざまし時計の赤く光る表示を確かめた。夜明けまで四時間。夜のうちにやっておかなくてはならないことがある。

肩越しに見やると、ブッチは仰向けに横たわっている。片手をむき出しの胸に置き、深く眠り込んでいるしるしに、閉じたまぶたの下で眼球がせわしなく動いている。ひげが伸びてきていた。髪の毛がでたらめに広がっている。こうして眠っている顔は、とても若く見える。若くて、美男子だ。

どうしてもっとうまく行かなかったのかしら。わたしがもう少し我慢していたら、もうちょっと様子を見ていたらちがったのだろうか。でも、もういまはこの部屋から出ていかなくてはならないのだ。

上掛けの下からすべり出ると、夜気が肌を刺すようだった。足音を忍ばせて、スリップとコルセットを拾った。ショーツはどこに行ったのかしら——

ぴたりと足が止まった。驚いて見おろすと、腿の内側を温かいものが伝っている——血だ。

彼が入ってきたときの。

「おいで」ブッチが言った。

マリッサはあやうく服を取り落としそうになった。「あら――気がつかなかったわ、いつ目が覚めたの？」

彼が片手を差し出してきた。ベッドに近づいていくと、片腕がするりと片脚の裏側にまわってきて、マットレスのほうに引き寄せられ、体重を片膝で支える格好になった。彼が身を乗り出してきて、マリッサはあえいだ。腿の内側に舌を当てられたのだ。温かい舌を花芯に向かって這わせて、ヴァージンの名残りをなめとっていく。

この古い習わしを、ブッチはどうして知っているのだろう。人間の男性も、初体験の女性が相手のときはこういうことをするのだろうか。とてもそうは思えないけれど。

しかし彼女の一族にとっては、これは男女間の厳粛な儀式だった。

ああいやだ、また泣きたくなってきた。

ブッチは手を放し、また仰向けになって、なにひとつ見逃さない目で彼女を見つめた。どういうわけか、そんな彼の前だと自分が裸なのを強烈に意識してしまう。胸もとにスリップを握りしめていても。

「おれのローブがある」彼は言った。「あれを着ていくといい」

「どこにあるの」

「クロゼットだ。扉にかけてある」

ふり向いた。ローブは深紅で、彼のにおいがする。おずおずとそのにおいを吸い込んだ。

重いシルクが床まで垂れて、足を隠してくれる。布ベルトはとても長くて、ウェストに四重に巻けるほどだった。

床に落ちた破れたドレスに目をやった。

「あれはそのままにしといて」彼は言った。「おれが片づけとくから」

マリッサはうなずいた。ドアまで歩いていった。把手を握る。

なんと言ったら気まずさがやわらぐだろう。なにもかも滅茶苦茶にしてしまったような気がする。最初は、やむをえない身体的な欲求のせいでふたりのあいだに溝ができた。そして今度は性的な欠陥まであらわになって。

「いいんだよ、マリッサ。気にしなくていい、なにも言わずに出ていっていいんだよ」

彼女はうつむいた。「初餐《ファースト・ミール》のときに会える？」

「ああ……もちろん」

ぼんやりと感覚もなくして、門番小屋から歩いて本館に戻った。〝ドゲン〟が控えの間の奥のドアをあけてくれたとき、マリッサは転ばないようにブッチのローブのすそをつまんだ……それで思い出した。着るものがない。

フリッツと話をしなくては。

執事を厨房で見つけて、彼女はガレージへの行きかたを尋ねた。

「お召しものをとりにいらっしゃるのですか。でしたら、わたくしがとってまいりましょうか」

「自分で行って選びたいから」フリッツが気づかわしげに右側のドアに目をやるのを見て、

マリッサはそちらに歩き出した。「なにかあったら、かならず声をかけるわ」

フリッツはうなずいたが、顔じゅうに納得しかねると書いてある。

ガレージに足を踏み入れたとたん、マリッサは立ち止まった。ここはいったいなんだろう。六台ぶんの区画があるのに、車は一台も駐まっていない。車を入れる余地がないのだ。どういうことかしら……大きな木箱がいくつもいくつも。いや、ちがう……木箱ではない。柩だろうか。いったいこれはなに？

「マリッサさま、お荷物はこちらでございます」背後からフリッツの声がした。丁重だが断固とした口調。この松材の箱がなんだろうと、彼女にはなんの関係もないと言わぬばかりの。

「どうぞ、こちらへ」

先導されてついていった先に、彼女の衣装トランク四個のほか、かばんや箱が置かれていた。「よろしければ、お召しものを館までお運びいたしましょうか」

「いいえ、いいの」マリッサはヴィトンのトランクに手を伸ばし、真鍮の錠にふれた。「あの……ひとりにしてもらえる？」

「かしこまりました」

扉が閉まる音が聞こえるまで待って、マリッサは衣装トランクのラッチをはずした。本を開くようにふたつに開くと、スカートがこぼれるようにはみ出してきた。色とりどりのつややかな美しい服。これは舞踏会で着たドレス、これは〈プリンセプス会議〉で、これはハヴァーズの晩餐会で……

虫酸《むしず》が走った。

次のトランクをあけた。さらに次の、そして最後の。また最初のトランクに戻って、ひとつひとつ見ていった。そしてもう一度同じことを。

ばかげている。どれを着たって同じじゃないの。いいから適当に選びなさいよ。

手を伸ばして引き出し……いいえだめ、これは初めてリヴェンジから身を養ったときに着ていた服だわ。それじゃこれは？　だめよ……それはハヴァーズの誕生日パーティで着ていたドレスじゃないの。それじゃこれは……

怒りが込みあげてきた。燃え盛る怒りに、身内に憤怒の風が渦巻き、全身がかっと熱くなり、血が沸騰する。でたらめにドレスを引っつかんで、詰め物をしたハンガーからむしりとった。美しい布地に包まれて、だれかに従属し、拘束され、か弱さを押しつけられてきた――そんな記憶が呼び覚まされる服ばかりだ。次のトランクに移った。さらにドレスが宙を舞い、わしづかみにした手で布地を引き裂いていく。

涙がわいてきた。いらいらとぬぐっていたが、しまいになにも見えなくなって手を止めた。両手で目をこすり、腕をおろし、目もあやな混沌のただなかに立ち尽くす。

とそのとき、ガレージの奥のドアに目が留まった。

そしてその向こう、枠にはまったガラス越しに見えたのは……裏庭だ。

まだらに消え残る雪を見つめた。ドアの左側に目をやると、乗って操作するタイプの芝刈機が駐めてある。そばの床には赤い缶。そのまま視線を移していくと、雑草の刈払機があった。わきに並んでいるのは肥料の容器だろう。最後に、ガスのグリルに目が留まる。ふたのうえに小さな箱が載っている。

何十万ドル、何百万ドルものオートクチュールの山に目をやった。ゆうに二十分もかかって、ドレスを一着残らず裏庭に運び出した。コルセットやショールも忘れずに積みあげた。積みあがったドレスの山は、月光を浴びて不気味に輝いている。もの言わぬ亡霊のようだ――二度と戻ることのない日々、恵まれた……窮屈な……華麗な頽廃《たいはい》の日々の亡霊。

山のなかから飾り帯《サッシュ》を引き抜き、そのピンクのサテンを持ってガレージに引き返した。ガソリンの缶をとりあげ、マッチ箱をとった。ためらいはなかった。高価なサテンとシルクの渦のそばに戻り、透明な美しい液体をかけ、風上にまわってマッチを取り出した。サッシュに火をつけ、放り込んだ。

爆発の威力は予想をはるかに超えていた。マリッサは吹き飛ばされ、顔を焦がされ、燃えあがる炎はたちまち巨大な火の玉と化した。

紅蓮《ぐれん》の炎とどす黒い煙が噴き上がる。その業火《ごうか》に向かってマリッサは悲鳴をあげていた。

ブッチが仰向けに横たわって天井をにらんでいると、警報器が鳴り出した。すわとベッドから飛び出し、ボクサーショーツをはき、部屋を飛び出したところでヴィシャスにぶつかった。向こうも寝室から廊下に飛び出してきていたのだ。ふたりはそろってコンピュータに駆け寄った。

「なんてこった!」Vが叫んだ。「裏庭が火事だ!」

第六感だろうか、ブッチは即座に戸外へ飛び出した。裸足で中庭を走りながら、夜気を冷たいとも思わず、足裏に当たる小石の感触さえ意識していなかった。本館正面から裏にまわり、ガレージに駆け込む。やばい！　向こう側の窓を通して、裏庭に巨大なオレンジ色の炎が見えた。

悲鳴が聞こえた。

裏口のドアを突き破らんばかりにガレージから飛び出し、そこでブッチはたじろいだ。熱い。鼻を突くガソリンと燃える布のにおい。その業火のすぐ前に立つ人物にくらべれば、彼は二倍も遠いところにいるのに。

「マリッサ！」

彼女は身体を火に向かってふたつに折り曲げていた。大きく開いた口から噴き出す絶叫は、炎に負けず劣らず夜の闇を切り裂いている。取り乱して火のまわりをうろうろと……それが走り出した。

まずい！　あのローブが！　あれでは転んで――

背筋が凍った。案の定、血のように赤い長いローブが脚に巻きつき、足がもつれた。前のめりによろめいて、顔から火に倒れ込もうとする。

マリッサの顔にパニックが浮かび、支えを求めて両腕を虚空に突き出す。まるで時間の歩みが遅くなったようだ。ブッチは全力で走っていたが、少しも前に進んでいるような気がしなかった。

「マリッサ！」彼は絶叫した。

とそのとき、彼女が炎に呑まれる直前、その背後にラスが実体化して、両腕に彼女を抱き寄せ、彼女の生命を救った。

　ブッチはたたらを踏んで立ち止まった。麻痺したように脚ががくがくする。息ができない。地面に倒れ込んだ……崩れ落ちるように。

　両膝をついて、ラスの両腕に抱かれるマリッサを見あげていた。彼女はぐったりとラスに寄りかかっている。

「ラスが間に合ってよかった」すぐそばでVがつぶやいた。

　ブッチは反動をつけて立ちあがったが、身体がふらついて、地面が揺れてでもいるようだった。

「大丈夫か」Vが手を差し出してきた。

「ああ、大丈夫だ」ブッチはよろめきながらガレージに引き返し、そのまま歩きつづけ、何度かドアにつまずき、壁にぶつかり――あれ、ここはどこだ？　ああ、厨房か。ぼんやりと見まわして……食料貯蔵室が目についた。身体を押し込むようにしてその狭い部屋に入り、棚に背中を預け、ドアを閉じて、缶詰や小麦粉や砂糖といっしょになかにこもった。

　全身が震えはじめ、歯がかちかち鳴り出し、両腕が鳥の翼のようにばたついた。ほかのことはなにも考えられない。マリッサは焼け死ぬところだった。あの炎に巻かれて。身を守るすべもなく。悶え苦しんで。

　助けに駆けつけたのがブッチひとりだったとしたら。なぜか事態を察知したラスが、非実体化して助けに来なかったら、マリッサはいまごろ死んでいたのだ。

　ブッチには救う力がなかった。

当然のことながら、すぐにあのときのことを思い出した。身の毛もよだつほどあざやかに、車に乗り込む姉の姿が、二十五年前のあの情景が脳裏をかけめぐった。ちくしょう、おれにはジェイニーを救うこともできなかった。あの〈シボレー・シヴェット〉から引きずり出すには間に合わなかった。

あのときラスがあの場にいたら、姉も死なずにすんだかもしれない。

ブッチは目をこすりながら、目がかすむのは煙のせいだと自分に言い訳していた。

三十分後、青いトワール張りの部屋で、マリッサはベッドに腰をおろし、恥ずかしさの霧に包まれていた。やりすぎた。規則その一をあまり忠実に守りすぎた。

「恥ずかしいわ」

入口に立っていたラスが首をふった。「恥ずかしがることはない」

「でも、恥ずかしいの」笑顔を向けようとしたが、百万マイルほども的をはずしていた。顔がこわばっている。あの熱をまともに浴びたせいで、肌がごわごわだ。それに髪――ガソリンと煙のにおいがしみついている。ローブにも。

ブッチのほうに目を向けた。外の廊下で、壁に寄りかかっている。こちらに顔を出して数分間、まだひとことも口をきいていない。なかに入ってくる様子もない。たぶん頭がおかしいと思われているのだろう。無理もない、自分でもおかしいと思うもの。

「なんであんなことをしたのかわからないわ」

「ストレスがかかってるせいだ」ラスは言ったが、彼女が見ていたのはラスではなかった。

「それは言い訳にならないわ」

「マリッサ、こういう言いかたは誤解を招くかもしれないが、だれも気にしてないから。おまえが無事ならそれでいい。庭のことなんかどうでもいいんだ」

彼女の目が自分を素通りしてブッチに向かっているのに気づいて、王は首をひねってふり向いた。「ああ、ふたりきりにしておいたほうがよさそうだな。少し眠ったほうがいいぞ。わかったな」

ラスがあちらを向いたとき、ブッチがなにか言ったようだが聞こえなかった。それに応えて、王はブッチのうなじを軽く叩き、さらにぼそぼそとやりとりがあった。

ラスが立ち去ると、ブッチが近づいてきた。だが戸口のところで立ち止まり、なかには入ってこない。「足りないものはない？」

「ええ、大丈夫。シャワーが浴びたいだけ」それとロボトミー手術も受けたいわ。

「わかった。それじゃ、おれは〈穴ぐら《ピット》〉に戻ってるから」

「ブッチ……ごめんなさい、あんなことしちゃって。ただわたし……着たいドレスが一枚も見つからなくて。思い出したくないことを思い出す服ばっかりで」

「わかるよ」と彼は言ったが、そうは見えなかった。完全に感覚が麻痺しているかのようだ。外界との接触をすべて断っているような。とりわけ彼女との接触を。「それじゃ……ゆっくり休んで」

彼がこちらに背を向けたとき、マリッサはとっさに立ちあがった。「ブッチ？」

「きみはなんにも心配しなくていいから」

それ、いったいどういう意味なの？

あとを追おうとしかけたが、そのときベスが戸口に姿を現わした。両手に荷物を抱えている。「あら、えーと、その……マリッサ、ちょっといいかしら」

「ブッチ、行かないで」

彼はベスにうなずきかけると、廊下の先に目を向けた。「おれ、酔いを醒まさないと」

「ブッチ」マリッサは叫ぶように言った。「これでお別れなの？」

胸を突かれるような笑みをちらと浮かべて、彼は言った。「おれは一生きみを放しやしないよ、ベイビー」

彼はゆっくり遠ざかっていく。地面が定まらないようなおぼつかない足どりで。

ああ……なんてこと……

ベスが咳払いをした。「あのね、ラスに言われたんだけど、着るものが要るんじゃないかって……それで何枚か見つくろってきたから、よかったら着てみて」

マリッサはブッチのあとを追っていきたくてたまらなかったが、今夜はもうさんざん醜態をさらしてしまったし、ブッチはそんな大騒ぎにすっかりうんざりしているようだった。そうよね……その気持ちはとてもよくわかる。ただ、彼女には逃げ場がないというだけ。どこへ逃げようと自分からは逃げられない。

ベスに目を向けながら、これは生涯最悪の二十四時間だろうと思った。「ラスからお聞きになったのね、わたしが服をぜんぶ焼いちゃったこと」

「その……そういう話も出たわ」

「それで、裏庭の芝生に大きな穴を作ってしまったんです。まるでUFOが着陸したあとみたいな。ラスに怒鳴られなかったのが不思議なくらい」

女王の笑みはやさしかった。「ラスがいやがってたのはひとつだけよ。フリッツにブレスレットを渡して、売ってくれって言ったでしょ」

「わたしが借りる家なのに、おふたりにお世話になるわけにはいきませんもの」

「正直言って、できればここにずっと住んでもらいたいわ」

「まあ……そんな、もうじゅうぶん親切にしていただいたのに。ほんとなら、今夜はわたし……ガソリンとマッチを手にする前には、借りる家を見に行こうって思ってたんです。足りない家具があったら買わなくちゃいけないし」

たぶん一から十までそろえなくてはならないだろうけれど。

ベスはまゆをひそめた。「その家のことなんだけど。入居する前に、ヴィシャスに防犯設備を点検させたいってラスが言ってるの。たぶんVは、もっといいものに代えたいと言い出すと思うわ」

「そんな必要は――」

「問答無用よ。言ってもむだだから。少なくともそれがすむまでは、ここに泊まっててほしいってラスも言ってるわ。いいでしょ、マリッサ」

ベラが誘拐されたのを思い出した。独立するのはけっこうだが、そのためにばかなまねをしていいわけはない。「ええ……わたし……わかりました。ありがとうございます」

「それじゃ、これを着てみてくれない?」ベスは両手に抱えたものを差し出してきた。「わたし、あんまりドレスは持ってないんだけど、フリッツに頼めば用意してくれるわ」

「嘘みたいな話だけど……」マリッサは、女王のはいているブルージーンズに目をやった。

「わたし、まだ一度もパンツをはいたことがないんです」

「ここに二本持ってきてあるわ。はいてみる?」

今夜は初めてだらけの夜だ。セックス。放火。今度はパンツ。「ええ、ぜひ……」

だがそのとき、マリッサはわっと泣き崩れた。身も世もなく。完全にぽっきり折れてしまって、ベッドに腰をおろして泣きじゃくることしかできなかった。

ベスがドアを閉じて、足もとにひざまずいてきた。マリッサはあわてて涙をぬぐった。まるで悪夢だ。「女王さまが、そんなふうにわたしの前で膝をついたりなさっちゃいけません」

「女王さまは、なんでも自分の好きなようにするのよ」ベスは持ってきた服をわきへ置いた。

「なにがあったの」

あげ出したらきりがない。

「マリッサ……」

「わたし……わたし、話をだれかに聞いてもらいたくて……」

「だったら、目の前にわたしがいるじゃない。話してみない?」

いったいなにから話せばいいのだろう。しかし、なにより気がかりな問題がひとつある。

「ただ、あまり品のいい話題じゃないので。正直に言うとセックスの……セックスのことなんです」

ベスは上体を起こして、ヨガでもするように長い脚を組んだ。「べつにかまわないわよ」

マリッサは口を開きかけ、それを閉じ、また開いた。「わたし、こういうことは口にしちゃいけないって教わってきたんです」

ベスは笑顔になって、「この部屋にはあなたとわたししかいないわ。だれも聞いてないわよ」

だったら……思いきって。「あの……わたし、ヴァージンだったんです。さっきまで」

「そう」長い間があって、ベスは先をうながした。「それで？」

「それが、あんまり……」

「よくなかった？」マリッサが返事できずにいると、ベスは言った。「最初はがっかりよね、わたしもそうだったわ」

マリッサは顔をあげた。「ほんとに？」

「痛かったし」

「あなたも？」目の前の女性がうなずくのを見て、マリッサは肝をつぶした。それから少し気が楽になった。「痛いばっかりってわけじゃなかったんです。つまりその、あのときまでは……とてもすてきだったの、いえ、とてもすてきなの。ブッチはとても……とてもその……彼にさわられると、その……まあいやだ、わたしったらこんなはしたないことを。それに、言葉ではとても説明できないわ」

ベスはくすくす笑った。「いいのよ、言いたいことはわかるわ」

「ほんとに？」

「もちろんよ」女王の濃青色の目が輝いた。「ほんとうに、よくわかるわよ」

マリッサも笑顔になって、また話しはじめた。「でも、そのときになったら……つまりその、いざってときになったら、ブッチはほんとにとてもやさしくて、だからわたしもうれしいって思いたかったんです。ほんとに思いたかったの。でもほんとうにこわくて、それにとても痛かった。わたしの身体、どこかおかしいんじゃないかと思うんですけど」

「あらマリッサったら、そんなことないわよ」

「でも……ほんとに痛かったんです」と、両腕をおなかに巻きつけた。「ブッチも、女のひとはたいてい最初は痛い思いをするもんだって言ってたけど……でも、そうは思えなくて……少なくとも〝グライメラ〟はそんなことは言ってなかったし」

「あなたも貴族のひとりだから、気を悪くしないでほしいんだけど、〝グライメラ〟の言うことなんか、まるっきり信用できないとわたしは思うわ」

たぶん女王の言うとおりなのだろう。「あなたはうまく行きました？　ラスとその、初めて……」

「わたしの初体験の相手はラスじゃないの」

「あら」マリッサは真っ赤になった。「ごめんなさい、悪気は――」

「いいのよ。じつを言うと、ラスに会うまで、わたしセックスが好きじゃなかったの。彼の前にふたりとつきあったけど、あれはただの……まあそれはそれとして、みんなが大騒ぎするほどのことだとは思えなかったのよ。正直な話、最初の相手がラスだったとしても、つらいのは大して変わらなかったと思うわ、だって大きさが――」女王のほうも赤くなっていた。

「とにかく……つまりね、女はやっぱり侵される側じゃない？　興奮も快感もあるけど、侵されるのに変わりはないのよね。だから慣れるまでちょっとかかるのよ。最初はすごく痛い思いをする人もいるし。ブッチなら待ってくれるわよ。彼は――」

「彼は最後まで行かなかったんです。なんだか……できなかったみたいで」

「あなたが痛い思いをしてたのなら、彼が途中でやめたのは無理もないと思うわ」

マリッサは両手をあげて、「ほんとに、恥ずかしくてたまらないわ。あのときは、頭のなかがぐちゃぐちゃで……いろんなことが頭のなかで渦を巻いてるみたいで。部屋を出る前に、彼と話がしたかったんだけど、なにも言うことを思いつけなかったの。だって――彼を愛してるから」

「いいのよ、それでいいの」ベスはマリッサの手をとった。「それにね、そのうち大丈夫になるわ、絶対よ。もういっかい試してみさえすればいいの。もう痛いのはすませちゃったんだから、今度は問題ないはずよ」

マリッサは女王のミッドナイトブルーの目を見つめ、ふと気がついた。これまで生きてきて、自分の悩みをだれかと率直に話したことが一度もなかった。というより……これまで友だちがひとりもいなかった。けれども、このひとにはそんなふうに感じる。これが……友だちというものだと。

「なんだか……」マリッサはつぶやくように言った。

「なに？」

「あなたはとてもやさしいかたですね。ラスがあんなに強いきずなを結んでいるのも当然だわ」

「前にも言ったけど、わたし、あなたの力になりたいのよ」

「もうなってくださってるわ。今夜は……ほんとによくしていただいて」マリッサは咳払いをした。「それで、あの――あの、パンツをお借りしてもいいかしら」

「もちろんよ」

マリッサは衣類をとりあげ、たんすから替えの下着を取り出すと、バスルームに入っていった。

出てきたときは、細身の黒いパンツにタートルネックという姿だった。自分の身体を見おろさずにはいられない。大きく広がったスカートがないと、とても小さく見えた。

「どんな気分？」ベスが尋ねる。

「不思議だわ。軽くて、楽」マリッサは裸足で部屋を歩きまわった。「ちょっと裸でいるみたいな気分です」

「あなたのほうが細いから、ちょっとぶかぶかだわね。でも、とてもよく似合ってるわよ」

マリッサはバスルームに引き返して、また鏡に自分の姿を映してみた。「わたしもそんな気がします」

〈ピット〉に戻ると、ブッチは自分の部屋にふらふらと向かい、シャワーを浴びた。灯はつけなかった。いまだに酔いの抜けない、ぶざまな自分の姿を見てもしかたがない。まだ冷たいうちからシャワーの下に入った。その北極圏の冷たさで、少しは酔いが醒めないかと思ったのだ。

固い両手で石けんを身体にこすりつける。股間を洗う段になっても、目は下に向けなかった。見たくない。なにを洗い流そうとしているかわかっている。マリッサの内腿を流れていた血のことを思うと、胸がかっと熱くなった。

まったく……あれを見たときは、ぞくぞくするほど興奮した。だがそのあと、自分があんなことをしでかしたのには自分であきれた。なぜ口をつけようと思ったのか、どこからそんなことを思いついたのか、まるで見当もつかない。ただ、そうするべきだと思ったのだ。

ああ……ちくしょう。あのときのことは考えたくない。

手早く髪を洗い、手早くすすぐ。そそくさと出て、タオルで拭く手間もかけず、床に水をぼたぼた垂らしながらベッドに向かい、腰をおろした。濡れた肌に夜気は凍るように冷たく、それが自分にふさわしい罰だという気がする。こぶしであごを支えて、部屋の向こうを見つめる。ドアの下のすきまから漏れ入る光で、自分の服の山が見えた。マリッサが脱がせてくれたのだ。それから、あそこに落ちているのは彼女のドレスだ。

自分が着ていた服にまた目を戻す。あのスーツはほんとうは彼のものではない。あのシャツも、靴下も、ローファーも。彼が身に着けていたのは彼の服ではない。

手首の腕時計に目をやった。はずしてカーペットに落とした。

住んでいるのは自分の部屋でなく、使っているのは自分の金ではない。仕事もなく、未来もない。よく世話されたペットだ。男ではない。どんなにマリッサを愛していても、あの裏庭での一件ではっきりわかった。この関係がうまく行くはずがない。破滅のもとだ。とくにマリッサにとって。彼女は自分を見失っている。感じなくてもいい罪の意識を感じて苦しんでいる。おれのせいだ。ちくしょうめ、マリッサにはもっといい男がふさわしい。もっとい い……ああそうとも、彼女にはリヴェンジがふさわしい。血筋のいい貴族。リヴェンジなら、マリッサを守り、必要なものを与えられる。どこに出しても恥ずかしくないし、何百年も連れ添える。

ブッチは立ちあがり、クロゼットに歩いていき、〈グッチ〉のダッフルバッグを取り出し……そこで気がついた。ここを出ていくなら、ここに属するものはなにひとつ持っていきたくない。

バッグを放り出し、ジーンズとトレーナーを身に着け、ランニングシューズに足を突っ込んだ。ヴィシャスと同居しはじめたときに持ってきた、古い札入れと鍵を取り出す。飾りけのない銀の輪から下がる鍵を見ていたら、一昨年の九月のことを思い出した。住んでいたマンションの手続きなど、なにもやってこなかった。これだけ月日が経っている以上、とっくに家主が踏み込んで、彼の所持品は片づけられているだろう。それでいい。どっちみちあそこに戻ろうとは思わない。

鍵は置いて出ていこうとして、車がないことに気がついた。自分の足を見おろす。二十二号線まで歩き出て、ヒッチハイクをするしかなさそうだ。

ちゃんとした計画などまるでない。これからどうするのか、どこへ行くのか。ただ、兄弟たちとマリッサのそばにはいられない、わかっているのはそれだけだ。付け加えれば、念のためにコールドウェルからもおさらばしなくてはならないだろう。西部にでも行くか。

リビングルームに入ったとき、Vがいなかったのでほっとした。ルームメイトに別れを告いだろう。
げるのは、愛する女と別れるのと同じぐらいつらい。さよならの挨拶《ボン・ヴォヤージ》を無理にすることもな
しまった。彼が出ていったら〈兄弟団〉はどうするだろうか。彼はあまりに知りすぎてい
る——**かまうものか**。どっちみちもうここにはいられないのだ。なにか手を打たれるとすれ
ば、むしろ本望だ。そうなればまちがいなく、この不幸からは逃れられるわけだから。
〈オメガ〉にされたことについては——あの〝レッサー〟うんぬんに関しては、どういうこ
とかよくわからない。しかし少なくとも、兄弟たちやマリッサを傷つけるのではないかと、
心配する必要はなくなる。二度と会うつもりはないのだから。
控えの間のドアノブに手をかけたとき、Vの声がした。「デカ、どこへ行く」
ブッチはくるりと首をまわした。Vがキッチンの陰から進み出てくる。
「V……おれ、出ていくよ」なにか言われるより先に、ブッチは首をふった。「おれを殺さ
なくちゃならないっていうのなら、手早くやってさっと埋めてくれ。マリッサには黙ってて
くれよな」
「なんで出ていくんだ」
「そのほうがいいんだ、そのせいで死ぬことになっても。出てくなら殺すっていうのなら、
むしろそのほうがありがたい。惚れた女は、どうあがいても手に入らない女だった。おまえ
と兄弟たちだけがおれの友だちなのに、いまはそれも捨てようとしてる。ここを出て、外の
世界になにがある。ゼロだ。仕事はない。家族には頭がおかしいと思われてる。救いは、自
分の同族のなかで自力で生きていけるってことだけだな」

Vが近づいてきた。殺気をはらんでぬっとそびえ立つ影。

くそ、今夜でけりがつくのかもしれない。いま、ここで。

「なあブッチ、出ていくってわけにはいかんぞ。最初から言っといただろう。出口はないんだ」

「それじゃ、いま言ったとおり……やってくれよ。短剣でひと突きにしてくれ。だが、よく聞けよ。もう一分だって、ただの傍観者としてこの世界にとどまるつもりはないからな」

目と目が合ったとき、ブッチは身構えようともしなかった。抵抗するつもりはない。静かに永遠の眠りにつくのだ。親友の手にかかって、苦しまずきれいに死ねるのだ。

もっと悲惨な死にかただってある。もっとずっと悲惨な死にかたが。

ヴィシャスが目を細めた。「道はもうひとつある」

「もうひとつって……V、プラスティックの牙をつけてもらったって、問題はまるで解決しないぜ」

「おれを信じるか」黙っていると、Vは重ねて尋ねた。「ブッチ、おれを信じてるか」

「ああ」

「だったら一時間くれ。なんとかならないか調べるから」

29

時間はのろのろと過ぎ、ブッチは〈ピット〉をうろうろしながらVの帰りを待った。だが、頭にかかったスコッチのもやがどうにもふり払えないし、おまけにずっとひどいめまいが続いているしで、しまいに部屋に戻ってベッドに横になった。目を閉じた。眠れるとは思わなかったが、光がまぶしかったからだ。

重い静寂のなか、妹のジョイスのこと、生まれたばかりの赤ん坊のことを考えた。今日が洗礼式だ。どこでやるかはわかっている。彼が洗礼を受けた場所。オニール家の子全員が洗礼を受けた場所。

原罪が洗い流された場所。

腹に手を置き、黒い傷痕を探った。彼の原罪は結局、こうして戻ってきてしまった——この身のうちに。

黄金の十字架をまさぐり、皮膚が破れるほど強く握りしめた。教会へまた通わなくてはならない。なるべく毎週。

十字架を握りしめたまま、疲労のあまりいつしか眠り込んでいた。思考がこぼれ落ちていき、そのあとを無が埋めていく。意識があれば歓迎していただろう。

やがて目が覚め、時計を見た。二時間ぶっ通しで眠って、とうとう二日酔いの時間がやって来た。頭は鈍痛でふくれあがっているようだし、目は過敏になって、ドアの下から漏れ入る光さえまぶしい。寝返りを打って伸びをすると、背骨がぽきぽき鳴った。

そのとき、不気味なうめき声が廊下の向こうから漂ってきた。

「V?」ブッチは声をあげた。

返ってきたのはまたうめき声だ。

「V、大丈夫か?」

だしぬけに大きな音がした。重いものが落ちたような。続いてのどを締めつけられているような声。傷が深くて悲鳴をあげられず、死の恐怖にさらされている人の声のようだ。ブッチはベッドから飛び起き、リビングルームに駆け込んだ。

「どうした!」

ヴィシャスはソファからころげ落ちて、顔からコーヒーテーブルにぶつかり、酒壜やグラスがあたりに散乱していた。激しく手足をふりまわしながら、目はぎゅっと閉じ、口は大きくあけて声にならない声をあげている。

「ヴィシャス! 目を覚ませ!」ブッチは太い両腕をつかまえようとして、Vが手袋をはずしているのに気がついた。恐ろしい奇跡の手が太陽のように光を発し、テーブルにもソファのレザーにも焼け焦げができていた。

「やばい!」その手がぶつかってきそうになり、ブッチはあわててストライクゾーンから飛び離れた。

こうなっては、ヴィシャスの名を大声で呼ぶことしかできない。どんな化物にとらわれているのか、Vはそれと死にもの狂いで戦っている。だが、しまいにようやく現実世界に戻ってきた。ブッチの声が届いたのかもしれないし、たんにあちこちぶつかったせいで目が覚めたのかもしれない。

目をあけたとき、ヴィシャスは荒い息をつきながら震えていた。全身冷汗にまみれている。「大丈夫か?」ブッチがそばに膝をついて肩に手を置くと、Vはびくっとして身を縮めた。その反応がなにより気がかりだった。「おいおい……大丈夫だ、ここはおれたちのねぐらだから。なんにも心配は要らないぜ」

ふだんは冷静沈着なVの目が、いまはどんより濁っている。「ブッチ……ああ、ちくしょう。ブッチ……死ぬかもしれん。死ぬかも……シャツの胸もとが血で染まって……おれのシャツの胸もとが……」

「わかったからな、楽にしろよ。ちょっと落ち着こうか、な?」ブッチは、Vの右の脇の下に手をあてがい、力まかせにソファのうえに引きあげた。なんと痛々しい、革のクッションにぐったり横たわる姿は縫いぐるみのようだ。「なんか飲物をとってこよう」

ブッチは狭いキッチンに向かい、比較的きれいなコップをカウンターからとった。ざっと洗ってから冷たい水をくんだ。Vはきっと〈グース〉を飲みたがるだろうが。

戻ってみると、ヴィシャスは煙草に火をつけようとしていた。両手がぶるぶる震えて、まるで風にあおられる旗のようだ。

Vにコップを渡しながら、ブッチは言った。「もっと強いもんのほうがよかったか」

「いや、これでいい。すまん」

ブッチはソファの反対端に腰をおろした。「V、その悪夢な、そろそろ手を打ったほうがいいんじゃないのか」

「その話はやめようぜ」Vは深々と煙草を吸った。口から吐き出す煙が揺れている。「それに、いい話があるんだ。すごくいいとは言えないが」

ブッチとしてはVの悪夢の話を続けたいところだったが、それはどう見ても無理のようだった。「それじゃ聞かせてくれよ。だけどな、どうして起こしてくれなかったんだよ、戻ってきてすぐに――」

「起こしたよ。おまえが起きなかったんだ。それはともかく……」また煙を吐き出す。今度はずいぶんまともになっていた。「わかってると思うが、おまえの過去は調べさせてもらった」

「だろうと思ってたよ」

「調べんわけにはいかんからな、おれと――おれたちといっしょに暮らすやつのことだから。おまえの血筋をアイルランドまでたどったよ。沼地でミイラ化した先祖の血が何人ぶんも流れてるぜ、おまえの身体には」

ブッチは身動きもできなかった。「ほかに……ほかになにか見つかったのか」

「九カ月前に調べたときは見つからなかった。一時間前にまた調べたときも、やっぱり見つからなかった」

ちくしょう。興ざめなことだ。もっとも、そもそもなにを期待していたんだ。おれはヴァンパイアじゃない。「それじゃ、いったいなんの話があるっていうんだ」

「おまえの一族に、不思議な話が伝わったりしてないか。とくにヨーロッパにいたころに。たとえば女が夜中にさらわれたとか、いつのまにか妊娠してたとか。娘が行方不明になって、しばらくしてから子連れで戻ってきたとかさ」

そう言われても、オニール家では昔話が子供に語り伝えられることはめったになかった。母は六人の子供を育てながら看護婦として働いていて忙しかったし、ブッチが十二歳のときにジェイニーが殺されて、それ以後のオデルは打ちのめされて、子供たちに先祖の話をして聞かせるどころではなかった。父親はどうかって？ そりゃ親父はいたが、九時から五時まで電話会社で働いて、その後は警備員として夜勤をこなしていれば、親子のふれあいの時間なんぞ持てるはずがない。家にいるときは、エディ・オニールは飲んでいるか眠っているかだった。

「いや、おれの知るかぎりじゃない」

「まあいい。ブッチ、話ってのはこうだ」Ｖは煙草を吸い、煙を吐き出しながら言った。「おまえに、おれたちの血が混じってないか調べたいんだ」

こいつは驚いた。「だけど、おれの先祖は調べたんだろ？ 病院で血液検査したとしても、なんにも出なかっただろうし。それは一生同じじゃないのか」

「そうとはかぎらない。それに、正確に突き止める方法があるんだ。血統遡行《そこう》って言ってな」Ｖは輝く手を持ちあげてこぶしを握った。「おれはこの手が嫌いだが、遡行にはこれを使うんだ」

ブッチは焦げたコーヒーテーブルに目をやった。「おれを松明《たいまつ》みたいに燃やしてやろうっていうのか」

「べつの目的にも使えるのさ。楽にすむとは言わないが、生命を落とすことはない。つまりだ、マリッサの身を養うってあれに、おまえがどう反応したかってことだよ。それに、彼女のそばにいると身体がにおうって言ってただろ。おまけに、人間にしちゃやたらに血の気が多いしな。ひょっとするとひょっとするかもしれないぜ」

ブッチの胸の奥で温かいものがうずいた。希望のようなものが。「それで、もしヴァンパイアの親戚がいるってわかったらどうするんだ」

「そのときは……」Vは手巻き煙草を深々と吸い込んだ。「そのときは、変身させられるかもしれん」

そんな。嘘だろ。「それはできないんじゃなかったのか」

Vは、パソコンのそばの革装本の山にあごをしゃくってみせた。太腿に届くほどの高さに積みあがっている。「『年代記』に記述がある。おれたちの血が混じってれば、変化する可能性はある。危険は大きいが、ともかく可能性はあるんだ」

それがほんとうなら、ぜひ試してみたい。「その遡行ってのをやろう。いますぐ」

「すぐは無理だ。DNAを持ってたとしても、〈書の聖母〉から許可をもらわないと、強制的に変化を起こすなんざ絶対に無理なんだ。こういうことは軽々しくやっていいことじゃないし、おまえの場合は話がややこしくなってる。〝レッサー〟にああいうことをやられたからな。〈聖母〉が許可しなかったら、牙のある親戚がいようがいまいが関係ない。無意味だとわかってて、おまえに血統遡行をやらせるわけにはいかん」

「いつまで待てばいいんだ」

「ラスが、今夜話してみると言ってる」

「ほんとか。V、おれは──」

「時間をかけてじっくり考えろ。遡行をやるのはかなりきついぞ。たぶん意識が途切れるだろうし、生半可な苦痛じゃないそうだ。それに、マリッサにも話しといたほうがいい」

ブッチは彼女のことを考えた。「大丈夫、きっと乗り越えてみせるさ。心配無用だ」

「虚勢を張ってるのなら──」

「そんなんじゃない。やらなきゃならないんだ」

「やめといたほうがいいかもしれんぞ」Vは手巻き煙草の先端の火を見つめた。「無事に遡行を乗り切れたとしても、強制的に変化を起こすには生きた親戚が必要だ。それがうまく見つかったとしても、遷移の途中で死ぬ恐れもある。成功の見込みはかなり小さいんだ」

「かまうもんか」

Vは吹き出した。「大した度胸だ。それとも自殺願望があるのか、どっちだろうな」

「見くびってもらっちゃ困るぜ。自己嫌悪ってやつにはな、人にやる気を起こさせるすごい力があるんだ。それに、もうひとつの選択肢があれなのは、お互いわかってるじゃないか」

目と目が合った。どうやらVも考えていることはブッチと同じらしい。どんなに危険でもやるしかない。このままではブッチはどうしても出ていかねばならず、そうなればヴィシャスはどうしてもブッチを殺さなくてはならないのだから。

「マリッサと話してくる」

トンネルに続くドアに向かう途中で、ブッチは立ち止まった。「おまえのその夢だけどさ、打つ手なしってのはたしかなのか」

「ひとの心配してる場合じゃないだろ」

「おれは並行処理が得意なんだよ」

「女んとこへ行けよ。おれのことは心配すんな」

「まったく腹の立つやつだぜ」

「目くそ鼻くそって知ってるか」

ブッチは悪態をついた。トンネルに出ていきながら、あんまり興奮するなよと自分に言い聞かせる。本館に着くと二階にあがった。ラスの書斎の前を通り過ぎようとして、ふと思いついてドアの枠をノックした。王に声をかけられてから、ブッチはなかに入ってせいぜい十分ほど話をし、マリッサの部屋に向かった。

ノックをしようとしかけたとき、声がした。「いま出かけてるわよ」

身体ごとふり向くと、ベスが廊下の突き当たりの居間から出てくるところだった。花を活けた花瓶を両手に抱えている。

「どこへ？」

「レイジといっしょに新しい家を下見に行ったの」

「新しい家って？」

「自分の家を借りたのよ。ここから十キロぐらいのところに」

ちくしょう、出ていくつもりなのか。彼にはひとことも言わずに。「住所はわかるかな」

ベスは住所をあげて、安全な家だと請け合った。とっさにいますぐ駆けつけようかと思ったが、それはやめにした。いまごろラスは〈書の聖母〉のもとへ向かっているだろう。さっさと遡行をすませれば、終わったときにはいい話をマリッサに伝えられるかもしれない。

「今夜は帰ってくるんだろ？」それにしても、落ち着き先を見つけたのなら、言ってくれてもよさそうなものだ。

「もちろんよ。それにラスが、警報装置をちゃんとしてくれるようにヴィシャスに頼むって言ってたから、それがすむまではここにいるはずよ」ベスはまゆをひそめた。「ねえ……なんだか具合がよくなさそうよ。いっしょになにか食べない？」

うなずいたものの、ベスの言葉はほとんど耳に入っていなかった。「なあ、知ってると思うけど、おれマリッサを愛してるんだ」思わずそう漏らしたものの、なにを言うつもりなのか自分でよくわからなかった。

「ええ、知ってるわ。マリッサもあなたを愛してるわよ」

それならどうして、引っ越すことを教えてくれなかったのか。

だが考えてみれば、ここのところブッチはあまり話しやすい相手ではなかった。身を養う話で頭に血がのぼっていたし、彼女のヴァージンを捧げられたときは酔っぱらっていたし、痛い思いもさせてしまった。最低だ。

「腹は減ってないけど」彼は言った。「きみが食べるとこを見てるよ」

〈ピット〉では、ヴィシャスがシャワーブースを出て、とたんに女のように悲鳴をあげて大理石の壁に背中をぶつけていた。バスルームにラスが立っていたのだ。レザーに包まれた巨体は〈エスカレード〉ほどもありそうだった。

「ったくもう。マイ・ロード、おどかさないでくれよ」

「ちょっとびくついてるか、V、ええ?」ラスはタオルを差し出してきた。「たったいま〈書の聖母〉のところから戻ってきた」

Vはタオルを脇の下にあてがったところで手を止めた。「なんて言ってた?」

「いまは会えないそうだ」

「なんだって、どうしてだ」Vはタオルを腰に巻いた。

「なんでも『車輪の回転』がどうとか。なんのことやら。巫女がひとり出てきてな」ラスは口をぎゅっと結んでいて、これで話せるのが不思議なぐらいだった。「ともかく、明日の夜また行ってくる。正直、見通しはいまひとつだな」

いらだちが募り、ヴィシャスはまぶたがぴくぴくしはじめた。「くそ」

「まったくだ」少し間があった。「くそと言えば、その件でおまえの話をしようじゃないか」

「おれの?」

「いまにもぷっつり行きそうに緊張してるじゃないか。まぶたが痙攣してるぞ」

「ああ、そりゃあんたに十三日の金曜日をやられたからだよ」Vは王のわきをすり抜けて寝室に入っていった。

手袋をはめていると、ラスがやって来て戸口の枠にもたれかかった。「なあ、ヴィシャス……」

まったく、こういうのにおれたちは向いてないんだ。「おれはなんともない」

「そうだろうとも。それならこういうのはどうだ。週末まで猶予をやる。それまでに解決してなかったら、ローテーションからはずす」

「なんだって」

「休暇をとれ。後装休養《R&R》って知ってるか、兄弟」

「頭をどうかしたのか。トールがいなくなって、いまおれたちはたった四人しかいないんだぞ。ただのひとりだって――」

「――失うわけにいかん。ああ、わかってるとも。だからこそ、おまえが生命を落とすのを黙って見てるわけにはいかんのだ。いまその頭のなかで起こってることのせいで――というより、起こってないことのせいで、と言うべきかな」

「なに言ってるんだ、いまはみんながいらいらして――」

「さっきブッチが書斎に寄って、おまえがくりかえし悪夢を見てると教えてくれた」

「あんちくしょう」よけいなことをべらべらしゃべりやがって、杭みたいに地面に打ち込んでやるから見てやがれ。

「ブッチは正しいことをしたんだ。ほんとうなら、おまえが自分で言いに来るべきなんだからな」

　Vは書き物机に向かった。紙と刻み煙草をとって手早く一本巻く。なにかをくわえずにはいられない。口に栓をしていなければ、悪態が止まらなくなりそうだ。

「V、検査をしてもらえ」

「だれにだ。ハヴァーズにか？　CATスキャンをしようが精密検査をしようが原因はわからないぜ。身体の病気じゃないんだからな。心配しないでくれ、そのうち収まる」肩越しにふり向いて息を吐いた。「おれは知恵者ってことになってるんだぜ、忘れたのか。自分でなんとかする」

ラスはラップアラウンドのサングラスを下げた。淡い碧《みどり》の目が、ペンライトのように強い光を放っている。「一週間で解決しろ。それができなければ〈書の聖母〉に相談する。それじゃさっさと服を着ろよ。もうひとつ、デカのことでおまえに話があるんだ」

王がリビングルームに出ていくと、Vは深々と煙草を吸い、あたりを見まわして灰皿を探した。ちっ、しまった。リビングルームに置きっぱなしだ。

とりに行こうとしかけたところで、自分の手に目をやった。手袋に包まれた悪夢。口もとに持ってきてレザーを歯で嚙み破り、呪われた光を見つめた。

くそ。光が日に日に強くなってやがる。

息を詰め、吸いさしを手のひらに押し当てた。火のついた先端が肌に触れると、白光がいっそう明るさを増していく。刺青された警告の言葉が浮きあがって、しまいには立体的に見えてきた。

手巻き煙草はその光のなかで燃え尽き、神経終末がひりひり痛んだ。灰が残るだけになったとき、ふっと息を吹きかけると、小さな灰の雲が虚空を飛んで、やがて消え失せた。

マリッサはからっぽの家をひとめぐりして、また出発点のリビングルームに戻ってきた。思っていたよりずっと大きな家だった。地下に寝室が六つもあるからなおさらだ。きょうだいの——ハヴァーズの屋敷よりずっと小さいと思って契約したのだが、大きさというのは相対的なものだ。このコロニアル様式の家は広すぎる気がする。それにやけにがらんとしている。

引っ越してくる自分の姿を思い描くうちに気づいたのだが、これまで家のなかにひとりきりという経験をしたことがない。いつもまわりに召使やハヴァーズや患者さんや医療スタッフがいた。〈兄弟団〉の館も同じで、つねにひとがおおぜいいる。

「マリッサ？」レイジの重いブーツの足音が背後から近づいてきた。「そろそろ帰ろう」

「まだお部屋の寸法をとっていないの」

「フリッツを来させてやってもらえばいい」

彼女は首をふり、「これはわたしの家だもの。自分でやりたいの」

「にしてもさ、いつだって明日はあるじゃないか。いまはもう時間がないんだ」

最後にもう一度見まわして、彼女はドアに向かった。「そうね、明日にするわ」

ふたりは非実体化して館に戻った。控えの間を通ってなかに入ったとき、食堂からローストビーフのにおいがした。話し声も聞こえてくる。レイジはマリッサに笑顔を向けると、武器をはずしにかかった。短剣のホルスターを肩からはずしながら、メアリの名を呼ぶ。

「お帰り」

マリッサはくるりと後ろを向いた。ブッチがビリヤード室の陰のなかに立っている。ビリヤード台にもたれ、手にはずんぐりしたクリスタルのグラスを持っていた。いいスーツを着て、薄青のネクタイをしめている……が、目に浮かぶのは裸の彼の姿だ。両腕で身体を支えて、彼女のうえに覆いかぶさってくる姿。

熱いものが渦巻きはじめたとき、彼は目をそらした。「パンツだと別人みたいだな」

「え——ああ、ベスに貸していただいたの」

彼はグラスからひと口飲んで、「家を借りたんだって?」

「ええ、いまちょうどそこから——」

「ベスから聞いたよ。それで、あとどれぐらいここにいるの。一週間? もっと短いかな。たぶん短いほうだろうな」

「ええ、たぶん。言うつもりだったんだけど、まだ借りたばっかりだったし、それにいろんなことがあったから、言いそびれてたの。隠してたとか、そういうわけじゃないのよ」返事がない。「ブッチ? あなたは——いえ、その……わたしたち、大丈夫よね?」

「ああ」スコッチを見おろした。「少なくとも、もうすぐ大丈夫になるよ」

「ブッチ……あの、さっきのことだけど——」

「火事のことなら、わかってると思うけど、おれは気にしてないから」

「そのことじゃなくて……寝室であったこと」

「セックスのことかな」

マリッサは赤くなって目を伏せた。「またやってみたいの」

答えがないので、彼女は顔をあげた。

薄茶色《ヘーゼル》の目が食い入るように見つめてくる。「おれの望みがなんだかわかる？　一度でいいから、きみにふさわしい男になりたい。ただの……一度でも」

「あなたは——」

彼は両手を広げて、自分の身体を見おろした。「これはおれのほんとうの姿じゃない。でも、そうなれるようにするつもりだ。おれ自身のこの問題を、なんとかするつもりだよ」

「なんの話をしてるの？」

「食堂にエスコートさせてくれないか」話をそらそうとするかのように、彼は近づいてきて腕を差し出した。彼女がその手をとらずにいると、彼は言った。「マリッサ、信用してくれよ」

長い間があって、彼女はその手をとった。少なくとも、ブッチは逃げてはいかなかったのだ。あの火事のあとには、きっとそうするにちがいないと思ったけれど。

「よう、ブッチ。ちょっといいか」

マリッサとブッチは、そろってそちらに顔を向けた。階段の下の隠しドアから、ラスが姿を現わした。ヴィシャスもいっしょだ。

「やあ、マリッサ」王は言った。「デカ、ちょっと話がある」

ブッチはうなずいた。「なんだい」

「マリッサ、はずしてくれないか」

兄弟たちの表情は穏やかだし、身体にも力は入っていない。しかし、大したことじゃないんだと言わんばかりのその態度に、マリッサはただの一瞬もだまされなかった。だが、だからと言ってまといつくわけには……

「テーブルで待ってるわ」とブッチに言った。

食堂に向かったものの、途中で立ち止まってふり返った。三人で並んで立っていると、ヴィシャスとラスはブッチの頭上にそびえ立っている。話をするうちに、ブッチの顔に驚いたような表情が浮かんだ。まゆがひたいに飛びあがっている。やがて彼はうなずき、腕組みをした――前進する覚悟を決めたかのように。

マリッサは恐怖に全身が冷えた。〈兄弟団〉の仕事の話だ。まちがいない。

十分ほどしてブッチがテーブルにやって来たとき、マリッサは尋ねた。「ラスとVの話はなんだったの」

彼は、たたんであったダマスク織のナプキンを無造作に広げ、膝にのせた。「トールの家を捜索して、CSIをやってくれってさ。トールが戻ってきてないか、どこへ行ったか手がかりでも残ってないか調べてほしいっていうんだ」

あら……「そうだったの」

「何年もそれで食ってたからね」

「頼まれたのはそれだけ？」

料理の皿が用意されるあいだに、彼はスコッチを飲み干した。「うん。それと……〈兄弟団〉じゃ、地方部のパトロールを始めようって話になってて、適当なルートを考えてほしいとも言われたよ。今夜日が沈んだら、Vといっしょに出かけてそれをやることになった」

マリッサはうなずき、危険なことはないはずだと自分に言い聞かせた。彼が戦闘に巻き込

「わたし、あの、あなたがけがしたりしないかと思って。だって、あなたは人間だし、もしまれないかぎり。彼が――

「マリッサ、どうした？」

――」

「だから、今日はちょっと調査をしなくちゃならないんだ」

調査……それが彼女を閉め出す口実でなければいいけど。でも、あまりそこを強く押しすぎると、彼のことを弱者だと思っているように聞こえてしまう。「なにを調査するの？」

彼はフォークを手にとった。「おれの身になにが起きたか調べるんだよ。Vがもう『年代記』を調べてくれたんだが、おれにもやってみてほしいって言うんだ」

うなずきながら、彼女はふと気づいた。ということは今日は、並んで眠ることはできないわけだ。彼のベッドで――あるいは彼女の。

グラスの水をひと口飲みながら、マリッサは不思議に思った。こんなにすぐそばに座っている相手と、こんなに遠く離れているなんて。

30

その日の午後、ジョンは教室の席に着いていた。早く始まらないかと待ち遠しい。訓練は三日続けて一日休みというスケジュールだが、早くまた始めたくてたまらなかった。

彼がプラスティック爆弾についてのノートを読み返しているあいだに、ほかの訓練生はむだ話をしながら入ってきて座席についた。いつものとおりのじゃれあいだ……それが、急に静まり返った。

ジョンは顔をあげた。入口に男が立っていた。少しふらついているようだ。酔っているのかもしれない。いったい――

ジョンはぽかんと口をあけた。男の顔を見、赤毛を見て……ブレイロックだ。まちがいない……ブレイロックだ。ただ、まるで別人のようだった。

ブレイロックはうつむいて、ぎくしゃくと歩いて後ろの座席に向かった。ふつうに歩けないのか、足を引きずっている。自分の手足をうまく扱いかねているように見えた。椅子に腰をおろしてからも、膝をもぞもぞ動かして、うまく収める方法を探している。やがて、できるだけ小さく見せたいかのように背中を丸めた。

むだな努力だ。なにしろ、とにかく……でかい。

すごい。遷移を終えたんだ。

ザディストが教室に入ってきてドアを閉じ、ブレイロックに目をやった。ちょっとうなずいてみせたあと、Zはすぐに講義にとりかかった。

「今日から、化学戦の簡単な説明に入る。つまり、催涙ガスとか、マスタードガスとか――」Zは言葉を切った。そこで悪態をつく。だれも聞いていないのに気がついたようだ。生徒はみんなブレイロックを見ている。「しょうがねえな。ブレイロック、どんなふうだったかみんなに話してやれ。でないと訓練もなにも始められやせん」

ブレイロックは真っ赤になって首をふり、両手を自分の胸に巻きつけた。

「そうか、それじゃみんなこっちを向け」生徒がZに目をやると、「どういうもんか知りたいだろうから、おれが教えてやる」

ジョンは無我夢中で聞き入った。Zは一般論しか言わず、自分自身のことはなにひとつ漏らさなかったが、それでも貴重な情報だった。話が進むほどに、ジョンの身体に戦慄が走る。**それでいい**、と彼は自分の血肉に話しかけた。**ちゃんと憶えといて、なるべく早く始めるんだぞ。**

早く一人前になりたかった。


ヴァンは〈タウン&カントリー〉をおりて、助手席側のドアを静かに閉じ、影のなかにしばし立ち止まった。数百メートル先を眺めていると、自分が育った場所を思い出す。崩れかけた家、屋根はタール紙張り、横手には朽ちかけた車。ちがうのは、ここは周囲になにもないど田舎で、彼が育ったのはもっと町に近かったということだけだ。しかし、貧困一歩手前という点ではまったく同じだ。

周囲の様子を確認したとき、真っ先に気づいたのは夜闇を貫いて聞こえる奇妙な物音だった。リズミカルになにかを叩いているような……薪《まき》割りでもしているのだろうか。いや……このどんどんという音はそれとはちがう。どうやら目の前の家の裏口のドアかなにかを、だれかが力まかせに叩いているようだ。

「これが今夜のターゲットだ」ミスターXが言った。ほかにふたりの〝レッサー〟がミニバンからおりてきた。「昼組がこの一週間ここを監視していたんだが、日が落ちるまではひっそりしているそうだ。窓には鉄格子がはまってるし、いつもカーテンが引かれてる。目的は捕虜をとることだが、逃げられそうになったら殺しても――」

ミスターXは口をつぐみ、まゆをひそめた。周囲を見まわす。

ヴァンもそれにならったが、とくにおかしな気配はなかった。

と思ったら、黒の〈キャデラック・エスカレード〉が車寄せを走ってきた。色つきガラスの窓にクロームホイール。家一軒買ってお釣りが来るほど高価《たか》そうな車だった。こんな辺鄙《へんぴ》なとこに、あんな高級車がなんの用があるってんだ？

「武器の用意をしろ」ミスターXが声を殺して言った。「早く、早く」

ヴァンは買ったばかりの高価な〈スミス&ウェッソン〉の四〇口径を抜いた。手のひらにずっしりと重い。戦闘の期待に身体が快く張りつめて、敵とやりあいたくてうずうずする。

ところが、ミスターXが厳しい目で彼を釘付けにして、「きみは下がっていろ。戦わなくていいから、ただ見ているんだ」

くそったれめ。ヴァンは濃色の髪に手を突っ込んだ。**このいまいましいくそったれが。**

「わかったかね」ミスターXの顔は恐ろしく厳しかった。「きみは手出しをするんじゃない」

あごをわずかに沈めて、小さくうなずくのがやっとだった。声に出して悪態をつきそうになり、それを抑えるために顔をそむけた。問題のSUVをじっとにらんでいると、みすぼらしい家の前まで来て停まった。

どうやらパトロールかなにかのようだ。しかし警察ではない。少なくとも人間の警察でないのはたしかだ。

〈エスカレード〉のエンジンが止まり、男がふたりおりてきた。ひとりは比較的ふつうの大きさだった——アメフトのラインバッカーとしては、という条件つきでの話だが。しかし、もうひとりは巨大と言うしかなかった。

こいつは驚いた……〈兄弟〉だ。そうにちがいない。ゼイヴィアの言ったとおりだ。あのヴァンパイアほどでかい男を、ヴァンはこれまで見たことがない——リングにあがっていたから、怪物のような大男など見慣れているつもりだったのに。

すると〈兄弟〉はいきなり姿を消した。ぱっと虚空に消えてしまったのだ。あれはいったいなんだとヴァンが質問するひまもなく、ヴァンパイアの連れの男が首をまわして、まっすぐミスターXに目を向けてきた。こちらは陰のなかで、向こうから見えるはずはないのだが。

「信じられん……」ゼイヴィアが息を呑む。「**生きていたのか。**しかも主人《マスター》の……一部が……」

〝フォアレッサー〟はよろめくように前に出て、そのまま歩き出した。月が皓々《こうこう》と照るなかを。道のどまんなかを。

いったいなにを考えてるんだ？

白い髪の〝レッサー〟が暗がりから姿を現わすのを見て、ブッチは身体が震えた。まちがいない、彼を痛めつけてくれたやつだ。拷問の記憶は意識には残っていなかったが、肉体は自分を傷つけた相手を知っているようだった。この外道に引き裂かれ、叩きのめされた骨肉に、その記憶が刻み込まれている。

ブッチは攻撃をしかけようと身構えた。

だが、そのときろくでもないことが起こって、機会を逸してしまった。

家の裏手のほうから、チェインソーのうなりが聞こえてきたのだ。うなりはたちまち高まり、やがて高音の耳をつんざく悲鳴となった。まさにその瞬間、ふたりめの白い髪の〝レッサー〟が木立のなかから歩み出てきた。銃をブッチに向けている。

セミオートマティック銃が火を噴き、弾丸が頭をかすめたとき、ブッチは〈グロック〉を握って〈エスカレード〉の陰に身を隠した。こうして多少の安全を確保してから、ご挨拶ありがとうよと返礼に出た。引金を絞れば、次々に弾丸を送り出す〈グロック〉の反動を手に感じる。そのあいだも、生命に関わる器官はけっして火線にさらさない。銃火の応酬がいったんやんで、ブッチは防弾ガラス越しに敵の様子をうかがった。銃手は朽ちかけた車の陰に引っ込んで、弾丸を補充している最中のようだ。それはこちらもご同様だ。

ところが最初に出てきた〝レッサー〟、ブッチを拷問した当の相手は、まだ銃を抜いていなかった。ただ道のまんなかに突っ立ってブッチを見つめている。

まるで鉛玉を食わされたがっているようだった。

ご要望に応えようと、ブッチはSUVの陰から身を乗り出し、引金をしぼって、相手の胸目がけて弾丸をお見舞いした。〝フォアレッサー〟はうなり声をあげて後ろによろめいたものの、倒れはしなかった。たんにうるさがっているだけのように見えた。蜂に刺された程度のことでしかないかのように、銃弾の衝撃からあっさり立ち直る。

どう考えていいかわからなかったが、あの変わった弾丸がなぜあの〝レッサー〟には効かないのかと首をひねっているひまはない。微風のなかに片腕を突き出し、また銃弾を放った。何発もの速射を食らううちに、やっと〝レッサー〟はバランスを崩し、両手両足を大きく広げて仰向けに引っくり返り――

そのとき、背後でなにかのはじけるような音がした。耳をつんざく大音響に、てっきり銃声だと思った。

両手に〈グロック〉をしっかり握り、まっすぐ前に狙いをつけたままふり向いた。**くそ、まずい！**

女のヴァンパイアが、両手に子供を抱いて家から飛び出してきた。完全に取り乱しているようだが、それも無理はなかった。そのすぐあとを、でかい男のヴァンパイアが追ってきていた。怒りに顔を歪め、チェインソーを肩のうえにふりあげている。正気の沙汰ではない。回転する刃を逃げるふたりにふりおろそうとしている。本気で殺すつもりだ。

ブッチは銃口を五センチほど上向けて、男の頭を狙って引金を——

——引こうとしたそのとき、ヴィシャスが出現した。男の背後からチェインソーに手を伸ばす。

「しまった！」ブッチは引金を絞る人さし指を止めようとしたが、時すでに遅く、銃は跳ねあがって銃弾は飛び出し——

だれかに後ろからのどくびをつかまれた。あの銃を持ったふたりめの〝レッサー〟が、早くもここまで来ていたのだ。

ブッチは軽々と抱えあげられ、野球のバットよろしく〈エスカレード〉のボンネットに叩きつけられた。衝撃で取り落とした〈グロック〉が、ボンネットに当たって跳ね返る。だが気にすることはない。手をコートのポケットに突っ込み、持ち歩いている飛び出しナイフをまさぐる。ありがたい、向こうから飛び込むように手のなかに収まってきた。腕を抜き、刃を飛び出させ、胴体を左にひねって、こちらを押さえ込んでいる敵の脇腹に突き刺した。

苦痛の叫び。締めつけがゆるむ。

ブッチは下から相手の胸を強く押しあげ、〝レッサー〟を突き飛ばした。一瞬あちらが宙に浮いたとき、ブッチはナイフで大きく弧を描いた。ナイフの刃が〝レッサー〟ののどを切り裂くと、噴水の栓が開いたように黒い血が噴き出した。

ブッチは〝レッサー〟を地面に蹴倒し、家のほうに向きなおった。

ヴィシャスは自分の銃を構えて、チェインソー男に狙いをつけていた。うなる刃をよけながら、男の胴に銃弾を叩き込んでいる。いっぽう、子供を抱いた女は半狂乱で家の横手の庭を走っていたが、そこへ白い髪の〝レッサー〟が右から迫ってきていた。

「レイジを呼んだ」Vは落ち着いたもので、そう声をかけてきた。

「女を助けに行く」ブッチは叫び返して走り出した。全力で走る足が地面に穴をうがち、膝が胸まで跳ねあがる。間に合ってくれと祈り、もっと速く走れるようにと祈った……**どうか、今度ぐらいは……**

それを阻もうと、〝レッサー〟がみごとなフライングタックルをしかけてきた。そろって地面に倒れ込みながら、ブッチは女に向かって走れと叫んだ。

どこかで銃声がはじけたが、激しい格闘のさなかでそれどころではない。雪の融け残る地面に〝レッサー〟と転がり、上になり下になり、互いに殴りあい、首を絞めあう。このまま戦いつづけても勝ち目がないのはわかっていたから、ひとつには破れかぶれで、そしてもうひとつには本能のようなものに突き動かされて、ブッチは戦闘を放棄して、〝レッサー〟に上手《うわて》をとらせ……そして不死の化物と目と目を合わせた。

結合と呼ぼうか、おぞましい交流が、揺らぐことのない紐帯《ちゅうたい》が、瞬時に両者のあいだに根をおろし、どちらも身動きできなくなった。それと同時に、ブッチの身内に飲み込みたいという衝動が突きあげてきた。

彼は口をあけ、息を吸いはじめた。

31

道のまんなかに引っくり返ってザルのように血を流しながらも、ミスターXはあの汚染された人間、死んだはずの男から目を離さなかった。板についた戦いぶりだ。家の側面の庭で〝レッサー〟を突き倒したのはとくにみごとだった。とはいえしだいに劣勢になってきている。それは当然のことだ。〝レッサー〟についに仰向けに転がされたときには、あとはもう殺されるばかりと――

ところが、そこでふたりは凍りつき、力関係が変化した。強者と弱者の分かれ目があいまいになってくる。馬乗りになっているのは〝レッサー〟のほうだが、主導権を握っているのは人間のほうだ。

ミスターXは息を呑んだ。あそこでなにかが起きている……なにか……

だがそのとき、ふたりのすぐそばにブロンドの〈兄弟〉が出現した。戦士はたちまち襲いかかり、〝レッサー〟を人間から引きはがして、そこに築かれていたつながりのようなものを断ち切った。

暗がりのなかからヴァンが近づいてきて、ミスターXの視界をさえぎった。「そろそろ逃げ出したほうがよくねえか」

それがいちばん安全だろう。ミスターXは意識が遠くなりかけていた。「ああ……急ごう」

抱えあげられ、ミニバンに急ぎながら、ミスターXの頭は詰め物の足りない人形のように揺れていた。その揺れる視界のなか、ブロンドの〈兄弟〉があの〝レッサー〟を分解させるのが見えた。膝をついて人間の安否を確かめている。

いまいましいヒーローどもが。

もうまぶたをあけていられない。神を信じてはいないが、その神に感謝したい気分だった。ヴァン・ディーンは入会したてだから、〝レッサー〟は負傷した仲間を連れ帰ったりしないものだということを知らないのだ。重傷を負った〝レッサー〟はふつう、倒れた場所にそのまま放置される。あとは〈兄弟〉の短剣で〈オメガ〉のもとに送り込まれるか、徐々に朽ち果てるかのどちらかだ。

ミスターXは、ミニバンに押し込まれるのを感じた。続いてエンジンがかかり、車が動き出す。ぐったりと仰向けに横たわり、胸に触れて傷の程度を調べた。これなら回復するだろう。時間はかかるだろうが、再生できないほどの損傷は受けていない。

ヴァンが大きく右にカーブを切り、Xはドアに叩きつけられた。

痛みにうめくと、ヴァンがふり返って、「すんません」

「気にするな。急げ」

またエンジン音が大きくなると、ミスターXは目を閉じた。それにしても、あの人間が生きてぴんぴんして姿を現わすとは。これは大問題だ。重大問題だ。なにがあったのだろう。それに、あの人間がまだ生きているのを〈オメガ〉が察知できなかったのはなぜだろうか。

あの男からは、主人の本質のにおいがぷんぷんしていたのに。

くそ、理由などどうでもいい。重要なのは、こうしてあの男が生きていることがわかったいま、それを〈オメガ〉に伝えるかどうかだ。あるいは、このささやかなニュース速報が引金となって指導者の交替が起き、Xは永劫の罰を受けることになるのかということだ。あの男は〈兄弟団〉にまちがいなく殺されたと、彼は〈オメガ〉に断言してしまった。それがまちがっていたとわかったら、さぞかしばかに見えるだろう。

いまXはこちら側にいる、それが肝心なことだ。ヴァン・ディーンが自分の力に目覚めるまでは、どうあってもこちら側にとどまらねばならないのだ。となれば……トロイの木馬ならぬトロイの人間のことは、報告するわけにはいかない。

しかし、あの男は危険な障害だ。早急に片づけなくてはならない。

ブッチは雪の残る地面にじっと横たわり、息をしようとあえいでいた。あの〝レッサー〟と結びついたときになにが起きたのか。それはわからないが、その余波からまだ立ち直れなかった。

胃が裏返りそうだった。レイジはどこだろうと考えて思い出した。あのみょうなつながりを断ち切って〝レッサー〟を始末したあと、ほかに残党がいないか確認するため、ハリウッドは木立に入っていったのだ。

ということは、そろそろ身体を縦にしなくてはなるまい。また敵が現われたときの用心に、銃の用意をしておいたほうが賢明だろう。

両手で地面を押して立ちあがったとき、庭の向こうにさっきの母子の姿が見えた。小屋のわきに小さくなって、蔓草《つる》のようにしっかり抱きしめあっている。くそ……あのふたりには見憶えがある。ハヴァーズの病院で見かけた親子だ。やっと隔離室を出られた日、マリッサと並んで座っていた。

まちがいない、あのときの親子だ。女の子が膝下にギプスをはめている。

気の毒に。ああやって抱きあっている姿は、彼が警察官だったころに見た被害者そのままだ。トラウマを負った者の特徴は、種族の壁も超えるということか。母親の大きく見開いた目と青ざめた顔、平穏な毎日という幻想を打ち砕かれて途方にくれた表情は、かつて相手をしていた人々のそれとまったく同じだった。

ブッチは立ちあがり、ゆっくりふたりに近づいていった。

「わたしは――」もう少しで（警察です）と言いそうになった。「味方です。事情はわかってますから。もう大丈夫ですよ」

娘のくしゃくしゃの髪の毛を見つめていた母親が、その大きく見開いた目をあげた。

穏やかな声を保ち、それ以上近づかないように気をつけながら、彼は〈エスカレード〉を指さした。「お嬢さんといっしょに、あの車に乗っててください。心配は要りませんよ、キーは渡しますから。なんならなかからロックすればいい。わたしはこれから、ご主人の様子をちょっと見てきます。それがすんだら、ハヴァーズの病院へお連れしますよ」

女性が値踏みするような目でこちらを見ている。それも彼には見慣れた表情だった。この男は、わたしたちを傷つけたりしないだろうか、そう考えているのだ。男を信用してよいも

娘をしっかり抱きしめたままどうにか立ちあがり、彼女は手を差し出してきた。近づいていってキーをその手のひらに置く。もうひと組Vが持っているのはわかっていた。いざとなれば有無を言わさず乗り込むこともできる。

はじかれたように、女性はこちらに背を向けて走り出した。腕に抱えられた娘は重い荷物のように垂れ下がっている。

それを見送りながら、あの幼い少女の顔はきっと夢に出てくるだろう、とブッチは思った。そして眠りを妨げてくれるにちがいない。母親とちがって、少女は落ち着きはらっていた。こんな暴力ざたは日常茶飯事だと言わぬばかりに。

悪態をつきながら、彼は小走りに家に向かい、声を張りあげた。「V、入るぞ」

ヴィシャスの声が二階から降ってきた。「ここにはもうだれもいない。それと、さっき逃げてったミニバンだが、ナンバーはわからなかった」

ブッチは戸口に倒れている死体を調べた。男性ヴァンパイア、年齢は三十四歳ぐらいに見える。だがヴァンパイアはみんな、老化が始まるまではそれぐらいに見えるのだ。

足で男の頭を軽くつついてみた。プレゼントの包みにかかったリボンのように頼りない。

Vのごついブーツが階段をおりてきた。「まだ死んでるか」

「ああ。完全に息の根が止まって――おい、首から血が出てるぞ。おれの弾丸《たま》が当たったのか」

Vは片手を自分ののどくびに当て、手のひらについた血を見た。「どうかな。家の裏手でもそいつとやりあってたし、チェインソーで脅しをかけられてたし、どこで切っててもおかしくないしな。レイジは？」

「ここだ」ハリウッドが歩いて入ってきた。「林のなかを見てまわったが、敵の姿はなかった。あの親子はどうした」

ブッチは正面玄関のほうにあごをしゃくった。「〈エスカレード〉に乗ってる。病院に連れていかんと。おふくろさんに打撲傷があった」

「それはおまえとおれで連れていこう」Vが言った。「レイジ、おまえは双児んとこに戻ったらどうだ」

「そうしよう。あいつら、いまごろは獲物を探しにダウンタウンに向かってるはずだ。それじゃ、ふたりとも気をつけてな」

レイジが非実体化して消えると、ブッチは言った。「この死体はどうする」

「裏庭に運んでおこう。二時間ほどで日が昇るから、あとは太陽が始末してくれる」

ふたりで死体を持ちあげ、薄汚い家のなかを突っ切って、朽ちた安楽椅子《バーカラウンジャー》の枠組みのそばに横たえた。

ブッチは足を止め、切り刻まれた裏口のドアを眺めた。「つまりこの男が現われて、自分の女房と子供にジャック・ニコルソン（アメリカの俳優。ホラー映画『シャイニング』に主演した）をやってた。いっぽう〝レッサー〟のほうはこの家にしばらく前から目をつけてて、まったく運のいいことに、たまたま今夜を選んで攻撃をしかけた。そういうことか」

「大当《ビンゴ》たり」

「こういう家庭内暴力の問題はけっこうあるのか」

「〈古国〉にいたころはな。こっちに来てからはあんまり聞いてなかったんだが」

「通報されてないだけかもしれないぜ」

Vは目をこすっていた。見れば、まぶたがぴくぴくしている。「そうだな。ああ……そうかもしれんな」

裏口のドアの残骸を通ってなかに入り、いちおう鍵をかけた。正面玄関に向かう途中、リビングルームの隅にブッチは目を留めた。汚れたトラの縫いぐるみだ。あの子が落としていったのだろうか。拾いあげて思わずまゆをひそめた。やけに重い。

それを小脇に抱え、携帯電話を取り出し、二カ所に手短に電話をかけた。Vは正面のドアをなんとか閉じようとしている。それから歩いて〈エスカレード〉に近づいていった。

ブッチはそろそろと運転席側に近づいていった。両手をあげ、いっぽうの手のひらにはトラをぶら下げて。ヴィシャスも同じく、危害を加える気はありませんと意思表示をしながらボンネットをまわり込み、助手席のドアから一メートルほど離れたところで立ち止まった。

ふたりともそのまま動かない。

北風が吹きつけてくる。冷たく湿った鞭のようで、格闘で痛めた節ぶしにそれがこたえる。

ややあって、車のロックがかちりと音を立ててはずれた。

ジョンはブレイロックから目が離せなかった。シャワー室ではとくに。途方もなく大きくなっている。全身いたるところに筋肉が育っていて、背骨から広がり、脚や肩に盛りあがり、腕をふくらませている。それに軽く十五センチは背が伸びていた。信じられない。たぶん百九十センチ以上はあるにちがいない。

ところが、どうも本人は喜んでいるように見えなかった。動作はぎくしゃくしているし、身体を洗いながらずっとタイル張りの壁のほうを向きっぱなしだった。顔をしかめている様子からすると、使っている石けんがしみるのか、あるいは皮膚じたいが傷んでいるのかもしれない。おまけに、シャワーを浴びようとしては、一歩下がって湯温を調節しなおしている。

「おまえ、今度はこいつにも惚れそうになってんのか。〈兄弟〉たちがやきもち焼いても知らないぜ」

ジョンはラッシュをにらみつけた。にやにやしながら薄い胸を洗っている。ごついダイヤモンドのチェーンに石けんの泡が溜まっていた。

「ようブレイ、石けんは流さないほうがいいぜ。ジョンちゃんが、おまえの肉見てよだれ垂らしてるからな。ふるいつきそうな目ってまさにあれでさ」

ブレイロックは聞こえないふりをしていた。

「おいブレイ、聞いてんのか。それとも、ジョンちゃんが四つんばいになってるとこを妄想してんのかよ」

ジョンは前に出て、ラッシュからブレイロックの姿が見えないように立ちはだかった。

「なんだよ、あいつを守るつもりなのか」ラッシュはブレイロックに目をやって、「ブレイは守ってもらう必要なんかないだろ。いまじゃあんだけばかでっかくなってんだから。そうだろ、ブレイ。なあ、ジョンちゃんにイカしてやりたいって言われたらどうする？　やらしてやるんだろうな。もう待ちきれないんだろ。おまえらなら、きっと似合いの――」

ジョンはラッシュに飛びかかった。濡れたタイルに押し倒し、それから……向こうが気を失うほど殴りつけた。

まるで自動操縦で動いているようだった。相手の顔をひたすら殴りつづけ、怒りの波にまかせてこぶしをふるい、しまいにはシャワーの床を真っ赤な血が伝い、排水口まで赤い川を流すほどになった。何本の手に肩をつかまれようとも、完全に無視して殴りつづけた。

だしぬけに、身体が宙に浮いてラッシュから引き離された。

彼を持ちあげた相手に、がむしゃらに抵抗した。クラスメイトがみなおびえてあとじさっている。それは頭のどこかでぼんやり意識していたが、それでもあばれ、引っかくのはやめなかった。

あばれつづけ、声にならない声で叫びつづけるうちに、ジョンはシャワー室からつまみ出され、ロッカー室から運び出され、ついに廊下に連れ出された。あいかわらず爪を立て、こぶしをふりまわすうちに、しまいに青いマットを敷いたジムの床に投げ落とされて、衝撃で息ができなくなった。

しばらくは、金網に覆われた天井の照明を見あげるだけで精いっぱいだったが、押さえつけられているのに気がつくと、また闘争心が突きあげてきた。歯をむき出し、口のそばにあった太い手首に嚙みついた。

いきなり裏返しにされて、すさまじい重みが背中に食い込んできた。

「ラス、やめて!」

その名を聞いてもろくになにも感じなかった。まして女王の声にたじろぐはずもない。怒りをはるかに超える激情にジョンはわれを忘れ、四肢を滅茶苦茶に振りまわしていた。

「けがをさせちゃうわ！」

「ベス、口を出すんじゃない！」王の厳しい声がジョンの耳に突き刺さってきた。「気がすんだか、ぼうず。それともその歯でもう一ラウンドやらかしたいか」

ジョンはもがいたが、身動きもならないし、さすがに体力も尽きてきていた。

「ラス、お願い。起こしてあげ——」

「〝リーラン〟、これはこいつとおれの問題だ。おまえはロッカー室に行って、騒動の残り半分の始末をつけてきてくれ。タイルに伸びてたあいつ、あれはハヴァーズに診せなきゃならんだろう」

ほんとにもう、と声がして、ドアの閉じる音がした。

ラスの声が耳もとに戻ってきた。「仲間をぶん殴ったら男があがるとでも思ってるのか」

ジョンは背中の重みにあらがって身を起こそうとした。相手が王だろうとどうでもいい。どうでもよくないのは、そしていま感じられるのは、ただこの血管を駆けめぐる憤怒だけだった。

「あの口の悪いばか者に血を流させて、それで〈兄弟団〉に入れるとでも思ってるのか。どうなんだ」

ジョンはいっそう激しくもがいた。少なくとも、重い手がうなじにのしかかり、顔を床のマットに押しつけられるまでは。

「おれが欲しいのは乱暴者じゃない。兵士だ。そのちがいがわかるか。兵士は頭を使うもんだ」さらにうなじを強く押さえつけられ、目を大きく見開いたままばたきもできなかった。

「兵士は頭を使うもんだ」

のしかかっていた重みがふいに消え、ジョンは大きく音を立てて息を吸った。空気が前歯に当たりつつ引き込まれ、のどをこじあけるように流れ落ちていく。

息を吸う。吐いてまた吸う。

「立て」

うるせえ。そう思いながらも、マットを押して立ちあがろうとした。だがあいにく、情けない非力な肉体は、床にチェーンで縛られているかのようにぴくともしない。文字どおり、身体を持ちあげることもできなかった。

「立て」

うるせえよ。

「いまなんと言った」両脇の下に手を差し込まれて床から持ちあげられ、ジョンは王と顔と顔を突き合わせる格好になった。王は腹の底から怒っている。

恐怖が襲いかかってきた。現実が――完全に見失っていた現実が、ようやくはっきり見えてきた。

ラスのむき出した牙は、ジョンの脚より長く見えた。「口がきけないからといって、おまえの言葉がおれに聞こえないとでも思うか」

ジョンはしばらく足をぶらぶらさせていたが、やがて落とされた。膝が砕けてマットにくずおれた。

ラスは軽蔑もあらわにそれを見おろし、「不幸中の幸いだったな、いまここにトールがいなかったのは」

あんまりだ。ジョンは大声でわめきたかった。**あんまりだ。**

「あんなことをして、トールがいたら喜んだとでも思うのか」

ジョンは床を押して立ちあがり、ふらふらしながら上目づかいにラスをにらんだ。

その名前を言わないでくださいと口を動かした。**その名前は聞きたくない。**

だしぬけに、こめかみを激痛が貫いた。と思うと、頭のなかにラスの声が響きはじめる。

トールメント、と何度も何度も。耳を手でふさいで、ジョンはしりもちをつき、そのままあとじさった。

ラスはそれに合わせて前進してくる。頭のなかに響く声はしだいに大きくなり、しまいには情け容赦のない叩きつけるような詠唱に変わった。やがてジョンの目に顔が、トールの顔が浮かんだ。目の前にいるかのようにはっきりと。紺青の目。軍人ふうに短く切った暗色の髪。ごつごつした目鼻だち。

ジョンは口をあけて絶叫しはじめた。声は出なくても、その叫びで頭のなかの幻影をかき消したかった。胸の痛みに押しひしがれ、彼の知る唯一の父に恋い焦がれて、ジョンは目を覆い、肩をすぼめ、突っ伏して泣きはじめた。

彼がくずおれたとたん、一瞬にしてすべてがやんだ。頭のなかの声は消え、まぼろしも消え失せた。

たくましい二本の腕に抱えあげられた。

ジョンはまた叫び出したが、今度は苦悶のためで、怒りのためではなかった。ほかに頼る当てもなくて、ラスの大きな肩にしがみついた。いまはただ、この痛み苦しみを止めたかった……身内のこの苦しみ、深く埋めて忘れようとしてきた思い、そのすべてを消し去りたかった。取り返しのつかない喪失、悲劇的な状況にかき立てられた激情に、ジョンの心はえぐられ、生々しい傷痕の残らない箇所とてない。

「くそ……」ラスはジョンをやさしくゆすった。「もういい、ぼうず、泣くな。くそ……まったく」

32

マリッサは〈メルセデス〉をおりてから、かがんでまた首をなかに入れて、「フリッツ、ここで待っててくれない？　ここがすんだら、借りた家にまわりたいの」

「かしこまりました」

向きを変えてハヴァーズの病院の裏口を眺め、なかに入れてすらもらえないかもしれないと思った。

「マリッサ」

後ろをふり返って、「まあ……ブッチ」〈エスカレード〉に駆け寄った。「ありがとう、電話してくれて。あなたは大丈夫？　あのふたりは？」

「ああ、大丈夫さ。　いま診察を受けてるとこだ」

「あなたは？」

「ああ、おれはなんともない。ただ、外で待ったほうがいいと思ったんだ。つまりその……ほら、あれだから」

それはわかる。ハヴァーズは彼に会えばいい顔をしないだろう。たぶんマリッサにばったり会うのも喜ぶまい。

マリッサは病院の裏口に目をやった。「あのお母さんと女の子……こんなことがあったら、家に帰すわけにはいかないわよね」

「もちろんだ。〝レッサー〟に知られてるから、あそこは危険だ。それに正直な話、もうろくに家が残ってないありさまだしな」

「あのひとの〝ヘルレン〟はどうなったの？」

「あいつは、その……始末されたよ」

いけないとは思いながらも、死んだと聞いて彼女はほっとしていた。少なくとも、ブッチがその場にいたと思い出すまでは。

「愛してるわ」思わず口をついて出た。「だから、戦闘なんかに巻き込まれないでほしいの。なにかあってあなたを失ったら、わたし生きていけないわ」

ブッチが目を丸くした。そう言えば、ふたりで最後に愛を語ったのは、もうずいぶん前のことだ。しかし、彼女は規則その一を守ろうと固く決めていた。昼間ずっと離ればなれなのはいやだ。ふたりを隔てる距離がつらい。彼女のほうとしては、その現状をこれ以上そのままにしておくことはできない。

ブッチは一歩近づき、両手で彼女の顔に触れた。「ああ、マリッサ……きみにはわからないだろう、きみの口からその言葉を聞くのがどんなに……それを聞かずにはいられない。感じずにはいられないんだ」

そっとキスをして、唇を寄せたままやさしい言葉をささやいた。彼女が身をふるわすと、そっと抱きしめてくれた。まだ気まずいことがいろいろ残ってはいるけれど、いまこの瞬間にはそんなことはどうでもよかった。彼とまた結びつきたい、それだけだった。

彼が少し身を引いたとき、マリッサは言った。「わたしちょっと行ってくるけど、戻るまで待っててくれない？　新しい家を見てもらいたいの」

彼は指先で軽く彼女の頬をなぞった。目に悲しげな光が宿ったが、彼は言った。「ああ、待ってるよ。これからどんなとこに住むのかぜひ見てみたいしな」

「すぐ戻ってくるわ」

もう一度彼にキスをすると、彼女は病院の入口に向かった。闖入者のような気分だったから、すんなり入れてもらえたのには驚いたが、これですべてうまく行くと思うのは早合点だろう。エレベーターでおりながら、そわそわと髪をいじる。ハヴァーズに会うと思うと不安だった。穏便にすまなかったらどうしよう。

待合室に入っていくと、なんのために来たのか看護師はちゃんと心得ていて、すぐ病室に案内してくれた。ドアをノックしたところで、彼女ははっと身を固くした。

ギプスをした少女と話していたハヴァーズが顔をあげ、とたんにその表情が凍りついた。なにを話していたか忘れたらしく、先を続けられなくなり、眼鏡を押しあげ、咳払いをした。

「来てくれたんだ！」少女が声をあげた。

「こんにちは」マリッサは手をあげて挨拶した。

「それじゃ、ちょっと失礼して」ハヴァーズがぼそぼそと母親のほうに話しかけた。「退院の書類を用意してきます。でも、さっきも言ったとおり、すぐに出ていかれる必要はありませんからね」

マリッサは、近づいてくるハヴァーズを見ながら、知らんふりで素通りしていくのではないかと疑っていた。知らんふりはされなかった――というより、むしろできなかったのだろう。彼女のはいているパンツにちらと目をやり、彼は一瞬たじろいだ。

「やあ、マリッサ」

「こんにちは」

「その……元気そうだね」

愛想のいい言葉。だがほんとうに言いたいのは、この格好のことだろう。気に入らないのだ。「ええ、元気よ」

「それじゃ、失礼」

返事も待たずにそそくさと去っていく。のどもとに怒りがこみあげてきたが、彼女はきつい言葉を舌にのせようとはしなかった。ベッドに近づいていき、腰をおろす。小さな女の子の手をとりながら、なんと言おうかと考えたが、歌を歌うような少女の声に先を越された。

「うちのお父さん、死んだの」事実だからしかたがないという口調。「それで〝マーメン〟がこわがってるの。ここを出たらもう寝る場所もないんだって」

マリッサはちょっと目をつぶり、〈書の聖母〉に感謝した。少なくともこの問題には解決策がある。

母親のほうに目を向けて、「それならいい場所があるわ。すぐにお連れしたいんだけど」

母親は首をふろうとした。「でも、お金が――」

「お家賃ならあるよ」少女が言って、すりきれたトラの縫いぐるみを持ちあげてみせた。背中の縫い目をほどいて手を突っ込むと、お願い皿を取り出す。「これ黄金《きん》でしょ？　黄金ってお金……だよね？」

マリッサは深く息を吸い、泣いちゃだめよ、と自分に言い聞かせた。「だめよ、それはわたしからのプレゼントだもの。それにお家賃は払わなくていいの。ちょうど人の住んでないおうちがあってね、住んでくれる人を探してたのよ」また母親のほうに目を向けた。「おふたりで、わたしといっしょに住んでくださいな。新しい家の用意ができたらすぐにも」

ラスにしがみついて泣いたあと、ジョンはようやくロッカー室に戻ってきた。もうだれもいなかった。ラスは本館に引きあげたし、ラッシュは病院に運ばれ、ほかの訓練生は帰宅したあとだ。

助かった。完全な静寂のなかシャワーを浴びた。こんなに長時間のシャワーは生まれて初めてだった。ただシャワーの下に突っ立って、熱いお湯に全身を打たせる。身体のあちこちが痛い。吐きそうだ。

なんてことをしてしまったんだろう。ほんとうに王に嚙みついたなんて。クラスメイトをさんざんにぶちのめしたなんて。

ジョンはゆっくりとタイル張りの壁にもたれた。どんなにお湯を浴びても、石けんを使っても、この汚点が消えることはない。いくら洗っても……汚れているような気がする。だがそれを言うなら、不名誉や屈辱をこうむったときは、汚物まみれにされた気がするものだ。

毒づきながら、ジョンは自分の胸の貧弱な筋肉を見おろし、へこんだ腹と突き出した腰骨を見、まったくぱっとしない性器は見ないふりで、そのまま小さい足に視線を落とした。さらにタイルを目でたどり、ラッシュの血が吸い込まれていった排水口を見やる。

殺していたかもしれない、とふと気づいた。それぐらい正気を失っていた。

「ジョン」

ぎょっとして顔をあげた。ザディストがシャワーの入口に立っている。その顔にはなんの表情も見えなかった。

「そこがすんだら本館に来い。ラスの書斎で待ってるから」

ジョンはうなずき、お湯を止めた。訓練プログラムからはずされるのだろうか。その可能性は大いにある。この館からも追い出されるかもしれない。自業自得だから文句は言えないが、そうなったらどこへ行けばいいのだろう。

Zが立ち去ってから、ジョンはタオルで身体を拭き、服を着て、廊下の向かいのトールのオフィスに向かった。トンネルに入るために部屋を突っ切るとき、どうしても目があげられなかった。いまはトールメントのことは思い出すだけでつらい。なにも思い出したくない。
二、三分後、ジョンは館の玄関の間に着いて、大階段を見あげていた。赤いカーペットを敷いた階段をのろのろとのぼりながら、耐えがたいほどの疲れを感じた。のぼりきるころには、それがいっそうひどくなっていた。ラスの書斎の両開きドアは開いていて、話し声が漏れてくる。王と兄弟たちの声。きっと恋しくてたまらなくなるだろうな、と思う。
なかに入ると、まっさきに目に飛び込んできたのがトールの椅子だった。あの不格好な緑色のお化けが持ってきてあり、いまは王座の左後ろに置かれていた。なぜだろう。

ジョンは歩いてなかに入り、声をかけられるのを待った。

ラスは、上品な小さいデスクにかがみ込んでいる。書類を積みあげ、手には拡大鏡を持っている。あれを助けに文字を読んでいるのだろう。Zとフュアリーがそれぞれ王の左右に立ち、ラスの見ている地図をのぞき込んでいた。

「最初の拷問施設を見つけたのがここ」フュアリーが言って、大きな緑色の区画を指さした。

「ブッチが見つかったのがここ。おれが連れていかれたのがここだ」

「ずいぶん広い範囲にばらけてるな」ラスがつぶやいた。「何キロも離れてる」

「飛行機が要る」Zが言った。「空から調べればずっと効率がいい」

「そうだな」ラスは首をふった。「しかし、用心が必要だ。地面にあまり近づくと、連邦航空局《FAA》に目をつけられるぞ」

ジョンはじりじりとデスクに近づいていき、首を伸ばしてのぞき込んだ。

するとラスがさりげなく、その大きな紙をジョンのほうに押しやった。もう見終わったというように。それともひょっとして……おまえも見ろ、とジョンを励ましてくれているのだろうか。ただ残念ながら、その大きな地図に目をこらすより先に、王の前腕に気をとられてしまった。太い手首に歯形が残っている。恥ずかしくなって、ジョンはあとじさった。

そこへベスが入ってきた。赤いリボンをかけた革張りの巻物箱を持っている。

「それじゃラス、ブリーフィングと行きましょうか。すっかり優先順位をつけてきたわよ」

ベスが箱をおろすと、ラスは上体を起こして背もたれに背を預けた。彼女の顔をとらえて口に、続いて首の両側にキスをする。「それはありがたい。おれはいますぐでもいいんだが、

Vとブッチがマリッサを連れて顔を出すことになってるんだ。ああそうだ、〈プリンセプス会議〉の名案の話はしたかな。連れあいのない女性全員に〝隔離《セクルージョン》〟を義務づけるんだそうだ」

「冗談でしょう」

「あのばかども、まだ可決はしていない。ただリヴェンジによると、もうすぐ決をとることになってるらしい」王はZとフュアリーに目をやった。「おまえたちふたりは飛行機の状況を調べてくれ。操縦のできるやつはいたかな」

フュアリーが肩をすくめた。「おれ、昔は飛ばしてたぜ。それにVに助っ人を頼めば――」

「おれになんの助っ人を頼むって？」そう言いながらVが書斎に入ってきた。

ラスは双児の横からそちらを見て、「セスナにくわしいか、兄弟」

「やったな、飛行機を飛ばすのか」

ブッチとマリッサがVのあとから入ってきた。手をつないでいる。

ジョンはわきへどいて、全体を観察することにした。ラスはベスと熱心に話しあっているし、Vとブッチとマリッサは三人でなにごとか話しはじめ、フュアリーとZは部屋を出ていった。

混沌。活動。目的。これが王の政治、仕事中の〈兄弟団〉だ。この部屋にいられるとは、なんと名誉なことだろう……哀れにもここから蹴り出される前の、ほんの短いあいだだとしても。

彼がここにいるのをみんなが忘れていればいいがと思いつつ、ジョンは座る場所を探し、トールの椅子に目をつけた。目立たないように気をつけながら歩いていき、色あせてすり切れた革に身を沈めた。ここからはすべてが見渡せる。ラスの机のうえも、そこに載っているものも。人の出入りするドアも、部屋の四隅も。

ジョンは両脚を椅子のうえに引きあげ、身を前に乗り出して、ベスとラスが〈プリンセプス会議〉について話しているのに耳を傾けた。すごい。このふたりはほんとによく協力しあっている。ベスが鋭いアドバイスをし、王がそれを取り入れる。

ラスが彼女の言葉にうなずくと、長い黒髪が肩からこぼれてデスクに垂れ落ちた。王はそれをかきあげ、身体を傾けて引出しをあけたと思うと、らせん綴じのノートとペンを取り出した。こちらに目を向けず、ラスはそれを後ろに差し出してきた。ジョンの目の前に。

ジョンは震える手でそれを受け取った。

「まあまあ〝リーラン〟、〝グライメラ〟が相手のときはそういうものなんだ。ばかの集まりだからな」ラスは首をふり、Vとブッチとマリッサを見あげた。「それでおまえたち、なにがあった？」

ジョンは交わされる言葉をぼんやり聞いていたが、なんだか気がひけて内容には集中できなかった。ひょっとしたら、追い出されずにすむかもしれない……ひょっとしたら。

また話が耳に入ってくるようになったとき、マリッサが口を開いた。「どこにも行き場がないから、わたしが借りたあの家に泊まってもらうことにしたの。でもラス、長期的な支援が必要なの。それに、ほかにも同じようなひとがいるんじゃないかと思うの——頼るあてのない女のひとたちが。連れあいが〝レッサー〟に連れ去られたり、そうでなくても病気とかで亡くなったり、あってはいけないことだけど、連れあいに虐待されたり。なにか支援体制みたいなものがあれば——」

「そうだな、たしかにそれは必要だ。ほかにも必要なものは何千となくあるがな」ラスはラップアラウンドの下の目をこすり、またマリッサに顔を向けた。「よし、この問題はおまえに任せる。人間たちはどういう方法をとってるか調べて、われわれにはどんな体制が必要か考えろ。予算や人員や設備はどれぐらい必要か言ってくれ。それでよしとなったらおまえが責任を持って実行に移すんだ」

マリッサは口をぽかんとあけた。「わが君《マイ・ロード》……」

ベスがうなずいた。「すごくいい考えだわ。それとね、メアリは福祉担当者と仕事をしてたのよ、〈自殺防止ホットライン〉でボランティアをしてたとき。だから、まずメアリに話を聞いたらどうかしら。社会福祉局のことはよく知ってると思うわよ」

「わたし……その……ええ、やってみます」ブッチに目をやると、励ますように笑顔を向けてくる。尊敬できる女性を得た男性らしく、その顔には誇らしげな表情がずっと浮かんでいた。「ええ、わたし……やります。きっと……」マリッサはぼうっとして部屋を歩いていき、ドアの手前で立ち止まった。「あの、マイ・ロード……わたし、これまでこういうことはまるで経験がないんです。つまりその、病院の手伝いはしてましたけど、でも——」

「おまえならうまくやれるさ、マリッサ。それに、これは以前あるひとに言われたことだが、ひとりでできないときは手助けを求めればすむことだ。わかったな」

「ええ……はい、ありがとうございます」

「忙しくなるぞ」

「はい……」パンツ姿のまま、マリッサは膝を曲げてお辞儀をした。

ラスはかすかに笑みを浮かべ、恋人のあとから出ていこうとするブッチに目をやった。

「ああデカ、今夜はおまえとVとおれでやることがある。ゴーサインが出た。一時間後にまた戻ってきてくれ」

ブッチは青ざめたようだったが、すぐにうなずいて部屋を出ていった。あとにヴィシャスが続く。

ラスがまた〝ジェラン〟に目を向けたとき、ジョンは手早くノートに文字を書いてベスに差し出してみせた。彼女が声に出して王に読み聞かせると、ラスは首をかしげた。

「ああ、行っていいぞ。それとな、おまえが反省してるのはわかってる。謝罪は受け入れよう。だが、これからはこっちの館で寝起きしろ。その椅子で寝たければそれでもいいし、廊下にベッドを持ってきてもいいが、ともかくこれからはこっちで寝るんだ」ジョンがうなずくと、王は言った。「それともうひとつ。毎晩午前四時に、ザディストと散歩をしろ」

ジョンは上がり調子で口笛を吹いた。

「なぜかって？　おれの命令だからだ。毎晩だぞ。それが守れなければ、訓練プログラムからはずすし、ここからも出ていってもらう。わかったか。ちゃんとわかったうえでそのとおりにする気があるなら、口笛を二度吹け」

ジョンは言われたとおりにした。

それからぎこちなく、手話で**ありがとうございます**と伝えて、書斎をあとにした。

33

四十五分後、ブッチは厨房の入口に立ってマリッサを見つめていた。メアリとジョンと三人で身を乗り出し、ニューヨーク州の福祉機関の込み入った相関図とにらめっこをしている。メアリはケーススタディ式に各組織の役割をマリッサに教えており、ジョンがみずから買って出てその実例《ケース》を提供していた。

それにしても、この少年がこれほど悲惨な生い立ちだったとは。バスの停留所のトイレで生まれ、守衛に見つけられてカトリックの孤児院に連れていかれた。里親のもとに預けられたものの、〈慈悲の聖母〉修道会が里親制度の規模を縮小したとたん、里親たちはあっさり彼への関心をなくしてしまった。その後は悪くなるいっぽうだった。十六歳で学校を中退、学校制度から逃げ出して、最底辺の街に住み、ダウンタウンで皿洗いをして生活費を稼いでいた。生命があっただけでもめっけものだ。

そしてマリッサは、本気で彼のような子供を支援したいと思っているようだ。

話が進むうちに、彼女の口調が変わってきたのにブッチは気づいた。声が低くなり、直接的な物言いが増えた。目の光が鋭くなり、質問はいっそう鋭くなる。マリッサは信じられないほど頭がいい。これならうまくやっていくだろう。

愛しくてたまらない。だからどうしても、彼女の欲求を満たせる男になりたい。彼女にふさわしい男に。

それが合図だったかのように、足音が聞こえた。Vのトルコ煙草のにおいもする。「刑事《デカ》、ラスが待ってるぞ」

ブッチは恋人の姿をもうしばらく見つめた。「よし、やろう」

マリッサが顔をあげる。「ブッチ？　あなたのアイデアが聞きたいわ、警察のことで」と図を指さした。「法執行機関の介入が必要になる場面って、いろいろあるでしょう。ラスも考えなくちゃいけなくなると思うの、市民を守る組織みたいなものを作ろうって」

「きみの頼みならなんでもするよ」ブッチは彼女の顔を記憶に刻みつけた。「必要になったら言ってくれ、いいね」

マリッサはうなずき、上《うわ》の空の笑みを浮かべて、また仕事に戻った。

我慢できずにそばへ寄っていき、肩に触れた。彼女が顔をあげると、唇にキスをして「愛してるよ」とささやいた。

彼女の目が輝いた。彼はもう一度キスをしてから厨房の出口に向かった。ちくしょう、血統の遡行をしてみたはいいが、結局は平凡なアイルランドの白人の祖先がぞろぞろ出てくるだけだったら――そうでないことを彼は痛切に願っていた。

ヴィシャスとともに階段をのぼって書斎に入ると、華麗なフランスふうの部屋にはラスがひとりいるだけだった。暖炉の前に立ち、太い腕をマントルピースに置いている。ひどい頭痛がするような顔をして炎をにらんでいた。

「マイ・ロード」Vが声をかけた。「なにか問題でも？」

「いや」ラスは入れと身ぶりで示した。ブラックダイヤモンドの指輪が中指に光っている。

「ドアを閉めろ」

「ちょっと応援を呼んできていいかな」Vが廊下のほうにあごをしゃくった。「デカを押さえとくのにレイジの助けを借りたいんだ」

「いいとも」ヴィシャスが出ていくと、ラスはブッチを見つめた。鋭く見つめるうちに、ラップアラウンドの奥の瞳が燃えるように輝き出す。「〈書の聖母〉が許可するとは思ってなかった」

「許可してもらえてよかった」よかったどころではない。

「自分がどんなことに足を突っ込んだかわかってるのか。恐ろしい苦しみが待ってるんだぞ。しかも、終わったときには植物状態になっているかもしれない」

「Vがすっかり情報開示はしてくれたよ。承知のうえだ」

「いちおう確認してみたんだ」ラスは納得したようにつぶやいた。「この問題に関しては、おまえはやけに口数が少ないから」

「ほかに選択肢がないじゃないか。これ以外に突き止める方法はないんだ。となりゃ、あれこれ考えたってしかたがない」

両開きのドアがかちりと音を立てて閉じ、ブッチはそちらに目をやった。レイジは濡れた髪にすりきれたブルージーンズ、黒いフリースという格好で、靴も靴下もはいていない。ばかな話だが、こいつは足までみごとだとブッチは思った。ハリウッドのやつは、毛むくじゃらの指だの汚い爪だのに悩むことなどないのだ。まったくいまいましいやつだ。頭のてっぺんから爪先まで、どこをとっても非の打ちどころがない。

「よう、デカ」レイジは言った。「ほんとにやる気なのか」

うなずくブッチの前にヴィシャスが進み出てきて、手袋をはずしはじめた。「そのシャツを脱いでもらわんといかん」

ブッチは上半身裸になり、〈ターンブル&アッサー〉のシャツをソファに放り投げた。「十字架はつけたままでもいいか」

「ああ、溶けんだろう。まあ、大してな」Vは手袋を尻ポケットに突っ込み、黒い革ベルトを腰から抜いて、それをレイジに差し出した。「これをこいつに嚙ませて押さえといてくれ。歯が砕けちゃいかんからな。じかに身体には触れるなよ。これだけ近くにいれば、どっちみち多少の日焼けはしょうがないが」

レイジが背後にまわってきたが、そのときドアにノックの音がした。一時中断だ。

木製のドアの向こうからマリッサの声が聞こえてくる。「ブッチ？　ラス？」またノック。さっきより強い音。「マイ・ロード……ここでなにをしてらっしゃるの？」

ラスがブッチに片方のまゆをあげてみせる。

ブッチは答えた。「おれから話させてくれ」

ラスが意志の力でドアを開くと、マリッサが飛び込んできた。Vの手袋をはずした手とブッチの裸の胸をひと目見るなり、雪のように真っ白になった。

「ブッチになにをしているの」

ブッチはマリッサに近づいていった。「おれのなかに、きみの種族の血が混じってないか調べるんだ」

彼女は口をぽかんとあけた。ラスにくるりと向きなおって、「やめるようにおっしゃって。こんなことしちゃいけないって。こんな――」

「マリッサ、これはブッチが選んだことだ」とラス。

「死んでしまうわ！」

「マリッサ」ブッチは言った。「危険を冒してでも、おれは自分のことが知りたいんだ」

彼女は今度はブッチに向きなおった。怒りに燃えるその目は、まちがいなくみずから光を発していた。しばし間があって、彼の顔に平手が飛んできた。

「いまのは、あなたが無茶をやってるからよ」息をつく間もなく、二発めが飛んできた。痛そうな音がまた天井に反響する。「そしてこれは、それをわたしに黙ってたからよ」

頬が燃えるように痛んだ。心臓の鼓動に合わせてずきずきする。

「みんな、ちょっとはずしてくれないか」彼女の白い顔から目を離さず、ブッチは静かな声で言った。

兄弟たちが姿を消すと、ブッチは彼女の両手をとろうとしたが、マリッサはさっと引っ込めて、両腕を自分の身体に巻きつけた。

「マリッサ……おれにはこれ以外に道が見つけられないんだよ」

「なんの道？」

「見込みがあるんだ。きみにほんとうに必要とされる男になれる――」

「わたしに必要とされる男ですって？　わたしに必要なのはいまのあなたよ！　だいたい、生きてててくれなくちゃ話にならないわ！」

「おれは死なない」

「あら、前にもやったことがあるの？　だから大丈夫だってわかってるっていうの？　だったらとってても安心ね」

「やらないわけにはいかないんだ」

「そんなはず――」

「マリッサ」強い口調でさえぎった。「おれの身にもなってみてくれ。おれの立場に立つ気で考えてみてくれよ。きみはおれを愛してるのに、おれはほかのだれかとつきあって、ほかのだれかから身を養わなくちゃならない。なのにきみにはどうすることもできないんだ。何カ月も何カ月も、何年も何年もそれが続くんだぞ。どんな気分がするかきみにわかるか？　それに、おれをあとに残して死ななくちゃいけないって、もう最初からわかってるんだぜ。おれの生きている世界で、自分は二級市民として生きたいと思うか？」

「それじゃ、わたしといるより死んだほうがましだっていうの？」

「言ったじゃないか、死ぬとは――」

「でもそのあとはどうなるの。わたしにその先が見えないとでも思ってるの？　あなたがヴァンパイアの子孫だってわかったら、ほんとうに愚かなことをやろうとするんでしょ。そうじゃないって言える？」

「きみをとても愛してるから――」

「いい加減にして！　わたしを愛してるなら、自分からこんな危険を冒そうなんてするはずがないわ。ほんとに愛してるなら――」マリッサの声がかすれた。「愛してるなら……」涙が目に浮いてきた。彼女はあわてて、両手を強く押し当てて顔を覆った。震えている。全身わなわな震えていた。

「ベイビー……大丈夫だよ」ありがたいことに、腕をまわしても彼女は拒まなかった。「ベイビー――」

「いまはあなたに腹が立ってしかたがないわ」彼女はブッチの胸に向かって言った。「あなたは自分勝手で、意地っ張りな大ばか者よ。そんなひとのせいで、わたしは胸が張り裂けそう」

「おれはただ、恋人の面倒を見られる男になりたいだけだよ」

「何度も言うけど……あなたは大ばか者よ。それに約束したじゃない、わたしを守りたいからって言って、わたしをのけ者にするのはやめるって」

「ほんとにすまなかった。ただ、終わってから言うつもりだったんだ。それに、おれはVを信用してる。生命を預けても心配はないと思ってる。だから、これで死ぬことはないよ」とマリッサの顔をあげさせ、親指で涙をぬぐった。「先のことが気になってしかたがないんだ。おれは三十七歳だし、酒と煙草漬けの人生を送ってきた。あと十年生きられるかどうか」

「でもあなたが今日死んだら、わたしはその十年を失うのよ。その十年をあなたと生きたいわ」

「でも、おれは何百年も何千年もきみと生きたい。それに、きみが……リヴェンジから身を養うのをもう見たくない」

　彼女は目を閉じて首をふった。「言ったじゃない、恋愛感情は——」

「きみのほうはそうだろう。だけど、向こうが欲しがってないとほんとうに言い切れるか？」彼女が返事をせずにいると、ブッチはうなずいた。「おれが考えてたのはそこだよ。リヴェンジを責める気はないが、我慢できないんだ。もっとも……くそ、きみはほんとなら、あいつみたいな男とつきあったほうがいいんだろうな。同じ身分の」

「ブッチ、わたしはもう〝グライメラ〟のことなんかどうでもいいの。ああいう世界からは閉め出されちゃったんだし。それにね、それでよかったのよ。正直に言って、ハヴァーズには感謝しなくちゃって思ってるの。追い出してもらったおかげで、こうして自分の足で立てるようになったんだから」

「まあな。でも気を悪くしないでもらいたいんだが、おれはいまでも、あいつをぶちのめしてやりたいと思ってるよ」

　ぎゅっと抱きしめると、マリッサの吐息が胸にかかった。「わたしたち一族の血が混じっているってわかったら、そのときはどうするの？」

「それはまたあとで話そう」

「いやよ」と彼の身体を押して少し身を引いた。「わたしを閉め出すのはやめて。わたしたちのためにそうしたいっていうのなら、わたしにも意見を言う権利はあるわ。いま話して」

　ブッチは髪のなかに手を突っ込み、腹をくくった。「変化を強制的に起こさせようって話になってる」

マリッサはぽかんと口をあけた。「どうやって？」

「Vができるって言うんだ」

「だからどうやって？」

「さあ。まだそこまで聞いてない」

マリッサは長いこと彼を見つめていた。たぶん彼のしでかしたへまの数々をいちいち思い返しているのだろう。ややあって、「あなたは約束を破ったのよ。そういうこと、ぜんぜん話してくれなかったじゃないの」

「おれ……ああ、そのとおりだ」手のひらを心臓に当てて、「だけどマリッサ、これだけは信じてくれ。試してみると決まったら、そのときはちゃんと話すつもりだった。きみに相談もせずに、黙って強制遷移を起こそうなんてつもりは絶対になかった。信じてくれ」

「あなたをなくしたくない」

「おれだって、なくされたくないよ」

マリッサがドアに目をやる。沈黙が長く続き、ブッチは静寂が凝《こご》っていくように感じた。凝って冷たい霧になって、肌をなぶっていくのがわかるようだ。

ようやく彼女が口を開いた。「その遡行をやるときは、わたしもこの部屋にいたいわ」

ブッチは大きく息を吐いた。「おいで、ちょっとのあいだ抱きしめさせてくれ」

こちらへ引き寄せ、自分の身体で彼女の身体を包み込んだ。肩はこわばっていたが、両腕を彼の腰にまわして、ぎゅっと抱きしめてきた。

「ブッチ……」

「うん」

「あやまる気はないわよ。引っぱたいたこと」

彼は頭をさげて、マリッサの首に顔を押し当てた。「当然の罰だと思ってるよ」

唇を彼女の肌に押し当てて、彼は深く息を吸った。彼女のにおいを、肺のなかに、そして血流のなかに取り込もうとする。顔をあげたとき、彼女の首筋を走る血管を見て、彼は思った――**ああ、歯がゆい……彼女にふさわしい者になりたい。**

「やらなくちゃならないのなら、やりましょうよ」彼女は言った。

ブッチは彼女にキスをし、室外に出ていたラスとVとレイジを呼び戻した。

「やるのか」ヴィシャスが尋ねる。

「ああ、やるとも」

ブッチはドアを閉じ、Vとともに暖炉の前に戻った。

レイジが背後から近づいてきてベルトを構えると、ブッチはマリッサに目をやった。「大丈夫だから。愛してるよ」それからラスに目を向けた。心を読んだかのように、王は歩いていってマリッサのそばに立った。彼女を支えるため、あるいは押さえるためだ。

Vがいよいよ近づいてきて、胸と胸が触れ合うほどになった。慎重に十字架をどけて、ブッチの背中にまわす。「用意はいいか、デカ」

ブッチはうなずき、できるだけ楽なように革ベルトを嚙みなおした。Vが腕をあげると、ブッチははっと身構えた。

ところが、むき出しの胸にVの手のひらが置かれたとき、感じたのは温かい重みだけだった。ブッチはまゆをひそめた。これだけなのか。ほんとうにこんなもんなのか。これなら、なにもマリッサをあんなにこわがらせなくても――

その手を見おろしてみて、ブッチはむっとした。

なんだ、反対側の手じゃないか。

「リラックスしろ」Vは言いながら、心臓のうえに置いた手のひらでゆっくり円を描いた。「深く息を吸え。落ち着いていればいるほど、楽にすむから」

ここでこんな言葉を聞くとは不思議だ。ブッチがマリッサに言った言葉そのままではないか、あのとき――

心を乱したくなくて、彼はその先を考えるのをやめた。肩の力を抜こうとしたが、まったくうまく行かなかった。

「一分ほど、おれと呼吸を合わせてくれ。よし、そうだ。吸って、吐いて。おれに合わせろ。そうだ、その調子。あせらなくていい、時間はいくらでもある」

ブッチは目を閉じ、胸をなでさする心安らぐ感触に意識を集中させた。そのぬくもりに、その円を描くような動きに。

「その調子だ、デカ。それでいい。楽になってきただろう。気を鎮めて……」

円を描く手の動きがしだいに遅くなってくる。それにつれて、ブッチの呼吸が深く楽になっていく。心臓が、鼓動を打つ前にいったん止まるようになってきた。収縮と収縮の間隔が長くなっていく。そのあいだずっとVの声が聞こえていた……その眠気を誘うような言葉が、彼をからめとり、脳のなかに忍び入り、忘我の境に導いていく。

「いいぞ、ブッチ。こっちを見ろ。ちょっと目を見せてくれ」

ブッチは重いまぶたをあげた。少しふらつきながら、目をあげてVの顔を見た。とたんにはっと緊張した。Vの右目の瞳孔がしだいに大きくなり、しまいには黒一色に変わった。白目がない。虹彩もない。いったい――

「いいんだ、気にすんな。なにが見えても心配しなくていい。そのままおれのなかを見てろ。ほらほら。ブッチ、おれのなかを見るんだ。おれの手が胸に当たってるのを感じるか？　そうだ……それじゃ、おれのなかに飛び込め。自分を手放せ。飛び……込め……おれの……なかに……」

ブッチはその暗黒をひたと見つめ、また心臓のうえを動く手のひらに意識を集中させた。目のすみに、あの輝く手が見えた。あがってくる。だが、夢うつつの状態に深くはまり込んでいたせいで気にならなかった。信じられないほど穏やかに、虚空をふわふわと旅するように、ヴィシャスのなかに転げ落ちていった……

まっさかさまに落ちていく……

暗黒の虚無のなかを……


ミスターXは目を覚まし、胸に手を当て、傷のあたりをさわってみた。よし、ぐんぐん治ってきている。とはいえ、まだいつもの体力にはほど遠かった。

そろそろと頭を持ちあげ、室内を見まわした。かつてはある核家族の居心地のいい住まいだったのだが、〈レスニング・ソサエティ〉が入ったいまでは、部屋には四つの壁と色あせたカーペットとたるんだカーテンがあるきりだ。

ヴァンが、明るいからっぽのキッチンから入ってきて、ぎょっとして足を止めた。「気がついたのか。驚いたな、裏庭に墓穴を掘らんといかんと思ってたぜ」

ミスターXは少し咳き込んで、「ラップトップを持ってきてくれ」

ヴァンが言われたとおり持ってくると、ミスターXは上体を起こして壁に背中をもたせた。〈ウィンドウズXP〉のスタートメニューからマイドキュメントを選び、〝作戦ノート〟と題した〈ワード〉のファイルを開いた。スクロールしていって〝七月〟という標題を見つけると、九カ月前に書き込んだ項目を調べていく。毎日一項目ずつ記録してきたのだ——初めて〝フォアレッサー〟になった日から。けちのつきはじめのあの日から。

記録を調べながら、近くにヴァンが控えているのを意識していた。

「新しい目標ができた。きみとわたしに」ミスターXは上《うわ》の空で言った。

「ていうと？」

「今夜見かけたあの人間だ。あいつを見つける」Xは七月十七日のところで手を止めたが、彼の求める情報はなかった。「あの人間を見つけて、始末する。見つけて……始末するんだ」

あの男は死なねばならない。死ねば、ミスターXの誤認した状況がそのまま事実に変わる。トロイの木馬ならぬトロイの人間が〈兄弟団〉に殺されたというのはまちがいだったと、〈オメガ〉に知られる心配はなくなるのだ。

あの男に実際に手を下すのは、しかしべつの〝レッサー〟でなくてはならない。今夜の対決があれだった以上、自分で危険な仕事を引き受けるのはやめよう。二度も三度も重傷を負うわけにはいかない。

七月……七月……ひょっとしたらべつの月だったのかもしれない。しかし、あの男に似た刑事が、〈コールドウェル武道アカデミー〉こと〈ソサエティ〉のもと本部にやって来たのは、まちがいなく七月のころ——ああ……やっぱり。几帳面に記録をとっておくと役に立つ。身分証を見せるよう要求したのもよかった。

ミスターXは口を開いた。「あの人間の名前はブライアン・オニールだ。コールドウェル警察のバッジの番号は八五二。以前はコーンウェル・マンションに住んでたが、たぶんもうここは引き払ってるだろう。生まれはマサチューセッツ州ボストンのボストン産婦人科医院だ。両親はミスター・エドワード・オニールとミセス・オデル・オニール」ミスターXはヴァンに目を向け、わずかに笑みを見せた。「両親はいまもボストンに住んでると思うか？」

34

雨滴がブッチの顔に落ちてくる。ここは屋外なのか。そうにちがいない。くそう……飲みすぎかなにかでぶっ倒れたのにちがいない。仰向けに寝ているし、頭はコールスローサラダのようにぐちゃぐちゃだし、目をあけようと考えるのも難儀だ。

ここにただ横になって、しばらくじっとしているほうがいいかもしれない。そうだ……ちょっと眠れば……

ただ、この雨が気にさわる。雨粒が頬に当たって、それが首を伝って流れ落ちていく。腕をあげて顔を覆った。

「気がついたみたいだぞ」

この低い声はだれだ？　Vだ……そうだ、Vというのは……ルームメイトかなにかだった。ああ、そうだ……ルームメイトだ。気の合うやつだ。

「ブッチ？」今度は女の声だ。ひどくおびえてる。「ブッチ、聞こえる？」

ああ、この声は知っている。この女は……おれの最愛の……マリッサだ。

ブッチはゆるゆると目をあけたが、どこまでが現実で、どこまでが夢うつつのまぼろしなのかよくわからなかった。だがそのとき、愛する女の顔が目に飛び込んできた。

マリッサは、膝に彼の頭をのせて、身をかがめて顔をのぞき込んでいた。顔に落ちてきていたのは彼女の涙だったのだ。それにV……Vはそのすぐ横にうずくまっていた。口ひげに囲まれた口が、ぎゅっと結ばれて細い一本線になっている。

ブッチは話そうとしたが、口のなかになにか入っていた。手をあげてそれを取り出そうとすると、マリッサが手伝おうと手を伸ばす。

「まだだ」Vが言った。「たぶんあと二、三回は来ると思う」

なにがだ?

どこからともなく、でたらめな足音が聞こえてきた。

少し頭をあげてみて驚いた。その足音を立てているのは自分だったのだ。靴が上下にばたばた動き、見ているうちにその痙攣が脚を伝わってあがってくる。抑えようとしたが、痙攣は腰に、胴体にとかまわずあがってきて、やがて両腕はばたつき、背中は激しく床を叩きはじめた。

彼はその波に呑まれまいとし、なんとか意識を失うまいとしがみついていたが、しまいにあきらめた。

また意識が戻ったときは、頭がくらくらしていた。

「いまのは早めに終わったわ」マリッサが言いながら、髪をなでてくれた。「ブッチ、聞こえる?」

彼はうなずき、手をあげて彼女に触れようとした。しかしそのとき、彼の足がまたフレッド・アステア（アメリカの俳優。ダンサー。タップダンスの神さまとして知られる）をやりはじめた。

発作の園をさらに三度旅して、ようやくベルトが口からはずされた。話をしようとして、こんなに酔っていたのかと驚いた。脳みそはほとんど働いていないし、すっかり疲れきっている。ただ……待てよ——スコッチをきこしめした憶えがない。

「マリッサ」彼はもぐもぐ言いながら、彼女の手をとった。「こんな大酒を食らったとこを、おれは見たくない」いや待て、それは言いたいこととはちがう。「いや……おれがこんな大酒を食らったとこを、きみに見たくな……いや、見せたくない」

なにがなんだか。くそ……頭がぼうっとしてやがる。

Vはかすかに笑みを見せた。しかしそれは、へどを吐きそうになっている患者に向かって、医者がしてみせるたぐいの作り笑いだった。「甘いものを食べさせたほうがいい。レイジ、いつものぺろぺろキャンデー持ってるか」

目をやると、ものすごい美形のブロンドが膝をついていた。「おまえのことは知ってるぞ」ブッチは言った。「よう……相棒」

「よう、どうだ調子は」レイジはフリースのポケットに手を入れて、〈トッツィーポップ〉を取り出した。

ブッチはうめいた。包み紙をむいて、ブッチの口に突っ込む。信じられん、こんなうまいものを食うのは生まれて初めてだ。グレープ味。甘い。たまらん……

「また発作が起きるかしら」マリッサは尋ねた。

「気に入ったみたいだな」レイジがつぶやいた。「そうだろ、デカ」

ブッチはうなずいて、そのせいでキャンデーが落ちそうになった。レイジがスティックをつかまえてずれないように支えてやる。

それにしても、みんななんて親切なんだ。マリッサは髪をなでて手を握ってくれるし、Vの温かい手のひらが脚にのっている。レイジはぺろぺろキャンデーがずれないようにしてくれるし――

だしぬけに、論理的な思考力と短期記憶が一度に戻ってきた。脳みそが頭蓋骨のなかに注ぎ込まれたようだ。大酒を飲んだんじゃない。遡行をやったんだ。血統の遡行を。Vの手が胸にのっていた。あの暗黒。

「結果はどうだった」彼はいきなりうろたえて尋ねた。「V……なにかわかったか？　結果は――」

まわりの全員が大きく息を吐いて、だれかがつぶやくのが聞こえた。**助かった、正気に戻ったぜ。**

そのとき、爪先にスチールをかぶせたごついブーツが右から近づいてきた。ブッチの目はそれに吸い寄せられ、その爪先からうえへ視線をあげていった。レザーパンツに包まれた脚が見え、次に巨大な胴体が見えた。

ラスが全員のうえにそびえ立っている。

王は手をあげてラップアラウンドをはずし、強烈な光を放つ淡い碧《みどり》の目をあらわにした。瞳孔がないかのようなその目に見つめられると、ふたつのアーク灯を照射されているような気がする。

ラスは満面に笑みを浮かべた。あらわになった牙がまぶしいほど白い。「おまえはわたしの親戚だ」

ブッチはまゆをひそめた。「えっ……？」

「デカ、おまえはわが家系の血を引いているんだ」サングラスをかけなおしたあとも、ラスの顔には笑みがそのまま残っている。「おまえにおれと近しいところがあるのは、もちろん以前からわかっていた。ただ、ひとを怒らせる名人という以外にも、近いところがあるとは思わなかったがな」

「それは……ほんとなのか」

ラスはうなずいた。「おまえはおれと血がつながってるんだ、ブッチ。おれの身内だ」

ブッチは胸が詰まって、また発作かと身構えた。ほかのみなも同様で、レイジはぺろぺろキャンデーをブッチの口から抜き、ベルトに手を伸ばした。マリッサとVもはっと緊張した。

しかし、飛び出してきたのは突きあげるような大笑いだった。腹の皮がよじれ、目に涙があふれる、うれしさのあまりのヒステリックなばか笑いの大波。

ブッチは笑いに笑い、マリッサの手にキスをした。それからまた笑った。

マリッサは、大笑いするブッチの身体に歓喜と興奮が走るのを感じたが、彼に晴れやかな笑顔を向けられたとき、そのうれしさを共有することはできなかった。

ブッチは真顔になった。「ベイビー、これでなにもかも解決するんだ」

ヴィシャスが立ちあがった。「ふたりきりになりたいだろうから」

「ありがとう」マリッサは言った。

兄弟たちが部屋を出ていくと、ブッチは上体を起こした。「これはおれたちにとってチャンス——」

「わたしがやめてって言ったら、遷移はやめてくれる？」

ブッチは凍りついた。また引っぱたかれでもしたように。「マリッサ——」

「やめてくれる？」

「おれとつきあっていきたくないのか」

「いきたいわ。だから、実現するかどうかもわからない何百年より、いまある未来が大事なの。お願い、わかって」

彼は長々と息を吐き、口をぎゅっと結んだ。「くそ、きみを愛してるんだ」

なるほど。彼女の理屈が彼にはさっぱり気に入らないらしい。「ブッチ、わたしがやめてって頼んだら、やめてくれる？」

返事がない。マリッサは手で目を覆ったが、もう涙は涸《か》れはてていた。

「きみを愛してる」彼はまた言った。「だから、ああ……きみがやるなと言うなら、やらないよ」

彼女は手を下げ、息をついた。「誓って。いま、ここで」

「母親にかけて誓うよ」

「ありがとう……」ブッチを両腕に抱き寄せた。「ほんとに……ありがとう。それに、なんとかなると思うの、あの……身を養う話のことは。メアリとレイジだって乗り越えてるんだもの。わたし……ブッチ、わたしたち幸せにやっていけるわ」

ふたりはしばらく黙って、そのまま床に座っていた。ややあって、ブッチがいきなりぶっきらぼうに話し出した。「おれには兄弟が三人に、妹がひとりいるんだ」

「なんの話？」

「家族の話はしたことがなかったよな。おれには兄弟が三人、妹がひとりいる。ほんとは姉もひとりいたんだが、早くに亡くなったんだ」

「まあ」マリッサは上体を起こした。彼の口調がふだんとちがう。

そのうつろな声に背筋がぞくぞくした。「おれのいちばん古い記憶は、妹のジョイスが生まれてまもなく、病院から帰ってきたときのことだ。どんな子か見てみたくてベビーベッドに駆け寄ったら、親父に押し飛ばされた。兄貴と姉貴が先ってわけさ。おれが壁にぶち当たってるあいだに、親父は兄貴を抱きあげて妹にさわらせてた。あんときの親父の声はいまも忘れられない……」ブッチのなまりが変わって、母音がより耳につくようになった。「『そらテディ、**おまえの妹だ。可愛がってやるんだぞ**』おれはどうなんだっておれは思った。おれだって妹を可愛がってやりたい。それで『パパ、ぼくもお手伝いする』って言ったんだが、親父はこっちを見もしなかったよ」

マリッサは、ふと気づくとブッチの手を力いっぱい握りしめていた。骨を傷めるのではと心配になったが、ブッチは気づいた様子もないし、マリッサも力をゆるめることができずにいた。

「それから、おれは親父とおふくろを観察するようになった。それで、兄貴や姉貴が相手のときは態度がちがうのに気がついたんだ。いちばんちがうのは金曜と土曜の夜だった。親父は酒飲みで、飲んだ勢いでなにかをぶん殴りたくなると、おれを探しに来るんだ」マリッサが息を呑むと、ブッチはどうでもよさそうに首をふった。「いや、それはいいんだ。あれはよかった。よく言うみたいに、親父のおかげで殴られなれて平気になったし、正直な話、そうなってるとけっこう役に立つんだ。それはともかく、ある年の七月四日（アメリカ独立記念日）……おれはもうすぐ十二歳になるころだったんだが……」彼はあごをこすった。伸びてきたひげを掻く。「それでその七月四日、コッド岬（マサチューセッツ州の半島。観光地が多い）のおじの家で親族の集まりみたいなのがあった。兄貴が冷蔵庫からビールを何本かくすねて、いとこたちといっしょにガレージの裏にまわってあけたんだ。おれは茂みに隠れてそれを見てた。仲間に入れてもらいたかったんだ。つまり、兄貴に……おまえも来いよって……」咳払いをした。「親父が探しにきたとき、いとこたちはみんな逃げて、兄貴はちびりそうに震えあがってた。親父はただ笑って、おふくろに見つかるなよって言っただけだったが、そんときにおれが茂みに隠れてるのに気がついたんだ。近づいてきて、襟首をつかんで引っぱりあげて、力いっぱいバックハンドで顔を殴りつけてきた。おかげでおれは血を吐いたよ」

　ブッチがにやりと笑うと、前歯の端がまっすぐそろっていないのがわかった。

「これは盗み見と告げ口の罰だって親父は言った。ただ見てただけで、だれにも言うつもりはなかったって言ったら、また殴られて覗き屋と罵られた。兄貴は……兄貴は、そのあいだ見てるだけだったよ。ひとことも言わずに。裂けた唇と欠けた歯をしてそばを通ったのに、おふくろはただジョイスを抱き寄せて顔をそむけただけだった」ブッチはゆっくり首をふった。「家に入ってって、バスルームで傷を洗って、おれにあてがわれた部屋に向かった。神さまなんか信じちゃいなかったが、ひざまずいて、小さい手を組んで、信心深いカトリック教徒みたいにお祈りしたよ。これがおれのほんとの家族じゃありませんように。どうぞ、これがほんとの家族じゃありませんように、どうかよそにほんとの家族がいますように……」

まるでいま祈っているような口ぶりだったが、ブッチはそのことに自分では気づいていないようだった。そしてまた、首にかけた金の十字架をつかんで、生命がかかっているように握りしめていることにも。

彼の唇が分かれて苦笑が浮かんだ。「でも、本気で信じてないのが神にはお見通しだったんだろうな、なんのご利益《りやく》もなかったよ。それでその年の秋、姉のジェイニーが殺されたんだ」マリッサがはっと息を呑むと、ブッチは自分の背中を指さした。「背中の刺青はそのしるしさ。姉が死んでからの年数を刻んでるんだ。生きてる姉の姿を最後に見たのはこのおれだった。男友だちの車に乗り込んで……ハイスクールの裏で強姦されたんだ」

マリッサは彼に手を触れて、「ブッチ、それはほんとに――」

「いや、最後までしゃべらせてくれ。列車みたいなもんで、いったん動き出すと途中じゃ止まらないんだ」十字架から手を離し、その手を髪の毛に突っ込んだ。「ジェイニーが姿を消して遺体で見つかってから、親父は二度とおれに手をあげなかった。そばに来ようともしないし、こっちを見もしない。話しかけもしない。少しあとにおふくろは頭がおかしくなって、精神病院に入院させられた。おれが酒を飲み出したのはそのころからだ。夜遊びをして、薬をやって、けんかをするようになった。オニール家は青息吐息のありさまだったよ。ただ、なんで親父が変わったのか理解できなかった。つまり……何年間もずっと殴られてたのに、急に……すっぱりさたやみになってしまったんだ」

「でも、殴られなくなってよかったじゃない」

「ぜんぜんよかないさ。いつまた殴られるかとびくびくしてるのは、ほんとに殴られるのと同じぐらいいやなもんだよ。おまけに、その理由がわからないんだから……でも、ついにわかるときが来たんだ。いちばん上の兄貴が結婚することになって、独身最後のパーティがあってね。おれは二十歳ぐらいで、サウジー——ああ、その——サウスボストンからこっちに移ってきてた。コールドウェル警察署で警察官になってたから。ともかく、そのパーティに出るためにおれは帰省したわけだ。会場になっただれかの家には、おおぜいストリッパーが来てて、親父はビールをがぶ飲みしてた。おれはコカインとスコッチをさんざんやって、パーティが終わるころにはべろんべろんだった。どっさりコカインを吸ってたし……まったく、あの夜は完全にラリってたんだ。それで……親父が帰ろうとしてて……だれかの車で家へ帰ろうとしてるのを見て、急にあんちくしょうと話をしなきゃならんと思ったんだ。

しまいには通りまで追いかけていったのに、向こうはおれを頭から無視してやがった。それでパーティ客全員の前で、おれは親父につかみかかった。完全に頭に来てたからな。それで親父に向かってわめきたてて、あんたはまったくろくでもない父親だったが、おれを殴るのをやめたのには驚いた、あんなに大喜びで殴りまくってやがったくせにってなじったんだ。延々わめきつづけるうちに、やっと親父がまともにこっちに顔を向けたんだが、そのときおれはぎょっとした。親父の目に浮かんでたのは……恐怖だった。親父は、おれを心底こわがってたんだ。それで、**おまえを殴るのをやめたのは、これ以上おれの子を殺させるわけには**

いかねえからだって言うんだ。おれはただ……なんだそりゃいったいって……そしたら親父は泣き出して、あの子はおれの一番のお気に入りだった。それをおまえは知ってて……知ってて、だからあの子をあいつらの車に乗せたんだ。ああいうことになるとわかっててやったんだって言いやがった」ブッチは首をふった。「それをみんなが聞いてた。客全員が。おれの兄貴も……親父は本気で信じてたんだ。おれが、報復のために姉貴を殺させたって」
マリッサは抱擁しようとしたが、今度もまたブッチは肩をすくめてそれを拒んだ。大きく息を吸って、「それから家には帰ってない。一度も。最後に聞いた話じゃ、親父とおふくろは毎年フロリダに遊びに行ってるそうだが、その時期以外はいまも、おれが育ったあの家で暮らしてるらしい。ジョイスの子が洗礼式を受けるって連絡があったんだよ。ただ、ジョイスの亭主が罪の意識から電話してこなかったら、おれはそれも知らずにいただろうな。
要するにそういうことなんだ。おれはいままでずっと、足りないピースを抱えてた。ずっと異端児だった。家族のなかでもそうだったが、ここの警察署で働いてるときもそれは変わらなかった。どこでもぴったり嵌まることがなかった……〈兄弟団〉に出会うまでは。きみの同族に出会うまでは……いまやっと、その理由がわかった。おれは人間の世界ではよそ者だったんだ」小声で毒づいた。「おれが変化したいと思ってたのは、きみのためだけじゃない。おれ自身のためでもあったんだ。なんていうか……本来の自分になれるんじゃないかって気がしたからさ。つまりその、おれはずっと仲間はずれで生きてきたから、おおぜいの仲間に囲まれて生きるってのを、いっぺん経験してみたかった。やってみたい……いや、
力強い動きで、彼は床から立ちあがった。「まあそういうわけで、やってみたかったんだよ」

やってみたかったんだ。きみのためばかりじゃなかった」

窓ぎわに歩いていき、淡い青のベルベットのカーテンをあけて夜の闇を見つめる。デスク上のランプの光を浴びて、彫りの深い顔、盛りあがった肩、分厚い胸が浮かびあがる。そして心臓のうえに垂れ下がる黄金の十字架が。

ああ、窓の外を眺めながら、彼はなんとあこがれていたことだろう。あまりのあこがれの強さに、目が輝き出しそうだった。

マリッサは、リヴェンジから身を養った夜のブッチの姿を思い出した。生きものとしての現実に打ちのめされ、傷つき、泥酔していた姿。

ブッチは肩をすくめた。「だけど……まあ、望んでも手に入らないものもあるよな。あきらめて先に進むしかない」彼はこちらをふり向いた。「さっきも言ったとおり、きみがやめろと言うならやめるよ」

35

ブッチはマリッサから顔をそむけ、また闇の奥を見つめた。夜の濃密な黒い画面を背景に、家族の姿が浮かびあがる。その切り貼りされた場面に、目に涙がわいてくる。ちくしょう、こんなに洗いざらい言葉にしたのは初めてだった。言葉にすることがあるとも思っていなかった。

きれいな絵ではない。ほとんどが。

これもまた、彼が遷移を望んでいた理由のひとつだった。べつの人生を生きてみたい。遷移して変化が起きれば、それは生まれ変わりのようなものではないだろうか。新たな出発だ。新しい自分になれる。新しい……いまよりましな。過去が洗い浄められる。いわば血の洗礼だ。

くそ、過去のすべてをきれいさっぱり消し去りたくてたまらなかった。家族とのあれこれ、成人してからやってきたこと、〈オメガ〉や〝レッサー〟にされたこと。

その望みにいかに近づいていたかを思って、彼はたじろいだ。「その……ラスたちにちょっと話してくるよ、やめにするって――」

「ブッチ、わたし――」

彼女の言葉をさえぎるように、彼は戸口に向かっていき、ドアをあけた。外で待っていた王とVを見ると、胸が灼けるように痛い。「すまない、予定変更――」

「どういうことをするの？」マリッサの声は大きく、空気を切り裂くように鋭く尖っていた。

ブッチは肩越しにふり返った。書斎の奥の彼女は、ブッチと同じく重苦しい気分でいるようだった。

「ねえ、どういうことをするの」彼女はまた言った。

ラスが、左にいるVにうなずきかけた。「ヴィシャス、おまえから答えてやれ」

Vの返答は率直で、要点をついていた。そして恐ろしかった。

どんなプランにしても、「あとはうまく行くように祈るだけだ」で終わるプランが恐ろしくないわけがない。

「どこでやるの」彼女が尋ねる。

「訓練センターだ」Vが答えた。「備品室に、応急処置と理学療法用の区画がある」

長く沈黙が続き、そのあいだブッチはマリッサを見つめていた。まさか、そんなはずは――

「わかったわ」彼女は言った。「それで……いつやるの」

ブッチは目を丸くした。「ベイビー……？」

彼女はヴィシャスから目を離さなかった。「いつ？」

「明日の夜だ。遡行から回復する時間を少しとったほうが、成功する見込みが大きくなるから」

「それじゃ、明日の夜ね」マリッサは言って、両手を自分の身体に巻きつけた。

Vはうなずき、ブッチに目をやった。「今日はふたりきりになりたいだろう。おれはこっちの本館で寝るから、〈ピット〉をふたりで使えばいい」

ブッチは度肝を抜かれ、なにがなんだかわからなくなっていた。「マリッサ、でも――」

「ええ、いいのよ。こわいけど」彼のわきをすり抜けて戸口に向かいながら、「ねえ、よかったら門番小屋に行きたいんだけど」

ブッチはシャツをとると彼女のあとを追った。

歩きながら彼女の肘をとった……が、先導しているのはマリッサのほうだという気がした。

〈ピット〉に着いたとき、ブッチにはマリッサの気分が読めなかった。もの静かだったが、中庭をずんずん歩いていく姿は兵士のようだ。強い意志の塊だった。

「お酒が欲しいわ」彼がドアを閉じると、彼女は言った。

「いいとも」少なくともその要望には応えられる。ただ、この家には蒸留酒しかなかったような気が……

ブッチはキッチンに入って冷蔵庫をあけた。やれやれ……〈タコヘル〉と〈アービーズ〉(どちらもファーストフードのチェーン店。〈タコヘル〉は〈タコベル〉の蔑称)の傷みかけた袋。マスタードの小袋。五センチほど残った牛乳はもう固まっている。「あんまり大したもんがなくて。その……水なら――」

「お酒が欲しいの」

冷蔵庫の扉越しに見あげた。「えーと……スコッチとウォトカならあるけど」

「ウォトカをいただくわ」

氷のうえから〈グレイグース〉を注ぎながら見ると、マリッサは歩きまわっていた。Vのパソコンを、テーブルフットボールの台を、プラズマテレビを眺めていく。

ブッチはその彼女に寄っていった。抱き寄せたかったが、こらえてグラスを渡した。

マリッサはグラスを口に当て、頭をのけぞらせて、少しずつ飲み下していき……目に涙が浮くほど咳き込んだ。のどを詰まらせている彼女を、ブッチはソファにかけさせ、自分もとなりに腰をおろした。

「マリッサ――」

「聞きたくないわ」

わかったよ。ブッチは両手を握りあわせた。彼女は〈グース〉相手に悪戦苦闘していた。やっと一センチほど飲んでから、顔をしかめてコーヒーテーブルに置いた。

彼女の動きがあまりに速くて、いつ飛びかかってこられたのかわからなかった。いままで固く組んだ自分の両手を見つめていたのに、次の瞬間にはソファに押し倒されて、のしかかられて……信じられない、彼女の舌が口のなかにあった。

甘美そのもののキス。しかし、雰囲気はなにからなにまでおかしかった。自暴自棄と怒りと恐怖は、ふさわしいＢＧＭとは言えない。このまま続けたら、いよいよ距離が開くばかりだ。

股間のものは大声で不平を鳴らしていたが、ブッチは彼女を押し戻した。「マリッサ――」

「セックスがしたいの」

ブッチは目を閉じた。それはおれも同じだ。ひと晩じゅうでもやりたい。ただ、こんなやりかたはよくない。

深く息を吸い、適当な言葉を探そうと……目を開いてみたら、マリッサはすでにタートルネックを脱ぎ捨てて、いまは黒いブラのホックをはずそうとしていた。完全にノックアウトだ。

彼女の腰をつかむ両手に力が入った。サテンのカップがはずれると、冷気に触れて乳首が固くなる。ブッチは身を乗り出し、近づいてくる彼女の肌に唇を押し当てようとし――そこで思いとどまった。こういうやりかたはしたくない。こんなとげとげしい雰囲気のなかでは。

彼女のズボンをおろそうとする彼女の手を止めて、「マリッサ……だめだ」

「ばか言わないで」

ブッチは上体を起こし、身を寄せようとする彼女を押さえて、「愛してるよ」

「だったら止めないで」

彼は首をふった。「こういうやりかたはしたくない。こんな状態じゃだめだ」

マリッサはあっけにとられて彼を見つめていた。やがて、手首をつかんでいた彼の手をふりほどくと、顔をそむけた。

「マリッサ――」

肩をゆすって彼の手を払いのけ、「信じられないわ。ひと晩いっしょに過ごすことになったのに、拒まれるなんて」

「マリッサ……なあ……抱きしめさせてくれよ。頼むよ、マリッサ」

彼女は目をこすった。吹き出すように悲痛に短く笑って、「やっぱり、わたしはヴァージンのままお墓に入る運命なのね。たしかに、厳密にはもうちがうけど、でも――」

「したくないって言ってるわけじゃないんだ」こちらをふり向く彼女のまつげに涙が光っている。「ただ……腹立ちまぎれはいやなんだよ。みんな台無しになる。つまりその……大事にしたいんだ」

まるでハイスクールの劇のせりふみたいだが、それがどうした。これは真実だ。

「ベイビー、おれの寝室に行こう。暗いところで横になろうよ」ブッチがタートルネックを差し出すと、彼女はそれを胸もとに押し当てた。「ひと晩じゅう、なんにもしないで天井を見てたとしても、少なくともいっしょにはいられるじゃないか。それに、そのうちどうにかなるかもしれない。そのときはきっと、腹立ちまぎれでも、ストレス発散のためでもなくなってると思うよ。いいだろ?」

マリッサは、頬にこぼれたふた粒の涙をぬぐった。タートルネックを頭からかぶって着なおし、飲もうとしたウォトカに目をやる。

ブッチは立ちあがり、手を差し出した。「いっしょに奥へ行こう」

長い間があって、彼女が手のひらを重ねてきた。ブッチはマリッサを引っぱり起こし、寝室へ連れていった。ドアを閉じると真っ暗になったので、ドレッサーの小さな電灯をつけた。ぼんやりした電球の光は、暖炉の熾火《おきび》のようだ。

「おいで」ブッチは彼女の手を引いてベッドに連れていき、横たわらせた。続いて彼女のとなりに横になる。彼は横向きに、彼女は仰向けに。

枕に広がる彼女の髪をなでるうちに、マリッサは目を閉じ、震える息を吐き出した。徐々に身体の力が抜けていく。

「あなたの言うとおりね。あのままやっても、きっとうまく行かなかったと思うわ」

「でもそれは、したくないからじゃないぞ」肩にキスをすると、マリッサは彼の手に顔を寄せて、その手のひらに唇を押し当ててきた。

「こわくない？」彼女は言った。「明日どうなるか」

「いや」唯一気がかりなのは彼女のことだ。自分が死ぬところを見せたくない。そんなことにならないようにと彼は祈った。

「ブッチ……あなたの人間のご家族のことだけど。ご連絡したほうがいいかしら、もし万一の——」

「いや、なにも言う必要はないよ。そういう話はやめよう。おれは大丈夫だから」**お願いです、神よ、おれが死ぬところを見せずにすみますように。**

「でも、気になさるでしょう？」彼が首をふると、泣きそうな顔になって、「悲しすぎるわ、血を分けたひとたちから悼《いた》んでもらえないなんて」

「〈兄弟団〉が悼んでくれるさ」マリッサの目に涙が浮かぶ。ブッチは彼女にキスをして言った。「なあ、そういう辛気くさい話はやめよう。そんなことにはならないさ。心配しなくていいんだ」

「でも——」

「いいから。その話はやめよう。せっかくこうしていっしょにいるんだから」

彼女のとなりに頭を置き、両手で美しいブロンドの髪をなでつづけた。彼女の呼吸が深く穏やかになってくると、彼はもう少しにじり寄って、自分のむき出しの胸に彼女を抱き寄せ、目を閉じた。

いつの間にか彼自身も眠っていたらしい。少ししてふと目が覚めた。これ以上はない最高の目覚めかただった。

彼は眠ったままマリッサの首にキスをして、片手で彼女の脇腹を乳房に向かってなであげていた。片脚は彼女の両脚にうえから巻きついているし、固くなったものが彼女の腰に押しつけられている。ぶつくさ言いつつ身体を引こうとしたら、それに彼女がくっついてきて、しまいに半分彼のうえに乗りあげる格好になった。

彼女がまばたきして目をあけた。「あら……」

ブッチは両手を彼女の顔に当て、髪を後ろへかきあげた。目と目が合う。

枕から頭をあげて、彼女の唇にそっとキスをした。一度。二度。そして……もう一度。

「どうにか……どうにかなりそう？」彼女がささやいた。

「ああ、そう思うよ。どうにかなりそうだ」

ブッチは彼女をまた引き寄せてキスをし、舌をなかに入れて、舌を舌で愛撫した。そうするうちに、ふたりの身体はいっしょに動きはじめた。性行為をなぞるように、彼の腰は前後に揺れ、彼女の腰はそれを受け止め、腰と腰がすりあわされる。

急ぐことなく、ゆっくりと動きながら、ブッチは彼女の服をていねいに脱がせていった。彼女が一糸まとわぬ姿になると、少し身を引いてその裸身を眺めた。

ああ……柔らかい女性の肌。完璧な乳房、乳首が起きあがっている。そしてあの秘部。だが、なによりすばらしいのは彼女の顔だ。恐怖の色はみじんもなく、ただ官能の期待に輝いている。

今度は行けるところまで行ける。彼女の目にわずかでもためらいの色があれば、ただ愛撫して歓ばせるだけですますつもりだった。しかし、マリッサは彼と同じことを望んでいるし、今回は痛い思いをさせることはないにちがいない。

ブッチは立ちあがり、〈グッチ〉のローファーを脱いだ。重い音を立てて片方ずつ蹴り脱いでいく。目を見開いて見つめる彼女の前で、彼の手がスラックスのウェストにかかり、ボタンをはずし、ジッパーをおろしていく。ボクサーショーツごとスラックスが床に落ちると、大きなものが身体からまっすぐそそり立った。彼は手をあてがって、腹にペニスを押し当てて隠した。マリッサを驚かせたくない。

横になると、マリッサが身体を転がすようにしてぶつかってきた。

肌と肌が当たった瞬間、彼は思わず「ああ」と息を吐いていた。

「生まれたまんまの姿ね」と彼の肩に向かってささやく。

彼はマリッサの髪に顔をうずめて微笑み、「きみもな」

彼女に両手で体側を愛撫されると、ブッチは体内の熱が高まって爆発しそうだった。やがて、彼女はふたりの身体のあいだに片腕をすべり込ませてきて、手のひらを下へ這わせていった。下腹部にその手が当たったとき、勃起したものが痛いほど脈打ち、さわられたい、愛撫されたい、爆発するまで握られたいと焦がれていた。

しかし、彼はその手首をつかまえて引き離した。「マリッサ、頼みがあるんだ」

「なに？」

「おれになにもかも任せてもらいたいんだ。今夜はきみが主役ってことにしよう」

マリッサが反論しはじめる前に、ブッチは彼女の口を口でふさいだ。


こんなにこまやかに大切に扱ってもらえるなんて、とマリッサは思った。自制を忘れずに、その手はいつも柔らかくやさしく、キスはそっと、けっして急がない。舌が入ってきても、手が脚のあいだにあっても、あくまでも彼女本位のやりかたにマリッサがじれても、彼は少しも自分を見失うことがなかった。

だから、彼がうえにのってきて、腿が腿のあいだに割り込んできたとき、彼女はたじろぐこともひるむこともなかった。彼女の肉体は、彼を受け入れるときを待ちかねている。触れてくる彼の指の、すべるような感触でそれがわかる。彼が欲しいという彼女自身の飢餓感でそれがわかる。

ブッチがゆったりと体重をのせてくると、あの輝かしく固い彼の一部にかすめられて、彼女の花芯が熱く燃えあがった。身じろぎして肩の筋肉を盛りあがらせ、彼は片手をふたりの身体のあいだにもぐり込ませてきた。彼の先端が彼女の入口を探し当てる。

ブッチは太い両腕を突っ張って上体を起こし、彼女の目をのぞき込んできた。前にもしていたように、身体を軽く揺らしはじめる。マリッサは努めて身体の力を抜こうとし、少し不安を感じながらも、できるだけゆったり構えようとした。

「すごくきれいだ」彼はうめいた。「こわくない？」

マリッサは両手で彼のあばらを下から上になであげて、皮膚の下の頑丈な骨を一本一本感じながら答えた。「ちっとも」

押して、ゆるめて、押して、ゆるめて。そのたびに少しずつ深く入ってくる。マリッサは目を閉じ、自分のうえで、そしてなかで、彼が動くのを感じていた。押し広げられるのが、彼女の内部が彼を受け入れようとするのが、満たされる感覚が、いまはこわいどころか甘美に感じられる。本能的に彼女はのけぞり、浮かせた腰をまた落としたとき、下腹部と下腹部が密着しているのに気がついた。

そちらに目をやってみると、彼は完全になかに入っている。

「どう、痛くない？」ブッチは切れ切れに尋ねた。汗に濡れた肌の下で筋肉がぴくぴくしている。とそのとき、彼がなかで急に動いた。

刺すような快感が身体の奥ではじけて、彼女はうめいた。「ああ、〈フェード〉の〈聖母〉さま……もう一度、いまのをお願い。ああいうふうにされると、あなたが感じられるの」

「もっといい方法がある」

彼が腰を引いたとき、マリッサは彼の肩をつかんで、すべるように出ていく彼を引き止めようとした。「いや、やめないで――」

そのとき彼はまた前進してきた。奥深くに入ってこられて、またいっぱいに満たされる。マリッサは目を見開き、全身をわななかせた。彼はふたたび後退と前進をくりかえしはじめる。

「ほんと……」彼女は言った。「ええ、こっちのほうがもっといいわ」

彼が慎重に動くのを見つめる。胸筋と腕の筋肉がぎゅっと収縮し、腹筋が縮んでは伸びて、腰が押し入ってはまたゆるむ。

「ああ……ブッチ」彼の姿が、彼の感触が。マリッサは目を閉じ、かすかな感触まですべて感じとろうとした。

セックスの音がこれほど官能的だとは思わなかった。目を閉じると、彼の荒い息づかいが聞こえる。ベッドのかすかなきしむ音、彼が腕の位置を変えるときにシーツのこすれる音。突かれては引かれるごとに、身体が熱くなっていく。それは彼も同じだった。ほどなく彼のなめらかな肌が熱を帯びて火照り、呼吸はせわしないあえぎに変わった。

「マリッサ？」

「なに……」彼女は吐息まじりに言った。

彼の手が、ふたりの身体のあいだに入ってくる。「ベイビー、感じてくれ。きみがいくのを感じたい。こんなふうに」

巧みになめるように愛撫しながら、彼はゆっくりと腰を前後に動かしつづけた。たちまちのうちに、花芯に稲妻が走ったかのように快感が爆発し、それに全身を貫かれて、オルガスムスの痙攣が彼をくりかえし締めつける。

「ああ……そうだ」彼はしゃがれ声で言った。「絞りあげてくれ。これがたまらない……くそっ、そっ」

ついに果ててぐったりして、彼女はぼんやり目を開いた。彼がこちらを畏敬のこもったような目で見ている……少なからず気づかわしげに。

「痛くなかった？」彼は尋ねた。

「すてきだったわ」彼の顔ににじみ出る安堵の色に、マリッサは胸が痛んだ。そのとき、ふと気づいた。「待って……あなたのほうは？」

彼はごくりとつばを呑んだ。「きみのなかで果てたい」

「それじゃ、そうして」

「たぶん長くはかからないと思う」息を切らしながら言った。

彼がまた動きはじめたとき、彼女は動くのをやめて、ただ彼の感触を味わっていた。

「ベイビー？」彼は途切れ途切れに言った。「どうした？　なんでそんなにじっとしてるの」

「あなたのほうはどんな感じか知りたいの」

「天国だよ」彼女の耳もとでささやいた。「きみとなら、天国だ」

腕を突っ張りきれずに彼はがっくりくずおれ、その肉体が固く重く、彼女のうえで沸きたちはじめた。彼女は脚をいっぱいに開いた。彼が突いてくるたびに、枕のうえで彼女の頭が激しく上下する。彼の動きのなんと力強いこと。

してもらいっぱなしは失礼だし、なにより甘美な快感に突き動かされて、マリッサは彼の盛りあがった肩に両手をそわせ、激しく動く背骨をなでおろしていった。ふたりがつながっている部分まで手を這わせていくと、彼が達しそうになっているのがわかった。動きが激しくなり、突きの間隔が短くなって、速さも増してくる。全身が動きながらもこわばっていき、激しく押し寄せては引き、もう止めようにも止められない。

口から吹き出す息が彼女の肩をかすめる。わき出る汗の玉が彼女の肌に飛ぶ。彼の手が彼女の髪をつかんだ。その手がぎゅっとこぶしを握り、彼女はかすかな痛みを感じたが、まるで気にならなかった。彼は顔をあげ、目をぎゅっとつぶり、甘美な苦悶に浸っている。と、完全に息を止めた。首の両側の血管が浮き出して、頭をのけぞらせて咆哮を発した。身体の奥で彼のものが跳ねあがり、熱い液体がさらに奥へほとばしるのがわかった。その間欠的な噴出に合わせて、彼の全身に痙攣が走る。

彼が崩れ落ちてきた。汗にまみれ、全身をたぎらせ、息をあえがせて。筋肉が痙攣している。

マリッサはその身体に腕をまわし、脚をからみつかせて、彼を抱え込み、あやすようにゆすった。

この人はなんて美しいのだろう、と彼女は思った。そしてまた、この行為のなにもかもがなんと美しいことだろう。

36

マリッサは目を覚ました。陽が落ちてシャッターのあがる音がする。それに、おなかを、胸を、首を愛撫する手の感触。彼女は横向きに寝ていて、ブッチが背中にぴったりくっついていた……そして彼の固い筋肉が、官能的なリズムで揺れていた。

彼の固く熱いものに身体をまさぐられている。お尻の割れめを突ついてなかに入りたがっている。彼女は後ろに手をまわし、指を彼の脇腹に埋めて誘いをかけた。合図が通じて、彼はものも言わずに背後からのしかかってきた。その重みに、顔が枕に押しつけられる。息がしやすいように、彼女はその邪魔な枕をどけた。そのあいだに、彼は膝を入れて彼女の脚を開かせた。

彼女はうめいた。そのせいで、彼は目が覚めたようだった。

彼はぎょっとして身を引いた。ベッドに両手で深々とパンチを食わせて、反動ではね飛ばされたかのように。「マリッサ……こんな……こんなつもりじゃ……」

彼が身を引こうとしたとき、彼女は離れまいとして、両膝をついて身を起こした。「やめないで」

しばし間があった。「でも、まだ痛いはずだよ」

「そんなことないわ。ねえ、来て。お願い」

彼の声は完全にかすれてざらざらだった。「信じられない……またしたいと言ってくれたらいいなとは思ってたけど……そっとやるよ、約束だ」

ああ、このざらざらのすてきな声が、目覚めて最初に聞く声なんだわ。

彼の大きな手が背筋をなでおろし、彼の唇が腰骨の高いところをかすめ、さらに尾骨に、そこからさらに下って、お尻の肌に触れる。「こうしてるきみはとてもきれいだ。このましたい」

彼女の目に光がひらめいた。「できるの?」

「もちろん。もっと深く入っていける。やってみようか」

「ええ……」

彼はマリッサの腰をさらに上へ持ちあげ、体重を手足で支える格好にさせた。ベッドをきしませながら体勢を整えていく。彼が後ろにまわってきたとき、彼女は自分の脚のあいだからそれを見ていた。見えるのは、彼の太い腿と、重そうにさがる袋、そそり立つペニスだけだ。身体の奥が完全にうるおってくる。なにが始まるか、彼女の身体ははっきり知っているかのようだ。

彼の胸がそっと背中に触れてくる。片手が顔の横に伸びてきて、こぶしを作ってマットレスに沈み込む。彼が身体を横に傾けると、前腕の筋肉が縮んで血管が太く浮きあがった。そそり立つものの先端が、彼女の脚のあいだの敏感な肌に当たる。じらすようにかすめながら、なかに入らないまま身体を前後に揺らしている。たぶん彼女の秘部を見ているのだろう。

彼が震えはじめたのがわかる。そこを見て興奮しているのだ。

「マリッサ……頼みが――」と言いかけたところで、くぐもった声で悪態をついた。

「どうしたの？」マリッサは少し身をよじって、肩越しに彼のほうに目を向けた。

こちらを見おろす彼の目には、鋭い強烈な光が宿っている。セックスに没入しているときにはそうなるようなのだが、ただそれだけではなかった。肉体とは無関係の、べつの欲求に輝いている。言葉で説明するかわりに、彼はもういっぽうの手をベッドにうずめ、彼女の背中に覆いかぶさると、貫かずに腰をぴったり押し当ててきた。息をあえがせて、彼女は頭をさげた。彼のペニスが、彼女の脚のあいだからまっすぐ突き出しているのが見える。先端は彼女のへそにまで届きそうだった。

ブッチが見たがった理由が、これでわかった。それは……彼女のほうも、彼が完全に興奮しているさまを見てうれしかったから。

「さっき、なにを言おうとしてたの」マリッサはうめくように言った。

「ベイビー……」彼の息がうなじに熱い。その低い声でささやかれると、なんでも言われたとおりにしたくなる。「あぁくそ、こんなときには頼めない」

彼の口が肩に押し当てられ、肌に歯が食い込んできた。彼女は声をあげ、体重を支えていた両肘が砕けそうになったが、崩れ落ちる前に彼につかまえられて、乳房のあいだにまわした腕で支えられた。

「頼みってなに……」彼女はあえいだ。

「その……これをやめられたら……ああ、だめだ……」

彼は腰を引いてなかに入ってきた。言っていたとおりさらに深くへ達して、その力強い突きに彼女は背中をのけぞらせ、思わず彼の名を叫んでいた。彼はまたあのリズムで動き出した。マリッサは狂おしく乱れていたが、彼はあいかわらずやさしく、持っているはずの力の半分も出さずにそっと動いていた。

マリッサは、彼を感じるのに慣れ、それを楽しめるようになっていた。満たされる感じ、押し広げられ、またすべるように引き返していく感触がたまらない。とそのとき、はっと思いついた。あと一時間もたたずに、彼のこの身体は試練に直面することになるのだ。

これが最後かもしれない。

涙がわいてきた。まつげにたまり、目が見えなくなった。ブッチは、彼女のあごをつかんで顔をこちらに向けさせ、キスをしようとしてそれに気づいた。

「あのことは考えちゃだめだ」キスをしながらささやいた。「いまはおれのことだけ考えてくれ。いま、このときのことだけ」

この瞬間を憶えていてほしい。いまこのときのおれを……

彼はいったん抜いて、彼女を仰向けにした。顔と顔を向かいあわせにしてまたひとつになり、頬をなで、キスをしながら動きつづける。ふたり同時に絶頂にのぼりつめると、その快感の大きさにくらくらして、もう頭を支えていられないような気がした。

果てたあと、彼は横向きになって彼女を胸に抱き寄せた。力強い鼓動を聞きながら、マリッサは祈っていた。この心臓の頼もしい音が途切れることがありませんように。

「さっき、なにを言おうとしていたの」彼女は薄闇のなかでささやいた。

「おれの妻になってくれ」

マリッサは頭をあげた。彼のヘーゼルの目は真剣そのものだ。彼も同じことを考えていたのだと彼女は思った——どうしてもっと早く、連れあいになっておかなかったのだろう。ため息とともに、彼女はただひとこと答えた。「ええ……」

彼はそっとキスをして、「両方のやりかたで誓いたいな。きみたちのやりかたと、カトリック式と。かまわないだろう?」

彼女は、ブッチの首にかかった十字架に触れた。「もちろんよ」

「残念だな、時間がなくて——」

めざまし時計が鳴り出した。腹立たしげに、ブッチが叩いて黙らせる。

「そろそろ起きなくちゃね」マリッサは言って、ベッドを出ようと動き出した。

それもつかのま、たちまちベッドに引き戻された。彼の身体で押さえつけられ、脚のあいだに彼の手がすべり込んでくる。

「ブッチ——」

まともに唇を重ねてきて、その唇を離さずに彼は言った。「もう一度、きみを歓ばせたい。もう一度だ、マリッサ」

彼のすべるような巧みな指に身体が溶けていく。肌も骨もとろけて彼とひとつになる。彼の口は乳房に移り、乳首を唇でくわえて引っぱった。彼女はたちまち乱れて、全身が火照り、息が切れて、彼のほうへ身体をのけぞらせ、われを忘れてしまう。

切迫した快感の圧力がしだいに高まり、それがはじけて炎の奔流となって流れ出す。愛情を込めて、彼はマリッサがオルガスムスを乗り越えるのを助けた。水切りをする平らな石のように、彼女は快感の表面に当たっては跳ねて、跳ねてはまた当たってどこまでも飛んでいく。

そのあいだずっと、彼はマリッサのうえに覆いかぶさり、ヘーゼルの目で見つめていた。その目を、彼女は一生忘れられないだろう。

今夜、彼は死ぬのだ。マリッサは一片の疑いもなくそう確信していた。

ジョンはからっぽの教室の後ろの席に腰かけていた。いちばん端っこの、いつもひとりきりのテーブル。訓練はふだんは四時に始まるのだが、ザディストからメールがまわってきて、今日は三時間遅れで始めると全員に知らせがあった。それが今日はありがたかった。仕事中のラスをそれだけ長く見ていることができるからだ。

七時が近づくころ、ほかの訓練生がどやどやと入ってきた。しんがりはブレイロックだった。いまも動作は緩慢だが、自分の身体に慣れてきたのか、仲間たちとだいぶ気楽に話をするようになっていた。彼は前のほうの座席に着いて、長い脚を扱いかねるようにもぞもぞやっていた。

ふいに、ジョンはひとり足りないことに気がついた。ラッシュはどこだ？　どうしよう……もしラッシュが死んでいたら。だが、それはないだろう——もしそうなら、いまごろは知らせがまわっているはずだ。

前の席で、ブレイロックがほかの訓練生のジョークに笑っている。上体を折ってバックパックを床に置き、身体を起こそうとしたとき、奥の席のジョンと目が合った。

ジョンは赤くなって目をそらした。

「よう、ジョン」ブレイロックが言った。「こっちに来てとなりに座らないか」

教室が静まりかえった。ジョンは顔をあげた。

「ここのほうがよく見えるぜ」と、ブレイロックは黒板にあごをしゃくってみせる。

沈黙が続く。全員の頭のなかで、クイズ番組『ジョパディ！』のテーマ曲（出場者が問題の解答を考えるあいだに流れる）が流れているような。

ほかにどうしていいかわからず、ジョンは本をとって通路を歩いていき、あいた席にすべり込んだ。彼が腰をおろすと、また周囲で会話が始まった。本をテーブルに出す物音や、紙をがさがさやる音も聞こえ出す。

頭上の時計がカチカチと鳴り、針が七時ちょうどをさした。まだザディストが姿を見せないので、室内の話し声がいっそう大きくなり、いまでは本格的にやかましくなっていた。

ジョンは白いページにペンで丸を書いていた。とんでもなく居心地が悪くて、こんな前の席になんで来てしまったのかと後悔していた。ひょっとして、たちの悪いジョークに引っかけられたのだろうか。ちくしょう、後ろの席にあのままいたほうが――

「昨日はありがとな」ブレイロックが小声で言った。「あいつをぶん殴ってくれて」

……ジョークじゃなかったのかも。

ジョンはこっそりノートをすべらせて、ブレイロックに見えるようにしてから、こう書いた。

あそこまでやるつもりはなかったんだ。

「わかってる。それと、この次はもうやってくんなくていいから。あんなやつ、自分でなんとかするよ」

ジョンはブレイロックに目をやって、**わかってる**、と書いた。

左手のほうで生徒のひとりが、どういうわけか『スタートレック』のテーマ曲をハミングしはじめた。ほかの生徒たちもいっしょに歌い出し、だれかが調子にのってウィリアム・シャトナー（『スタートレック』でカーク船長を演じた俳優）のまねを始めた。「わからない……なぜこんなふうに……話さなくてはならないのか。スポック……」

そんな大騒ぎのさなか、廊下をこちらに近づいてくる重いブーツの足音が響いてきた。まるで、廊下に軍隊でも来ているようだ。まゆをひそめて、ジョンは顔をあげた。ラスが教室のドアのわきを通り過ぎていく。そのあとにブッチとマリッサが並んで続き、次にヴィシャスもやって来た。

なぜみんな、あんなにこわい顔をしているのだろう。

ブレイロックが咳払いをした。「それでジョン、今夜、クインといっしょにおれんちに来ないか。ビールでも飲んで、のんきにやろうぜ。大したことするわけじゃないけど」

ジョンは思わずぱっとふり向いてから、あわてて驚きを隠そうとした。だが、これが驚かずにいられようか。訓練のあとで遊ぼうと誘われたのは初めてだった。

いいね、とジョンが書くのと同時に、ザディストがようやく入って来てドアを閉じた。

ダウンタウンのコールドウェル警察署で、ヴァン・ディーンは目の前のバッジに愛想笑いをして、大したことじゃないんだけどねを満面に浮かべようとしていた。「おれ、ブライアン・オニール刑事の昔なじみなんですよ。ほんとに」

殺人課刑事のホセ・デ・ラ・クルスは、鋭い茶色の目で彼を値踏みしている。「名前はなんと言われましたかね」

「ボブです。ボビー・オコナーつって、サウジーでブライアンとは幼なじみだったんだ。あいつは出てって、おれも出てったんだけど、最近東部に戻ってきたら、あいつがコールドウェルで警官やってるって聞いたんで、ちょっと顔見に行こうかって思いついたもんで。だけど、ここの警察署の代表電話にかけたら、ブライアン・オニールなんて知らんって言われたんすよ。ここでは働いてないってはぐらかされるばっかりで」

「なのに、どうしてじかに訪ねてくる気になったんですか。それで返答が変わるわけもないと思うが」

「いや、あいつがどうなったか知ってる人がいるんじゃねえかって思ったんすよ。サウジーのあいつの両親にも電話してみたんだが、そしたら親父さんがさ、もう長いことブライアンとはしゃべってないけど、最後に話したときはまだ警官やってたって言うから。あのさ、べつに下心があるわけじゃないんだよ。ただ、わからねえと気になっちまってさ」

デ・ラ・クルスは、マグのブラックコーヒーをゆっくり飲んでいたが、やがて言った。

「オニールは、去年の七月に公務休暇をとって、それきり戻ってこなかった」

「そんだけ？」

「電話番号を教えてもらえますか。なにか思い出したら電話しますよ」

「ああ、いいとも」ヴァンがでたらめな番号を言うと、デ・ラ・クルスはそれを書き留めた。

「どうも、そいじゃなんかわかったら電話ください。そうだ、刑事さんはあいつのパートナーだったんでしょ」

刑事は首をふった。「いや。ちがいます」

「あれ、でも通信指令の人がそう言ってたんだが」

デ・ラ・クルスは、書類満載のデスクからファイルをとりあげて開いた。「ほかに用がなければ」

ヴァンはちょっと笑顔を作った。「こりゃどうも。お邪魔しちゃってすんませんね、刑事さん」

ドアを出ようとしたとき、デ・ラ・クルスが声をかけてきた。「言っとくが、おまえの話が嘘八百なのはわかってるんだ」

「はあ？」

「あいつの友人なら、ブッチって名前で訊いてくるはずだ。さあ、さっさとこのオフィスから退散するんだな。おれが忙しくて、おまえの身辺を洗う気にならないようにお祈りでもしとくがいい」

くそ。まずった。「呼び名は変わるもんだよ、刑事さん」

「あいつは変えてない。じゃあな、ボビー・オコナー。本名はなんだか知らんがね」

ヴァンはオフィスをあとにした。人のことを問い合わせただけでは、逮捕の理由にならなくてもっけの幸いだった。逮捕できるものなら、あのデ・ラ・クルスという刑事はまちがいなく彼に手錠をかけていただろう。

くそったれめ。パートナーじゃなかったのか。『コールドウェル・クーリエ・ジャーナル』紙の記事でふたりの名前を読んで、てっきりそうだと思い込んでいたのだ。だがまちがいないのは、もしブライアン……いや、ブッチか……とにかくなんとかオニールがどうなったか知っていたとしても、あの刑事はヴァンにとって、情報の小道の行き止まりだということだ。それだけですめばいいが。

ヴァンはまっすぐ警察署を出て、身を切るような三月の霧雨のなかに飛び出すと、小走りにミニバンに戻った。足で調べまわったおかげで、この九カ月間にオニールの身になにがあったか、かなりよくわかってきた。知られている最後の住所は、ここから数ブロック先のぱっとしないマンションの、寝室ひとつきりの部屋だった。管理人が言うには、郵便物が溜まっているし、家賃が期日に支払われないし、そういうわけでなかに入ってみた。家具や所持品はそのままのようだったが、しばらく前からだれも住んでいないのは明らかだったそうだ。わずかに残っていた食料は腐って、料金未払いでケーブルテレビも電話も止まっていた。まるである朝いつものように仕事に出かけて……それきり戻ってこなかったようだった。

なぜなら、彼はヴァンパイアの世界にはまり込んでしまったからだ。

〈レスニング・ソサエティ〉に加入するようなもんにちがいない、と思いながら、ヴァンは〈タウン&カントリー〉をスタートさせた。いったん入ったら、それまでのつながりはすべて断ち切られる。二度と戻ることはない。

ただ、この男はいまもコールドウェルにいる。

つまり、遅かれ早かれオニールはつかまるということだ。ヴァンは、ぜひ自分でつかまえたかった。そろそろ殺しぞめをしていいころだし、心臓を持つ者のうちでは、このもと刑事以上におあつらえ向きの相手はいないだろう。

ミスターXが言っていたとおり。捜し出して、始末する。

停止信号で車を停めたとき、ヴァンはまゆをひそめた。こんな殺人衝動を覚えれば、ほんとうなら気がとがめるところではないのか。ただ、〈ソサエティ〉に入ってからというもの、なんというか……人間性の一部を失ってきているようだった。しかも、日々失うものが増えていく。いまでは兄弟にさえ会いたいとは思わなくなっていた。

これまた、気がかりであっていいはずだ。なのに気にならなかった。

なぜなら、身内に黒い力が育っているのが感じられるからだ。それが、魂を失ったあとの空白を埋めていこうとしている。日に日に、彼はますます……力をつけている。

37

ブッチはジムのなかを、明るい青いマットを踏んで歩いていた。目当ては奥のスチールドア、〝備品室〟と標示がある。ラスとVのあとをついて歩きながら、彼はマリッサの冷たい手を握っていた。話しかけて元気づけたかったが、心配しなくても大丈夫などと言っても、頭のいい彼女に通じるわけがない。結局のところ、なにが起きるかだれにもわからないのだ。それを知りながら大丈夫だなどと嘘をつけば、まるでフラッドランプを浴びせたように、彼が自由落下をしようとしているという事実がくっきりと浮かびあがるだけだ。

マットの端まで来て、Vは強化ドアの鍵をあけた。四人は一列になって、トレーニング用品や棚に収めた武器のジャングルに分け入り、奥の理学療法／応急処置室に向かった。Vは、みなをなかに入れて電灯のスイッチをつけた。蛍光灯がまたたいてつき、そろってジーと音を立てはじめる。

『ER緊急救命室』から抜け出してきたような部屋だった。全面白いタイル張りで、正面にガラスの嵌まったステンレスのキャビネットには、バイアルや医療品が詰まっている。隅には渦流浴槽やマッサージ台、心肺蘇生用の緊急《クラッシュ》カートもあったが、どれも大して印象に残らない。ブッチの最大の関心は部屋の中央、ショーがおこなわれる予定の場所に向いていた。

シェークスピアを待つ舞台のように、そこにあるのは一台の車輪つき寝台《ガーニー》だ。上には、ハイテクのシャンデリアのようなものが下がっている。そして下には……床に排水溝が切ってあった。

あの寝台に横になり、あのライトに照らされている自分の姿を思い描いた。溺れかけているような気がしてくる。

ラスがドアを閉じると、マリッサが感情のこもらない声で言った。「ハヴァーズの病院でやればいいのに」

Vが首をふった。「気を悪くせんでほしいんだが、たとえ予行演習のためでも、ブッチをハヴァーズに任せる気にはなれないんでな。それに、このことを知ってる者は少なければ少ないほどいい」ガーニーに歩み寄ると、ブレーキがかかっているか確かめた。「それに、おれはなかなか腕の立つ医者なんだぜ。ブッチ、服を脱げ。始めるぞ」

ブッチはボクサーショーツ一枚になった。全身に鳥肌が立つ。「ここの温度はなんとかならないのか。食肉貯蔵室みたいに冷えきってるじゃないか」

「そうだった」Vは壁に歩いていった。「第一部では暖かくしといたほうがいいんだ。そのあとは冷房をがんがんきかせてやって、それでおまえに感謝されることになる」

ブッチはガーニーのうえに身体を引きあげた。頭上から温風が音を立てて吹き出してくるなか、両手をマリッサに差し出した。いったん目を閉じてから、彼女は近づいてきた。その温かい身体に逃げ込むかのように、ブッチは彼女を強く抱きしめた。マリッサの頰を、ゆっくりと静かに涙が伝い落ちる。話しかけようとしたが、彼女はただ首をふるだけだった。

「そこのふたり、今日を誓いの日に選びますか」

室内の全員がはっとふり返った。

部屋の隅に、黒いローブをまとった小柄な人物がいつのまにか姿を現わしていた。〈書の聖母〉だ。

ブッチは心臓が早鐘を打ちはじめた。〈聖母〉にはこれまでたった一度、ラスとベスの誓いの儀式のときに会ったきりだが、いまもあのときとまったく同じだった。畏敬の対象、エネルギーの権化、自然力の化身。

そのとき、彼女の質問の意味に気がついた。「おれは、そうしたいです……マリッサは？」

マリッサは両手をさげて、ドレスのすそをつまもうとした。そこでドレスを着ていないのに気づき、気まずそうに手をおろしたものの、それでも丁重に、優雅に膝を折ってお辞儀をした。その姿勢のまま、「もしお心にかなってご臨席を賜《たまわ》りますならば、望外の光栄に存じます」

〈書の聖母〉は進み出てきた。のどの奥でくすくす笑う声が室内に響きわたる。マリッサの垂れた頭《こうべ》に輝く手を置いて、〈聖母〉は言った。「礼儀正しいこと。おまえの血統はかねてより、礼儀作法については完璧でしたからね。まずは面《おもて》をあげて、その目をお見せ」マリッサは身を起こして顔をあげた。そのときブッチはまちがいなく耳にした——〈書の聖母〉が小さくため息をつくのを。「美しい。ほんとうに美しいこと。おまえの造作には非の打ちどころもない」

次に〈書の聖母〉はブッチに目を向けた。その顔は不透明な黒のベールに覆われていたが、にもかかわらずその視線に射抜かれて、ブッチは恐ろしさに総毛立った。迫り来る稲妻の通り道に立っているようだ。

「おまえの父の名は?」

「エディです。エドワード・オニール。だけどもしよかったら、親父の話はやめておきたいんですが。かまいませんか」

室内の全員がはっと身を固くし、Vが小声でいさめた。「質問はやめとけ、デカ。絶対に、やめとけ」

「人間よ、それはまたなぜです」〈書の聖母〉は尋ねた。「人間」の一語をまるで汚物かなにかのように発音する。

ブッチは肩をすくめた。「おれにとっちゃ、どうでもいい男だから」

「人間はみな、自分の血統をそれほどおろそかにするものなのですか」

「親父とおれは、お互いかかりあいになりたくないと思ってるんだ。それだけです」

「それでは、血のつながりはおまえには大した意味を持たないということですか」

それはちがう、とブッチは思った。ちらとラスに目を向ける。血のつながりこそ肝心なことだ。

ブッチはまた〈書の聖母〉に顔を向けて、「あなたにわかりますか、おれがどれだけほっとしたか――」

マリッサがはっと息を呑み、Vが近づいてきて、手袋をはめた手でブッチの顔を引っぱたいた。頭をつかんで後ろへ引っぱり、声を殺して耳もとで叱った。「きさま、この場で目玉焼きにされたいのか。質問はするなと——」

「戦士よ、離れなさい」〈書の聖母〉がぴしゃりと言った。「その男の返答が聞きたい」

Vはしぶしぶ手を離した。「気をつけろよ」

「質問のことはすみません」ブッチは黒いローブに向かって言った。「ただおれは……おれはうれしかったんです、おれの身体にどんな血が流れてるかわかって。正直言って、たとえ今日死んでも後悔しないと思います。自分が何者なのかやっとわかったし」彼はマリッサの手をとった。「それに、愛する女性を得たんだから。ずいぶん長いことさまよってたけど、その末にここにたどり着いたんだとすれば、おれのこれまでの人生はむだじゃなかったと思うし」

長い沈黙があって、やがて〈書の聖母〉が口を開いた。「人間の家族を捨ててきたのを後悔していますか」

「してません。これがおれの家族です。いまここにいるのと、この敷地内のどこかにいる連中が。これ以外の家族なんか必要ないでしょう、ちがいますか」悪態の声を聞いて、ブッチはまた質問してしまったのに気づいた。「いや、その……すみません——」

ローブの下から、穏やかな女性の笑い声がした。「おまえはこわいもの知らずですね」

「ばかとも言いますけどね」ラスがぽかんと口をあけたのを見て、ブッチは顔をこすった。「その、これでも努力してるんです。努力してるんですよ、その、礼儀正しくしようと」

「手を出しなさい」

ブッチはあいている左手を差し出した。

「手のひらを上だ」ラスが吼えた。

ブッチは手を返した。

「ひとつ訊くければど」〈書の聖母〉は言った。「その女とつないでいるほうの手を差し出すように言ったら、おまえは従いますか」

「ええ。そのときはこっちの手で握ればいいし」またかすかな笑い声がする。ブッチは言った。「その、なんか小鳥の声みたいですね、あなたがそうやって笑うと。いい声だな」

左のほうで、ヴィシャスが両手で顔を覆った。

長い沈黙があった。

ブッチは大きく息を吸った。「どうも、また言っちゃいけないことを言ったみたいだな」

〈書の聖母〉は手をあげて、ゆっくりとローブのフードをおろして顔をあらわにした。

こいつは……驚いた……ブッチはマリッサの手を強くにぎりしめた。

「天使だ」彼はささやくように言った。

完璧な唇の端が持ちあがって、笑みを作った。「天使ではない。わたくしはわたくしです」

「とても美しい」

「ええ」〈聖母〉はまた威圧的な声になって、「右手をお出しなさい、ブッチ・オニール。ラスの子ラスに連《つら》なる者よ」

ブッチはマリッサの手を離し、左手で握りなおして右手を差し出した。その手を〈書の聖母〉に触れられたとき、彼はたじろいだ。骨が砕けることはなかったが、内に恐るべき強さがこもっているのがわかった。たんにいっとき棚あげにされているだけだ。その気になれば、彼を粉砕することもできるだろう。

〈書の聖母〉はマリッサに顔を向けた。「わが子よ、手を出しなさい」

三者がつながった瞬間、温かいものがブッチの身体に流れ込んできた。最初は暖房が本格的に働き出したせいだと思ったが、そうではなかった。このぬくもりは体内を流れている。

「ああ、これはとてもよい連れあいです」〈書の聖母〉が宣言した。「連れ添う許しを与えましょう。ともに過ごせる時の果てるまで」〈聖母〉はふたりの手を離し、ラスに目をやった。「わたくしへの奉献は終わりました。この男が生き延びたときには、回復ししだい儀式を終えるがよい」

王は頭を垂れた。「仰せのとおりに」

〈書の聖母〉はブッチに背を向けた。「では、おまえがどこまで耐えられるか見せてもらうとしましょう」

「ちょっと待った」ブッチは言った。〝グライメラ〟のことを思い出したのだ。「これで、マリッサは連れあいを得たことになるんですよね。つまりその、たとえおれが死んでも、連れあいのいない女ってことにはならないんでしょう?」

「自殺願望だ」Vが声を殺してつぶやいた。「まったくこいつは、そんなに死にたいのか」

〈書の聖母〉は完全にあきれているようだった。「いまここで、おまえを殺したほうがよさそうね」

「すみません、でも大事なことなんだ。あの〝隔離《セクルージョン》〟とかいうの、あれで縛られることになってほしくないんです。おれの未亡人ってことになれば、他人に人生を左右される心配をしなくてすむから」

「あきれたこと。なんたるずうずうしさよ」〈書の聖母〉は切り捨てるように言ったが、やがて微笑んだ。「おまけに、まるで悔悛《かいしゅん》の気配がない」

「失礼を働く気はないんです。おれはただ、彼女のことが心配なんです」

「この女の身体をもう使ったの。男子としてこの女をわがものにしたのですか」

「ええ」マリッサが頬をピンクに染めるのを見て、ブッチは彼女の顔を自分の肩に押し当てた。「でも、その……つまり、愛しあったんです」

ブッチはマリッサをなだめようと、なにごとかささやきかけている。〈書の聖母〉は胸を打たれたか、やさしいと言ってもいいほどの声で言った。「それならば、おまえの言うとおり未亡人ということになるでしょう。連れあいのない女への規定に、縛られることはありませんよ」

「人間よ、多少は礼儀を学んだなら、わたくしに別れの挨拶ぐらいするものですよ」

「礼儀作法を身に着けると約束したら、これからやるのを生きて乗り越えられるように力を貸してもらえますか」

〈書の聖母〉は頭をのけぞらせ、声を立てて笑った。「残念ね、力を貸すわけにはいきません。けれどもなぜだか、おまえの幸運を祈りたくなってきたわ。心から祈っていますよ」だしぬけに〈聖母〉はラスに冷やかな目を向けた。ラスはにやにやして首をふっていたのだ。

「このような礼儀をはずれたふるまいが、わたくしの前でほかの者たちにも許されるとは思いますまいね」

ラスはあわてて真顔になり、「しかるべきふるまいは心得ております。わが兄弟たちも同じく」

「よろしい」ローブのフードがひとりでに持ちあがり、またもとどおりに〈聖母〉の顔を覆った。顔が隠れる直前、彼女は言った。「ことを始める前に、女王をこの部屋に呼ばれるがよい」

そう言い置いて、〈書の聖母〉は消えた。

ヴィシャスは歯を食いしばったまま口笛を吹き、前腕でひたいの汗をぬぐった。「ブッチ、てめえ、よくよく運のいいやつだ。〈聖母〉に気に入られるとは」

ラスは携帯電話を開き、番号を押した。「まったく、始めもせんうちにもうあの世行きかとひやひやしたぞ――ベスか？　やあ〝リーラン〟、ジムまで来てもらいたいんだが」

ヴィシャスはステンレス製の車輪つきトレイスタンドをつかみ、キャビネットのほうへ押していった。滅菌包装された医療品をそのトレイにのせはじめる。ブッチは垂らしていた両脚をふりあげて、ガーニーのうえに伸ばした。

マリッサを見あげて、「もしうまく行かなくても、おれは先に〈フェード〉に行って待ってるから」彼は言った。信じているわけではないが、彼女を元気づけたかったのだ。

彼女は身をかがめて彼にキスをし、頬と頬を合わせたまましばらくじっとしていた。やがてVが遠慮がちに咳払いをすると、マリッサは後ろへさがって、〈古語〉でなにごとか唱えはじめた。必死の思いでつむぐ言葉の静かな流れ、声というより息に近い祈り。

Vはトレイスタンドをガーニーのそばまで押してきてから、ブッチの足もとにまわっていった。なにかを手に持っていたが、動きまわるあいだもそれを見せようとはせず、腕をつねにこちらから見えないようにしている。がちゃがちゃと金属音がして、台の向こう端が持ちあがった。部屋の暖かさもあって、ブッチは血が頭に下がってくるのを感じた。

「始めていいか」Vが尋ねた。

ブッチはマリッサを見つめた。「なんか急に、進みかたが早くなった気がするよ」

ドアが開いて、ベスが入ってきた。低い声でみなに挨拶し、ラスのほうへ歩いていく。ラスは両腕をまわして彼女を抱き寄せた。

ブッチはまたマリッサに目を向けた。彼女の祈りはいよいよ早口になり、もう単語の切れ目もわからない。「愛してるよ」彼は言って、Vに目を向けた。「やってくれ」

ヴィシャスが片手を持ちあげた。その手にはメスが握られている。動きを目で追うひまもなく、メスがブッチの手首を深々と切り裂いた。一度、二度と。血があふれ出る。あざやかなつややかな赤い血。それが前腕を伝って流れてくる。見ていたら吐き気がこみあげてきた。

もういっぽうの手首にも灼けつく痛みが走り、同じように二カ所が切り裂かれた。

「ああ……ちくしょう」心拍数が跳ねあがり、血がいよいよ勢いよく流れ出す。

恐怖がまともに襲いかかってきて、口をあけなければ息ができなかった。

遠くで声がするが、どこから聞こえるのかわからない。周囲が遠ざかっていくように感じる。世界がゆがみ、ねじれるなか、彼はマリッサだけを見つめていた。その顔を、淡青色の目を、プラチナブロンドの髪を。

彼女をおびえさせまいと、ブッチは精いっぱいパニックを抑えつけた。「大丈夫だ」彼は言った。「大丈夫……大丈夫、おれは大丈夫だから……」

だれかに足首をつかまれて、ブッチはぎょっとした……が、見ればラスだった。血の流出を速めるためにVがさらに台を傾けたため、ずれないように王がブッチの足を押さえているのだ。ヴィシャスが顔のそばにまわってきて、ブッチの両腕をそっと台の外におろした。腕が排水溝の近くにだらりと垂れ下がる。

「V……」ブッチは言った。「どこにも行かないでくれよ、な？」

「行くもんか」Vはブッチの髪をかきあげた。男には不似合いなほどやさしい手つきで。なぜかなにもかもが恐ろしくなってきた。一種の生存本能に駆られてブッチはもがき出したが、台から落ちないようにVがその両肩を押さえた。

「じっとしてろ、デカ。みんながついてるぞ。リラックスしろ、できるだけ……」

時間の進みかたが遅い。時間が……くそ、まさか止まっているんじゃないだろうな。みんなが話しかけてくるが、ほんとうに聞こえているのはマリッサの揺れる声だけ……もっとも彼女はずっと祈りつづけていて、なにを言っているのか彼にはわからない。

頭をあげてみたが、もう手首が見えなくて、いまどうなっているのか――

いきなり、全身ががたがた震えはじめた。「さ……寒い」

Vはうなずいた。「わかってる。ベス、暖房の温度をもう少しあげてくれないか」

どうしていいかわからなくなって、ブッチはマリッサに目をやった。「ど……どんどん寒くなる」

マリッサの祈りの声が止まった。「わたしの手が腕に当たってるの、わかる?」彼はうなずいた。「温かいのがわかる? わかるのね……それじゃ、それが全身を覆ってるって想像してみて。ほらわたし、あなたに抱きついてる……しっかり抱きしめてるわ。あなたとわたしの身体がぴったりくっついてるの」

その想像が気に入って、ブッチは笑顔になった。

だが、やがて眼球が揺れはじめ、彼女の姿がちらちらし出した。まるで、壊れた映写機でスクリーンに映した映画を観ているようだ。

「寒い……暖房を強くしてくれ」全身に鳥肌が立っている。胃袋が鉛の風船のようだ。心臓は胸のなかでぴくぴくするばかりで、もうまともに打っていないようだった。

「寒い……」歯の根が合わず、かちかち鳴る音が耳にやけに大きく聞こえる。だが、やがてなにも聞こえなくなった。「あい……してるよ……」

マリッサの目の前で、排水口のまわりにブッチの真っ赤な血が溜まっていく。その血溜りがしだいに大きくなり、ついに彼女の足もとにまで広がってきた。ああ、神さま……血の気がすっかりなくなって、彼の肌は紙のように白い。もう呼吸もしていないように見えた。

Vが進み出てきて、聴診器をブッチの胸に当てた。「かなり近づいてる。ベス、こっちへ来て手を貸してくれ」聴診器を渡して、「ブッチの鼓動を聞いてて、十秒以上なにも聞こえなくなったら教えてくれ」壁の時計を指さし、「あれの秒針を見て数えればいい。マリッサ、こっちへ来て足首をつかまえててくれないか。ラスがそろそろ忙しくなるから」

マリッサがためらっていると、Ｖが首をふった。「だれかに押さえといてもらわなくちゃならない。ラスとおれにはほかにやることがある。そばについていられることに変わりはないし、こっちから話しかけることだってできるじゃないか」

彼女は身をかがめてブッチの唇にキスをし、愛していると話しかけた。それからラスと交代して、ブッチの足首をつかんだ。彼の重い身体がガーニーから床にすべり落ちるのを防ぐのだ。

「ブッチ？」彼女は声をかけた。「わたしはここよ、〝愛しいひと《ナーラム》〟。わかる？」と、冷たい足首をぎゅっと握った。「わたしはここよ」

彼女は穏やかに話しかけつづけていたが、内心では次になにが起きるかとおびえていた。

ヴィシャスが心肺蘇生術用の緊急カートをこちらへ押してくる。

「ラス、用意はいいか」Ｖが尋ねる。

「おれはどこにいればいいんだ」

「ここ、ブッチの胸のそばに来てくれ」ヴィシャスは細長い滅菌包装をとり、破ってあけた。なかに入っていた針は長さが十五センチほどもあって、ペンかと思うほど太かった。「心拍はどうだ、ベス」

「遅くなってきてるわ。それにとても音が小さくて」

「マリッサ、しばらく黙っていてくれ。心臓の音が聞きとりやすいように」

マリッサは口をつぐみ、声に出さずにまた祈りを唱えはじめた。

その後の数分間、四人はブッチのまわりで活人画のように凍りついていた。この部屋で動いているのは、彼の手首の深い傷口からしたたり、排水口に流れ落ちていく血だけだ。そのごぼごぼという音を聞いていると、マリッサは叫び出したくなった。

「まだ打ってるわ」ベスがささやいた。

「このあとのことを説明しとく」ヴィシャスが言って、ブッチの全身を頭から足先まで眺めた。「ベスから合図があったら、おれがこの台をもとどおりまっすぐにするから、あんたたちふたりでブッチの手首の傷をふさぐんだ。そのあいだに、おれはラスに処置をする。一秒を争うから、できるだけ早くふさいでくれ。いいな？」

ふたりはうなずいた。

「間遠になってきたわ」ベスが言った。濃青色の目を細めて時計をにらみ、片手をあげて聴診器のイヤーピースをいっそう強く耳に押しつけた。「どんどん間遠に……」

一秒一秒が永遠とも思えるほど長く、マリッサは一種の自動操縦モードに切り替わっていた。どこからともなく湧いてきた強烈な集中力に、恐怖もパニックも覆い隠されている。

ベスがまゆをひそめる。身体を折り曲げて耳を近づける――それが役に立つわけでもないのだが。「いまよ！」

Vが台を水平に戻し、マリッサはブッチのいっぽうの手首に駆けつけ、ベスが腰をかがめてもういっぽうを手にとる。ふたりが傷口を吸ってふさいでいるあいだに、Vは太い針をラスの曲げた肘の内側に突き刺していた。

「みんなさがれ」Vは怒鳴りながら、王の血管から針を引き抜いた。

注射器を持ち替えて、手のひら全体で握るように構えてブッチにかがみ込んだ。手早く胸骨のあたりを指先で探り、針をまっすぐブッチの心臓に突き刺した。

注射器のプランジャーが押し下げられるのを見ながら、マリッサは後ろによろめいた。だれかが支えてくれた。ラスだ。

Vは注射針を引き抜き、台に放り出した。緊急カートのパドルをとると、除細動器が音を立てて充電されていく。

「離れろ！」Vが叫んで、金属のパドルを叩きつけるようにブッチの胸に押し当てた。

ブッチの身体がびくりと跳ねあがる。Vは頸静脈に指を触れた。

「離れろ！」彼はまたブッチにパドルを当てた。

マリッサはラスの腕にぐったり体重を預けていた。ヴィシャスはパドルを緊急カートに投げ戻し、ブッチの鼻をつまんで、口に二度息を吹き込んだ。続いて心臓マッサージを始める。心肺蘇生術《CPR》を実行しながら、Vはうなり、牙をむき出しにしていた。まるでブッチに腹を立てているかのように。

ブッチの肌はもう灰色に変わってきている。

「……三……四……五……」

Vが数をかぞえつづける。マリッサはラスの手をふりほどいた。「ブッチ？　ブッチ……行かないで……わたしたちを、わたしを置いていかないで」

「……九……十」Vは身を起こし、ブッチの口にまた二回息を吹き込み、首に指を当てた。

「お願い、ブッチ」マリッサは哀願した。

Vが聴診器を手にとり、チェストピースを動かして心音を探す。「だめだ。くそっ」

38

二分後、マリッサはVの肩につかみかかった。CPRをやめたからだ。「やめないで!」

「やめるわけじゃない。腕を出してくれ」言われたとおりにすると、ヴィシャスは彼女の手首の肌を切り裂いた。「あいつの口にあてがえ。早く」

マリッサは急いでブッチの頭のそばに陣取り、唇と歯を開かせて、傷口をそこに当てた。ヴィシャスがまた心臓マッサージを始める。彼女は息をつめて、ブッチが飲みはじめてくれるように祈っていた。自分の一部が彼のなかに入って、彼の生命を助けられるなら。

だが、ああ……彼は死んでしまった……ブッチは死んでしまった……**ブッチは死んでしまった――**

うめき声がする。だれかと思ったら自分の声だった。マリッサはうめき声をあげていた。ヴィシャスは手を止めてブッチの首に触れた。急いで聴診器を取った。チェストピースを当てていく。マリッサは、ブッチの胸が動くのが見えたと思った。それとも気のせいだろうか。

「ブッチ?」彼女は言った。

「聞こえる」ヴィシャスがチェストピースの場所を変えた。「まちがいない……聞こえる

――」

ブッチの胸郭が広がった。鼻から息を吸い込んだのだ。と、押しつけた手首の下で口が動いた。

傷口が唇によく当たるように、マリッサは腕の位置を変えた。「ブッチ？」

彼の胸がいっそう深いところからふくらみ、彼女の手首から口が少し離れて、大きく息を吸って肺に空気を送り込む。少し間があって、また息を吸う。さっきよりさらに深く……

「ブッチ？　聞こえ――」

ブッチの目がぱちっと開いた。とたんにマリッサは身体の芯までぞっとした。

その目のなかには、彼女の愛した男はいなかった。何者も存在しない。あるのは盲目的な飢えだけだ。

咆哮とともに、彼はマリッサの腕をつかんだ。その力の強さに彼女はあえいだ。逃げ場はない。彼の口がしっかり食らいついて、猛然と飲みはじめる。台のうえで身をよじり、彼はマリッサの手首をむさぼった。目が据わっている。けだものの目だ。鼻から息をしつつ、がつがつと飲みつづけている。

その痛みのなかで、マリッサは絶望的な恐怖に身を凍らせていた。

あなたはいまもそこにいるのよね。あなたは以前のままのあなたなのよね、そうでしょう
……

さほど経たないうちに、彼女は頭がくらくらしてきた。

「血をやりすぎたんだ」ヴィシャスが切迫した口調で言った。

返答もしないうちに、彼女はにおいに気づいた。濃厚な……まちがいない、きずなのにおいだ。ラスの。でもどうして、自分の縄張りを主張する必要性を感じているのだろう――いま、こんなところで？

マリッサの身体が揺れて、ヴィシャスの強い指に上腕をつかまれた。「マリッサ、それ以上は無理だ」

でも、ブッチは渇いている。飢えに狂っているのに。「いやよ！　やめるわけには――」

「わたしが代わるわ」

マリッサははっと目を向けた。まずベスに……それからラスに。〝ジェラン〟のそばに立ち、猛々しい表情に顔をこわばらせ、身体はぎりぎりに張りつめて、なにかと戦おうと身構えているようだった。

「マリッサ、わたしが養ってもかまわない？」ベスが言った。

マリッサは女王を見つめた。ああ、そのせりふ、その同じせりふを口にしたのは、去年の七月……ラスが生死のふちをさまよっていて、マリッサの血が必要だったときだ。

「かまわない？」

彼女がぼんやりうなずくと、ラスがうなりはじめた。唇がめくれあがって、牙がむき出しになる。長く伸びて、白いナイフのようだ。

ああ、いけない……これはとても危険な状況だ。完全にきずなを結んだ男は、その相手を独占しようとする。なにがあっても。それどころか、むしろ死ぬまで戦おうとするものだ――身を養うために、ほかの男が自分の女に近づくのを許すぐらいなら。

ベスは〝ヘルレン〟を見あげた。彼女が口を開く前に、ラスが嚙みつくように言った。

「V、こっちへ来ておれを押さえろ」


王に近づいていきながら、ここにレイジがいればよいのにとヴィシャスは思った。

くそ……どう考えてもまずい。ラスは純血のヴァンパイアで、きずなを結んだ男だ。その目の前で、ラスの〝シェラン〟がほかの男を養おうとしている。くそったれめ、〈書の聖母〉がベスを呼ぶように言ったとき、儀式のためだとVは思い込んでいた。彼女の血を使うことになるとは。しかし、ほかに道があるだろうか。ブッチはマリッサの血を飲み尽くしてもまだ足りないだろうし、この館にはほかに代わりになる女がいない。メアリは人間だし、ベラは妊娠中だ。

それに、レイジやZのほうが対処しやすいとでもいうのか。あのけものには大砲サイズの麻酔銃が必要だろうし、Zに関しては……なにも言うまい。

ベスが近づいていって、〝ヘルレン〟の顔をなでた。「あなたは見ないほうがいいんじゃないかしら」

ラスは彼女の首に手をまわし、強くキスをした。彼女の手首を口もとに持っていき、牙で細く切り裂いて血管を開いた。

「行ってやれ。早く」と彼女を押しやり、自分はあとじさって背中を強く壁に押し当てた。

「ヴィシャス、おれを押さえとけ。でないとひどいことになるぞ」

ラスの堂々たる体軀は細かく震えていた。筋肉はぎりぎりに張りつめ、肌には汗が噴き出している。目が強烈な光を放っていて、ラップアラウンド越しにもはっきり見えるほどだった。

Vは王に自分の身体を投げかけ、とたんにはねのけられそうになった。ちくしょう、雄牛の突進を食い止めようとするのと変わらん。

「この部屋を……出たらどうだ」Vはラスの身体を押さえようと踏ん張りながらうなった。「ドアまで……行くには……そばを通らんと……無理だ」

Vは首をひねり、台に目をやった。

まずい。ブッチから離されなければマリッサが倒れてしまいそうだ。しかしデカは、手首を口から引き離そうとしたら死にもの狂いで抵抗するだろう。

「ベス！」Vはラスと格闘しながら叫んだ。「デカの鼻をつまめ。力いっぱいつまんでひたいを押さえつけろ。そうしないとマリッサから引き離せない」

ベスがブッチの鼻をつかむと、デカは人間とは思えない声をあげた。なにが始まるかわかっているかのように。食物を奪う者と戦おうとするかのように、台のうえで身体を折り曲げた。

ああちくしょう、ブッチ、ベスを攻撃するんじゃないぞ。Vは気が気でなかった。ラスは興奮しきっていて、いまにもVの手を振りきってブッチを殺しに行きそうだった。**頼む**——

しかし、女ふたりはりっぱに務めを果たした。マリッサは自分の手首をぐいと引き離し、ブッチの肩を押さえつけた。殴りつけるように力いっぱい押して、どうにか押さえつけているすきに、ベスが自分の手首を彼の口にあてがう。切り開かれたばかりの血管を与えられて、ブッチはあふれる血を赤ん坊のように吸いながら、その味にうめき声をあげた。

当然のことながら、それを聞いたラスはいよいよ猛りたった。

王の身体が台のほうへぐっと前のめりになり、ヴィシャスは引きずられた。

「マリッサ！」Vは体勢を変えて、ラスの腰に帯のように両腕を巻きつけた。「こっちに来て手を貸してくれ！」

呼ばれてマリッサはラスに目を向けてきた……彼女はよくやった。まったく、なんと大した女だ。

ブッチのそばにいたかっただろうに、間髪を容れず飛びかかってきて、Vの腕を振りほどきかけていたラスに体当たりを食わせた。ぶつかったはずみで王は後ろによろけ、そのすきにVは体を入れ換えた。頭が不自然な角度にねじれたものの、腕はあるべき場所にある。一本はラスの背中にまわして首根っこを押さえ、一本は腰にまわしている。ついでのことに片脚をラスの腿に巻きつけて、またラスが突進しようとしたらその前に転ぶようにしておいた。

それが合図だったように、マリッサも同じことをした。片脚をラスの脚にからませ、片腕を彼の胸に下からあてがう。

ああ……いかん。手首からひどく出血している。

「マリッサ……腕をこっちに寄せろ……」Vは荒く息をつき、筋肉を緊張させた。「マリッサ……」

彼女には聞こえていないようだった。ガーニーのほうを見守るので精いっぱいなのだ。

「マリッサ……出血がひどい。手首をこっちへ下げろ」

彼女は肘をずらして腕を下げたが、ほとんど上《うわ》の空だった。

とそのとき、Vに唇を押し当てられて、マリッサははっと息を呑んでそちらを見おろした。

目と目が合った。彼女のほうは目を大きく見開いている。

「出血を止めるためだ」Vは手首に口をつけたまま言った。

ブッチが声をあげて、マリッサはそちらにまた顔を向けた。

あいかわらず圧倒的な重量を押しとどめているというのに、Vはふと、時間が歩みを止めたような気がした。マリッサの完璧な横顔を見つめながら、歯形だらけの手首をなめ、傷をふさぎ、痛みをやわらげ、治癒を早めていく。名指ししたくない何物かに駆られて、Vは彼女の皮膚に何度も舌を這わせ、彼女の血と……ブッチの口とを味わっていた。

ヴィシャスは、必要以上に何度も傷をなめつづけた。そして最後に、越えてはならない一線をすでに越えている、もうやめなくてはならないと悟ったとき……これ以上気を散らしているとラスを押さえられなくなるとわかったとき……最後の最後に、彼はブッチに目をやった。そして口もとの肌に強く唇を押しつけてキスをした。

そのとき奇妙このうえない感覚に襲われた。ルームメイトに最後の別れを告げたような。

ブッチは目を覚ました。大渦巻のなかだ。渦潮の。それとも……ミキサーかなにかだろうか。

身体のなかでなにかが荒れ狂っている。なにかが彼の筋肉をひとつ残らず収縮させている。

なにかを……飲んでいる。あまりにすばらしくて、目に涙が浮いてくるほどの……濃厚で舌に甘いもの、濃いワイン。くりかえし飲むうちに、ぼんやりと思った――以前にも同じものを飲んだことがある。まったく同じ銘柄ではないが――

はっと目を開いて、とたんに気を失いそうになった。

信じられない、生きている。生きて乗り越えて……

待て、これはマリッサではない。顔のうえに黒髪が垂れかかっている。

ぎょっとして口を離した。「マ、リ、ッ、サ？」

返事が聞こえて、その声のほうに目を向け、思わず縮みあがった。

信じられない……こんな光景を目にするとは思いもよらなかったし、彼の新たな生《せい》を歓迎しているようにも見えなかった。まるでちがう。

ラスは、土曜の夜のホラー映画から抜け出してきたようだった。怒り狂った巨大なヴァンパイアの化物。牙をむき出し、目を光らせている。そしてブッチを狙っている。

ただありがたいことに、ラスはヴィシャスとマリッサに押さえ込まれていた。ただまずいことに、これ以上は押さえておけないという限界に、ふたりはすでに達しているように見えた。

ブッチはベスを見あげた。手首の傷をなめてふさいでいる。「ああ……くそ」きっとどっさり飲んでしまったにちがいない。ああ……ち、く、しょう。

あげていた頭を台に落とした。ラスに殺される。まちがいない。押さえきれなくなったとたんに、王はブッチをぶちのめしにかかるだろう。

ブッチが悪態をつき、ドアまでの距離を目測しているあいだに、ベスは奥の三人のほうへ歩いていった。

「ラス？」やや低い声で付け加えた。「まだ押さえていてね」

ブッチは横向きになって、マリッサと目を合わせた。いまになって死にたくない。愛する女のそばに行きたくてたまらない。しかし、ここは慎重に少しずつ収めていくべき状況だ。

「ラス……」ベスがくりかえす。

ラスは本能に駆り立てられて激しく興奮している。しばらく話しかけつづけてやっと、ブッチでなくこちらに目を向けさせることができた。

「終わったわ。わかる？」と、ベスは彼の顔に触れた。「もうすんだの。終わったのよ」

憤懣《ふんまん》やるかたなげにうめいて、ラスは彼女の手のひらに唇を押し当てた。苦悶の大きさに目をぎゅっとつぶって、「ふたりに……ゆっくり離すように言ってくれ。それとベス……ベス、おれはおまえに飛びかかってしまう。これは……止められないんだ。だが、あいつを殺すよりはいいだろう……」

「ええ……そのほうがずっといいわ」

ベスは一歩下がって身構えた。「手を離して」

まるでトラを放したようだった。マリッサは首をすくめて道をあけたが、ヴィシャスはまともに吹っ飛ばされて、キャビネットに激突した。

狙いすました弾丸のように、王はベスに襲いかかると同時に、そののどくびに嚙みついていた。ベスが恍惚としてあえぎ、身体をのけぞらせると、ラスはくるりとこちらを向いた。その目にこもる混じりけのない殺気で、ブッチは串刺しにされた。王がいま飲んでいるのは渇きのためではない。明らかに、しるしをつけるためだ。そのきずなのにおいは、耳を聾する警告の叫びとなって部屋を満たしていく。警告が伝わったと満足するなり、彼は〝ジェラン〟を腕に抱えて飛び出していった。どこに向かっているかは尋ねるまでもない。ドアのある手近の部屋に飛び込んで、彼女と交わるのだ。

ブッチはマリッサに手を差し伸べた。近づいてくる彼女は、失意の人に訪れる希望のようだ。暖かな光、生きるに値する未来を約束するもの、愛に満ちた祝福。彼女が身をかがめてしっかり抱きついてくると、彼はそっとキスをして、意味のない言葉を次々につむぎはじめた。言葉はとめどなく、考えるより先にあふれてくる。

少し抱擁をゆるめて息をついたとき、彼はヴィシャスに目をやった。開いたドアのそばに居心地が悪そうに突っ立って、床をにらんでいる。その大きな身体が、ごくかすかに震えている。

「V?」

Vのダイヤモンドの目があがって、すばやくまばたきした。「よう」ブッチが手を差し出すと、ヴィシャスは首をふった。「デカ、生き返ってよかったな」

「なに言ってんだ、こっちに来いよ。V……さっさと来いって」

Vはポケットに手を突っ込み、ゆっくりガーニーに近づいてきた。仲立ちをしたのはマリッサだった。ヴィシャスの腕をとって差し出させたのだ。ブッチはその手に手のひらを置いた。

「大丈夫か?」ブッチは尋ねながら、その手をぎゅっと握った。

ほんの一瞬、Vはその手を握り返してきた。しかし、ごついブーツの片方を馬のように踏みならしたかと思うと、すぐにその手を放した。「ああ、大丈夫だ」

「世話になったな」

「ああ」

Vがあまりそわそわしているので、ブッチは気の毒になって話題を変えた。「それで、もう終わったのか。これで終わり？」

Vはあごひげをしごきながら、時計に目をやった。それからブッチの身体に目を向ける。

「あと十分ほど待ってみよう」

いいとも、十分だな。その待ち時間のあいだに、ブッチはマリッサの両腕をなであげ、なでおろした。次に肩を。顔を。髪を。

しまいにVが言った。「どうやら終わりみたいだな」

その声にはみょうな失望の色があったが、ブッチはにやりと笑った。「そうか、そんなに悪くなかったな。死にかけたのはべつだけどな、もちろん。思ったほど……」ブッチは途中で言葉を切り、顔をしかめた。

「どうしたの」とマリッサ。

「さあ。なんだか――」なにかが起ころうとしている……なにか、腹のなかで……

ヴィシャスが近づいてきた。「どうした、デカ」

「それが……」怒濤のように苦痛が襲ってきた。釘の植わった屍衣《しい》のようにそれが全身を包み、ありとあらゆる角度から切りさいなまれる。その荒波のもとで彼はあえいだ。視力が失せ、と思ったら戻ってくる。「ああ、くそ、死ぬ……」

ヴィシャスの顔が正面に現われた。ちくしょう、笑ってやがる……大きな太ったチェシャ猫のようににんまりと。「遷移だよ、相棒。これで……これからおまえは変化するんだ」

「いったい――」もう声が出なかった。灼熱の苦悶のほかはなにもわからず、自分自身のうちに深く沈み込み、身内に渦巻く責め苦にすべてを忘れた。苦痛はいよいよ強烈になり、彼は気絶したいと願った。だが、そううまくは行かなかった。

百五十光年の苦悶のあと、身体がはじけはじめた。大腿骨がまずはずれ、彼は激痛に吼えたが、痛がっているひまもなく、次は上腕の骨がはずれた。次は肩が、その次は背骨が……すねが……手が……足が……頭蓋骨が絶叫し、あごが痛んだ。寝返りを打ち……歯を二本吐き出し……

ハリケーンのような変化のあいだ、マリッサはそばにいて、ずっと話しかけてくれた。彼はその声に、頭に浮かぶ彼女の姿にしがみついた。この痛み苦しみのなかで、ただひとつ確実なものとして。

39

市の反対側、周囲からじゅうぶん隔絶されたかなりの豪邸で、ジョンは一本めのビールを飲み干していた。続いて二本め、三本めを。胃袋が受け付けたのには驚いたが、苦もなくのどに流れ込んで、吐き戻したくなることもなかった。

ブレイロックとクインはベッドの前の床に座り、プラズマテレビに向かって『スキラーズ』をやっている。これはいまどこでもやっている大人気のゲームだ。自然の気まぐれかなにかでジョンが優勝してしまったので、いまはふたりが二位の座を争っているところだった。

ブレイロックのベッドの上掛けのうえにゆったり寝そべり、ジョンは〈コロナ〉の壜を傾けようとしてからになっているのに気づいた。時計に目をやる。あと二十分ほどでフリッツが迎えに来るはずだが、ちょっと困ったことになるかもしれない。ジョンは酔っぱらっている。それもかなり。

だが、やたらに気分がよかった。

ブレイロックが声を立てて笑い、床に引っくり返った。「そんなばかな、おまえに負けるなんて。こんちくしょう」

クインは自分のビールを取りあげて、ブレイの脚をその壜で軽く叩いた。「悪かったな。

だけど、おまえがへったくそなんだよ」

ジョンは手で頭を支えながら、気持ちよく酔って全身が溶けていくような感じを楽しんでいた。ずいぶん前からずっと鬱屈していたから、リラックスするのがどんなものか思い出せなくなっていたのだ。

ブレイがにっと笑いながらこちらを見あげて、「もちろん、あっちの静かな猛者《もさ》こそ、本物のごろつきだけどな。聞いてるか、このごろつき」

ジョンもにっと笑って、中指を立ててみせた。床のふたりが笑っていると、携帯端末の〈ブラックベリー〉が鳴り出した。

クインが出た。何度も「うん、うん」と言っていたが、やがて接続を切って、「なんだかなあ……ラッシュはしばらく戻ってこないってさ。どうも、おまえのせいで」――とジョンに目を向けて――「完全にぶるっちゃったみたいだぜ」

「あんちくしょう、前からいけ好かないやつだったんだ」ブレイが言った。

「そうだそうだ」

三人はしばらく黙って、トゥー・ショートの「ナスティ」を聞いていた。ふとクインが思い詰めたような顔になった。

片方が青、片方が緑の目を細めて、「なあ、ブレイ……どんなふうだった？」

ブレイロックはさっと目を天井に向けて、「『スキラーズ』でおまえに負けたときか？　まったくむかついたよ」

「おれが訊いたのはそういうことじゃない。わかってるくせに」

　悪態をついて、ブレイは小型冷蔵庫に手を伸ばし、またビールを一本取り出して栓を抜いた。もう七本飲んでいるが、まるで酔った様子もない。それだけでなく、〈マクドナルド〉のビッグマックを四個、フライドポテトの大をふたつ、マックシェイク・チョコレートをひとつ、チェリーパイをふたつ食べている。ついでに〈ラッフルズ（ポテトチップスのブランド名）〉もひと袋。

「なあ、ブレイ……教えろよ。どうだった？」

　ブレイロックは壜をあおって、長々と飲んだ。「べつに」

「この、けち」

「しょうがない、わかったよ」ブレイはもうひと口飲んだ。「その……ええと、死んだほうがましだって思ったな。きっと死ぬんだって思ったし。それから……その……」咳払いをした。「おれは……ええと、血をもらったんだ。そしたらますますひどくなった。滅茶苦茶にひどくなった」

「だれからもらったんだ」

「ジャシムだよ」

「ちくしょう、あのいかす彼女か」

「うるせえ」ブレイは上体を横に傾けてトレーナーを取ると、腰のあたりにかけた。そこに隠さなくてはならないものがあるかのように。

　クインはその動きを目で追った。ジョンも同じく。

「それで、やったのか」

「ばか言うなよ！　あのな、遷移が始まったらセックスどころじゃないんだぞ」

「だけど聞いた話じゃ、遷移のあとに――」

「いや、彼女とはしてない」

「そうか、だろうな」とは言ったものの、こいつ頭がおかしいとクインが思っているのは見え見えだった。「それで、変化するときはどうだった？　どんな感じだった？」

「そうだな……身体がばらばらになって、組み立てなおされるっていうか」ブレイはぐびぐびとビールをあおった。「そんな感じだな」

クインは自分の小さな両手を曲げ、固くこぶしをにぎった。「以前とはちがう気がする？」

「ああ」

「どのへんが？」

「あのな、クイン――」

「なんで隠すんだよ。みんな経験することじゃないか。だって……なあジョン、おまえだって知りたいだろ？」

ジョンはブレイに顔を向けてうなずいた。ぜひともこの話をそのまま続けてもらいたかった。

しばらく沈黙が続くなか、ブレイロックは両脚を伸ばした。発達した腿の筋肉が盛りあがってまた伸びるのが、真新しいブルージーンズを通して見てとれる。

「それで、いまはどんな感じだ？」クインが催促する。

「慣れてきたかな。ただ……なんて言うか、ずっと強くなった気がする」

「いーいなあ」クインが笑った。「待ちきれないぜ」

ブレイロックが目をあげた。「楽しみにするようなことじゃないぞ。ほんとの話」

クインは首をふった。「それはちがうと思うな」間があった。「それでさ、やっぱしょっちゅう固くなるもんか？」

ブレイは真っ赤になった。「なんだって？」

「なんだよ、わかってたはずだろ。こういう話になるのはあたりまえじゃないか。で、どうなんだよ」沈黙が続く。「なあ、ブレイってば。教えてくれたっていいじゃん。どうなんだよ」

ブレイは顔をこすった。「まあ……うん」

「しょっちゅう？」

「うん」

「それで、自分でやってるんだろ？　その……そのはずだよな。それで、どんな感じ？」

「おまえ、頭がおかしいんじゃないのか。そんなこと――」

「いっぺん教えてくれたら、二度と訊かないからさ。約束するよ。ジョンもそうだろ？」

ジョンはゆっくりうなずきながら、自分が息を止めていたのに気がついた。セックスの夢は見たことがあるが、実際にやるのとはちがう。あるいは、直接に話を聞くのとも。

だが残念ながら、ブレイロックは貝のように口を閉ざして、答える気がないようだった。

「いいじゃないか、ブレイ……どんな感じだ？　なあ、教えてくれよ。もうずっと前からおれは待ってたんだぜ、おまえみたいになるのを。ほかのだれにも訊けないし……だってさ、まさか親父に訊くわけにいかないじゃんか。しゃべっちまえよ。いくってどんな感じだ？」

ブレイはビールのラベルをむしりながら、「強力っていうか。つまりその……強いものがどんどん溜まってきて、それで……爆発して流されるみたいな」

クインは目をつぶった。「くそ、おれも経験してみたい。早く男になりたい」

それはまさに、ジョンが待ち焦がれていることでもあった。

ブレイは〈コロナ〉をぐいぐい飲み干すと、口をぬぐった。「もちろん、いまは……いまなら、だれかとしてみたいけどな」

クインが得意の、半笑いを浮かべて言った。「ジャシムは？」

「だめだ、おれの趣味じゃない。もうこの話は終わりだ。おしゃべりはやめ」

ジョンは時計に目をやり、ベッドのふちへにじり寄っていった。そそくさとノートに走り書きをして、ふたりに見せる。ブレイとクインがうなずいた。

「わかった」ブレイが言った。

「明日の夜も来られるよな」クインが尋ねた。

ジョンはうなずいて立ちあがった――が、よろけてベッドに手をついた。

クインが笑いながら、「気をつけろよ、酔っぱらってるじゃん」

ジョンは肩をすくめて、慎重に歩いてドアに向かった。ドアをあけたとき、ブレイが声をかけてきた。「あのさ、J」

ジョンは肩越しにふり返り、まゆをあげてみせた。

「手話とかいうの、どこで習える？」

クインもうなずいて、またビールの栓を抜いた。「ああ、おれも訊きたい」

ジョンは目をぱちくりさせた。それからノートにこう書いた。インターネットで、「米式手話言語」で検索すればいい。

「わかった。おまえも教えてくれるだろ?」

ジョンはうなずいた。

ふたりはまたテレビに向かってゲームを再開した。ドアを閉じたとき、ふたりの笑い声が聞こえて、ジョンもつられて笑みを浮かべそうになる。だがそこで、後ろめたさに胸が痛んだ。

トールとウェルシーが死んだのに、なにかを楽しんだりするのは……不謹慎だ。真の男はなにがあっても気を散らしてはいけない。つねに目標を、敵を見すえなくてはならないのだ。ちょっと友だちづきあいが楽しいぐらいのことで――

片手を伸ばしてバランスをとりながら、ジョンはおぼつかない足どりで廊下を歩いていった。

ただ問題は……仲間に加えてもらって、とてもうれしかったのだ。昔からずっと友だちが欲しかった。おおぜいでなくていい。ほんの数人でいいから、固い友情で結ばれた友だちが。死ぬまでずっと信頼できるような。兄弟のような。

マリッサは理解できなかった。肉体にあんなことが起こって、ブッチはどうして生き延びられたのだろう。不可能としか思えない。ただこれは明らかに、男性ならみなくぐり抜けることなのだ。戦士ならとくに。それにブッチはラスの血統なのだから、まちがいなくあの濃い血を受け継いでいるはずだ。

何時間もかかって遷移が終わり、いまは凍えるほど冷房を利かせた部屋で、ブッチは台に横たわり、呼吸のほかは身じろぎもしなかった。皮膚は青白く、十二回もマラソンをしたあとのように全身汗にまみれていた。足はガーニーの縁から突き出している。肩幅は以前の二倍近くになっているし、ボクサーショーツは伸びきって、太腿にぴったり張りついている。

しかし、顔を見るとほっとする。以前と少しも変わっていない。身体が大きくなったぶん、釣り合うように大きくはなっているが、それでも以前と同じだ。開いた目は見慣れた薄茶色《ヘーゼル》だったし、そこに宿る光を見ても、ブッチ以外のだれの目でもない。

ぼんやりしていて口はきけなかったが、彼が震えているのを見て、マリッサは毛布を持ってきてかけてやった。その柔らかい重みがのってきたとき、彼は縮みあがった。肌が過敏になっているのだろうか。しかし、やがて愛してるよと声には出さず口だけ動かし、そのまますっと眠り込んだ。

マリッサはどっと疲れを感じた。こんなに疲れたのは生まれて初めてだ。

ヴィシャスは、散水ノズルで水をまいて床の血を洗い流していたが、それが終わると言った。「食事にしよう」

「彼のそばを離れたくないの」

「わかってる。だから、フリッツに食いもんを持ってきてくれるように頼んどいた。このすぐ外に置いてある」

マリッサはVのあとについて備品室に出ていった。ふたり掛けのベンチが壁から何脚か突き出しており、ふたりはそれぞれ腰をおろした。ヌンチャクや訓練用の短剣や長剣や銃器の棚に囲まれて、フリッツの用意したピクニック弁当を食べる。サンドイッチがおいしい。りんごジュースも、オートミールのクッキーも。

しばらくして、ヴィシャスは手巻き煙草に火をつけ、壁に背中を預けた。「ブッチはもう大丈夫だ」

「よく生き延びられたと思うわ」

「おれのときもあんな感じだった」

ふたつめのハムサンドイッチを口に運ぶ途中で、マリッサは手を止めた。「ほんとに？」

「じつを言えば、もっときつかった。始まったとき、おれはあいつより小柄だったからな」

「でも、中身は変わってないのよね？」

「ああ、いまもあんたにべた惚れさ」

サンドイッチを食べ終わると、彼女は両脚をベンチにのせて、壁に背中を預けた。「どうもありがとう」

「なにが」

「傷をふさいでくれて」と、手首を見せる。

彼はダイヤモンドの目をそらした。「大したことじゃない」

静かだ。マリッサはまぶたが垂れ下がってきて、目を覚まそうと身体をゆすった。

「無理すんな、寝ろよ」ヴィシャスが低い声で言った。「おれがついてるから。あいつが目を覚ましたらすぐに起こしてやるよ。そら……横になれって」

マリッサはベンチに寝そべり、横向きになって身体を丸めた。眠れるとは思わなかったが、ともかく目をつぶった。

「ちょっと頭をあげて」ヴィシャスが言った。言われたとおりにすると、丸めたタオルが耳の下にすべり込んできた。「首が楽だろ」

「やさしいのね」

「なに言ってんだ。あんたにしんどい思いをさせてたら、あとでデカにぶん殴られる」

まちがいなくヴィシャスが髪をなでてくれたと思ったが、ただの気のせいだったのかもしれない。

「あなたは?」彼がべつのベンチに腰をおろしたとき、彼女はささやくように言った。ヴィシャスのほうも、負けず劣らず疲れているはずだ。

彼の笑みはよそよそしかった。「おれのことは心配しなくていい。いいから寝ろよ」

意外にも、彼女は眠り込んでいた。


マリッサが疲れのあまり寝入るのを見届けてから、Vは首をかしげて、理学療法/応急処置室をのぞき込んだ。この角度からは、以前よりずっと大きくなったデカの足の裏が見える。やれやれ……ブッチはいまでは、まちがいなくかれらの一員だった。正真正銘の、りっぱな牙を備えた戦士だ。立ちあがれば身長は二メートル近く、あるいはそれ以上あるだろう。ラスの血筋なのはたしかだ——が、いったいどこで混じったのか、いつかわかるときが来るだろうか。

備品室のドアが大きく開いて、Zが入ってきた。すぐあとからフュアリーが続く。

「どうなった」ふたりは声をそろえて尋ねてきた。

「しーっ」Vはマリッサのほうをあごで示し、小さな声で言った。「自分で見てこい。あっちにいる」

ふたりは戸口に歩いていった。「信じられん……」フュアリーが息を呑んだ。

「でかいな」Zがつぶやく。それから鼻をひくつかせた。「なんでここは、ラスのきずなのにおいがぷんぷんしてるんだ。それともおれの気のせいか」

Vは立ちあがった。「外のジムに出よう。ふたりを起こしたくない」

三人は青いマットのうえに出ていき、Vは細いすきまを残してドアを閉じた。

「そう言えば、ラスはどこだ」マットのうえに腰をおろすと、フュアリーが尋ねた。「この場にいて最後まで見届けてると思ってたのに」

「いま忙しいんだ」まちがいなくな。

Zはドアに目をやった。「あいつでかいな、V。ほんとにでかい」

「わかってるよ」Vはマットに仰向けに寝そべり、煙草を吸った。煙を吐きながら、兄弟たちからは努めて目をそらしていた。

「V、あいつほんとにでかいぜ」

「その話はよせ。あいつがどうなるか、まだわからないんだ」

Zは、短く刈った頭をこすった。「おれはただ、あいつが――」

「わかってる」

「それに、ラスの血筋なんだろ」

「わかってるつってんだろ。だがなZ、まだ早すぎる。とにかく早すぎるんだよ。それに、あいつのおふくろは〈巫女〉じゃない」

Zの黄色い目が不機嫌な光を帯びた。「おれに言わせりゃ、くっだらねえ規則だ」

40

ガーニーのうえで目覚めたとき、ブッチは鼻から深く息を吸っているさいちゅうだった。なにか……なにかのにおいがする。じつに快いにおい。嗅いでいると全身に力がみなぎってくる。頭のなかで声がした――「おれのもの《マイン》」

その言葉をふり払おうとしたが、声は大きくなるいっぽうだ。息をするたびに、頭のなかでその単音節がくりかえされる。心臓の鼓動のように、自分では止めることができない。彼の生命そのものの源。魂の座。

ひとつうめいて台のうえで上体を起こしたが、とたんに身体が傾いてバランスを崩し、床に転げ落ちそうになる。あわてて腕を突っ張ってみて、ふとその腕を見おろした。なんだこれ――いや、そんなはずはない。これがおれの腕のはずは――それに……くそ、脚もおかしい。太腿が滅茶苦茶にでかい。

これはおれの身体じゃない。

マインと、またさっきの声がした。

あたりを見まわすと、診療室のすべてが水晶のようにくっきりと見える。磨きたての窓から見ているかのようだ。それに耳……蛍光灯を見あげた。誇張でなく、蛍光管のなかを流れる電気の音が聞こえる。

マイン。

また息を吸った。マリッサだ。これはマリッサのにおいだ。近くにいる――口がひとりでに開いて、深くリズミカルにのどが鳴り、それがうなり声になって、ひとつの単語を形作った――マイン。

心臓がどきどきしはじめた。頭の司令塔が完全に乗っ取られている。論理的な思考は不可能で、所有本能に支配されている。これにくらべたら、これまで彼がマリッサに対して感じていた独占欲など、一時の気まぐれとしか思えない。

マイン！

自分の腰を見おろし、なにが起きているか気がついた。いまではボクサーショーツは完全に小さすぎるが、そのなかのペニスもほかの部分と同様に育っていて、それが伸びきった薄い綿のショーツにパンチを食わせている。見ているうちにも、注意を惹こうとするかのようにうごめいていた。

くそ……肉体は交わりたがっている。マリッサと。それもいますぐ。

名前を呼んだわけでもないのに、マリッサが戸口に現われた。「ブッチ？」

なんの前触れもなく、彼はミサイルと化していた。肉体はまっすぐマリッサに狙いをつけ、部屋の反対側まですっ飛んでいった。床に押し倒し、むさぼるようにキスをし、のしかかりながら彼女のスラックスをつかみ、力まかせにジッパーをおろした。うなりながら、じれながら、なめらかな脚から下着をはぎとり、手荒く腿を開かせて彼女の身体に顔をうずめた。

まるで人格が分裂したかのように、彼は離れたところから自分の行動を観察していた。両手が彼女のTシャツを押しあげ、乳房をつかみ、そのあいだも舌を使いつづけている。やがていきなり身を起こし、なぜ使いかたを知っていたのか、牙を剝いて彼女のブラの正面を嚙み裂いた。ブッチはずっと、自分で自分を押さえようとしていたが、大渦巻に巻き込まれたかのようにあらがうことができなかった。マリッサ……彼女を中心軸として、彼はそのまわりで渦を巻いているのだ。

その渦巻のなかから、彼はうめいた。「ごめん……ああ、でも……やめられない、い、い、いんだ……」

マリッサが彼の顔をつかまえた……と思ったら、彼の身体はぴたりと動きを止めた。信じられない。どうしてこんなことができるのか。ただ顔をつかんだだけで……彼の身体はまったく動かなくなった。それで奇妙きわまることに気づいた。彼はマリッサに完全に支配されているのだ。彼女にやめろと言われればやめる。ただちに。例外はない。

ただ、マリッサはブレーキを踏むつもりはないようだった。彼女の目は官能の興奮に輝いている。「抱いて。あなたのものにして」

彼女が腰を浮かしてすりつけてきた。すると、彼の肉体はたちまち狂乱状態に戻っていた。がばとはね起き、ボクサーショーツのウェストバンドを引きちぎり、それをまといつかせたままなかに入っていった。深く貫き、大きく押し広げ、あますところなく彼女に包み込まれているようだった。

マリッサが声をあげ、爪を尻に食い込ませてきた。彼はさらに強く、さらに速く動きはじめた。セックスの興奮が高まるにつれて、分裂していたふたつの半身が結びついていくのがわかる。激しく腰を揺らすうちに、ずっと自分のものと認識していた声と、先ほどから聞こえていた新しい声とがひとつに溶けあっていく。

彼女の顔を見つめながら、オルガスムスにのぼりつめた。こんな射精はかつて経験したことがない。鋭く、力強く、いつまでも続く。彼女の内部を満たすものが、無限に湧き出てくるかのようだ。彼女のほうもそれを歓び、快感にのけぞって頭をタイルに押しつけ、脚を彼の腰にからませて、彼の与えるものをすべて身の奥に呑み込んでいく。

とうとう果てたとき、ブッチはくずおれ、息をあえがせ、汗まみれで、頭がくらくらした。そのとき初めて、以前とは組みあいかたがちがうのに気がついた。彼の頭は彼女よりずっとうえにあるし、腰は彼女の脚のあいだを以前より大幅に占領しているし、彼女の顔の横にある手はずっと大きい。

マリッサは彼の肩にキスをし、肌をなめた。「おいしい……それに、いいにおいがするわ」

それはたしかだった。以前にも彼の身体から発していた濃厚なスパイスのにおいが、いまでは強烈に部屋じゅうを満たしている。そしてそのしるしは、マリッサの肌にも髪にも……そしてなかにもしみついている。

これでいいんだ。彼女はおれのものだから。

彼は横に体《たい》を開いた。「ベイビー……どうしてこうなっちゃったのかわからないよ」とは言ったが、わかっていないのは彼の半分だけで、残り半分はまた彼女としたがっている。

「わたしはうれしかったわ」と彼女はいい、まばゆい笑みを向けてきた。まるで真昼の太陽のようだ。

そしてその顔を見て、彼は幸福感とともに気がついた。彼のほうもいまでは彼女のものなのだ。一方通行ではない。ふたりは互いに互いのものになったのだ。

「愛してるよ、ベイビー」

彼女もその言葉を返してきたが、そこでふと笑みが消えた。「とてもこわかったわ……あなたが死ぬんじゃないかって」

「でも、このとおり死ななかった。もう終わって、おれは乗り越えたんだ。乗り越えて、きみと同じ場所に立てたんだ」

「もうあんな思いはしたくないわ」

「する必要はないさ」

マリッサは少しほっとして、ブッチの顔をなでた。ふとまゆをひそめて、「ここ、ちょっと寒くない？」

「きみに服を着せて、本館に戻ろう」彼女のTシャツをおろそうと手を伸ばして……そこで、彼女の乳房に目が釘付けになった。ピンクの乳首は非の打ちどころもない。

また固くなってきた。完全に勃起して爆発しそうだ。いま一度の放出のときを恋い焦がれている。

彼女の顔にあの笑みが戻ってきた。「ほら、こっちに戻ってらっしゃいよ、愛しいひと《ナーラム》。わたしの身体で楽になって」

一度誘えばじゅうぶんだった。

備品室の外では、Vとフュアリーとザディストが話をやめて耳をそばだてていた。くぐもった物音からして、ブッチは目を覚まし……忙しくしているようだ。兄弟たちが笑い出し、Vはドアを完全に閉めた。なかのふたりが幸せそうで、ほんとうによかったと思った。ほんとうに……よかった。

彼と双児はその後もむだ話を続けた。Vはときどき煙草に火をつけ、〈アクアフィナ〉のボトルに灰を落としていた。一時間後、ドアが開いてマリッサとブッチが現われた。マリッサは格闘技用の道着を着ていて、ブッチは腰にタオルを巻いている。きずなのにおいをぷんぷんさせていた。ふたりともじゅうぶんに使われて、すっかり満ち足りているようだった。

「えーと……やあ、みんな」デカは言って赤くなった。元気そうだったが、うまく動けないようだ。それどころか、恋人を松葉杖代わりにしている。

Vはにやりとして、「ずいぶん背が伸びたみたいだな」

「うん、それが……それがその、どうも身体が思うように動かないんだ。そういうもんなのか」

フュアリーがうなずいた。「もちろんだ。新しい身体に慣れるのに、おれはずいぶんかかったぜ。二、三日もすればある程度は操縦できるようになるだろうが、しばらくは違和感があると思う」

近づいてくるのを見ると、マリッサは恋人の重みを支えかねているようだった。ブッチのほうもぐらぐらしている。もっと寄りかかりたいのを、できるだけこらえているのだろう。

Vが立ちあがった。「〈ピット〉に戻るまで手を貸そうか」

ブッチはうなずいた。「助かるよ。引っくり返ってマリッサを押しつぶしそうだ」

Vはブッチの横にまわり、支えてやった。「それじゃ、お送りいたしましょう」

「ああ、シャワー浴びてえ」

ブッチはマリッサの手をとり、三人はゆっくり〈ピット〉に向かった。

トンネルのなかは静かだった。ブッチの引きずるような足音が聞こえるばかりだ。歩きながら、Vは自分が遷移を終えたときのことを思い出していた。目が覚めてみたら、顔にも手にも陰部にも警告が刺青されていたのだ。少なくともブッチは安全な場所にいるし、体力が戻るまで守ってくれる仲間がいる。

Vは戦士のキャンプからつまみ出され、森に捨てられてあやうく死ぬところだった。

ブッチはほかの点でも恵まれている。きちんとした女性に愛されていることだ。ブッチのそばにいるマリッサは光り輝くばかりで、Vはできるだけじろじろ見ないようにしていた……が、まったくうまく行かなかった。ブッチを見る彼女の目の、なんと温かいことだろう。なんと温かく輝いていることか。

あんなふうに見つめられるのはどんな気分だろうか、とVは思わずにいられなかった。

〈ピット〉にたどり着くと、ブッチは乱れたため息を漏らした。どうやら体力がもう限界のようだ。ひたいには汗が噴き出しているし、まっすぐ立っているのもやっとだった。

「ベッドに運ぼうか」Vは言った。

「いや……シャワーに。シャワーを浴びないと」

「おなかすいてない？」マリッサが尋ねる。

「うん……ああくそ、うん、腹ぺこだ。ベーコンが食べたい。ベーコンと……」

「チョコレートだろ」ブッチを抱えて部屋に運びながら、Vが冷やかすように言った。

「そうだ……チョコレート。ちくしょう、チョコレートのためならなんでもするぜ」ブッチはまゆをひそめた。「おかしいな、おれチョコレート嫌いなのに」

「好きになったのさ」Vがバスルームのドアを蹴りあけると、マリッサがシャワーブースにもぐり込んで、お湯の栓をひねった。

「ほかには?」

「パンケーキがいい。それとワッフルにシロップとバターかけたやつ。それと卵……」

Vはマリッサに目を向けた。「食えるもんを片っ端から持ってくればいい。いまなら自分の靴だって食うから」

「……それにアイスクリームと、詰め物をした七面鳥と……」

マリッサはブッチの唇にキスをして、「すぐに戻って——」

その彼女の頭をブッチは押さえて、うめき声をあげながらむさぼるようにキスをした。きずなのにおいが、新たにどっとあふれ出す。ブッチは彼女を壁際に押しやり、自分の身体で押さえ込み、手を使い、腰を前に突き出した。

ああ、そうだった、とVは思う。遷移したばかりの男はしょうがない。ブッチはこれからしばらくは、十五分おきに勃起しているような状態なのだ。

マリッサは笑った。そんな恋人を見て心から喜んでいる。「あとでね。お食事が先よ」

ブッチはすぐに引き下がった。マリッサが彼の情欲にお座りを命じたら、情欲のほうはいい子と褒められたくてお行儀よくした、というふぜいだった。出ていく彼女の後ろ姿を、淫らな飢えと憧憬を込めてブッチは目で追っていた。

Ｖは首をふった。「完全にのぼせあがってるな」

「うるせえ。おれは前から彼女を愛してるつもりだったが、いまとくらべたら……」

「きずなを結んだ男ってのは、完全に頭がいってるからな」Ｖはブッチのタオルをはぎ取って、シャワーの下に押しやった。「少なくとも、おれはそう聞いてる」

「うへえ」ブッチがシャワーヘッドをにらんだ。「ぜんぜん気持ちよくないじゃないか」

「一週間かそこらは、皮膚がものすごく過敏になってるんだ。用があったら呼べよ」

廊下を半分ほど進んだところで、Ｖは叫び声を耳にした。あわてて駆け戻り、ドアのなかに飛び込む。「どうした。なにが――」

「はげになる！」

Ｖはシャワーカーテンをさっと引いてまゆをひそめた。「なに言ってんだ。いまも髪の毛は――」

「頭のことじゃない！　身体の毛のことだよ、阿呆！　どんどん抜けてくんだ！」

ヴィシャスは下に目を向けた。ブッチの胴体からも脚からも毛が抜け落ちて、排水口のまわりに黒っぽい茶色の毛が大量に溜まっていた。

Ｖは笑い出した。「いいじゃないか。少なくとも、歳とったとき背中の毛を剃る心配はしなくてすむんだ。そうだろ。むだ毛の処理から解放されてよかったな」

石けんが飛んできたが、Ｖは不思議とは思わなかった。

41

一週間後、ヴァンは自分自身について重要なことを学んだ。

彼は人間性を失っている。

がらんとした地下室にうめき声が反響する。ヴァンは、台に縛りつけられた一般のヴァンパイアに目をやった。ミスターXがそいつを痛めつけ、ヴァンはそれを見物している。まるで、ひとが髪を切っているのを眺めているような気分だった。

ほんとうなら、これはまちがったことだと考えるべきところだ。長年格闘技を続けてきたから、対戦相手はさんざん痛めつけたものだ。しかし、しろうとを傷つけたりはしなかったし、弱い者いじめをするやつは軽蔑していた。それがいまは、この唾棄《だき》すべき残虐行為を見ても腹が立つだけだった……なぜなら役に立っていないからだ。オニールについてわかったことと言えば、あの男の人相に一致する人間が、ダウンタウンのクラブ――とくに〈スクリーマーズ〉と〈ゼロサム〉――で、〈兄弟〉と思われる男たちとつるんでいるのを見かけたということだけだ。だが、それぐらいのことはもうとっくにわかっているのだ。

〝フォアレッサー〟は、いまはたんに鬱憤を晴らしているだけではないのか。だとしたら時間のむだだ。ヴァンはヴァンパイアを追ってみたかった。こんなところで、頭でっかちの司令塔を演じるのはうんざりだ。

だがむかつくことに、彼はまだ吸血鬼の一匹も殺してみたことがない。ミスターXに現場に出るのを禁じられているせいで、〈レスニング・ソサエティ〉に入会してから、ほかの〝レッサー〟たちしか殺したことがない。毎日、ミスターXは彼を〝レッサー〟と戦わせる。そして毎日、ヴァンはその〝レッサー〟を降参させ、刃物を突き立てて殺す。そして毎日、ミスターXはいらだちを募らせていく。ヴァンは〝フォアレッサー〟を失望させているらしいのだが、七戦全勝だというのに、なにが気に入らないのかわからない。

血なまぐさい空気にのどの鳴るごろごろという音が漂い、ヴァンは声には出さずに毒づいた。

「退屈かね」ミスターXが鋭く尋ねる。

「とんでもない。見てるとものすごく面白いぜ」

短い間があって、いまいましげに吐き捨てた。「おちゃらけてるんじゃない」

「なんでもいいけどな、おれは格闘屋なんだよ。こういう、捕虜を痛めつけるみたいなのは向いてねえんだ。だいたい、なんの役にも立ってねえしよ」

あの生気のない淡色の目がぎらりと光った。「それじゃ、ほかのといっしょにパトロールに出るがいい。これ以上その顔を見ていたら、この台にきみを縛りつけることになりそうだからな」

「そう来なくちゃ」ヴァンは階段に向かった。

コンバットブーツが一段めにかかったとき、ミスターXが吐き捨てるように言った。「これしきのことで気分が悪くなるとは、まったく情けないやつだ」

「気分なんか悪くなってねえよ、勘ちがいしないでくれ」ヴァンはそのまま階段をのぼった。

ブッチはジムのトレッドミルをおりて、シャツで顔の汗をぬぐった。十一マイル（約十八キロ）を走り終えたところだ。五十分で。つまり、五分で一マイルのペースで走りつづけたということだ。信じられない。

「気分はどうだ」ベンチプレスをしながらVが尋ねる。

「リー・メジャース（アメリカの俳優。一九七〇年代に放映された連続テレビ番組『六百万ドルの男』で、主役のスティーヴ・オースティン大佐〈事故で重傷を負い、人体改造手術を受けてサイボーグ人間になる〉を演じた）になったみたいだ」

がちゃんと音を立てて、三百キロものバーベルがスタンドに置かれた。「『六百万ドルの男』を持ち出すなんざ、年齢《とし》がばれるぜ」

「おれは七〇年代に育ったんだよ。訴えてみやがれ（『六百万ドルの男』のロイヤルティの十五パーセントを支払う契約が守られていないとして、リー・メジャースがユニバーサルを訴えたことに引っかけたジョーク）」ブッチは水を飲んでいたが、そのときぱっと戸口に目をやった。息が止まった、と思うまもなくマリッサが入ってきた。

くそ、なんてきれいなんだ。黒いスラックスとクリーム色のジャケットという姿で、地味な仕事着なのに女らしい。離れたところからでも、淡青色の目が輝いて見える。

「今夜はこれから出かけるから、その前に顔を見ていこうと思ったの」彼女は言った。

「うれしいよ、ベイビー」近づく前にできるだけ汗を拭いていこうとしたのだが、火照って汗まみれでも彼女は気にする様子もなかった。毛すじほども。かがんで唇にキスをしながら話しかけるとき、彼女は手のひらを彼のあごに当てていた。「とてもすてきよ」その手を彼の首筋に、さらにむき出しの胸にすべらせながらささやいた。指でそっと十字架をなぞり、「ほんとにすてき」

「そうかな」彼はにっと笑った。ランニングショーツのなかはもう固くなって、一時間半前に彼女を内側から起こしたのを思い出す。「でも、きみにはかなわない」

「それには議論の余地があるわね」彼が反論代わりにうなると、彼女は身体をいっそう寄せてきた。

うなり声をあげながら、彼は頭のなかで訓練センターのレイアウトをさらってみて、十分ほど隠れられる場所がないか考えた。そうだ……教室が近くにある。あそこのドアにはりっぱな鍵がついてる。完璧だ。

すぐ戻ってくると声をかけようと、Vに目をやって驚いた。こちらをじっと見つめているではないか。まぶたをなかば閉じていて、表情は読めなかった。ヴィシャスはすぐに目をそらした。

「それじゃ、もう行かなくちゃ」マリッサは言って、一歩さがった。「今夜は忙しいの」

「もうちょっといられないか？　五分でいいから」

「そうしたいんだけど……だめなの」

ちょっと待て。彼女のこちらを見る目つきがいつもと少しちがう。ちがうどころか、彼の首筋をじっと見つめて、口を少し開いている。舌がさっと下唇をなめた。美味《うま》いものを味わっているかのように。あるいは、味わいたいと思っているかのように。

狂おしい欲望が稲妻のように全身を駆け抜けた。

「ベイビー」彼はしゃがれ声で言った。「おれからなにか欲しいんじゃないのか」

「ええ……」爪先立ちになって、耳もとでささやいた。「遷移のとき、あなたにたくさんあげたから、少し体力が落ちてるの。あなたの血が要るのよ」

信じられない……ずっとこれを待っていた。彼女を養うときが来たのだ。

ブッチは彼女の腰に手をまわし、軽々と抱きあげると、ウェイトトレーニング室に火でもついたかのように、ドアに向かって走り出した。

「まだよ、ブッチ」マリッサが笑った。「おろして。遷移が終わってやっと一週間じゃないの」

「いやだ」

「ブッチ、おろしてったら」

彼の頭は反論したがっているのに、身体はその命令に従っていた。「それじゃ、いつ?」

「もうすぐ」

「おれはもう元気だ」

「わたしはまだ二、三日は大丈夫。それぐらいは待ったほうがいいわ」

彼にキスをすると、彼女は腕時計に目をやった。いま着けているのは、彼のコレクションのなかでもお気に入りのやつ、黒いワニ皮のベルトの〈パテック・フィリップ〉だった。どこへ行くときも、あれが彼女の手首にあると思うとうれしかった。

「今夜はずっと〈避難所〉にいるわ」彼女は言った。「子供をふたり連れた女性が新しく入ることになってるから、入所手続きのときその場にいたいの。それに、第一回スタッフミーティングもあるし。メアリが来てくれるから、いっしょにやることになってるの。夜明けまで戻れないと思うわ」

「おれはここにいるよ」出ていこうとする彼女をつかまえ、またこちらを向かせて腕に抱き寄せる。「気をつけてな」

「ええ、大丈夫よ」

ディープキスをしながら、きゃしゃな身体に両腕を巻きつけた。彼女が帰ってくるときが待ちきれない。姿が見えなくなった瞬間に、もう恋しがっている。

「完全にのぼせあがってる」ドアが閉じると、彼は言った。

「だから言っただろ」Vがベンチプレスから立ちあがり、架台からひと組のダンベルをとった。「きずなを結ぶと、男は頭がおかしくなるんだよ」

ブッチは首をふり、ほかのことを考えようとした。今夜ジムで達成しようと思っていた目標のことを。この七日間、マリッサが新しい仕事にかかっているあいだ、彼は館の敷地を一歩も出ず、この新しい身体の扱いを覚えようとしてきた。学習曲線は急カーブを描いている。最初のうちは、ごく基本的な動作から覚えなおさなくてはならなかった。食事のしかたとか、字の書きかたとか。だがいまは、どこまでやったらへたばるか（へたばるときがあればの話だが）、この肉体の限界を探ろうとしているところだった。幸い、これまでのところはなにもかも正常だ。なにもかも——と言っても、例外がなくはない。いっぽうの手が少しおかしいのだが、とはいえ大きな問題になるほどではなかった。

牙は言うことなしだ。

その点は、新たに獲得したこの腕っぷしも体力も同じだった。ジムでどれだけ長時間、どれだけ激しい運動をしても、彼の身体はその責め苦を吸収して、いっそう強くなっていく。食事のときはレイジやZに負けないほど食べ、二十四時間に五千カロリーは摂取している……にもかかわらず、しじゅう腹が減っていた。それも無理はない。ステロイドでも打っているように、どんどん筋肉がついてくるのだ。

あとふたつ、答えの出ていない疑問がある。非実体化はできるのか。日光には耐えられるのか。どちらについても、一カ月ぐらいは待ったほうがいいとVは言っていたが、まあそれはいい。そのあいだ、心配することは山ほどある。

「もうやめる気じゃないだろうな」ダンベル・カール（ダンベルを肘の屈伸で上下させる運動）をやっていたVが、目をあげて尋ねてきた。両手に持ったダンベルは、ひとつ百二十五キロはあるだろう。いまではブッチも、あれぐらいなら持ちあげられる。

「いや、まだ精力は残ってる」彼は楕円運動《エリプティカル》マシンに乗って、大股に歩きはじめた。

ところで精力と言えば……彼はセックスにどっぷりのめり込んでいた。それも四六時中だ。マリッサは〈ピット〉の彼の部屋に移ってきたのだが、しょっちゅう手を出さずにはいられない。これではあんまりだと欲求を隠そうとしても、欲しいと思えばいつも悟られてしまう。しかもマリッサは絶対に拒まない。たんに彼をいかせるためだけにでも。

マリッサは、彼を性的に支配して心から楽しんでいるようだ。それは彼も同じだった。くそ、また固くなってきている。彼女のことを考えるだけで、その日にもう四度か五度やったあとでも、たちまち臨戦態勢になる。ただここが肝心なのだが、彼の旺盛な性欲がこんなに歓びをもたらすのは、それがたんなる発散の欲求ではないからだ。大事なのは彼女なのだ。彼女と触れあい、彼女のなかに入り、彼女を包み込みたいのだ。セックスのためのセックスではなく……つまり……肝心なのは愛情なのだ。彼女への。

まったく、完全にのぼせあがってやがる。

だが、それがどうした。どうして取り繕わなくちゃならないんだ。この不幸な生涯のうちで、今週は最高の一週間だった。彼とマリッサはとてもうまく行っている。そしてそれは、ベッドのなかだけの話ではない。ジムで訓練しているときはべつとして、彼女の社会福祉プロジェクトの手伝いにかなりの時間を割いているし、その共通の目的のおかげで、ますます結びつきは強くなっている。

〈避難所〉——というのは、彼女があのコロニアル様式の住宅につけた名前だ——はもういつでも開所できる状態だった。Vが警報装置を徹底的に張りめぐらしたし、まだやることは山ほどあるとはいえ、少なくとも本格的に被害者を受け入れる態勢は整っていた。いまはまだ、あの母親と脚にギプスをはめた女の子がいるだけだが、どうやらこれからおおぜい入ってくるようだ。

まったくいろいろあったが、環境の変化、新たな事態、さまざまな問題にもかかわらず、マリッサはそのすべてにみごとに対処していた。頭がよくて、有能で、しかも思いやりがある。彼の内なるヴァンパイア——これまで埋もれていた部分——は、女性を見るたしかな目を持っていたということか。

もっとも、彼女と連れあいになったことには、いまでもいささか罪の意識を感じていた。彼女がそのために捨て去ったもののことを考えずにはいられない。血を分けたきょうだい、慣れ親しんだ暮らし、それにあのお上品な〝グライメラ〟の阿呆ども。ブッチ自身、家族を捨て、生まれ育った土地を捨ててからは、ずっとみなしごのように寄る辺《べ》ない思いをしていた。彼女にはそんな思いはさせたくない。しかし、だからと言って彼女と別れようとは思わない。

うまく行けば、誓いの儀式はまもなく締めくくれるだろう。遷移後の最初の一週間は傷をつけないほうがいいとVは言っているし、それはわかるが、名前を刻む儀式はできるだけ早くすませたかった。そしてそのあとには、マリッサの手をとって教会の通路を歩くのだ。

おかしな話だが、深夜のミサに通うようになっていた。〈レッドソックス〉の野球帽をかぶり、目立たないようにして、〈慈悲の聖母〉教会の後ろの席にひとり座って、神や教会とまたつながろうとしていた。礼拝に参列すると、言葉に尽くせないほど心が慰められた。これほどの慰めは、ほかでは得られないだろう。

なぜなら、いまも彼の身内には闇が巣食っているから。この身内にいるのは彼ひとりではないのだ。

彼のなかには影が存在している。なにかが、彼の肋骨と背骨のあいだの空間にひそんでいる。その存在はつねに感じられる。それが居場所を変え、動きまわり、見張っているのがわかる。ときには、彼の目を通してそれが外界を見ていることがあり、彼が自分自身をもっとも恐れるのはそんなときだった。

だが、教会に通うと恐怖が薄らいだ。そこの空気に身を置くと、善なるものがしみ込んでくるような気がする。神が彼の声に耳を傾けてくれるような気がする。自分自身の外側にべつの力があって、人間性に、そして魂につながっていられるように助けてくれると信じずにはいられなかった。それにつながっていないと、彼は死んでしまうからだ。たとえ心臓は打っていても。

「よう、デカ」

エリプティカルの歩調を乱すことなく、ブッチはウェイトトレーニング室のドアに目をやった。フュアリーが立っていた。あの赤と黄色と褐色のみごとな髪が、蛍光灯の光に輝いている。

「どうした、フュアリー」

フュアリーが歩いて近づいてくるのを見ると、ほとんど気づかないほどだが、脚を引きずっているのがわかる。「ラスがさ、今夜の出撃前のミーティングにおまえも出てもらいたいって」

ブッチはVに目をやった。せっせとダンベルをあげつづけていて、目はマットに向けたままあげようともしない。「なんのために？」

「ただ参加してほしいんだろ」

「わかった」

フュアリーが出ていってから、ブッチは言った。「V、どういうことか知ってるか？」

彼のルームメイトは肩をすくめた。「これからはミーティングに出ろってことだろ」

「これから？　毎晩ってことか」

ヴィシャスはダンベルをあげつづける。その重みに、上腕二頭筋の血管がくっきり浮きあがっている。「ああ、毎晩ってことさ」


三時間後、ブッチとレイジは〈エスカレード〉で出かけようとしていた……が、これはどういうことかとブッチはまだ信じられない思いだった。彼は黒いレザージャケットを着ていたが、両脇に一挺ずつ〈グロック〉をストラップ留めしているし、腰には刃渡り二十センチのハンティングナイフを吊っている。

ブッチは今夜、戦士として出かけようとしているのだ。

といってもこれはただの実地試験だし、マリッサと相談しなくてはならないが、うまく行ってほしいと彼は願っていた。そうだ……彼は戦いたかった。そして兄弟たちもそれを望んでいる。これについてはすっかり話し合った。とくに、彼の闇の部分については徹底的に。

結論から言うと、彼には〝レッサー〟を殺す能力と意志があるし、〈兄弟団〉の側にはいま戦力が足りない。というわけで、ともあれ試してみることになったのだ。

レイジの運転でダウンタウンを行きながら、ブッチは窓の外を眺めていた。Ｖが今夜休みでなければよかったのにと思う。これはいわば彼にとって処女航海だから、できればルームメイトについていてもらいたかった。ただ少なくとも、ヴィシャスが戦列をはずれているのはたんに休む順番に当たっているからで、ローテーションからはずされそうになっているわけではない。そう言えば、Ｖの悪夢はこのごろだいぶましになっているようだった。真っ昼間に悲鳴が聞こえることはもうなくなっていた。

「戦場に出る用意はいいか」レイジが言った。

「ああ」それどころか、彼の身体はうずうずしていた。使われたい。それもまさにこういうふうに、戦闘で使われたいと。

十五分ほどして、レイジは〈スクリーマーズ〉の裏に車を駐めた。おりて十番通りに向かう途中、ブッチは路地のなかほどで立ち止まり、店の壁に目を向けた。

「ブッチ、どうした」

自分にとって歴史的な場所だという思いに打たれて、ブッチは手を伸ばし、爆弾の残した黒ずんだ痕跡にまた手を触れた。ここで、ダライアスの車が爆破されたのだ。そうだ……去年の夏に始まったのだ、すべては……この場所で。とはいえ、傷だらけの湿ったレンガを手のひらに感じながら、彼は気がついていた――ほんとうの始まりはいまこのときだ。彼の真の姿がいまこそ明らかになろうとしている。そうなりたいと思っていたものになるのだ……いま、これから。

「どうした、大丈夫か」

「出発点に戻ってきたんだ」彼は仲間に顔を向けた。「ぐるっとまわって戻ってきた」レイジがへっ、なんだって？　という顔をすると、ブッチはにやりと笑ってまた歩き出した。

「それで、いつもはどういうふうにやってるんだ」十番通りに出たとき、彼はそう尋ねた。

「ふつうの夜は、半径二十五ブロックの地域を二度まわるんだ。実際、流し釣りみたいなもんだ。〝レッサー〟はおれたちを探してるし、おれたちは〝レッサー〟を探してるんだから。

それで見つけしだい戦闘に——」

ブッチはふと立ち止まった。頭がひとりでにくるりと向きを変える。上唇がめくれあがって、まるで見せびらかすように、新しい牙がむき出しになる。

「レイジ」彼は小声で呼びかけた。

兄弟がうれしそうに低い笑い声を立てた。「どこだ、デカ」

ブッチは、拾ったシグナルに向かってまっすぐ進み出した。進むにつれて、自分の肉体の生々しい力を実感する。まるで高性能エンジンを積んだ車のようだ。それも〈フォード〉ではなく〈フェラーリ〉だ。檻から解き放たれたかのように、彼は暗い通りを突き進んだ。あとにレイジを従えて。ふたりの動きはぴったりそろっていた。

ひと組の狡猾《こうかつ》な肉食獣のようだった。

六ブロック先で、三人の〝レッサー〟を見つけた。路地の入口あたりでしゃべっていたが、その頭がそろってこちらを向いた。視線がからまりあった瞬間、ブッチはあのおぞましい同類意識がひらめくのを感じた。厳然と存在するつながり。そのつながりが、こちらの側には恐怖を、あちらの側には混乱をもたらしている。〝レッサー〟たちはブッチのことを、仲間であると同時にヴァンパイアでもあると認識しているようだった。

暗く薄汚い路地で、戦闘は夏の雷雨のように火を噴いた。暴力が凝集し、それがはじけてパンチやキックが炸裂する。ブッチは頭を殴られ、腹を殴られたが、まるで無視していた。なにをされても、気になるほどの痛みは感じなかった。まるで皮膚が装甲と化し、筋肉が鋼鉄と化したかのようだ。

しまいに〝レッサー〟のひとりを地面に打ち倒し、馬乗りになって腰のナイフに手を伸ばした。しかし、そこでふと手が止まった。あらがいがたい欲求に圧倒されて、ナイフには手も触れず、身をかがめ、顔と顔を突き合わせて、まなざしで相手の抵抗を封じた。〝レッサー〟の目が恐怖に見開かれると同時に、ブッチは口を開いていた。

レイジの声が、はるか遠くから聞こえてくる。「ブッチ？　なにをやってるんだ。ほかのふたりはおれが片づけたから、あとはそいつを刺し殺すだけだぞ。ブッチ？　刺し殺せって」

ブッチはただ〝レッサー〟の口のうえに顔を浮かせ、彼の肉体とは無縁の、そして彼の内なる闇のみに由来するパワーを、その高まりを感じていた。始まりはひたすらゆるやかだった。やさしくと言いたいほどわずかずつ吸い込んで……だが、その吸い込みはいつまで経っても終わらなかった。途切れることのない吸引の力はしだいに強まり、黒いものが〝レッサー〟から抜け出して、彼のなかに吸い込まれていく。悪の真髄、〈オメガ〉の本質が移動したのだ。その苦く黒いものが呑み込まれ、ブッチの骨肉に定着したとき、〝レッサー〟は分解して灰色の霧に変わった。

「**いまのはなんだ**」レイジが息を呑んだ。

ヴァンは路地に向かって走っていたが、その入口で足を止めた。本能に従って影のなかに身をひそめる。ここに来るまでは戦う気満々だった。連絡してきた仲間は、ふたりの〈兄弟〉相手に素手の格闘が始まったと言っていた。しかしたどり着いたいま、彼はなぜか理解していた――これはおかしい。

巨大なヴァンパイアが〝レッサー〟にのしかかっていた。目と目を合わせていると思ったら、やがてヴァンパイアが……信じられない、〝レッサー〟を吸い込んで消し去ってしまった。

崩れた灰が、汚れた舗道を吹き散らされていく。その場にいたブロンドの〈兄弟〉が言った。「いまのはなんだ」

そのとき、〝レッサー〟を吸い込んだヴァンパイアが顔をあげ、路地の奥からヴァンにまっすぐ目を向けてきた。暗闇に隠れて、こちらの姿は見えないはずなのに。

信じられん……捜していたあの男だ。あの刑事だ。ヴァンはこの男の写真をインターネットで見ていた。『コールドウェル・クーリエ・ジャーナル』紙の記事に出ていたのだ。ただ、写真を撮られたころは人間だったが、いまは明らかにちがう。

「あそこにもう一匹いる」ヴァンパイアが、かすれたざらざらの声で言った。疲れたように腕をあげて、ヴァンをまっすぐ指さしてきた。「あそこだ」

ヴァンは走り出した。吸い込まれて灰にされてはかなわない。

いまはなにがなんでも、これをミスターXに報告しなくてはならない。

42

そこから一キロ足らず先、ハドソン川を見おろすペントハウスで、ヴィシャスは新しい〈グレイグース〉のボトルをとり、ふたをねじりあけていた。グラスにまた酒を注ぎながら、カウンターに目をやった。からの一リットルボトルが二本並んでいる。

待ってろ、すぐに新しい仲間が加わるからな。それこそあっという間に。

ラップミュージックが鳴り響くなか、クリスタルのグラスと、いまあけたばかりの〈グースス〉のボトルを持ち、ふらつく足でガラスのスライドドアに向かった。意志の力で鍵をはずし、大きく押し開く。

冷たい風がどっと吹き込んできた。肌を刺す冷気に笑いながら外へ出て、夜空を眺め、グラスをあおった。

まったく大した嘘つきだぜ、おれは。まったく大したもんだ。

彼はよくなったとみんなが思っている。それというのも、ささやかな問題をうまくごまかしているからだ。〈レッドソックス〉の帽子をかぶってまぶたの痙攣を隠し、三十分おきに腕時計を鳴らして夢を抑え込んでいる。空腹でもないのに食事をする。ちっともおかしくなくても笑う。

それに、煙草はもとから煙突のようにもくもく吸っていたし。ラスには真っ赤な嘘をつくことまでした。最近はどうだと尋ねられたとき、王たる兄弟の顔をまともに見て、いかにも考え考えという調子で、なかなか眠れなくて「苦労」してはいるが、悪夢は「見なくなった」し、以前よりずっと気分も「安定している」と答えたのだ。**たわごとだ。**彼は無数のひびが入った一枚のガラスだ。軽く叩かれただけで粉々になってしまうだろう。

いまにも砕けそうになっているのは、たんにまぼろしが消えたせいでもなければ、銃弾を浴びる悪夢のせいでもない。そのせいで状況がさらに悪化しているのはたしかだが、そういうさらなる上塗りがなかったとしても、状況はいまとほとんど変わらなかっただろう。それはわかっていた。

ブッチとマリッサを見ていると、頭がおかしくなりそうなのだ。

べつに、ふたりの幸せを妬んでいたりするわけではない。ふたりがうまく行ったのはほんとうによかったと思っているし、最近ではマリッサのことさえ少し好きになってきたぐらいだ。ただ、ふたりのそばにいるとつらいのだ。

問題は……まったく不穏当な話だし、自分でもどうかしていると思うのだが、彼はブッチのことを……自分のものと思っていた。ブッチをこの世界に連れ込んだのは彼だし、もう何カ月もいっしょに暮らしている。〝レッサー〟に全身滅茶苦茶にやられたとき、見つけ出して助けてきたのも彼だ。そのあと癒してもやった。

それに、ブッチを変身させたのはこの手なのだ。

悪態をついて、ヴィシャスはふらふら歩き出した。ペントハウスのテラスを囲む、高さ百二十センチの手すりまで歩いていく。〈グース〉のボトルをその手すりにのせると、かすかに引っかくような音がした。ゆらゆら身体を揺らしながらグラスを口に運んだ。いや……待て、また注ぎなおさなくてはならない。ウォトカのボトルをつかみ、注ぎながら少しこぼした。また手すりのうえにのせると、今度も小さく引っかくような音がした。

酒を飲みくだしてから前かがみになって、三十階下の通りを見おろした。めまいに頭をわしづかみにされ、揺さぶられて、世界がぐるぐるまわり出した。その渦巻く混沌のなかで、いまのこの苦しみにぴったりの言葉が見つかった。彼は失恋したのだ。

くそ……なんてざまだ。

陽気さのかけらもない声で、彼は自分を嘲笑《あざわら》った。その耳に突き刺さる笑い声が、身を切る三月の強風に吹き払われていく。

素足を冷たい石にのせた。バランスをとろうと腕を伸ばしたとき、手袋をはめていない手に目をやった。恐怖に凍りついた。

「そんな……ばかな……嘘だ……」

ミスターXはヴァンを見つめた。それからゆっくり首をふった。「いまなんと言った?」

ふたりはいま、コマース通りと四番通りのかど、くさび形の影のなかに立っていた。ふたりきりでよかった、とミスターXは思った。ほかの者たちの前で、あまりにも仰天したような顔をしてみせたくない。それぐらい、いま聞いた話は信じがたかった。

ヴァンは肩をすくめた。「ヴァンパイアだった。見てくれもそうだったし、やってることもそうだった。おまけに、たちまちおれを見つけてくれたよ。どうして見えたのかわかんねえけどな。だが、あいつにつかまった〝レッサー〟は……つまりその、気色悪い話なんだが、その……蒸発しちまったんだ。あんたが刃物を突き立てたときとはぜんぜんちがってた。ブロンドの〈兄弟〉も度肝を抜かれてたぜ。それでその、こういうことはしょっちゅうあることなのか」

どれひとつ、しょっちゅうあることなどではない。とくに、人間だった男がいまは牙を生やしているというあたり、完全に自然に反している。〝レッサー〟を吸い込んだとかいう話もそうだ。

「それで、きみはどうして見逃されたんだね」ミスターXは尋ねた。

「ブロンドのは、仲間のことをえらく心配してたから」

同志愛か。くそ。〈兄弟〉たちのいつもの同志愛というやつか。「オニールについて、ほかに気がついたことはないかね。変身したらしいという以外に」

たぶんヴァンはたんに勘ちがいを──

「そうだな……片手が変だったな。なんかおかしかった」

ミスターXは全身が振動するように感じた。鐘になってだれかに撞《つ》かれているような。努めて声を平静に保ちながら、「具体的にはどうおかしかったんだね」

ヴァンは片手を持ちあげて、小指を手のひらのほうにぴったり折り曲げてみせた。「こんなふうに曲がってた。小指が曲がったまま固まって、動かせないみたいな」

「どっち側の手?」

「そうだな……右手かな。そうだ、右手だった」

ぼうぜんとして、ミスターXは〈ヴァリューライト・ドライクリーニング〉の側面の壁にもたれかかった。予言の言葉が頭に浮かぶ。

主人の前に終わりをもたらす者が現われる。
新時代の戦士が、第二十一の第七に見出される。
身に帯びた数字によって知るがよい。
知覚する方位はひとつ多く
しかし、右には指し示すものが四つしかない。
三つの生を生き
前面に刻みめがふたつあり、
黒き目をひとつ持ち、井戸《ウエル》のなかで生まれ、かつ死ぬであろう。

ミスターXは全身の皮膚が縮みあがった。くそ。なんたることだ。

オニールが〝レッサー〟の存在を感じられるとすれば、知覚する方位がひとつ多いというのはそのことかもしれない。また小指を伸ばせないとすれば、右手の話にも符合する。しかし、他人にない傷痕があるというのは——待てよ……〈オメガ〉が自分の一部をオニールに埋め込んだ傷口が……あれにへそを加えれば、刻みめがふたつと言えないことはない。それに、背中にあった黒いしるしが、巻物の言う目にあたるのかも。生まれて死ぬというくだりに関しては、オニールはヴァンパイアとしてコールドウェルで生まれたわけだし、死ぬときもここで死ぬという意味かもしれない。

これでつじつまは合った。しかし、ほんとうにまずいのはそんなことではない。かつてだれも、ただのひとりも、〝レッサー〟がそんなふうに消されたという話は聞いたことがないのだ。

ミスターXはヴァンを見つめた。すべてがあるべき場所に収まり、すべての配置が変化した。「きみではなかったのだな」

「放っといてくれりゃよかったのに」ブッチは言った。Vのマンションの前でレイジが車を停める。「おれのことは放っといて、あのもう一匹の〝レッサー〟を追いかけりゃよかったんだ」

「ああ、そうだろうとも。おまえは車に轢かれたリスの死骸みたいなありさまだったし、〝レッサー〟がほかに何匹も集まってきてるのはまちがいなかったしな」ふたりして車をおりながら、レイジは首をふった。「上まで送ってってやろうか。まだリスの死骸みたいに元気はつらつに見えるぞ」

「ああ、なんとでも言え。早く戻ってあの連中をやっつけてこいよ」

「おまえに筋金入りをやられるとうれしくなるぜ」レイジはにやりとしかけたが、すぐに真顔に戻った。「あのさ、さっきあったあれだが——」

「それをVと話しに来たんだ」

「そうか、なるほど。Vならなんでも知ってるからな」レイジは〈エスカレード〉のキーをブッチの手に置くと、肩をぎゅっと握ってきた。「なんかあったら電話してこいよ」

レイジがぱっと消え失せたあと、ブッチはマンションのロビーに入っていき、警備員に手を振って、エレベーターに乗り込んだ。最上階まで延々時間がかかるように思え、そのあいだにも体内を悪が駆けめぐるのを感じる。血がまた黒くなっている。それがわかる。しかも、おぞましいベビーパウダーのにおいが身体からにじみ出てくる。

エレベーターをおりたときは、レプラ患者のような気分だった。音楽が腹に響く。リュダクリスの『チキン&ビアー』が響きわたっていた。

ドアをこぶしで叩いた。「V?」

返事がない。くそ。前にも一度、やばいところに踏み込んでいるし——

どういうわけか、ドアがかちりと鳴って一センチほど開いた。それを大きく押し開くと、警察官の本能という本能がいっせいにわめき出し、と同時にラップミュージックがいっそう高まる。

「ヴィシャス、いるのか」なかに入ると、ペントハウスの奥から冷たい風が吹きつけてきた。あけっぱなしのガラスのスライドドアから吹き込んできている。「おい……V?」

ブッチはホームバーに目をやった。大理石のカウンターには、〈グース〉のからのボトルが二本、それにキャップが三つ載っている。パーティの時間か。

テラスに向かった。Vはきっと寝椅子で正体をなくしているのだろう。

ところが、ブッチが足を踏み入れたのは、頼むかんべんしてくれな状況だった。ヴィシャスは、マンションをぐるりと囲むテラスの手すりのうえに立っていた。すっぱだかで、風に吹かれてふらふら揺れていて、しかも……全身から光を発している。

「いったいなんで……V」

Vはくるりとこちらを向き、輝く両腕を大きく広げた。ぞっとするような笑みを浮かべて、ゆっくりと一回転してみせる。「どうだ、きれいだろ？　全身どこもかしこも光ってるんだ」〈グース〉のボトルを口に運び、ぐびぐびとラッパ飲みにする。「なあ、どう思う。いまならおれを縛りつけといて、全身すきまなく刺青を入れようとするかな」

ブッチはそろそろとテラスを歩いていった。「V、あの……そこからおりてきたらどうだ」

「どうしてだ。おれは賢いから空ぐらい飛べるぜ」背後の三十階ぶんの虚空を、Vはちらと見やった。風に吹かれてふらふら行ったり来たりする、その輝く裸身はぞっとするほど美しかった。「そうだ、おれはめたくそに賢いんだから、重力の裏ぐらいかいてみせるぞ。見たくないか？」

「V……」ちくしょう。「V、頼むよ、おりてきてくれ」

ヴィシャスはこちらに目を向け、ふいに酔いが醒めたような顔をした。両のまゆがくっつきそうだ。「おまえ、〝レッサー〟みたいなにおいがするぞ」

「わかってる」

「なにがあった」

「おりてきたら教えてやるよ」

「きたねえな、買収か……」Vはまた〈グース〉をあおった。「おれはおりたくないぞ、ブッチ。空を飛ぶんだ……どっかへ飛んでいくんだ」頭をのけぞらせて空を見あげ、よろめいて……ボトルをふりまわして踏みとどまった。「うへえ。落ちるとこだったぜ」

「ヴィシャス……かんべんしてくれ――」

「それでデカ……また〈オメガ〉が入ってきたのか。それで、黒い血が身体んなかを流れてんのか」Vが目にかかる髪をかきあげると、こめかみの刺青があらわになった。皮膚の下から発する光に、くっきり浮かびあがっている。「だが、おまえの本性は善だからな。あのおばさん、なんて言ってたっけ……ああ、そうだ……悪の座は魂のなかにある。それでおまえは、おまえ……ブッチ・オニールは、魂がきれいなんだ。おれのなかにあるやつみたいに汚れてない」

「ヴィシャス、おりてこい。いますぐ――」

「デカ、おれはおまえが好きになった。初めて会った瞬間に。いや……最初はそうじゃなかった。最初会ったときは殺してやろうと思ったんだよな。けど、あとからは好きになった。滅茶苦茶好きになった」Vのあんな表情を、ブッチはこれまで見たことがない。悲しみ……愛情……だがなによりも……あこがれ。「ブッチ、やってるとこを見たぞ。おまえが……愛しあってるとこを見た」

「なんだって？」

「マリッサだ。見たんだよ、マリッサに乗っかってるとこを。病院で」空気を打つように、Vは光る手を前後にふりまわした。「まちがったことだ、わかってる。悪かったと思ってるよ……だけどな、目をそらすことができなかったんだ。おまえらの愛しあってる姿はやたらに美しくて、それでその……くそ、なんて言うのかな、ともかくおれは、感じてみたくなったんだ。ああ、いっぺんでいいから……どんな感じか知りたくなった。正常なセックスってやつがどんなもんか。好きな相手といくってのがどんなもんなのか」身の毛もよだつ声で笑い出した。「そういうふうに思うってことが、そもそもぜんぜん正常じゃないよな。赦してくれ、変態ですまん。世間に顔向けできない欠陥持ちですまん。くそったれ……おれのせいでおまえまで恥ずかしいよな……」

友人をあの手すりからおろすことができるなら、どんなことを口にしようがかまわないが、ブッチはそのいっぽうでひしひしと感じていた——Vは自分で自分をこわがっている。そんな必要はまるでないのに。なにをどう感じるかは、自分でどうこうできることではない。それに、いまの告白を聞いてもブッチはたじろぎはしなかった。なぜか驚きもなかった。

「V、聞けよ、おれたちは友だちじゃないか。おまえとおれは……友だちじゃないか」

さっきのあこがれの表情が消えて、Vの顔は仮面のように無表情になった。この状況では危険きわまる徴候だ。「おまえは、おれの唯一の友人だった」またあの背筋も凍る笑い声。「兄弟たちはいても、ほんとうに親しくなったのはおまえだけだった。おれは人づきあいがうまくないんだ。だが、おまえはべつだった」

「V、それはおれも同じだ。とにかく、おりて——」

「それにおまえは、おれがひととちがってても気にしなかった。ほかのやつらはそうじゃなかった。ほかのは……ほかのはみんなおれを嫌った。おれがひととちがってたからな。まあ、どうでもいいけどな。みんなもう死んじまった。どいつもこいつも……」

Vがなんの話をしているのかブッチにはわからなかったが、このさい内容はどうでもいい。問題は、Vがずっと過去形でしゃべっていることだ。

「おれはいまだっておまえの友だちだぞ。これからもずっと」

「ずっとか……変な言葉だ。ずっとってのは」Vは膝をそろそろと曲げはじめた。あやうくバランスを保ちながら身体を沈めていき、やがてうずくまった。

ブッチは前に出ようとした。

「だめだ、近づくんじゃない。そこを動くな」Vはウォトカのボトルを置くと、その首を指先で軽くなぞった。「こいつはよくおれの面倒を見てくれた」

「おれにも飲ませてくれよ」

「だめだ。でも、残ったやつは飲んでいいぞ」ヴィシャスはダイヤモンドの目をあげた。左目が広がって、白い部分を完全に呑み尽くしていく。長い間があって、Vは笑った。「やっぱりな、なんも見えん……こうやって自分を開いても、自分から進んで見ようとしても、まるで見えなくなっちまった。予知能力障害だ」自分の身体を見おろして、「けどな、まだ常夜灯はやれるぜ。雁首《がんくび》形のランプみたいだろ、そら、壁のコンセントに差し込むと光るやつ」

「V――」

「おまえはアイルランド系だろ?」ブッチがうなずくと、Vは言った。「アイルランド、アイルランドと……ちょっと待てよ。そうだ……」目が正気の色に戻ったかと思うと、ヴィシヤスはかすれた声で言った。「あなたの前に道が開けますように。風がいつもあなたの背を押して吹きますように。太陽があなたの顔を暖かく照らし、雨があなたの畑をやさしくうるおしますように。そして……おれの親友……いつかふたたびまみえる日まで、主がその手にあなたを包んでくださいますように（アイルランドに古くから伝わる祝福の言葉）」

一瞬に力をためて、Vは後ろ向きに手すりから飛び、虚空に消えた。

43

「ジョン、話がある」

トールの椅子からジョンは顔をあげた。ラスが書斎に入ってきてドアを閉じる。王の険しい表情からして、なんにしても深刻な話なのはまちがいなかった。

〈古語〉の勉強をいったん置いて、ジョンは身構えた。ああ神さま、この三カ月、今日来るか明日来るかと恐れていた知らせだったらどうしよう。

ラスはデスクをまわってくると、玉座を動かしてジョンの真正面に向けた。腰をおろし、深く息を吸う。

やっぱりだ。ついに来た。トールは死んで、遺体が見つかったんだ。

ラスはまゆをひそめた。「おまえの恐怖と悲しみのにおいがする。どちらも理解できる、こういう状況だからな。葬儀は三日後だ」

ジョンはごくりとつばを呑み、両手を自分の肩にまわした。黒いものが自分のまわりに渦を巻き、世界が飛び去っていく。

「ご遺族が、訓練生は全員出席してもらいたいと望んでおられる」

ジョンはぱっと顔をあげた。**えっ？**　と口を動かす。

「おまえのクラスメイトのハールトだ。遷移を乗り越えられなかった。昨夜亡くなったそうだ」

トールが死んだんじゃなかったのか。

あわてて崖っぷちから引き返してきたはいいが、気がついたらべつの崖っぷちをのぞき込んでいたような気分だった。訓練生のひとりが、変化の途中で死んだ？

「もう聞いていたのかと思った」

ジョンは首をふり、ハールトの顔を思い描いた。ほとんどつきあいはなかったが、それでも……

「ときどきあることなんだ。だが、あまり心配するんじゃないぞ。おれたちがちゃんと気をつけてやるから」

遷移のときに死ぬ者もいるのか。くそ……

長く沈黙が続いた。やがてラスが、両肘を膝について身を乗り出してきた。つややかな黒髪が肩からすべり落ちて、レザーに包まれた太腿をかすめる。「それでな、ジョン。おまえが変化するときはだれに来てもらうか、そろそろ考えとかなくちゃならん。つまりその、だれに身を養ってもらうか」

ジョンはサレルのことを思い出した。ウェルシーといっしょに、〝レッサー〟に奪われた娘。心臓がきりきりと痛む。ほんとうなら彼女を使うはずだったのに。

「やりかたはふたつある。外部のだれかを手配するというのがひとつだ。娘のいる家族をいくつかベラが知っているそうだから、そのうちのだれかに……ひょっとしたらこれをきっかけに、いい連れあいにめぐりあえる可能性もある」ジョンが身をこわばらせていると、ラスは言った。「だが正直に言って――おれはこの方法はあまり気が進まん。外部の娘だと、いざというとき間に合わない恐れがあるからな。フリッツに迎えに行ってもらわんといかんし、変化が始まったときは一分を争う。だが、おまえがそのほうがよければ――」

ラスの刺青の入った前腕に手を置いて、ジョンは首をふった。もうひとつの選択肢がどういう方法か知らないが、確実に言えるのは、連れあいのない女性のそばには近づきたくないということだ。ためらうことなく、彼は手話で尋ねた。**連れあいはいいです。もうひとつの方法っていうのは？**

「〈巫女〉のだれかに来てもらうという手もある」

ジョンは首をかしげた。

「〈書の聖母〉のそば近くに仕える女性の集団だよ。あの世に住んでいるんだ。レイジが、レイラという巫女を使って身を養ってる。メアリの血では生きられないからな。レイラなら安心だし、まばたきの間に来てもらえる」

ジョンは、ラスの前腕を軽く叩いてうなずいた。

「レイラを使いたいんだな？」

ええ、だれだか知らないけど。

「そうか、よし。よかった。レイラの血は純粋に近いから、ずいぶん助けになるだろう」

ジョンはトールの椅子に背中を預け、古い革がきしむ音をぼんやり聞いていた。ブレイロックとブッチのことを考えた。どちらも変化を生き延びて……とくにブッチは、いまとても幸福そうだ。それに大きく、強くなった。

遷移には危険を冒す甲斐がある、とジョンは自分に言い聞かせた。それに……選択の余地があるとでも？

ラスは言葉を継いだ。「〈巫女の束ね〉に頼みに行くが、これはただの形式だ。おかしな話だが、これは古式ゆかしいやりかたなんだ。戦士が〈巫女〉によってその力を得るというのはな。やれやれ、さぞかし大喜びだろうよ、あちらでは」ラスは髪に手を入れ、V字形の生え際から後ろにかきあげた。「やっぱり、先に会っておきたいだろうな」

ジョンはうなずいたものの、急に落ち着かなくなってきた。

「ああ、心配することはない。レイラはおまえを好きになってくれるさ。それどころか、遷移のあとには寝てくれるかもしれないぞ、おまえが望めば。〈巫女〉はそういう手ほどきをするのがうまいからな。レイラもそうだが、そっちの訓練を受けている〈巫女〉もいるんだ」

ジョンは、ぽかんとした表情が顔にぺたっと貼りつくのを感じた。まさか、ラスはセックスの話をしているのだろうか。

「そうだ、セックスの話だ。変化がどれだけつらいかにもよるが、終わったらすぐにしたくなる者もいるから」ラスは苦笑した。「ブッチに訊いてみればわかる」

返事代わりに、ジョンはただ王を見つめて、灯台のように盛んにまばたきするばかりだった。

「じゃあ、そういうことで」ラスは立ちあがった。巨大な玉座をデスクのほうに軽々と戻していき、そこでまゆをひそめた。「最初、なんの話をしに来たと思ったんだ?」

ジョンはうつむいて、ぼんやりとトールの椅子の肘掛けをなでていた。

「トールメントのことだと思ったのか」

その名を聞くとジョンは目頭が熱くなり、顔をあげられなくなった。ラスはため息をついた。

「あいつが死んだと、それを言いに来たと思ったんだな」

ジョンは肩をすくめた。

「そうか……ただな、あいつはまだ〈フェード〉には渡ってないと思うぞ」

ジョンははっと顔をあげて、ラスのラップアラウンドを見返した。

「この身をめぐる血に、いまもあいつのこだまが感じられるからな。ダライアスを亡くしたときはそうじゃなかった。もう存在を感じられなくなったもんだ。そうだな、だからトールは生きてると思う」

ジョンはほっと安心したものの、すぐにまた椅子の肘掛けをこすり出した。

「それならなんで電話もなく、戻ってもこないのかと思ってるんだな。おまえのことなんかなんとも思ってないのかと」

ジョンはうなずいた。

「あのな、ジョン。きずなを結んだ男にとっては、連れあいを失うのは……自分自身を失うのも同然なんだ。想像を絶するつらい別れなんだ。男にとっては、わが子を亡くす以上らしいぞ。連れあいは男の生命なんだ。ベスはおれの生命だ。もしベスになにかあったらと思うと……一度トールにも言ったが、たとえ仮定の話でもその先は考えられないぐらいだ」ラスは手を伸ばし、ジョンの肩に置いた。「おまえに言いたいことがある。もしトールが戻ってくることがあるとすれば、それはおまえのためだ。あいつは、おまえをわが子のように思ってた。〈兄弟団〉を棄てることはできても、おまえをあとに残していくことはできないだろう。おれが保証する」

ジョンは目に涙が浮いてきたが、王の前で泣くわけにはいかない。背筋をしゃんと伸ばして歯を食いしばると、涙はこぼれる前に乾いた。その心意気を褒めるかのように、ラスはうなずいた。

「ジョン、おまえはりっぱな男だ。トールはおまえを自慢に思うだろう。さて、それじゃおれはレイラに話をつけてくるか」

王はドアに向かったが、肩越しにふり返って、「Zから聞いたが、毎晩ふたりで散歩に出ているそうだな。それでいい。これからも続けるんだぞ」

ラスが出ていくと、ジョンは椅子に寄りかかった。Zとの散歩については、なにがなんだかさっぱりだった。なにを話すわけでもなく、ただふたりでパーカーを着て、夜明けが来る少し前に森をぶらつくだけ。いつかZがなにか訊いてくるだろうと、ジョンはいまも待ち構えていた。探りを入れてきて、頭のなかをほじくりかえそうとするにちがいない。だがいまのところは、そんな気配もなかった。ただふたりして、黙って高い松の木の下を歩くだけだ。

だが不思議なことに……そのささやかな冒険が、近ごろでは心のよりどころになっていた。こうしてトールの話をしたあとだけに、今夜はとくにそれが必要になりそうだ。

のども裂けよと絶叫しながら、ブッチはテラスを走った。手すりに飛びついて下を見おろしたが、なにも見えない。地面から遠すぎるし、マンションのこちら側には照明がない。しかし、落ちた音ぐらいするのではないか。いや、これだけ大声でわめいていたら、遠くのどさっという音などかき消されてしまうだろう。

「ヴィシャス！」

ああ、ちくしょう……急いで下までおりたら、あるいは……くそ、Vをハヴァーズの病院へ連れていけば——それともなにか……なんでもいい、とにかくなんとかしなくては。まわれ右をして、エレベーターに走りだそうとし——

目の前にヴィシャスが現われた。輝く亡霊。かつての姿のままだ。ブッチのただひとりの親友の、この世のものならぬまぼろし。

ブッチはたたらを踏んだ。哀れっぽい叫びが口から漏れる。「V……」

「できなかった」亡霊が言った。

ブッチはまゆをひそめた。「V？」

「これだけ自己嫌悪にさいなまれてるのに……死にたくないんだ」

ブッチは全身が冷えた。と思ったら、ルームメイトの身体と同じく、灼けつくように熱くなった。

「**このくそったれが、ばか野郎が！**」ブッチはやみくもに突進して、ヴィシャスののどくびを引っつかんだ。「このくそったれの……大ばか野郎め！　よくも、死ぬほどおどかしやがって！」

ブッチは大きく腕を引いて、Vの顔にまともに一発食らわせた。あご骨が砕けそうな勢いでこぶしが決まり、反撃があるかと身構えたとき、ブッチは激怒にわれを忘れていた。だがやり返してくるどころか、Vはブッチに両腕をまわしてきて、頭を垂れ、そのまま……くずおれた。全身震えている。震えが激しくて立っていられないほどだった。

延々と罵りの言葉を吐きながら、ブッチはヴィシャスの重みを受け止めた。冷たい風が渦を巻くなか、輝く裸身をしっかり抱きしめる。

とうとう罵倒の言葉も尽きて、ブッチはVの耳にささやいた。「今度あんな曲芸をやってみやがれ、おれがこの手でぶっ殺してやるからな。わかったか」

「おれは頭がおかしくなりかけてる」Vがブッチの首に向かって言った。「いままでずっと、この頭だけがおれの支えだったのに、それがだめになりかけてるんだ……もうだめになってる……おれは終わりだ。これだけが支えだったのに、もうおれにはなにも残ってない……」

ブッチはVをさらに力いっぱい抱きしめた。とそのとき、内側から楽になっていくのを感じた。楽になっていく。癒されていく。ただ、そのことをじっくり考えてはいられなかった。なにか熱い液体がえりにしみ込んできたからだ。涙だろうか。しかし、そこに目を向けたくなかった。こんなふうに弱みを見せたと気づいたら、Vはまちがいなくショックを受けるだろう――もし泣いているのだとしたら。

ブッチはルームメイトのうなじに手を当てて、ささやくように言った。「だったらおれが支えてやるよ、おまえの頭がもとに戻るまで。そんならいいだろ。おれが守ってやる」

ヴィシャスがついにうなずいたとき、ブッチははたと気がついた。どういうことだ……Vの光る身体に身体を寄せて、これだけ光を浴びているのに……身体に火がつくこともなく、苦痛すら感じない。それどころか……身内の黒いものが皮膚や骨から染み出して、ヴィシャスの白い光に溶けていくのがわかる。楽になったと感じているのはそのせいだったのだ。

ただ、どうして彼は火傷《やけど》もせずにいられるのだろう。

どこからともなく、女の声がした。「それがあるべき姿だからですよ。光と闇がひとつになり、半分と半分で完全になるのです」

ブッチとVはぎょっとして首をまわした。〈書の聖母〉がテラスの上空に浮いていた。身を切る強風が吹きすさんでいるのに、黒いローブは揺れてすらいなかった。

「だから、おまえは燃え尽きずにすんでいるのよ」〈聖母〉は言った。「ヴィシャスには最初からおまえが見えていたけれど、それもそのせいでした」と言ってかすかに微笑んだ——が、そうとわかったのはなぜなのか、ブッチには見当もつかない。「そういうわけで、おまえは運命に導かれてわたくしたちのもとへやって来た。ブッチ——ラスの子ラスの末裔《すえ》よ、破壊者《デストロイヤー》は到来せり、それがおまえです。

いまこそ、戦いに新たな時代が始まるのです」

44

マリッサはうなずきながら、携帯電話を反対側の耳に移し、デスクに置いた注文品のリストをチェックしていた。「ええ、商業用のレンジが必要なの。最低でもコンロが六つ」

だれかが戸口にいる気配を感じて顔をあげた。とたんに頭のなかが真っ白になる。「ごめんなさい……あの、あとでまたかけなおします」返事も待たずに終了ボタンを押した。「ハヴァーズ、どうしてここがわかったの」

ハヴァーズは軽く頭をさげた。ふだんどおりの服装だ。〈バーバリー〉のスポーツジャケット、灰色のスラックス、そしてボウタイ。角縁の眼鏡は、彼女が見慣れていた眼鏡とはちがうものだが、それでもやはり同じだった。

「うちの看護師が教えてくれたんだ」

マリッサは椅子から立ちあがり、胸の前で腕を組んだ。「それで、なにをしに来たの」

答える代わりに、彼は室内を見まわした。大して感心していないだろうと思う。このオフィスには、デスクと椅子とラップトップのコンピュータがあるきりで、あとは硬材の板張りの床だけ。ほかには山のような紙片があって、そのすべてにやるべきことが書いてある。いっぽうハヴァーズの書斎は、旧世界ふうの学者と知識人の巣だ。床にはオービュソン織のラグが敷いてあるし、壁にはハーヴァード大学医学部の修了証書のほか、ハドソンリヴァー派の風景画が掛かっている（ハヴァーズのコレクションのごく一部だ）。

「ハヴァーズ、なにしに来たの」

「りっぱな施設になってるね」

「まだ始めたばかりなのよ。それにここは家で、施設じゃないわ。それで、なにしに来たの」

ハヴァーズは咳払いをした。「〈プリンセプス会議〉に頼まれて来たんだよ。次の会合で、〝隔離《セクルージョン》〟の動議について採決がおこなわれるんだ。〝リーダー〟が言うには、先週何度か連絡をとろうとしたけど、電話してきてくれないって」

「わたし忙しいのよ、見てわかるでしょ」

「だけどね、メンバーが全員そろわないと多数決がとれないんだ」

「だったらわたしを除名したほうがいいわね。というより、まだ除名の口実を思いついてなかったことのほうが驚きだわ」

「父祖六血統の子孫なのに、除名できるわけがないじゃないか。この状況だし、欠席もできないよ」

「ああそう、だったらみなさんにはお気の毒だわね。わかってもらえると思うけど、わたし今夜は忙しいの」

「今夜とは言ってない」

「言ったとおり、わたしは出席できないわ」

「マリッサ、動議に反対なら、会合の意見表明の時間にそう主張すればいいじゃないか。そうすれば聞いてもらえる」

「それじゃ、票を持ってるあなたたちはみんな賛成なの？」

「女性を守るのは重要なことだからね」

マリッサはすっと身体が冷えた。「それなのに、夜明けまで三十分しかないときに、ほかに帰る家もないわたしを追い出したのね。あのあと、女性に対する考えかたが変わったわけ？　それとも、わたしを女性とは思ってないの？」

ハヴァーズはさすがに顔を赤らめた。「あのときは、冷静にものを考えられる状態じゃなかったんだよ」

「そうかしら、とても冷静に見えたけど」

「マリッサ、悪かったと思って――」

断ち切るように手を振って、マリッサはその言葉をさえぎった。「やめて。聞きたくないわ」

「さればやむなしだね。でも、ぼくに意趣返しをするために、〈会議〉を妨害するのはまちがってるよ」

ハヴァーズがボウタイをいじっているとき、小指に家門の印章つき指輪がはまっているのがちらと見えた。ほんとうに……どうしてこんなことになってしまったのだろう。ハヴァーズが生まれたときのことをいまも憶えている。母の腕に抱かれているのを見たのだ。とてもかわいい赤ちゃんだった。とても――

ふと思いついたことがあって、マリッサは身を固くした。驚きが顔に表われたにちがいないが、あわててそれを隠しながら言った。「わかったわ。会合には出ます」

ハヴァーズはほっと肩の力を抜き、日時と場所を伝えた。「ありがとう。助かるよ」

マリッサは冷やかに微笑んだ。「どういたしまして」

長い沈黙が続いた。ハヴァーズは、彼女のパンツとセーター、書類で埋まったデスクに目を留めている。「ずいぶん変わったみたいだね」

「変わったわ」

いっぽう、堅苦しくて居心地の悪そうな表情からして、ハヴァーズのほうは少しも変わっていないのはよくわかった。〝グライメラ〟の型にはまっていたときのほうが、彼の目にはずっと好ましい女性に見えたのだろう。由緒正しい家門を守る優美な女性。だがお気の毒、彼女は規則その一の遵守をむねとしているのだ。正しくてもまちがっていても、自分の生きかたは自分で決める。だれにも指図はさせない。

マリッサは電話をとった。「それじゃ、わたしは忙しいから――」

「ぼくにも協力させてもらいたいんだ。つまりその、病院として協力したいんだ。無償で」

まっすぐな鼻梁に眼鏡を押しあげた。「ここで暮らす女性や子供には、治療が必要だろうし」

「ありがとう。どうも……どうもありがとう」

「それから、虐待の徴候がないか、看護師たちにも気をつけるように言っておくよ。気がついたらこちらにまわすようにするから」

「そうしてもらえるとほんとにありがたいわ」

彼は軽くお辞儀をして、「役に立てればうれしい」

携帯電話が鳴り出したので、彼女は言った。「それじゃまたね、ハヴァーズ」

ハヴァーズが目を見開いた。話は終わった、下がってよいとマリッサのほうから言ったのは、考えてみればこれが初めてだったのだ。

しかしそうは言っても、変化は善なのだ――だからハヴァーズも、この新しい秩序に慣れたほうがいい。

電話がまた鳴った。「悪いけれど、ドアは閉めていってね」

ハヴァーズが出ていってから、携帯電話の発信者IDを見て、マリッサはほっとしてため息をついた。ブッチからだ。よかった。彼の声が聞きたくてたまらない。

「もしもし」彼女は言った。「信じられないわよ、いまだれが来てたか――」

「帰ってこられないか。いますぐ」

思わず電話を握りしめていた。「なにかあったの？　まさかあなた、けがを――」

「おれは元気だよ」と言う声があまりに平板すぎる。無理に平静を装っているのだ、まちがいない。「ただ、帰ってきてほしいんだ。いますぐ」

「すぐに帰るわ」

マリッサはコートをとり、電話をポケットに突っ込んで、たったひとりのスタッフを捜しに行った。

年配の女性の〝ドゲン〟を見つけると、マリッサは言った。「帰らなくちゃならないの」

「そんなにあわてて、どうなさいました。わたしにできることはございませんか」

「いいえ、心配してくれてありがとう。また戻ってくるわね」

「お戻りまで、万事ちゃんとしておきます」

マリッサは〝ドゲン〟の手をぎゅっと握ると、急いで外へ出た。早春の寒い夜に前庭に立ち、非実体化にそなえてなんとか気を鎮めようとする。なかなかうまく行かず、フリッツに電話して迎えに来てもらおうかと思った。心に不安を抱えているだけでなく、身を養う必要を感じてもいる。こういうときは、うまく非実体化できないことがあるのだ。

だがそのとき、うまくつかんだのを感じた。〈ピット〉の前に実体化すると、すぐに控えの間に飛び込んだ。まだカメラに顔を映しもしないうちに、内側の鍵がぱっとはずれる。と思ったら、重い木材とスチールのドアの向こうにラスが立っていた。

「ブッチはどこ？」彼女は言った。

「ここだ」ブッチが彼女の目線の先に現われたが、近づいてこようとはしなかった。

そのあとの殺伐とした沈黙のなか、マリッサはゆっくりなかに入っていった。空気がシャーベット状に変わってしまったような気がする。前に進むだけでもひと苦労のようだ。ラスがドアを閉じるのをぼんやりと耳にし、ヴィシャスがコンピュータの前から立ちあがるのを目のすみで見た。Vがデスクをまわってくると、三人の男たちは目を見交わした。

ブッチが手を差し出してきた。「おいで、マリッサ」

その手をとると、コンピュータの前へ連れていかれた。ブッチがモニターのひとつを指さす。画面に表示されていたのは……テキストだ。テキストで一面びっしり埋まっている。といっても、実際には文書はふたつに分かれていた。まんなかで左右に分割されている。

「なに、これ?」彼女は尋ねた。

ブッチはやさしく彼女を椅子にかけさせ、背後に立って、両手を肩に置いてきた。「イタリックの部分を読んでみて」

「どっち側の?」

「どっちでも。おんなじだから」

彼女はまゆをひそめて目を走らせた。詩と言ってもいいような文章だった。

主人の前に終わりをもたらす者が現われる。
新時代の戦士が、第二十一の第七に見出される。
身に帯びた数字によって知るがよい。
知覚する方位はひとつ多く
しかし、右には指し示すものが四つしかない。
三つの生を生き
前面に刻みめがふたつあり、
黒き目をひとつ持ち、井戸《ウェル》のなかで生まれ、かつ死ぬであろう。

わけがわからない。周辺の文章に目を走らせると、おぞましい語句が目に飛び込んでくる――「〈レスニング・ソサエティ〉」、「入会儀礼」、「主人」。ページ先頭の標題を見て、マリッサは身震いした。

「まあ、なんてこと……これは……〝レッサー〟の話なのね」

彼女の声に身も凍るパニックの色を聞いて、ブッチはそのかたわらに膝をついた。「マリッサ――」

「いったいこの文章はどういう意味なの？」

ああ、なんと答えていいものやら。彼自身、まだなかなか納得できずにいるのだ。「それがどうも……おれのことらしいんだ」なめらかな画面を指で軽くつつくと、変形した小指に目が留まる。手のひらのほうにぎゅっと縮んだ指。伸ばすことができない……指し示すことのできない指。

マリッサは警戒するように、彼から目をそらした。「それで、これは……な、な、なんなの？」

幸い、それにはVが答えてくれた。「そこに表示してあるのは、どっちも〈レスニング・ソサエティ〉の〈巻物〉の翻訳だ。いっぽうはおれたちが昔から持ってたやつで、もういっぽうは、十日ほど前に〝レッサー〟からぶんどったラップトップに入ってたやつだ。その〈巻物〉は〈ソサエティ〉の手引書で、いま読んでもらったのは『破壊者の予言《デストロイヤー》』とこっちでは呼んでる文なんだ。何世代も前から知られてたんだがね。〈巻物〉の写しが初めてこっちの手に落ちたときから」

マリッサは手をのどもとに持っていった。明らかに、この話の行き着く先が見えてきたのだ。首をふりはじめた。「でも、これはなぞなぞみたいだわ。これじゃなんにも――」

「みんなブッチに当てはまってるんだ」Vは手巻き煙草に火をつけ、煙を吐き出した。「ブッチは〝レッサー〟の存在を感知できるから、東西南北より知覚する方位がひとつ多い。遷移のとき小指が変形したから、指し示すのに使える指が四本しかない。三つの生と言えば、子供のころと、成人してからと、それにいまはヴァンパイアとして生きてる。変化したときから考えれば、コールドウェルで生まれたと言えないこともない。だが、決め手は腹の傷だ。あれが黒い目なんだ。それと同時に、身体の前面にあるふたつの刻みめのひとつでもある。へそをもうひとつの刻みめと数えればな」

彼女はラスに目をやった。「それで、だったらどうだっていうの」

王は大きく息を吸って、「この戦争で、ブッチは非常に有効な武器になるんだ」

「それはどういう……」マリッサの声があてどなく漂った。

「ブッチは、〝レッサー〟が〈オメガ〉のもとに戻るのを阻止できる。入会のとき、〈オメガ〉は自分の一部を〝レッサー〟ひとりひとりに分け与えるんだが、〝レッサー〟が殺されると、その一部は主人のもとへ戻る。〈オメガ〉は無限じゃないから、取り戻すのは肝心なことなんだ。与えるばかりで取り返さないと、新しい兵士を生み出しつづけることはできないから」ラスは首をうなずかせてブッチのほうを示し、「デカには、この循環をそこで断つ力がある。だから、ブッチが〝レッサー〟を消滅させればさせるほど〈オメガ〉の力は弱まって、文字どおり、しまいにはなにも残らなくなる。大きな岩を少しずつ削っていくようなものだな」

マリッサの目がまたブッチのほうに向いた。「消滅って、具体的にはどうするの」

くそ、この話はとうてい気に入るまい。「つまり……吸い込むんだ。おれのなかに取り込むんだよ」

彼女の目に恐怖の色が浮かぶのを見て、ブッチは苦しかった。身を切られるほど。「でも、それじゃ〝レッサー〟になってしまうんじゃないの？　どうして乗っ取られずにいられるの？」

「さあ」ブッチは身を引いてかかとを床につけた。彼女が逃げ出しはしないかと恐ろしいが、責める気にはなれない。「だけど、ヴィシャスが手助けしてくれる。以前、手でおれを治してくれたときとおんなじ方法で」

「これまでに何度、その……それをやってきたの」

「三度だ。今夜やったのを入れて」

マリッサはきつく目をつぶった。「それで、最初にやったのはいつなの」

「二週間ぐらい前」

「それじゃ、長期的にどんな影響があるかわからないじゃないの」

「でも、おれはなんとも――」

マリッサは椅子を倒しそうな勢いで立ちあがると、デスクの奥からあちらへ歩いていった。目は床に向け、両手を身体に巻きつけている。ラスの真ん前で立ち止まった、と思えば王をにらみつけてきた。「それで、あのひとを使いたいとおっしゃるのね」

「一族の命運がかかっているんだ」

「彼の命運はどうなの」

ブッチは立ちあがった。「マリッサ、おれは使ってもらいたいんだ」

射るような目で彼を見やると、「もう忘れたの、あなたは〈オメガ〉に汚染されて死にかけたのよ」

「それとこれとはちがう」

「そうかしら。〈オメガ〉の悪を、また身体のなかにどんどん取り込んでいくっていう話でしょう。どこがちがうの」

「言ったじゃないか、Vが分解を助けてくれるんだ。残らないんだよ」彼女から返事はなかった。部屋のまんなかに身じろぎもせずに立ち、その人をよせつけない姿に、なんと言って説得すればよいのかわからなかった。「マリッサ……いまは目的の話をしてるんだ。おれの目的の」

「変ね、今朝ベッドのなかでは、わたしがあなたの生き甲斐だって言ってたじゃないの」

「もちろんそうだ。でも、それとこれとはちがうんだよ」

「なるほどね。あなたが望むことなら、なんでもそれとこれとはちがうってことになるのね」マリッサは首をふった。「あなたはお姉さんを守ることができなかった。でもいまは……いまは、何千何万というヴァンパイアを守ろうとしてる。ヒーローコンプレックスが満たされて、さぞいい気分でしょうね」

ブッチは歯を食いしばり、あごを引き締めた。「そんな言いかたはずるい」

「でも、ほんとうのことだわ」マリッサは急に疲れを感じた。「わたしね、もう心からうんざりしてるの、暴力にも、戦闘にも。ひとが傷つくことにも。それに、あなたはこの戦争には関わらないって言ってたじゃないの」

「あのとき、おれはまだ人間で――」

「また、それとこれとはちがうって――」

「マリッサ、〝レッサー〟どもがどんなひどいことをするか、きみも見てきたじゃないか。ハヴァーズの病院で、遺体が運び込まれるのを見てただろう。戦わないわけにはいかないんだ」

「でも、あなたが言ってるのはただの戦闘じゃないじゃないの。ぜんぜん次元のちがう話になってるじゃない。消滅させるんでしょう。どうして言い切れるの、自分も〝レッサー〟になってしまわないって」

だしぬけに、恐怖に全身を貫かれた。こちらを見るマリッサの目が不審げに細くなる。いまの恐怖がちらと顔に出てしまったようだ。

マリッサは首をふった。「あなただってほんとうは心配なんでしょう。変身するんじゃないかって、ほんとは疑ってるんだわ」

「それはちがう。おれは乗っ取られたりしない。まちがいない」

「まあ、ほんと。それじゃどうして、そんなふうに十字架を握りしめてるの」

言われて目をやった。くそ、たしかに彼の手は十字架を固く握っていた。指関節が白くなり、シャツがしわくちゃになるほどに。ブッチは無理にその手を下げた。

ラスの声が割って入ってきた。「マリッサ、彼が必要なんだ。一族が彼を必要としているんだ」

「ブッチの身はどうなってもいいの?」嗚咽が漏れたが、すぐに呑み込んだ。「ごめんなさい、でも――でも、にっこり笑ってがんばってねとは言えないわ。隔離室で何日も見ていて――」くるりとブッチに向きなおった。「あなたが死にかけてるのを見ていたのよ。どれだけつらかったか。それにね、肝心なのは、あのときはしかたがなかったけれど、でも今度は……今度は選べるってことなのよ、ブッチ」

彼女の言うとおりだ。しかし、引き返すことはできない。彼はあるべき自分になったのだ。この身には、闇の力に屈しない強さが備わっていると、そう信じなくてはならないのだ。

「マリッサ、おれは飼い殺しのペットにはなりたくないんだ。生きる目的が欲しい――」

「あるじゃない、目的なら――」

「――そしてその目的は、うちにじっとおとなしくして、外でばりばり働いているきみの帰りをただ待っていることじゃない。おれは男なんだ。家具じゃないんだ」彼女はただブッチを見つめるばかりだ。彼は言葉を継いだ。「手をこまねいてはいられないんだ、できることがあるとわかってるのに。一族を――おれの一族を助けたいんだ」近づいていって、「マリッサ――」

「無理よ……無理だわ」手をとろうとする彼の手を逃れ、彼女はあとじさった。「あなたが死にかけるところを、もう何度も何度も見てきたのよ。これ以上は……見たくない、見ていられないの。ブッチ、わたしにはそんな生きかたはできないわ。ごめんなさい、でもやるならひとりでやって。わたしには、あなたが自分で自分を破滅させるのを黙って見ていることはできないわ」

マリッサはまわれ右をして、〈ピット〉をあとにした。

ジョンは本館の図書室で待っていた。そわそわしてじっと座っていられない。時計が鳴ったとき、自分の貧弱な胸と、首から下がるネクタイを見おろした。きちんとした格好をしたいと思ったのだが、どうもこの服装だと、学校の集合写真を撮るところのように見えてしまいそうだ。

あわただしい足音が聞こえ、あけ放しの両開きドアに目をやった。マリッサだった。階段に向かいながら、暗い顔をしていた。そのすぐあとにブッチがやって来たが、こちらはもっと真っ暗な顔をしている。

どうしたんだろう……あのふたりには幸せでいてもらいたかった。マリッサもブッチも、どっちもとても好きだから。

上の階でばたんとドアの閉じる音がした。ジョンは菱形窓に歩いていって外を眺めた。窓ガラスに手を当てながら、ラスが言ったことを思い出す。トールは生きている。どこかで。

それを信じることができれば。

「ジョンさま」フリッツの声にふり返ると、老人はにっこりしていた。「お客さまがお見えでございます。ご案内してよろしゅうございますか」

ジョンはごくりとつばを呑んだ。もう一度呑んだ。それからうなずいた。フリッツが引っ込んで、まもなく戸口に女性が現われた。ジョンをまっすぐ見ることはせず、深々とお辞儀をして、神に祈るかのように上体を九十度折り曲げている。身長は百八十センチほどだろうか、白いトーガのような服を着ていた。ブロンドの髪は巻いて頭頂部にまとめていた。いまは見えないが、ちらと一瞬見えた顔は目に焼きついている。

美しいなどという言葉では表わせない。完全に天使の域に達していた。

長く沈黙が続く。彼にはただ見つめることしかできなかった。

「若さま」彼女がささやくように言った。「面《おもて》をあげてもよろしゅうございましょうか」

彼は口を開いた。それから必死でうなずきはじめた。

ただ、彼女はそのままの姿勢を崩さない。そうだ、いくらうなずいても見えないのだ。くそ。

「若さま？」今度は声が少し震えていた。「あの……わたくしではお気に召しませんでしょうか」

ジョンは近づいていき、手をあげて、軽く触れようとした。だけど、えーと、どこに触れたらいいのだろう。トーガのような服はえりぐりが大きく開いていて、袖は割れているし、スカートの前にもスリットが入っていて……それにしても、なんていいにおいがするんだろう。

恐る恐る肩に触れた。驚いたように、彼女がはっと息を呑む。

「若さま？」

少し腕を押して、上体を起こさせた。うわあ……彼女の目はほんとうに緑色だった。熟れる前の夏のぶどうのようだ。それとも、ライムの中身のようと言うべきか。

ジョンは自分ののどを指さし、次に手で空を切るようなしぐさをしてみせた。

彼女は完璧な顔を少し傾けた。「お話しにならないのですか」

彼はうなずきながら、ちょっと驚いていた。ラスは言わなかったのだろうか。だが考えてみれば、王にはほかに心配ごとが山ほどあるのだ。

するとレイラは目を輝かせてにっこりした。その微笑に、ジョンは頭をがつんとやられたようだった。きれいな歯、しかも牙が……信じられないほどかわいい。「沈黙の誓いをお守りとは、ごりっぱなお心がけでいらっしゃいます。それほどの強いご意志をお持ちであれば、さぞかしすぐれた戦士におなりでございましょう。さすがは、マークロンの子ダライアスさまのご血統でいらっしゃいます」

信じられない、彼女は本気でジョンを褒めたたえている。沈黙の誓いを守っていると彼女が思いたいのなら、そう思わせておいてもいいじゃないか。わざわざ障害があると教える必要もない。

「わたくしのことをお見知りおきいただきたいのですが」彼女は言った。「お入り用のときに、お望みのものを差し上げられますかどうか、お確かめいただきたいのです」

ジョンはうなずき、ソファのほうに目をやった。書くものを持ってきておいてよかった。あそこにしばらく腰をおろして、お互いのことを知り合うように――

また彼女のほうに目を戻したら、そこには輝く裸身があった。トーガのような服は彼女の足もとに池を作っている。

ジョンは目が飛び出しそうだった。ど……どうしよう。

「お気に召しましたでしょうか」

イエスさま、マリアさま、ヨセフさま……たとえ喉頭があったとしても、きっと声は出なかったと思う。

「若さま?」

また盛んに頭をうなずかせながら、このことをブレイロックとクインに話すときが待ちきれなかった。

45

翌日の晩、マリッサは〈避難所〉の地下室から一階へあがった。彼女の世界は粉々になって焼け落ちてしまったが、そんなことはなかったような顔をしなくてはならない。

「マスティモンが話がしたいって」小さな声がした。

ふり向くと、脚にギプスをはめたあの女の子だった。マリッサは無理に笑顔を作ってかがみ、縫いぐるみのトラと目を合わせる。「ほんと?」

「うん、あのね、悲しがっちゃいけないよって。ぼくがここにいてみんなを守ってあげるからって。それでね、ハグしてあげたいんだって」

マリッサはぼろぼろの縫いぐるみを受け取り、首にしっかり抱き寄せた。「マスティモンは、こわいけどやさしいのね」

「うん。それでね、いまちょっと預かってもらいたいの」少女の顔はまじめそのものだった。「〝マーメン〟が初餐の用意をするの、お手伝いしなくちゃいけないんだ」

「気をつけておくわ」

きまじめな顔でうなずくと、少女は小さな松葉杖をつきつき遠ざかっていった。

トラを抱きしめながら、マリッサは前夜のことを思い出していた。わずかな荷物をまとめて〈ピット〉を出たときのこと。ブッチは思いとどまらせようと盛んに話しかけてきたが、彼の決心が変わっていないのは目を見ればわかる。口でなんと言おうと、耳を貸す意味もない。

これが現実だ——彼女の愛情では、ブッチの自殺願望を、あるいは危険を省《かえり》みない性癖をやわらげることはできなかった。別れはつらいけれど、彼のもとにとどまったとしても、こんなことが長く続けられるはずはない。毎夜毎夜、いつ電話が鳴って、彼が死んだと聞かされるかとおびえて暮らさなくてはならないのだ。それどころか、彼が邪悪なものに変化したと聞かされるかもしれない。いよいよ悲劇だ。

それに、考えれば考えるほど、彼が無事でいられるとは信じられなくなる。病院では自殺未遂をした。自分から進んで血統の遡行を受けた。強制的な遷移もためらわなかった。そして今度は戦闘だ——〝レッサー〟を消滅させるという。たしかに、これまでのところはよいほうに転んできたが、これはいい傾向とは言えない。そこに一貫して自己虐待のパターンが見てとれることを思うだけで、遅かれ早かれ取り返しのつかないことになるのはわかる。

愛しているからこそ、彼の自殺行為はとても見ていられない。

目に浮いてくる涙をぬぐい、じっと虚空を見つめていた。ややあって、ふと脳裏にちらつくものがあった。残響のように脳裏を通り過ぎていくもの。しかし、それはたちまち消えた。

自分を叱咤して立ちあがったとき、彼女は一瞬とまどった。なにをしようとしていたのか、なぜ廊下に出てきたのか、文字どおり思い出せなかった。しかたなくオフィスに向かう。あそこには、いつもなにかしらやるべきことが待っているから。

いったん警察官になると、やめたあとでもたわごとレーダーが切れることはないものだ。ブッチは〈ゼロサム〉脇の路地で立ち止まった。路地の奥、クラブの非常口でぶらぶらしているのは、あのちびの有閑貴族、見かけ倒しのブロンドのガキだ。先週、ウェイトレスにつまらないことで難癖をつけていた。となりには取り巻きの阿呆のひとりがいて、そろって煙草に火をつけていた。

ただ、この寒いなか、なぜわざわざ外で煙草を吸うのか。あまり意味のある行動とは思えない。

ブッチはその場にとどまって観察していた。当然ながら、そのせいで考える時間が生じた。例によってろくなことは思いつかない。まったく、ちょっと静かな時間ができると、目に浮かぶのはマリッサの姿だけだ。マリッサがフリッツの〈メルセデス・ベンツ〉に乗り込み、そしてその〈S600〉が門を抜けて消えていく情景。

悪態をつきながら、ブッチは胸の中央をこすり、〝レッサー〟を見つけられればと願っていた。この永久凍土のような痛みをやわらげるには、どうしても戦闘が必要だ。できればいますぐ。

トレード通りから一台の車がこの路地に入ってきたかと思うと、すごい勢いで近づいてきた。ブッチの目の前を走り過ぎ、クラブ側面のドアの前で急停止した。黒の〈インフィニティ〉だ。はでにクロームホイールをひらめかせて、ディスコのミラーボールにもなれそうだった。するとどうだろう。あのちびのブロンドのノータリンが、ふんぞりかえって近づいていくではないか。ファンとの面会に臨むロックスターかなにかのように。

そのガキと車の主がしゃべったり、手のひらを打ちあわせたりしているとき、そこで実際なにが起きているのかわかったわけではない。とはいえ、クッキーのレシピを交換しているのでないことはたしかだった。

〈インフィニティ〉がバックして路地を出ていくと、ブッチは物陰から足を踏み出した。カンが当たっているかどうか確かめる方法がひとつある。そうと決めつけて、向こうの出かたを見るのだ。「まさか、そいつをなかで売りさばいたりはせんだろうな。尊者《レヴァレンド》はフリーランサーを目のかたきにしてるんだぞ」

小柄なブロンドはくるりとふり向いた。本気でむかっ腹を立てている。「てめえ、なにさまの――」言葉が途切れた。「待てよ、前に見かけたことが……ただ……」

「ああ、車台《シャシー》を交換してもらったのさ。前よりずっと速く走れるぜ。ずっと速くな。それで、おまえはここで――」ブッチは凍りついた。本能がいきなり目を覚ます。

〝レッサー〟だ。近い。くそ。

「ふたりとも」彼は静かに言った。「もう帰れ。あのドアからまたなかへ入らせるわけにはいかんが」

ノータリンのけんか腰がまた戻ってきた。「いったいなにさまのつもりだよ」

「言うことを聞け。さっさと帰るんだ。早く」

「うるせえ、ここにひと晩じゅう立ってたっていいんだ、だれにも――」若造はふと口をつぐんだ。顔から血の気が引いていく。甘ったるいにおいが微風に乗って漂ってきたのだ。

「やばい……」

ふうむ、それじゃこのちびのブロンドのノータリンは遷移前のガキで、人間ではなかったのか。「ああ、だから言っただろ。早く逃げろ」

ふたりは逃げようとしたが、すでに遅かった。三人の〝レッサー〟が路地の入口に現われ、逃げ道がふさがれてしまった。

上等じゃないか。

ブッチは最新の腕時計を起動して、無線標識《ビーコン》と座標を送信した。あっというまに、Vとレイジがかたわらに実体化する。

「打ち合わせどおりの戦略で行こう」ブッチがつぶやいた。「おれが始末する」

ふたりはうなずいた。〝レッサー〟が迫ってくる。


リヴェンジはデスクから立ちあがり、セーブルのコートを引っかけた。「ゼックス、ちょっと出かけてくる。〈プリンセプス会議〉の会合でな。非実体化するから車は必要ない。たぶん一時間もすれば戻れると思う。だが、出かける前に訊くが、さっきの過量摂取《OD》はどうなった」

「〈聖フランシス〉の救急に運ばれたよ。たぶん助かると思う」

「くされディーラーは？」

ゼックスは彼のためにドアをあけた。さっさと出かけろとでもいうように。「まだ見つかってない」

リヴェンジは悪態をつきながら杖に手を伸ばし、彼女のほうへ歩いていった。「この状況はまったく気に入らん」

「へえ、ほんと」彼女はぼそりと言った。「あたしはまた、てっきりあんたは満足してるもんだと思ってたわ」

リヴェンジは突き刺すような目で彼女をねめつけた。「わたしをなめるのもたいがいにしろ」

「なめてやしない」彼女はやり返した。「できることはみんなやってる。ああいうばかどものために九一一に電話して、それであたしが喜んでるとでも思ってんの」

彼は大きく息を吸い、短気を抑えようとした。まったく、このクラブは今週はさんざんだった。ふたりとも気が立っていて、〈ゼロサム〉のほかのスタッフは緊張のあまり、トイレで首を吊りかねないようなありさまだ。

「すまん」彼は言った。「いらいらしているんだ」

ゼックスは男のように短く切った髪に手を突っ込んで、「ああ……あたしもだよ」

「いま、おまえのほうはどうなってるんだ」

期待はしていなかったのだが、意外にも返事がかえってきた。「あの人間の話聞いた？ オニールの」

「ああ。仲間だったとはな。夢にも思わなかったが」リヴェンジはまだじかに会ってはいなかったが、ヴィシャスが電話してきて、どんな奇跡が起きたか知らせてくれたのだ。

リヴェンジは、本心からあの刑事の幸運を祈っていた。あの口の減らない人間――いや、ヴァンパイアか――が好きだったのだ。だがその反面、マリッサの身を養う日々が終わったこともはっきり気づいていた。そしてそれと同時に、彼女と連れ添う見込みが完全に消えたことも。それを思うと胸が痛む。マリッサと深く関われば、のっぴきならないことになるのはわかっているはずなのに。

「ほんとなの」ゼックスが尋ねてきた。「マリッサとつきあってるって」

「ああ、自由契約じゃなくなったらしいな」

ゼックスの顔に、奇妙な表情がしみ出してきた。あれは……悲しみか？　どうやらそうらしい。

リヴェンジはまゆをひそめた。「知らなかったよ、そんなにあの男に入れ込んでいたとは」

即座に彼女はいつもの彼女に戻った。鋭い目つき、甘っちょろさなどみじんもない顔。「あの男とやるのが好きだからって、連れあいに欲しいと思ってるわけじゃないよ」

「ああ、わかってる。そうだろうとも」

ゼックスの上唇がめくれあがり、牙がむき出しになった。「男に守ってもらわなきゃならないタイプに見える？」

「とんでもない。そのおかげで助かっている。おまえがやわになるなんぞ、この世の秩序に反したことだからな。それに、おまえは唯一わたしが身を養える相手なんだから、フリーでいてもらわなくては困る」ゼックスのわきを通りながら、「遅くとも二時間後には戻る」

「リヴェンジ」ふり向くと、ゼックスは言った。「あたしだって、あんたにはシングルでいてもらわないと困るんだよ」

ふたりの視線がからみあった。まったく、なんという組み合わせだろう。正常者《ノーマル》にまぎれて生きるふたりの嘘つき……茂みのなかの二匹のヘビだ。

「心配するな」彼はつぶやくように言った。「わたしは〝シェラン〟を持つことはない。マリッサは……ちょっと味見をしてみたかっただけだ。長い目で見て、うまく行くはずがない」

契約を新たに結びなおしたかのようにゼックスはうなずき、リヴェンジはオフィスを出ていった。

VIPエリアを通りながら、彼はなるべく影のなかを歩いていた。杖をついている姿を見られたくない。人前で使わなくてはならないときは、たんに気取りのためと見せたくて、なるべく杖にすがらないように気をつけている。だが、これはいささか危険だ。なにしろバランス感覚をなくしているのだから。

非常ドアに向かい、意志力の魔法で警報装置を解除し、閂をぽんとはずした。外へ出ながら考えていたのは――

なんだこれは！　路地ではすさまじい乱闘が始まっていた。〝レッサー〟と〈兄弟〉たち。一般のヴァンパイアがふたり、そのさなかにうずくまって震えている。そして巨大化した強暴なブッチ・オニール。

背後でドアがかちりと音を立てて閉じると、リヴェンジは足を広げて踏ん張りながらいぶかった。なぜ監視カメラになにも映ら――そうか、〝幻惑《ミス》〟か。みごとな手並みだ。

傍観者としてわきから戦闘を眺め、肉体と肉体がぶつかる鈍い音を聞き、うなり声や金属のこすれる音を耳にし、同族の汗と血のにおい、それに混じる〝レッサー〟のベビーパウダーに似た甘ったるいにおいを嗅ぐ。

ちくしょう、参加したい。だが考えてみると、参加していけない理由はないではないか。〝レッサー〟がこちらのほうによろめいてきたとき、リヴェンジはそいつをつかまえ、レンガの壁に叩きつけた。淡色のふたつの目をのぞき込み、にやりと笑う。生きものを殺すのは久しぶりだ。彼の裏の顔は、殺しをなつかしがっていた。恋い焦がれていた。身内に秘めた邪悪な部分が、生命をひねりつぶしたくてうずうずしている。

その身内のけだものに餌をくれてやるつもりだった。たったいま、この場で。

ドーパミンを射っているというのに、召喚に応えて〝シンパス〟の能力が頭をもたげ、攻撃性の波に乗り、視野を赤い色に染めていく。牙をむき出してにたりと笑うと、邪悪な半身にみずからを明け渡した。長く渇いていた依存症患者の、恍惚とした悦楽を味わいながら。

見えない手で彼は〝レッサー〟の脳にもぐり込み、引っかきまわし、ありとあらゆる愉快な記憶を呼び覚ました。ソーダのふたをぽんとあけるようなものだ。そこからあふれ出すのが彼の獲物を麻痺させる。脳を引っかきまわされて、〝レッサー〟は無防備になっていた。

それにしても、この外道の頭のなかのなんと醜いことか。とくにこいつには正真正銘の嗜虐性があって、その邪悪な行為や卑劣な虐待のひとつひとつが、この殺し屋の心の目を曇らせる。〝レッサー〟は悲鳴をあげはじめ、両手で耳をふさいで地面に倒れた。

リヴェンジは杖を持ちあげ、強く振って鞘《さや》を払った。禍々《まがまが》しく長い鋼鉄の刃が現われる。彼の二次元的な視野と同じく刀身は赤い。しかし、いましも突き刺そうとしたとき、ブッチに腕をつかまれた。

「ここからはおれに任せてもらう」

リヴェンジはにらみつけた。「失せろ、これはわたしの獲物——」

「いや、ちがう」ブッチは〝レッサー〟のそばに両膝をついた。そして……

リヴェンジは口をぎゅっと閉じ、興味をそそられてそのさまを見つめていた。ブッチは覆いかぶさるようにかがみ、〝レッサー〟からなにかを吸い出しはじめた。しかし、その『トワイライト・ゾーン』の一場面を楽しんでいるひまはなかった。べつの〝レッサー〟がブッチを殺そうと駆けつけてきて、それにレイジがタックルして地面に倒したせいで、リヴェンジは後ろへ飛びすさった。

足音がまた近づいてくる。リヴェンジは向きなおり、新たな〝レッサー〟に顔を向けた。今度こそこの手で片づけてやる——そう思って、にんまりと酷薄な笑みを浮かべた。

まったく、〝シンパス〟は戦うのが好きなのだ。心から。リヴェンジもその本性に関しては例外ではなかった。

ミスターXは、戦闘の続いている路地をどすどすと走っていた。なにも見えず、なにも聞こえなかったが、戦場を取り巻く緩衝域が感じられる。まちがいない、ここだ。

背後でヴァンがぶつぶつ言っている。「こりゃどういうことだ。戦ってるのは感じるのに——」

「〝ミス〟を突破するぞ。油断するな」

そのまま走り続けると、冷水の壁にぶつかったような気がした。その障壁を突破すると、そこは戦闘のただなかだった。〈兄弟〉がふたり。〝レッサー〟が六人。おびえた一般ヴァンパイアがふたり。地面まで届く毛皮のコートを着た大柄のヴァンパイアがひとり……そしてブッチ・オニール。

元刑事はちょうど地面から立ちあがろうとしていた。恐ろしく具合が悪そうだったが、明らかに主人の痕跡によって輝いている。オニールと目が合ったとき、ミスターXはたたらを踏むように足を止めた。この圧倒的な同類意識。

皮肉中の皮肉と言うべきか、その結びつきが生まれたまさにその瞬間、互いに互いを同類と認めあったちょうどそのときに、〈オメガ〉が向こう側から呼びかけてきた。

偶然だろうか。かまうものか。ミスターXはその要求を押しのけ、皮膚のかゆみを無視した。「ヴァン」彼は小声で言った。「きみの力を見せるときだ。オニールをやれ」

「待ってました」生まれたばかりのヴァンパイア目がけて、ヴァンは突っ込んでいった。ふたりはともに身構え、格闘技の選手のように互いに互いを中心に円を描きあっている。少なくとも最初のうちは。だがいきなりヴァンの動きが止まった。呼吸する彫像も同然に。

ミスターXが、〝フォアレッサー〟の意志力でしたことだった。

ヴァンの顔にパニックの色が浮かぶのを見て、にやにやせずにはいられなかった。大筋群が言うことを聞かなくなれば、そりゃあだれしも泡を食うだろうとも。

オニールも驚いたようだったが、慎重に近づいてきた。用心しながらも、ミスターXがもたらした麻痺状態を明らかに利用する気でいる。テイクダウンはあっという間だった。すばやい動きで、オニールはヴァンの首に腕をまわしてがっちり固め、引っくり返して押さえ込んだ。

ミスターXは、ヴァン程度の兵隊を犠牲にすることなどなんとも思わなかった。知らねばならないのだ、なにが起きるのか——**これは、なんとしたことだ!**

オニールが……オニールが口をあけて、吸い込んでいる……ヴァン・ディーンは吸い込まれて消えていく。吸収され、呑み込まれ、所有される。そして塵と化す。

安堵感が津波のように押し寄せてきた。そうだ……そうだ、予言は成就されたのだ。予言は、変身したアイルランド人の姿をとって実現したのだ。**神よ、感謝します。**

ミスターXはためらいがちに、しかし必死の思いで足を前に出した。いま……いまこそ、求めてやまない平安が、脱出がかなうのだ。解放されるのだ。**オニールこそそれだ。**

ところが、いきなり邪魔が入った。あごひげを生やし、顔に刺青のある〈兄弟〉に阻止されたのだ。その大柄な化物は、どこからともなく巨岩のように出現し、ミスターXの膝が崩れそうな怪力で殴りつけてきた。取っ組み合いになったが、彼は恐怖していた。ここで刺されてしまったら、オニールの力によって消滅するという望みがかなわなくなる。そこで、べつの〝レッサー〟が飛び込んできて〈兄弟〉につかみかかったとき、ミスターXは戦線を離脱して戦場の周縁に姿を隠した。

〈オメガ〉の呼び声は絶叫調の命令となり、皮膚を這うおぞましい不快感は全身を突き刺す咆哮と化していたが、ミスターXは頑として応答しなかった。今夜、彼は自殺するのだ。ただ、それには正しい方法をとらねばならない。

ブッチは、いま灰の山に変えた獲物から頭をあげた。ひどい吐き気がする。全身がよじれるような忌まわしい吐き気。あれはいつのことだったか、あの病院で目覚めたときに引き戻されたようだった。汚染され、穢れにまみれ、漂白もかなわないほどどす黒く染まっている。くそ……あまり多量に取り込みすぎたのだろうか。まさか、引き返せない一線をすでに越えてしまったのか。

嘔吐しているとき、見えないながらも、Vが近づいてくるのを感じた。やっと顔をあげて、ブッチはうめいた。「助けてくれ……」

「任せとけ、わが友《トライナー》よ。手を出せ」力をふりしぼって手のひらを上にして差し出すと、ヴィシャスは手袋をはずしてその手を力いっぱい握りしめた。Vのエネルギーが、あの美しい白光が、ブッチの腕を流れくだり、突風のように全身を貫き、浄化し、再生していく。

固く握りあった手でつながって、ふたりはまた半身と半身、光と闇になった。破壊者《デストロイヤー》と救済者《セイヴィア》に。

ブッチはVの与えるものをすべて受け取った。終わっても、まだ手を離したくなかった。つながりが断たれたら、悪がまた戻ってきはしないかと恐ろしい。

「大丈夫か」Vが低い声で尋ねる。

「もう大丈夫だ」彼の声はひどくかすれていた。あの吸い込みのせいだ——が、感謝の気持ちのせいもあるかもしれない。

Vに軽々と引っぱりあげられて、ブッチは立ちあがった。路地のレンガの壁にぐったりと背中を預ける。見れば、戦闘はもう終わっていた。

「一般市民にしちゃ大したもんだ」と言うレイジの声がした。

自分のことを言われたと思って、ブッチは声のする左手のほうに目をやった。だが、そこにいたのはリヴェンジだった。ゆっくり身体をかがめて、地面に落ちた鞘を拾おうとしていた。優美な身のこなしで、刀身の赤い剣を手に持ち、柄《つか》までしっかりすべり込ませる。ああ……あの杖は武器でもあったのか。

「お褒めにあずかって」リヴェンジは答えて、あのアメジストの目をブッチのほうに向けてきた。

互いに見つめあいながら、ブッチははたと気がついた。マリッサが身を養ったあの夜以来、まともに顔を合わせたのはこれが初めてだ。

「やあ、しばらく」ブッチは言って、手をあげた。

リヴェンジは、杖に体重を預けながら近づいてきた。ふたりが握手をすると、みんながほっと息を吐いた。

「それで、デカ」リヴェンジが言った。「ひとつ訊いてもいいかな。あの〝レッサー〟どもになにをしていたんだね」

その問いへの返事は、情けない泣き声にさえぎられた。全員が路地の反対側の大型ごみ収容器《ダンプスター》に目を向ける。

「出てこい、ふたりとも」レイジは言った。「終わったぞ」

見かけ倒しの遷移前のブロンドと、その用心棒がのこのこ明るい場所へ出てきた。ふたりとも食器皿洗い器をくぐり抜けてきたようなありさまだった。この寒さにもかかわらず汗びっしょりで、髪も服もくしゃくしゃになっている。

リヴェンジの厳しい顔に驚きの表情が浮かんだ。「ラッシュ、なぜ訓練に出ていないのだ。父上から雷を落とされるぞ、こんなところで――」

「こいつ、しばらく休みをとってるんだ」レイジがそっけなくつぶやいた。

「ドラッグを売るためにな」ブッチが付け加える。「ポケットを調べてみるといい」

レイジが寄っていって身体検査を始めたが、ラッシュはぼうぜんとしていて文句も言えなかった。その結果見つかったのは、ラッシュの頭ほどもある分厚い札束、それに小さなセロファンの包みがいくつか。

リヴェンジの目が、怒りに紫色の光を発している。「ハリウッド、それをこっちにくれ――粉のほうだ、札じゃなく」レイジが渡してよこすと、リヴェンジは包みのひとつを破り、小指をなめてからそのなかに突っ込んだ。その指を舌にのせると、顔をしかめてつばを吐いた。杖でラッシュを小突いて、「二度とここに出入りするんじゃない」

このささやかなニュース速報に、ラッシュはぼうぜん自失から醒めたようだった。「どうして。ひとの勝手だろ」

「第一に、ここはわたしの店だ。それが理由だ。第二に――と言ってもほかに理由が必要なわけではないが、この袋の中身は混ぜものだらけで、賭けてもいいが、このところ続いてる過量摂取《OD》はおまえのせいだからだ。だからいま言ったとおり、二度とここに出入りは許さん。おまえのようなろくでなしに、商売の邪魔をさせておくものか」リヴェンジはその小袋をコートのポケットに突っ込み、レイジに目をやった。「このろくでなしをどうするつもりかね」

「家に送ってやるよ」

リヴェンジは冷やかな笑みを浮かべた。「それは大助かりだ。だれにとっても」

だしぬけに、ラッシュが泣き声をあげはじめた。「でも、親父の耳に入れるわけには——」

「なにもかも入れる」リヴェンジがぴしゃりと言った。「安心しろ、おまえのパパになにからなにまで知られることになるからな」

ラッシュの膝ががくがくしている。と思ったら、威勢のいい坊やは酔いつぶれて引っくり返った。


マリッサは〈プリンセプス会議〉の会合の場に入っていった。今回ばかりは、全員に注目されても気にならない。

だが今回は、注目されても当然だった。パンツをはいて、髪を後ろでまとめてポニーテールにしている。こんな姿の彼女は、これまでだれも見たことがなかったのだ。どうだ驚いたか、というところだ。

席に着いて、真新しいブリーフケースを開き、〈避難所〉所長への応募者の書類を読みはじめた。ただ……なにひとつ頭に入ってこない。彼女は疲れ切っていた。仕事やストレスのためばかりではなく、どうしても身を養わなくてはならない。それもなるべく早く。

ああ……それを思うと悲しみで胸苦しくなり、ブッチのことばかり考えてしまう。彼の姿を思い描くと、頭の片隅にあの執拗なぼんやりした残響が戻ってくる。小さな鐘が鳴っているような、なにかを思い出しそうな……でもなにを？

肩に手を置かれた。ぎょっとしたが、見ればリヴェンジだった。となりの席に腰をおろす。

「わたしだよ」アメジストの目が彼女の顔と髪をなめる。「会えてうれしいよ」

「わたしも」マリッサは小さく微笑んだが、すぐに目をそらした。また彼の血管を使わせてもらうことになるのだろうか。ばかね……当然そうなるに決まっているのに。

「どうかしたのかな、かわいい人《ターリィ》。大丈夫かね？」彼は穏やかに尋ねた。なにげない問いかけだったが、少し気味が悪くなった。彼女がどんなに動揺しているか、完全に見抜かれているという気がする。そしてなぜか、その原因も知られているような。なぜか彼には、いつも簡単に心を読まれてしまうのだ。

彼女が口を開きかけたとき、光沢のあるテーブルの反対端で、〈会議〉の〝指導者《リーダー》〟が小槌を叩いた。「静粛を求めます」

図書室内の声は、潮が引くようにたちまち消えた。リヴェンジは椅子の背にもたれて、その厳《いか》めしい顔に退屈そうな表情を浮かべている。上品な力強い手で、セーブルのコートを脚に巻きつけ、しっかり重ね合わせた。室温が快適な二十度ではなく、零下三十度であるかのように。

マリッサはブリーフケースを閉じ、座席に腰を落ち着けた。気がつけば、リヴェンジと同じ姿勢をとっている。毛皮が足りないだけだ。**まあ、信じられない。時代は変わるものね。**

以前は、この場のヴァンパイアたちがこわかった。完全におじけづいていた。それがいまは、みごとなドレス姿の女性や格式張った装いの男性を見まわしても、たんに……退屈しか感じない。〝グライメラ〟も〈プリンセプス会議〉も、今夜は古くさい社会の悪夢としか思えなかった。もう彼女とはなんの関係もないかのような。やれやれ、助かった。

〝リーダー〟が笑顔でうなずきかけると、下僕の〝ドゲン〟が進み出てきた。その手に捧げ持っているのは、黒檀の板に張った羊皮紙だ。その文書からは長いシルクの飾りリボンが下がっている。そのリボンの色によって、始祖六家族のそれぞれが表わされているのだ。マリッサの血統は淡青色だった。

〝リーダー〟はテーブルのまわりを見まわしたが、その視線はわざとらしくマリッサを素通りしていく。「〈会議〉の顔ぶれがすべてそろいましたので、最初の議題に入りたいと思います。すなわち、連れあいのない女性全員に〝隔離《セクルージョン》〟を義務づける件に関して、王に勧告するむねの決を採るという問題であります。まず、決議の手続きに従い、ここにお集まりの投票権を持たない評議員に意見表明を許可します」

全員から短い同意の声があがった……ただリヴェンジだけは例外だった。彼の意見ははっきりしている。

この動議に対する彼のそっけない反対があって、その後の沈黙のなか、マリッサはハヴァーズの視線を感じていた。しかし、口を開こうとはしなかった。

「けっこう」〝リーダー〟は言った。「では、投票権を持つ六人の〝プリンセプス〟の出席をとります」ひとりひとり名前が呼ばれるたびに、呼ばれた〝プリンセプス〟が立ちあがり、彼または彼女の血統を代表して賛意を表明し、家門の指輪で羊皮紙に印章を捺《お》していく。これが五回とどこおりなく進んだところで、最後の名前が呼ばれた。「ハヴァーズ、ウォレンが血を引く息子……」

ハヴァーズが椅子から立ちあがったとき、マリッサはこぶしで強くテーブルを叩いた。全員の目が彼女に集まる。「名前をおまちがいです」

〝リーダー〟は目を大きく見開き、あれならご自分の頭の後ろまで見えるでしょうね、とマリッサは思った。この妨害に仰天して口もきけないようだ。彼女はかすかに笑みを浮かべて、ハヴァーズに目をやった。「あなたはお座りなさい」

「いまなんと言われました」〝リーダー〟はどもるように言った。

マリッサは立ちあがった。「わたしたちがこのような投票をおこなうのは、もうずいぶん久しぶりのことです……先王が亡くなられてからは一度もなかった」両手をついて身を乗り出し、まっすぐに〝リーダー〟の顔を見すえた。「そして当時は、何百年も前のことですが、まだ存命であった父が、わが家門の投票権を行使しておりました。ですから、そのせいで勘ちがいなさったのでしょう」

〝リーダー〟はうろたえてハヴァーズに目を向けた。「あなたから、ご家族に静粛をお願い――」

マリッサはそれをさえぎった。「わたしはもう彼の家族ではありません。少なくとも彼はそう申しております。ただ、血統が動かしがたいのは、わたしたち全員が同意するところであると思います。そしてまた生まれの順番も」彼女は冷やかな笑みを浮かべた。「ちなみに申しますと、わたしはハヴァーズより十一年先に生まれております。つまりわたしのほうが年長者なのです。したがって、ここはハヴァーズのほうが座っているべきでしょう。家門の最年長者として、わが血統の一票を投ずるのは——あるいは投じないのは、わたしの役割ですから。この動議に関しては、わたしは断固……賛成票を投じることはできません」

大騒ぎになった。まるで修羅場だ。

そのさなか、リヴェンジは声を立てて笑い、両手を打ちあわせた。「こいつはすごい。まったく大したひとだ」

マリッサは、力を行使したのを愉快とはあまり思えなかった。なによりもまず、感じたのは安堵の気持ちだった。満場一致でなければ可決されない決まりだから、あのばかげた動議が通過することはない。彼女がいるかぎり、けっして通過することはないのだ。

「これは……どういうことだ」だれかが声をあげた。

床のまんなかに排水口が生じたかのように、あらゆる声や物音が吸い出されていく。マリッサはふり向いた。

図書室の入口にレイジが立っていた。遷移前の男子の首根っこをつかまえている。その背後にヴィシャス……そしてブッチの姿が見えた。

46

図書室入口のアーチの下に立ち、ブッチはマリッサをじろじろ見るまいと精いっぱい努力していたが、それは容易なことではなかった。彼女のとなりにリヴェンジが座っているのだからなおさらだ。

気をまぎらそうと室内を見まわした。彼女が出席しているこの会合は、まさに大物だらけだった。くそ、まるで政治サミットかなにかのようだ。ただちがうのは、全員が豪華絢爛に着飾っていることだ。とくに女性はそうで、エリザベス・テイラーの宝石箱も、ここの女性陣にくらべたら顔色なしだった。

だがやがて、状況はにわかに劇的な展開を見せはじめた。

テーブルの上座にいる男がこちらに目を向け、ラッシュに気づくと、死人のように真っ青になったのだ。そろそろと立ちあがりながら、声が出せずにいるようだ。もっとも、その点はみな同じのようだったが。

「いささかお話があるんですがね」レイジは言って、ラッシュを揺すった。「息子さんの課外活動の件で」

リヴェンジが立ちあがった。「たしかに、話があるのはまちがいない」

会合は粉砕された。氷の塊に斧をふりおろしたようだ。ラッシュの父親は図書室を飛び出し、レイジとリヴェンジと息子とともに居間に急いだ。屈辱感に完全に打ちのめされているようだった。いっぽう、その他のお上品な連中は席から立ちあがり、あたりをうろうろしはじめた。みな不機嫌そうで、ほとんどがマリッサのほうに刺々しい視線を送っていた。

こいつらに多少は礼儀を叩き込んでやりたい。血が流れるぐらいに。

固くこぶしを握りながら、ブッチは鼻孔をふくらませ、空気を選り分けて、マリッサの香りを見つけ出し、それを全身の毛孔から吸収した。これほど彼女のそばにいるのだから、当然のことながら彼の肉体は興奮していた。いまいましいことにかっと火照って、いても立ってもいられなくなった。まったく……両手両足を動かさないようにするだけで精いっぱいだった。彼女の視線を感じているときはなおさらだ。

冷たい風が屋敷に吹き込んでくる。それでブッチは気づいたが、先ほどあの少年を連れてここへ来てから、正面玄関の巨大なドアはあけっ放しだったのだ。夜闇の奥を見つめながら、外へ出たほうがいいと思った。外のほうが清潔で、単純だ。危険も少ない。ここにいると、マリッサに冷たく当たっている下司どもを、ひねりつぶしてやりたくてうずうずする。

屋敷の外へ出て、正面の庭をぶらついた。ぬかるんだ春の地面を歩きまわってから、屋敷のほうへ引き返した。〈エスカレード〉のそばまで来て立ち止まる。ひとりきりでないのに気づいたからだ。

マリッサが〈エスカレード〉の陰から出てきて、「こんばんは、ブッチ」

ちくしょう、なんてきれいなんだ。近くでみるとますます美しかった。

「やあ、マリッサ」両手を革のコートのポケットに突っ込んだ。彼女が恋しくてたまらない。彼女が欲しい。恋い焦がれている。セックスのためだけではなく。

「ブッチ……わたし――」

ブッチははっと緊張した。見れば、庭の向こうから近づいてくる者がいる。男だ……白い髪の…… 〝レッサー〟だ。

「くそ」ブッチは声を殺して言った。いきなりマリッサの腕をつかみ、引っ立てるようにして屋敷に戻りはじめた。

「いったいどうし――」〝レッサー〟の姿に気づくと、彼女はもう抵抗しなかった。

「走れ」彼は言った。「走って帰って、レイジとVにここへ出てくるように言ってくれ。それから、あのくされドアにしっかり鍵をかけるんだ」彼女の背中を押し、くるりと向きなおった。ドアの閉じる重い音、閂のかかる音が聞こえるまで、彼は息を止めていた。

おや、こいつはどうだ。近づいてくるのはあの〝フォアレッサー〟ではないか。

ちくしょう、観客がいなければよかったのに。殺す前に、報復として全身をずたずたにしてやりたかった。目には目をだ。

いよいよ近づいてくると、〝レッサー〟は降参のしるしに両手をあげたが、ブッチは信用しなかった。それに、ひとりで来ているはずがないとも思った。直感を研ぎ澄まして周辺を探った。庭じゅうに〝レッサー〟の大群がひそんでいるものと思ったのだが、意外や一匹もいなかった。

それでも、Vとレイジが背後に実体化してきて、ふたりの巨体が冷たい空気を押しのけるのを感じると、やはり心強かった。

「あいつひとりだけだと思う」ブッチは小声で言った。身体が戦闘に備えて緊張する。「言わなくてもわかってると思うが……あいつはおれがやる」

〝レッサー〟が近づいてくると、ブッチは飛びかかろうと身構えた。だがそのとき、話がおかしくなってきた。信じられん――幻覚でも見ているにちがいない。あの〝レッサー〟の顔に涙が流れているなんて、そんなばかなことが。

苦しげな声で〝レッサー〟は言った。「おまえ、あのときの刑事……わたしを殺してくれ……始末してくれ。頼む……」

「信じるな」レイジが左から言った。

〝レッサー〟の目がレイジのほうを向き、またブッチに向きなおった。「もう終わりにしたい。進退きわまってるんだ……頼む、殺してくれ。ただ、おまえに殺されたい。そこのふたりではなく」

「ご指名いただいて光栄だぜ」ブッチがつぶやく。

彼は〝レッサー〟に飛びかかっていった。ありとあらゆる技で反撃されると思っていたのに、向こうはまったく抵抗しようとせず、ただサンドバッグのように仰向けに引っくり返った。

「ありがたい……礼を言う……」奇怪な感謝の言葉が〝レッサー〟の口からあふれてくる。際限なく流れ出すその言葉には、胸の痛むような安堵の色がにじんでいた。

吸い込みたいという衝動を覚えたとき、ブッチは〝フォアレッサー〟ののどもとを押さえて口を開いた。チューダー様式の邸宅から見ている、〝グライメラ〟たちの視線が全身に痛い。だが吸い込みはじめたとき、頭にあったのはマリッサのことだけだった。これから起きることを彼女には見せたくない。

ところが……なにも起きなかった。交流が起きない。なにかが悪の移転をはばんでいる。〝フォアレッサー〟の目がパニックに見開かれた。「ほかのときには……うまく行ったのに。うまく行ったじゃないか！　わたしはこの目で……」

ブッチは吸い込もうとしつづけたが、やがて明らかになった。理由はともかく、この〝レッサー〟を消滅させることはできない。〝フォアレッサー〟だからだろうか。そんなことはどうでもいい。

「ほかのときは……」〝レッサー〟がうわごとのようにつぶやく。「ほかのときはうまく行ったのに……」

「おまえには効かないみたいだな」ブッチは腰に手をやり、ナイフを鞘から抜いた。「ほかの方法があってよかったぜ」彼はぐいと上体を引きあげ、ナイフを頭上にふりあげた。

〝レッサー〟は絶叫し、身もだえしはじめた。「やめろ！　責めさいなまれる！　やめてくれええ――」

絶叫がぷつりと途切れ、〝レッサー〟はぽんとはじけたかと思うと、かすかに空気の漏れるような音を立てて消えた。

ブッチはほっとため息をつき、終わってよかったと思った――

のもつかのま、悪意の波に貫かれた。極端な冷気と熱気に同時に焼かれるようだった。ブッチはあえいだ。どこからともなく邪悪な笑い声が沸きあがり、夜の闇を縫って響いてくる。この世のものならぬその声には、ひとに自分の棺桶を思わせる響きがあった。

〈オメガ〉だ。

ブッチはシャツのうえから十字架をつかみ、はじかれたように立ちあがった。それと同時に、空電で乱れた映像のような悪のまぼろしが目の前に出現した。肉体は逃げたがっていたが、ブッチはあとじさらなかった。レイジとVがすぐそばに来ているのがぼんやりと感じられる。両側に立ち、彼を守ろうとしている。

「どうした、デカ」Vがつぶやいた。「なにが見える」

くそ、ほかのふたりには〈オメガ〉が見えないのか。

ブッチが説明するひまもなく、特徴的なエコーのかかった悪の声が、風にあおられるように揺れつつ、頭のなかで大きく小さく聞こえる。「では、おまえがそれだったのだな。いわば……わが子か」

「とんでもない」

「ブッチ、だれと話してるんだ」Vが言った。

「では、おまえを生み出したのはわたしではないというのか?」〈オメガ〉はまた笑った。「おまえにわたしの一部を与えなかったとでも? いいや、与えたとも。わたしがなんと言われているか知らないのか」

「知りたくない」

「知っているはずだ」〈オメガ〉が亡霊のような手を差し伸べてくると、とうてい届くはずもない距離なのに、それが顔に触れるのをブッチは感じた。「わがものはつねにわがもとに戻ってくるのだ、わが子よ」

「悪いな、おれの父親《ファーザー》の席はもうふさがってる」

ブッチは十字架を引き出し、そのまま胸もとに下げた。Vが悪態をつくのが遠く聞こえたような気がする。なにが起きているか見当がついたのだろう。しかし、ブッチの頭は目の前の存在のことでいっぱいだった。

〈オメガ〉はその重い黄金の十字架を見やった。次いでその目は、レイジとVに、そしてその背後の屋敷に飛んだ。「つまらぬお飾りだ。〈兄弟〉たちも、頑丈な錠も扉も、わたしにはなんの意味もない」

「わたくしはどうです」

〈オメガ〉がはっとふり向いた。

その背後に〈書の聖母〉が実体化した。完全にローブを脱いで、超新星のように輝いている。

〈オメガ〉は瞬時に変身し、この時空に開いたワームホールと化した。もはや亡霊ではなく、煙に包まれた黒い穴だ。

「ちくしょう」Vが吼えた。彼にもレイジにも見えるようになったらしい。

〈オメガ〉の声がその暗い淵から聞こえてくる。「わが姉妹よ、今宵はご機嫌はいかがかな」

「〈奈落〉にお戻りなさい。疾《と》く去るがよい」〈聖母〉の輝きが強まり、〈オメガ〉の穴を包み込みはじめた。

禍々しいうなり声が、どこへともなく漂う。「わたしを追放して、それでわが存在を消し去れるとでも思うか。なんと愚かな」

「疾く去らせたまえ」〈聖母〉の発する言葉が夜闇に流れ入る。それは〈古語〉ではなく、ブッチがそれまで聞いたこともない言語だった。

〈オメガ〉が消える直前、ブッチは悪の視線が突き刺さってくるのを感じ、恐ろしい声が響くのを聞いた。「見よ、わが子よ。おまえに生命の息吹を吹き込んだのはこのわたしだ。よいか、おのが血縁を探し求めぬは愚かなことぞ。家族は集まるがよいのだ」

そう言うと、〈オメガ〉は白い閃光とともに消えた。同時に〈書の聖母〉も。

消えてしまった。ふたりとも。あとに残ったのは身を切る冷たい風だけだ。その風が夜空から雲をなぎ払っていくのが、容赦ない手でカーテンが引き裂かれていくかのようだった。

レイジが咳払いをした。「いやはや……おれはこれから一週間半ぐらいは眠れそうにない。おまえらはどうだ」

「大丈夫か」Vはブッチに尋ねた。

「ああ」それは嘘だった。

信じられない……おれが〈オメガ〉の子のはずがない。そんなはずは。

「ちがう」Vは言った。「おまえは〈オメガ〉の子なんかじゃない。あいつがそう思いたがってるだけだ。おまえにもそう思わせたいんだ。だが、だからってそれが正しいわけじゃない」

長く沈黙が続いた。やがてレイジがブッチの肩に手を置いた。「それにさ、ぜんぜん似てないじゃないか。だって……聞いてるか？　おまえはこんなムキムキのアイルランド系白人で、あいつは……バスの排気ガスかなんかみたいだ」

ブッチはハリウッドに目をやった。「おまえ、ほんとむかつくやつだな。自分でわかってんのか」

「ああ、でもおまえ、そんなおれに惚れてるだろ？　吐いちまえよ、わかってるくせに」

最初に笑い出したのはブッチだった。やがてほかのふたりも笑い出し、たったいま起きた超弩《ど》級の不気味な悪夢の重みが、わずかながら薄れていった。

しかし、笑い声が消えたとき、ブッチは手を自分の腹に当てていた。

身をよじり、屋敷のほうを見やった。鉛枠の窓ガラスの向こう側には、おびえて青ざめた顔が並んでいる。マリッサは真正面にいた。ブロンドの髪が月光を浴びて輝いている。

ブッチは目を閉じて顔をそむけた。「〈エスカレード〉はおれが転がして帰る。ひとりで」しばらくひとりにならなければ、わめき出してしまいそうだ。「だけどまず、あの〝グライメラ〟のことでなにか手を打たなくていいのか。さっきのをすっかり見てたんだぜ」

「このことはラスの耳にまちがいなく入るだろうな、あいつらから」Vがつぶやくように言った。「だがおれに言わせりゃ、こっちの知ったことじゃない。だいたい、カウンセラーに払う金ぐらいあるんだから、なんとか折り合いぐらいつけるだろ。べつになだめてやる必要もない」

レイジとVが非実体化して館に戻ったあと、ブッチは〈エスカレード〉に向かって歩き出した。防犯装置を解除していると、だれかが走ってくる足音が聞こえた。

「ブッチ！　待って！」

肩越しに見ると、マリッサがこちらに走ってくる。立ち止まったのがすぐそばで、彼女の心臓のなかを流れる血の音が聞こえるほどだった。

「けがしなかった？」彼の全身に視線を走らせながら尋ねる。

「いや」

「ほんと？」

「うん」

「あれは〈オメガ〉だったの？」

「ああ」

彼女は深く息を吸った。突っ込んで尋ねたいのだが、あの悪に関わることについては彼が話そうとしないのはわかっているかのように。ふたりの仲がこんなことになっているいまでは。「その、あれが出てくる前に、あの〝レッサー〟を殺すところを見てたんだけど、あの……あの光がはじけたのは、あれがあなたの言ってた――」

「ちがう」

「あら」マリッサはうつむいて、彼の両手に目をやった。いや、そうではない……腰の短剣を見ているのだ。「ここへ来る前、あなたは戦闘に出ていたのね」

「まあな」

「それで、あの子を……ラッシュを救ったのね？」

彼は〈エスカレード〉に目をやった。自分があやうく踏みとどまっているのはわかっていた。いまにも彼女に身を投げかけ、しっかり抱きしめて、いっしょに帰ってくれと懇願してしまいそうだ。完全にばかをさらしてしまう。「マリッサ、おれ、もう帰るから。それじゃ……元気で」

彼は運転席側にまわっていき、車に乗り込んだ。ついてきた彼女の前でドアを閉じたものの、エンジンはかけられなかった。

くそ、〈エスカレード〉のガラスと鋼鉄を通しても、まるでこの胸に抱いているかのようにはっきりと彼女を感じられる。

「ブッチ……」と呼ぶ彼女の声がくぐもって聞こえる。「わたし、あやまりたいことがあるの。あなたに言ったことで」

彼はハンドルをにぎり、フロントガラスの外をにらんでいた。だが、情けないことに、彼の手はロックを解除してドアを押しあけていた。「なにを?」

「ごめんなさい、あなたのお姉さんの話を持ち出したりして。あの、〈ピット〉で話したとき。あんなひどいこと言って」

「いや……その、あれはきみの言うとおりだよ。おれがずっとひとを助けようとしてきたのは、ジェイニーのことがあったからだ。だから気にしなくていいんだ」

長い間があった。なにか彼女が強烈なものを発しているのを感じる。なにか――ああそうか、身を養いたいという欲求だ。血に飢えているのだ。

そして言うまでもなく、彼の身体はそのありったけを彼女に与えたがっている。当然のことだ。

万が一にも〈エスカレード〉からおりてしまわないように、ブッチはシートベルトを締め、最後にもう一度彼女の顔を見た。緊張と……飢えでこわばっている。彼女は自分の欲求と必死で闘っている。それを隠して話をしようとしている。

「もう行かないと」彼は言った。いま、いますぐ。

「ええ……わたしも」彼女は赤くなり、一歩さがった。目と目が一瞬合ったが、すぐにそらした。「それじゃ、また。そのうち」

彼女はこちらに背を向け、早足で屋敷に向かって歩いていった。その彼女を迎え入れようと戸口に現われたのは、なんと――リヴェンジだ。

リヴェンジ……強く……たくましくて……完璧に彼女の身を養える男。

その時点から、マリッサは一メートルと進めなかった。

ブッチは〈エスカレード〉から飛び出し、彼女の腰をひっつかまえて車に引きずっていった。といっても、彼女が抵抗したわけではなかった。ほんの少しも。

〈エスカレード〉の後部ドアをあけ、投げ込まんばかりに彼女を乗り込ませた。自分も乗り込もうとしながら、リヴェンジに目をやった。紫色の目が光っている。争う気になりかけているようだったが、ブッチはその目をにらみつけて、相手の胸に指を突きつけてみせた。世界じゅうどこでも通じる、けがをしたくなければそこを動くなという合図だ。リヴェンジの口が動いて悪態をついたようだったが、会釈をして非実体化した。

ブッチは〈エスカレード〉の後部に飛び込み、ハッチを閉じて、天井灯も消えないうちにマリッサに覆いかぶさっていた。後部は窮屈で、脚はみょうな角度にねじれているし、肩はなにかにぶつかっている。たぶん座席の背だろうが、そんなことはどうでもいい。そんなことにかまっていられなかったし、それは彼女も同様だった。マリッサは彼に思いきり抱きつき、両脚を腰に巻きつけてきた。むさぼるようにキスをすると、口を開いてそれを迎え入れる。

ブッチは体《たい》を入れ換えて彼女を上にし、髪をわしづかみにして、自分ののどくびにぐいと引き寄せた。「嚙みついてくれ！」彼はうなるように言った。

そしてああ、彼女は言われたとおりにした。

牙に皮膚を嚙み裂かれたときには、灼けつくような痛みを感じた。牙が食い込んでくると、身体がびくっと跳ねて、そのせいでさらに深く貫かれた。だが、それが快感だった。うっとりするほどの。血管から思いきり吸われて、マリッサを養う喜びがどっと押し寄せてくる。

彼は、ふたりの身体のあいだに手を差し入れ、彼女の熱い中心部に手のひらを当てて、花芯を強く愛撫した。彼女が狂おしいうめき声を漏らすと、もういっぽうの手で彼女のブラウスをめくりあげた。彼女が首から口を離し、そのあいだにブッチは彼女のブラウスをはぎとり、ブラをはずした。

「パンツを」彼はしゃがれ声で言った。「パンツを脱いでくれ」

狭い車内でマリッサは苦労しつつパンツを脱ぎ、彼はズボンのジッパーをおろした。固くなったものが飛び出してくる。手でさわる気にはなれなかった。へたにさわるとすぐにいってしまいそうだった。

マリッサは全裸姿で彼に馬乗りになった。薄青の目が輝き、暗がりのなかで明らかに光を放っている。唇には彼の赤い血がついていて、彼は頭をもたげてその口にキスをした。身体をななめにして、彼女が腰を沈めたときちょうど当たるように態勢を変える。ふたりの身体がひとつにつながったとき、ブッチは頭をぐいとのけぞらせ、マリッサはその首のもういっぽうの側に牙を突き立てた。彼の腰が激しく動き出すと、彼女は膝をついて腰を少し浮かせ、身体を安定させて飲みつづけた。

オルガスムスに彼は砕け散った。

しかし、終わった瞬間にはもう、次に行ける態勢に入っていた。

ためらうことなく次に進んだ。

47

満ち足りるまで飲んでしまうと、マリッサはブッチと並んで横たわった。彼は仰向けに寝て、〈エスカレード〉の天井を見つめ、片手を自分の胸に置いていた。荒い息をつき、服はすっかりしわくちゃになってずれ、シャツは胸もとまでめくれあがっている。ぬめぬめ光るペニスが固い腹のうえにぐんにゃりとのって、首の傷は彼女がなめたあともまだ生々しかった。

マリッサは荒々しく彼を使った。自分のなかに、あんなけものの部分があるとは思わなかった。彼女のそんな激しい欲望に駆り立てられて、ふたりはともに盲目的で原初的な狂乱に陥った。そしていま、その後の余波のなか、自分の肉体が彼の与えてくれたものを吸収しようとしているのを彼女は感じていた。まぶたがわずかに下がってくる。

とてもよかった。彼はほんとうにすばらしかった。

「またおれを使ってくれるか?」ふだんからしゃがれているブッチの声は、ひどくかすれてよく聞こえないほどだった。

マリッサは目を閉じた。胸が激しく痛んで呼吸もできない。

「あいつじゃなく、おれを使ってほしいんだ」

そうだったのか。つまりこれは、リヴェンジへの対抗意識からしたことで、彼女を養うのは二の次だったのだ。なぜもっと早く気づかなかったのだろう。車に乗り込む直前、ブッチがリヴェンジに向けた目つきは見ていたのに。以前の恨みつらみがまだ消えていなかったのだろう。

「いいんだ」ブッチは言って、ズボンを引っぱりあげてジッパーをあげた。「おれには関係ないもんな」

なんと答えてよいかわからない。だが、彼は答えを期待していないようだった。衣服を渡してよこしたが、それを着る彼女に目を向けようともしない。彼女が服を着終わったとたんに後部ドアをあけた。

冷たい風が吹き込んでくる……そのとき、マリッサは気がついた。車のなかには情熱と血のにおいはしている――心をそそる、濃厚で頭のくらくらする香り。しかし、きずなのにおいは少しもしない。ほんの少しも。

彼をふり返ることも耐えられず、彼女はそのまま歩き去った。

夜明けも迫るころ、ようやくブッチは車を館の中庭に入れた。〈エスカレード〉を、レイジの濃紫の〈GTO〉とベスのステーションワゴン〈アウディ〉のあいだに駐め、〈ピット〉へ歩いていく。

マリッサと別れてから何時間も市内をさまよい、無意味にさまざまな通りをたどり、知らない家々の前を走り、気がついたときは停止信号で停まった。戻ってきたのは、もうまもなく空に曙光が現われそうな時刻になって、そうしたほうがよさそうだと思ったからでしかなかった。

東に目をやると、かすかに光の気配がする。

中庭の中央に歩いていき、噴水の大理石の水盤のふちに腰をおろして、本館と〈ピット〉の窓にシャッターがおりてくるのを見守った。空の光に少しまばたきをした。そのまばたきが激しくなる。

目が灼けるように痛み出すなか、彼はマリッサのことを考えた。顔の形、流れ落ちる髪、声音、肌のにおい、ありとあらゆることを思い出す。いまこうしてひとりきりになって、抑えつけていた感情が湧きあがってくる。胸をかきむしる愛情といまいましいあこがれ、どうしても彼をそっとしておいてくれない感情に、彼は身を任せた。

するとどうだろう、きずなのにおいがまた噴き出してきた。彼女のそばにいたときはなんとか抑えていたのだ。しるしをつけるのはまちがったことだという気がして。だが、ここではひとりきりだ。隠す理由もない。

曙光が強さを増してくると、火傷でもしたような痛みが頬に広がり、危機感に身体がぴくぴくする。どうしても太陽が見たくて、自分を抑えつけてその場に踏ん張っているが、逃げ出したい衝動で腿が震え出した。これでは、あまり長いことがんばっていられそうにない。ちくしょう……もう二度と日の光を拝むことはないのか。マリッサに去られたいまとなっては、彼の生涯には陽光と呼べるものが存在することはないのだ。二度と。

闇に支配されるわけだな。

しかたなく、自分自身を抑制していたロックをはずした。とたんに脚が中庭を走りはじめていた。〈ピット〉の入口の間に飛び込み、内側のドアを思いきり閉じて荒い息をついた。ラップミュージックは鳴っていなかったが、パソコンの向こうの椅子にレザージャケットが投げてあるから、Vは帰ってきているようだ。たぶんまだ本館にいて、ラスに戦後の状況報告をしているのだろう。

ひとりでリビングルームに突っ立っていると、酒を飲みたいというおなじみの衝動が襲ってきた。抵抗する理由も思いつかない。コートと武器を放り出し、キッチンに向かってスコッチをとり、なみなみとついで、ボトルを持ったままキッチンから出た。お気に入りのソファに腰をおろし、グラスを口に運んで飲みながら、ふと『スポーツ・イラストレイテッド』誌の最新号に目が留まった。表紙は野球選手の写真だったが、選手の頭のそばに、大きな黄色い文字で、たった一語が書かれていた——ヒーローと。

マリッサの言うとおりだ。おれにはヒーローコンプレックスがある。だが、それはいわゆる肥大化したエゴを満足させるためではない。じゅうぶんな数の人を救ったら、ひょっとして……赦されるのではないかと思うからだ。

それこそ彼が求めてやまないものだった——赦し。

子供時代のフラッシュバックが始まった。まるでペイ《P》・パー《P》・ビュー《V》（視聴した番組ごとに料金を支払う方式）だが、自分で選べるならこんな番組を見ようとは絶対に思わないだろう。そのさなかに、ふと電話機に目をやった。このことで彼の気持ちを楽にできる人間はひとりしかいないが、しかし赦してくれるだろうか。だがちくしょう、母に連絡をとって、たったひとこと「赦す」と言ってもらえれば。ジェイニーが車に乗るのを止められなかったのは、もうしかたがないと。

ブッチは革張りのソファに腰をおろし、スコッチをわきに置いた。何時間も待った。時計が九時を打つまで。それから電話機を取りあげ、市外局番六一七で始まる番号を押した。出たのは父親だった。

父との会話はさんざんだった。それは予想どおりだったが、予想以上にさんざんだったことがひとつあった。わが家のニュースだ。

コードレス電話を切ったとき、最初の六回の呼び出し音の時間も含めて、所要時間は一分三十四秒だった。たぶんこれが、エディ・オニールとの最後の会話になるだろう。

「どうした、デカ」

ぎょっとして顔をあげるとヴィシャスだった。嘘をつく理由もない。「おふくろが病気だってさ。どうやら二年前かららしい。アルツハイマーだ。重症の。もちろん、だれもおれに知らせようなんて思わなかったんだ。いまこっちから電話したんだが、そうしなかったらおれはずっと知らないままだっただろうよ」

「そうか……」Vは寄ってきて腰をおろした。「見舞いに行くのか」

「いや」ブッチは首をふり、スコッチをとった。「行く理由がない。もうおれとはなんの関係もない」

48

翌日の夜、マリッサは新しい〈避難所〉所長と握手をしていた。この地位にぴったりの女性だった。賢く、親切で、穏やかな声の持主。ニューヨーク大学で公衆衛生を学んでいる——もちろん夜学だが。

「いつから来ればよろしいですか」女性は言った。

「今夜からでは？」マリッサは茶化すように答えた。それに向こうが熱心にうなずいてきたので、今度は小さく微笑む。「よかった……それじゃ、あなたのオフィスにご案内しましょう」

所長に割り当てた上階の寝室からおりてきたあと、マリッサはラップトップに向かい、コールドウェルの多様《M》情報登録《L》・掲載サービス《S》にログインして、この市内で売りに出ている不動産物件を検索しはじめた。

しかし、ほどなくなにも目に入らなくなっていた。ブッチのことがずっと胸に重くのしかかっている。目に見えない重しとなって呼吸を圧迫している。忙しくしていないときは、彼のことばかり思い出していた。

「マリッサさま」

顔をあげると、〈避難所〉の〝ドゲン〟だった。「どうしたの、フィリーパ」

「ハヴァーズさまからご紹介がありました。女性とその息子さんですけど、男の子の状態が安定したら、明日こちらに車で送ってくださるそうです。ただ、病院の看護師さんが記録した病歴は、一時間ぐらいしたらメールでお送りくださると」

「そう、ありがとう。それじゃ下の階に、そのひとたちのお部屋を用意しておいてくれる？」

「かしこまりました」〝ドゲン〟はお辞儀をして出ていった。

では、ハヴァーズは約束を守るつもりでいるわけだ。

マリッサはまゆをひそめた。いまではおなじみの、なにかを忘れているというしつこい感覚がまた戻ってきた。どういうわけか、ハヴァーズの顔が思い浮かんで頭を去らない……そしてそのせいで、心の片隅に隠れていた思いについに光が当たった。

だしぬけに、ブッチと話をしたときの自分の声が耳によみがえってきた。**わたしには、あなたが自分で自分を破滅させるのを黙って見ていることはできないわ。**

なんてこと。それは、彼女を家から追い出したときに、弟が言った言葉そのままではないか。ああ、信じられない。自分がハヴァーズにされたことを、そのままブッチにしてしまったなんて。無思慮なあなたにはついていけないと分別らしい顔をして、彼を追い払ったのだ。ほんとうのところは、愛しているがゆえの恐怖や無力感から自分を守りたかっただけではないか。

でも、彼の自殺願望はどうなの？

〝リーダー〟の屋敷の前庭で、〝レッサー〟と対決したときの彼の姿を思い出した。あのときのブッチは用心深かった。慎重で、無謀なことはしなかった。戦いぶりは堂に入ったもので、頭に血がのぼってやみくもに大暴れするのとはまるでちがっていた。

ああ……どうしよう。わたしがまちがっていたのだろうか。ブッチには戦う能力があり、戦う理由があるのだとしたら。

ただ、悪のことはどうなの。〈オメガ〉のことは？

でも、あのとき〈書の聖母〉が割って入っていらして、ブッチを守ってくださった。それに、彼はいまでも……ブッチのままだ。〈オメガ〉が消えたあとでも。だとすれば……

ノックの音がして、マリッサははっと立ちあがった。「女王陛下！」

戸口でベスが微笑んでいた。片手をあげて、「こんばんは」と挨拶する。

頭のなかはぐちゃぐちゃだったが、マリッサは膝を折ってお辞儀をした。ベスがくすくす笑いながら首をふる。

「いつか、それをやめてもらえるときが来るのかしら」

「無理です……そういうふうにしつけられてきたんですもの」マリッサはなんとか頭を切り換えようとした。「あの……お見えになったのは、ここがいまどうなっているか――」

ベラとメアリが女王のあとから顔を見せた。

「わたしたち、あなたに話があるのよ」ベスが言った。「ブッチのことで」

ブッチはベッドのなかで身じろぎした。片目をあけた。時計を見て悪態をつく。寝過ごした。たぶん前の晩にがんばりすぎたからだろう。〝レッサー〟三匹はひと晩には多すぎたか。それとも、身を養ったせいかも――

まいった、それはかんべんだ。それは考えたくない。思い出したくない。

寝返りを打って仰向けに――

そこでがばとマットレスから起きあがった。「うわ……なんだ!」

黒いフードつきローブを着た人物五人に、ベッドを取り囲まれていた。

ラスの声が最初は〈古語〉で、続いて英語で言った。「今宵、おまえは問いに答えねばならぬ。その問いからまぬかれるすべはない。問いは一度だけ発せられ、それに一度答えたら、その答えはおまえに終生ついてまわる。問いに答える用意はよいか」

〈兄弟団〉だ。信じられない、なんてこった。

「はい」ブッチは荒い息をつき、十字架を握りしめた。

「ではいまこそおまえに問おう、ブッチ・オニール、わたし自身の血の、そしてわが父の血の末裔《すえ》よ、われらの一員に加わるか」

ああ……ちくしょう。これは現実なのか。夢なのか。

フードをかぶった人物をひとりひとり見ていった。「はい。はい、加わります」

黒いローブが投げてよこされた。「これを肌にまとい、フードをかぶれ。話しかけられるまでひとことも口をきくな。目はずっと地面に向けていろ。両手は背中で組んでおれ。おまえの勇気と、わたしたちが共有する血統の名誉が、おまえのあらゆる行動によって計られる」

ブッチは立ちあがり、ローブを身に着けた。トイレに行ければとちらと――

「排泄を許可する。行ってこい」

バスルームから出てきたとき、ブッチは忘れずに頭を垂れ、両手を背中で組んでいた。肩に手が置かれた。レイジの手だ。こんなに重い手の持主はほかにいない。

「ではいっしょに来い」ラスが言った。

ブッチは〈ピット〉から連れ出され、すぐに〈エスカレード〉に乗り込んだ。車は玄関のなかに駐めてあるも同然だったのだ。なにが起きているかだれにも見られたくないかのように。

ブッチが後部にすべり込むと、〈エスカレード〉のエンジンがかかり、ドアが次々に閉まった。がくんと揺れたかと思うと、車はゆっくりと走り出した。たぶん中庭を抜けたのだろう。そこからがくがく揺れはじめたところからして、裏庭を突っ切って森に入ったのにちがいない。だれもひとことも口をきかず、その沈黙のなか、ブッチはこれからなにをされるのだろうと思わずにはいられなかった。なんにしろそう楽なことではなさそうだ。しまいに〈エスカレード〉は停まり、全員がおりた。規則を守ろうと、ブッチはわきにどいて地面を見つめて待った。だれかに導かれて歩き出したとき、〈エスカレード〉が去っていく音がした。

すり足で進んでいるとき、最初は月光に地面が照らされていたのだが、やがていきなりその光源が遮断されて、周囲は完全な闇に包まれた。洞穴のなかか？　そうだ……そうにちがいない。湿った土のにおいが鼻孔を刺し、小石が裸足の足の裏に食い込んでくる。

四十歩ほど歩いたあと、いきなり引き止められた。かすかな音が聞こえ、また進みはじめる。道は下り坂になっていた。やがてまた立ち止まり、今度は油をさされた門がするすると開くような音がした。

ぬくもりと光。磨かれた床……大理石だ。光沢のある黒大理石。そのまま歩きつづけながら、ずいぶん天井の高い場所のようだと思った。かれらの立てるかすかな音が、高いところで反響してこだまとなって返ってくる。また立ち止まったと思うと、今度はいっせいに衣ずれの音がした。兄弟たちがローブを脱いでいるのだろう。

片手でうなじをつかまれ、ラスの低いうなり声が耳に突き刺さってきた。「おまえは、いま立っているここに入るにはふさわしくない。うなずけ」

ブッチはうなずいた。

「自分はふさわしくないと言え」

「わたしはふさわしくありません」

兄弟たちがとつぜん、激した叫び声をあげた。〈古語〉で反論しているようだ。

ラスが続けた。「おまえはふさわしくないが、今夜ふさわしい者になりたいと望んでいる。うなずけ」

ブッチはうなずいた。

「ふさわしい者になりたいと言え」

「ふさわしい者になりたいです」

また〈古語〉で叫び声がしたが、今度は激励の歓声のようだった。

ラスが続けた。「ふさわしい者になる道はひとつしかなく、それは正しくしかるべき道だ。われらが血肉の血肉。うなずけ」

ブッチはうなずいた。

「われらが血肉の血肉になりたいと言え」

「あなたがたの血肉の血肉になりたいです」

低い詠唱の声が起こり、ブッチは自分の前後に列ができているという気がした。なんの前触れもなくその列が動きはじめ、前後に揺れる波のような動きが、力強い男声の律動に反映されている。ブッチはなかなかリズムに乗れず、前にぶつかり（かすかなレッドスモークのにおいから、フュアリーではないかと思った）、次に後ろからぶつかられた（とくに理由はないが、まちがいなくヴィシャスだとわかった）。まったく、おれのせいでみんな滅茶苦茶になって――

だが、それはいっときのことだった。やがて彼の身体はその規則性を覚え、リズムに合わせて動けるようになっていた……これでいいんだ。全員が詠唱と動きによってひとつになる。後ろに……前に……左に揺れ……右に揺れ……脚の筋肉ではなく、詠唱の声が足を前に運ぶ。ふいに、爆発したように音響が拡散した。詠唱の声がありとあらゆる方向に割れ、再構成されていく。広大な空間に入ったのだ。

肩に手が置かれ、彼は立ち止まった。

スイッチが切られたように詠唱が途切れた。しばらくは反響が聞こえていたが、それもやがて薄れて消えた。

腕をとられ、導かれるままに前進する。

横からヴィシャスが低い声で言った。「段がある」

ブッチは少しつまずいたが、その段をのぼった。いちばん上に着くと、Vに向きを直された。彼の身体は……どこか知らないが、しかるべき場所に導かれたらしい。そこで姿勢を正したとき、なにか大きなものの前にいるという気がした。爪先が壁のようなものに当たっている。

その後の沈黙のなか、鼻先から汗がしたたり、両足のあいだ、光沢のある床に落ちていく。Vが励ますように肩をぎゅっとつかみ、それから離れていった。

「この男子を推薦しようとする者は」〈書の聖母〉が言った。

「わたしです。ブラッドレターと呼ばれた〈黒き剣〉の戦士の子、ヴィシャスです」

「この男子を却下しようとする者は」答える者はなかった。助かった。

〈書の聖母〉の声は朗々と高まり、ついには周囲の広大な空間にとどろきわたり、ブッチの頭蓋骨のなかを満たし、しまいには〈聖母〉の言葉とその声のほかは頭から締め出されてしまった。「ラスの子ラスの証言に基づき、またブラッドレターなる〈黒き剣〉の戦士の子ヴィシャスの推薦によって、わが前に立つこのブッチ・オニールなる男子、ラスの子ラスの末裔《すえ》を、〈黒き剣兄弟団〉加入を認めるにふさわしい者と認めます。わが権能と裁量のうちにして、また一族の保護に資するがゆえに、この者に関しては母系の条件を緩和します。始めなさい」

ラスが声をあげた。「こちらを向かせ、ベールを取り去れ」

ブッチは身体の向きを変えられ、壁とは反対側を向く格好になった。ヴィシャスが黒いローブを脱がせ、ブッチの首にかかった黄金の十字架を背中側にまわし、それがすむと離れていった。

「目をあげよ」ラスが命じた。

ブッチは顔をあげて、思わず息を呑んだ。

彼が立っていたのは黒大理石でできた台のうえで、目の前には地下の洞窟が広がっていた。それが、何百本もの黒いろうそくで照らされている。目の前には祭壇があった。巨大なまぐさ石が、二本のずんぐりした柱で支えられている。そしてそのうえに古い髑髏《どくろ》がひとつのっていた。その向こう、彼の前にずらりと並んでいるのは、堂々たる威光に包まれた〈兄弟団〉の面々、厳粛な顔とたくましい肉体をした五人の男たちだ。

ラスが列から進み出て、台にのぼり、祭壇の前に立った。「後ろの壁際まで下がり、石釘につかまれ」

ブッチは言われたとおりにした。なめらかで冷たい石を両肩と尻に感じ、両手をあげると二本の頑丈な石釘に当たった。

ラスが片手を持ちあげると、それは……くそ、古い銀の手袋に包まれていて、手袋の甲側、指の付け根のあたりにはとげが植えてあった。こぶしの内側には、黒い短剣の柄が握られている。

腕を伸ばし、王は自分の手首を切り裂いて、その傷を頭蓋骨のうえにかざした。髑髏の頭頂部には銀の杯が嵌め込んである。ラスの血管から流れ落ちる血がそれにたまり、赤い液体がろうそくの光を受けて輝いた。

「わが血肉」ラスは言った。自分の傷をなめてふさぎ、剣をおろしてブッチに近づいてきた。

ブッチはごくりとつばを呑んだ。

ラスはブッチのあごに手のひらをぴしゃりと当て、首をのけぞらせると、首に容赦なく嚙みついてきた。全身がびくりと跳ねあがったが、ブッチは歯を食いしばって悲鳴をこらえた。手は力いっぱい石釘を握りしめ、しまいには手首が折れるかと思った。ラスは一歩さがり、口もとをぬぐった。

禍々しい笑みを浮かべて、「おまえの血肉」

王は銀の手袋をはめた手を握り、腕を後ろに引くと、ブッチの胸にこぶしを叩き込んできた。とげが皮膚に突き刺さり、空気がどっと肺から逃げていく。腹に響く音が洞窟じゅうを跳ね、反響して飛びまわる。

やっと息をついていると、レイジがのぼってきて手袋を受けとった。そしてまったく同じ儀式がくりかえされた。手首を切り、髑髏にかざし、同じ二語を発する。傷をふさいでからブッチに近づいてくる。次の二語を口にしてから、レイジの重量級の牙がブッチののどくびを貫いた。場所はラスの嚙みあとの下だ。レイジのパンチはすばやく重く、左胸、ラスのこぶしと同じ位置に当たった。

次はフュアリー。そしてザディストが続く。

そのころにはブッチは首がぐらぐらして、頭がはずれて段を転げ落ちていきそうな気がしていた。胸を殴られたせいでめまいがし、傷口から流れる血は腹を伝って腿まで垂れ落ちている。

Vの順番が来た。

ヴィシャスは台にのぼりながら目を伏せていた。Zから銀の手袋を受け取り、黒い革の手袋のうえからそれをはめた。黒い剣をさっと閃《ひらめ》かせて手首を切り裂くと、血が杯にしたたり落ちて、兄弟たちの血と混じりあうのを眺めていた。

「わが血肉」彼はささやいた。

しばしためらったが、やがてくるりとまわれ右をしてブッチに向きなおった。目と目が合う。ろうそくの光がVの厳しい顔のうえでちらつき、そのダイヤモンドの虹彩が輝いたとき、ブッチは息が詰まった。その瞬間、彼のルームメイトの身には、神にも劣らぬ力が……そしておそらくは美も備わっているように見えた。

片手をブッチの肩からうなじにまわしてきた。「おまえの血肉」Vはささやいた。間があった。なにかを求めるかのような。

なにも考えず、ブッチはあごをあげていた。気がつけば、自分で自分を差し出している。そして気がつけば……ああ、くそったれめ。ブッチは考えるのをやめた。どこからともなく湧き起こってきた思いがけない感情に、完全に足をすくわれていた。

ゆっくりとヴィシャスの頭が下がってくる。シルクのような柔らかいひげがのどくびをかすめる。甘美な正確さで、心臓から上へと伸びる血管をVの牙が探しあて、ゆっくりと、逃れようもなく、皮膚に沈み込んでくる。胸と胸が触れあう。

ブッチは目を閉じ、すべての感覚を味わった。密着する身体のぬくもり、あごに触れるV

の髪の柔らかさ、たくましい男の腕が腰のあたりに触れる感触。ひとりでに、ブッチの手が石釘を離れてVの腰にまわり、その固い肉をつかんでいた。頭から足まで、ふたりの身体が密着する。いっぽうの身体に震えが走る。いや、それとも……両者がともに震えていたのだろうか。

だが、それも終わるときが来た。完全に。そして二度とくりかえされることはない。

Vが離れたとき、どちらも相手に目を向けることはなかった……これをかぎりの、完全な別れ。けっしてたどることのない道。二度と。

Vの手が後ろに引かれたかと思うと、ブッチの胸に当たった。その衝撃は、ほかのだれのときより——レイジのときよりも強烈だった。ブッチが息もできずにいるあいだに、ヴィシャスはこちらに背を向け、〈兄弟団〉の列に戻っていった。

ややあって、ラスが祭壇に進み出て髑髏を取りあげ、高く掲げて、兄弟たちに示した。

「この髑髏はわれわれの始祖だ。挨拶せよ、〈兄弟団〉を生み出した戦士に」

兄弟たちは鬨《とき》の声をあげ、それが洞窟内に満ちるなか、ラスはブッチに顔を向けた。

「飲んで、加われ」

ブッチはいそいそと進み出て、髑髏を受けとり、頭をのけぞらせた。血がのどを流れくだる。彼が飲んでいるあいだ兄弟たちは詠唱し、その声はしだいに高まり、耳を聾するほどに響きわたった。ブッチはひとりひとりの血を味わった。生々しい力と権威のラス。飛び抜けて力強いレイジ。燃えるような一途な保護欲のフュアリー。冷たく荒々しいザディスト。鋭い知性のヴィシャス。

髑髏が手から取り去られ、彼はまた壁に押し戻された。

ラスの唇がいわくありげにあがった。「石釘を握っていたほうがいい」

ブッチが言われたとおりにすると、間髪を容れずに渦巻くエネルギーの波が襲いかかってきた。歯を食いしばって絶叫を嚙み殺しながら、兄弟たちが感心したようになっているのをぼんやり意識していた。身内の嵐が勢いを増すにつれ、鼻に真正面から一撃食らったように身体が跳ねあがり、石釘から手が離れそうになった。やがて、すべてが一度におかしくなってきた。脳のニューロンというニューロンが発火し、血管も毛細管もはちきれそうになる。心臓が早鐘をうち、頭はぐらぐらし、全身は緊張し――

ブッチは台のうえで目ざめた。裸で、体側を下に身体を丸めていた。胸に燃えるような痛みがあり、手を当ててみるとざらざらしている。塩だろうか。

まばたきをしてあたりを見まわした。ふと見ると、黒大理石の壁になにか彫ってある。たぶん〈古語〉で書かれた名前だろう。何百もある。ぼうぜんとして上体を起こし、床を押して反動をつけて立ちあがった。ふらつく足で前に出たが、どうにかよろけずに踏みとどまり、壁には手をつかずにすんだ。これは神聖な壁にちがいない。

その名前を見つめるうちに、これはすべて同じ人物が彫ったにちがいないと思った。どれも同じように美しく達者な文字だったからだ。

ヴィシャスだ。なぜそうとわかったのか、ブッチにはわからなかった――いや、わかっていた。いままでは彼の脳裏にこだまが響いている……彼の……兄弟たちの生涯のこだまだろうか。そうだ……そしてここに名前のあるすべての男たちは、みな彼の……兄弟なのだ。なぜか、いまではそのひとりひとりを彼は知っていた。

目を丸くして、文字の列をたどるうちに、やがて……そこに、右側にそれはあった。列のいちばん最後に。最後の名前。これがおれの名前か？

拍手が聞こえて、彼は肩越しにふり向いた。兄弟たちはまたローブに身を包んでいたが、フードはかぶっていない。全員が笑みを浮かべている。明るい笑みを。Zまで。

「それがおまえの名だ」ラスが言った。「おまえはこれから、〈黒き剣〉の戦士デストロイヤー、ラスの子ラスの末裔《すえ》と呼ばれるのだ」

「でも、おれたちにとっちゃずっとブッチだよな」レイジが口をはさむ。「頑固者《ハードアス》とか、生意気《スマートアス》とか、うざい厄介者《ロイヤル・ペイン・イン・ジ・アス》でもあるけどな。状況に合わせてってわけでさ。最後に〝アス〟がついてりゃなんでも当たってると思うな」

「ろくでなし《ファスタード》はどうだ」Zが言った。

「いいな、それ。気に入ったぜ」

全員が笑い出した。そのとき、ブッチの前にローブが差し出された。ヴィシャスの手袋をはめた手で。

Vは目を合わせようとせずに言った。「ほら」

ブッチはローブを受けとったが、ルームメイトに逃げてほしくなかった。押し殺した声で言った。「V？」ヴィシャスはまゆをあげたが、あいかわらず目はそらしたままだ。「ヴィシャス、どうしたんだよ。いつまでも目をそらしていられるわけじゃないだろ。V……」

ヴィシャスの胸が盛りあがって……そのダイヤモンドの目がゆっくりブッチのほうを向いた。鼓動一拍ぶんほど、張りつめた空気が流れる。やがてVが手を差し伸べてきた。十字架の位置を直し、もとどおりブッチの胸のうえに垂らす。「よくがんばったな、デカ。おめでとう、だな」

「励ましてくれてありがとうよ……〝トライナー〟」Vの目がぱっと輝き、ブッチは言った。「ああ、なんて意味か調べたんだ。おれに言わせりゃ、『最愛の友』ってのはおまえにぴったりの言葉だよ」

Vは赤くなった。咳払いをして、「いや、その……まあ、うん」

ヴィシャスが離れていくと、ブッチはローブを着ようとして、自分の胸を見おろした。左胸の丸い傷痕が肌に焼きついて、永久に消えないしるしを残している。ほかの兄弟たちと同じしるし。全員が共有するきずなの象徴だ。

指先で、刻印された傷痕をなぞると、光沢のある床に塩の粒が剝がれて落ちた。壁に目をやって近づいていく。うずくまり、自分の名前のうえに指をかざした。彼の新しい名前。

おれはいま真に生まれたんだ。デストロイヤー、ラスの子ラスの末裔。

目の前がかすんできて、せわしなくまばたきをした。しかし、間に合わなかった。涙が頬を伝うのを、あわてて袖でぬぐった。そのとき、肩に手が置かれるのを感じた。兄弟たち――彼の兄弟たち――に取り巻かれている。ブッチはいまこそ、かれらを理解することができた。ほんとうに……感じることができた。

彼の血肉の血肉。と同時に、彼のほうも兄弟たちの血肉の血肉なのだ。

ラスは咳払いをしたが、それでもなお、王の声は少しかすれていた。「おまえは七十五年ぶりの入団者だ。それに……おまえとわたしの共有する血統にふさわしい男だ。ブッチ、わが血統を継ぐ者よ」

ブッチは首をがくりとうなだれて、手放しで泣きはじめた……だが、それはみなが思っていたのとはちがって、うれし泣きではなかった。

彼が泣いたのは、胸にぽっかりあいた穴のせいだった。

いまがどんなに輝かしい瞬間でも、彼にはむなしいとしか思えない。

生涯をともにする連れあいがいなければ、網戸を風が抜けていくように、事件も状況も彼を素通りしていくだけだ。彼はからっぽですらない。薄い空気でさえためる空間を持たないのだから。

生きてはいても、真の意味で生きてはいない。

49

館に戻る途中、〈エスカレード〉のなかではだれもが元気いっぱいで、声高にしゃべりあっていた。レイジはいつものとおりぽんぽんくだらないジョークを飛ばし、ラスがそれをばかにして笑う。そのうちVがやり返し、ほどなく全員が互いに互いをこきおろしはじめる。兄弟どうしがよくやるように。

ブッチはバケットシートに深く腰を落ち着けていた。先ほどの儀式と同じく、〈兄弟団〉にとってこの帰館が大きな喜びなのがわかる。彼自身はその喜びを共有できないとしても、みんなが喜んでいるのは心からうれしいと思った。

車は館の前に停まった。ブッチが車をおりると、本館の玄関の間のドアが大きく開いて、〈兄弟団〉全員がブッチの背後に半円を作った。また詠唱が始まる。全員で列をなして虹の七色の玄関の間に入っていくと、盛大な拍手喝采で迎えられた。二十人の〝ドゲン〟が全員そろっている。そしてその召使たちの前には、館の三人の女性たちが待っていた。三人とも息をのむ豪華なドレス姿だ。ベスは誓いの儀式で着た真紅のドレス、メアリはロイヤルブルー、ベラはきらめく銀のドレス姿だった。

ここにマリッサの姿がないのが、ブッチは身を切られるようにつらかった。胸が痛んで、三人の〝ジェラン〟たちを正視できない。情けなくも破れかぶれになって〈ピット〉に逃げ帰ろうとしかけたとき、人垣が分かれて……

マリッサが現われた。明るいピーチカラーのドレスを着ている。その色があまりに美しく鮮烈で、陽光が集まって彼女の姿をとったのではないかとすら思った。詠唱がやむと、彼女が進み出てきた。頭が混乱し、なぜ彼女がいるのか理解できなかったが、それでもブッチは彼女に手を差し伸べた。

しかし、マリッサはブッチの前で床に両膝をついた。ドレスのすそがサテンの大きな波のように広がる。

頭を下げながら、感情の昂りにかすれる声で彼女は言った。「戦士の君、この幸運のくさびをお受けとりください。戦われるときのために」差し出した両手の手のひらには、太い三つ編みにした彼女の髪がのっていた。両端を淡青色のリボンで結んである。「戦闘のさいにこれを身に帯びてくだされば光栄です。わたしの……〝ヘルレン〟が一族に奉仕するのは、わたしにとっても名誉です。もしもあなたが……わたしを受け入れてくださるならば」

完全に心を奪われて、ブッチは床に膝をつき、彼女の震えるあごをあげさせた。その涙を親指でぬぐいながら、三つ編みを受けとり、心臓に押し当てた。「もちろん受け入れるとも」

彼はささやいた。「でもどうして？」

彼女は、豪華なドレス姿の館の三人の女性たちをふり返った。そして、彼と同じく低い声で言った。「友だちと話をしたの。というより、友だちが話をしてくれたの」

「マリッサ……」と言ったきり、あとが続かない。

声が干上がってしまったかのようだ。やむなく、彼は黙ってマリッサにキスをした。ふたりが抱きしめあうと、広大な玄関の間に盛大な歓声があがった。

「ごめんなさい、わたしが弱虫だったわ」彼女はブッチの耳もとでささやいた。「ベスとメアリとベラが会いに来てくれたの。あなたが〈兄弟団〉のメンバーとして危険に立ち向かうことを思うと、わたしはけっして心穏やかではいられないと思うの。毎晩毎晩心配しつづけると思う。でも、ベスたちは〝ヘルレン〟が無茶なことはしないって信用してるって言うの。それにわたし……わたし、あなたがわたしを愛してくれてるって信じているわ。だから、よっぽどなことがないかぎり、わたしをひとり残していったりしないわよね。無茶なことはしないでくれるって信じてるわ。悪に圧倒されそうになったら、きっと自重してくれるって。ベスたちが愛するひとを失う恐怖に耐えているのに、わたしが耐えられないはずはないと思うの」

ブッチは彼女をいっそう強く抱きしめた。「絶対に無茶はしない。約束する。約束するよ」

ふたりは床にひざまずいたまま、しばらく抱きしめあっていた。やがてブッチが顔をあげ、ラスを見やった。腕にベスを抱いている。

「それで、兄弟」ブッチはいった。「剣と塩はあるかな。誓いの儀式をちゃんと締めくくりたいんだが」

「おまえに代わって用意はしておいた」

フリッツが進み出てきた。〈モートン〉の最高級の水差しとボウルを捧げ持っている。ラスとベスの儀式で使われたものだ。そしてレイジとメアリの。またザディストとベラの。

〝シェラン〟の薄青の目をのぞき込みながら、ブッチはつぶやくようにいった。「闇に乗っ取られることは絶対にないよ……きみがいるから。おれの光だよ、マリッサ。きみがおれの光だ」

50

翌日の夜、マリッサは笑みを浮かべてデスクから顔をあげた。ブッチが彼女のオフィスの戸口をいっぱいに占領している。彼の身体はとても大きい。

まだ入団式の首の傷は治りきっていないけれど、ほんとうに、なんてすてきな男性だろう。強く、たくましい。わたしの連れあい。

「やあ」と言って、欠けた前歯を見せる。そして牙も。

マリッサは微笑んだ。「早かったのね」

「もう一瞬も待っていられなかったんだ」入ってきてドアを閉じ……そっと鍵をまわしてかけるのを見て、マリッサは身体がたちまち火照った。

デスクをまわって歩いてきて、彼女の椅子をまわしてこちらを向かせると、床にひざまずいた。彼女の腿を開かせ、そのあいだに身体を入れた。きずなのにおいで室内を満たしながら、マリッサの鎖骨に顔をすり寄せてくる。吐息を漏らしつつ、マリッサはその大きく分厚い肩に腕をまわし、耳の後ろの柔らかい肌にキスをした。

「具合はいかが、わたしの〝ヘルレン〟」

「だいぶよくなったよ、おれの奥さん」

彼を抱きしめたまま、マリッサは目をデスクのほうに向けた。書類やフォルダーや筆記道具に混じって、小さな白い像がある。巧みに刻まれた大理石の彫像。女性像だ。脚を組んで座り、片手には両刃の短剣を持ち、片手の手首にはふくろうを止まらせている。

これはベスが作らせたものだった。女王自身もひとつ持っている。ひとつはメアリに、ひとつはベラに、そしてマリッサにもひとつ。短剣の意味するところは明らかだ。白いふくろうは〈書の聖母〉とのつながり、戦士たる連れあいの身の安全を願う祈りの象徴だ。〈兄弟団〉はたくましく、結束が固く、善に向かうこの世の強い力だ。そしてそれは、兄弟たちに連れ添う女性たちも同じだ。たくましく、結束が固く、善に向かうこの世の強い力。

戦士たちと同じように、緊密に結びつきあっている。

ブッチは頭をあげて、この世にふたつとない宝を見るように彼女を見あげた。誓いの儀式を終えて、名をブッチの背に刻まれて、彼女は法と本能によって彼の肉体への支配権を手に入れた。彼は進んで彼女に手綱を渡し、愛を込めて彼女に降伏する。彼はマリッサの意のままだ。〝グライメラ〟がいつも言っていたように、真の連れあいを得るのは美しいことだった。

あの愚か者たちも、たまには正しいことを言う。

「マリッサ、会わせたいひとがいるんだ。会ってくれる？」

「もちろんよ。これから？」

「いや、明日の日没に」

「わかったわ。だれ――」

ブッチは彼女にキスをした。「すぐにわかるよ」

彼のヘーゼルの目をじっとのぞき込みながら、そのふさふさのダークヘアをなでつける。親指でまゆをなぞる。何度も折られてでこぼこになった鼻に指先を沿わせる。欠けた前歯を軽くつつく。

「歴戦の戦士みたいだろ」彼は言った。「だけど、ちょっと美容整形をして差し歯をすれば、おれだってレイジに負けない美形になれるぞ」

マリッサは小像を見やった。自分の生涯を、そしてブッチの生涯を思った。

ゆっくり首をふり、身をかがめてキスをした。「どこも変えてもらいたいとこなんかないわ。ただのひとつも」

エピローグ

ジョイス・オニール・ラファティは老人ホームに向かっていた。気は急《せ》くし、ひどくいらいらしている。赤ん坊のショーンはひと晩じゅう吐きつづけで、ねじ込むようにして診てもらった小児科医院では三時間も待たされた。しかもマイクからメッセージが残っていて、今夜は仕事で遅くなるから帰りにスーパーに寄る時間がないという。

もうほんとに、冷蔵庫にも戸棚にも夕食の材料がなんにもないのに。

ジョイスはショーンを腰に抱え、配膳用のカートや車椅子の一群をよけつつ廊下を急いだ。少なくともいまショーンは眠っているし、もう何時間も吐いていない。気むずかしい病気の赤ん坊を抱え、母親の面倒まで見なくてはならないなんて、一度にそこまでとても手がまわらない。とくに今日のような日は。

母の病室のドアをノックして、返事を待たずになかに入る。オデルはベッドに起きあがって、『リーダーズ・ダイジェスト』のページを繰っていた。

「ママ、調子はどう?」ジョイスは窓ぎわの模造革張りのウイングチェアに向かった。腰をおろすとクッションが文句を言う。ショーンも目を覚まして文句を言い出した。

「いいわよ」オデルの笑みは明るかった。しかし、目は黒いビー玉のようにからっぽだ。

ジョイスは腕時計を見た。十分ほどで腰をあげれば、途中で〈スター・マーケット〉に寄れるだろう。

「昨夜はお客さんがあったんだよ」

「まあほんと」そしてなにがなんでも、一週間はじゅうぶんもつぐらい買って帰ろう。「だれが来たの?」

「あんたのお兄ちゃんよ」

「テディが?」

「ブッチよ」

ジョイスはぎょっとした。だがすぐに、幻覚だろうと思いなおした。「よかったわね」

「だれもいないときに来たの。暗くなってから。お嫁さんを連れて。とってもきれいな人だった。これから教会で式を挙げるんだって言ってたよ。つまりね、もう夫婦にはなったんだけど、まだお嫁さんのほうの宗教でしかお式を挙げてなかったんだって。でも変だね……なに教徒なのかわからなかったよ。ルター派かしら」

まちがいなく幻覚だわ。「よかったねえ」

「ほんとに、お父さんそっくりになって」

「あら、ほんと? ブッチだけは、パパにぜんぜん似てないってずっと思ってたんだけど」

「ブッチのお父さんのことよ。あんたのお父さんじゃなくて」

ジョイスはまゆをひそめた。「なんのこと?」

母は夢見るような表情になり、窓の外に目をやった。「六九年の猛吹雪の話をしたことがあったっけ」

「ママ、ブッチのことだけど――」

「みんなで病院に閉じ込められたんだよ。看護婦もお医者さんも。だれも出入りできなくなって、二日間閉じ込められてたの。あんたのお父さんはかんかんに怒ってたよ。あたしが帰れなくって、ひとりで子供の世話しなくちゃならなかったから」急にオデルは何歳も若返ったように見えた。頭もはっきりしているようだし、目には活き活きした光が戻っている。「外科のお医者さんがいてね。あの人はほんとに……ほかの人とはぜんぜんちがってた。外科部長さんだったの。とってもえらい人だったんだよ……すごい美男子で、人とちがってて、とてもえらかったの。それにこわかった。目がね、いまも夢に見るんだよ」同じようにたちまち生気は失せて、母はしぼんでしまったようだった。「いけないことを、あんないけないことをして。あたしはいけない妻だった」

「ママ……」ジョイスは首をふった。「なんの話をしてるの」

しわの寄ったオデルの顔に涙が流れる。「帰ってから告解に行ったんだよ。お祈りもした。一生懸命お祈りしたよ。でも、罪を犯したから罰《ばち》が当たったの。お産のときも……ブッチのときだけはすごく大変だった。出血がひどくて死にかけたんだよ。ほかの子のときはそんなことなかったのに。ブッチのときだけは……」

ジョイスがぎゅっと抱きしめると、ショーンがいやがって身をよじった。抱く力をゆるめてなだめようとしながら、彼女はささやくように言った。「それで？　ママ……先を続けて」

「ジェイニーが死んだのは、あたしへの罰だったの。夫を裏切って、ほかの人の子供なんか産んだから」

ジョイスがぎょっとして首をまわしたせいで、ショーンが泣き声をあげた。恐ろしい疑惑が頭をもたげる。まさか……

なにを考えてるの、ばかね。ママは頭がおかしいのよ。まともなことはなにひとつ頭に入ってないんだから。

ただ、いまは完全に意識がはっきりしているように見える。

オデルはうなずきはじめた。だれかの問いに答えてでもいるかのように。「そうよ、もちろん、あたしはブッチがかわいかった。ほんとのことを言えば、ほかのどの子よりずっとかわいかった。だってあの子は特別な子だから。でも、それを見せるわけにはいかなかったんだよ。あたしのせいで、あの子らのお父さんはとてもつらい思いをしたんだから。ブッチをかわいがるのは、エディを侮辱するのとおんなじだから、だから……そんなふうに夫に恥をかかせることはできなかった……かかせるわけにはいかなかった。あの人は、あたしを棄てずにいてくれたんだもの」

「パパは知ってたの……？」その後の沈黙のなか、すべてがあるべき場所に収まり、おぞましいジグソーパズルが完成していく。なんてこと……これはほんとの話なのだ。そうだわ、パパは知ってたんだ。だからブッチを嫌ってたんだ。

母はあこがれるような表情を浮かべた。「ブッチはお嫁さんをもらって、ほんとに幸せそうだったよ。それに、ああマリアさま、そりゃあきれいなお嫁さんなの。とてもお似合いだったよ。お嫁さんも、あの子のお父さんとおんなじで特別な人だった。ブッチもそう。三人とも人とはちがって特別なの。でも悲しいよね、もう会えないんだよ。ブッチは……お別れを言いに来たんだって」

オデルは涙ぐんだ。ジョイスは手を伸ばし、母の腕をにぎった。「ママ、ブッチはどこに行ったの」

母は自分に触れる手を見おろし、少し顔をしかめた。「クラッカー食べたいね。クラッカーもらえるかい？」

「ママ、あたしを見て。ブッチはどこに行ったの」それにしても、なぜそれが急に、こんなに気になり出したのだろう。

ぽかんとした目がこちらを向いた。「チーズをのせて。クラッカー食べたいよ。チーズといっしょに」

「いまブッチの話をしてたじゃない……ママ、思い出してよ」

なにもかも衝撃的な話だったが、それでいて衝撃でもなんでもなかった。ブッチは昔から人とちがっていたではないか。

「ママ、ブッチはどこ？」

「ブッチ？　ああ、心配してくれてありがとう。あの子は元気にやってるよ……すごく幸せそうだった。あの子が結婚してうれしいよ」母は目をぱちくりさせた。「ところで、あんたはだれ？　看護婦さん？　あたしもね、昔は看護婦をしてたのよ……」

そのせつな、ジョイスはもっと突っ込んで訊いてみたいと思った。

だが思いとどまった。母が意味のないことをぶつぶつ言っている横で、彼女は窓の外を眺めて大きく息を吸った。母の無意味なうわごとが、急にありがたく思えてきた。そうだ……さっきの話はみんな夢物語なのだ。ただの妄想だったのだ。

忘れよう。それが一番だわ。

ショーンが泣きやんで寄りかかってきたとき、ジョイスはその温かく小さな身体を抱きしめた。ベッドから聞こえてくる無意味なつぶやきを聞きながら、この幼い息子を自分がどれほど愛しているか考えた。それはこれからもずっと変わらないだろう。

ジョイスは息子の柔らかい髪にキスをした。なんと言っても、人を支えているのは家族なのだ。

家族こそが、人の生きる支えなのだから。

訳者あとがき

本書は〈黒き剣兄弟団《ブラック・ダガー・ブラザーフッド》〉シリーズ第四作、*Lover Revealed* の全訳です。

今回の物語は、前作 *Lover Awakened* のラスト（一年近くもあとの後日談にあたるエピローグは除いて）から三カ月ほど過ぎた、二〇〇七年三月から始まります。〝レッサー〟に誘拐されていたベラを連れ戻し、愛する連れあいを得たZが魂の再生を果たしたところで前作は終わりましたが、ベラに執着していた〝フォアレッサー〟が殺されたためか、その後の一月二月と〝レッサー〟は鳴りをひそめている、というのが物語の幕開け時点での状況です。ところが三月に入り、〝レッサー〟は攻撃対象を変えてきました。これまではおもにダウンタウンでヴァンパイア狩りをしていて、とくに〈兄弟団〉の面々を付け狙っていたのですが、それが郊外の一般ヴァンパイアの住宅を狙って襲うようになってきたのです。そのため〈兄弟団〉は危機感を募らせていますが、いっぽうヴァンパイア世界にひとり紛れ込んだ人間のブッチは、あいかわらず蚊帳の外に置かれています。そのうえただひとり心から愛するマリッサには相手にもしてもらえず、鬱々とした日々を深酒にまぎらしている――そんなブッチが今作のヒーローです。

このブッチとマリッサの恋愛は、シリーズ第一作の時点ですでに始まっていたにもかかわらず、その後なかなか進展がなくてやきもきしていた読者のかたがたも少なくないのではないでしょうか。なにしろブッチは「ただの」人間でしがない刑事くずれなのに、お相手はヴァンパイア貴族のお姫さまです。おまけに、美形ぞろいのヴァンパイア一族のなかでもとびきりの美女でありながら、マリッサは三百年も生きてきていまだにヴァージンときています。信じられないほどうぶな女性で、男女の恋愛の機微どころか、女性としての自分の身体のことすらよくわかっておらず、自分は女性として欠陥があるのではないかとすら疑っています。いっぽうブッチのほうは身分のちがいを気にし、そしてなにより、種族のちがいに絶望しています。人間はせいぜい生きて百年ですが、ヴァンパイアの寿命は一千年。マリッサはあと数百年は生きるのに対して、いま三十七歳のブッチは長くてあと数十年しか生きられません(おまけに、肝臓があと十年もつかどうかと自分で思うほど、酒びたりの日々を送っています)。そのうえヴァンパイアは異性の血を飲まなくては生きられないのに、人間であるブッチの血は薄すぎてマリッサを養うことができないのです。ふたりの恋愛の前に立ちはだかる障害は、ある意味ではこれまでのどの組み合わせより深刻と言ってよいのではないでしょうか。

しかもそこへ、ブッチが〝レッサー〟にさらわれて、正体不明のなにものかに「汚染」されるという問題まで持ちあがってしまいます。ブッチは自分がヴァンパイア一族にとって脅威になるのではないか、愛するマリッサに、そしてあつく信頼している親友ヴィシャスに害をなしてしまうのではないかと恐れています。またヴィシャスはヴィシャスで、ヴァンパイア界切っての知恵者でありながら、未来の予知ができなくなり、他者の心も読めなくなり、自分の能力への自信を失いかけています。そんなときに心を許せる唯一の友ブッチがこんなことになって、だれよりショックを受けたのはヴィシャスかもしれません。このふたりの固い友情、孤独なヴィシャスの嘆きの深さも、本作の大きな読みどころのひとつになっています。

そしてもうひとつ、忘れてならないのがジョン・マシューくんのその後です。せっかく戦士養成のクラスに入れてもらったのに、底意地の悪いクラスメイトにいじめられて孤立し、じつの親のように慕っていたトールメントとウェルシーを失って、ジョンはいますっかり殻にこもってしまっています。とはいえ〝レッサー〟憎しで訓練に熱が入るようになり、そのがむしゃらさでクラスメイトから一目置かれるようにもなってきています。そんなところへ事件は起きて……ブレイロックやクインとの芽生えかけた友情のこの先も気になりますし、不幸な生い立ちと深い心の傷を乗り越えて、ジョンくんがどんなおとなになり、どんな恋をすることになるのか（ちなみにシリーズ第八作では、遷移を終えておとなになったジョンくんがヒーローになって登場しています）、ますます目が離せないといったところでしょうか。

ところで今回は、読者のみなさんにひとつお詫びをしなくてはならないことがあります。シリーズの最初からお読みくださっているかたはすでにお気づきかもしれませんが、第一作『黒き戦士の恋人』で、私はたいへんな誤訳をしてしまいました。第一作ではハヴァーズとマリッサを兄と妹として訳したのですが、じつはこれが逆で、マリッサのほうが年上だったようです。なにしろ第一作ではハヴァーズは完全に保護者的な行動をとっていましたし、マリッサのほうが年上なら両親の屋敷や財産をまるで相続せず弟の厄介になっているのはおかしいではないかとか、文句を言いたいところもなくはないのですが、どうも作者は意図的にそのあたりをぼかして書いていたというか、ミスリードを狙っていたのではないかという気もします（その理由は本書をお読みいただければピンと来ると思うのですが）。とはいえ、訳者がそれに引っかかってしまっては話にならないわけで、そういう意味でもまことにお恥ずかしいかぎりです。第一作を訳すときにはすでに原書は第六作まで刊行済みだったのですから、きちんと確認しておかなかった私の怠慢は言い訳のしようもありません。たしか第三作まで読んだところで時間切れになり、見切り発車で訳をあげてしまったのだったと思います。ファンのみなさんのおかげで幸い第一作は重版されることになり、そのさいに兄と妹として訳した部分は修正させていただきましたが、初版をお読みくださった読者のかたがたにはまことに面目ないことで、お詫びの言葉もありません。ほんとうに申し訳ございませんでした。

本書の訳出にあたっては、いつものとおり二見書房編集部のかたがたに大変お世話になりました。また実際の訳出作業では、同じ翻訳者仲間の米山裕子氏に一部お手伝いいただきました。この場をお借りしてあつくお礼を申し上げます。

二〇一一年四月

ザ・ミステリ・コレクション

闇《やみ》を照《て》らす恋人《こいびと》

著者　J. R. ウォード
訳者　安原和見《やすはらかずみ》

発行所　株式会社 二見書房
東京都千代田区三崎町2-18-11
電話 03(3515)2311 ［営業］
03(3515)2313 ［編集］
振替 00170-4-2639

印刷　株式会社 堀内印刷所
製本　合資会社 村上製本所

落丁・乱丁本はお取り替えいたします。
定価は、カバーに表示してあります。

ISBN978-4-576-11063-9
http://www.futami.co.jp/

黒き戦士の恋人
J・R・ウォード
安原和見［訳］
NY郊外の地方新聞社に勤める女性記者ベスは、謎の男ラスに出生の秘密を告げられ、運命が一変する！読みだしたら止まらない全米ナンバーワンのパラノーマル・ロマンス

永遠なる時の恋人
J・R・ウォード
安原和見［訳］
レイジは人間の女性メアリをひと目見て恋の虜に。戦士としての忠誠か愛しき者への献身か、心は引き裂かれる。だが困難を乗りこえふたりは結ばれるのか？好評第二弾！

運命を告げる恋人
J・R・ウォード
安原和見［訳］
貴族の娘ベラが宿敵〝レッサー〟に誘拐されて六週間。だれもが彼女の生存を絶望視するなか、ザディストだけは彼女を捜しつづけていた…。怒濤の展開の第三弾！

愛をささやく夜明け
クリスティン・フィーハン
島村浩子［訳］
特殊能力をもつアメリカ人女性と闇に潜む種族の君主が触れあったとき、ふたりの運命は…!? 全米で圧倒的な人気のベストセラー〝闇の一族カルパチアン〟シリーズ第一弾

愛がきこえる夜
クリスティン・フィーハン
島村浩子［訳］
女医のシェイは不思議な声に導かれカルパチア山脈に向かう。そこである廃墟に監禁されていた男を救いだしたことで、思わぬ出生の秘密が明らかに…シリーズ第二弾

高慢と偏見とゾンビ
ジェイン・オースティン／セス・グレアム＝スミス
安原和見［訳］
あの名作が新しく生まれ変わった！血しぶきたっぷりに。全米で予想だにしない百万部を売り上げた超話題作、日本上陸！ナタリー・ポートマン製作・映画化決定